O IDIOTA

Conheça os títulos da coleção SÉRIE OURO:

365 REFLEXÕES ESTOICAS
1984
A ARTE DA GUERRA
A DIVINA COMÉDIA - INFERNO
A DIVINA COMÉDIA - PURGATÓRIO
A DIVINA COMÉDIA - PARAÍSO
A IMITAÇÃO DE CRISTO
A INTERPRETAÇÃO DOS SONHOS
A METAMORFOSE
A MORTE DE IVAN ILITCH
A ORIGEM DAS ESPÉCIES
A REVOLUÇÃO DOS BICHOS
ALICE NO PAÍS DAS MARAVILHAS
ALICE ATRAVÉS DO ESPELHO
ANNA KARENINA
CARTAS A MILENA
CONFISSÕES DE SANTO AGOSTINHO
CONTOS DE FADAS ANDERSEN
CRIME E CASTIGO
DOM CASMURRO
DOM QUIXOTE
FAUSTO
GARGÂNTUA & PATAGRUEL
MEDITAÇÕES
MEMÓRIAS PÓSTUMAS DE BRÁS CUBAS
MITOLOGIA GREGA E ROMANA
NOITES BRANCAS
O CAIBALION
O DIÁRIO DE ANNE FRANK
O IDIOTA
O JARDIM SECRETO
O LIVRO DOS CINCO ANÉIS
O MORRO DOS VENTOS UIVANTES
O PEQUENO PRÍNCIPE
O PEREGRINO
O PRÍNCIPE
O PROCESSO
ORGULHO E PRECONCEITO
OS IRMÃOS KARAMÁZOV
PERSUASÃO
RAZÃO E SENSIBILIDADE
SOBRE A BREVIDADE DA VIDA
SOBRE A VIDA FELIZ & TRANQUILIDADE DA ALMA
VIDAS SECAS

Conheça os títulos da coleção SÉRIE LUXO:

JANE EYRE
O MORRO DOS VENTOS UIVANTES

DOSTOIÉVSKI

O IDIOTA

GARNIER
DESDE 1844

GARNIER
DESDE 1844

Fundador: **Baptiste-Louis Garnier**

Copyright desta tradução e adaptação © IBC - Instituto Brasileiro De Cultura, 2021

Título original: L'Idiot
Reservados todos os direitos desta tradução e produção, pela lei 9.610 de 19.2.1998.

4ª Impressão 2025

Presidente: Paulo Roberto Houch
MTB 0083982/SP

Coordenação Editorial: Priscilla Sipans
Coordenação de Arte: Rubens Martim
Produção editorial: Eliana S. Nogueira
Tradução: A. Augusto do Santos
Revisão: Cláudia Rajão
Apoio de Revisão: Leonan Mariano, Lilian Rozati e Renan Kenzo

Vendas: Tel.: (11) 3393-7727 (comercial2@editoraonline.com.br)

Foi feito o depósito legal.
Impresso na China

Dados Internacionais de Catalogação na Publicação (CIP)
de acordo com ISBD

D724i   Dostoiévski, Fiódor

          O idiota / Fiódor Dostoiévski. – Barueri : Garnier, 2023.
          496 p. ; 15,1cm x 23cm.

          ISBN: 978-65-84956-27-8 (Edição de Luxo)

          1. Literatura russa. 2. Romance. I. Título.

2023-604   CDD 891.7
                            CDU 821.161.1

Elaborado por Vagner Rodolfo da Silva - CRB-8/9410

IBC — Instituto Brasileiro de Cultura LTDA
CNPJ 04.207.648/0001-94
Avenida Juruá, 762 — Alphaville Industrial
CEP. 06455-010 — Barueri/SP
www.editoraonline.com.br

Sumário

Parte 1
Capítulo 1 7
Capítulo 2 16
Capítulo 3 24
Capítulo 4 34
Capítulo 5 45
Capítulo 6 59
Capítulo 7 67
Capítulo 8 77
Capítulo 9 88
Capítulo 10 96
Capítulo 11 101
Capítulo 12 107
Capítulo 13 115
Capítulo 14 123
Capítulo 15 131
Capítulo 16 139

Parte 2
Capítulo 1 147
Capítulo 2 156
Capítulo 3 167
Capítulo 4 178
Capítulo 5 183
Capítulo 6 193
Capítulo 7 204
Capítulo 8 211
Capítulo 9 225
Capítulo 10 234
Capítulo 11 244
Capítulo 12 255

Parte 3
Capítulo 1 261
Capítulo 2 274
Capítulo 3 284
Capítulo 4 295
Capítulo 5 307
Capítulo 6 318
Capítulo 7 331
Capítulo 8 342
Capítulo 9 352
Capítulo 10 364

Parte 4
Capítulo 1 370
Capítulo 2 380
Capítulo 3 388
Capítulo 4 397
Capítulo 5 407
Capítulo 6 420
Capítulo 7 433
Capítulo 8 447
Capítulo 9 461
Capítulo 10 470
Capítulo 11 480

Conclusão.. 493

Parte 1
Capítulo 1

Eram aproximadamente nove horas da manhã: estava-se no fim de novembro, por um tempo de degelo. O comboio de Varsóvia chegava a todo vapor a S. Petersburgo. A umidade e o nevoeiro eram tais que o dia a custo conseguia romper; a dez passos à direita ou à esquerda da via férrea era difícil distinguir, fosse o que fosse, pelas janelas das carruagens. Entre os viajantes havia alguns que regressavam do estrangeiro; todavia, dos compartimentos de terceira classe, os mais repletos, a gente modesta que os ocupava não vinha de muito longe. Todos, naturalmente, estavam fatigados e transidos de frio; tinham os olhos pesados devido a uma noite de insônia, e o rosto refletia a palidez amarelenta do nevoeiro.

Num dos compartimentos de terceira classe encontravam-se sentados, em frente um do outro, junto à mesma janela, desde o romper do dia, dois viajantes. Eram ambos novos, vestidos ligeiramente e sem elegância; os seus traços fisionômicos eram dignos de atenção e ambos sentiam desejos de encetar conversa. Se cada um deles soubesse o que o da frente oferecia de singular na ocasião, ficaria, sem dúvida, admirado do estranho acaso que os colocara em frente um do outro, numa carruagem de terceira classe, no comboio de Varsóvia.

Um deles era de pequena estatura e podia ter vinte e sete anos; os cabelos eram crespos e quase pretos, e os olhos castanhos e pequenos, mas cheios de vida. O nariz era chato e as maçãs do rosto salientes; os lábios delgados esboçavam continuamente um sorriso impertinente, irônico e até mesmo mau. Porém o rosto comprido e bem modelado atenuava a impressão desagradável que o resto do seu todo produzia.

O que sobretudo chamava atenção era a palidez cadavérica do rosto. Ainda que fosse de constituição bastante robusta, essa palidez dava-lhe, ao conjunto da fisionomia, um ar de esgotamento e, ao mesmo tempo, discernia-se nele qualquer coisa de apaixonado e também de doloroso, que contrastava com a insolência do seu sorriso e a fatuidade provocante do seu olhar. Muito bem embrulhado numa larga pele de carneiro preto, bem forrada, não havia sentido o frio, ao passo que o seu vizinho tinha sentido arrepios na espinha, devido ao frio daquela noite de outono russo, ao qual não parecia habituado.

Este último tinha com ele uma grossa manta, munida de um grande capuz e sem mangas, vestimenta no gênero daquelas que usam no inverno os viajantes que visitam a Suíça ou a Itália do Norte. Porém o que é bom para viajar na Itália não convém ao clima da Rússia, e ainda menos para um trajeto tão longo como aquele que separa Eydtkuhnen de S. Petersburgo.

O dono desta manta era também um rapaz de vinte e seis a vinte e sete anos. De estatura um pouco acima do normal, tinha uns cabelos castanhos e espessos, as faces cavadas e uma barba em ponta, tão clara que parecia branca. Os olhos eram grandes e azuis; a fixidez da sua expressão tinha qualquer coisa de terno e inquietante, e o seu estranho reflexo revelaria um epilético para certos observadores. Finalmente o rosto era agradável e os seus traços um pouco delicados, mas parecia pálido e naquele momento até azulado, talvez devido ao frio. Tinha nas mãos um pequeno embrulho envolvido num velho pano de cor duvidosa e que constituía provavelmente toda a sua bagagem. Trazia calçados uns sapatos de solas grossas e sobre estes umas polainas, o que não era moda na Rússia.

O seu vizinho, o homem da pele de carneiro, havia examinado todos esses detalhes, um pouco por desfastio. Acabou por interrogá-lo, entretanto que o seu sorriso exprimia a satisfação indiscreta e mal contida que todo homem sem educação experimenta ante a miséria do próximo.

— Está com frio?

Com um movimento de ombros, esboçou um arrepio.

— Oh, sim! — respondeu o interpelado com uma extrema complacência. — E repare que estamos no degelo!... Que faria se estivesse congelando!... Seria um frio cortante. Não imaginei que fizesse tanto frio no nosso país. Já perdi o hábito deste clima.

— Vem então do estrangeiro?

— Sim, venho da Suíça.

— Oh, diabo! Vem de longe!

O jovem dos cabelos pretos assobiou e pôs-se a rir. A conversa continuou. Com uma condescendência de admirar, o outro jovem, o da manta suíça, respondeu a todas as perguntas do seu interlocutor, sem parecer aperceber-se do caráter ocioso e fora de propósito de algumas dessas perguntas, nem do tom negligente com que algumas delas eram feitas. Explicou, principalmente, que havia passado mais de quatro anos fora da Rússia, para onde o tinham mandado a fim de se tratar de uma doença nervosa bastante singular, no gênero das epilepsias ou da dança de S. Guido, que se manifestava por tremores e convulsões. Essas explicações fizeram sorrir o seu companheiro diversas vezes, sobretudo quando lhe perguntou: "E agora está curado?", ao que ele respondeu:

— Oh, não, não me curaram.

— Então despendeu o seu dinheiro em pura perda.

E o jovem da pele de carneiro acrescentou então com amargura:

— É assim que nos deixamos explorar pelos estrangeiros!

— É bem verdade! — exclamou um indivíduo malvestido, que estava sentado ao lado deles, tendo mais ou menos quarenta anos e o aspecto de um escrevente de repartição pública; muitíssimo robusto, exibia um nariz avermelhado no meio de um rosto cheio de borbulhas.

— É muito verdade, meus senhores! — continuou ele. — É assim que os estrangeiros exploram os russos e nos tiram o nosso dinheiro.

— Oh, pelo que me diz respeito estão completamente enganados — retorquiu o jovem doente num tom terno e conciliador. — Não posso contestar o que o senhor disse, porque não conheço tudo quanto diz respeito a essa questão; no entanto o meu médico, após ter pagado todas as despesas por mim feitas durante cerca de dois anos, ainda me conseguiu, à custa de grandes sacrifícios, o dinheiro suficiente para poder voltar à minha terra.

— Como? Não tinha ninguém que pudesse pagar as suas despesas? — perguntou o viajante de cabelos pretos.

— Não tinha... O senhor Paolistchev, que havia tomado o encargo de suprir a todas as minhas necessidades, durante a minha estada na Suíça, morrera há dois anos. Escrevi depois para Petersburgo, à esposa do general Epantchine, minha parenta afastada, mas não obtive resposta. Foi então que me resolvi a regressar.

— E aonde conta ir agora?

— Quer dizer, onde vou ficar? Para lhe dizer a verdade, ainda não sei... Por aí...

— O quê? Ainda não sabe?

E os dois interpelantes soltaram uma nova gargalhada.

— Esse pequeno embrulho contém então toda a sua fortuna? — perguntou o companheiro da pele de carneiro.

— Aposto que é assim! — acrescentou o *tchinovnik*[1] de nariz vermelho e um ar satisfeito. — Suponho que não tem mais embrulhos de bagagem. Aliás, a pobreza não é vício, seja-me permitido dizer.

A suposição dos dois homens era de fato verdadeira, e o jovem amorenado concordou com um sorriso de terna graça.

Os dois deram livre curso às suas gargalhadas. O que trazia apenas o pequeno embrulho riu também, ao olhar para eles, o que fez aumentar a hilaridade destes. O funcionário continuou:

— O seu embrulhinho não deixa de ter uma certa importância. Pode-se apostar, sem dúvida, que não contém rolos de peças de ouro, tais como napoleões, fredericos ou ducados da Holanda. É fácil de conjecturar, bastando ver as suas polainas, as quais cobrem os sapatos de uma maneira esquisita. No entanto se, além desse pequeno embrulho, tivesse na verdade qualquer parentesco com a esposa do general Epantchine, então o embrulho adquiriria um valor relativo. Isto, bem entendido, no caso de ela ser efetivamente sua parenta e não se tratar de algum engano motivado por distração, o que é vulgar suceder, sobretudo naquelas pessoas com um grande poder de imaginação.

— Continua ainda dentro da verdade! — exclamou o jovem doente. — Com efeito, estive quase em errar. Ouvi dizer que a esposa do general é quase minha parenta; estou por outro lado muito admirado que ela não tenha respondido à minha carta da Suíça. Já esperava isto!

— Gastou inutilmente dinheiro num selo. Hum... Ao menos pode-se dizer que o senhor é ingênuo e sincero, o que só depõe em seu favor... Quanto ao general Epantchine, conheço-o, tal como é conhecido de toda a gente. Conheci também o falecido senhor Paolistchev, a pessoa que custeava a sua estada na Suíça, isto, se é que se trata de Nicolas Andreievitch Paolistchev, pois havia dois primos com o mesmo nome. Um vive ainda na Crimeia; quanto ao falecido Nicolas, era um homem considerado, que tinha altas relações e cuja fortuna era avaliada em quatro mil almas.

---

[1] Funcionário público ou burocrata. A palavra deriva de *tchin*, que significa grau ou patente militar. (N. do E.)

— Era esse de fato: chamava-se como diz, Nicolas Andreievitch Paolistchev.

Tendo respondido assim, o jovem doente fitou com um olhar perscrutador o homem que parecia tudo saber.

Estas pessoas tão bem informadas sobre todas as coisas encontram-se, por vezes, e mesmo com bastante frequência, numa certa classe social. Sabem tudo porque concentram num só sentido as faculdades inquiridoras do seu espírito. Esse hábito é com certeza a consequência de uma falta de outros interesses vitais mais importantes, como diria um pensador contemporâneo. De resto, apesar de qualificados de oniscientes, o domínio dos seus conhecimentos é bastante limitado. Dir-vos-ão, por exemplo, que um tal indivíduo serve em tal sítio, que tem por amigos fulano e fulano, que a sua fortuna atinge tanto. Citar-vos-ão a província onde ele foi governador, a mulher que desposou, o montante do dote que ela lhe trouxe, os seus laços de parentesco, e toda a espécie de informações desse gênero. A maior parte do tempo estes sabe-tudo trazem as roupas um pouco esburacadas e conseguem receber com estas informações mais ou menos dezessete rublos por mês. Aquelas pessoas de quem eles conhecem tão bem a vida estão longe de calcular quais os motivos de uma tal curiosidade. Mas muitas dessas pessoas sentem uma enorme satisfação adquirindo estes conhecimentos, que equivalem a uma verdadeira ciência e que o seu amor-próprio eleva à categoria de uma satisfação estética. Nesta época esta ciência tem os seus atrativos. Conheço sábios, escritores, poetas e políticos que têm consagrado a essa ciência uma grande paixão, que fazem dela o fim da sua vida e a ela devem os únicos sucessos da sua carreira.

Durante toda esta conversa o jovem de cabelos pretos lançava olhares negligentes pela janela e parecia impaciente por chegar. A sua distração era tão forte que se transformava em ansiedade e disparate: algumas vezes olhava sem ver, escutava sem ouvir, e se chegava a rir, não se recordava do motivo da sua alegria.

— Mas permita-me perguntar com quem tenho a honra? — perguntou o homem de rosto aburguesado, voltando-se para o dono do pequeno embrulho.

— Sou o príncipe León Nicolaievitch Míchkin — respondeu este num tom rápido.

— O príncipe Míchkin? León Nicolaievitch? Não conheço. Nunca ouvi falar dele — replicou o funcionário num tom distraído. — Não é o nome que me causa admiração. É um nome histórico: encontra-se ou deve-se encontrar na *História* de Karamzine. Falo da sua pessoa, e creio bem, segundo parece, que não se encontra hoje, em parte alguma, um príncipe com esse nome. Qualquer recordação dele extinguiu-se.

— Oh, também o creio! — retorquiu logo o príncipe. — Não existe nenhum outro príncipe Míchkin além da minha pessoa. Devo ser o último da minha geração. Quanto aos meus antepassados, eram fidalgos camponeses. Meu pai serviu no Exército, no posto de tenente, depois de haver passado pela escola de cadetes. Para falar verdade, não sei explicar-lhes a razão por que a esposa do general julga ser uma princesa Míchkin; ela deve ser também a última do seu gênero...

— He, he! A última do seu gênero... Que divertida maneira de dizer! — exclamou o funcionário num tom de zombaria.

O jovem de cabelos pretos esboçou igualmente um sorriso e o príncipe, por sua vez, ficou um pouco admirado por haver empregado uma combinação de palavras não muito lisonjeiras.

— Creiam que a minha intenção, com este jogo de palavras, não foi melindrar alguém — explicou, por fim.

— Compreende-se, vê-se bem! — aquiesceu o funcionário alegremente.

— Muito bem, príncipe! Com certeza se dedicou ao estudo das ciências durante a sua estada na casa do professor, não? — perguntou de súbito o jovem dos cabelos pretos.

— Sim, estudei.

— Não fez como eu, que nunca aprendi nada.

— Por mim, também não foi muito longe a instrução recebida — esclareceu o príncipe, como para se desculpar. — Em virtude do meu estado de saúde, não me foi possível fazer quaisquer estudos seguidos.

— Conhece os Rogojine? — perguntou de súbito o jovem de cabelos pretos.

— Não conheço nenhum. Devo dizer-lhe que conheço poucas pessoas na Rússia. O senhor pertence talvez à família dos Rogojine?

— Sim, chamo-me Parfione Rogojine.

— Parfione? Pertence então talvez àquela família dos Rogojine que... — disse o funcionário, afetando um certo ar de gravidade.

— Sim, sim, é isso mesmo! — acrescentou o jovem de cabelos pretos, num tom de brusca impaciência por se ver interrompido, e não o deixando, por outro lado, concluir a frase, tanto mais que até ali não lhe dirigira uma única palavra, só tendo falado apenas com o príncipe.

— Mas... como pode ser isso? — prosseguiu o funcionário, abrindo muito os olhos, estupefato, entretanto, que a sua fisionomia tomava uma expressão de obsequiosidade, de quase servilismo. — Então o senhor é parente do próprio Semione Parfionovitch Rogojine, notável burguês honorário por herança, que faleceu há perto de um mês, deixando uma fortuna de dois milhões e meio aos seus herdeiros?

— E como é que soube que ele deixou dois milhões em dinheiro? — interrompeu o jovem dos cabelos pretos, mas sem se dignar voltar para ele o seu olhar. — E acrescentou, dirigindo-se ao príncipe com um piscar de olhos: — Chamo um pouco a sua atenção para o seguinte: que interesse podem ter estas pessoas em adular com uma tal solicitude? É absolutamente exato que meu pai morreu há pouco tempo; o que não obsta a que volte para minha casa um mês depois, vindo de Pskov, num estado de miséria tal, que é de admirar que tenha ainda um par de botas para calçar. O patife do meu irmão e a minha mãe não me mandaram nenhum dinheiro, nem sequer me avisaram. Nada fizeram, tratando-me como se fosse um cão. E estive retido durante um mês em Pskov, metido na cama com uma febre alta.

— Isso não o impediu de vir agora receber de uma só vez um bom milhão, e talvez este número esteja abaixo da realidade que o espera. Ah, senhor — exclamou o funcionário, levantando os braços para o céu.

— Mas pergunto, em que pode todo este assunto interessá-lo? — perguntou Rogojine, designando o seu interlocutor com um gesto de enervamento e aversão. Pois fique sabendo que não lhe darei um único copeque, nem mesmo que andasse com as mãos no chão, na minha frente.

— Muito bem! Andarei quando quiser com as mãos no chão.

— Já viu coisa igual! Digo-lhe mais: não lhe daria nada, nem mesmo que dançasse na minha frente uma semana.

— É o que eu quero! Não me dará nada e eu dançarei. Deixarei a minha mulher e os meus filhos para dançar diante de ti, dizendo comigo mesmo: lisonja, lisonja...

— Irra, que baixeza! — exclamou o jovem, deixando bem ver todo o seu desgosto. Depois voltou-se para o príncipe. — Há cinco semanas abandonei a casa paterna levando apenas, como o senhor, um pequeno embrulho com roupa. Dirigi-me a Pskov, à casa de uma tia minha, e aí adoeci com uma febre má. Foi durante este tempo que meu pai faleceu com um ataque apoplético. Paz à sua alma, mas fugi com toda a razão, pois de outra forma matava-me com pancadas, acredite, príncipe, no que lhe digo: Deus é testemunha de que me teria matado, se não fugisse.

— Com certeza o senhor tinha-o feito arreliar? — insinuou o príncipe, que examinava o milionário, tão pobremente vestido, com uma curiosidade muito especial.

Mas que interesse podia ter para ele o ouvir a história deste herdeiro de um milhão? A sua atenção estava concentrada em qualquer outra coisa.

Da mesma forma, se Rogojine sentia um prazer singular em entabular conversa com o príncipe, esse prazer derivava mais de um impulso natural, que de uma necessidade de expansão; parecia propender para isso, mais por diversão do que por simpatia, e o seu estado de inquietação e de nervosismo levava-o a olhar, não importava para que, e a falar, não importava de quê. Era de crer que estivesse ainda debaixo da ação do delírio, ou pelo menos da febre. Quanto ao funcionário, só tinha olhos para Rogojine, mal ousando respirar e guardando como um diamante cada uma das suas palavras.

— É certo que estava furioso contra mim e talvez não sem razão — respondeu Rogojine. — E agora, sobretudo meu irmão que está contra mim. Não digo nada de minha mãe: é uma mulher já velha, sempre absorvida na leitura de monólogos e rodeada de pessoas da sua idade, e de tal forma, que a vontade que prevalece e predomina na nossa casa é a de meu irmão Semione, hei de saber a razão por que não me preveniu no seu devido tempo. Por agora calculo apenas qual fosse. Parece que me mandaram um telegrama, mas esse telegrama foi levado à casa da minha tia, que é viúva, há já perto de trinta anos, e passa os dias, de manhã à noite, na companhia de *yourodivy*. Sem ser positivamente uma religiosa, é pior que uma religiosa. Ficou aterrada ao ver o telegrama e, sem se atrever a abri-lo, levou-o à esquadra policial, onde está ainda. Foi graças a Vassili Vassiliévitch Koniov que fui posto ao corrente do que se passou. Parece que meu irmão cortou, durante a noite, os galões de ouro do brocado que cobria o caixão do meu pai. Tentou justificar a sua má ação, declarando que os galões valiam um dinheiro louco. Não é preciso mais para que o mandem para a Sibéria, se eu quiser mexer nesse assunto, pois é um roubo sacrílego. Que diz a isto, senhor cabeça de vento? — perguntou, voltando-se para o funcionário. — Que diz a lei a tal respeito? É ou não um roubo sacrílego?

— Certamente que é um roubo sacrílego — apressou-se a confirmar o interpelado.

— E isto pode levar um homem para a Sibéria?

— Sim, para a Sibéria, sim!... não tenha a menor dúvida.

— Julgam que estou ainda doente — continuou Rogojine dirigindo-se ao príncipe — mas eu, sem o menor aviso, tal como estava, tomei o comboio e meti-me ao caminho! Ah, meu caro irmão, Semione Semionovitch, como vais ficar surpreendido quando me abrires a porta! Eu sei tudo quanto ele disse de mal, da minha pessoa, a meu falecido pai. Na verdade devo confessar que havia irritado meu pai com a história da Nastásia Filipovna. Fui além do que devia e só tive o castigo que merecia.

— A história da Nastásia Filipovna? — insinuou o funcionário num tom servil e fingindo avivar as suas recordações.

— Que lhe importa, se a não conhece? — gritou-lhe Rogojine, perdendo a paciência.

— Está enganado!... Conheço-a! — ripostou o outro com um ar triunfante.

— Talvez... mas não faltam pessoas com o mesmo nome. E depois, tenho a dizer-lhe que o senhor é de um descaro a toda a prova. Estava seguro — acrescentou, voltando-se para o príncipe — de que ia ser importunado por atrevidos desta força!

— Isso não impede que eu a conheça — insistiu o funcionário. — Lebedev tem muitos conhecimentos. Vossa Alteza trata-me com desdém, mas que dirá, se eu lhe provar que conheço a Nastásia? Olhe, essa mulher, por causa de quem seu pai lhe deu umas boas bengaladas, chama-se, de nome de família, Barachkov. Pode-se dizer que é uma senhora distinta e que é também, no seu gênero, uma princesa. Está em relações com um tal Athanase Ivanovitch Totski; este senhor, que é a sua única ligação, é um grande proprietário, possuidor de capitais consideráveis; é administrador de diversas sociedades e por esta razão tem relações comerciais e de amizade com o general Epantchine.

— Que peste de homem! — exclamou Rogojine, surpreso. — Está bem informado.

— Não lhe disse que Lebedev sabe tudo, absolutamente tudo!... Tenho ainda a dizer a vossa Alteza que viajei por todo o país, durante dois meses, com o pequeno Alexandre Likhatchov, que acabava de perder o pai; por esta razão conheço-o por todos os lados e não podia dar um passo sem a minha pessoa. Nesta ocasião está preso por causa dumas dívidas. Em tempos que lá vão teve ocasião de conhecer a Armance, a Corália, a princesa Patozki, Nastásia Filipovna e sabe-se lá quem mais!

— Nastásia? Mas ela esteve com Likhatchov? — perguntou Rogojine, cujos lábios perderam a cor e começaram a tremer, enquanto o seu olhar colérico se fixou no funcionário.

— Não houve nada entre eles, absolutamente nada! — apressou-se ele a retificar. — Quis dizer que Likhatchov não conseguiu ainda nada, a despeito do seu dinheiro. Ela não é como a Armance e tem apenas o Totski. Todas as noites a podemos ver na sua frisa, seja no Grande Teatro, seja no Teatro Francês. Os oficiais cochicham entre eles a seu respeito, mas são incapazes de provar seja o que for: "Olha", dizem eles, "olha a famosa Nastásia!" E é tudo. Não dizem nada de mais simples, porque nada mais simples podem dizer.

— Assim é, com efeito! — confirmou Rogojine com um aspecto sombrio e pouco amistoso. — Foi isso mesmo que me disse há tempos Zaliojev. Um dia, príncipe, quando atravessava o Nevski, agasalhado num casacão de meu pai, que eu trazia há mais de três anos, vi-a sair de um estabelecimento e subir para a sua carruagem. Senti-me, ao vê-la, como que fulminado por um raio. Depois encontrei Zaliojev; era, no seu aspecto, muito diferente da minha pessoa: estava vestido com elegância e trazia monóculo, entretanto que eu, na casa de meus pais, calçava botas de camponês e comia sopa de couves. Zaliojev disse-me: "Esta mulher não é de toda a gente. É uma princesa, chama-se Nastásia Filipovna Barachkov e vive com Totski. Porém este não sabe como se há de desembaraçar dela, porque, apesar dos seus cinquenta e cinco anos, pensa encetar nova vida. Pretende desposar a primeira beleza de S. Petersburgo". Nessa altura, acrescentou, ainda, que só a podia ver na sua frisa, indo naquela noite ao Grande Teatro, durante o bailado. Todavia o caráter de meu pai era tão desconfiado, que se me atrevesse a manifestar-lhe a minha intenção de ir ver o bailado, seria logo espancado. Esquivando-me, no entanto, como pude, sempre consegui ir ao teatro, onde vi a Nastásia. Não pude fechar olho durante toda a noite. Na manhã seguinte meu falecido pai deu-me dois títulos de 5%, de cinco mil rublos cada, dizendo-me: "Vai vendê-los e passa depois pela casa de Andreiev, onde pagarás uma conta que ali tenho de sete mil e quinhentos rublos. Trazes-me o troco e não te demores no caminho". Vendi os títulos e embolsei o dinheiro. Em lugar de ir à casa de Andreiev, fui logo direto aos Armazéns Ingleses, onde escolhi um par de brincos com dois brilhantes cada, e os quais eram quase do tamanho de uma noz. Faltaram-me ainda quatrocentos rublos, mas ao dizer quem eu era, concederam-me logo esse crédito. Com esta joia no bolso dirigi-me à casa de Zaliojev. "Vamos, meu amigo!", disse-lhe eu. "Acompanhe-me à casa da Nastásia". E lá fomos. Do que tive então debaixo dos pés, diante de mim ou ao meu lado, perdi toda a recordação. Entramos no seu grande salão e ela veio ao nosso encontro. Não me dei a conhecer nesta ocasião, pois encarreguei Zaliojev de lhe dar a joia em meu nome. Disse ele: "Queira, minha senhora, aceitar isto, da parte de Parfione Rogojine, em recordação do dia de ontem, dia em que a viu pela primeira vez". Abriu o estojo, examinou os brincos e respondeu, sorrindo: "Agradeça ao seu amigo, senhor Rogojine, a sua amável atenção". Dito isto, saudou-nos e retirou-se. Por que não morri eu no lugar onde estava naquele momento! Se me decidira a ir até ali, devia-se à ideia que se me metera na cabeça, de que não voltaria vivo. E uma coisa, sobretudo, me humilhava; a quase certeza de me ver eclipsado por esse animal do Zaliojev. Dada a minha pequena estatura e o meu aspecto de criado, mantive-me calado, todo atrapalhado e envergonhado do meu desacerto, limitando-me por isso apenas a devorá-la com os olhos. Ele estava vestido na última moda, todo coberto de pomada, de cabelo frisado e a pele rosada; trazia uma gravata aos quadrados e todo ele eram trejeitos afetados. Não duvido que ela o houvesse tomado por mim! Ao sair, disse-lhe: "Se pensa em voltar a acompanhar-me à casa dela, está enganado. Compreende?" Respondeu-me, rindo: "Estou ansioso por saber como vais regular as contas com teu pai!" A verdade, contudo, é que nessa altura sentia mais desejos de me atirar à água, do que voltar para casa. Respondi-lhe: "Que lhe importa?" Regressei em seguida à casa, onde entrei como um condenado.

— Livra! — desabafou o funcionário com um ar de pavor. — Quando penso que o falecido mandou algumas vezes um homem para o outro mundo, não por dez mil, mas mesmo por dez rublos*!*

Fez, ao preferir estas palavras, um sinal com os olhos, ao príncipe. Este examinava Rogojine com curiosidade. O jovem, mais pálido ainda neste momento, exclamou:

— Mandava pessoas para o outro mundo? Que sabe o senhor a tal respeito?

Em seguida, voltando-se para o príncipe, continuou:

— A história não tardou a chegar aos ouvidos de meu pai. Zaliojev tinha ido logo contá-la a toda a gente. Depois de me ter fechado no último andar da nossa casa, castigou-me durante uma hora. "Isto é apenas o começo", disse-me ele, "pois virei antes do anoitecer para te desejar uma boa noite". Que pensa o senhor que ele fez em seguida? Esse homem de cabelos brancos foi à casa da Nastásia, saudou-a com uma grande reverência e à força de suplicar e de chorar, acabou por conseguir que ela lhe entregasse o estojo. Atirou-lhe com ele, dizendo: "Toma, meu velhote, aqui tens os brincos! Passaram a valer para mim dez vezes mais, desde que soube que Parfione os adquiriu pelo preço do tratamento que lhe infligiste. Saúda e agradece em meu nome a Parfione Semionovitch!" Enquanto isto se passava, com a autorização de minha mãe, pedi vinte rublos emprestados a Serge Protonchine e tomei o comboio para Pskov. Cheguei ali já com febre. As velhas mulheres, à laia de tratamento, sentaram-se junto de mim a ler a vida dos santos. Estava como que inconsciente. Fui depois gastar os últimos centavos para uma taberna e passei a noite prostrado na rua com uma bebedeira. Pela manhã a febre tinha aumentado. Os cães haviam me cheirado durante a noite. A custo consegui recobrar os sentidos.

— Agora vamos ver em que tom cantará a Nastásia — zombava o funcionário, esfregando as mãos — Para este momento, senhor, não se trata dos brincos. É uma outra coisa que vamos poder oferecer-lhe...

— Tu, tu tens sido o companheiro de Likhatchov! — gritou Rogojine, agarrando-o violentamente por um braço. — Garanto-te, porém, que te espancarei se dizes mais uma palavra a respeito da Nastásia.

— Batendo-me é a prova de que não me repele. Espanque-me, portanto!... Será uma maneira de me mostrar a sua concordância... Mas estamos chegados...

De fato o comboio entrava na plataforma da estação. Se bem que Rogojine tivesse dito que havia deixado Pskov em segredo, várias pessoas se encontravam na estação à sua espera. Começaram a clamar e a agitar os seus bonés.

— Olhe, Zaliojev veio também! — murmurou Rogojine, fitando o grupo com um olhar de triunfo, entretanto que um mau sorriso lhe passou pelos lábios. Depois voltou-se bruscamente para o príncipe:

— Príncipe, sem bem saber o porquê, principiei a sentir pelo senhor uma certa afeição. Talvez isto seja devido a tê-lo encontrado em tão estranhas circunstâncias. Entretanto encontrei-o também a ele — e designou Lebedev — e não me despertou nenhuma simpatia. Terei muito gosto em vê-lo na minha casa, príncipe, mas terá que tirar as polainas; mandar-lhe-ei uma peliça de pele de marta, de primeira qualidade, bem como lhe mandarei fazer o que houver de melhor como fraque e como colete branco (menos que não prefira outra coisa!) terá o dinheiro que quiser e... iremos à casa da Nastásia. Aceita ou não?

— Preste atenção a estas palavras, príncipe Míchkin — exclamou Rogojine num tom de importância. — Não deixe escapar semelhante ocasião! A tal o intimo.

O príncipe levantou-se, estendeu a mão a Rogojine, todo cortês, e respondeu com amabilidade:

— Irei visitá-lo com o maior prazer e fico-lhe muito reconhecido pela simpatia que mostra ter por mim. Digo-lhe também, com a maior franqueza, que a sua pessoa se me tornou simpática, sobretudo quando me contou a história dos brincos com brilhantes. Posso até mesmo dizer que já, antes de ouvir a sua história, me havia agradado, apesar do seu rosto um pouco sombrio. Agradeço-lhe igualmente a sua promessa de me dar um fraque e uma peliça, porque um e outro vão me ser indispensáveis. Quanto a dinheiro, tenho apenas, neste momento, um único copeque.

— Terá dinheiro, o mais tardar ainda esta tarde. Espero-o logo, sem falta.

— Sim, sim, terá dinheiro! — repetiu o funcionário. — Ainda esta tarde lhe darão.

— E que me diz do sexo feminino? Gosta, príncipe? Fale sem receio, à vontade.

— Eu! Oh... não! Preciso dizer-lhe... pois talvez não saiba, que devido à minha doença congênita não tenho nenhum conhecimento da mulher.

— Ah, se é assim, príncipe — exclamou Rogojine — então é um verdadeiro iluminado. Deus gosta das pessoas como o senhor.

— Sim! Deus gosta das pessoas como o senhor — repetiu o funcionário.

— Quanto ao senhor sabe-tudo, ordeno-lhe que me siga — disse Rogojine a Lebedev.

E todos saíram da carruagem.

Lebedev acabara ganhando a sua partida. O ruidoso grupo deixou a estação e afastou-se na direção de Voznessensk. O príncipe devia seguir para os lados da Liteinaia. O dia estava úmido e brumoso. Perguntou aos companheiros qual caminho que devia seguir, e como a distância a percorrer era de três verstas, decidiu tomar um carro.

Capítulo 2

O general Epantchine vivia numa casa de que era o proprietário, a pequena distância da Liteinaia, perto da Transfiguration. Além desta confortável casa, cujos cinco andares estavam alugados, o general possuía também uma vasta casa na Sadovaia, de que tirava igualmente uma receita avultada. Tinha ainda um largo domínio, de grande rendimento, nos arredores da capital, e uma fábrica num local qualquer do distrito de S. Petersburgo. Todos sabiam que o general tinha estado interessado na exploração de herdades e na extração de aguardente. Atualmente era o maior acionista de várias sociedades importantes. Passava por ter uma respeitável fortuna; atribuíam-lhe a orientação de importantes questões e possuindo uma grande influência devido às suas muitas relações. Em certos meios havia conseguido tornar-se absolutamente indispensável, em especial na administração onde trabalhava. No entanto, era do conhecimento de todos que Epantchine não tinha nenhuma instrução e havia começado por ser soldado tarimbeiro. Isto, sem dúvida, era para ele uma honra, mas, se bem que inteligente, tinha umas pequenas fraquezas que se tornavam desnecessárias e certas referências ao seu passado eram-lhe desagradáveis. Em todo caso, era um homem ponderado e hábil. Tinha por princípio não se intrometer onde não fosse chamado ou então fazia sempre por não se evidenciar. Muitas pessoas apreciavam precisamente nele essa simplicidade e a arte que possuía de se manter sempre no seu devido lugar.

Ah, se aqueles que o julgavam assim tivessem podido ver o que se passava na alma deste Ivan, que sabia tão bem manter-se no seu lugar. Se bem que tivesse, na verdade, com a experiência da vida e a prática das questões, certas atitudes bastante notáveis, não gostaria menos de se apresentar como um homem que escuta e respeita as ideias dos outros, quando mais não fosse para se mostrar um espírito independente. Quase se tornava um servidor dedicado, mas sem bajulações, e orgulhava-se — sinal dos tempos! — de passar por um verdadeiro russo, que tem o coração nas mãos. Resultante deste último ponto, havia se visto envolvido em aventuras bastante extraordinárias, mas não era homem para perder a coragem devido a uma desventura qualquer, por mais cômica que ela fosse. Acresce ainda que a sorte não deixava nunca de o favorecer, mesmo no próprio jogo das cartas, em que chegava a arriscar avultadas importâncias; não só não escondia esta fraqueza, de que muitas vezes havia tirado bons lucros, mas ainda se vangloriava dela. Pertencia a uma sociedade bastante mesclada, mas composta na sua maioria de pessoas de uma certa importância. Pensava sempre no futuro; saber ter paciência era o seu dilema, visto que para ele cada coisa surgia no seu devido tempo e pela sua ordem. De resto, o general estava, como se costuma dizer, ainda verde: tinha mais ou menos cinquenta e seis anos, idade em que o homem atinge o apogeu e começa a sua *verdadeira* vida. A sua saúde, a boa cor do seu rosto, os seus dentes fortes, ainda que denegridos, a sua compleição robusta e musculosa, a sua maneira de afetar uma certa preocupação quando se dirigia pela manhã para o serviço, e a alegria que manifestava quando à tarde jogava uma partida de cartas na casa de sua Alteza, tudo isto contribuía para os seus sucessos presentes e futuros, e cobria de rosas o caminho que trilhava na vida.

O general tinha uma família importante. Para dizer a verdade, neste campo nem tudo era cor-de-rosa, mas sua Excelência encontrava, desde há bastante tempo, diversos motivos a justificar as suas esperanças, as mais sérias, e as suas ambições, as mais legítimas. E pensando assim, teria ele em mira na sua existência um fim mais importante e mais sagrado que a vida da família? Trabalhar, para que, se não para a família? A do general compunha-se da esposa e de três filhas já senhoras. Havia casado muito novo, tendo apenas o posto de tenente, com uma jovem moça, quase da mesma idade, que não lhe trouxera nem beleza, nem instrução, e que não tinha mais que cinquenta almas de dote. É verdade que foi com este dote que começou a avolumar-se a fortuna do general!... Nunca se recriminou por este casamento prematuro, nem nunca o imputou a um entusiasmo irrefletido da sua juventude. À força de respeitar sua esposa, chegou a temê-la e mesmo a amá-la.

Esta havia nascido princesa Míchkin. Pertencia a uma família pouco ilustre, mas muito antiga, o que a tornava deveras altiva da sua origem. Um personagem influente da época, destas pessoas a quem dispensar uma certa proteção nada custa, havia tomado interesse pelo casamento da jovem princesa. Facilitou a ascensão do tenente e foi ele que lhe deu por isso o impulso inicial. Todavia o jovem tenente não tinha necessidade de impulso para ir para a frente; um simples olhar seria o suficiente para que ele se não perdesse. Os dois esposos viveram, com pequenas intermitências, em perfeita harmonia durante o tempo da sua longa união. Apesar de bastante nova, a esposa havia conseguido encontrar protetoras muito bem colocadas, graças ao seu título de princesa e à sua qualidade de última representante da sua família, e graças talvez também aos seus méritos pessoais. Mais tarde, quando seu marido alcançou a fortuna que tinha e conquistou uma alta posição social, começou a frequentar e a relacionar-se com toda a melhor sociedade.

Nestes últimos anos as três filhas do general, Alexandra, Adelaide e Aglaé haviam passado da adolescência à idade de se casarem. Se pelo lado paterno não eram mais do que as meninas Epantchine, pelo lado materno pertenciam a uma família de príncipes. O seu dote era bastante elevado, seu pai podia ascender a qualquer posto de primordial importância e todas três eram — o que não lhes desagradava nada! — de uma encantadora beleza, em especial a mais velha, Alexandra, que havia passado já dos vinte e cinco anos. A segunda tinha vinte e três, e a mais nova, Aglaé, acabava de atingir os vinte. Esta última por sua vez estava revelando uma tal beleza, que começava a despertar a atenção de quantos a rodeavam.

Entretanto isto não era ainda tudo: as três pequenas distinguiam-se também pela sua instrução, a sua inteligência e o seu talento. Sabia-se que eram muito amigas umas das outras e que se adoravam entre si. Falava-se mesmo em certos sacrifícios que as duas mais velhas teriam feito pela Aglaé, que era o ídolo de toda a família. Na sociedade, longe de procurarem parecê-lo, pecavam por excesso de modéstia. Ninguém podia acusá-las de serem orgulhosas ou arrogantes, se bem que se sentissem altivas e conscientes do seu valor. A mais velha gostava de música, tocando muitíssimo bem. A mais nova tinha uma vocação especial para a pintura, mas durante anos ninguém soube de tal, e se descobriu-se recentemente, foi por acaso. Em breve lhe renderam grandes elogios por isso, assim como às duas outras irmãs. Por outro lado eram também objeto dumas certas maledicências e enumeravam-se, com espanto, os muitos livros que haviam já lido.

Não manifestavam nenhuma tendência para se casarem. Satisfeitas por pertencerem a uma certa categoria social, não reservavam sentimentos pelos quais ambicionassem ultrapassar uma certa posição. Esta discrição era tanto mais notável quanto toda a gente conhecia o caráter, as ambições e as esperanças do pai.

Eram perto das onze horas quando o príncipe bateu à porta da casa do general. Este ocupava, no primeiro andar, uma série de aposentos que podiam considerar-se bastante modestos para a sua posição social. Um criado de libré veio abrir. O príncipe apressou-se a dar-lhe umas longas explicações, antes que o seu aspecto e o seu embrulho provocassem um olhar desconfiado. Por fim, com a declaração várias vezes repetida de que era realmente o príncipe Míchkin e que tinha absoluta necessidade de falar ao general sobre um negócio urgente, o criado, perplexo, fê-lo entrar para uma pequena antecâmara, que precedia a sala de espera e era contígua ao gabinete de trabalho. Uma vez ali, entregou-o aos cuidados de um outro criado, que todas as manhãs estava de serviço nessa antecâmara e cuja função era anunciar as visitas ao general. Este segundo criado trajava fraque; tendo já passado dos quarenta anos, a expressão da sua fisionomia era circunspecta. O fato de se encontrar destacado para este serviço especial, no gabinete de sua Excelência, fazia com que formasse uma alta opinião da sua pessoa.

— Faz favor de esperar na sala, mas antes tem de deixar aqui o seu pequeno embrulho — disse ele, com uma gravidade afetada, sentando-se na cadeira e fitando o príncipe com um olhar severo. Este sentara-se também, despreocupadamente, numa cadeira ao lado e sem largar a sua modesta bagagem.

— Se me permite — disse o príncipe — prefiro esperar aqui ao seu lado. Que farei sozinho na sala?

— Não convém que fique nesta antecâmara, pois o senhor está aqui na qualidade de visita. É ao próprio general que deseja falar?

O criado, como é evidente, hesitava, ante a ideia de introduzir uma tal visita; e por esta razão interrogou-o de novo.

— Sim senhor, tenho uma questão que... — começou o príncipe.

— Não lhe peço para me dizer qual a razão da sua visita. A minha missão limita-se a anunciar o seu nome. Mas, como lhe disse já, não posso introduzi-lo, sem primeiro falar ao secretário.

A desconfiança do criado parecia aumentar de minuto a minuto, tanto o aspecto do príncipe diferia do daquelas pessoas que vinham falar ao general, ainda que este último tivesse muitas vezes, quase todos os dias, necessidade de receber, a uma certa hora, sobretudo devido a *questões,* visitantes de todas as categorias. Apesar desta experiência e da elasticidade das instruções recebidas, o criado estava hesitante, pelo que a intervenção do secretário lhe pareceu necessária para introduzir esta visita.

— Mas, na verdade, o senhor acaba de chegar do estrangeiro? — decidiu-se, por fim, a perguntar, como que por acaso. Talvez estivesse cometendo uma falta; a verdadeira pergunta que pretendia fazer era sem dúvida esta: verdade que o senhor é o príncipe Míchkin?

— Sim, senhor, venho diretamente da estação. Tenho a impressão de que pretende, antes, perguntar-me se sou de fato o príncipe Míchkin, e que o não faz por um ato de delicadeza...

— Hum... — murmurou o criado surpreendido.

— Garanto-lhe que não lhe menti e não incorre em nenhuma falta por minha causa. O meu aspecto e a minha pequena bagagem devem causar-lhe admiração. É que atualmente a minha situação é deveras precária.

— Hum... não é disso que tenho receio, note bem! O meu dever é anunciá-lo e o secretário não deixará de vir falar-lhe, a menos que... Sim, há um menos que... Se me permite, posso perguntar-lhe se não vem à casa do general solicitar-lhe qualquer esmola?

— Oh, não, por esse lado pode estar sossegado. A razão da minha visita é outra.

— Desculpe-me, mas tive esta ideia ao vê-lo. Tem de esperar pelo secretário. O general está neste momento ocupado com um coronel; em seguida é a vez do secretário da sociedade...

— Tenho de esperar, então, muito tempo! Poderá, então, indicar-me um canto onde eu possa fumar? Tenho o meu cachimbo e tabaco.

— Fumar! — exclamou o criado, fitando o visitante com um olhar de admiração e espanto, como se não pudesse acreditar no que ouvia. — Fumar! Não, não se fuma aqui, é mesmo um contrassenso ter uma tal ideia. Sim, senhor... E deveras extravagante!

— Oh, não era neste compartimento que eu pensava fumar. Sei bem que não se pode. Iria por isso da melhor vontade para qualquer canto que fizesse o favor de me indicar.

Isto é em mim um hábito e há já três horas que não fumo. No entanto é como melhor lhe agradar. Conhece o provérbio que diz: A religiosa de uma outra ordem...

— Mas como quer que eu o anuncie? — murmurou quase sem querer o criado. — E agora o seu lugar não é aqui, mas na sala de espera, visto que o senhor é uma visita, é um hóspede; arrisca-se a que o senhor e eu sejamos admoestados. O senhor tem a intenção de se instalar cá em casa? — acrescentou ele, deitando de novo um olhar de lado para o pequeno embrulho que continuava a inquietá-lo.

— Não, não tenho essa intenção. Mesmo que me convidassem, não ficaria aqui. O único fim da minha visita é conhecer de perto os donos da casa e nada mais.

— Como? Para conhecer os donos da casa? — perguntou o criado com surpresa e com um ar ainda mais desconfiado. — Por que me disse, então, de entrada, que vinha tratar de uma questão?

— Oh, trata-se de uma questão tão insignificante que quase me esqueço dela. É apenas pedir um conselho. O essencial para mim é apresentar-me, porque sou um príncipe Míchkin, tal como a esposa do general, que é também a última das princesas Míchkin. Além dela e da minha pessoa, não existem mais príncipes com este nome.

— Mas então o senhor é da família? — exclamou o criado com uma espécie de admiração.

— Oh, tão pouco que nem vale a pena falar nisso. Com certeza, procurando bem, devemos ser parentes num grau muito afastado. Mas isto não interessa. Dirigi-me em tempos à esposa do general, numa carta que lhe endereceia do estrangeiro, mas à qual não obtive resposta. Fiz isto porque julguei que era meu dever estabelecer relações com ela, como é essa também uma das razões da minha visita. Se lhe explico tudo isto é para que não tenha nenhuma dúvida sobre a minha pessoa, pois o vejo bastante inquieto. Anuncie o príncipe Míchkin e isto será o suficiente para que compreendam o fim da minha visita. Se me receberem, tanto melhor. Se não me receberem, talvez seja também muito bom. Parece-me, porém, que não se podem recusar a receber-me. A esposa do general desejará com certeza conhecer o mais velho e único representante da sua família. Até agora tenho ouvido dizer que é muito orgulhosa da sua linhagem.

A conversa do príncipe parecia refletir a maior simplicidade, mas essa própria simplicidade, neste caso, tinha qualquer coisa de estonteante. O criado, homem experimentado, não podia deixar de concluir que um tal tom de conversa, considerado conveniente de homem para homem, devia ser impróprio de um visitante para um criado. Ora, como as pessoas que servem, são muito mais sensatas do que os patrões em geral supõem, o criado chegou a esta conclusão: de duas, uma: ou o príncipe era um vagabundo como outro qualquer, que vinha pedir uma esmola, ou então era um imbecil, sem a menor espécie de amor-próprio, visto que um príncipe inteligente e tendo o sentimento da sua dignidade não ficaria sentado na antecâmara a conversar sobre as suas questões com um criado. Num caso, como noutro, devia prever a má impressão que as suas atitudes iriam produzir.

— Peço-lhe, por favor, para passar à sala de espera — observou o criado, dando ao tom com que proferiu esta frase, toda a insistência possível.

— Mas se estivesse sentado na sala, não teria tido ocasião de lhe contar tudo isto! — objetou alegremente o príncipe. — Ficaria sempre em sobressalto, devido à minha capa e ao meu embrulho. Talvez se resolvesse a não esperar o secretário, se o senhor se decidisse a ir anunciar-me.

— Não posso anunciar uma visita como o senhor sem a prevenção do secretário, pois ainda há pouco o general acabou de me recomendar, em especial, que não queria que o incomodassem, fosse sob que pretexto fosse, enquanto estivesse a falar com o coronel. Apenas Gabriel Ardalionovitch pode entrar sem prevenir.

— É algum funcionário?

— O Gabriel? Não senhor. É um empregado particular da sociedade... Coloque pelo menos o seu pequeno embrulho a este canto.

— Era o que pensava fazer. Se então me permite... sabe? Deixarei também aqui a minha capa.

— Naturalmente. Não ia agora entrar no gabinete do general com isso...

O príncipe levantou-se e tirou, num gesto rápido, a capa. Mostrou, então, uma roupa bem feita, ainda que um pouco gasta. Sobre o colete via-se uma corrente de aço, prendendo um relógio de prata, de fabricação genebrina.

Se bem que na verdade tivesse classificado o príncipe no número dos pobres de espírito, acabou por concordar que era inconveniente que o criado particular do general estabelecesse uma conversa, tal como o seu chefe, com um visitante. Portanto o príncipe agradava-lhe, por um lado, com a sua maneira de proceder; porém, sob outro ponto de vista, inspirava-lhe uma reprovação decisiva e brutal.

— E a esposa do general quando recebe ela as visitas? — perguntou o príncipe, depois de se sentar de novo no seu primeiro lugar.

— Isso não sei, pois não é comigo, meu caro senhor. As suas horas de receber variam conforme as pessoas. A modista, por exemplo, é recebida depois das onze horas. O Gabriel tem também a primazia sobre todas as pessoas; chega mesmo a ser recebido na hora do almoço.

— No inverno a temperatura dos compartimentos aqui é mais elevada que no estrangeiro — observou o príncipe. — Mas lá, o ar fora de casa é menos gélido do que aqui. Lá, as casas são tão frias que um russo a custo se habitua.

— Não as aquecem, então?

— É que os fogões e as janelas não são construídos da mesma maneira que aqui.

— Ah, e o senhor andou por lá muito tempo?

— Vivi lá quatro anos. Porém passei quase todo o tempo no mesmo sítio, no campo.

— Com certeza perdeu, então, os hábitos da vida russa.

— É verdade também. Acredite ou não, se quiser, mas admiro-me algumas vezes de não ter desaprendido a língua russa. Falando com o senhor, pergunto a mim mesmo: "Estarei falando bem?" É talvez por isso que falo tanto... e desde ontem tenho sentido sempre a necessidade de falar russo.

— O senhor viveu noutros tempos em S. Petersburgo? — por mais que tentasse, o criado não conseguia resolver-se a pôr termo a uma conversa tão amena e tão cortês.

— S. Petersburgo? Estive lá, sim, mas por pouco tempo e de passagem!... De resto, nesse tempo não estava ao corrente de coisa nenhuma. Hoje ouço dizer que há ali tantas inovações que temos de modificar tudo quanto se aprendeu até agora. Assim, fala-se muito na criação de novos tribunais.

— Hum, os tribunais... Sim, há alguns tribunais. E no estrangeiro, diga-me, os tribunais são mais justos do que aqui?

— Não sei o que responder-lhe. Tenho ouvido dizer muito bem dos nossos. Entre nós, por exemplo, a pena de morte não existe.

— E no estrangeiro existe?

— Sim, senhor. Existe na França. Em Lyon, Schneider levou-me a assistir a uma execução.

— Enforcam os condenados?

— Não senhor. Na França cortam-lhes a cabeça.

— E esses condenados gritam?

— Nada disso!... Aquilo dura uns segundos. Deitam o condenado num estrado e um largo cutelo corta-lhe rápido o pescoço, graças a um maquinismo chamado guilhotina. A cabeça é separada do tronco num abrir e fechar de olhos. O mais penoso devem ser os preparativos. Após a leitura da sentença de morte, procedem à preparação do condenado, vestindo-lhe uma roupa própria e cortando-lhe o cabelo antes de o levarem para o cadafalso. É um momento horrível. A multidão comprime-se em volta do local da execução e as próprias mulheres assistem a este espetáculo, se bem que a sua presença nestes atos seja reprovada e criticada por toda a gente.

— Não é, de fato, lugar próprio para elas.

— Exatamente. Ir ver uma semelhante tortura! O condenado que vi supliciar era um rapaz inteligente, intrépido, forte e estava no vigor da idade. Chamavam-no Legros. E, no entanto, acredite ou não, ao subir para o cadafalso estava pálido como o branco linho e chorava. E é possível isto nestes tempos? Não será uma monstruosidade? É de tal ordem que chegam a chorar de terror... Não creio que o terror possa provocar lágrimas, não digo a uma criança, mas a um homem que até àquele instante nunca chorou, a um homem com quarenta e cinco anos! Que se passará nesse momento na alma do condenado e que sentimentos de angústia não o avassalarão? Há nisto, nem mais nem menos, que um ultraje à alma humana. Disse-se: "Não matarás! E todavia mata-se um homem porque ele matou!" Não... isto não é admissível! Há mais de um mês que assisti a esse espetáculo e recordo-o como se o estivesse vendo agora mesmo. Já sonhei com ele pelo menos cinco vezes...

O príncipe ia se animando à medida que ia falando: um leve colorido substituíra a palidez do seu rosto, apesar de tudo isto ter sido proferido num tom calmo. O criado seguiu este raciocínio com interesse e emoção; parecia temer interrompê-lo. Talvez fosse também dotado de um certo poder de imaginação e propenso à reflexão.

— É pelo menos uma felicidade — observou ele — que o sofrimento seja curto no momento de ser decepado.

— Sabe o que eu penso? — retorquiu o príncipe com vivacidade. — A sua observação é a mesma que ocorre ao espírito de toda a gente e foi a razão pela qual se inventou essa máquina chamada guilhotina. Mas, pergunto eu, esta maneira de executar não é pior que as outras? Vai rir e encontrar a minha reflexão bastante estranha; no entanto, com um pequeno esforço de imaginação, pode chegar a ter a mesma ideia que eu tive. Imagine um homem que é sujeito a qualquer tortura, imagine os seus sofrimentos, as suas mortificações e os seus tormentos físicos, chegando por vezes ao ponto de lhe fazerem esquecer as dores morais! No entanto, como não sabe se toda essa tortura lhe origina a morte e nem mesmo nela pensa, o seu suplício é muito menor do que aquele que tem a certeza de que vai morrer. E que não são os sofrimentos que constituem o suplício mais cruel; este é originado pela certeza de que dentro de uma hora, de dez minutos, de meio minuto, naquele instante mesmo a alma vai separar-se do corpo, a vida vai ter seu fim irremissivelmente. O mais terrível é essa certeza. O mais monstruoso é o quarto de segundo durante o qual lhe colocam a cabeça sob o cutelo e se ouve o deslizar rápido deste. Isto não é uma fantasia do meu espírito; sabe muito bem que outras pessoas se têm exprimido da mesma forma? Esta minha convicção é tão grande que não hesito em o expor seja onde for. Quando se condena à morte um assassino, a pena é muitíssimo mais grave do que o crime. A morte jurídica é infinitamente mais atroz que o assassinato. Aquele que é morto pelos ladrões ou estrangulado pelos salteadores, durante a noite, no interior de um bosque, conserva até ao último momento a esperança de se salvar. Relatam-se casos de pessoas que, com uma faca ou um punhal atravessado na garganta, esperam ainda salvar a vida, quando não chegam mesmo a correr, a gritar por socorro. Entretanto que nestes casos o ladrão ou o salteador procedem com a certeza de provocarem a morte do atacado, não lhe tiram, como ao supliciado, a esperança de se salvar, o que torna a morte dez vezes mais tolerável. No caso do supliciado há uma sentença, e o fato de saber que não poderá escapar-lhe constitui uma tal tortura, que não existe outra mais horrível no mundo. Arrastem, em pleno furor de uma batalha, um soldado para a frente da boca de um canhão, e ele manterá a esperança de se salvar até ao derradeiro momento de perder a vida. Anunciem, porém, a esse soldado a *certeza* de que foi condenado à morte, e vê-lo-emos tornar-se louco ou desfazer-se em lágrimas. Quem pode afirmar que a natureza humana é capaz de suportar esta prova, sem cair na loucura? Por que infligir-lhe uma afronta tão infame quanto inútil? Talvez exista no mundo um homem a quem tivessem lido a sua condenação à morte, originando-lhe assim essa grande tortura, para em seguida lhe dizerem: "Acabas de ser indultado!" Esse poderia talvez contar-nos o que sentiu! Foi desse tormento e dessa agonia que Cristo nos falou... Não!... não há o direito de tratar assim as pessoas!

Se bem que fosse incapaz de enunciar estas ideias e nos mesmos termos, o criado compreendeu a parte principal, como se pôde ver pela expressão que o seu rosto refletia.

— Olhe — interveio este — se tem muita vontade de fumar, podem arranjar-se as coisas. Contudo precisa andar depressa, porque se o general o chama na ocasião em que o senhor cá não está? Aí, no vão dessa escada há uma porta. Passando por ela, encontrará à sua mão direita um pequeno recanto, onde poderá fumar, devendo primeiro abrir os postigos, para por eles sair o fumo...

O príncipe não teve, porém, tempo para tal fazer. Um indivíduo ainda novo entrou apressado na antecâmara, trazendo uns papéis na mão. Enquanto o criado o ajudava a tirar a peliça, olhava o príncipe de lado.

— Está aqui, senhor Gabriel Ardalionovitch — disse o criado num tom de confidência e quase de familiaridade — um cavalheiro que dá pelo nome de príncipe Míchkin e é parente da senhora. Acaba de chegar no comboio, vindo do estrangeiro, trazendo apenas como bagagem o pequeno embrulho que tem na mão...

O príncipe não ouviu a parte final, que foi dita em voz baixa, Gabriel escutou com atenção e olhou o príncipe com curiosidade. Depois, afastando-se do criado, interrogou o visitante, não sem uma certa hesitação:

— O senhor é o príncipe Míchkin? — perguntou com uma amabilidade e uma delicadeza extrema.

Era uma bonita figura, tendo aproximadamente vinte e oito anos, cabelos louros, talhe esbelto e uma estatura mediana. Usava uma barbicha à moda império, os traços do rosto eram delicados e a fisionomia inteligente. O sorriso, porém, por mais afável que fosse, tinha qualquer coisa de afetado; mostrava muito os dentes, que pareciam uma fiada de pérolas, e na vivacidade e aparente bonomia do seu olhar notava-se qualquer coisa de decisivo e inquisitorial.

"Não tem com certeza este olhar quando está só", pensou maquinalmente o príncipe, "e talvez não ria nunca."

Este explicou, num tom apressado, tudo quanto pôde, mais ou menos nos termos em que o tinha feito há pouco ao Rogojine e depois ao criado. Gabriel perguntou num tom de quem parecia avivar as suas recordações:

— Não foi o senhor que mandou, há um ano, mais ou menos, da Suíça, se não me engano, uma carta a Isabel Prokofievna?

— Fui eu mesmo.

— Nesse caso é conhecido da casa e com certeza devem lembrar-se do senhor. Deseja, então, falar a sua Excelência? Vou já anunciar-lhe que está aqui. Ficará livre dentro de momentos. Mas o senhor deve... Queira passar à sala de espera... Por que é que este senhor ficou aqui? — perguntou ele, dirigindo-se ao criado num tom severo.

— Eu lhe disse. Este senhor é que não quis entrar.

Nesta altura abriram bruscamente a porta do gabinete e por ela saiu um militar que trazia uma pasta debaixo do braço e falava alto, despedindo-se do dono da casa.

— Estás aí, Gabriel? — exclamou alguém do fundo do gabinete. — Podes entrar. Vem cá.

Gabriel fez um sinal com a cabeça ao príncipe e apressou-se a entrar no gabinete enquanto se ouvia a voz sonora, mas atenciosa de Gabriel:

— Tenha a bondade de entrar, príncipe.

Capítulo 3

O general Ivan Fiodorovitch Epantchine esperava-o, de pé, no meio do gabinete; olhou o príncipe com uma viva curiosidade e deu dois passos ao seu encontro. O visitante aproximou-se e apresentou-se.

— Muito bem! — exclamou o general. — Em que posso ser-lhe útil?

— Não foi nenhuma questão urgente que me trouxe aqui; o meu fim é somente ficar a conhecê-lo. Não queria por maneira nenhuma incomodá-lo, mas como deve calcular não sei os dias em que costuma receber, nem as ordens que possa ter dado para as suas audiências... Por agora, foi descer do comboio, chegado da Suíça, e...

O general teve um ligeiro sorriso, que reprimiu logo com um ar de quem reconsiderou. Depois, tendo ainda refletido um instante, olhou de novo o seu hóspede, dos pés à cabeça, e num gesto brusco indicou-lhe uma cadeira. Ele próprio sentou-se um pouco de lado e voltou-se para o príncipe numa atitude de impaciência. De pé, a um canto do aposento, Gabriel remexia nuns papéis, sobre uma escrivaninha.

— O tempo falta-me um pouco para encetar novos conhecimentos — observou o general — mas como o senhor deve ter com certeza em vista um fim.

— Previa, justamente, que iria atribuir à minha visita um fim especial. Oh, meu Deus, garanto-lhe que não tive nem tenho outro fim que não seja o prazer de o conhecer.

— Esse prazer é recíproco. Porém, como sabe, não podemos pensar em nos divertirmos. Há inúmeras questões a tratar... Até agora tenho procurado, mas em vão, o que possa haver de comum entre nós... a não ser por causa de...

— Não há nenhuma causa, asseguro-lhe, nem temos, se pode-se dizer, quase nada de comum. O ser um príncipe Míchkin e sua esposa ser da mesma família, isso não constitui certamente um motivo de aproximação. Compreendo isso muito bem. E no entanto é nesse ponto que reside o único motivo deste meu procedimento. Vivi fora da Rússia durante mais de quatro anos e quando parti, era a custo que conseguia coordenar as minhas faculdades mentais. Nessa época não sabia nada de nada, e hoje sei ainda menos. Sinto necessidade do convívio de pessoas bondosas. Tenho precisamente uma questão a regular e não sei como pegar-lhe. Em Berlim tinha já dito comigo: "Estes são quase parentes; comecemos por eles. Talvez possamos ser úteis uns aos outros, se forem pessoas bem dotadas". Ora, até agora, só tenho ouvido dizer isso dos senhores.

— Fico-lhe muito reconhecido por essa sua opinião — disse o general, surpreendido. — Permita-me que lhe pergunte onde se hospedou?

— Não me hospedei ainda em parte alguma.

— Também já tinha pensado que com certeza devia vir direito do comboio para minha casa... com a sua bagagem.

— A minha bagagem consiste apenas num pequeno embrulho, onde trago alguma roupa e nada mais. Trago-o em geral na mão. Durante o resto da tarde tenho ainda tempo de procurar um quarto para alugar.

— Então sempre tem a intenção de se instalar numa hospedaria?

— Certamente.

— A julgar pelas suas palavras, comecei a supor que vinha na intenção de se instalar na minha casa.

— Isso só poderia ser assim dado o caso de que me houvessem convidado. Porém confesso que não teria aceitado nunca esse convite, não porque tivesse para essa recusa qualquer razão... É apenas uma maneira de ver.

— Se é assim, então fiz bem em não o convidar. E já agora não tenho a intenção de o fazer. Permita-me, príncipe, que lhe fale com a maior franqueza. Estamos ambos de acordo em que não se trata do laço de parentesco existente entre nós, por mais lisonjeiro que esse parentesco seja para mim. Por consequência...

— Por consequência não me resta mais do que levantar-me e sair — concluiu o príncipe, que se levantou, rindo abertamente apesar da sua crítica situação. — Afianço-lhe, meu general, que havia previsto que chegaríamos a este resultado, apesar da minha falta de experiência das relações sociais e a minha ignorância dos costumes desta terra. Tudo isto, porém, corre talvez pelo melhor. Está explicado porque até agora a minha carta ficou igualmente sem resposta. Adeus, portanto... e desculpe-me por ter vindo incomodá-lo.

O olhar do príncipe tinha nesse momento uma expressão tão afável e o seu sorriso havia perdido tanto o seu natural azedume, mesmo velado, que o general parou de repente e olhou o visitante com uma expressão muito diferente. Esta mudança operou-se num abrir e fechar de olhos.

— O que quer o príncipe dizer com isso? — perguntou-lhe ele, numa voz completamente mudada. — Na verdade eu não o conhecia, mas suponho que a Isabel deve ter talvez vontade de ver o seu parente... Espere um instante, se assim o deseja e se tem tempo.

— Oh, tenho sempre tempo, visto que o meu tempo pertence-me! — E pronunciou estas palavras enquanto pousava o chapéu mole, de feltro, sobre a mesa. — Confesso que contava que a princesa se lembrasse de ter recebido uma carta minha. Ainda há pouco, enquanto esperava ser recebido, o seu criado julgava estar tratando com uma pessoa que vinha pedir esmola. Observando este fato, supus que lhe tivesse dado a tal respeito as ordens mais terminantes. Afirmo-lhe todavia que tal não é o fim da minha visita. Desejo apenas relacionar-me com o senhor e a sua família. Por agora receio um pouco tê-lo incomodado e é isso até o que me inquieta.

— Não me incomoda nada, príncipe! — exclamou o general com um sorriso de bom humor. — Se é realmente o que me parece, terei muito prazer em vê-lo entre as pessoas das minhas relações. Previno-o, porém, que sou um homem muito ocupado; neste instante mesmo tenho de ler, estudar e assinar um grande número de papéis, depois do que terei de ir à casa do meu chefe e de lá seguir para o restante serviço oficial. Sinto-me, no entanto, satisfeito e encantado sempre que posso receber as minhas visitas, as visitas estimáveis, bem entendido, pois as outras... De resto estou convencido que o senhor é um homem bem-educado... Mas que idade tem o príncipe?

— Vinte e seis anos.

— Oh! Julgava-o muito mais novo.

— Sim, dizem que tenho um aspecto de mais novo. Com respeito aos seus muitos afazeres, procurarei não o incomodar, mesmo porque tenho o costume, ou melhor, tenho mesmo horror em incomodar os outros... Enfim, parece-me que somos tão diferentes... sob tantos pontos de vista, que não devemos sentir grande vontade em nos aproximarmos. Algumas vezes esta reflexão não é muito convincente: existem muitas vezes pontos comuns entre pessoas que pareciam não ter nenhum. É por preguiça que as pessoas se julgam ao primeiro contato e não pensam mais conhecer-se devidamente. De resto, começo, talvez, a tornar-me aborrecido. Dir-se-ia que o senhor...

— Duas palavras apenas: tem alguma fortuna ou pensa procurar qualquer ocupação? Desculpe-me esta pergunta.

— Pelo contrário, aprecio essa pergunta e compreendo-a. Não tenho neste momento nenhum meio de fortuna, como não tenho nenhuma ocupação. Hei de precisar, no entanto, de arranjar uma. O pouco dinheiro que consegui foi-me emprestado por Schneider, o meu professor, o que me tratou na Suíça e me instruiu um pouco. Cedeu-me a quantia precisa para o meu regresso, de forma que não tenho no bolso mais do que uns copeques... Trago um assunto em vista, a propósito do qual tenho necessidade de um conselho, mas...

— Diga-me: com que conta viver enquanto espera arranjar ocupação e quais são as suas intenções? — interrompeu o general.

— Desejo encontrar qualquer trabalho.

— Oh, estou vendo que é um filósofo. Mas tem alguns estudos, algumas aptidões especiais, com as quais, bem entendido, possa assegurar o pão de cada dia? Mais uma vez desculpe esta...

— Não tem que pedir desculpa. Por mim, suponho não ter nem talento, nem aptidões especiais. Ao contrário disso, sou um homem doente e, portanto, não pude seguir qualquer curso. Quanto ao pão diário, parece-me...

O general interrompeu-o de novo e pôs-se a interrogá-lo. O príncipe contou mais uma vez a sua história. Soube que o general tinha ouvido falar do falecimento de Pavlistchev e que o havia conhecido mesmo pessoalmente. Contudo não foi capaz de lhe explicar porque é que Pavlistchev se havia interessado pela sua educação. Atribuiu esse interesse a uma velha amizade existente entre ele e seu falecido pai. Após a morte de seus pais, ainda bastante novo, foi mandado para o campo, onde passou toda a sua infância, visto assim o exigir o seu estado de saúde. Pavlistchev entregou-o aos cuidados dumas velhas parentas, que viviam numa propriedade sua. Deu-lhe, então, nessa altura, uma governanta e, mais tarde, um preceptor. Acrescentou, depois, que não podia explicar, de uma maneira satisfatória, tudo quanto se havia passado então, porque o sentido de muitas das coisas passara-lhe desapercebido. Os frequentes acessos da sua doença tinham-no tornado quase idiota (o príncipe empregou o próprio termo idiota). Informou, por fim, que Pavlistchev encontrou um dia, em Berlim, o professor suíço, Schneider, especialista nesta espécie de doenças, o qual possuía no cantão de Vaiais uma casa de saúde onde tratava os idiotas e os alienados por meio da hidroterapia e da ginástica; ocupava-se igualmente da instrução e da formação moral dos doentes. O seu protetor mandara-o então para a Suíça, há cinco anos, confiando-o a esse professor. Morrera subitamente, sem deixar nenhumas disposições testamentárias, há dois anos, e Schneider continuou a tratar dele durante todo esse tempo. Não conseguiu curá-lo por completo; no entanto, melhorou muitíssimo. Por fim mandou-o para a Rússia, a seu pedido, devido a uma circunstância que exigia o seu regresso.

O general ficou admirado com este relato.

— E o senhor não conhece, de fato, ninguém na Rússia? — perguntou ele.

— Atualmente ninguém. Mas espero... pois recebi uma carta...

— Enfim — interrompeu o general sem ter ouvido a alusão à carta — precisa fazer qualquer coisa e a sua doença não o impedirá, suponho eu, de tomar conta de um trabalho fácil em qualquer repartição?

— Estou convencido que não!... Desejo mesmo muito encontrar um lugar a fim de eu próprio ficar sabendo do que sou capaz de fazer. Estudei durante quatro anos, seguindo o método do professor Schneider, se bem que com algumas interrupções. Por outro lado, tenho lido muitos livros russos.

— Livros russos? Então sabe escrever na nossa língua e pode redigir sem erros?

— Sim, senhor.

— Muito bem... E a sua caligrafia, como é?

— A minha caligrafia é excelente. Pode-se mesmo dizer que a tal respeito tenho uma grande habilidade. Escrevo como um verdadeiro calígrafo. Dê-me, se assim o entender, qualquer coisa para escrever e terá a confirmação do que digo — afirmou o príncipe com ardor.

— Com todo o prazer. Isso é mesmo necessário. A sua boa vontade encanta-me. Na verdade o senhor é muito gentil.

— O senhor tem bom material de escritório: uma boa coleção de lápis e de penas, um papel espesso e de uma ótima qualidade... Isto é um magnífico gabinete de trabalho! Conhece a paisagem que se vê neste quadro? É uma vista da Suíça. O artista pintou-o copiando-o de fato do natural, pois creio conhecer o sítio: é uma vista do cantão de Uri...

— É muito possível, se bem que o quadro foi comprado aqui. Dê um papel ao príncipe. Tem aqui penas e tudo o mais que precisar. Sente-se a esta pequena mesa... Que me trazes aí? — perguntou o general, dirigindo-se a Gabriel, que acabava de tirar da sua pasta uma fotografia de grande formato. — Ah, Bravo!... É a Nastásia Filipovna! Foi ela própria que te deu? — perguntou ele com vivacidade e num tom de extrema curiosidade.

— Deu-ma há pouco, quando fui fazer-lhe uma visita de parabéns. Tinha-lhe pedido há bastante tempo. Não sei se isto foi uma maneira delicada de me chamar a atenção para o fato de a ter ido felicitar num tal dia, com as mãos vazias! — acrescentou Gabriel, com um sorriso amargo.

— Asseguro-te que não — afirmou o general com convicção. — Que tola ideia te assaltou. Era incapaz de uma tal alusão! Até agora tem-se mostrado perfeitamente desinteressada. E, além disso, que presente poderias tu oferecer-lhe? Precisavas dispor para tal de alguns milhares de rublos!... O que poderias, talvez, era dar-lhe também o teu retrato. Ela não te pediu ainda?

— Não me pediu ainda, nem me pedirá talvez nunca. Não se esqueça, general, da reunião elegante que tem hoje. Pertence ao número dos personagens especialmente convidados.

— Não me esqueço, não me esqueço. Hei de ir. Como se poderia esquecer o dia dos seus vinte e cinco anos... Hum! Olha, Gabriel, vou com prazer revelar-te um segredo. Prometeu-nos, ao Athanase Ivanovitch e a mim, dizer-nos esta tarde, em sua casa, a sua última palavra: sim ou não. Por isso, vê lá!

Gabriel pareceu ficar perturbado, até ao ponto de empalidecer um pouco.

— Ela disse isso, na verdade? — perguntou ele com certa tremura na voz.

— Deu-nos a sua palavra anteontem. Tanto insistimos, os dois, que ela cedeu. Porém pediu-nos que, até ver, não te disséssemos nada.

O general fitou Gabriel. A perturbação que nele notou tornou-se-lhe desagradável.

— Lembro-lhe, general — disse Gabriel, num tom embaraçoso e hesitante — que ela deixou-me plena liberdade de decidir, até ao momento em que ela se decida também. E mesmo depois, é a mim que assiste o direito de dizer a última palavra.

— E... serás tu capaz de...? — exclamou o general com um ar de súbito temor.

— Eu não disse nada.

— Por Deus!... Em que situação queres tu deixar-nos?

— Eu não recuso. Talvez me tivesse explicado mal...

— Não faltaria mais nada do que tu recusares! — proferiu o general, sem procurar esconder o seu despeito. — Meu amigo, não basta, nas atuais circunstâncias, *que não recuses*. É preciso que manifestes a tua alegria no momento em que ela te der a sua palavra... Que se tem passado na tua casa?

— Em minha casa? Em minha casa tudo decorre conforme a minha vontade, salvo meu pai que continua cometendo as suas asneiras, como sempre, e a sua conduta está se tornando um escândalo. Eu não lhe falo mais, mas mantenho-me sempre em guarda. Com franqueza... se não fosse minha mãe, já o tinha posto fora de casa. Como compreende, minha mãe passa os dias a chorar e a minha irmã está sempre irritada. Disse-lhe num tom categórico que eu era o único senhor do meu destino e que na nossa casa entendia que ela... devia obedecer-me. Pelo menos disse-lhe tudo isto, sem lhe admitir quaisquer réplicas e na frente da minha mãe.

— Muito bem! Eu, por mim, meu caro, continuo a não perceber bem! — observou pensativo o general, encolhendo de leve os ombros e levantando um pouco os braços. — Nina Alexandrovna, quando da sua última visita, lembras-te?, pôs-se aí a gemer e a suspirar. "Que tens tu?", perguntei-lhe eu. Fez-me compreender que uma grande *desonra* ameaçava a sua família. "Permites-me que te pergunte", disse-lhe eu, "onde vês tu essa desonra? Quem pode criticar alguma coisa na Nastásia ou dizer que ela se tenha portado mal? É por se dizer que esteve com o Totski? Mas isso não tem importância, sobretudo se tiverem em conta certas circunstâncias". Ela disse-me, então: "o senhor não a admite na sociedade frequentada pelas suas filhas!" Bela objeção, na verdade!... e da parte da Nina Alexandrovna!... Como não compreende ela... não compreende ela...

— A sua situação? — acrescentou Gabriel, para tirar o general de embaraços. — Não se zangue com ela, que ela compreendeu-a. De resto, tenho-me cansado a ensinar-lhe que não tem que se meter nas questões dos outros. Pelo menos entre nós não se contém ainda, porque a última palavra não foi proferida. No entanto a tempestade aproxima-se. Se hoje se diz a última palavra, então desencadear-se-á.

O príncipe ouviu toda esta conversa, sentado a um canto e ocupado com a sua prova caligráfica. Tendo terminado o seu trabalho, aproximou-se da secretária do general e apresentou-lhe a folha de papel.

— Esta é que é a Nastásia Filipovna? — perguntou ele, depois de ter examinado a fotografia com uma atenta curiosidade. — É admirável! — acrescentou com entusiasmo.

Na verdade, a fotografia representava uma mulher de uma excepcional beleza, vestindo um roupão de seda preta, de um corte sóbrio e elegante; sob um toucado de casa, muito simples, os seus cabelos pareciam castanhos; os olhos eram negros e profundos e a fronte pensativa. A expressão do seu rosto era apaixonada e altiva. A sua fisionomia era bastante magra e talvez um pouco pálida. Gabriel e o general olharam o príncipe com admiração.

— Como, conhece já a Nastásia Filipovna? — perguntou o general.

— Sim, senhor. Estou na Rússia ainda não há um dia e conheço já essa beleza — respondeu o príncipe. E relatou em seguida o seu encontro com Rogojine, repetindo tudo quanto este lhe contou.

— Que grande novidade o senhor nos dá! — exclamou o general, bastante inquieto, depois de ter prestado a maior atenção ao relato do príncipe e ter fixado em Gabriel um olhar perscrutador.

— É provável que tudo isso não passe de uma simples invenção! — balbuciou Gabriel, um pouco perturbado também. E uma picardia do filho de um negociante. Já ouvi falar nesse Rogojine!

— E eu, meu caro, também já ouvi falar nele — repetiu o general. — Após a brincadeira dos brincos, a Nastásia contou-me toda a história. Agora, porém, trata-se de uma outra coisa. Trata-se, talvez, com efeito, de um milhão... e de uma paixão! Uma paixão desonesta (concordo!) mas enfim, uma paixão. Sabe-se muito bem de quanto esses senhores são capazes quando estão bêbados. Hum... Oxalá que isto não acabe nalgum escândalo! — concluiu o general com um ar abstrato.

— Esse milhão causa-lhe medo? — perguntou Gabriel, sorrindo.

— E a ti não, com certeza?

— Como lhe pareceu esse indivíduo? — continuou Gabriel, mas dirigindo-se agora ao príncipe. — Causou-lhe a impressão de um homem sério ou de um mau-caráter? Ou falando melhor, qual é a sua opinião?

Ao formular estas perguntas, Gabriel sentiu uma perturbação estranha. Parece que uma ideia nova o dominou e lhe provocou no olhar reflexos de impaciência. O general, cuja inquietação era simples, mas sincera, olhou também o príncipe com um ar de quem não espera grande coisa da sua resposta.

— Não sei dizer-lhe — objetou o príncipe. — Pareceu-me que tem uma grande paixão, uma paixão doentia até. Ele próprio tem ainda o aspecto de quem está doente. É muito possível que tenha uma recaída dentro de poucos dias, sobretudo se vai continuar a sua vida desregrada.

— Pareceu-lhe, então, de fato assim? — insistiu o general, com um ar de se querer arraigar a esta ideia.

— Certamente.

— Essas eventualidades podem desenrolar-se dentro de poucos dias; no entanto um fato decisivo vai ocorrer esta tarde — afirmou Gabriel com um ar de troça.

— Evidentemente. Tudo depende do que lhe tiver passado pela cabeça — acrescentou o general.

— E o senhor sabe como ela é algumas vezes?!

— Que entendes tu disso!? — exclamou o general, dominado de novo por um extremo receio. — Ouve, Gabriel, não a contradigas hoje!... Peço-te. Trata de ser, tu sabes... numa palavra, de ser agradável... Hum... Por que fazes essa careta? Escuta, Gabriel. É agora ou nunca o momento de o dizer. Que temos nós em vista? Compreendes que não se trata nesta questão do meu interesse pessoal, pois este está há muito a coberto de tudo. Quer ela resolva de uma maneira, quer resolva de outra, estou em absoluto garantido. Totski tomou uma decisão irrevogável e por isso não corro perigo algum. Convence-te de que, se desejo agora alguma coisa, é unicamente para teu bem. Pensa contigo. Não tens confiança em mim? E depois eu contava contigo, porque és um homem... um homem... numa palavra, um homem inteligente. E no caso presente é... é...

— É o principal! — concluiu Gabriel, vindo em socorro do general, que de novo se lhe prendeu a língua. Os lábios crisparam-se lhe num sorriso maldoso, que não procurou mais dissimular. Fitou os olhos do general com um olhar inflamado, como se tentasse ver claro até ao fundo do seu pensamento.

O general tornou-se rubro de cólera e exclamou:

— Sim... sei bem que o principal é ser inteligente! — repetiu ele, fitando Gabriel com dureza. — És um excêntrico. Dir-se-ia que te sentes feliz com a chegada desse filho do negociante, como se pretendesses conseguir com isso uma escapatória para ti. Neste caso devias ter agido sempre desde o princípio como um rapaz esperto. Nisto é preciso compreender, é preciso que nos mostremos honestos e leais com uns e com outros, quando não... Devias ter previsto tudo para não comprometeres ninguém, pois que o tempo não te tem faltado para isso. E agora mesmo não é muito tarde ainda — o general franziu as sobrancelhas de uma maneira significativa — se bem que não tenhas mais do que algumas horas!... Mas compreendes? Ou melhor... resumindo, queres ou não queres? Se não queres, diz, e boas tardes! Ninguém te prende, Gabriel, nem ninguém te arrasta para uma armadilha, se é que vês alguma em tudo isto.

— Quero! — afirmou Gabriel a meia-voz, mas com firmeza; depois baixou os olhos, tomou um aspecto tristonho e calou-se.

O general estava satisfeito. Havia se exaltado, mas estava já arrependido de ter ido tão longe. Em seguida reparou no príncipe e uma brusca inquietação se lhe refletiu no rosto, ao lembrar-se da presença deste e de que tinha ouvido tudo. Todavia acalmou-se logo, pois o rápido olhar com que observou o príncipe foi o bastante para formar a sua opinião.

— Oh — exclamou ele, admirando a prova caligráfica que o príncipe lhe entregou. — Bonito formato de letra, um exemplar mesmo raro. Olha isto, Gabriel. Que talento!

O príncipe tinha escrito, numa espessa folha de papel velino, a frase seguinte, em caracteres russos da Idade Média: *Esta é a assinatura do humilde fanático Paphnuce.*

— É a reprodução exata da assinatura do fanático Paphnuce, tirada de um manuscrito do século XIV — explicou o príncipe com um vivo movimento de prazer. — Tinham assinaturas soberbas esses fanáticos e metropolitas de outros tempos. Que gosto e que cuidado punham algumas vezes na execução dessas assinaturas. É possível, general, que não tenha na sua biblioteca a obra de Pogodine? Fiz também um modelo de caracteres de um outro tipo. Repare neste tipo de letra, cheio e redondo. Era aquele de que se serviam na França no último século. Havia tipos de letras os mais diversos. Um deles era o tipo de letra dos escriturários públicos e de que só tenha um exemplar. Temos de concordar que não lhe falta um certo mérito. Note os bojos desses *d* e desses *a*. Transcrevi caracteres russos nesse tipo; é muito difícil, mas eu consegui. Agora há aqui um outro modelo de letra original e elegante. Admire esta frase: O zelo surge no final de tudo. É o tipo de letra usado nas repartições públicas, ou melhor dizendo, é o tipo de letra dos comunicados militares. É com ele que se escrevem os documentos oficiais dirigidos às altas personagens. É também um tipo redondo, de um bonito talhe; chama-se escrita negra, e é delineada com muito gosto. Um calígrafo baniria estes ornamentos, ou especificando melhor, estes excessos de ornamentos. Observando bem estes pequenos finais de letras, verifica-se que não estão acabados, mas por outro lado constata-se que no seu conjunto têm um caráter que os define. Isto revela o talento do copista militar: pretendia dar livre curso à sua fantasia, seguir as inspirações da sua imaginação, mas o uniforme oficial cortava-lhe o voo e a disciplina levava-o ao traçado de novas letras. Isto é encantador! Foi muito recentemente e por acaso que descobri este outro tipo de letra, o qual despertou logo a minha atenção. Adivinha onde? Foi na Suíça... Agora tem aqui um exemplar corrente e muito puro do cursivo inglês. Pode-se fazer qualquer coisa de mais elegante. Tudo isto é gracioso, uma verdadeira pérola. Este outro é uma variedade do tipo francês; foi-me ensinado por um viajante de nacionalidade francesa. Parece-se ainda com o tipo inglês, mas os cheios são um pouco mais carregados e mais destacados que neste último, pelo que não é preciso mais para comprometer o equilíbrio e a clareza. O oval não é o mesmo e as suas curvas são mais largas. Os ornamentos finais mostram-se em toda a sua liberdade. Ah, esses finais é que são o mais perigoso! É preciso um gosto excepcional. E se conseguem uma artística e equilibrada execução, então obtêm uma escrita incomparável, um verdadeiro encanto!

— Oh, estou vendo que é mestre na matéria! — exclamou o general, rindo. — O senhor não é apenas um calígrafo, mas sim um verdadeiro artista. Que dizes a isto, Gabriel?

— É admirável — respondeu este. — Comprova de maneira evidente uma verdadeira vocação — acrescentou com um riso zombeteiro.

— Podes rir-te à vontade. Contudo, isto pode ser motivo para iniciar uma boa carreira — retorquiu o general. — Sabe a que categoria de pessoas vamos encarregá-lo de escrever? Podemos, sem hesitar e para começar, fixar-lhe um ordenado mensal de trinta e cinco rublos... O quê, já é meio-dia e meia! — acrescentou, olhando o relógio.

— Vamos ao que lhe interessa, visto que estou com pressa e não teremos ocasião de voltarmos a encontrar-nos hoje. Sentemo-nos um instante. Expliquei-lhe há pouco que não me será possível recebê-lo muitas vezes; no entanto desejo muito sinceramente prestar-lhe qualquer auxílio. Trata-se, para já, seja dito de passagem, de prover às suas necessidades mais urgentes; depois tentará resolver a sua questão como melhor entender. Esforçar-me-ei por lhe conseguir um modesto lugar em qualquer repartição; o trabalho não será muito violento, mas o que se torna necessário é que seja pontual. Quanto à sua hospedagem, ouça: Gabriel, o meu amigo aqui presente e que tomo a liberdade de lhe apresentar, desejando que sejam bons amigos, vive com a família; a mãe e a irmã têm em casa dois quartos mobilados, que alugam a pessoas que provem ser de toda a respeitabilidade, fornecendo também pensão e tratando-lhe das roupas. Estou convencido que Nina Alexandrovna tomará em consideração uma recomendação minha. Para o príncipe é o ideal, pois em lugar de viver só, ficará vivendo junto de uma boa família, e seguindo o meu conselho, não deve, pelo menos agora de entrada, viver isolado numa cidade como S. Petersburgo. Nina Alexandrovna e Bárbara Ardalionovna, a mãe e a irmã de Gabriel, são duas senhoras pelas quais tenho a mais alta estima. Nina é a esposa de Ardalion Alexandrovitch, um general reformado, que foi meu companheiro de regimento, mas com quem cortei relações por diversos motivos; isto não me impede, contudo, de continuar a ter por ele uma certa consideração. Explico-lhe tudo isto, príncipe, para que compreenda bem que não o aconselho assim por qualquer interesse pessoal, e que tomo perante a família de Gabriel toda a responsabilidade pelo senhor. A pensão será muito modesta; no entanto espero que o seu pequeno ordenado lhe permita fazer face a esse encargo... Bem sei que um homem tem sempre necessidade de dinheiro no bolso, por pouco que seja!... Não se zangue, contudo, com o que vou dizer-lhe; deve evitar trazer dinheiro no bolso, ou melhor falando, deve evitar quaisquer despesas supérfluas, pelo menos nestes primeiros tempos. Falo-lhe assim, dada a opinião que a seu respeito vou formando. Muitas vezes terá de andar com a bolsa vazia, como agora: deixe-me por isso começar por lhe oferecer estes vinte e cinco rublos. Faremos contas mais tarde, e se na verdade o senhor é um homem sincero e cordial, como me pareceu há pouco, quando o ouvi falar, não surgirá nunca entre nós a menor sombra de dificuldade. Se estou tomando agora tanto interesse por ti, é porque o seu procedimento me despertou umas certas predisposições, que mais tarde lhe darei a conhecer. Por enquanto só posso dizer que lhe estou a falar com a máxima franqueza... Gabriel, tens alguma coisa a objetar a que o príncipe se hospede em tua casa?

— Pelo contrário, a minha mãe ficará satisfeitíssima — afirmou Gabriel num tom de delicadeza.

— Tens apenas, segundo me parece, um quarto ocupado pelo senhor Fer... Fer...

— Ferdistchenko.

— É isso mesmo. Esse Ferdistchenko não me agrada! É um engraçado com pouca graça... Não compreendo como é que a Nastásia o protege. Será ele talvez seu parente?

— Não senhor!... Não há nenhum laço de parentesco entre eles. É apenas uma distração...

— Que o diabo o leve! Então, príncipe, está contente ou não?

— Agradeço-lhe, meu general. Foi para comigo de uma extrema bondade, tanto mais que eu nada lhe pedi. Não digo isto por orgulho, mas o que é verdade é que não sabia onde dirigir-me para me hospedar. É certo que Rogojine convidou-me para ir vê-lo...

— Rogojine? Quer um conselho paternal ou, se prefere, de amigo? Esqueça esse cavalheiro. Recomendo-lhe para limitar as suas relações, na maioria dos casos, à família junto da qual vai viver.

— Já que tem sido tão atencioso comigo — tentou de novo o príncipe — atrevo-me a confessar-lhe que tenho uma questão que me preocupa. Fui avisado...

— Desculpe-me — interveio o general — mas tenho apenas um minuto para atendê-lo. Vou desde já anunciá-lo a Isabel Prokofievna e se consentir em o receber agora (tentarei obter tal, servindo-me da minha influência) aproveite a ocasião para lhe cair nas boas graças, porque pode ser-lhe útil, e como tem além disso o mesmo nome de família... Se não estiver disposta a recebê-lo, não insista e ficará para outra ocasião. E tu, Gabriel, examina-me, entretanto, essas contas. Tanto eu como o Fédosséiev temos tido bastante dificuldade em as conferir. É preciso não esquecer de as copiar...

O general saiu sem que o príncipe tivesse tido tempo de lhe falar na sua questão, a despeito das três ou quatro tentativas que fez para esse efeito. Gabriel acendeu um cigarro e ofereceu outro ao príncipe, que aceitou, sem todavia tentar entabular com ele qualquer conversa. Receando interrompê-lo, pôs-se a examinar o gabinete. O companheiro lançou um olhar despreocupado sobre a folha de papel, coberta de números, que o general lhe dera para examinar. Estava distraído. O seu sorriso, o seu olhar e a sua expressão pensativa pareceram-lhe então mais tristes do que momentos antes, quando se encontravam frente a frente. De repente, porém, aproximou-se do príncipe, que estava contemplando com interesse o retrato da Nastásia.

— Agrada-lhe essa mulher, príncipe? — perguntou ele à queima-roupa, fitando-o com um olhar penetrante, como se tivesse qualquer intenção reservada.

— Tem um rosto surpreendente! — exclamou o príncipe.

— Estou convencido que o destino desta mulher não deve ser um vulgar destino. A sua fisionomia é alegre, e no entanto deve ter sofrido muito, não acha? Lê-se-lhe no olhar e também nestas duas pequenas saliências que formam como que dois pontos abaixo dos olhos, no aflorar das faces. O rosto é altivo em excesso e não consigo descortinar nele se é bondosa ou perversa. Se for bondosa, tudo estará salvo!

— Casaria com uma mulher como esta? — prosseguiu Gabriel, sem deixar de fitar o príncipe com o seu olhar inflamado.

— Não posso casar com nenhuma. Sou um doente.

— E Rogojine casaria com ela? Que me diz a tal respeito?

— Suponho que casaria ainda hoje mesmo, em vez de amanhã. Mas julgo também que oito dias depois era capaz de a assassinar.

Estas últimas palavras fizeram estremecer de tal forma Gabriel que o príncipe reteve a custo um sorriso.

— Que lhe deu? — disse ele, agarrando-o por um braço.

— Alteza, o senhor general pede-lhe para ir falar a sua Excelência a sua esposa — disse um criado do limiar da porta do gabinete.

O príncipe saiu logo atrás do criado.

Capítulo 4

As três meninas Epantchine eram de uma constituição robusta, gozavam de uma ótima saúde, tinham uma estatura elevada, uns ombros largos, um peito desenvolvido e uns braços quase tão fortes como os de um homem. A este exuberante vigor correspondia um extraordinário apetite, que não procuravam dissimular.

A mãe, Isabel Prokofievna, nem sempre via com agrado este devorador apetite; todavia, tanto sobre este ponto como sobre outros, a sua opinião era muitas vezes acolhida com indiferença pelas filhas, sobre as quais havia perdido a autoridade desde há um certo tempo. Por amor-próprio e no interesse da sua dignidade, julgou melhor nada contrapor à oposição unânime do conclave das três e aceitar as suas decisões. Para dizer a verdade, o seu caráter era por vezes rebelde aos conselhos da prudência; de ano para ano tornava-se mais caprichosa, mais impaciente, digamos até mesmo, mais extravagante. Restava-lhe, contudo, um salutar derivativo na pessoa do marido, que, habituado a moderar-se, via em geral cair sobre ele todo o seu mau e acumulado humor; depois disso a harmonia surgia de novo no lar desavindo e tudo passava a correr pelo melhor.

De resto não lhe faltava também nunca o apetite. Tinha por hábito sentar-se à mesa, com as filhas, ao meio-dia, e servirem-se de um almoço tão abundante, que mais parecia um jantar. Antes desta refeição as filhas tinham já tomado uma chávena de café, às dez horas precisas, na cama, antes de se levantarem. Este princípio havia sido estabelecido desde há muito. Ao meio-dia e meia, a mesa era disposta numa pequena sala, situada ao lado dos aposentos da mãe. O general, quando os seus afazeres lhe permitiam, vinha muitas vezes tomar parte neste almoço íntimo. Servia-se ali o chá, o café, o queijo, o sal, a manteiga, as costeletas, uma espécie de pastéis, de que a esposa do general gostava muito, etc., e isto completado com um caldo quente e bastante forte.

Na manhã de que estamos falando toda a família se encontrava reunida naquela sala, esperando pelo general que prometera vir ao meio-dia. Se tivesse se demorado mais um minuto que fosse, tê-lo-iam mandado procurar; foi, porém, pontual. Aproximando-se da esposa para lhe dar os bons-dias e beijar-lhe a mão, notou-lhe no rosto uma expressão singular. É verdade que desde a véspera tivera o pressentimento de que ia ocorrer qualquer anedota — era o termo de que costumava servir-se — e mesmo à noite, antes de adormecer, sentira uma certa inquietação. No entanto, por mais preparado que estivesse, não deixou de sentir menos o coração alarmar-se-lhe. As filhas vieram abraçá-lo; se bem que não estivessem zangadas com ele, notou nelas também qualquer coisa de estranho. O general havia-se-lhe tornado, na verdade, bastante suspeito, devido a vários incidentes, mas não deixava de ser um pai extremoso e um esposo correto; tomou logo, portanto, conforme a experiência lhe sugeriu, as precauções necessárias para se sair bem de qualquer incidente que surgisse.

Para não prejudicarmos a veracidade desta narrativa, teremos que nos demorar um pouco a expor a situação em que se encontrava a família Epantchine no momento em que principiamos.

Apesar de não ter recebido uma grande instrução e gostando imensamente de se qualificar de autodidata, o general não deixava de ser, como acabamos de ver, um pai extremoso e um esposo correto. Havia em especial tomado a resolução de não forçar as filhas a casarem-se, falando-lhe o menos possível sobre tal assunto, pelo que evitava, assim, que a sua ternura se tornasse para elas num pesadelo, como sucede em quase todas as famílias, mesmo as mais sensatas, que têm muitas filhas em idade de casar.

Ivan conseguira convencer a esposa dos benefícios deste procedimento. Isto não foi para ele coisa fácil, dado que ia um pouco contra a maneira de ver da esposa, mas os seus argumentos foram bastante persuasivos e fundados sobre fatos conhecidos. Havia feito ressaltar de que dando-lhes a maior liberdade para agirem, sentiam-se por outro lado, naturalmente obrigadas a pensar e a tomarem qualquer decisão. A questão resolver-se-ia assim por si, visto que de bom grado procurariam a melhor solução e renunciariam a tornarem-se caprichosas ou a levantarem dificuldades. Os pais limitar-se-iam a exercer a mais discreta vigilância, apenas para o fim de prevenirem uma escolha infeliz ou uma inclinação imprópria. Aproveitando depois o momento mais oportuno, ajudariam com toda a sua vontade as boas inclinações, pondo em jogo as suas melhores influências. No caso das meninas Epantchine, como a sua fortuna e sua posição social melhoravam de ano para ano numa progressão geométrica, tornava-se evidente que quanto mais tempo decorresse, mais probabilidades lhes assistiam para conseguirem um bom partido.

Estes eram os fatos inegáveis. Todavia sobreveio um acontecimento como sucede sempre em casos idênticos que nada fazia esperar: a filha mais velha, a Alexandra, entrava nos vinte e cinco anos. Quase nessa mesma ocasião, Athanase Ivanovitch Totski, homem da melhor sociedade, dispondo de uma grande fortuna e muitíssimo relacionado, sentiu-se de novo atraído para o casamento. Tinha aproximadamente cinquenta e cinco anos, um caráter esquisito e uns gostos deveras requintados. Procurava um casamento vantajoso e apreciava muito as mulheres bonitas. Desde há um certo tempo mantinha relações, as mais amistosas possíveis, com o general, sobretudo desde que tinham interesses comuns no financiamento de diversas empresas. Comunicou-lhe por isso as suas intenções e o pedido para lhe dar a saber, como se fosse o mais amigável conselho, se o autorizava a poder pretender a mão de uma das suas filhas. Desde então deu-se uma visível mudança na vida sossegada e feliz da família Epantchine.

Dissemos já que a mais bonita das três era indiscutivelmente a mais nova, Aglaé. Totski, contudo, apesar do seu desmedido egoísmo, compreendeu que nada tinha a esperar por esse lado e que a Aglaé não lhe estava destinada. O amor um pouco desmedido dos pais e a afeição um tanto entusiasta das duas irmãs exageravam talvez a beleza da Aglaé; o acordo entre os membros dessa família era unânime e sincero quando se tratava de lhe predizer, não o vulgar destino dos outros mortais, mas um verdadeiro ideal de paraíso terrestre. O futuro marido da mais nova devia possuir todas as boas qualidades e alcançar todos os sucessos, isto sem falar na sua fortuna. As duas irmãs tinham mesmo combinado entre si, sem a menor discussão, o sacrificarem-se, se necessário fosse, no interesse da irmã: por esta razão o dote que lhe estava reservado era o maior possível. Os pais conheciam esta combinação, e isto devido a que, quando Totski fez o seu pedido, não duvidaram em que uma ou outra das mais velhas aquiesceria a esse desejo: por outro lado Totski não podia levantar dificuldades por causa do dote. Quanto ao valor da proposta deste último, o general apreciou-a muitíssimo, logo desde o primeiro momento, como outra coisa não era de esperar da sua experiência da vida.

Totski, de resto, tinha as suas razões para avançar assim com a mais extrema circunspeção. As suas palavras visavam apenas a sondar o terreno; por sua vez os pais falaram com as filhas, mas de uma forma muito vaga e hipotética. As três pequenas também não responderam de uma maneira mais precisa, mas fizeram pelo menos conhecer, em termos animadores, que a mais velha, a Alexandra, não se mostraria contrária. Era dotada de um caráter resoluto, bondosa, sensata e muitíssimo afável: estava disposta a casar sem constrangimento com o Totski, e desde o momento que deu a sua palavra, cumpri-la-ia lealmente. Contrária à ostentação, não só não originaria inquietações nem perturbações na vida habitual de seu marido, mas sim lhe tornaria a vida mais aprazível e sossegada.

Sem ser uma beleza que provocasse a admiração em todos os olhares, era, no entanto, uma atraente figura. Totski poderia, na verdade, desejar melhor?

No entanto umas certas hesitações faziam com que a realização do casamento se arrastasse há uns tempos. Totski e o general haviam amigavelmente convencionado evitar, para o momento, qualquer resolução terminante e irrevogável. Os pais também não haviam abordado, nas suas conversas com as filhas, a questão de uma maneira decisiva. Por tal motivo começava a desenhar-se entre eles uma certa desinteligência. Na sua qualidade de mãe, a esposa do general começou a manifestar o seu descontentamento e isto era uma grave complicação. Uma outra circunstância surgiu, que originou uma delicada e embaraçosa situação, suscetível de se transformar em obstáculo sem remissão.

Esta situação delicada e embaraçosa — servindo-me da expressão de Totski — resultava de um acontecimento ocorrido dezoito anos antes. Athanase Ivanovitch Totski possuía nessa altura, no centro da Rússia, um magnífico domínio. Tinha por vizinho um pequeno proprietário sem fortuna, chamado Filipe Alexandrovitch Barachkov. Era um homem desfavorecido por completo da sorte.

Oficial reformado, pertencia a uma família nobre, da melhor origem e mais recomendável que a de Totski. Crivado de dívidas, tinha ainda a pequena propriedade onerada com uma elevada hipoteca. No entanto havia conseguido, com um trabalho quase de forçado e cultivando a terra como um simples camponês, melhorar um pouco o seu estado financeiro. Todo o menor sucesso tinha para ele o efeito de um encorajamento. Cheio de ardor e de esperança foi passar uns dias à capital do seu distrito a fim de se encontrar ali com um dos seus principais credores e tentar concluir com ele qualquer acordo de pagamento. Na tarde do terceiro dia um dos seus caseiros veio procurá-lo, depois de uma extenuante corrida a cavalo. Tendo o rosto e a barba um pouco queimadas, apressou-se a vir transmitir-lhe que na véspera a sua casa tinha sido destruída, em pleno dia, por um violento incêndio, em cujas chamas havia perecido sua esposa. Tinham-lhe tirado a custo as crianças, que se encontravam sãs e salvas.

A coragem com que Barachkov enfrentou os anteriores reveses da sorte não pôde resistir a este; enlouqueceu e sucumbiu um mês depois a uma febre cerebral. As paredes da sua casa, destruída pelo incêndio, e os seus pequenos bens foram vendidos para pagar as dívidas que deixou. Quanto às duas filhas, uma de seis e outra de sete anos, foram generosamente recolhidas por Totski, que tomou a seu cargo o seu sustento e a sua educação. Foram educadas da mesma forma que os filhos do intendente de Totski, um outro funcionário, de origem alemã, que tinha uma numerosa família. Das duas crianças sobreviveu apenas a mais velha, Nastásia, pois a outra morreu com uma coqueluche. Totski, que vivia no estrangeiro, em breve se esqueceu de uma e de outra.

Cinco anos decorridos sobre estes acontecimentos lembrou-se de visitar o seu domínio. Teve a surpresa de encontrar na sua casa de campo, vivendo com a família do seu intendente, uma encantadora moça de doze anos, meiga, viva e inteligente, que prometia tornar-se uma notável beleza; neste assunto Totski era um hábil conhecedor. Durante esta visita permaneceu apenas uns dias no seu domínio, mas foi o bastante para tomar várias novas disposições. Deu-se uma grande mudança na educação da pequena, a qual foi confiada aos cuidados de uma professora suíça, senhora respeitável e já de uma certa idade; esta emérita educadora ensinou à pequena a língua francesa e várias outras ciências. Instalou-se também na casa de campo e graças a ela a instrução da pequena Nastásia fez notáveis progressos. A sua tarefa terminou quatro anos depois; retirou-se, portanto, e Nastásia foi então entregue aos cuidados de uma outra senhora, que era igualmente proprietária e vizinha de um dos domínios de Totski, situado numa província mais distante. Esta senhora levou a pequena com ela, em virtude das instruções e plenos poderes que Totski lhe deu. Na propriedade deste havia uma vilazinha construída recentemente e mobilada com gosto. Parece que de propósito essa vilazinha chamava-se Otradnoié. Levou logo Nastásia para essa tranquila vivenda, e como era viúva e sem filhos, e havia vivido até então a uma versta daquele local, instalou-se ali com ela. Para as servir arranjou-lhes uma velha cozinheira e uma jovem criada de dentro, muito esperta. Havia nesta pequena casa diversos instrumentos de música, uma biblioteca para moças, quadros, estampas, lápis, pincéis e tintas, e uma galga muito bonita. Duas semanas depois de ali terem chegado, apareceu o próprio Totski.

A partir de então pareceu afeiçoar-se deveras a esta pequena aldeola perdida no meio das estepes; em cada verão ia ali passar uns dois ou três meses. Uma longa temporada se passou assim, mais ou menos quatro anos de vida calma e feliz, realçada pelo bom gosto e pela elegância de Totski.

Um dia, no começo do inverno, perto de quatro meses depois da visita anual que ele costumava fazer a Otradnoié, visita que desta vez havia durado apenas quinze dias, um estranho boato chegou ao conhecimento de Nastásia: o seu protetor ia casar em S. Petersburgo. A noiva era, segundo se dizia, bonita, rica e filha de uma nobre família; era, portanto, um casamento rico e brilhante. Com o tempo verificou-se que este boato era um pouco exagerado: o casamento estava ainda em projeto, era ainda, por assim dizer, um vago sonho. Disto resultou, porém, uma mudança total na maneira de viver de Nastásia. Deu provas, de repente, de um espírito de decisão extraordinária e revelou um caráter insubmisso. Sem a menor hesitação abandonou a vivenda e dirigiu-se sozinha para S. Petersburgo, aparecendo sem ser esperada na casa de Totski.

Este ficou estupefato e repreendeu-a, começando a falar alto. Após as primeiras palavras compreendeu que tinha de se exprimir com mais cuidado, de mudar o tom da voz, de deixar as frases amáveis e elegantes, que até ali lhe tinham dado tanto sucesso nas suas conversas, e pôr mesmo de lado a sua lógica, outrora tão persuasiva; tinha de alterar tudo, absolutamente tudo. Na sua frente surgia uma mulher muito diferente, nada parecida com aquela que havia conhecido e deixado no mês de julho na aldeola de Otradnoié.

Esta jovem e *nova* moça parecia saber tudo, parecia compreender muitas coisas que ele supunha que não conhecesse, a tal ponto que perguntava a si próprio, com grande espanto, onde é que ela teria podido adquirir tantos conhecimentos, não vagos, mas sim noções precisas. Seria possível que tivesse aprendido, consultando os livros da sua biblioteca para moças? Melhor ainda: raciocinava sobre muitos pontos como um homem de leis e tinha um conhecimento positivo, se não do mundo, pelo menos da maneira como certas questões deviam ser tratadas.

Em segundo lugar o seu caráter modificara-se radicalmente: havia perdido a sua timidez, parecida à de uma colegial, e a qual se aliava ainda há pouco a uma extraordinária e algumas vezes encantadora vivacidade; nada existia da sua candura, ora triste e sonhadora, ora hesitante e desconfiada, e que ia até ao ponto de se converter em angústias e lágrimas.

Não! O que Totski tinha então na sua frente era um ser excepcional e inesperado, que ria às gargalhadas e o crivava dos sarcasmos os mais mordentes. Declarou-lhe sem rodeios que no seu coração não existira nunca a seu respeito outro sentimento que não fosse o mais profundo desprezo e um desgosto que ia até ao ponto de lhe causar náuseas; disse-lhe isto logo após ter cessado o primeiro movimento de surpresa. Esta outra mulher acrescentou, ainda, que lhe era em absoluto indiferente que casasse desde já e fosse com quem fosse. Seria de crer, no entanto, que tivesse vindo apenas para impedir que ele se casasse, apenas por espírito de maldade, unicamente porque isso assim agradava à sua fantasia? Seria, então, obrigado a fazer o que ela queria? Isto é apenas, dissera ela, para zombar de ti, porque chegou enfim a minha vez de me rir!

Era pelo menos assim que ela se exprimia, mas talvez não traduzisse bem no fundo o seu pensamento!... Todavia, ao ouvir esta nova Nastásia rir às gargalhadas e insultá-lo, Totski meditava sobre esta aventura e tentava ordenar as suas tão desconcertadas ideias. Esta meditação prolongou-se bastante tempo; necessitou de perto de duas semanas para analisar a situação e só ao fim desse tempo se decidiu a tomar uma resolução definitiva. Tendo então perto de cinquenta anos, era um dos indivíduos mais respeitados na cidade e tinha uma situação deveras privilegiada. O seu crédito, tanto no país, como na localidade onde vivia, era desde há muito um crédito ilimitado. Não amava, nem estimava nada no mundo como a sua pessoa, a sua tranquilidade e o seu conforto, tal como convinha a uma pessoa cuja vida estava devidamente ordenada. Não podia tolerar o menor atentado, a menor perturbação a esta ordem, que era a obra de toda a sua vida e revestia uma forma deveras atraente.

Com a sua experiência e a sua perspicácia, Totski compreendeu depressa, e sem a menor sombra de dúvida, que estava em desacordo com uma mulher que não se amedrontaria com as suas ameaças e poria com certeza em execução as suas ideias; sobretudo, nada a faria deter, visto que nada receava na vida, como não seria fácil de lisonjear.

Estava por conseguinte em presença de um caso novo, que revelava uma desordem de alma e de coração, uma espécie de exasperação romântica... Deus sabia contra quem e por quê; um acesso de desprezo insaciável ou, dizendo melhor, um sentimento soberanamente ridículo, incompatível com as conveniências sociais. Tal conjuntura era para um homem da sua posição um verdadeiro castigo de Deus.

É verdade também que com a sua fortuna e as suas altas relações podia não hesitar em cometer uma dessas pequenas e inocentes vilanias que tiram um homem de embaraços. Por outro lado era evidente que ela, Nastásia, não podia nunca fazer-lhe mal, nem que recorresse até aos meios jurídicos. Mesmo um escândalo mais ou menos grave que provocasse, não teria consequências, porque seria abafado com a maior facilidade. Estas considerações teriam todavia algum valor, se procedesse como em geral as outras procedem nestas circunstâncias e se não fosse mais longe nas suas extravagâncias. Totski, apesar de dotado de um espírito clarividente, não se sentia tranquilo; pressentia que ela não tinha nenhuma ilusão sobre a eficácia de uma ação jurídica e que tinha na cabeça qualquer ideia... o que se podia reconhecer no fogo do seu olhar. Não se sentia mais ligada a coisa alguma, nem mesmo a ela própria — era necessária toda a penetração de Totski para adivinhar que nessa altura — como desde há tempos — não pensava na sua pessoa e tornava maior a esperança na sinceridade dessa renúncia, a despeito do seu ceticismo e do seu cinismo de homem da sociedade. Nastásia era capaz de se perder, de arriscar a sua honra, de chegar ao irreparável, de se deixar arrastar a um presídio da Sibéria, só para conseguir cobrir de opróbrio este homem que odiava com um rancor atroz. Totski não havia nunca escondido que era um pouco covarde, ou para melhor dizer, que tinha no mais alto grau o sentimento da sua conservação, se pudesse prever, por exemplo, que o matava durante a cerimônia nupcial, ou ainda, que ia ocorrer algum acontecimento da mesma ordem, revestindo um caráter de excepcional incongruência, de ridículo ou de extravagante, tinha com certeza medo. Porém seria mais inquietante pelo lado insólito e indecoroso da aventura, do que pela perspectiva de ser morto ou ferido, ou de se ver insultado diante de toda a gente.

Ora, sem em nada o deixar transparecer, Nastásia tinha justamente adivinhado a sua fraqueza. Não ignorava que ela o tinha observado e estudado com toda a atenção, e por consequência sabia onde devia feri-lo; mas, como o casamento não tinha ainda passado de projeto, cedeu.

Um outro fator influiu na sua decisão. Era difícil de imaginar quanto a *nova* Nastásia diferia fisicamente da *antiga*. Nesses tempos não era uma moça encantadora, entretanto que agora!... Totski lastimou-se durante muito tempo por ter olhado para ela, perto de quatro anos, sem a ter visto bem. É verdade que, tanto num como noutro, se havia operado de súbito uma revolução interior. Além disso lembrava-se de ter tido, em certos momentos, estranhos pensamentos, ao fixar, por exemplo, os olhos de Nastásia; pressentira neles uma não franqueza profunda e misteriosa. O seu olhar parecia ser um enigma. Há dois anos tinha várias vezes observado, com surpresa, que uma transformação se ia produzindo no rosto de Nastásia, que se ia tornando cada vez mais pálida, mas, coisa singular, a sua beleza tornava-se igualmente maior. Como todos os boêmios, que só sentem a alegria da vida, Totski começou por desdenhar a fácil conquista que esta moça virginal lhe ofereceu; porém nos últimos tempos mudara um pouco esta maneira de ver. Em todo caso decidiu-se, após a última primavera, a casá-la sem mais demora, assegurando-lhe um bom dote, com qualquer cavalheiro razoável e de boas maneiras, empregado noutra província. (Oh! com que horrível amargura ela zomba hoje desse projeto!) Totski, seduzido então pela novidade, pensou que podia dominar esta mulher de uma outra maneira. Decidiu-se por isso a instalá-la em S. Petersburgo, rodeando-a de luxo e conforto. Em virtude disso Nastásia tornou-se uma elegante mulher e destacou-se mesmo num certo meio. Foi com uma espécie de vaidade que Totski procurou glorificá-la ante os seus conhecidos e amigos.

Assim decorreram cinco anos de convívio em S. Petersburgo, durante os quais, como é natural, muitas coisas tomaram um caráter mais definido. A posição de Totski tornou-se quase insustentável; e como havia mostrado medo uma vez, não pôde mais sentir-se sossegado. Vivia sempre receoso, sem bem saber de quê!... mas ao mesmo tempo entregava-se de boa-fé nas mãos de Nastásia. Durante os dois primeiros anos supôs que pensasse casar com ele; se calava-se, era levado apenas por um excesso de amor-próprio. Pretendia que fosse ela a primeira a falar. Tal aspiração deveria parecer estranha; porém Totski tornara-se desconfiado e quando o seu rosto se anuviava, refletia os mais amargos pensamentos. Constatou, acidentalmente, com a maior surpresa e uma certa contrariedade — contradições do coração humano! — que ela não o receberia de bom grado, mesmo que pedisse a sua mão. Esteve muito tempo sem tal compreender. Mais tarde viu somente uma explicação para esta atitude: o orgulho ferido de uma mulher extraordinária, orgulho esse levado a um tal grau, que preferia a satisfação de poder manifestar com uma recusa o seu desprezo, à possibilidade de definir para sempre a sua situação, conquistando uma inesperada posição social.

O mais grave, no entanto, é que Nastásia mantinha-se senhora da situação. Não se deixava arrastar pelo interesse, qualquer que fosse a fortuna que lhe oferecessem. Aceitando apenas o conforto que lhe quiseram dar, vivia muito modestamente e durante os cinco anos quase nada conseguiu amealhar.

Totski recorreu a um meio deveras engenhoso para quebrar os laços que os uniam. Rodeou-a habilidosamente daquelas atrações ideais, que maior influência podem ter sobre um espírito feminino, personificadas nuns príncipes, nuns oficiais, nuns secretários de embaixada, nuns poetas, nuns romancistas e até mesmo nuns socialistas. Esforços baldados. Nenhum lhe originou a menor impressão; é de crer que tivesse no peito uma pedra em vez do coração e que a sua sensibilidade estivesse entorpecida.

Levava uma vida sossegada, lendo, estudando e aprendendo música. As suas relações limitavam-se a umas pobres e ridículas esposas de uns funcionários, a duas atrizes e a umas velhas senhoras. Tinha uma grande predileção pela numerosa família de um professor, onde a estimavam muito e recebiam-na com prazer. Muitas vezes, também, cinco ou seis amigos, não mais, passavam a tarde em sua casa, Totski vinha vê-la com frequência. Nos últimos tempos o general Epantchine havia conseguido igualmente, não sem custo, travar relações com ela. Por outro lado tinha consentido receber, sem levantar a menor objeção, um jovem funcionário, chamado Ferdistchenko, que se julgava um engraçado, mas que não passava de um pobre bobo sem educação e com o vício da embriaguez. Entre as suas visitas figurava ainda um estranho jovem, de nome Ptitsine; era um rapaz modesto, correto, sempre bem vestido e que tendo vindo da pobreza, era então um grande agiota. Por último havia se relacionado com Gabriel Ardalionovitch.

Em conclusão, a reputação de Nastásia era um tanto singular. Todos reconheciam sem favor a sua beleza, mas ninguém podia vangloriar-se de saber alguma coisa a seu respeito; nada havia a dizer no que se referia à sua conduta. Esta reputação, a sua instrução, a sua distinção e o seu espírito, levaram Totski a delinear em definitivo os seus planos. Foi nesta altura que o general Epantchine começou a ter uma importância primordial em toda esta história.

Quando Totski conversou com o general, nos termos os mais amigáveis, a propósito das suas intenções com respeito a uma das suas três filhas, teve a hombridade de lhe fazer uma confissão completa e sincera da sua vida. Revelou-lhe que estava decidido a não recuar diante de nenhum meio para recuperar a sua liberdade. Acrescentou mesmo, que se Nastásia lhe prometesse deixá-lo de futuro *em* paz, não confiaria muito nessa promessa; precisava ter garantias mais concretas que as suas palavras. Combinaram agir, então, de completo acordo. Convinha-lhes de princípio recorrer aos meios mais suasórios e de só fazer vibrar, por assim dizer, as cordas mais nobres do seu coração. Os dois homens dirigiram-se à casa de Nastásia, e Totski, indo logo direto ao fim que o levara junto dela, começou a expor o intolerável horror da sua situação. Culpou-se de todos os erros passados. Declarou sinceramente que se sentia incapaz de se arrepender da maneira como até ali se comportara com ela, devido ao seu temperamento de boêmio incorrigível e da falta de domínio sobre si próprio. Porém agora pretendia casar-se; Nastásia tinha nas suas mãos a realização ou não desse seu invejável casamento, sob todos os pontos de vista, tanto das conveniências sociais como das materiais. Esperava por isso que o seu nobre coração não levantasse nenhuma oposição.

Depois seguiu-se-lhe o general, que falou na sua qualidade de pai. Numa linguagem que apelava mais para a razão do que para o sentimento, reconheceu que só ela, de fato, podia decidir da sorte de Totski. Em frases habilidosas e aparentando uma grande humildade, demonstrou que o futuro da sua filha mais velha, talvez mesmo das suas duas outras filhas, dependia, nesse momento, da decisão que ela pudesse tomar.

Nastásia pediu, então, para que lhe dissessem o que pretendiam dela, ao que Totski respondeu, confessando-lhe, com a mesma franqueza com que iniciara esta conversa, a admiração que lhe causara anos antes. Sentia-se ainda dominado por essa admiração, e de tal forma, que só se sentiria tranquilo se Nastásia resolvesse casar-se. Apressou-se a acrescentar que sendo ele a fazer um tal pedido, este seria absurdo, se não tivesse umas certas e fundadas razões. Havia notado e sabia positivamente que um jovem, portador de um honrado nome e pertencendo a uma respeitável família, chamado Gabriel Ardalionovitch Ivolguim, seu conhecido e visita da sua casa, a amava desde há muito com uma paixão ardente e estava com certeza disposto a sacrificar metade da sua vida na esperança de conquistar o seu coração. Gabriel fizera-lhe esta confidência há uns dias, espontaneamente e com uma candura só própria da juventude. Tinha igualmente confessado tudo ao seu protetor Ivan Fiodorovitch.

Por último observou ter a impressão de que a paixão deste jovem era já conhecida de Nastásia e que ela parecia não a ver com indiferença.

A ele, mais do que a qualquer outro, como era natural, era-lhe difícil abordar um tal assunto. Queria crer, no entanto, que ela não deixaria de acreditar que no seu coração não existiam apenas egoísmo e sentimentos interesseiros, mas sim também as melhores intenções a seu respeito, como compreenderia ainda quanto lhe era desagradável e mesmo impressionante o vê-la levar uma existência tão isolada. Para que persistir nessa triste isolação, nessa falta de confiança numa vida que podia maravilhosamente renascer e trazer-lhe, tendo um objetivo novo, o amor e a alegria da família? Para que consumir as suas aptidões, talvez brilhantes, na contemplação estéril da sua mágoa? Não seria isto, numa palavra, uma espécie de exaltação romântica, imprópria do seu bom senso e do seu coração generoso?

Tendo repetido mais uma vez que este assunto era para ele mais difícil de tratar do que qualquer outro, concluiu por dizer que esperava que Nastásia lhe respondesse de outra forma, que não com desprezo, ao desejo por ele manifestado de lhe assegurar um bom futuro, para o que punha à sua disposição a quantia de setenta e cinco mil rublos.

Acrescentou, a título de informação, que esta quantia figurava já no seu testamento; não se tratava, portanto, de uma indenização... E finalmente, por que não admitir e desculpar-lhe até o desejo, deveras humano, de sossegar um tanto a sua consciência, etc., etc., lançando mão, para esse efeito, de todos os argumentos que é costume alegar em tais circunstâncias? Falou durante muito tempo e com eloquência. No decorrer destas suas alegações deixou escapar uma afirmação curiosa: era a primeira vez que fazia alusão a esses setenta e cinco mil rublos, dos quais até aí, *ninguém*, nem mesmo Ivan Fiodorovitch, ouvira falar.

A resposta de Nastásia surpreendeu os dois amigos.

As suas palavras não refletiram o menor vestígio dessa animosidade sarcástica, dessa ironia cheia de ódio, cuja recordação lhe causava ainda arrepios ao longo da espinha. Pelo contrário, parecia feliz por poder, enfim, exprimir-se com o coração aberto. Confessou-lhe que há muito desejava pedir-lhe um conselho de amigo, porém o seu desmedido orgulho não a deixara ainda tal fazer; agora que o receio e o cerimonioso das suas relações tinha desaparecido, tudo passaria a decorrer pelo melhor. Declarou depois, com um sorriso triste, mas franco, que a tempestade passada não voltaria mais. Reconhecia que a sua maneira de ver as coisas tinha mudado, em parte, há uns anos; o seu coração, porém, não se modificara, e no entanto não deixara de sentir menos a necessidade de afastar de si os fatos consumados. O que estava feito, estava feito, o passado, estava passado. E pensando assim, parecia-lhe estranho que Totski persistisse em não deixar de pensar nessas inquietações.

Dito isto, voltou-se para o general e declarou-lhe, num tom que revelava uma profunda deferência, que ouvira há já muito falar nas suas filhas e que sentia por elas uma viva e sincera estima. Só o pensamento de lhe poder ser útil, fosse do que fosse, a enchia de alegria e orgulho. Na verdade a sua atual existência era incômoda e fastidiosa, muito fastidiosa mesmo. Totski adivinhara o seu sonho, quando disse que devia renascer, se não para o amor, pelo menos para a vida familiar, dando à sua existência novas perspectivas. Quanto a Gabriel, quase não podia dizer nada. Parecia-lhe, de fato, que ele a amava e a ela parecia-lhe que poderia retribuir esse amor, quando se convencesse da constância da sua afeição. Ao pensar que fosse sincero, não podia esquecer que era bastante novo e por isso julgava muito delicado tomar qualquer decisão. Para já, o que mais lhe agradava nesse jovem rapaz, é que trabalhava e sustentava sozinho a família. Ouvira dizer que era enérgico e altivo, e que estava resolvido a alicerçar o seu futuro por suas próprias mãos. Sabia também que Nina Alexandrovna, a mãe de Gabriel, era uma senhora de um porte irrepreensível e muito estimada; que a sua irmã, Bárbara, era uma moça de destaque sob todos os pontos de vista e deveras enérgica. Ptitsine tinha-lhe falado muito nela e, segundo ouvira já dizer, estas duas senhoras enfrentavam com superior coragem as suas aflições. Desejava muito relacionar-se com elas, porém não conseguira ainda saber se seria admitida no seio dessa família. Em suma, nada tinha a objetar a esse casamento; contudo precisava pensar prudentemente no caso e mais a mais que não tinha pressa nenhuma em resolver.

Quanto aos setenta e cinco mil rublos não lhe devia ter falado neles com tantos circunlóquios. Sabia bem dar o valor ao dinheiro e aceitaria sem dúvida essa dádiva.

Agradecia-lhe a delicadeza que havia tido de não ter dito ainda uma só palavra, sobre tal assunto, a Gabriel e até ao próprio general. Mas para que ocultar-lho agora?

Não via nenhuma desonra em aceitar esse dinheiro, no momento em que ia passar a fazer parte da família do marido. Mas se assim não era, não tinha a intenção de pedir perdão a quem quer que fosse e desejava que o ficassem sabendo bem. Não desposaria Gabriel, enquanto não tivesse a certeza de que nem ele, nem os seus, mantinham qualquer pensamento reservado a seu respeito. Quanto ao resto, não tinha nada a exprobrar-se; era de desejar que Gabriel conhecesse a vida que tinha até aí levado em S. Petersburgo, assim como a espécie de relações que tivera com Totski e a fortuna que conseguira entesourar. Enfim, se permitia-se aceitar agora essa importância, não era, por maneira nenhuma, como prêmio de uma desonra, que ela não cometera, mas apenas como indenização pelo novo rumo que a sua existência teria de tomar.

Animou-se e exaltou-se de tal forma ao fazer estas declarações — o que aliás era muito natural! — que o general sentiu uma grande satisfação e considerou a questão como liquidada. Totski, porém, influenciado pelos seus constantes receios, foi mais difícil de convencer e temeu, durante muito tempo ainda, encontrar qualquer serpente entre as flores. Entretanto as suas combinações continuaram; o ponto de apoio sobre o qual os dois amigos haviam fundado os seus cálculos — a inclinação possível de Nastásia por Gabriel — consolidava-se pouco a pouco, se bem que Totski mantivesse sempre as suas dúvidas sobre um bom sucesso.

Nastásia teve durante esse tempo uma explicação com Gabriel. Foram poucas as palavras trocadas. Dir-se-ia que o pudor da jovem se sentia ofendido com essa conversa. Admitiu e autorizou que Gabriel a amasse, sem querer, contudo, comprometer-se e reservando o direito de dizer não, até ao casamento, se casamento houvesse, podendo mesmo usar desse direito no último momento. Igual direito assistia também a Gabriel.

Este último não tardou a compreender, por um feliz acaso, que Nastásia conhecia, em todos os pormenores, a aversão que a família dele tinha por ela e pelo casamento. Todos os dias esperava que ela lhe falasse neste assunto, mas nunca o fez. Muitos outros pequenos acontecimentos podíamos relatar, com todos os pormenores e ocorrências que vieram a público, contados por esses chamados boateiros matrimoniais, mas fizemos já uma digressão bastante elucidativa sobre a vida das pessoas que nos propusemos analisar, e além disso muitas das asserções que circulavam não eram mais do que vagos rumores. Por exemplo: Totski tivera conhecimento, não se sabia como, que Nastásia tinha travado relações com as meninas Epantchine, mas estas mantinham-se em segredo. Tal boato, no entanto, verificou-se ser desprovido de toda a verossimilhança. Pelo contrário, um outro boato dominou a sua credulidade e inquietou-o muitíssimo: Nastásia, afirmava-se, estava convencida que Gabriel queria casar com ela devido ao dinheiro e, além disso, que era dotado de uma alma perversa, cúpida, intolerante, invejosa e excessivamente egoísta, Dizia-se que, até há pouco tempo, tinha desejado apaixonadamente conquistá-la; porém a partir do dia em que os dois amigos resolveram explorar essa paixão, a partir do momento em que ela começou a ser remunerada pela troca feita e o compraram também a ele, entregando-lhe como esposa legítima, começou a sentir por ela uma certa antipatia. A paixão e o ódio associavam-se de uma forma singular no seu coração; e se depois de terríveis hesitações acabara por aceitar por esposa essa vil criatura, fizera-o, jurando a si próprio vingar-se cruelmente depois do casamento, fazendo-lhe pagar caro, como ele dizia, a sua humilhação. Supunha-se que Nastásia sabia de tudo isto e preparava muito em segredo a devida réplica. Por outro lado estes boatos perturbaram de tal maneira o espírito de Totski, que não sentiu coragem de transmitir as suas preocupações ao general. Em certos momentos, como todas as pessoas fracas, encorajava-se e animava-se bruscamente. Foi por esse motivo que se mostrou cheio de confiança, quando Nastásia acabou por lhe prometer e ao general, que diria a sua última palavra na tarde do dia do seu aniversário natalício.

Em compensação, o boato mais estranho e mais inverossímil, aquele que deixava mal colocado e honrado Ivan Fiodorovitch, tomava — por desgraça! — todos os dias uma maior confirmação. Nos primeiros momentos considerou-se como sendo um simples absurdo, pois dificilmente se acreditava que o general, com a sua superior inteligência, a sua forte experiência, as suas outras boas qualidades e já no declínio da sua respeitável existência, se deixasse cativar por Nastásia. Não obstante os acontecimentos precipitavam-se de tal forma, que o seu capricho podia transformar-se em paixão. Perguntava-se malevolamente onde é que ele pretendia chegar: talvez contasse com a complacência de Gabriel!... Pelo menos Totski suspeitava da existência de uma tal manobra: supunha que entre o general e Gabriel existia um pacto implícito, fundado numa compreensão recíproca. Ninguém ignora que o homem, levado por um excesso de paixão, sobretudo se é já de uma certa idade, cai numa completa cegueira de espírito, chegando ao ponto de inventar coisas que são completas quimeras. Ou melhor, perde o juízo e comporta-se como um tolo ou um inexperiente, muito embora seja o maior sábio. Dizia-se que o general se preparava para oferecer a Nastásia, no dia do seu aniversário natalício, um magnífico colar de pérolas, que custara um preço louco. Dava grande importância a essa oferta, apesar de conhecer muito bem o desinteresse da jovem moça. Na véspera desse aniversário sentia-se dominado por um estado febril, se bem que tentasse simular a maior calma. A esposa ouviu também falar nesse colar de pérolas. Para dizer a verdade, havia se familiarizado há um certo tempo, com as infidelidades do marido e estava mais ou menos resignada. Porém era-lhe impossível fechar os olhos sobre esta dádiva; a história das pérolas despertou-lhe um vivo interesse. O general compreendeu-o a tempo; certas palavras pronunciadas na véspera fizeram-lhe pressentir a explicação importante que receava. Daí, portanto, a razão por que não tinha nenhum desejo de almoçar com a família na manhã do dia em que começa a nossa história. Antes mesmo da chegada do príncipe, já havia decidido pretextar uns afazeres e eclipsar-se. Eclipsar-se era muitas vezes para o general sinônimo de fugir. O que ele pretendia, apenas, é que esse dia, e sobretudo a tarde, decorresse sem contrariedade. Foi nesta altura dos acontecimentos que surgiu o príncipe. Foi Deus que o enviou, pensou o general, dirigindo-se para junto da esposa.

Capítulo 5

Este tinha orgulho da sua origem. Por essa razão o seu desapontamento foi grande, quando de repente, muito longe de em tal pensar, verificou que o último representante dos príncipes Míchkin, em que tinha já vagamente ouvido falar, não passava de um pobre idiota e quase um miserável, reduzido a viver de esmolas. Pretendendo esquivar-se discretamente a uma discussão sobre o colar de pérolas, tentou interessar sua esposa na recepção ao príncipe e por conseguinte desviar a sua atenção, colhendo o máximo efeito de uma tal situação.

Nos casos excepcionalmente graves a esposa do general tinha por hábito abrir muito os olhos, fixá-los absortos no espaço e deitar um pouco o busto para trás, sem proferir uma palavra. Era uma mulher alta e magra, da mesma idade do marido; tinha uns cabelos espessos, escuros, mas já com bastantes mechas brancas; o nariz era um pouco aquilino, as faces pálidas, com algumas rugas, e os lábios delgados e sempre abertos. O rosto era comprido, e os olhos castanhos e um pouco grandes tomavam por momentos as mais inesperadas expressões. Tendo tido um dia a fraqueza de supor que o seu olhar produzia um efeito extraordinário, continuou a manter-se sempre nessa convicção.

— Queres que o receba? Que o receba imediatamente? — disse a esposa, fitando com toda a insistência o marido, que passeava diante dela.

— Sim! Não tens que fazer cerimônias com ele. Podes recebê-lo tal como estás, se te é agradável vê-lo — apressou-se a explicar o general. — É uma verdadeira criança e mete mesmo dó. Está doente, tendo por vezes uns ataques. Chegado da Suíça ainda hoje, dirigiu-se logo para nossa casa, mal desceu do comboio. O seu aspecto é um tanto estranho; parece-se com o de um alemão. Como não trazia um único copeque no bolso, o que confessou quase com as lágrimas nos olhos, dei-lhe vinte e cinco rublos. Procurarei arranjar-lhe um lugar em qualquer repartição. E vós, pequenas, dai-lhe de comer, pois parece que está com fome...

— Estou admirada! — exclamou ela, fitando sempre o marido. — Dizes que tem fome e que costumam dar-lhe uns ataques... mas que espécie de ataques?

— Por felicidade esses ataques não são muito frequentes. Além disso, parece quase uma criança, recebeu alguma instrução...

E continuou, dirigindo-se às filhas:

— Quero também pedir-vos para lhe fazerdes uma espécie de exame. Será bom saber até onde vai essa instrução.

— Fazer-lhe um exame? — repetiu a esposa, martelando as sílabas e dirigindo um olhar de profunda surpresa, tanto sobre o marido como sobre as filhas.

— Ah, minha querida, não dês tão grande importância a este assunto... e de resto será como tu quiseres. A razão de me ter mostrado afável com ele e tê-lo introduzido na nossa casa é porque isso constitui quase um ato de caridade.

— Introduzi-lo na nossa casa? E vindo da Suíça?

— Que tem que ele venha da Suíça? No entanto, repito, será como tu quiseres. Procedi assim, conforme te acabei de dizer, porque tem o mesmo nome de família que tu, porque é talvez teu parente e também porque não tem mais ninguém a quem possa dirigir-se. Supus mesmo que tivesses por ele algum interesse, visto que, como te disse, pertence à tua família.

— Não pode dizer que não, minha mãe, e mais a mais que o pode receber sem fazer cerimônias — informou Alexandra, a mais velha das três filhas. — Depois de uma tão longa viagem deve ter fome. Por que não lhe devemos dar de comer, se não tem ninguém nem sabe aonde ir? — E depois, se é na verdade como uma criança, podemos jogar cabra-cega com ele.

— Jogar cabra-cega? Como pode ser isso?

— Oh, minha mãe, deixe lá esses melindres, peço-lhe! — interrompeu Aglaé um pouco enervada.

Adelaide, a segunda filha, que era de índole alegre, não podendo mais conter-se, começou a rir.

— Vamos, meu pai, pode mandá-lo entrar. A mãe autoriza — disse Aglaé, pondo termo à questão.

O general tocou a campainha e deu ordem para irem prevenir o príncipe.

— Seja — declarou a esposa — mas com a condição de lhe prenderem um guardanapo debaixo do queixo quando se sentar à mesa, e de se ordenar ao Fiódor, ou melhor, à Mavra, para que se mantenham atrás dele durante a refeição. Está ele pelo menos livrataques? Não gesticula muito?

— Nada disso. Pelo contrário, é muito educado e tem umas excelentes maneiras. Algumas vezes é, sem dúvida, um pouco simples... Apenas isso... Tenho o prazer de vos apresentar o último dos príncipes Míchkin, que tem o vosso nome de família e que é talvez um nosso parente. Espero que o recebam bem... Príncipe, estas senhoras vão almoçar. Quer dar-lhes a honra? Por mim, desculpar-me-á!... Estou já um pouco atrasado e por isso vou-me...

— Nós sabemos para onde vais! — exclamou a esposa num tom significativo.

— Vou-me, vou-me, minha querida amiga, porque estou muito atrasado. Se quiserem, mostrem-lhe os seus álbuns, para que escreva neles alguma coisa. É um calígrafo de um raro talento. Apresentou-me, ainda há pouco, uma reprodução da antiga escrita russa: esta é a assinatura do fanático Paphnuce... Até logo e boas tardes.

— Paphnuce? Um fanático? Espera! Espera! Aonde vais? Quem é esse Paphnuce? — exclamou a esposa num tom que revelava bem a sua inquietação e o seu despeito para com o marido, que transpunha já o limiar da porta.

— Sim, sim, minha querida! Trata-se de um fanático de outros tempos... mas preciso ir depressa à casa do conde, que me espera há um bocado e foi ele que me marcou este encontro... Príncipe, até logo! E o general afastou-se num passo rápido.

— Eu sei a casa de que conde é que ele vai! — disse, numa voz áspera, Isabel, cujos olhos se voltaram para o príncipe com uma expressão de desagrado. — Em que estávamos nós a falar? — perguntou ela, num tom de tédio e de desdém. Depois, como quem se recorda, acrescentou: — Ah, já sei... Então quem era esse fanático?

— Minha mãe! — interrompeu Alexandra, enquanto Aglaé batia com o pé.

— Não me interrompas, Alexandra — pediu a mãe. — Eu também quero saber. Sente-se ali, príncipe, naquele sofá, em frente ao meu. Tão longe, não... aqui, ao sol, em plena luz, para o vermos melhor. E agora, diga-me, de que fanático é que se trata?

— Do fanático Paphnuce — respondeu o príncipe com ar amável e sério.

— Paphnuce? É interessante. Mas quem era ele?

A esposa do general fazia essas perguntas num tom seco e impaciente, com os olhos sempre fitos no príncipe e acompanhando cada uma das suas frases com um movimento de cabeça.

— O fanático Paphnuce — prosseguiu o príncipe — viveu no século catorze. Era o superior de um mosteiro, nas margens do Volga, numa região que hoje faz parte da província de Kostroma. Vivia tendo uma reputação de santidade, pelo que foi a Horde, onde conseguiu regular umas complicadas questões. Estabeleceu um acordo que assinou e eu vi um *fac-símile* dessa assinatura. A letra agradou-me. Apliquei-me a imitá-la. Há pouco o general quis ver como eu escrevia a fim de me poder conseguir um emprego. Escrevi, então, várias frases em diversos tipos de letras. Entre essas frases encontrava-se esta: "Esta é a assinatura do fanático Paphnuce". Reproduzi a letra desse monge e o general gostou muito do meu trabalho. Foi essa a razão do que disse ainda agora.

— Aglaé — exclamou Isabel — não te esqueças deste nome: Paphnuce. Era melhor escrevê-lo, pois tenho fraca memória... Aliás supunha que isto fosse mais interessante... Onde está o que escreveu?

— Deve ter ficado no gabinete do general, sobre a sua mesa.

— Mandai já um criado procurá-lo — ordenou, dirigindo-se às filhas.

— Posso escrevê-la de novo para as senhoras, se o desejam.

— É melhor, minha mãe — disse Alexandra. — Porém agora vamos almoçar. Estamos já com fome.

— Está bem — concordou a mãe. — Venha, príncipe, deve estar com vontade de se sentar à mesa, não?

— Para dizer a verdade, tenho já um certo apetite... Permita-me que lhe agradeça desde já, muito reconhecido, todas as suas atenções.

— É muito bom ser delicado e reconheço que o príncipe não é (como direi...) tão... original como me informaram. Venha... Sente-se ali na minha frente — disse ela, indicando-lhe um lugar logo que chegaram à sala de jantar. — Quero poder vê-lo bem de frente. Alexandra e Adelaide, vigiai para que seja bem servido. Não se encontra ainda um pouco... adoentado? Talvez o guardanapo não seja necessário. Diga-me, príncipe: costuma prender o guardanapo debaixo do queixo?

— Fazia isso noutros tempos, quando tinha sete anos, se bem me recordo. Agora costumo desdobrá-lo sobre os joelhos quando como.

— É assim que deve fazer... E os ataques?

— Os ataques? — exclamou o príncipe um tanto admirado. — Agora dão-me muito raras vezes. Daqui por diante não sei... dizem que o clima da Rússia não é bom para a minha doença.

— Falar bem — observou Isabel, dirigindo-se às filhas e continuando a acompanhar com um movimento de cabeça todas as frases do príncipe. — Não o esperava. E assim, o que me disseram, não passava de frivolidades e mentiras, como sempre. Coma, príncipe, e conte-nos alguma coisa da sua vida: onde nasceu? Onde foi educado? Desejo saber tudo, pois estou me interessando muitíssimo por ti.

O príncipe agradeceu e, ao mesmo tempo que ia fazendo as honras ao almoço, contou de novo aquilo que já tantas vezes tinha repetido desde pela manhã. Isabel mostrava-se cada vez mais satisfeita. As filhas escutavam-no igualmente com atenção. Discutiram depois a questão do parentesco. O príncipe provou que conhecia muito bem os seus ascendentes, mas como era impossível estabelecer bem a árvore genealógica, não encontraram nenhum laço de parentesco entre eles. Puderam apenas concluir que os avós e as avós eram primos, porém muito afastados. Esta árida discussão agradou em especial a Isabel, porque quase não tinha ocasião de falar da sua genealogia, quando isso lhe agradava muito. Encontrava-se, portanto, deveras entusiasmada, na ocasião em que se levantou da mesa.

— Vamos para a nossa sala de estar — disse ela. Servir-nos-ão lá o café. Preciso adverti-lo de que designamos assim um pequeno compartimento que não passa na realidade do meu gabinete — explicou ela ao príncipe. — Gostamos de nos reunir aqui, quando estamos sós, e cada uma de nós entrega-se então à sua ocupação favorita. Alexandra, a mais velha, toca piano, lê ou borda. A Adelaide gosta de pintar paisagens e retratos, mas até agora não acabou nenhum. Quanto à Aglaé, essa mantém-se sentada e nada faz. Por mim também não chego a fazer grande coisa, porque o trabalho cai-me das mãos. Eis a sala!... Sente-se, príncipe, aqui perto da chaminé, e conte-nos alguma coisa. Quero conhecer a sua habilidade para contar qualquer coisa. Desejo ficar plenamente informada a seu respeito, e quando vir a velha princesa Bielokonski, contar-lhe-ei tudo o que souber a seu respeito. Pretendo que todas as pessoas minhas conhecidas se interessem por ti. Vamos, fale!

— Mas, minha mãe — disse Adelaide, enquanto ia preparando o cavalete — é uma triste ideia querer que lhe conte alguma coisa dessa maneira...

Havia pegado nos pincéis e na palheta para continuar o trabalho começado há bastante tempo e que consistia em reproduzir uma paisagem de uma estampa. Alexandra e Aglaé sentaram-se num pequeno sofá, de braços cruzados e dispostas a ouvirem a conversa. O príncipe reparou que a atenção de todas estava concentrada nele.

— Seria incapaz de contar qualquer coisa se me ordenassem assim! — observou Aglaé.

— Por quê? Que tem isto de extraordinário? Por que se havia de recusar a contar? Tem língua e é para se servir dela. Desejo saber se tem o dom da palavra. Conte-nos, príncipe, não importa o quê! Fale-nos do que mais lhe agradou na Suíça, das suas primeiras impressões... Ides ver como ele vai começar e como vai entrar bem no assunto...

— A minha primeira impressão foi uma impressão forte... — disse o príncipe.

— Estais vendo como ele principiou! — interrompeu com arrogância Isabel, dirigindo-se às filhas.

— Deixe-o falar, minha mãe — interveio Alexandra, que continuou, falando baixo ao ouvido de Aglaé: — Este príncipe é talvez um espertalhão e nunca um idiota!

— Talvez! Há momentos que desconfio disso — respondeu Aglaé. — Se assim é, não mostra ser muito boa pessoa, representando esta comédia. Com que interesse fará ele isso?

— A minha primeira impressão foi muito forte — repetiu o príncipe. — Quando me levaram da Rússia e me fizeram viajar através de diversas cidades da Alemanha, examinava tudo sem dizer palavra e lembro-me bem que não fiz nenhuma pergunta. Tinha tido anteriormente uma série de violentos ataques, causados pela minha doença e havia sofrido bastante; de cada vez que a doença se agravava e que os ataques se tornavam mais frequentes, caía num grande entorpecimento e perdia por completo a memória. O meu espírito continuava, contudo, a trabalhar, mas o curso lógico dos meus pensamentos mantinha-se, por assim dizer, interrompido. Não conseguia coordenar mais de duas ou três ideias seguidas. É de tudo a única impressão que me resta. Quando os ataques acalmaram um pouco, recobrei a saúde e a energia que tenho agora. Recordo-me da tristeza intolerável que me assaltava: sentia vontade de chorar; tudo me causava sofrimento e inquietação. O que me oprimia terrivelmente era a sensação de que tudo me era *estranho*. Notava que este *estranho* me esmagava. Lembro-me de ter saído por completo destas trevas, na tarde em que, ao chegar à Basileia, pus o pé no solo da Suíça; despertei, ao ouvir zurrar um burro num largo. Este burro causou-me uma grande impressão e (não sei por quê) um prazer extremo; desde este momento produziu-se uma clareza súbita no meu espírito.

— Um burro? Mas isso é singular! — observou a esposa do general. — Se bem que, pensando bem, não tem nada de singular! Qualquer criatura pode sentir um grande amor por um burro — acrescentou ela, fitando as filhas, que riam às gargalhadas, com um olhar colérico. — Via-se isso nos tempos mitológicos! Continue, príncipe...

— Desde então fiquei a gostar muitíssimo dos burros. Tenho mesmo por eles uma afeição especial. Comecei a estudá-los, pois até aí nada sabia a respeito de tais animais. Convenci-me logo de que eram uns animais muito úteis, laboriosos, robustos, pacientes, econômicos e sofredores. Devido a este animal principiei a gostar de toda a Suíça, visto que a minha melancolia se dissipou por completo.

— Tudo isso é muito curioso, mas deixemos esse burro e passemos a outro assunto. Por que estás sempre a rir, Aglaé? E tu, Adelaide? O príncipe falou-nos a respeito de um burro de uma maneira encantadora. Ele, pelo menos, viu esse burro; e tu, que é que tens visto? Nada, pois nunca foste ao estrangeiro!

— Mas eu, minha mãe, já vi um burro — afirmou Adelaide.

— E eu também já ouvi zurrar um — acrescentou Aglaé.

As três moças soltaram de novo uma forte gargalhada. O príncipe riu juntamente a elas.

— É muito mau o que estais fazendo! — anotou a mãe. — Desculpe-as, príncipe!... No fundo são boas moças. Discuto a todo o momento com elas, mas adoro-as. São um pouco cabeças no ar, irrefletidas, extravagantes.

— Mas para que havemos de falar nisso? — atalhou o príncipe, rindo. — No lugar delas fazia outro tanto. No entanto mantenho a minha opinião sobre o burro: é um animal útil e bondoso.

— E o príncipe também é bondoso? Faço-lhe esta pergunta por mera curiosidade — disse Isabel.

Estas palavras provocaram uma nova gargalhada geral.

— Foi ainda o maldito burro que voltou a lembrar-lhes. Eu já nem pensava nisso! — exclamou ela. — Creia, príncipe, que não quis fazer nenhuma...

— Nenhuma alusão? Oh, não tenho nenhuma dúvida a tal respeito.

E o príncipe riu de boa vontade, parecendo não querer parar.

— Tem razão em rir. Reconheço que é um jovem deveras bondoso — concluiu a esposa do general.

— Nem sempre o sou — replicou o príncipe.

— Eu também sou bondosa — declarou ela, sem quase pensar. — Se assim o quiser, sou sempre bondosa. É este o meu único defeito, porque não se pode ser boa em todas as ocasiões. Irrito-me muitas vezes com as minhas filhas e mais ainda com o meu marido; porém, o mais desagradável é que me torno ainda mais bondosa quando me encolerizo. Olhe, ainda há pouco, antes da sua entrada, tive um acesso de mau humor, pelo fato de nada compreender, nem nada poder compreender. Quando isto me acontece, torno-me quase como uma criança. A Aglaé deu-me uma lição!... Obrigada, Aglaé. No entanto tudo isto nada significa. Não sou tão estúpida, que tenha o aspecto que as minhas filhas querem fazer crer. Tenho caráter e não sou das mais tímidas. E de resto, falo em tudo isto sem malícia. Anda cá, Aglaé. Dá-me um beijo... Agora basta de ternuras — disse ela a Aglaé, que a beijou afetuosamente nos lábios e nas mãos. — Continue, príncipe. Talvez se lembre de alguma coisa mais interessante ainda que a história do burro.

— Repito: não compreendo que se possa assim contar qualquer coisa falar por encomenda — observou de novo a Adelaide. — Por mim ficaria atrapalhada.

— O príncipe há de encontrar alguma coisa porque é deveras inteligente. É pelo menos dez vezes mais do que tu, e talvez mesmo doze. Dito isto, espero que compreendas. Prove-lhes, príncipe, que tenho razão. Continue. Podemos, enfim, pôr o burro de lado... Além do burro, que viu mais no estrangeiro?

— Mas a história do burro não era despida de interesse — observou Alexandra. — O príncipe expôs-nos, de uma maneira agradável, qual o seu estado mórbido e o choque exterior recebido. Foi devido a ele que retomou de novo o gosto pela vida. Sempre desejei saber quais as circunstâncias em que as pessoas perdem a razão e depois a recuperam, e sobretudo quando esses fenômenos ocorrem de repente.

— Não se trata disso! Não é isso... — exclamou a mãe com vivacidade. — Vejo que também tens algumas vezes espírito!... Mas já basta de rir! O príncipe ficou, segundo me parece, na descrição da natureza suíça.

— Chegamos a Lucerna e fizeram-me dar um passeio pelo lago. Admirei a sua beleza, mas ao mesmo tempo dominou-me um sentimento um pouco doloroso — contou o príncipe.

— Por quê? — perguntou Alexandra.

— Não sei explicar. Sinto sempre esse sentimento doloroso e inquietante quando contemplo pela primeira vez paisagens dessa espécie. Agrada-me a sua beleza, mas perturba-me. Além disso estava ainda doente nessa ocasião...

— Eu, então, não sou da sua opinião; desejava muitíssimo ver esse sítio — disse Adelaide. — Não compreendo por que é que não vamos ao estrangeiro. Procuro em vão, já há dois anos, um assunto para um quadro: O Oriente e o Sul estão desde há muito pintados. Encontre-me, príncipe, um tema para um quadro.

— Não entendo nada de pintura. Não obstante parece-me que basta olhar e depois pintar.

— Não sei olhar.

— Por que é que falam por metáforas? Não os compreendo! — interrompeu Isabel. — Como podes dizer que não sabes olhar? Tens dois olhos, olha. Se não sabes olhar aqui, não é no estrangeiro que vais aprender. Conte-nos antes, príncipe, como é que na Suíça observou a natureza?

— Isso é melhor — acrescentou Adelaide. — O príncipe aprendeu a olhar no estrangeiro?

— Não sei. Na Suíça não fiz mais do que tentar restabelecer a saúde. Ignoro se aprendi a olhar. Até agora só sei que tenho sido quase sempre muito feliz.

— Feliz! — exclamou Aglaé. — Aprendeu lá a arte de ser feliz? Então como é que pôde dizer-nos que não aprendeu a olhar? Tem que nos ensinar.

— Sim, ensine-nos — pediu Adelaide, rindo.

— Não posso ensiná-las — respondeu o príncipe, rindo também. — Durante quase toda a minha estada no estrangeiro vivi na mesma aldeia da Suíça; saía raras vezes e mesmo nessas ocasiões pouco me afastava da aldeia. Que posso eu, portanto, ensinar-lhes? A princípio tentei apenas não me aborrecer; depois não tardei a recuperar a saúde; por último comecei a apreciar-me a mim próprio e apercebi-me então dessa mudança. Deitava-me muito bem-disposto e levantava-me mais satisfeito do que na véspera. Donde resultava isto? Ser-me-ia bastante difícil dizê-lo.

— De maneira que não sentia nenhum desejo de ir a qualquer parte? — perguntou Alexandra. — Nada o atraía?

— Sim, atraía!... A princípio senti esse desejo, o qual me causava uma grande inquietação. Interrogava-me sobre qual seria a minha vida futura, procurava perscrutar o meu destino e sentia-me deveras pesaroso em certos minutos. Surgem lá fora, como sabe, muitos destes minutos, sobretudo quando se está só. Na povoação havia uma pequena cascata, que caía de uma montanha, quase verticalmente, em delgados fios de água; a sua branca espuma precipitava-se com fragor. Apesar de alta, essa queda de água, vista da casa onde eu estava, parecia bastante baixa; ficava a quinhentos metros e parecia estar a cinquenta passos. A noite gostava de ouvir o marulhar dessa água; era então que eu sentia um pesar mais intenso. Este pesar sentia-o também algumas vezes durante o dia, quando ia para as montanhas e ali me isolava, sentindo o cheiro da resina, no meio dos velhos pinheiros. No alto de uma penedia viam-se as ruínas de um castelo medieval: era a custo que dele se conseguia descortinar a nossa aldeia nos recôncavos do vale. O sol brilhava forte, o céu mostrava-se azul e o silêncio era impressionante. Nestes momentos sentia-me atraído para longe; parecia-me que, caminhando sempre em frente, sem parar, direto à linha onde o céu parece ligar-se com a terra, encontraria a chave do enigma e pressentiria uma nova vida, mil vezes mais intensa e mil vezes mais tumultuosa que aquela que levava na aldeola. Sonhava então com uma grande cidade, como Nápoles, por exemplo, cheia de palácios, de ruídos, de turbulência, de vida... Os meus sonhos eram em grande número... Por este motivo parecia-me que se podia desfrutar uma vida sem limites, até mesmo numa prisão.

— Já li esse nobre pensamento na minha *Chrestomathie,* quando tinha doze anos — disse Aglaé.

— Tudo isso pertence ao campo da filosofia — observou Adelaide. — O senhor é um filósofo e foi bom vir, para nos ensinar.

— Talvez tenham razão — disse o príncipe, sorrindo. — Sou de fato um filósofo e (quem sabe?) pode ser que esteja no fundo predestinado a fazer escola... É bem possível, na verdade!

— A sua filosofia é do mesmo gênero da de Enlampie Nicolaievna — observou Aglaé. — É a viúva de um funcionário, uma espécie de parasita, que vem muito a nossa casa. Para ela, todo o problema da vida consiste em fazer bons negócios; é a sua única preocupação; só fala em copeques e no entanto tem muito dinheiro; é uma raposa matreira. Pensa de igual forma dessa vida sem limites que o príncipe supõe possível até numa prisão, e talvez também dessa felicidade que usufruiu durante os quatro anos passados na aldeola, e pela qual o senhor renunciou à cidade de Nápoles, com benefício, segundo parece, se bem que essa felicidade não valha mais do que uns simples copeques.

— Em face do que é na realidade a vida numa prisão, pode não se ser dessa opinião — disse o príncipe. — Ouvi contar a história de um homem que passou doze anos na prisão. Era um dos doentes em tratamento na casa do meu professor. Tinha uns ataques de nervos e às vezes sobrevinham-lhe uns grandes pesares e umas crises de lágrimas. Tentou mesmo um dia suicidar-se. Posso garantir-lhes que a sua vida na prisão era muito triste, porém, sem exagero, sempre valia mais do que uns simples copeques. Os seus conhecimentos na prisão limitavam-se a uma aranha e a um arbusto que crescia debaixo da janela... Prefiro, porém, contar-lhes a história de um outro encontro que tive o ano passado. Trata-se de um caso muito curioso, curioso pela sua raridade. O homem de que lhes vou falar foi um dia levado a um campo de execuções, com outros condenados, e ali leram-lhes a sentença que os condenava a serem fuzilados, devido a um crime político. Vinte minutos depois foram notificados de que lhes tinha sido comutada a pena. Durante os quinze ou vinte minutos que decorreram entre as duas leituras, este homem viveu na convicção absoluta de que ia morrer dentro de poucos instantes. Era extremamente curioso ouvi-lo evocar as suas impressões, e diversas vezes conversei com ele a tal respeito. Lembrava-se de tudo com uma nitidez extraordinária e dizia que não poderia esquecer mais o que se passou durante esses minutos. A vinte passos do cadafalso, rodeado pela multidão e pelos soldados, haviam colocado três postes, porque alguns condenados deviam ser passados pelas armas. Os três primeiros foram presos a esses postes; fizeram-lhes vestir, por cima do uniforme, a túnica dos condenados (uma comprida camisa branca) e enterraram-lhe na cabeça, até lhe taparem os olhos, uns capuzes brancos, para que não vissem as espingardas; por fim, um pelotão de soldados colocou-se diante de cada poste. O homem que me contou isto era o oitavo da ordem de execução; devia, portanto, ser preso ao poste na terceira volta. Um padre passou diante de todos os condenados, abençoando-os, com uma cruz na mão. Restaram-lhe, então, apenas cinco minutos de vida. Este homem declarou-me que esses cinco minutos lhe pareceram nunca ter fim e de um valor inestimável. Teve a impressão de que nesses cinco minutos viveu um grande número de vidas, pelo que não teve tempo de pensar no último momento, apesar de ter feito uma divisão do tempo que lhe restava para viver: dois minutos para se despedir dos seus companheiros, dois outros minutos para concentrar o espírito uma última vez, e o resto para lançar à sua volta um último olhar. Lembrava-se muito bem de ter executado estas disposições tal como as havia calculado. Ia morrer aos vinte e sete anos, cheio de saúde e vigor.

Recordava-se ainda de, no momento das despedidas, ter feito, com indiferença, uma pergunta a um dos seus companheiros, mas ouvira a sua resposta com um vivo interesse. Após as despedidas entrou no período dos dois minutos reservados à *meditação interior*. Sabia previamente no que ia pensar. Queria desde já antever, tão depressa e tão claramente quanto fosse possível, tudo quanto ia passar-se; de momento existia e vivia, porém nos três minutos seguintes *alguma coisa* de grave ocorreria... algum acontecimento ou alguma tragédia... mas quê, e o quê? Onde estaria? Teria a resolução destas incertezas no decorrer dos dois penúltimos minutos. Perto do local elevava-se uma igreja, cuja cúpula dourada brilhava sob um sol ardente. Lembrava-se de ter fitado com uma terrível obstinação essa cúpula e os seus reflexos; não podia desviar dela os olhos e esses reflexos pareciam ser para ele uma nova vida, como ia ser a sua, de onde conjecturava que dentro de três minutos se confundiria com eles... A sua incerteza e a sua repulsa ante esse desconhecido que ia surgir dentro em pouco eram terríveis. Declarou-me por último que nada lhe foi mais martirizante do que esse pensamento: pudesse não morrer! Se me restituíssem a vida! Que eternidade se não abriria diante de mim! Transformaria cada minuto num século de vida! Não perderia mais um único instante e tomaria nota de todos eles, para não gastar algum inutilmente. Esta ideia acabou por obcecá-lo de tal forma, que acabou por desejar que o fuzilassem o mais depressa possível.

O príncipe calou-se de repente; no entanto as quatro senhoras esperaram que ele continuasse e chegasse a uma conclusão.

— Acabou? — perguntou Aglaé, passados uns minutos de silêncio.

— Que disse? Acabei, sim — concluiu o príncipe, saindo de uma espécie de abstração.

— Por que nos contou essa história?

— Não sei bem... Veio-me à cabeça... a propósito da nossa conversa.

— Falou sem tirar uma conclusão — observou Alexandra. — A sua intenção, príncipe, era com certeza mostrar-nos que não há na vida um único momento que não valha mais do que um copeque, e que algumas vezes cinco minutos têm mais valor do que um tesouro. Tudo isso é belo e sedutor, mas permita-me que lhe diga; esse seu amigo, de quem nos contou o calvário que teve... comutaram-lhe a pena e portanto acordou para essa vida eterna! Muito bem! Que fez ele a seguir desse tesouro? Tem vivido, tendo em conta cada minuto?

— Oh, não... Interroguei-o a tal respeito. Confessou-me que ainda não viveu nenhum dessa maneira e que, pelo contrário, tem perdido muitos, muitos minutos.

— Eis então uma experiência que nos demonstra que não é realmente possível viver, tendo em conta cada minuto. Há alguma coisa que a tal se opõe...

— Sim, há alguma coisa que se opõe... — repetiu o príncipe. — Nisso mesmo já eu pensei. E não obstante, como não crer...

— Imaginará o senhor viver mais inteligentemente do que todos os outros? — perguntou Aglaé.

— Sim, já tive também algumas vezes essa ideia.

— E tem-na ainda?

—Tenho-a ainda — afirmou o príncipe, que, depois de ter fitado Aglaé com o mesmo sorriso terno e tímido, voltou a rir de novo, dando aos olhos uma expressão de viva alegria.

— Que modéstia! — exclamou Aglaé, um pouco agastada. — Que coragem a vossa. Ris e eu também, mas a história desse homem impressionou-me de tal maneira que já sonhei com ela durante estes cinco minutos.

De novo o príncipe fitou com um olhar sério e interrogador as quatro senhoras.

— Não estão aborrecidas comigo? — perguntou ele de repente, com uma espécie de contusão, mas sem desviar os olhos das filhas do general.

— Por quê? — interrogaram elas, surpreendidas.

— Porque tenho sempre o ar de quem está a dar uma lição.

Riram todas.

— Se estão aborrecidas, é favor dizê-lo — continuou ele. — Sei melhor do que ninguém que tenho vivido menos do que qualquer outro e que compreendo a vida menos do que todos os outros! Talvez tenha dito algumas vezes coisas impróprias.

E perturbou-se ao proferir estas palavras.

— Se me diz que tem sido feliz, significa que tem vivido a vida, não menos, mas mais do que os outros. Por que, então, essas desculpas embaraçosas? — perguntou Aglaé com um azedume agressivo. — Se parece ter o aspecto de quem dá uma lição, não se apoquente; isso não lhe confere nenhuma espécie de superioridade. Com o seu quietismo, pode fazer-se com que uma existência seja o mais feliz possível, nem que dure cem anos. Verificamos que lhe basta ver uma execução ou até um dedo mínimo, para ter logo assunto para as suas deduções, deveras louváveis, assim como deve sentir-se também muito contente. É fácil, portanto, viver nessas condições.

— Por que te encolerizas sempre? Não compreendo! — interveio a esposa do general, que observava há uns minutos as fisionomias daqueles que falavam. — Não consigo compreender o que estão dizendo. Que representa essa coisa do dedo mínimo e todas essas histórias? O príncipe fala muito bem, só os assuntos que trata são bastante tristes... Por que é que o fazem desanimar? A princípio ria e agora está muito apreensivo!

— Não é nada, minha mãe. O que é de lastimar, príncipe, é que não tenha visto ainda uma execução. Teria, então, uma pergunta a fazer-lhe.

— Mas eu já vi uma execução! — informou o príncipe.

— Já viu uma? — exclamou Aglaé. Quase me custa a acreditar. Isso é o máximo que se pode fazer. Mas se já viu então uma execução, como pôde dizer-nos que foi sempre feliz? Não será esta uma razão para poder dizer que duvido?

— Então faziam-se execuções na sua aldeola? — perguntou Adelaide.

— Não, minha senhora. Vi uma em Lyon, onde fui com o Schneider. Foi ele que lá me levou. A execução deu-se mal nós tínhamos acabado de chegar.

— E então... agradou-lhe muito? O espetáculo era atraente? Agradável? — perguntou Aglaé.

— O espetáculo não tem nada de agradável e fiquei um pouco adoentado durante uns dias. Confesso-lhe, no entanto, que exerceu sobre mim uma tal fascinação que não pude desviar os olhos dele.

— Suceder-me-ia o mesmo, nesse caso — disse Aglaé.

— Onde estive não gostam de ver as mulheres em assistir a esse espetáculo; os jornais citam aquelas que a eles assistem.

— Declarando que não é espetáculo para mulheres, querem dizer (e por consequência justificar) que só é próprio para homens. Felicito-os por essa lógica. Com certeza também é dessa opinião.

— Conte-nos então a execução que viu — interrompeu Adelaide.

— Preferiria muito mais não a contar neste momento — disse o príncipe, um pouco aborrecido e contrariado.

— Dir-se-ia que lhe custa contar-nos isso — acrescentou Aglaé num tom zombeteiro.

— Não, minha senhora. Mas é que já a contei hoje.

— A quem?

— Ao seu criado, enquanto esperava...

— A qual criado? — perguntaram as quatro senhoras.

— Àquele que está na antecâmara, de cabelos grisalhos e rosto corado. Foi nessa antecâmara que eu esperei até ser recebido por Ivan Fiodorovitch.

— É singular! — observou Isabel.

— O príncipe é um democrata — afirmou Aglaé secamente. — Se contou, portanto, essa execução ao Aléxis, não pode recusar-se a nos contá-la.

— Tenho o máximo interesse em o ouvir — insistiu Adelaide.

Voltando-se para ela, o príncipe perturbou-se de novo. Parecia prestes a animar-se e a tomar toda a confiança.

— Ainda há pouco, quando falou a respeito de um tema para um quadro seu, tive a ideia de lhe propor o seguinte: pintar o rosto de um condenado no momento em que vai ser executado, quando já se encontra no cadafalso e espera que o prendam ao cepo da guilhotina.

— O rosto? Apenas o rosto? — perguntou Adelaide. — Que estranho tema e que triste quadro isso daria!

— Isso não sei. Mas por que não havia de ser um quadro como os outros? — replicou o príncipe com entusiasmo. — Vi ultimamente na Basileia uma obra desse gênero. Desejava bem poder descrevê-la... Ficará para um outro dia... Impressionou-me muito...

— Agora não é o momento de falarmos nesse quadro da Basileia — disse Adelaide. Falaremos outro dia. Para já, o que eu queria é que me contasse essa execução, a fim de fazer uma ideia do quadro a pintar. Poder-me-á descrever as coisas tal qual as viu? Como hei de pintar esse rosto? E o rosto, apenas? Que expressão hei de dar-lhe?

— Justamente a que tivesse um minuto antes da morte, isto é, no momento em que o condenado subisse os degraus do cadafalso e pusesse os pés no estrado.

O príncipe falava com entusiasmo e, levado pelas suas recordações, parecia por momentos ter esquecido todo o resto:

— Nesse momento, ele olhou para o local onde me encontrava. Examinei-lhe o rosto e compreendi tudo. No entanto, como descrever uma tal situação? Ah, como eu tinha vontade que a senhora ou qualquer outra pessoa reproduzisse essa cena! Agradava-me, no entanto, mais que fosse a senhora! No meu entender esse quadro devia ser um quadro primoroso. Sabe... para que esse quadro fosse bem executado, precisava reproduzir tudo quanto se passasse nesse momento, tudo... tudo... O condenado de que eu falo, quando estava na prisão, só contava que a execução tivesse lugar uma semana depois; confiava do tempo que as formalidades usuais da lei levavam a cumprir e calculara que as peças do processo deviam levar uma semana a organizar-se. Uma circunstância imprevista, porém, abreviou essa demora. Às cinco horas de uma certa manhã dormia ainda. Era no fim de outubro e, portanto, a essa hora era noite e fazia frio. O diretor da prisão entrou sem fazer barulho, acompanhado de um guarda, e tocou-lhe de leve num ombro. O condenado sentou-se na cama e vendo a luz disse: "Que é?". "A execução terá lugar às dez horas", respondeu-lhe o diretor. Ainda mal acordado, não podia acreditar no que ouvia, pois calculara que as peças do processo não estariam concluídas antes de uma semana. Quando, porém, tomou consciência da verdade, deixou de discutir e calou-se. Disse-se que acrescentou, pouco depois: "Assim mesmo é doloroso, tão bruscamente"... e caiu num impressionante mutismo, prometendo a si mesmo não proferir mais palavra. Três ou quatro horas se passaram nos preparativos de todos conhecidos: visita do padre e um almoço composto de vinho, café e um bocado de carne de vaca (não será isto uma irrisão? Parece um ato de desumanidade, mas estou convencido de que estas pessoas agem na melhor das intenções e na convicção de que este almoço é um ato de filantropia). Depois trata de se arranjar (sabem o que é o arranjar-se de um condenado?). Por fim conduzem-no, através da cidade, ao cadafalso... Este trajeto dá-lhe, segundo suponho, a impressão de que lhe resta muito tempo de vida. Deve ter dito com ele, durante o percurso: "Restam-me três ruas para viver. É ainda bastante longe. Percorrida esta rua, tenho outra, e depois outra, aquela onde há uma padaria à direita... Ainda tenho de andar, muito antes de chegar a essa padaria!" A sua volta uma multidão ruidosa, solta gritos: são dez mil rostos, dez mil pares de olhos! É preciso suportar tudo isto, e o mais doloroso talvez é pensar: "Estão ali dez mil pessoas e não se executa nenhuma delas; é a mim somente que vão matar!"... Estes eram apenas os preliminares. Uma pequena escada dava acesso ao cadafalso; no primeiro degrau dessa escada o condenado começou a chorar e no entanto era um homem forte, um caráter enérgico e fora, segundo se dizia, um grande celerado. O padre não o deixou um instante; tinha feito o percurso com ele no carro e falando-lhe sempre; duvido que o condenado o ouvisse; esforçava-se, por momentos, em ouvi-lo, mas a partir da terceira palavra nada mais entendia! Pelo menos suponho que assim devia ser... Chegou, por fim, o momento de subir para o cadafalso; a grilheta que lhe prendia os pés obrigava-o a só poder dar uns pequenos passos. O padre, que era sem dúvida inteligente, deixou de falar e limitou-se a dar-lhe, de minuto a minuto, um crucifixo a beijar.

Ao pé da escada o condenado estava muito pálido; quando subiu para o estrado o rosto tornou-se-lhe mais branco que uma folha de papel. Com certeza que as pernas lhe tremiam e se recusavam a mover-se; sentia náuseas e uma sensação de angústia e mal-estar na garganta. Deve ser a mesma sensação que se experimenta nos momentos de terror, ou de grande pavor, os quais nos deixam em plena lucidez, mas privam-nos de todo o domínio sobre as nossas próprias pessoas. Deve ser idêntica, também, segundo me parece, à impressão sentida por um homem que vai morrer, por exemplo, sob os escombros de uma casa: sente uma vontade irresistível de se sentar, de fechar os olhos e esperar, aconteça o que acontecer! Nesse instante, quando o desfalecimento parece esmagar o condenado, o padre, com um gesto rápido e mudo, chega-lhe aos lábios uma pequena cruz latina, de prata. Repete este gesto quase seguidamente. Cada vez que o crucifixo lhe toca nos lábios, o condenado abre os olhos, reanima-se por alguns segundos e encontra força bastante para mover os pés. Beija a cruz com avidez e precipitação, tal como um viajante preocupado com as provisões de que possa ter eventualmente necessidade no decorrer da sua viagem. Não é muito de acreditar que sinta nesse minuto qualquer sentimento religioso consciente. Esta cena repete-se até o deitarem no cepo da guilhotina... É extraordinário constatar que o condenado raras vezes perde os sentidos neste instante supremo. Pelo contrário, o seu cérebro manifesta uma vida e um trabalho intenso, desenvolve então toda a energia de uma máquina em pleno rendimento. Imagino quão grande deve ser o número de pensamentos que o assaltam, todos incompletos, talvez exagerados e intempestivos, tal como estes: "Está lá em baixo, entre os espectadores, um indivíduo que tem uma verruga no rosto!... Olha! O carrasco tem um botão enferrujado no fundo do casaco..." E no entanto a inteligência e a memória mantêm-se indenes. Há um único ponto que é impossível esquecer e em volta do qual gravita tudo; só se pode escapar a ele tendo uma síncope. Surge no último quarto de segundo, quando a cabeça está já sob o cutelo, que o condenado espera e... *sabe!* Depois ouve por cima dele o deslizar desse ferro. Deve com certeza ouvi-lo! Se estivesse deitado no cepo, escutaria apenas esse deslizar e ouvi-lo-ia! Talvez não o ouvisse mais do que durante um décimo de segundo, mas nem por isso seria menos perceptível. Imagine que ainda hoje se discute a questão de saber se a cabeça, uma vez separada do tronco, tem ou não consciência de haver sido decapitada, pelo menos durante um segundo. Que ideia! E quem sabe se isso não durará cinco segundos? Com estas explicações já pode tentar pintar o cadafalso, mas de maneira que apenas se distinga nitidamente o último degrau; o condenado acaba de subir e está pálido como uma folha de papel; estende avidamente os lábios brancos para o crucifixo que o padre lhe apresenta; olha e *sabe tudo.* O crucifixo e a cabeça, eis o quadro! Quanto ao padre, ao carrasco, aos dois ajudantes e a algumas cabeças que aparecem mais longe, pinte-os apenas como acessórios, num terceiro plano, numa penumbra... Eis o quadro tal como eu o imagino.

Calou-se e olhou para as quatro senhoras.

— Mas isso não está de acordo com o seu quietismo —murmurou Alexandra, como se falasse consigo própria.

— Muito bem. Agora vai nos contar como principiaram os seus amores — pediu Adelaide.

O príncipe olhou-a com surpresa.

— Ouça — continuou ela, num tom precipitado deixemos ficar para mais tarde a descrição desse quadro da Basileia. Por agora pretendo ouvi-lo contar como principiaram os seus amores. Não negue!... Esteve já apaixonado. Sempre que principia a contar alguma coisa, põe de lado a sua filosofia...

— E ao terminar qualquer narrativa fica envergonhado por tê-lo feito — observou bruscamente Aglaé. — Por que razão faz isso?

— Não discerne mais, coitada! — interveio a esposa do general, fitando Aglaé com um olhar indignado.

— Isso é um despropósito! — apoiou Alexandra.

— Não acredite nela, príncipe! — continuou Isabel. — Toma propositadamente estas atitudes, pois não foi educada desta forma. Por outro lado, não suponha que eu não saiba a razão por que estão brincando contigo. Com certeza têm alguma fantasia metida na cabeça; no entanto sentem já pelo senhor uma certa afeição. Conheço-lhe no rosto.

— Eu também as conheço — disse o príncipe, acentuando cada palavra com uma insistência especial.

— Como é isso? — perguntou Adelaide com curiosidade.

— Que sabe dos nossos rostos! — acrescentaram as outras duas, igualmente intrigadas.

O príncipe, porém, calou-se e tomou um ar sério. Todas as quatro aguardaram a sua resposta.

— Dir-lho-ei daqui por um bocado — disse ele com ternura e gravidade.

— Decididamente resolveu acicatar a nossa curiosidade! — exclamou Aglaé. — Que tom solene!

— Seja assim! — retorquiu vivamente Adelaide. — No entanto, se é tão bom fisionomista, é porque teve já os seus amores. Adivinhei, portanto! E vai nos contar tudo, não?

— Não tive ainda amores — objetou o príncipe no mesmo tom grave e terno. — Tenho sido feliz... de uma outra maneira.

— De que maneira? Por quê?

— Já que assim o querem, vou contar-lhes tudo — observou ele com o ar de um homem embebido num grande sonho.

Capítulo 6

— Neste momento — começou o príncipe — estão olhando para mim com uma grande curiosidade, que se a não satisfaço, ficarão aborrecidas comigo, não?! Estou gracejando, bem entendido! — acrescentou ele logo, sorrindo. — Lá... nessa aldeia suíça havia muitas crianças; passava todo o meu tempo com elas, que quase não me deixavam nunca. Era todo o grupo de crianças que frequentava as escolas da aldeia. Não direi que era eu que as instruía... oh, não, para esse efeito havia o professor, que se chamava Júlio Thibaut. Admitindo que eu tivesse contribuído para a sua instrução, é, no entanto, mais exato dizendo que vivi entre elas, que foi entre elas que mè decorreram esses quatro anos. Não necessitava de nenhuma outra sociedade. Contava-lhes tudo não lhes escondia nada... Os pais e os outros seus parentes zangaram-se comigo, porque elas acabaram por não poderem passar sem mim; agrupavam-se sempre à minha volta, e de tal forma que o professor se tornou o meu maior inimigo. Indispus-me com muitas outras pessoas da aldeia, tudo sempre por causa das crianças. O próprio Schneider censurou-me por esse motivo. Que receavam eles de mim?... Pode-se dizer tudo a uma criança, tudo!... Surpreendeu-me sempre o ter de reconhecer que os adultos, a começar pelos pais e pelas mães, conhecem mal as crianças. Não se lhe deve ocultar nada, sob o pretexto de que são pequenas, ou que é ainda muito cedo para aprenderem certas coisas. Que triste e desastrosa ideia. As próprias crianças verificam que os pais as supõem muito pequenas e incapazes de compreender, quando na realidade compreendem tudo... Nós, os adultos, não acreditamos que uma criança possa dar um conselho da mais alta importância, mesmo numa questão extremamente complicada!... Oh, meu Deus, quando uma dessas bonitas avezinhas vos olha com o seu ar confiante e feliz, tende vergonha em enganá-la. Se as chamo avezinhas, é porque não há nada melhor no mundo que esses pequeninos animais!... Se todas as pessoas da aldeia se indispuseram comigo, foi devido, em especial, a um incidente... Quanto ao Thibaut, foi apenas o ciúme que o levou a indispor-se comigo; começou por abanar a cabeça e admirar-se, ao ver as crianças aprenderem tudo quanto eu lhes dizia, entretanto que ele só a custo se fazia compreender. Depois zombou de mim, quando lhe declarei que nem ele, nem eu, ensinávamos-lhes alguma coisa, mas sim nós é que aprendíamos com elas. Como pôde ele invejar-me e caluniar-me, vivendo no meio das crianças? Em contato com elas a nossa alma purifica-se!... Havia entre os doentes que estavam na casa de saúde de Schneider, um homem muito desgraçado. A sua desgraça era tão grande, que era quase impossível conceber coisa semelhante. Estava em tratamento, devido à sua alienação mental; no meu entender ele não estava louco; sofria horrivelmente e consistia nisso toda a sua doença. Se soubessem no que acabaram por ser para ele as crianças!... Mas falarei mais adiante sobre este doente; por agora vou contar-lhes como tudo isto começou. Ao princípio as crianças não gostavam muito de mim. Era muito mais alto do que elas e tinha uma maneira de andar pouco elegante; além disso, sei que sou de fato feio... enfim, não passava para eles de um estrangeiro. As crianças zombaram de mim e atiraram-me com pedras, no dia em que me viram beijar a Maria. Beijei-a apenas uma vez... Não, não riam — apressou-se o príncipe a acrescentar, para suster o sorriso das senhoras. — Não era um beijo de amor. Se soubessem quão infeliz criatura era teriam por ela a mesma piedade que eu tive! Era natural da aldeola. A mãe era uma pobre e velha mulher que repartia com ela o seu mísero casebre, iluminado apenas por duas janelas. Uma delas estava obstruída com uma espécie de tabuleiro, sobre o qual, com permissão das autoridades locais, dispunha, para vender ao público, cordões, linhas, tabaco e sabão. Vivia com os poucos centavos que tirava deste negócio. Era uma doente, e os pés e as pernas inchadas obrigavam-na a permanecer sempre sentada. A sua filha, Maria, que podia ter vinte anos, era magra e de fraca constituição: há um certo tempo que a minava uma tuberculose, o que não a impedia, no entanto, de trabalhar por dias, executando trabalhos pesados, como lavar os soalhos, ensaboar a roupa, varrer os quintais e dar de comer aos animais. Um caixeiro viajante francês seduziu-a e levou-a com ele; ao fim de oito dias abandonou-a, deixando-a entregue ao seu destino. Regressou a casa da mãe, pedindo esmola pelo caminho, coberta de lama e de andrajos, e os sapatos feitos em bocados. Arrastou-se durante uma semana, dormindo ao relento, tendo por teto as estrelas e torturada pelo frio. Arrastava os pés a sangrar e tinha as mãos gretadas e cobertas de frieiras. Não havia sido até ali uma grande beleza, porém os seus olhos exprimiam ternura, bondade e inocência. Era deveras taciturna. Uma vez, antes da sua desventura, começou de repente a cantar, no meio do seu trabalho. Recordo-me que a surpresa foi geral e que todos principiaram a rir: "Olha a Maria a cantar! Bravo! A Maria também canta?" A sua perturbação foi grande e desde esse dia encerrou-se num teimoso mutismo. Então tratavam-na ainda com afetuosidade, todavia, quando voltou à aldeia, doente e martirizada, ninguém mais teve por ela a menor compaixão. Como as pessoas são duras nestas ocasiões! Como são brutais os seus juízos... A mãe foi a primeira a mostrar-lhe a sua aversão e o seu desprezo: "Acabas de me desonrar!", exclamou ela. Foi também a primeira a tornar público o opróbrio da filha. Quando se soube na aldeia do regresso da Maria, todos correram a vê-la; quase toda a população, velhos, crianças e mulheres, acorreram em multidão, impacientes e curiosos, à casa da pobre velha. Maria, famélica e esfarrapada, chorava, deitada no chão aos pés da mãe. Quando a multidão lhe invadiu a mansarda, cobriu o rosto com os seus esparsos cabelos e deitou o rosto em terra. Todas as pessoas, formando círculo à sua volta, olharam-na como um animal lazarento: os velhos admoestaram-na e invetivaram-na; os jovens zombaram dela e as mulheres insultaram-na e manifestaram a mesma repulsa que em frente de uma aranha. A mãe manteve-se sentada, e longe de desaprovar estes insultos, encorajou-os, abanando a cabeça. Estava já muito doente e quase moribunda, e tanto assim que morreu dois meses depois. Se bem que pressentisse o seu próximo fim, recusou sempre, até morrer, reconciliar-se com a filha. Não mais lhe falou, obrigou-a a deitar-se junto da porta de entrada e quase chegou a recusar-lhe os alimentos. Os seus pés doentes exigiam frequentes banhos de água tépida; Maria lavava-os todos os dias e prodigalizava-lhe os seus melhores cuidados. A velha aceitava os seus serviços, mas sempre calada, sem nunca ter a menor palavra afetuosa. A desgraçada suportava tudo. Quando mais tarde a conheci, constatei que aprovava estas humilhações e se considerava a mais vil das criaturas. Na altura em que a mãe caiu de cama, para não mais se levantar, as mulheres idosas da aldeola vieram tratá-la, cada uma por sua vez, tal como era costume entre elas. A filha deixou desde então, quase por completo, de se alimentar; toda a gente a repelia e ninguém queria mesmo dar-lhe trabalho como noutros tempos. Era como se cada um lhe tivesse cuspido no rosto, e os homens não olhavam para ela como se fosse uma mulher, mas sim lhe faziam as mais ignóbeis propostas. Algumas vezes, mas muito poucas, aos domingos, os bêbados atiravam-lhe com moedas para a ridicularizarem. Maria apanhava-as sem proferir uma palavra. Nessa altura já ela começava a ter hemoptises. Os andrajos acabaram por lhe cair aos bocados, e de tal forma que mal se atrevia a sair de casa; não mais se calçara desde o seu regresso. Então as crianças (um bando de uns quarenta estudantes) principiaram a correr sobre ela, sempre que a viam, e a atirar-lhe lama. Pediu a um lavrador para que a deixasse guardar-lhe as vacas, mas o lavrador a pôs fora de casa. Tomou por si a decisão de acompanhar a manada durante todo o dia, até regressar às cortes. Desta forma prestou ótimos serviços ao lavrador, que apercebendo-se disso, deixou de expulsá-la e deu-lhe até algumas vezes os restos da sua refeição, pão e queijo. Considerava isto como um grande ato de caridade da sua parte. Quando a mãe morreu, o padre não teve vergonha de vilipendiar a pobre moça em plena igreja, ante toda a gente. Ela manteve-se de joelhos atrás do caixão, chorando. Muitas pessoas foram à igreja para a verem chorar e para irem ao enterro. Então o padre (um homem novo, mas tendo a ambição de se tornar um grande pregador) dirigiu-se aos ouvintes, indicando a Maria: "Ali está a causadora da morte desta respeitável mulher" (era falso, porque a velha estava doente há mais de dois anos). "Aí a tendes diante de vós, mas não ousa levantar os olhos porque está marcada com o dedo de Deus. Está descalça e coberta de andrajos! Que sirva de exemplo àquelas que tentarem perder a virtude!... Mas quem é ela, afinal? É apenas a filha da falecida". E continuou neste tom. Imaginem que este ato de pusilanimidade agradou a quase toda a gente, porém... sucedeu um acontecimento imprevisto, pois intervieram nesta questão os estudantes, que eram já meus amigos e haviam começado a ter pela Maria uma certa afeição. Eis como o acontecimento ocorreu. Pensei um dia fazer qualquer coisa em benefício da moça; verifiquei que aquilo que ela mais precisava era dinheiro, e eu, enquanto estive na aldeia, nunca tive um centavo comigo. Peguei então num pequeno alfinete de diamantes que tinha, e vendi-o a um mercador que andava de aldeia em aldeia e negociava em roupas velhas. Deu-me oito francos pelo alfinete, quando ele talvez valesse quarenta. Tentei durante alguns dias encontrar a Maria só; por fim encontrei-a fora da aldeia, próxima de um valado, atrás de uma árvore, num caminho da montanha. Dei-lhe os oito francos e recomendei-lhe que os poupasse, visto que não tinha mais dinheiro para lhe valer. Depois beijei-a, pedindo-lhe para não ver nesta minha atitude qualquer intenção desonesta; o meu beijo era um gesto de consideração e não de amor. Acrescentei depois que, desde o primeiro momento, nunca a considerei como uma culpada, mas apenas como uma desgraçada. Desejava muitíssimo consolá-la, convencido de que não tinha razão para se humilhar diante dos outros. Tive a impressão de que não me compreendeu, e esta impressão sentia logo, visto que se manteve calada durante quase todo este tempo, sempre de pé, diante de mim, com os olhos baixos e toda confusa. Quando acabei de falar, beijou-me as mãos. Agarrei logo as dela para as beijar também, mas retirou-as rapidamente. Neste momento o bando dos estudantes descobriu-nos; soube depois que nos espiavam há muito tempo. Começaram a assobiar, a bater as mãos e a rir, pelo que a Maria pôs-se em fuga. Quis falar-lhes, mas principiaram a atirar-me com pedras. Nesse mesmo dia, como sempre, toda a aldeia teve conhecimento do sucedido; voltaram a dizer mal da pobre Maria, tendo aumentado a hostilidade que havia contra ela. Cheguei a ouvir dizer que projetavam aplicar-lhe um severo castigo; Deus, porém, amerceou-se dela, pois nada lhe fizeram. Pelo contrário, os estudantes não mais a deixaram em descanso; passaram a persegui-la com mais crueldade que anteriormente e a atirarem-lhe com lama. Quando os via correr para ela, fugia-lhes! Porém devido à sua fraqueza e à tuberculose que a minava, não podia ir muito longe. Aproximavam-se, proferindo contra ela as maiores injúrias. Um dia tive de intervir e de lutar com eles. Decidi-me, então, a falar-lhes, a falar-lhes todos os dias, todas as vezes que podia. Algumas vezes paravam a ouvir-me, mas sem se convencerem de que deviam deixar de a injuriar. Expunha-lhes o quanto ela era desgraçada, e tantas vezes lhe disse, que principiaram a conter-se e a habituarem-se a passar por ela sem nada lhe dizerem. As nossas conversas foram aumentando pouco a pouco; nada lhes escondia e falava-lhes com o coração aberto. Escutavam-me com uma viva curiosidade e começaram a sentir uma certa piedade pela Maria. Alguns passaram mesmo a saudá-la gentilmente quando a encontravam. É costume naquela região saudar as pessoas que encontramos no nosso caminho e darmos-lhes os bons dias, quer as conheçamos ou não. Calculo quão grande foi a surpresa da Maria. Um dia duas moças foram entregar-lhe umas libras que lhes tinham dado e depois vieram-me dizer. Contaram-me que a Maria chorou muito e que desde então passaram a estimá-la mais. O mesmo sucedeu depois a todas as crianças, como igualmente se tornaram também minhas amigas. Vinham muitas vezes procurar-me e pediam-me para lhes contar qualquer coisa. A julgar pela extrema atenção com que me ouviam, tive a impressão de que as interessava. Em seguida comecei a estudar e a ler muito, no único desejo de as fazer compartilhar do que eu aprendia. Foi esta, durante três anos, a minha ocupação. Mais tarde, quando toda a gente e o próprio Schneider me criticaram por lhes ter falado como se elas fossem adultos e nada lhes haver escondido, repliquei-lhes que era uma vergonha mentir-lhes e que nem por isso elas conheciam menos as coisas. Se lhes fazíamos mistério de qualquer coisa, instruíam-se por uma forma que aviltava a sua imaginação, ao passo que com a minha maneira de proceder não havia a recear esse perigo. Sobre este ponto, basta que cada um evoque as suas recordações da infância. Porém este raciocínio não as convenceu. Tinha beijado a Maria duas semanas antes da morte da mãe, como também, quando o padre proferiu o seu sermão, já todas as crianças se haviam tornado minhas amigas. Contei-lhes o sermão, criticando a maneira como o padre procedeu; todas se mostraram indignadas e algumas foram até ao ponto de lhe apedrejarem os vidros das janelas. Esforcei-me por os impedir de tal fazerem, dizendo-lhes que praticavam uma má ação. Como das outras vezes, a aldeia não tardou a saber de tudo isto e acusaram-me então de depravador de crianças. Souberam também que todos os estudantes gostavam da Maria e esta novidade causou um grande alarme. A Maria considerava-se já feliz. Os pais proibiram os filhos de se lhe dirigirem e de a verem. Iam então, às escondidas, procurá-la no campo onde apascentava as vacas. Era bastante longe, aproximadamente a uma meia versta da aldeia. Levavam-lhe presentes, e alguns iam apenas para a abraçarem ou beijarem e dizerem: "*Je vous aime, Marie*"[2], depois do que corriam apressados para casa. Maria receava perder a razão ante esta felicidade tão inesperada; nunca sonhara com isto e por isso sentia-se confundida e encantada. O mais interessante é que as crianças, e sobretudo as moças, sentiam prazer em ir vê-la, para lhe dizerem que eu gostava muito dela e que lhes falava muitas vezes nela. Fizeram-lhe saber que fui eu que lhes contei toda a sua história e que desde então passaram a ter por ela a maior estima e compaixão. Vinham depois para junto de mim e contavam-me, com as suas carinhas risonhas e obsequiosas, que vinham de ver a Maria, a qual me enviava os seus cumprimentos. Às tardes eu ia até à cascata; havia junto dela um sítio rodeado de ulmeiros, oculto, portanto, dos olhares das pessoas da aldeia. As crianças vinham ali juntar-se comigo, mas algumas faziam-no sempre às escondidas. Parece-me que sentiam um prazer extremo com o meu amor pela Maria, e durante todo o tempo que estive na aldeia, foi o único ponto em que os induzi em erro. Nunca tive a coragem de os desenganar e de lhes confessar que não amava a Maria, mas sim sentia apenas por ela uma grande piedade. Reconhecia que o seu maior desejo era que o meu sentimento fosse tal como entre eles o imaginavam; não disse também nunca coisa alguma sobre este ponto e deixei-os viver na ilusão de que só eles haviam adivi-

---

2 Em francês no original: Eu te amo, Maria. (N. do R.)

nhado o meu amor. Revivia nos seus pequenos corações tanta delicadeza e tanta ternura, que lhes parecia impossível, por exemplo, que o seu amigo León gostasse tanto da Maria e a deixasse andar malvestida e descalça! Imaginem que lhe deram sapatos, meias, roupas brancas e até vestidos.

Por que milagre de engenhosidade teriam eles conseguido tudo isto? Não o sei dizer, mas todo o grupo devia ter trabalhado para isso. Quando os interroguei a tal respeito, um riso de satisfação foi a sua resposta; as moças manifestaram-se mais, batendo as palmas e abraçando-me. Fui também algumas vezes às escondidas ver a Maria. A sua doença agravou-se, caminhava a custo, e por isso teve de deixar todo o trabalho da vacaria para se limitar apenas a ir todas as manhãs com o gado para a pastagem. Sentava-se num extremo do campo, no cimo de uma rocha cortada quase a pique; ali ficava, sem se mexer, escondida de todos os olhares, desde pela manhã até à hora de recolher a manada. A tuberculose a havia enfraquecido tanto, que estava durante todo esse tempo com os olhos fechados, numa meia sonolência, e com a cabeça apoiada na rocha. A respiração era já difícil e o rosto estava descarnado de tal forma que mais parecia um esqueleto. O suor cobria-lhe o rosto e as têmporas. Encontrava-a sempre neste estado. Demorava-me apenas um instante na visita, pois não queria por maneira nenhuma que me vissem. Logo que aparecia, Maria estremecia toda, abria os olhos e beijava-me apressadamente as mãos. Deixava que as beijasse, porque era uma satisfação para ela. Durante o tempo que permanecia junto dela, tremia toda e chorava e algumas vezes chegava a falar, mas era difícil de compreender. O excesso da comoção e da alegria quase a tornavam louca. As crianças iam algumas vezes comigo; quando tal sucedia, mantinham-se habitualmente a uma certa distância e vigiavam para evitar que alguém viesse surpreender a nossa conversa; este papel de vigilantes agradava-lhes imensamente. Mal a deixávamos sozinha, entregava-se de novo à imobilidade, fechando os olhos e apoiando a cabeça na rocha. Talvez que nessa ocasião sonhasse!... Uma manhã viu-se também impossibilitada de ir guardar o gado e ficou em casa. Esta estava vazia do menor conforto. As crianças, mal o souberam, foram logo visitá-la, uma por cada vez. Encontraram-na na cama, sem ninguém que a tratasse. Durante dois dias foram apenas as crianças que cuidaram dela; revezavam-se na sua missão. Quando porém se soube na aldeia que se aproximava o fim da pobre Maria, as mulheres de uma certa idade foram tratá-la, como era costume. Parecia que começavam a ter piedade dela, por isso permitiam que as crianças fossem vê-la e não a injuriavam como noutros tempos. A doente encontrava-se já num estado comatoso: o sono era agitado e tinha uma tosse horrível. As velhotas proibiram as crianças de entrarem no quarto da doente; espreitavam então à janela, nem que fosse apenas um segundo, o tempo bastante para dizer: *Borjour, notre bonne Marie*[3]. Desde que as avista**va e** ouvia a sua voz, reanimava-se logo; esforçava-se por se levantar nos cotovelos e agradecia-lhes com um sinal de cabeça. Tal como noutros tempos, traziam-lhe guloseimas, mas ela quase já não comia. Posso garantir-lhes que, graças a estas crianças, morreu, pode-se dizer, feliz; a elas ficou devendo o esquecimento do seu negro infortúnio, como também foi por seu intermédio que alcançou o perdão dos seus atos, pois se considerou até o final como uma grande criminosa. Parecidas às pequenas avezinhas que vinham bater as asas junto da sua janela, excla-

---

[3] Em francês no original: Olá, nossa boa Maria. (N. do R.)

mavam todas as manhãs: *Nous t'aimons, Marie*[4]. Morreu muito mais depressa do que eu tinha imaginado. Na véspera do dia em que morreu, fui vê-la ao pôr do sol; pareceu reconhecer-me e apertou-me a mão pela última vez. Como essa mão estava descarnada... Na manhã seguinte vieram bruscamente dizer-me que havia morrido. Então tornou-se impossível conter as crianças; cobriram-lhe o caixão de flores e colocaram-lhe uma coroa na cabeça. Na igreja, o padre, ante o cadáver, não fez nenhuma alusão aos agravos passados. O seu enterro teve pouca gente: alguns curiosos e pouco mais. No momento de levantarem o corpo na igreja, as crianças acorreram em multidão para serem elas a levar o caixão. Como não tinham força para o fazer, ajudei-as. Todas o acompanharam, chorando. A campa da pobre Maria está sempre piedosamente tratada. São elas que a enfeitam todo o ano com flores, como ainda plantaram roseiras a toda a sua volta. Foi sobretudo depois deste enterro que os habitantes da aldeia começaram a importunar-me mais, devido à minha influência sobre as crianças. Os principais instigadores desta perseguição foram o padre e o professor. Chegaram ao ponto de proibirem, de uma maneira formal, as crianças de me verem e falarem. Apesar disso, reuníamo-nos e conversávamos nos lugares de costume, como ainda nos fazíamos compreender de longe, por meio de sinais. Enviavam-me pequenos bilhetes. Mais tarde combinamos as coisas de outra maneira e tudo passou a correr pelo melhor; a proibição tornou maior a intimidade que havia entre as crianças e a minha pessoa. No decurso do último ano reconciliei-me quase com o Thibaut e com o padre. Quanto ao Schneider, discutiu muitas vezes comigo o que ele chamava o meu prejudicial sistema de educar as crianças. Que entenderia ele por meu sistema? Finalmente, na altura da minha partida, Schneider confessou-me um estranho pensamento que havia tido a meu respeito. Estava plenamente convencido de que eu era de fato uma verdadeira criança, uma criança em toda a acepção da palavra. Segundo ele, era um adulto, somente devido à minha altura e feições; porém quanto ao desenvolvimento da alma, do caráter e talvez mesmo da inteligência, não era um homem; não o seria nunca, acrescentou ele, mesmo que eu vivesse até aos sessenta anos. Isto fez-me rir. Elaboravam evidentemente um erro, porque, enfim, como podem comparar-me a uma criança? Muitas vezes, o que é uma verdade, não gosto do convívio dos adultos, dos homens ricos, dos grandes senhores. Isto é uma coisa que noto em mim há bastante tempo; não gosto desse convívio porque não sei como hei de comportar-me com eles. Qualquer coisa que me digam, qualquer atenção que me testemunhem, é-me sempre doloroso estar no meio deles e fico radiante logo que posso ir, o mais depressa possível, juntar-me aos meus companheiros; ora os meus companheiros são sempre as crianças, não porque eu seja uma criança, mas muito simplesmente porque me sinto atraído para elas. Nos primeiros tempos da minha estada na aldeia passeava sozinho e triste pela montanha; algumas vezes encontrava, sobretudo à hora do meio-dia, hora da saída da escola, a multidão barulhenta das crianças que corriam com as sacas e as ardósias ao ombro, no meio dos gritos, do estalar das gargalhadas e das diversas brincadeiras. Então a minha alma evolava-se rápida para junto delas. Não sei como exprimir isto, mas dominava-me uma sensação de extraordinária felicidade, a qual se reavivava cada vez que as encontrava. Parava e ria de satisfação, ao ver as suas delicadas e pequeninas peruas sempre em movimento, ao observar

---

4 Em francês no original: Nós te amamos, Maria. (N. do R.)

os rapazes e as moças correndo juntos, ao notar as suas alegrias e as suas lágrimas, porque muitos deles, entre a saída da escola e a chegada a casa, entregavam-se por vezes a rixas violentas, de que terminavam por choramingar, para se reconciliarem depois e brincarem de novo. Nesses momentos esquecia toda a minha melancolia. E por esta razão, durante três anos, não pude compreender, nem como, nem por que razão os homens se deixavam dominar pela tristeza. O meu destino arrastava-me para as crianças. Contava mesmo nunca deixar a aldeia, por isso nunca também me assaltou a ideia de que havia de regressar à Rússia. Parecia-me que devia ficar sempre por lá! Um dia, porém, tive de reconhecer que o Schneider não podia sustentar-me, e logo em seguida sobreveio um acontecimento de uma importância tal, que foi o próprio Schneider que apressou a minha partida e escreveu para aqui em meu nome. É uma questão sobre a qual tenho de me informar devidamente e depois consultar alguém. Pode ser talvez que com isso a minha sorte mude de repente; contudo não é para mim o essencial. O essencial é a mudança que se produziu já na minha vida!... Deixei pela Suíça muitas coisas, muitas coisas mesmo! Tudo tem desaparecido. Quando estava já no comboio, pensei: vou agora entrar em convívio com os homens; não conheço talvez nada do mundo e uma nova vida vai começar para mim. Prometi a mim próprio desempenhar-me da minha tarefa com honestidade e firmeza. Talvez venha a ter desgostos e dificuldades nas minhas relações com os homens. Em qualquer dos casos resolvi ser cortês e sincero com toda a gente; e sendo assim, ninguém pode exigir mais de mim. Pode ser que aqui me olhem também como uma criança. Tanto pior... Toda a gente me considera também como um idiota. Não sei por quê!... É certo que estive bastante doente e que a doença me deve ter dado um ar de idiota. Serei, porém, agora um idiota, quando eu próprio reconheço que me julgam como tal? Quando entro em qualquer parte, penso: podem tomar-me por um idiota, mas sou um homem sensato e essas pessoas não podem duvidar... Esta ideia assalta-me muitas vezes. Quando estive em Berlim recebi algumas cartas que as crianças conseguiram escrever-me; só então compreendi até que ponto me estimavam. A primeira carta que recebi causou-me pena... Era já grande a sua tristeza quando me acompanhavam à casa! Um mês antes da minha partida tomaram o hábito de me levarem a casa e dizerem, quando nos despedíamos: *"León s'en va. León s'en va pour toujours!"*[5]. Todas as tardes continuávamos a reunir-nos perto da cascata e falávamos quase só da nossa separação. Algumas vezes estávamos alegres como noutros tempos, porém quando me deixavam a fim de irem para suas casas, apertavam-me nos seus braços com mais vigor e entusiasmo que anteriormente. Alguns deles iam ver-me sozinhos ao meu esconderijo, só para conseguirem falar-me e abraçar-me à vontade, sem testemunhas. No dia em que vim embora, todo o grupo me acompanhou à estação, que ficava mais ou menos à distância de uma versta da aldeia. Esforçavam-se por conter as lágrimas, mas muitos não puderam e começaram a soluçar, sobretudo as moças. Caminhamos depressa, pois não podíamos nos atrasar um minuto; de tempos a tempos, porém, uma ou outra do grupo atirava-se a mim no meio da estrada e, deitando-me os pequenos braços à volta do pescoço, abraçava-me, o que atrasava a marcha de todo o grupo. Por mais pressa que tivéssemos, todos paravam, assistindo até ao final destas expansões de amizade. Quando tomei lugar na carruagem e que o comboio se pôs

---

[5] Em francês no original: León vai embora. León se foi para sempre! (N. do. R.)

em marcha, todas elas gritaram: *Hurrah!* Ficaram na plataforma da estação até o comboio se perder de vista. Por minha vez também só deixei a janela, quando já não as avistava... E só há pouco, quando entrei aqui, é que me senti, pela primeira vez desde essa despedida, um pouco reconfortado, ao ver os seus graciosos rostos (porque só agora observei os seus rostos com mais atenção) e ao ouvir as suas primeiras palavras; disse então a mim próprio que era na verdade um homem feliz. Sei bem que não se encontram todos os dias pessoas com quem simpatizamos logo ao primeiro encontro; no entanto tenho-as encontrado desde que desci do comboio. Não ignoro também que se sente em geral um certo prazer ao fazermos alarde dos nossos sentimentos; eu, porém, não experimento nenhum ao falar-lhes dos meus. Sou pouco sociável e não voltarei talvez a sua casa durante uma temporada. Contudo não vejam nisto má vontade da minha parte. Não quero mesmo dizer com isto que as não estime, como não creiam por forma nenhuma que esteja magoado com qualquer coisa. Pediram-me a impressão que os seus rostos me provocaram e eu fui anotando as que me sugeriram. Vou dizê-las da melhor vontade. A Adelaide tem um rosto que reflete felicidade e é o mais simpático das três. Além disso, como é uma pessoa sempre bem-disposta, dizemos, ao vê-la: um rosto que revela ser uma boa irmã. Com as suas maneiras simples e alegres, não consegue menos perscrutar com rapidez os corações. Tal é a minha ideia!... Alexandra, sendo também bonita e tendo um rosto encantador, revela, no entanto, uma íntima tristeza. Não há dúvida de que a sua alma é toda bondade, mas não existe nela a alegria. Há no seu rosto uma gradação particular de expressão que me faz lembrar a madona de Holhein, de Dresden. São pelo menos estas as reflexões que o seu rosto me inspira. Terei adivinhado? Foi a senhora que há pouco me atribuiu o poder de adivinhar!... Quanto ao seu rosto, Isabel Prokofievna — continuou o príncipe, voltando-se de repente para a esposa do general — tenho, não digo a impressão, mas a simples convicção, a despeito da sua idade, de que é uma verdadeira criança em tudo, absolutamente em tudo, tanto no bem, como no mal. Não se zanga que eu me exprima assim, não é verdade? Sabe bem qual é o respeito que tenho pelas crianças? Como ainda, não vão supor também que lhes falei com franqueza dos seus rostos por mera simplicidade de espírito! Por maneira nenhuma. Tenho também o meu pensamento reservado...

Capítulo 7

Quando o príncipe se calou, as quatro senhoras, incluindo Aglaé, olharam-no com satisfação. A mais bem-disposta era Isabel.

— Foi todo o relato do seu passado! — exclamou ela. — Ah, pequenas, preparáveis-vos para o protegerdes e vigiardes como a um pobre diabo! Ele digna-se agradecer-vos e assegurar-vos as suas visitas, porém com a condição de serem espaçadas. Mistifica-nos a todos, a começar por Ivan. Estou encantada!... Bravo, príncipe! E pediram-nos para lhe fazermos um exame! O que acabou de dizer do meu rosto é a pura verdade; sei que sou de fato uma criança. Já o sabia muito antes de me dizer. Exprimiu o meu pensamento em poucas palavras. Presumo que o seu caráter é em tudo semelhante ao meu e regozijo-me com isso. Parecemo-nos como duas gotas de água, salvo que o príncipe é um homem e eu sou uma mulher, e além disso nunca estive na Suíça. Consiste nisto a nossa única diferença.

— Não vá tão depressa, minha mãe! — exclamou Aglaé. — O príncipe disse que em todas as suas confidências há, não simplicidade, mas sim um pensamento reservado.

— Sim, sim! — exclamaram, rindo, as duas outras irmãs.

— Não zombem, pequenas. Ele só é talvez mais esperto do que vós, as três juntas. Hão de ver! Mas, príncipe, por que é que não disse nada à Aglaé? Ela está à espera e eu também.

— Não lhe posso dizer nada por agora. Ficará para mais tarde.

— Por quê? Tem alguma coisa de notável?

— Oh! Sim, ela é notável, é extraordinariamente bonita. É tão bonita que tenho medo de a olhar.

— E é tudo? Diga-nos alguma coisa da sua personalidade — insistiu Isabel.

— É difícil de interpretar a beleza; não estou ainda preparado para o fazer. A beleza é um enigma!

— O que quer dizer que está propondo um enigma à Aglaé — disse Adelaide. — Aglaé, tenta adivinhar... É verdade, príncipe, que ela é bonita, não é assim?

— Soberanamente bonita! — respondeu o príncipe com entusiasmo e fitando-a com um olhar pleno de admiração. — É quase tão bonita como a Nastásia, se bem que os seus rostos sejam em tudo diferentes.

As quatro senhoras olharam-se com admiração.

— Em quem falou? — perguntou Isabel com uma voz lânguida. — Em Nastásia Filipovna? Onde viu a Nastásia? Mas qual Nastásia?

— Ainda há pouco o Gabriel mostrou o retrato dela ao general.

— Que diz? Trouxe o retrato ao Ivan?

— Para mostrar a ele. A Nastásia deu-o hoje ao Gabriel e este trouxe-o para mostrá-lo.

— Quero vê-lo! — exclamou Isabel com impetuosidade. — Onde está esse retrato? Se ela o deu a ele, deve-o ter com ele, e ele tenho a certeza que está no gabinete. Vai sempre para lá trabalhar às quartas-feiras e não sai nunca antes das quatro horas. Chame já por ele. Oh, não!... não desejo muito vê-lo. Tenha a bondade, meu caro príncipe, de ir ao gabinete pedir-lhe esse retrato e trazer-me depois. Diga-lhe que desejo apenas vê-lo. Tenha paciência, dê-me esse prazer.

— Apresenta-se bem, mas é muito ingênuo — afirmou Adelaide mal o príncipe saiu.

— Sim, é um pouco — confirmou Alexandra. — Chega mesmo a ser um tanto ridículo. Uma e outra tinham o aspecto de não haverem revelado todo o seu pensamento.

— No entanto, saiu-se bem da dificuldade quando falou dos nossos rostos — disse Aglaé. — Agradou a todas, até mesmo à nossa mãe.

— Não sejas tão escarninha — advertiu Isabel. — Não foi ele que me lisonjeou, mas sim fui eu que encontrei a sua apreciação lisonjeira.

— Supõe que disse aquilo para se livrar de embaraços? — perguntou Adelaide.

— Não me parece tão ingênuo.

— Deixai lá isso! — interveio Isabel com um ar desgostoso. — A minha opinião é que sois ainda mais ridículas do que ele. É ingênuo, mas com um pensamento reservado, na mais nobre acepção desta palavra, o que era escusado dizê-lo!... É tal e qual como eu.

"Cometi com certeza alguma arreliante indiscrição falando naquele retrato!", pensava o príncipe, um tanto apreensivo. Ao entrar no gabinete, talvez, por outro lado tivesse razão para falar. No seu espírito começou, então, a surgir uma estranha ideia, porém, ainda bastante confusa.

Gabriel continuava no gabinete, concentrado no exame de uns papéis. Não era com certeza para nada fazer que a companhia lhe pagava os seus vencimentos. Ficou deveras perturbado quando o príncipe lhe pediu o retrato, explicando-lhe a maneira como as senhoras Epantchine tinham sabido da sua existência.

— E que necessidade tinha o senhor de falar no retrato! — exclamou ele, dominado por uma violenta cólera. — O senhor não sabe do que se trata... É um idiota! — murmurou por entre dentes.

— Desculpe-me, pois foi inadvertidamente que tal disse. Saiu-me da boca quando disse que a Aglaé era quase tão bonita como a Nastásia.

Gabriel pediu-lhe para lhe contar o que se passara, com todos os detalhes, o que o príncipe fez. No final fitou-o de novo com uma expressão zombeteira:

— A Nastásia não lhe sai da cabeça! — murmurou ele, não concluindo a frase e ficando pensativo. A sua inquietação era visível. O príncipe lembrou-lhe que estava à espera do retrato. — Escute, príncipe! — disse de repente Gabriel, como que acordado por uma inspiração súbita. — Tenho um grande pedido a fazer-lhe... mas na verdade não sei...

Tremia todo e não levou a frase até o final. Parecia lutar com ele próprio, ante uma resolução a tomar. O príncipe esperava, calado. Gabriel fixou nele mais uma vez um olhar penetrante e perscrutador.

— Príncipe — continuou ele — nesta ocasião estão falando em mim... Isto resultou de um incidente bastante singular... bastante ridículo... com o qual nada tenho que ver... e em que é mesmo inútil falar... Essas senhoras estão zangadas comigo, de forma que, nestes dias mais próximos, não quero ir visitá-las sem ser chamado. Tenho, no entanto, uma grande necessidade de falar o mais depressa possível à Aglaé. Por essa razão já lhe escrevi umas linhas — tinha na mão um pequeno bilhete dobrado — mas não sei como fazê-lo chegar às mãos dela. Não poderia o príncipe entregar, o mais depressa possível, este bilhete à Aglaé, mas de maneira tal que ninguém note o que se passa? Compreende? Só Deus sabe de que segredo se trata!... Não conheço nada de parecido... mas... Pode prestar-me esse serviço?

— É uma coisa que não me agrada muito fazer — respondeu o príncipe.

— Ah! Príncipe — suplicou Gabriel — é para mim um grande favor. Ela responder-me-á, talvez!... Creia que se trata de um caso extremo e só por isso lhe faço este pedido... Por quem poderia eu mandar o bilhete, que não o meu amigo? É muito importante... excessivamente importante para mim...

Consternado com a recusa do príncipe, fitou-o com um olhar onde se refletia um ar tímido e suplicante.

— Está bem, eu levo o bilhete a ela.

— Mas faça-o de maneira que ninguém perceba — insistiu Gabriel, todo satisfeito. — Não duvido, príncipe, que posso contar com a sua discrição.

— Não o mostrarei a ninguém — afirmou o príncipe.

— O bilhete não está fechado, mas... — deixou escapar Gabriel, a quem a sua extrema agitação e confusão impediram de concluir.

— Oh, sossegue que não o leio — replicou o príncipe, com a maior simplicidade.

Pegou no retrato e saiu do gabinete.

Gabriel, ficando só, apoiando a cabeça nas mãos.

— Uma só palavra dela e... talvez corte com tudo!

Ficou incapaz de continuar a examinar os seus papéis, tão agitado se encontrava. Começou por isso a percorrer o gabinete de um lado ao outro.

O príncipe dirigiu-se para junto das senhoras, bastante inquieto. Sentia uma impressão pouco agradável ao pensar na missão de que o haviam encarregado e também por ficar sabendo que Gabriel mandava um bilhete a Aglaé. A poucos passos do salão parou bruscamente, como se de repente uma ideia lhe tivesse assaltado o espírito; olhou à sua volta, aproximou-se da janela para ver melhor e pôs-se a examinar o retrato de Nastásia.

Parecia querer decifrar, naquele rosto, um traço misterioso que lhe tinha chamado a atenção umas horas antes. Como não mais tivesse esquecido a primeira impressão, sentiu nessa altura pressa de a submeter, de certo modo, a uma contraprova. Experimentou então uma sensação mais forte do que da primeira vez, ao observar de novo esse rosto belo, de uma beleza excepcional. Pareceu-lhe ver nele um orgulho desmedido e um desprezo vizinho do ódio, contrastando com um certo sentimento de confiança e uma assombrosa ingenuidade; esta oposição numa mesma fisionomia despertava um sentimento de compaixão. A fascinante beleza desta mulher tornava-se quase intolerável naquele rosto macilento, de faces um pouco cavadas e uns olhos brilhantes; beleza anormal, na verdade!... O príncipe contemplou o retrato durante um minuto mais, e olhando de novo à sua volta, para ter a certeza de que ninguém o via, aproximou-o dos lábios e beijou-o. Quando, um minuto mais tarde, dirigiu-se para o salão, estava perfeitamente calmo.

No momento em que atravessava a sala de jantar — separada do salão por um outro compartimento — quase ia atropelando Aglaé, que saía nesse momento. Vinha só.

— O Gabriel pediu-me para lhe entregar isto — disse ele apressado, dando-lhe o bilhete.

Aglaé parou, pegou no papel e fitou o príncipe com um ar bastante estranho. Não havia a menor ponta de confusão no seu olhar, mas sim apenas um certo espanto, que parecia, no entanto, não provir da missão desempenhada pelo príncipe. Tranquilo e altivo, esse olhar parecia dizer: "Como é que teve conhecimento desta questão com o Gabriel?" Ficaram alguns segundos um em frente do outro; por fim, aflorou-lhe ao rosto uma expressão motejadora, esboçou um leve sorriso e prosseguiu o seu caminho.

A esposa do general examinou, em silêncio, durante um certo tempo, o retrato de Nastásia. Com um trejeito de desdém, afetava mantê-lo a grande distância dos olhos.

— Sim — declarou ela, por fim — é uma mulher bonita, muito bonita mesmo. Vi-a já por duas vezes, mas somente de longe. É este o gênero de beleza que o príncipe aprecia?

— perguntou ela, voltando-se bruscamente para ele.

— É... — respondeu este com algum esforço.

— É essa beleza, precisamente?

— Precisamente.

— Por quê?

— Esse rosto... denota sofrimento... — articulou o príncipe maquinalmente, como se, em lugar de responder a uma pergunta, falasse com ele próprio.

— Pergunto a mim mesmo se o senhor não estará sonhando... — declarou Isabel.

Com um gesto de desprezo atirou a fotografia sobre a mesa. Alexandra a pegou e Adelaide aproximou-se. As duas puseram-se, então, a examiná-la. Entretanto a Aglaé voltou ao salão.

— Que grande poder! — exclamou de repente Adelaide, que contemplava com curiosidade a fotografia, por cima do ombro da irmã.

— Onde? De que poder é que falas? — perguntou Isabel de mau humor.

— Uma tal beleza e um poder — disse com entusiasmo Adelaide. — Com ela pode-se sublevar o mundo!...

E voltou pensativa para junto do seu cavalete. Aglaé lançou sobre o retrato um olhar rápido, piscou os olhos, estendeu o lábio inferior e, por fim, foi sentar-se um pouco distante, cruzando os braços.

A esposa do general tocou a campainha e um criado apareceu.

— Chame-me o senhor Gabriel que está no gabinete — disse ela.

— Minha mãe! — exclamou Alexandra com uma vivacidade bastante significativa.

— Quero dizer-lhe duas palavras... e basta! — replicou Isabel visivelmente arreliada e num tom que não admitia réplica. — Repare, príncipe, que na nossa casa não há por agora segredos. Nada mesmo de segredos. Há uma espécie de etiqueta que os exige. É absurda, visto que em questões como esta, o que é preciso mais é franqueza, clareza, honestidade. Projetam-se casamentos, mas esses casamentos não me agradam.

— Minha mãe, que está para aí a dizer? — interveio rapidamente, Alexandra, tentando ainda conter a mãe.

— Que te interessa isto, minha querida? Esses projetos agradam-te, com certeza? Não tenho nenhum receio que o príncipe saiba estas coisas, porque pertence ao número dos nossos amigos, ou pelo menos dos meus. Deus procura entre os homens aqueles que são bons, e não os maus ou os caprichosos, sobretudo estes últimos, que resolvem hoje uma coisa, para fazerem amanhã uma outra. Compreendes, Alexandra? Parecem acreditar, príncipe, que sou uma criatura original. Tenho, porém, discernimento. O essencial é o coração; o resto não tem valor. O espírito também é necessário..., talvez seja mesmo a coisa mais essencial!... Não sorrias, Aglaé, pois não há nenhuma contradição nas minhas palavras. Uma tola que tem coração e não tem espírito é tão desgraçada como a tola que tem espírito e não tem coração. É esta uma velha verdade. Assim, eu sou uma tola que tenho coração, mas não tenho espírito. Tu és uma tola que tens espírito, mas não tens coração. As duas somos igualmente infelizes, como igualmente sofremos.

— O que é então que a torna desgraçada, minha mãe? — não pôde deixar de perguntar a Adelaide, a única das quatro que parecia não ter perdido o bom humor.

— O que me torna desgraçada? Até agora é ter filhas sábias — replicou Isabel. — E isto só é o bastante; é inútil falar em todo o resto. Basta de mais palavras. Estamos para ver como é que com o vosso espírito e a vossa tagarelice ides sair desta questão. Não falo na Aglaé!... Estamos para ver, digníssima Alexandra, se vais encontrar a felicidade com esse respeitável senhor... Ah! — exclamou ela ao ver entrar Gabriel. — Eis mais um candidato ao casamento! Bons dias! — acrescentou, respondendo à saudação de Gabriel, mas sem o convidar a sentar-se. — Então o senhor vai se casar?

— Casar-me? Como? Casar-me com quem? — balbuciou Gabriel aturdido e deveras confuso.

— Pergunto-lhe se vai arranjar mulher? Prefere esta expressão?

— Não... eu... não — gaguejou Gabriel, que se tornou vermelho de vergonha ao proferir esta mentira. Olhou de soslaio para Aglaé, sentada a um canto, mas desviou rapidamente os olhos. Esta não desviou os dela; o seu olhar frio, fixo e calmo observava a perturbação do secretário.

— Não? O senhor disse... não? — insistiu a impiedosa Isabel. — Está bem. Lembrar-me-ei que nesta quarta-feira, pela manhã, respondendo à minha pergunta, disse: Não! Que dia é hoje?

— Suponho que hoje seja quarta-feira — respondeu Adelaide.

— Não sabem nunca o dia em que estão e a quantos do mês!

— A vinte e sete — informou Gabriel.

— A vinte e sete? Uma data boa de reter. Adeus! O senhor tem, segundo suponho, muito que fazer, e eu tenho de me vestir para sair. Tome lá o seu retrato. Apresente os meus cumprimentos a sua infeliz mãe... Até logo, meu caro príncipe! Venha visitar-me o maior número de vezes que possa. Vou de propósito à casa da velha Bielokonski para lhe falar em ti. Escute, meu caro: creio que foi positivamente por minha causa que Deus o trouxe da Suíça a S. Petersburgo. Talvez tenha outras questões a tratar, mas foi sobretudo por minha causa que veio. Deus assim o quis. Até logo, minhas filhas. Alexandra, minha querida, vem comigo...

Isabel saiu. Esmagado, desconcertado, furioso, Gabriel pegou no retrato de cima da mesa e dirigiu-se ao príncipe com um sorriso forçado.

— Príncipe, dentro em pouco vou para minha casa. Se sempre tem a intenção de ir viver conosco, venha comigo, visto que o príncipe não tem a nossa direção.

— Um instante, príncipe — disse Aglaé, levantando-se rapidamente do seu sofá. — Pretendia que me escrevesse alguma coisa no meu álbum. Meu pai disse que o senhor tem uma boa caligrafia. Vou buscá-lo.

E saiu.

— Até logo, príncipe. Eu vou-me também — disse Adelaide.

Apertou-lhe vigorosamente a mão, sorriu com afabilidade e saiu sem se dignar olhar para Gabriel. Este atacou o príncipe logo que as senhoras saíram.

O seu rosto exprimia furor e os olhos brilhavam-lhe de cólera.

— Foi o senhor que lhe veio dizer do meu casamento? — perguntou ele a meia-voz, rangendo os dentes. — O senhor é um intrigante sem vergonha...

— Posso garantir-lhe que se engana — replicou o príncipe num tom calmo e delicado. — Nem sabia mesmo que o senhor ia casar.

— Ouviu ainda há pouco o Ivan dizer que tudo se resolveria esta tarde na casa de Nastásia! Foi isto que o senhor veio lhe contar. Está mentindo! Onde é que estas senhoras o podiam ir saber? Quem é que, além do senhor, poderia ter-lhes dito? Vá para o diabo que o carregue!... Então a velha não aludiu ainda agora ao meu casamento?

— Se viu alguma alusão nas suas palavras, deve saber, melhor do que eu, quem lhe disse. Por mim não proferi uma palavra a tal respeito.

— Entregou o meu bilhete? E ela que respondeu? — interrompeu Gabriel, cheio de impaciência.

Neste momento entrou Aglaé, o que evitou que o príncipe respondesse.

— Aqui tem — disse ela, pousando o álbum numa pequena mesa. — Escolha a página que quiser e escreva nela alguma coisa. Tem aqui uma pena e é nova. Não lhe faz diferença que seja uma pena de aço? Já ouvi dizer que os calígrafos não gostam delas. Conversando com o príncipe, Aglaé parecia não notar a presença de Gabriel. Enquanto aquela preparava a pena, escolhia a página e se dispunha a escrever, o secretário aproximou-se da chaminé, diante da qual estava Aglaé, à direita do príncipe, e numa voz trêmula, entrecortada, disse-lhe quase ao ouvido:

— Uma palavra, uma só palavra sua e eu estou salvo!

O príncipe deu uma brusca meia-volta e olhou para os dois. O rosto de Gabriel exprimia um verdadeiro desespero; dir-se-ia que acabava de proferir tais palavras sem refletir, tal como um homem alucinado. Aglaé fitou-o durante uns segundos com o mesmo calmo espanto com que havia acolhido o príncipe uns minutos antes. Este seu ar perplexo, o ar de uma pessoa que não compreende nada, tornou-se mais penoso para Gabriel, do que o mais violento desprezo.

— Que devo escrever? — perguntou o príncipe.

— Eu dito — disse Aglaé, voltando-se para ele —, está pronto? Então escreva: não me empresto aos empreiteiros. Escreva depois o dia e o mês... Agora deixe-me ver.

O príncipe estendeu-lhe o álbum.

— Muito bem. Escreveu admiravelmente. A sua caligrafia é surpreendente. Agradeço-lhe muitíssimo. Até logo, príncipe! Um momento... — acrescentou, como se tivesse tido uma súbita ideia. — Venha comigo. Vou dar-lhe uma pequena lembrança.

O príncipe seguiu-a. Na sala de jantar Aglaé parou.

— Leia isto — disse ela, mostrando-lhe o bilhete de Gabriel.

O príncipe pegou no bilhete e olhou para Aglaé com um ar embaraçado.

— Sei bem que o não leu, assim como sei também que não pode estar no conhecimento dos segredos desse homem. Leia... Desejo que saiba aquilo que ele diz.

O bilhete, visivelmente escrito às pressas, dizia o seguinte:

É hoje que o meu destino vai se decidir e a senhora sabe bem em que sentido. É hoje que devo comprometer irrevogavelmente a minha palavra. Não tenho nenhum direito à sua solicitude, nem nenhum motivo para esperar seja o que for. Há, contudo, bastante tempo que a senhora proferiu uma palavra, uma única palavra, que iluminou a noite da minha existência e me tem guiado como um farol. Pronuncie uma palavra idêntica e evitará a minha queda no abismo. Diga-me somente: corte com tudo, e hoje mesmo porei termo a tudo. Custar-lhe-á muito dizer isto? Solicitando estas três palavras, peço-lhe unicamente um pequeno interesse e consideração pela minha pessoa. Nada mais desejo, nada mais!

Não ouso mesmo conceber nenhuma esperança, porque sou indigno dela. Depois de lhe ter ouvido proferir essas palavras, aceitarei de novo a minha pobreza e suportarei com satisfação o peso de uma situação sem esperança. Afrontarei alegremente a luta da vida e criarei novas forças.

Queira transmitir-me essa palavra de piedade, (de piedade apenas, juro-lhe). Não se desgoste com esta temeridade de um desesperado, que está prestes a afogar-se: não seja rigorosa com o supremo esforço que faço para tentar conjurar a sua perda.

G.I.

— Este homem pretende afirmar — disse, num tom severo, Aglaé, mal o príncipe terminou a leitura — que as palavras *corte com tudo* não me comprometerão nem me enredarão nos seus planos. Dá-me, como vê, nesse bilhete uma garantia por escrito. Repare no ingênuo cuidado com que sublinhou certas palavras e veja como o seu último pensamento se revela de uma maneira tão sem esperteza. Sabe muito bem que, cortando com tudo por sua espontânea vontade, sem esperar que eu lhe diga e mesmo sem me falar, sem fundamentar em mim nenhuma das suas esperanças, tem com ele um meio de modificar os meus sentimentos a seu respeito e fazer talvez de mim uma sua amiga. Sabe perfeitamente isto. A sua alma, porém, é perversa: sabendo tudo isto, não se atreve a tomar uma decisão, e exige prévias garantias. É incapaz de se resolver a agir com confiança. Tendo de renunciar a cem mil rublos, pretende que lhe dê a esperança de ser dele. Quanto às palavras, segundo diz no bilhete, que iluminavam desde aquela altura a sua existência, é uma impudente mentira. Apenas uma vez lhe manifestei a minha piedade. No entanto, como é um insolente, sem vergonha, deu-lhe para arquitetar as melhores esperanças; só dois dias depois o compreendi. Desde então tem tentado conquistar a minha boa-fé; foi o que tentou fazer ainda com o bilhete. Basta... de histórias! Tome lá o bilhete e entregue-o a ele logo que saiam de nossa casa. Ficamos entendidos?!

— E que resposta devo dar-lhe?

— Nenhuma, naturalmente. É a melhor resposta... Parece que tem a intenção de ir viver na casa dele?

— Foi o senhor Ivan que me recomendou essa casa — disse o príncipe.

— Previno-o de que tome cuidado. Não o perdoará por ter levado um bilhete devolvido.

Aglaé apertou de leve a mão do príncipe e saiu. O seu rosto estava sério e mal-humorado; não teve o menor sorriso ao fazer-lhe com a cabeça um sinal de adeus.

— Agora estou às suas ordens. Vou apenas buscar o meu embrulho — disse o príncipe a Gabriel. — Sairemos juntos.

O secretário bateu o pé com impaciência. O seu rosto refletia uma sombria raiva. Saíram, enfim, levando o príncipe o embrulho na mão.

— A resposta? Onde está a resposta? — gritou-lhe Gabriel num tom agressivo. — Que lhe disse ela? Entregou-lhe o meu bilhete?

Sem proferir uma palavra o príncipe devolveu-lhe o bilhete. Gabriel ficou estupefato.

— Como? O meu bilhete! — exclamou ele. — Então nem sequer o entregou a ela? Oh, devia desconfiar disto! Maldito seja!... Justifica-se que ela não tivesse compreendido a cena de há pouco... Mas como, como é que não pôde entregar-lhe o meu bilhete? Ah, que mal...

— Perdão... Não foi nada disso. Consegui entregar-lhe o seu bilhete logo segundos depois de tê-lo dado a mim e conforme me recomendou. Se voltou de novo às minhas mãos, foi a Aglaé que me mandou entregar-lhe.

— Quando? Em que altura?

— Mal acabei de escrever aquela frase no álbum, pediu-me para acompanhá-la... O senhor não viu há pouco? Fomos os dois para a sala de jantar; entregou-me então o seu bilhete, ordenou-me que o lesse e depois disse-me para lhe entregar.

— Ela o mandou ler!? — murmurou Gabriel. — Ela o mandou ler!? E o senhor o leu? Parou de novo estupefato e ficou de boca aberta, espantado, no meio do passeio.

— Sim, li-o ainda há uns momentos.

— E foi ela, ela própria, que lhe deu para ler?

— Foi ela própria. Pode crer que não o teria lido, se ela não me tivesse exigido.

Gabriel calou-se um momento. Fez, depois, um grande esforço para conseguir ordenar as suas ideias. De repente gritou:

— Não é possível! Ela não podia ter-lhe mandado ler a minha carta. Mente!... Leu-a por sua livre vontade.

— Disse-lhe a verdade — respondeu o príncipe sem perder a fleuma. — Creia no que lhe digo. Sinto muito que isso lhe cause uma tão forte contrariedade.

— Mas, por desgraça, não lhe disse uma palavra sequer, na ocasião em que lhe devolveu o bilhete? Com certeza deve ter lhe dito alguma coisa?

— Disse, sim senhor.

— Fale, fale então, com os diabos!

E Gabriel, que trazia umas galochas calçadas, bateu duas vezes com os pés no passeio.

— Quando acabei de ler o bilhete, disse-me que o senhor procurava enganar a sua boa-fé e comprometê-la, de maneira a assegurar-se de ter sua mão, o que só então lhe permitiria renunciar, sem prejuízo, aos cem mil rublos que esperava receber por outro lado. Acrescentou que, se estivesse resolvido a essa renúncia, sem negociar com ela, nem procurar extorquir-lhe garantias, ter-se-ia, talvez, tornado sua amiga. Pelo menos pareceu-me que disse isto. Ah, temos ainda outra coisa: depois de me ter dado o bilhete, perguntei-lhe que resposta lhe devia dar. Disse-me que a melhor resposta seria não dar nenhuma, ou qualquer coisa como isto!... Desculpe-me se não foram bem estas as suas palavras, mas foi, pelo menos, o que eu compreendi.

Um furor sem limites dominou Gabriel, o qual lhe fez esquecer todas as conveniências:

— Ah, é assim que se atira com os meus bilhetes pela janela fora!... Ah, recusa-se a fazer um contrato e quer dizer que eu faça um! Veremos... Não disse ainda a minha última palavra. Veremos... Dentro em pouco saberá novidades minhas!

Tinha o rosto crispado e pálido, e a saliva aparecia-lhe aos cantos dos lábios. Ameaçava com o punho. Deu assim alguns passos, lado a lado com o príncipe. A presença deste não lhe causou a menor inquietação; comportava-se como se ele não fosse ninguém, como se estivesse só no seu quarto. De repente uma reflexão lhe assaltou o espírito e fê-lo reconsiderar:

— Como acreditar — perguntou bruscamente ao príncipe — que haja — um idiota como é, pensou consigo — depositado em si uma tal confiança, duas horas apenas depois de o ter conhecido? Explique-me isso!

Entre todos os pesares que o atormentavam, o ciúme não havia existido até aí. Porém nessa altura acabava de lhe morder o coração.

— Nem que queira, não lhe sei explicar — respondeu o príncipe. Gabriel fitou-o com um olhar de ódio.

— Então não foi uma prova de confiança o convidá-lo a ir à sala de jantar? Ela não lhe disse que lhe queria dar qualquer coisa?

— Não posso, de fato, compreender de outra forma o que ela me disse.

— O diabo me leve se compreendo. Por que é essa confiança? Que fez o senhor para isso? Por que motivo lhe agradou? Escute! — continuou ele, deveras excitado. Sentia nesse momento uma tal dispersão de pensamentos e uma tal desordem no espírito, que não chegava a coordenar as suas ideias. — Escute. Não pode recordar-se um pouco do que ela lhe disse e repetir-me depois, desde o princípio, pela mesma ordem e nos mesmos termos? Não observou coisa nenhuma? Não se lembra de nada?

— Nada mais fácil — replicou o príncipe. — Ao princípio, após a minha entrada e apresentação, falamos da Suíça.

— Que vá para o diabo a Suíça!... Adiante...

— Em seguida falamos na pena de morte.

— Na pena de morte?

— Sim, falamos nela acidentalmente. Contei-lhe como vivi no estrangeiro durante três anos e relatei-lhe a história de uma pobre aldeã...

— Que vá para o diabo a pobre aldeã!... E depois? — exclamou Gabriel, impacientado.

— Disse-lhes em seguida qual a opinião de Schneider sobre o meu caráter e como é que me havia protegido em...

— Quero que esse Schneider se enforque! Estou-me rindo da sua opinião! E depois?

— Depois fui levado a falar, no decorrer da conversa dos seus rostos, ou melhor ainda, da sua expressão, e então disse que a Aglaé era quase tão bonita como a Nastásia. Foi nesta altura que me escapou a alusão ao retrato...

— E contou-lhe o que ouviu ainda há pouco no gabinete? Não lhe repetiu nada do que ouviu? Não? Não?

— Afianço-lhe, uma vez mais ainda, que nada lhe disse do que ouvi.

— Mas então onde é que o diabo? Ah, a Aglaé não teria mostrado o bilhete à velha?

— Posso garantir-lhe, de certeza, que não o fez. Não saí do aposento enquanto a velha lá esteve e não notei nada.

— Talvez se tivesse passado alguma coisa, mas de maneira que o senhor não visse!... Oh, maldito idiota — exclamou Gabriel fora de si. — Nem mesmo sabe contar o que viu!

Como acontece a muito boas pessoas, Gabriel, tendo começado por se mostrar pouco delicado e não tendo sido chamado à ordem, foi aumentando pouco a pouco a sua incorreção. Uma frase mais e teria chegado até ao ponto de cuspir no rosto do príncipe, tão enraivecido estava. O seu próprio furor cegava-o; sem dar por isso, há já uns minutos que aquele a quem estava tratando de idiota compreendia por vezes as coisas com tanta vivacidade como firmeza, e ordenava-as de uma maneira muito satisfatória. Nesta altura surgiu uma surpresa.

— Devo-lhe observar, Gabriel — disse bruscamente o príncipe — que estive de fato doente e que a doença me levou quase ao ponto de me tornar um idiota. Porém há muito tempo que estou curado. Por essa razão é-me muito desagradável ouvir que me tratem abertamente por idiota. Se bem que os seus insucessos possam servir-lhe de desculpa, chegou no entanto já ao ponto de me insultar por duas vezes. Isto desagrada-me e sobretudo quando as coisas se passam, como neste caso, logo no nosso primeiro encontro. Ora como nesta altura nos encontramos numa encruzilhada, o melhor é separarmo-nos. O senhor segue à direita, para sua casa; e eu vou seguir pela esquerda. Tenho vinte e cinco rublos no bolso. Devo por isso encontrar onde me alojar com facilidade, em qualquer hospedaria.

Gabriel teve a impressão de que o haviam apanhado numa cilada; sentiu-se deveras confuso e corou de vergonha.

— Desculpe-me, príncipe! — disse ele com entusiasmo, trocando o seu ar de insolência por uma excessiva delicadeza. — Por amor de Deus, desculpe-me!... Está vendo quanto sou infeliz! E ainda o senhor não sabe quase nada... Se soubesse tudo, não tenho dúvidas de que seria um pouco mais indulgente comigo, se bem que eu de fato nada mereça...

— Oh, não tem necessidade de me pedir tantas desculpas! — replicou vivamente o príncipe. — Compreendo na verdade as suas grandes contrariedades; elas explicam a sua atitude ofensiva... Muito bem... Vamos para casa. Acompanhá-lo-ei da melhor vontade.

Por agora é-me impossível deixá-lo partir, pensou Gabriel, que durante o trajeto fitou o príncipe com um olhar de ódio. Este embusteiro tirou os óculos, para depois levantar bruscamente a máscara!... Sabe alguma coisa mais do que aquilo que disse... Vamos ver... Tudo se há de esclarecer, tudo... tudo! E o mais tardar será hoje mesmo.

Assim pensando, chegaram à casa.

Capítulo 8

Gabriel vivia no segundo andar. Uma escada de entrada, clara e larga, levava aos seus aposentos, compostos de seis ou sete compartimentos ou gabinetes. Sem ter nada de luxuosa, esta moradia ia além um pouco dos rendimentos de um funcionário sobrecarregado de família, supondo mesmo que ele tivesse um ordenado de dois mil rublos. Havia apenas dois meses que ali se tinha instalado com a família, na intenção de subalugar quartos, juntamente com pensão e mais serviços. A Gabriel não agradava muito esta resolução, porém aceitou-a ante os pedidos e súplicas da Nina e da Bárbara, que desejavam muitíssimo tornarem-se úteis e contribuírem para aumentarem os rendimentos daquela família. Irritava-o ter pensionistas em sua casa, bem como considerava isso desonroso, pois desde que se instalara na nova casa tinha a honra de ser recebido na sociedade elegante, onde se fazia passar por um jovem elegante e de um brilhante futuro. Todas estas concessões às exigências da vida, todas estas mortificações feriam-no no mais fundo da sua alma. Os mais fúteis motivos irritavam-no, e se concordava ainda em se sujeitar a ter paciência, é porque estava resolvido a mudar esta situação no mais curto prazo de tempo. Porém o meio de que contava lançar mão para operar essa mudança constituía um problema tão complicado, que a sua solução ameaçava causar-lhe ainda mais cuidados e tormentos do que a sua atual situação.

Um corredor, partindo do vestíbulo, dividia a moradia em duas. De um lado ficavam os três quartos que se propunham alugar às pessoas particularmente recomendadas; do mesmo lado, mas ao fundo do corredor, perto da cozinha, ficava um quarto aposento, o menor de todos. Era ocupado pelo chefe da família, o general reformado, Ivolguine, que dormia num largo divã; para entrar no aposento e sair, era obrigado a passar pela cozinha e pela escada de serviço. Nesse mesmo estreito aposento ficava o irmão de Gabriel, Kolia, um estudante de treze anos: ali estudava as suas lições e dormia num segundo divã, já velho, curto e estreito, coberto com um pano esburacado. A principal ocupação deste rapaz era cuidar do pai e vigiá-lo a todo o momento; dia a dia, cada vez se tornava mais necessária essa vigilância. Dos três quartos, o do meio, foi o destinado ao príncipe; o primeiro, à direita, estava ocupado por Ferdistchenko, e o terceiro, à esquerda, estava ainda por alugar. Gabriel começou por levar o príncipe para a parte da casa ocupada pela família. Esses aposentos ficavam do outro lado do corredor e eram também três: uma sala, que em caso de necessidade podia servir de sala de jantar, um salão, que servindo pela manhã ao que estava destinado, transformava-se, à tarde, num gabinete de trabalho e à noite em quarto de dormir de Gabriel, e por último havia o terceiro aposento, exíguo e sempre fechado: era o quarto de dormir da Nina e da Bárbara. Resumindo, viviam numa casa pequena. Por essa razão Gabriel aproveitava todos os momentos para patentear o seu mau humor. Se bem que mostrasse respeitar deveras sua mãe, não deixava de se notar, logo desde o primeiro instante, que era na realidade o tirano da família.

Nina não estava só no salão. Bárbara encontrava-se sentada ao lado dela. As duas estavam fazendo um trabalho de agulha e conversavam com uma visita, Ivan Petrovitch Ptitsine. Nina parecia ter cinquenta anos; o rosto era magro e descarnado, e à volta dos olhos notavam-se umas fortes olheiras. Tinha o aspecto de uma pessoa doente e triste, porém a sua fisionomia e o seu olhar eram bastante agradáveis; mal se ouvia falar, notava-se que possuía um caráter sério e uma verdadeira dignidade. Apesar da sua aparência de contristada, adivinhava-se também nela uma certa firmeza de ideias e até mesmo decisão. Estava vestida com extrema modéstia e só gostava das cores escuras, tal como se fosse uma mulher já idosa; a sua apresentação, a sua conversa e todas as outras suas maneiras revelavam uma pessoa que havia frequentado a melhor sociedade.

Bárbara tinha aproximadamente vinte e três anos. De mediana estatura, era bastante magra. O seu rosto não tinha nada de notável, mas era daqueles que, não sendo muito bonitos, têm, contudo, o condão de agradar e inspirar mesmo grandes paixões. Parecia-se muito com a mãe e vestia-se quase da mesma forma, não gostando nada de exibicionismos. A expressão dos seus olhos cinzentos podia tornar-se alegre e afável, no entanto, a maior parte das vezes, ou quase sempre mesmo, era séria e pensativa, em especial nos últimos tempos. A sua fisionomia refletia também vontade e decisão; deixava mesmo antever um temperamento mais enérgico e mais empreendedor que o da mãe. Bárbara exaltava-se com facilidade e o irmão receava por vezes os efeitos da sua cólera. Inspirava a mesma apreensão a Ivan Ptitsine, que nesse dia as tinha vindo visitar. Era um homem ainda bastante novo, pois teria o máximo de trinta anos. Estava vestido com todo o bom gosto, tinha umas maneiras deveras agradáveis, só por vezes um pouco rudes. A barba era castanha e por ela reconhecia-se que não era um funcionário do Estado. A maior parte das vezes estava calado; todavia, quando falava, a sua conversa era espiritual e interessante. A impressão por ele produzida era quase sempre de agrado. Via-se que Bárbara não lhe era indiferente e que não procurava até esconder os seus sentimentos. A pequena tratava-o como amigo, contudo esquivava-se a responder a certas perguntas e desaprovava-as mesmo, o que, no entanto, não o desencorajava. Nina testemunhava-lhe uma certa amizade e até nos últimos tempos depositava nele uma grande confiança. Sabia-se nessa altura que emprestava dinheiro a curtos prazos, sobre penhores mais ou menos de valor. Tinha por Gabriel uma sincera afeição.

Este, depois de ter saudado a mãe com muita frieza, apresentou-lhe o príncipe, recomendando-o em termos lacônicos, mas precisos. Não disse uma palavra à irmã. Apressou-se em seguida a levar o Ptitsine para fora do salão. Nina disse ao príncipe algumas palavras de boas-vindas e como Kolia entreabrisse nessa altura a porta, pediu-lhe para acompanhar o hóspede ao quarto do meio. Kolia era um rapazote de rosto jovial e bastante gracioso. As suas maneiras simples inspiravam confiança.

— Onde está a sua bagagem? — perguntou ele, introduzindo o príncipe no quarto.

— Tenho apenas um pequeno embrulho, que está no vestíbulo.

— Vou já buscá-lo. Não temos criadas, além da cozinheira e da matriona, de forma que às vezes ajudo-as no serviço da casa. Bárbara vigia-nos a todos e ralha-nos quando merecemos. O Gabriel disse que o senhor chegou hoje da Suíça. É verdade?

— Cheguei, sim.

— Sentia-se bem na Suíça?

— Muito bem.

— Há lá muitas montanhas?

— Muitas.

— Agora vou buscar o seu embrulho.

Bárbara entrou nesta altura.

— Matriona vem já fazer-lhe a cama. Tem alguma mala?

— Não, minha senhora. Tenho apenas um embrulho. Seu irmão foi buscá-lo no vestíbulo, onde o deixei há pouco.

— Mas só lá encontrei este pequenino embrulho! — exclamou Kolia, reentrando no quarto. Onde pôs o resto da bagagem?

— Não tenho mais nenhuma além desta — disse o príncipe, pegando o embrulho.

— Ah! Já estava a supor que o Ferdistchenko lhe tivesse tirado alguma coisa!

— Não digas tolices — disse Bárbara num tom severo.

Ao próprio príncipe falava-lhe num tom seco, se bem que delicado.

— *Chère Bablete*[6], podias tratar-me com mais amabilidade. Não sou o Ptitsine...

— Merecias que te desse umas palmadas, pois parece que não estás bom do juízo!... Para tudo quanto precisar, queira dirigir-se à Matriona. Janta-se às quatro horas e meia.

---

[6] Em francês no original: Caro Bablete (N. do R.)

Pode jantar conosco ou no seu quarto, conforme queira. Vamos, Kolia, deixemos em paz este senhor.

— Vamos lá, mulher enérgica!

Ao saírem, encontraram-se com Gabriel.

— O pai está em casa? — perguntou ele a Kolia.

Tendo tido uma resposta afirmativa, murmurou algumas palavras ao ouvido do irmão. Este fez um sinal de aquiescência e seguiu atrás da irmã.

— Duas palavras, príncipe! Esqueci-me de lhe dizer uma coisa a propósito destas... questões. Tenho um pedido a fazer-lhe. Se isso não lhe custa, peço-lhe o favor de nada dizer cá em casa do que se passou há pouco entre mim e a Aglaé, nem dizer na casa do general o que souber aqui, porque nesta casa também ocorrem coisas deploráveis. Por mim, só quero que vão todos para o diabo!... E hoje, pelo menos, não fale muito.

— Asseguro-lhe que tenho falado muito menos do que aquilo que o senhor pensa — disse o príncipe um pouco agastado com as críticas de Gabriel. As relações entre os dois agravavam-se cada vez mais.

— Com tudo quanto já disse hoje, não foram poucos os desgostos que me causou. Por isso peço-lhe este pequeno favor.

— Repare ainda no seguinte, Gabriel: havia porventura alguma coisa que me interdissesse ou impedisse de falar quando quisesse no retrato? Até agora nada me tinha pedido a tal respeito.

— Oh, que horrível quarto! — observou Gabriel, lançando à sua volta um olhar de desprezo. — É escuro e as janelas dão para um pátio. Fica mal instalado sob todos os aspectos... Enfim, isso não é comigo, pois não sou eu que alugo os quartos.

Ptitsine espreitou à porta do quarto e chamou Gabriel. Este despediu-se precipitadamente e saiu. Tinha ainda mais qualquer coisa a dizer-lhe, mas hesitava, sentia vergonha de abordar tal assunto. Foi para encontrar um derivativo para a sua confusão que falou mal do quarto.

O príncipe acabava apenas de se lavar e de se arranjar um pouco quando um novo personagem lhe entrou no quarto.

Era um cavalheiro, tendo mais ou menos trinta anos, de altura superior ao normal, com uns ombros largos e sobre os quais assentava a cabeça bastante grande, de cabelo crespo e arruivado. Tinha um rosto vermelho e gordo, uns lábios grossos e um nariz largo e achatado; os olhos pequenos e papudos tinham uma expressão zombeteira e pareciam estar sempre fazendo sinais a alguém. O conjunto dava-lhe um certo ar de impudência. O vestuário era bastante mal-ajeitado.

Começou por entreabrir a porta, o suficiente para meter a cabeça e examinar o quarto durante cinco segundos. Depois abriu-a lentamente e mostrou-se por completo no seu vão. Não se decidiu logo a entrar e do sítio onde estava, piscando os olhos, pôs-se a admirar o príncipe. Por fim fechou a porta atrás dele, deu alguns passos no interior do quarto, sentou-se numa cadeira, apertou vigorosamente a mão do príncipe e obrigou-o a sentar-se diante dele, num sofá.

— Chamo-me Ferdistchenko — disse o visitante, fitando os olhos do príncipe de uma forma que parecia interrogá-lo.

— Isso que quer dizer? — perguntou o príncipe, contendo a custo a sua vontade de rir.

— Sou o locatário de um dos quartos — acrescentou, sempre de olhos fixos no seu interlocutor.

— Veio aqui para me conhecer?

— He, he! — articulou ele, sorrindo e desgrenhando ao mesmo tempo os cabelos, depois do que dirigiu o olhar para o ângulo oposto do quarto. — Tem consigo dinheiro? — perguntou à queima-roupa, voltando-se para o príncipe.

— Algum.

— Quanto, ao certo?

— Vinte e cinco rublos.

— Mostre-me.

O príncipe tirou uma nota de vinte e cinco rublos do bolso do colete e deu-a a Ferdistchenko. Este desdobrou-a, examinou-a, voltou-a de um lado e de outro e por fim olhou-a contra a luz.

— É singular! — declarou ele com um ar pensativo. — Por que é que estas notas se tornam escuras? As notas de vinte e cinco rublos oferecem por vezes esta particularidade, entretanto que as outras, pelo contrário, perdem a cor por completo... Tome-a lá.

O príncipe pegou na nota e o visitante levantou-se.

— Vim aqui para preveni-lo do seguinte: por agora não me empreste dinheiro, pois venho com certeza a pedir-lhe.

— Está bem.

— Tem a intenção de pagar isto aqui?

— Certamente.

— Muito bem!... Eu não tenho, muito obrigado... Sou o seu vizinho, a primeira porta à direita... Já viu? Não pense ir ver-me muitas vezes no meu quarto. Não se incomode. Eu virei vê-lo... Já viu o general?

— Ainda não.

— E já o ouviu?

— Também não.

— Pois há de vê-lo e ouvi-lo... Já me pediu muitas vezes para lhe emprestar dinheiro. *Avis au lecteur*. Adeus. Vive-se bem quando nos chamam Ferdistchenko!

— Mas por quê?

— Adeus.

E dirigiu-se para a porta. O príncipe soube mais tarde que este cavalheiro estava convencido de que era sua missão deixar toda a gente admirada com as suas originalidades e jovialidades, o que, no entanto, nunca conseguiu. Sobre certas pessoas produziu mesmo uma impressão desagradável, o que sinceramente o desolava, sem entretanto o fazer renunciar ao seu propósito. No limiar da porta do quarto teve a ocasião de evidenciar um pouco a sua importância: chocou-se com um personagem desconhecido do príncipe, que pretendia entrar. Afastou-se para o deixar passar, e depois, nas suas costas, fez ao príncipe uns repetidos sinais de inteligência, piscando os olhos. Isto permitiu-lhe retirar-se mantendo o seu aprumo.

O novo visitante era um homem de alta estatura, que parecia ter, pelo menos, cinquenta e cinco anos. Apresentava um aspecto de boa disposição, um rosto de boas cores, gordo e flácido, enquadrado por espessas suíças louras. Usava também bigode e os olhos eram grandes e um pouco à flor do rosto. O conjunto seria um tanto imponente, se não se notasse nele um ar um pouco de pessoa fraca, fatigada e até mesmo quase sem vida. Trazia vestido um velho casaco, um tanto esburacado nos cotovelos; a sua roupa branca, manchada de nódoas, denotava uma certa negligência interior. Perto dele sentia-se um forte cheiro de aguardente, contudo, suas maneiras afetadas e um tanto estudadas traíam o desejo que sentia de se impor pelo seu ar de dignidade. Aproximou-se do príncipe lentamente e com um sorriso afável nos lábios. Sem nada dizer, pegou-lhe na mão e, mantendo-a entre as suas, contemplou-lhe durante um certo tempo o rosto, como se tentasse encontrar uns traços conhecidos.

— É ele... é bem ele! — exclamou numa voz pausada, mas solene. A semelhança é frisante. Ouvi pronunciar um nome conhecido e que me é querido. Evoca para mim um passado há muito desaparecido... É o príncipe Míchkin?

— Eu mesmo.

— O general Ivolguine, aposentado e bastante infeliz. Permita-me que lhe pergunte qual o seu nome e sobrenome?

— León Nicolaievitch.

— É isso mesmo... O senhor é o filho do meu amigo, ou direi melhor, do meu companheiro de infância, Nicolau Petrovitch.

— O meu pai chamava-se Nicolau Lvovitch.

— Lvovitch — retificou o general sem pressa e com a certeza absoluta de um homem que não foi traído pela sua memória, mas sim lhe faltou a língua. Sentou-se e, agarrando o príncipe pelo braço, fê-lo sentar ao seu lado.

— Trouxe-o nos meus braços — acrescentou ele.

— Não haverá engano? — perguntou o príncipe.

— Há já vinte anos que meu pai morreu.

— É isso mesmo: vinte anos e três meses. Estudamos juntos. Por mim, logo que terminei os meus estudos, entrei no exército.

— Meu pai também entrou no exército. Foi alferes num regimento em Vassilievski.

— No regimento de Biélomirski. A sua transferência para esse regimento foi quase nas vésperas de morrer. Assisti-lhe aos últimos momentos e predispu-lo a bem entrar na eternidade. A sua mãe...

O general interrompeu-se, como que acabrunhado por uma triste recordação.

— Minha mãe morreu seis meses depois — informou o príncipe. — Sucumbiu a um resfriado...

— Não, ela não morreu de um resfriado. Acredite no que lhe diz um velho amigo. Estava junto dela e ajudei-a também a bem morrer. Não foi o resfriado, mas a grande dor de ter perdido o seu príncipe que a matou. Sim, meu caro, tenho também grandes saudades da princesa... Ah, bela juventude... Se bem que amigos desde a infância, eu e o príncipe estivemos quase para nos matarmos por causa dela.

O príncipe começou a ouvir esta narrativa com uma certa incredulidade.

sabê-lo por outra boca. Quero apenas referir-me às alusões que o Gabriel faz a cada momento diante do senhor e da resposta que ele deu, após a sua saída, a uma das minhas perguntas. Ele sabe tudo. É inútil constranger-se diante dele. Que quer isto dizer? Por outro lado desejava saber em que medida...

Gabriel e Ptitsine entraram, nesta altura, na sala, de repente. Nina calou-se logo. O príncipe manteve-se sentado junto dela, enquanto Bárbara se afastou. O retrato de Nastásia destacava-se bem sobre a mesa de trabalho de Nina, precisamente diante dela. Gabriel viu-o, franziu as sobrancelhas, pegou nele deveras arreliado e atirou-o para cima da mesa que estava do outro lado da sala.

— É para hoje, Gabriel? — perguntou bruscamente Nina.

— O que é que é para hoje? — exclamou Gabriel sobressaltado. E continuou, voltando-se rapidamente para o príncipe: — Ah, compreendo, o senhor está aqui... Continua então a sofrer da mesma doença... Não pode por forma alguma ter mão na língua?! É preciso que compreenda, alteza...

— Neste assunto fui eu apenas e não outra pessoa que cometi essa falta — interrompeu Ptitsine.

Gabriel olhou-o com um ar interrogador.

— Parece-me, Gabriel, que é melhor assim, tanto mais que, de um certo lado, é uma questão arrumada — balbuciou Ptitsine, que foi em seguida sentar-se ao lado da mesa, entretanto que tirava do bolso um bocado de papel coberto de notas a lápis e se punha a examiná-lo com atenção.

Gabriel ficou de aspecto carrancudo, apreensivo, ante a expectativa de uma cena familiar. Não pensou mesmo em apresentar as suas desculpas ao príncipe.

— Se está tudo acabado — disse Nina — é evidente que Ivan Petrovitch tem razão. Não franzas as sobrancelhas, peço-te, Gabriel, nem fiques contrariado. Resignar-me-ei a não te fazer perguntas sobre qualquer assunto que não me queiras dizer. Afianço-te que estou plenamente resignada. Fico satisfeita, vendo-te tranquilo.

Pronunciou estas palavras sem tirar os olhos do seu trabalho e num tom que de fato parecia calmo. Gabriel ficou surpreendido, mas por prudência calou-se e olhou a mãe, esperando mais amplas explicações. As discussões domésticas eram-lhe sempre desagradáveis. Nina notou a sua circunspeção e acrescentou com um sorriso amargo:

— Duvidas ainda e desconfias de mim. Asseguro-te que, pelo meu lado, pelo menos, não verás mais lágrimas, nem rogos. Todo o meu desejo é ver-te feliz, tu bem o sabes. Submeto-me à vontade do destino, mas o meu coração estará sempre junto de ti, quer fiquemos juntos, quer nos separemos. Respondo naturalmente só por mim, e não podes exigir outro tanto da tua irmã...

— Ah, também ela! — exclamou Gabriel, fitando a irmã com um olhar de ironia e aversão. — Minha boa mãe!... renovo a afirmação que lhe fiz, sob a palavra de honra: enquanto aqui estiver, enquanto eu viver, ninguém lhe faltará ao respeito. Seja sobre o que for, exigirei de toda a pessoa que transponha o limiar da nossa porta a mais completa deferência para consigo...

Gabriel sentou-se deveras satisfeito, olhando a mãe com um aspecto quase sereno, quase cheio de ternura.

— Minha querida, *se trompe*[8] é fácil de dizer, mas pôr a claro uma questão como esta é que não é fácil. Experimenta tu! Toda a gente cansou a cabeça a pensar. Eu próprio seria também levado a dizer: *On se trompe*[9]. Infelizmente fui testemunha do fato e fiz parte da comissão de inquérito. Todas as comparações comprovaram que se estava de fato na presença do mesmo soldado, Kolpakov, que havia sido enterrado seis meses antes, com o cerimonial costumado e ao som do tambor. O caso é realmente excepcional, quase inconcebível, concordo, mas...

— Meu pai, o jantar está na mesa — anunciou Bárbara, entrando no quarto.

— Ah, muitíssimo bem!... Começava já a sentir um certo apetite... O caso, porém, é daqueles a que se pode chamar um caso psicológico...

— A sopa está a arrefecer — continuou Bárbara com impaciência.

— Vou já, vou — já retorquiu o general, saindo do quarto. Estava já no corredor, e ainda se ouvia dizer: — E a despeito de todos os inquéritos...

— Terá de desculpar muitas coisas ao Ardalion Alexandrovitch se ficar hospedado na nossa casa — disse Nina ao príncipe. — Por agora não o importunará muito, porque janta sozinho. Como sabe, cada um de nós tem os seus defeitos e as suas excentricidades. As pessoas que em geral se apontam a dedo não são talvez aquelas que têm menos. Tenho apenas um pedido mais instante a fazer-lhe: se meu marido lhe pedir a renda do quarto, diga-lhe que já me pagou. Escusado será dizer-lhe que se lhe tivesse pagado, seria da mesma forma levado à sua conta; peço-lhe, porém, isto para boa ordem das nossas contas... Que há, Bárbara?

Esta acabava de entrar no aposento. Sem proferir uma palavra mostrou a sua mãe o retrato de Nastásia. Nina estremeceu e examinou-o durante uns momentos: primeiro com uma expressão de terror e depois com a sensação de uma dor amarga. Por último interrogou Bárbara com os olhos.

— Foi ela que hoje lhe fez presente dele — informou Bárbara — e esta tarde tudo será resolvido entre eles.

— Esta tarde! — repetiu Nina a meia-voz, num tom de desespero. — Por que esta tarde? Deixa então de existir qualquer dúvida, não resta mesmo nenhuma esperança!... Dando-lhe o retrato, veio esclarecer tudo, não? ... E foi ele próprio que te mostrou? — perguntou ela num tom de surpresa.

— A mãe sabe que há já mais de um mês que não falamos um ao outro!... Foi o Ptitsine que me contou. Quanto ao retrato, tinha-o deitado ao chão, junto da mesa.

— Príncipe — exclamou de repente Nina — queria perguntar-lhe, e foi sobretudo para isso que lhe pedi para vir aqui, se conhece há muito tempo o meu filho. Parece que disse que o senhor tinha chegado hoje.

O príncipe deu sobre a sua pessoa uns rápidos esclarecimentos, deixando de lado uma boa parte do que se havia passado. Nina e Bárbara escutaram-no com atenção.

— Tenho a dizer-lhe que a minha pergunta não foi para que me desse informações sobre a vida do Gabriel — observou Nina. — Não quero por maneira nenhuma que suponha tal. Se há alguma coisa que ele próprio não me pode contar, não quero também

---
[8] Em francês no original: está enterrado. (N. do R.)
[9] Em francês no original: Estamos enterrados. (N. do R.)

— O filho do meu amigo... Que encontro inesperado! Já há muito que não julgava isto possível!... Será de crer, minha querida, que não te lembres do falecido Nicolau Lvovitch? Não te lembras de o ver... em Tver?

— Não me lembro nada do Nicolau Lvovitch... Era o seu pai? — perguntou ela, dirigindo-se ao príncipe.

— Era, sim. Porém suponho que morreu em Elisabethgrad e não em Tver — observou timidamente o príncipe, voltando-se para o general. — Pelo menos foi o que me disse Pavlistche...

— Não, senhor, foi em Tver — confirmou o general. — Foi transferido para essa vila um pouco antes de morrer, e até mesmo antes da fase aguda da sua doença. Era ainda muito pequeno para que possa lembrar-se da transferência e da viagem. Quanto a Pavlistchev, pode ser o mais sério dos homens, mas enganou-se.

— O senhor conheceu também Pavlistchev?

— Era um homem de um raro mérito, mas eu fui testemunha ocular. Abençoei o seu pai no leito da morte...

— Meu pai ia ser julgado quando morreu — observou de novo o príncipe, se bem que não soubesse do que fora inculpado. — Morreu até no hospital, segundo dizem.

— Oh, foi uma questão por causa do soldado Kolpakov. Tenho, porém, a certeza de que seria absolvido.

— De verdade? O senhor conheceu bem essa questão? — perguntou o príncipe, arrastado por uma viva curiosidade.

— Suponho que sim! — exclamou o general. — O conselho de guerra interrompeu a audiência sem nada ter resolvido. Era uma questão inacreditável, uma questão misteriosa, pode-se mesmo dizer. O capitão ajudante, Larionov, morreu, sendo comandante da companhia. As suas funções foram confiadas interinamente ao príncipe. Até aqui tudo muito bem. No quartel, um soldado, de nome Kolpakov, roubou a sola das botas a um dos seus companheiros. Vendeu-a e bebeu... o dinheiro. Até aqui continua tudo bem. O príncipe repreendeu publicamente Kolpakov e ameaçou-o de o mandar vergastar; note-se que isto passou-se na frente do sargento-mor e de um cabo. Ainda tudo muito bem. Kolpakov foi para a caserna, deitou-se na sua cama de campanha e morreu um quarto de hora depois. Cada vez melhor, mas o caso é bastante singular, quase inexplicável!... Não importa. Enterrou-se o Kolpakov, o príncipe fez o seu relatório, e em face dele o falecido foi riscado do livro dos soldados no ativo. Até aqui continua bem, não é assim? Seis meses depois, ao fazerem a inspeção da brigada, o soldado Kolpakov, como se nada se houvesse passado, reapareceu na terceira companhia, do segundo batalhão, do regimento de infantaria de Novozemliansk, que pertence à mesma brigada e à mesma divisão!

— Como é isso? — exclamou o príncipe deveras estupefato.

— As coisas não podem ter se passado assim!... Há qualquer engano — informou bruscamente Nina, dirigindo-se a seu marido e olhando-o com uma expressão que mais parecia estar na agonia. — *Mon mari se trompe*[7].

---

[7] Em francês no original: Meu marido está enterrado. (N. do R.)

— Estive apaixonado pela sua mãe quando estava noiva... noiva do meu amigo. Quando soube disso, foi para ele um golpe terrível. Uma manhã, entre as seis e as sete, veio me acordar. Deveras surpreendido, tratei de me vestir. Apesar do silêncio de um e de outro, compreendi tudo. Tirou dos bolsos duas pistolas. Colocamo-nos à distância de um lenço um do outro. Nenhuma testemunha. Para que haviam de servir as testemunhas se dentro de cinco minutos expedir-nos-íamos mutuamente para a eternidade? Carregamos as pistolas, estendemos o lenço e pusemo-nos em posição, cada um fixando o rosto do outro e apoiando a arma no coração do contrário. De repente as lágrimas saltaram-nos dos olhos e as mãos começaram-nos a tremer. Foram simultâneos estes sentimentos. Em virtude disto, como é natural, caímos nos braços um do outro, estabelecendo-se, então, entre nós, uma luta de generosidade. "Tua!", gritou o príncipe. "É tua!", gritei eu... Numa palavra, numa palavra... O senhor veio instalar-se na nossa casa?

— Sim senhor, e por uma temporada, talvez — respondeu o príncipe, um tanto hesitante.

— Príncipe, a minha mãe pede-lhe para ir falar com ela — exclamou Kolia, depois de ter passado uma vista de olhos pelo quarto.

O príncipe levantou-se para sair, mas o general pousou-lhe a mão direita no ombro e fê-lo sentar amavelmente no sofá.

— Como verdadeiro amigo de seu pai, quero preveni-lo do seguinte: como o senhor está vendo, fui vítima de uma trágica catástrofe, mas sem que tivesse sido julgado. Sim, sem julgamento!... Nina é uma mulher como há poucas. Bárbara, minha filha, é uma moça como também se vê pouco. As circunstâncias da vida obrigam-nos a alugar quartos... Isto é uma situação inacreditável! Eu, que estava em vésperas de ser nomeado governador-geral!... Note, todavia, que nos sentimos em absoluto à vontade, vendo-o junto de nós, apesar da tragédia que se está desenrolando sobre a nossa cabeça.

O príncipe, cuja curiosidade aumentava de intensidade, olhou-o com um ar interrogativo.

— Prepara-se aqui um casamento, mas um casamento pouco vulgar. É o casamento de uma mulher equívoca com um jovem que podia ser um fidalgo da corte. Pretende-se instalar essa mulher debaixo do mesmo teto onde vive minha mulher e a minha filha. Porém enquanto eu viver nunca tal sucederá. Atravessar-me-ei no limiar da porta e terão de passar por cima do meu corpo! Já quase não digo uma palavra ao Gabriel; evito mesmo encontrar-me com ele. Era sobre isto que desejava preveni-lo. Por agora, visto que vem viver na nossa *casa*, será testemunha de coisas que tornarão supérflua esta minha prevenção. Contudo, como é filho de um meu amigo, tenho o direito de esperar...

— Príncipe, quer dar-me o prazer de passar ao salão? — perguntou Nina, abrindo um pouco a porta do quarto.

— Imagina, minha querida — exclamou o general — que trouxe o príncipe nos meus braços quando era criança!

Nina fitou-o com um olhar de censura, para em seguida interrogar o príncipe apenas com os olhos, sem proferir uma palavra. Este último seguiu-a. Chegados ao salão, sentaram-se e Nina começou a dar-lhe, em voz baixa, umas explicações precipitadas. Mal havia começado, entrou bruscamente o general. Calou-se logo e, visivelmente despeitada, debruçou-se sobre o trabalho que estava fazendo. O general notou o seu despeito, mas sem mostrar sentir-se incomodado, por isso dirigiu-se-lhe num tom de bom humor:

— Não tenho nenhum receio quanto à minha pessoa, sabe-lo bem, Gabriel. Não é por mim que te tenho atormentado durante todo este tempo. Diz-se que hoje tudo vai terminar para ti. Mas o que é que vai terminar?

— Ela prometeu dizer-me, esta tarde, em sua casa, se consente ou não — respondeu Gabriel.

— Há perto de três semanas que evitamos falar nisso, e foi melhor assim. Mas agora que tudo acabou, permita-me que te pergunte apenas isto: como pôde ela dar-te o seu consentimento e oferecer-te mesmo o seu retrato, se tu não a amas? Parece que tu, junto de uma mulher tão... tão...

— Tão experimentada, não é verdade?

— Não era bem essa a expressão que eu procurava. Como pudeste abusar dela até tal ponto?

Com esta pergunta Nina deixou logo transparecer uma extrema irritação. Gabriel ficou calado, refletiu um momento, e depois disse, sem dissimular um riso malicioso:

— Deixou-se arrastar pelo seu gênio, minha mãe; a paciência faltou-lhe uma vez mais; é sempre assim que as discussões surgem e se envenenam entre nós. Com certeza disse já consigo: mais perguntas, mais censuras, e ei-las que recomeçam!... Mais vale que fiquemos por aqui. Sim, vale bem mais!... Além disso era sua intenção... Nunca e por nada deste mundo a abandonarei. Outro, que não eu, teria fugido de casa para não ter que suportar uma irmã como a minha. Veja, repare como ela me olha agora. Fiquemos por aqui. Estava já tão contente!... E como soube que abuso da boa-fé da Nastásia? No que diz respeito a Bárbara, que faça o que entender, e pronto. Estou farto disto!

Gabriel acentuava bem as palavras, entretanto que percorria maquinalmente o quarto. Estas discussões incomodavam dolorosamente todos os membros da família.

— Disse que me irei embora, se ela entrar aqui, e mantenho a palavra — declarou Bárbara.

— Por capricho, apenas! — exclamou Gabriel. — Como é por capricho também, que não casas!... Porque me mostras essa cara de desprezo? Não te ligo essa importância, Bárbara!... Podes pôr imediatamente o teu projeto em execução. Há muito tempo já que me aborreces.

Depois, vendo o príncipe levantar-se, exclamou-lhe:

— Como, decide-se enfim a deixar-nos?

A voz de Gabriel traía um grande grau de desespero, mas daqueles em que o homem aprecia de alguma maneira a sua própria cólera e a ela se entrega sem receio nenhum, presenciando com crescente deleite o que quer que daí possa resultar. O príncipe, já à porta do aposento, esteve quase para responder, mas, vendo o rosto crispado do seu insultador e compreendendo que uma gota bastaria para fazer transbordar o vaso, voltou-se e saiu sem proferir uma palavra. Minutos decorridos, um ruído de vozes, que lhe chegou do salão, deram-lhe a entender que após a sua partida a discussão tomara um aspecto mais barulhento e desabrido.

Atravessou a sala e em seguida o vestíbulo, para chegar ao seu quarto, pelo corredor. Ao passar ao lado da porta de saída, para a escada, notou que atrás dela alguém fazia esforços desesperados para fazer soar a sineta; esta estava provavelmente escangalhada, porque se agitava sem produzir som algum. O príncipe correu o ferrolho, abriu a porta e recuou surpreso: Nastásia estava na sua frente. Reconheceu-a logo, devido ao retrato que tinha tido nas mãos. Mal o viu, um clarão de despeito brilhou nos seus olhos; atravessou rapidamente o vestíbulo, depois de tê-lo afastado com um encontrão e de lhe dizer num tom enfurecido, ao mesmo tempo que tirava a peliça:

— Se és tão preguiçoso, que não podes compor a sineta, ao menos deixa-te estar sempre no vestíbulo, para abrires quando alguém bater!... Mau, mau... agora deixas cair a minha peliça! Que estúpido!

Com efeito a peliça caíra ao chão. Nastásia atirara-a para trás de si, sem esperar que o príncipe lha tirasse e sem notar que as mãos deste não tinham podido segurá-la.

— Deviam pôr-te na rua. Vai à minha frente e anuncia-me à dona da casa.

O príncipe quis dizer qualquer coisa, mas perdeu a calma, a ponto de não poder articular uma palavra. Tendo levantado a peliça, dirigiu-se para o salão.

— E pronto, lá vai ele com a peliça! Para que a levas? Ah! Ah! Perdeste a cabeça?

O príncipe voltou atrás e fitou-a, como que petrificado. Ela começou a rir e ele sorriu também, mas sem recuperar o uso da fala. No primeiro momento, quando abriu a porta, empalideceu; agora o sangue afluiu-lhe repentinamente ao rosto.

— Que idiota é este? — exclamou ela indignada e batendo o pé.

— Aonde vais? Quem vais anunciar?

— Vou anunciar Nastásia Filipovna — balbuciou o príncipe.

— De onde me conheces? — perguntou ela com vivacidade. — Nunca te vi!... Anuncia-me... Que gritos são estes que estou ouvindo?

— É uma discussão — disse o príncipe.

E dirigiu-se para o salão.

Entrou no momento mais crítico. Nina estava no ponto de se esquecer por completo de que era submissa a tudo: de resto, ela defendia Bárbara. Esta encontrava-se ao lado de Ptitsine, que acabava nessa altura de examinar o seu papel coberto de notas a lápis.

Mantinha-se calma, apesar de não ser de carácter tímido; no entanto as grosserias do irmão tornavam-se cada vez mais brutais e menos toleráveis. Em casos semelhantes tinha por hábito manter-se calada e fitar o irmão com um ar trocista. Sabia que esta atitude tinha o bom efeito de o exaltar ao máximo. Foi justamente neste instante que o príncipe entrou no salão e anunciou:

— Nastásia Filipovna!

Capítulo 9

Fez-se um silêncio geral. Todos olharam para o príncipe, como se o não compreendessem ou não o quisessem compreender. Gabriel pareceu ficar gelado de pavor.

A chegada de Nastásia, sobretudo naquele momento, foi para todos o acontecimento mais inesperado, mais desconcertante que se pudesse imaginar. Além disso era a primeira vez que honrava os Ivolguine com a sua visita; até ali mantivera a seu respeito uma atitude tão altiva que, mesmo nas suas relações com Gabriel, nunca mostrara desejos de conhecer os seus parentes; nos últimos tempos mesmo, falava tanto deles como se nunca tivessem existido. Apesar de se sentir deveras satisfeito por vê-la evitar um assunto tão penoso para ele, não deixava, no entanto, de sofrer no seu íntimo com esse desdém. Em todo caso supunha mais fácil ouvir críticas dirigidas à sua família, do que receber esta visita. Sabia que ela estava perfeitamente ao corrente do que se passava na sua casa, desde o dia em que lhe pedira a mão, e a maneira como os seus parentes a julgavam. A sua visita *naquele momento*, após a dádiva do retrato e no dia do seu aniversário, dia em que ela prometera dar uma solução, parecia querer indicar, por ela própria, qual o sentido da sua decisão.

A perplexidade com que todos olharam o príncipe foi de curta duração: Nastásia apareceu à entrada do salão e, pela segunda vez, ao entrar, empurrou ligeiramente o príncipe.

— Consegui, enfim, chegar aqui... Por que prendeu a sineta? — perguntou num tom enjoado, estendendo a mão a Gabriel, que se precipitara para ela. — Por que tem esse aspecto de consternado? Apresente-me, peço-lhe...

Gabriel, completamente desorientado, apresentou-a logo a Bárbara. Antes de estenderem as mãos, as duas mulheres trocaram um olhar estranho. Nastásia ria e afetava bom humor; Bárbara, porém, procurou esquivar-se e fitou a visitante com um olhar de pouco satisfeita; o seu rosto não refletiu uma sombra sequer de um sorriso, aquela apenas que a delicadeza exige. Gabriel sentiu que a respiração lhe faltava; o momento não era para súplicas; lançou a Bárbara um olhar tão ameaçador que ela compreendeu, na intensidade desse olhar, a gravidade que para ele tinha esse minuto. Pareceu então resignar-se e ceder, forçando um sorriso ao cumprimentar Nastásia. (Notava-se que os membros desta família tinham ainda bastante afeição uns pelos outros). Nina corrigiu um pouco a primeira impressão, logo que Gabriel, muitíssimo arreliado, apresentou-lhe a visitante após a apresentação à irmã; devia até mesmo ter apresentado primeiro a mãe. Porém, mal esta começou a falar da sua particular satisfação, logo Nastásia, em vez de ouvi-la, interpelou bruscamente Gabriel, depois de se ter sentado, sem ter sido convidada, num pequeno sofá junto à janela:

— Onde é o seu escritório? E... os hóspedes onde estão? Por que aluga quartos, não me diz?

Gabriel corou em extremo e gaguejou uma resposta que Nastásia cortou rapidamente:
— Onde recebe os seus hóspedes? Com certeza não tem escritório!... E isto rende alguma coisa? — acrescentou, dirigindo-se nesta altura à mãe de Gabriel.

— Dá bastante trabalho — respondeu esta — mas, como é natural, também rende alguma coisa. Até agora temos vivido somente de...

De novo Nastásia deixou de ouvi-la. Olhou para Gabriel, rindo, e exclamou:
— Que cara que faz? Meu Deus!... Que figura a sua!

Durou um instante o seu sorriso. A fisionomia de Gabriel estava de fato bastante alterada; o seu embrutecimento e o seu terror cômico tinham de súbito dado lugar a uma palidez assustadora; com os lábios crispados e os dentes cerrados, fixou, num olhar maldoso, o rosto da mulher que não cessava de rir.

Havia ainda um espectador que não tinha saído da espécie de torpor que lhe produzira a aparição de Nastásia. Embora tivesse ficado petrificado no mesmo lugar, junto da porta, o príncipe não notou menos a palidez e a terrível alteração da fisionomia de Gabriel. Maquinalmente deu um passo em frente, como que movido por um sentimento de pavor.

— Beba água — disse-lhe ele quase ao ouvido — e não me olhe dessa forma...

Era evidente que proferira estas palavras sem uma ideia reservada, sem premeditação, mas sim espontaneamente. Entretanto o efeito por elas produzido foi extraordinário. Toda a cólera de Gabriel pareceu voltar-se contra o príncipe. Agarrou-o por um ombro e dardejou-lhe um olhar mudo, mas vingativo e odioso, como se tivesse perdido a fala. A emoção era geral. Nina deixou mesmo escapar um ligeiro grito, e Ptitsine avançou inquieto para os dois homens. Kolia e Ferdistchenko, que acabavam de aparecer à porta do salão, ficaram boquiabertos. Apenas Bárbara continuou a observar a cena, mas disfarçando com o maior cuidado. Não tinha se sentado e mantinha-se afastada, do lado da mãe, com os braços cruzados sobre o peito.

Gabriel acalmou quase logo a seguir ao seu primeiro impulso. Soltou uma gargalhada nervosa e depois recuperou todo o sangue-frio.

— Que é que o incomoda, príncipe? É preciso chamar o médico? — exclamou, com o melhor ar de brincadeira e bonomia que pôde. — Assustou-me, até!... Nastásia, posso apresentar-lo, pois é um cavalheiro dos mais curiosos, se bem que o conheça apenas desde esta manhã.

Nastásia olhou para o príncipe surpreendida.

— Príncipe! Ele é príncipe? Imagine que ainda há pouco, do vestíbulo, tomei-o por um criado e ordenei-lhe que me viesse anunciar... Ah! Ah! Ah!

— Isso não tem importância — disse Ferdistchenko que, encantado por ver que ela começava a rir-se, aproximou-se, apressado. — Não tem importância: *se non è vero...*[10]

— Estive mesmo a ponto de insultá-lo, príncipe. Desculpe-me, peço-lhe. Ferdistchenko, que faz aqui a esta hora? Não pensava encontrá-lo nesta ocasião... Que diz?

— Qual príncipe? O Míchkin? — voltou a perguntar a Gabriel, que, segurando sempre o príncipe pelo ombro, acabava de apresentá-lo.

— É um hóspede nosso — repetiu Gabriel.

Evidentemente mostravam o príncipe como uma curiosidade — era um motivo de diversão para todos e por isso estava numa situação falsa. Empurraram-no quase até junto de Nastásia; e ouviu mesmo com nitidez a palavra idiota, sussurrada atrás dele, naturalmente por Ferdistchenko, para a esclarecer.

— Diga-me, por que não desfez o meu engano logo que me viu proceder tão desprezivelmente para com o senhor? — perguntou Nastásia, examinando o príncipe dos pés à cabeça com a maior desenvoltura; depois esperou com impaciência a sua resposta, convencida que tal resposta seria tão tola que não poderia deixar de rir.

— Fiquei surpreendido ao vê-la assim tão de repente — balbuciou o príncipe.

— Mas como adivinhou que era eu? Já me conhecia? De fato parece-me já tê-lo visto em qualquer parte! Permita-me que lhe pergunte qual a razão por que, ao ver-me, ficou pregado no mesmo lugar? Serei assim alguma coisa tão surpreendente?

---

10 Em italiano no original: se não for verdade. (N. do R.)

— Vamos, vamos, então! — exclamou Ferdistchenko prazenteiramente. — Vamos, fale!... Meu Deus, se me fizessem tal pergunta, o que eu não teria para responder! Então? Se continua assim, príncipe, dá-nos direito a podermos dizer que é um imbecil...

— Também eu diria muita coisa se estivesse no seu lugar — replicou o príncipe, rindo. Depois voltou-se para Nastásia: — Há pouco o seu retrato impressionou-me vivamente... Falei depois a seu respeito com os Epantchine... Antes mesmo, ainda esta manhã, antes de chegar a S. Petersburgo, Parfione Rogojine, que vinha na minha carruagem, falou-me muito de ti. E no momento preciso em que lhe abri a porta, estava a pensar em ti! De repente vejo-a diante de mim...

— Mas como soube que era eu?

— Pela sua semelhança com o retrato, e depois...

— Depois, o quê?

— E depois porque é exatamente como a imaginava. Também tenho a impressão de já tê-la visto em qualquer parte...

— Onde, onde?

— É como se já tivesse visto os seus olhos em qualquer parte. Contudo é impossível... Não passa com certeza de uma impressão. Nunca vivi aqui... Talvez tivesse sido um sonho.

— Essa é boa, príncipe! — exclamou Ferdistchenko. — Não... Sendo assim, retiro o meu *se non è vero*... Além disso... além disso, se disse tudo isso, foi por inocência — acrescentou ele num tom de comiseração.

O príncipe falara com uma voz comovida, interrompendo-se muitas vezes para tomar aleto. Tudo nele traía uma intensa agitação. Nastásia olhou-o com curiosidade e deixou de rir. Neste momento ouviu-se uma voz sonora que soou por detrás do grupo formado à volta do príncipe e de Nastásia. Este grupo abriu-se e dividiu-se em dois, para deixar passar o chefe da família, o general Ivolguine, que só parou em frente da visitante. Vestia fraque e trazia a camisa própria; o bigode era ligeiramente erguido.

Reconhecia-se que Gabriel só a custo o podia tolerar.

O amor-próprio e uma sombria vaidade tinham-se desenvolvido nele até à hipocondria; procurara, durante os últimos dois meses, maneiras de mostrar uma atitude de dignidade e nobreza; sentia-se, porém, ainda nocivo no caminho que a si próprio impusera e no qual supunha não se poder manter até ao fim. Em desespero de causa, decidia, por fim, impor aos seus um insolente despotismo; não ousou, contudo, proceder da mesma maneira diante de Nastásia, a quem ela manteve na incerteza até ao último minuto, e o fez, impiedosamente, esperar tanto tempo. Tratava-o mesmo por mendigo impaciente, o que não deixava de ter razão. Tinha jurado a todos os seus deuses que a havia de fazer pagar tudo isto mais tarde, e com juros. Por outro lado isso não o impedia, ao mesmo tempo, de acalentar a infantil esperança de que, por si próprio, havia de diminuir os atritos e atenuar as oposições.

Nesta altura forçoso era-lhe ainda suportar este golpe doloroso e, o que era pior, em tal momento, precisava inopinadamente de sofrer a mais cruel das torturas para um homem vaidoso: ter vergonha dos seus. Um pensamento lhe assaltou a mente: "No fim das contas a recompensa valerá todas estas afrontas?"

Ocorreu, então, um acontecimento que somente intervira em sonhos, durante esses dois meses decorridos, e que sempre o gelara de horror e o assombrara de vergonha: o encontro do pai com Nastásia no meio dos seus. Às vezes, para se predispor para tudo, tentava imaginar a cara que faria o general durante a cerimônia nupcial, mas nunca fora capaz e renunciava logo a tal evocação, tanto esse quadro lhe repugnava. Talvez exagerasse muitíssimo o seu infortúnio: é a sorte habitual das pessoas vaidosas. Todavia, durante esses dois meses, estudara bem a sua resolução e jurara a si próprio meter, custasse o que custasse, o pai na ordem, e até, durante um certo tempo — e isto era possível! — afastá-lo de S. Petersburgo, quisesse a mãe ou não. Dez minutos antes, quando Nastásia entrou, a sua consternação e o seu torpor tinham sido de tal forma que lhe fizeram esquecer por completo a possibilidade de Ardalion Alexandrovitch aparecer, pelo que não tomou disposição alguma na previsão desta eventualidade.

E sem que o esperassem, o general fazia, ante o espanto de todos, uma entrada solene, de fraque, no momento em que Nastásia procurava apenas a ocasião para os meter a ridículo, a ele e aos seus. Pelo menos estava convencido disso. E que outra significação poderia ter a sua visita? Teria vindo para estabelecer quaisquer laços de amizade com a sua mãe e a sua irmã ou para ofendê-los? Ao ver respectivamente a atitude dos seus e a da visitante, não ficavam dúvidas; a mãe e a irmã estavam sentadas, como que esmagadas de vergonha, aguardando qualquer coisa, enquanto Nastásia parecia ter até mesmo esquecido a sua presença... E pensava: se comporta-se assim, é evidente que tem as suas razões.

Ferdistchenko agarrou o general pelo braço e apresentou-o. O velho inclinou-se, sorrindo, diante de Nastásia, e disse cheio de dignidade:

— Ardalion Alexandrovitch Ivolguine, um velho e desgraçado soldado, pai de uma família que se regozija com a esperança de poder contar dentro dela uma tão encantadora...

Não chegou a acabar. Ferdistchenko arrastou rapidamente uma cadeira atrás dele, e o general, que após o almoço sentia as pernas vacilantes, sentou-se, ou melhor, deixou-se cair na cadeira, sem, no entanto, perder a calma. Sentara-se em frente de Nastásia e levou os dedos finos aos lábios, num gesto lento e estudado, sublinhado por uma mímica de afabilidade. Era difícil fazer-lhe perder a sua habitual serenidade. À parte uma certa negligência no vestir, tinha ainda uma boa apresentação, e ele sabia-o muito bem. Outrora frequentara a melhor sociedade e fora apenas excluído dela há uns dois ou três anos. Desde então entregara-se sem temperança a alguns dos seus excessos; continuava, contudo, a manter a facilidade e o agrado das suas maneiras. Quanto a Nastásia, pareceu ficar encantada com o aparecimento de Ardalion, de quem, com certeza, tinha já ouvido falar.

— Tive conhecimento que o meu filho... — começou de novo o general.

— Ah, sim, o seu filho!... O senhor é também muito gentil! Por que não foi ainda a minha casa? É o senhor que se esconde, ou o seu filho que não o deixa ir? O senhor, pelo menos, pode ir a minha casa sem comprometer ninguém.

— Os rapazes do século dezenove e os seus pais... — tentou continuar o general.

— Nastásia Filipovna, dá-me licença para deixar sair o Ardalion, por momentos? Estão a procurá-lo — disse em voz alta Nina.

— Deixá-lo sair? Desculpem, mas tenho ouvido falar tanto nele, que desejava há muito conhecê-lo! Além disso, que afazeres poderá ele ter? Não está reformado? Então vai deixar-me general? Não, não se vá embora!

— Garanto-lhe que ele voltará, mas por agora necessita de repouso.

— Ardalion Alexandrovitch, dizem que tem necessidade de repouso — exclamou Nastásia com o ar rabugento de uma criança caprichosa a quem se tirou o brinquedo.

O general deu, assim, motivo a tornar a situação ainda mais ridícula.

— Ah, minha querida amiga! — proferiu ele num tom de mágoa, voltando-se solenemente para a esposa com a mão sobre o coração.

— Pensa também retirar-se, minha mãe? — perguntou Bárbara em voz alta.

— Não, Bárbara, eu fico até ao fim.

Nastásia ouviu certamente a pergunta e a resposta, mas a sua alegria não diminuiu por isso. Começou a fazer ao general uma série de perguntas, de tal forma que este, ao fim de cinco minutos, entusiasmado, começou a perorar entre as gargalhadas dos assistentes. Kolia agarrou o príncipe pela aba do casaco.

— Veja se é capaz de o levar... Peço-lhe! — E lágrimas de indignação brilharam nos olhos do pobre rapaz. — Maldito Gabriel! — acrescentou ele.

O general dava largas à sua ânsia de falar.

— É verdade que me ligou a Ivan Fiodorovitch Epantchine uma grande e velha amizade — informou ele, em resposta a uma pergunta de Nastásia. — Tal como os três mosqueteiros, Athos, Porthos e Aramis, éramos inseparáveis, eu, ele e o falecido príncipe, Léon Nicolaievitch Míchkin, cujo filho acabo de abraçar, após vinte anos de separação. Mas, ai de mim!... Um repousa no túmulo, morto pela calúnia e por uma bala, e o outro, este seu criado, continua a lutar contra a calúnia e as balas...

— Contra as balas? — exclamou Nastásia.

— Estão aqui, no meu peito, desde o cerco de Kars; quando o tempo está ruim, sinto-as muito bem. De resto, vivo filosofando, passeio, jogo às damas no café e leio o *Indépendance*[11] como um burguês retirado dos negócios. Quanto ao nosso Porthos, ou seja, Epantchine, cortamos as relações após uma história que se passou há três anos, no caminho de ferro, a propósito de um cachorro.

— De um cachorro? Que história é essa? — perguntou Nastásia, muito intrigada. — Uma história de um cachorro? Mas, permita-me que lhe pergunte, isso passou-se no caminho de ferro? — acrescentou ela, como a recordar-se de qualquer coisa.

— Oh, é uma história tão tola que nem vale a pena contá-la! Tratava-se da senhora Smith, a dama de companhia da princesa Bielokonski... Mas para que repeti-la?

— Gostaria que me contasse — pediu Nastásia com jovialidade.

— Eu também ainda não a ouvi contar! — observou Ferdistchenko. — *C'est du nouveau!*[12]

— Ardalion Alexandrovitch! — interveio de novo Nina num tom suplicante.

— Pai, por favor! — exclamou Kolia.

— Esta tola história conta-se em duas palavras — começou o general com vaidade. — Há dois anos, mais ou menos, havia-se inaugurado a linha do caminho de ferro de... Já eu estava

---

11 Em francês no original: Independência. (N. do R.)
12 Em francês no original: É novo! (N. do R.)

aposentado. Tendo alguns passos a dar, muito importantes, para deixar o serviço, comprei um bilhete de primeira classe e tomei o comboio. Instalei-me e comecei a fumar. Durante algum tempo saboreei o cigarro que tinha acendido... Estava só no compartimento e além disso é meio permitido, como todas as coisas, e depois depende das companhias que encontramos. O vidro da janela estava corrido. De súbito, mesmo no momento da partida, duas senhoras, com um cachorro, vieram sentar-se na minha frente. Haviam chegado atrasadas. Uma, luxuosamente posta, trazia um vestido preto, guarnecido a peles. Estas senhoras, que falavam inglês, tinham uma boa aparência e examinaram-me de cima a baixo. Naturalmente, continuei a fumar como se não estivesse ninguém. A bem dizer tive um momento de hesitação, mas continuei voltando-me para a janela, pois que estava aberta. O cachorro estava sobre os joelhos da senhora que trazia o vestido azul-claro; era um animalzinho da largura do meu punho, todo preto, exceto as patas que eram brancas; numa palavra, era um animal pouco vulgar. Trazia uma coleira de prata com uma inscrição. Não lhes prestei nenhuma atenção. Observei somente que as duas senhoras mostravam um ar aborrecido, sem dúvida devido ao fumo do meu cigarro. Uma delas começou a tapar o rosto com a mão em forma de concha. Mantive-me quieto e calado, visto elas nada dizerem. Se tivessem falado para me prevenir ou pedir-me que acabasse de fumar, então estaria muito bem. Temos língua, é para nos servirmos dela... Mas não, calaram-se! E, de repente, sem a menor advertência (afirmo-lhes: sem a menor advertência!) a senhora do vestido azul-claro, como que fora dela, tirou-me o cigarro das mãos e atirou com ele pela janela afora. O comboio seguia a toda a velocidade. Olhei-a, embrutecido. Era uma mulher original, de uma apresentação estranha; em resumo, era corpulenta, gorda, alta, loura, muito corada... mesmo em excesso. Dardejou sobre mim olhares faiscantes. Então, sem proferir uma palavra, com uma delicadeza estranha e pouco vulgar, requintada mesmo, estendi dois dedos para o cão, agarrei-o delicadamente pela nuca e atirei-o pela janela fora, atrás do meu cigarro! Ouviu-se um gemido apenas. E o comboio continuou a deslizar...

— É um monstro! — exclamou Nastásia, rindo às gargalhadas e batendo as mãos como uma criança.

— Bravo, bravo! — bradou Ferdistchenko.

Ptitsine, para quem a aparição do general fora igualmente muito desagradável, sorriu, no entanto, também. O próprio Kolia começou a rir e exclamou:

— Bravo!

— Eu tinha razão, três vezes razão! Estava no meu direito! — continuou o general entusiasmado e num tom triunfante. — Se é proibido fumar nas carruagens, maior razão existe para que nelas não viajem cães!

— Bravo, meu pai! — exclamou Kolia com entusiasmo. — Foi magnífico. Por mim, com certeza teria feito o mesmo. Não haja dúvida!

— E que fez a senhora? — perguntou Nastásia, impaciente por saber o final da história.

— A senhora? Ah, nesse ponto é que está o pior do caso — disse o general, carregando as sobrancelhas. — Sem proferir uma palavra, sem o mais simples protesto, deu-me uma bofetada. E, no entanto, digo-lhes: era uma mulher original, de uma originalidade requintada!

— E o senhor, que fez?

O general baixou os olhos, franziu as sobrancelhas, encolheu os ombros, cerrou os lábios, afastou os braços e, após um instante de silêncio, deixou cair estas palavras:
— Não me pude conter.
— E bateu-lhe com força?
— Evidentemente que não. O gesto fez escândalo, mas não bati com força. Fiz apenas um único movimento e somente para me defender. Porém o diabo tece-as: a dama do vestido azul-claro era nem mais nem menos do que uma governanta inglesa, ao serviço da princesa Bielokonski, ou qualquer coisa semelhante a uma amiga da casa; quanto à companheira, vestida de preto, era a mais nova das filhas solteiras da princesa, uma moça de trinta e cinco anos aproximadamente. Ora todos conhecem os laços de intimidade que unem a esposa do general Epantchine à família dos Bielokonski. As seis filhas da princesa tiveram uma síncope; choraram muito pelo seu cão favorito, vestiram-se mesmo de luto; a inglesa juntou as suas lágrimas às das meninas; em breve deram a impressão que era o fim do mundo! Como é natural fui-lhes apresentar os meus sentimentos e pedir-lhes desculpa; escrevi-lhes até mesmo uma carta. Porém não me receberam, nem aceitaram a minha carta. Daqui resultou o corte de relações com os Epantchine, assim como todas as outras portas se fecharam para mim.
— Mas, desculpe, como explica isto? — perguntou bruscamente Nastásia. Li, há cinco ou seis dias, essa mesma história no meu jornal habitual, o *Indépendance*. Exatamente a mesma história: passava-se numa das linhas de caminho de ferro das margens do Reno, entre um francês e uma inglesa; o mesmo cigarro tirado, o mesmo cão lançado pela janela fora, o mesmo resultado que na sua história!... Até mesmo o vestido azul--claro em que nos falou.
O general tornou-se vermelho. Kolia corou igualmente e escondeu a cabeça entre as mãos. Ptitsine voltou-se num gesto rápido. Apenas Ferdistchenko continuou a rir às gargalhadas. Quanto a Gabriel, que se mantivera calado durante esta cena, escusado será dizer que se sentiu, como se estivesse sobre brasas.
— Afirmo-lhe — balbuciou o general — que essa mesma história se passou comigo...
— É verdade — exclamou Kolia. — O meu pai teve uma questão com a senhora Smith, a governanta dos Bielokonski. Agora me lembro!
Nastásia teve a crueldade de insistir:
— Como! Uma aventura em tudo idêntica? Nas duas extremidades da Europa, a mesma história reproduziu-se com os mesmos detalhes, as mesmas particularidades, inclusivamente o vestido azul-claro... hei de mostrar-lhe o *Indépendance* belga.
— Note, contudo — esclareceu o general — que o fato se passou comigo dois anos antes...
— Sim, a única diferença está nisso! — disse Nastásia, rindo que nem uma tola.
— Meu pai, peço-lhe que venha comigo. Tenho duas palavras a dizer-lhe — disse Gabriel abatido e com uma voz trêmula, enquanto maquinalmente segurava o pai por um ombro. O seu olhar refletia um grande rancor.
Neste momento um forte toque de sineta retiniu no vestíbulo. Pouco mais seria preciso para lhe arrancar o cordão. Era o anúncio de uma visita pouco vulgar. Kolia correu a abrir a porta.

Capítulo 10

Num instante o vestíbulo encheu-se de uma multidão barulhenta. No salão tiveram a impressão de que tinham entrado muitas pessoas e que outras lhe embargavam o passo. Vozes e gritos misturavam-se; ouvia-se vociferar até na escada, e a porta de entrada tinham-na deixado aberta. Ante esta estranha invasão todos se entreolharam. Gabriel lançou-se pela sala adentro, mas já ali se encontravam diversos personagens.

— Ah, cá está o Judas! — exclamou uma voz conhecida do príncipe. — Viva o canalha do Gabriel!

— É ele, de fato! — confirmou um outro.

O príncipe não teve mais dúvida alguma: a primeira voz era a de Rogojine e a segunda era a do Lebedev.

Gabriel ficou como que aparvalhado no limiar da sala; silenciosamente e sem tentar embargar a passagem, viu entrar, um após outro, dez ou doze indivíduos, atrás de Parfione Rogojine. Esta multidão tão desigual não se distinguia apenas pela sua diversidade, mas também pela sua sem-cerimônia. Muitos deles não tinham tirado os sobretudos e as peliças. Se alguns não estavam completamente bêbados, tinham todos pelo menos o aspecto de bastante embriagados. Era de crer que tivessem tido necessidade de se sentirem fortes para entrar; sozinhos, nenhum deles teria tido coragem; juntos, incitaram-se de qualquer maneira uns aos outros. Era o Rogojine que vinha à frente do grupo, mas avançava com precaução. Tinha a sua ideia fixa e parecia contrariado, inquieto e irritado. Os outros eram apenas comparsas, ou melhor, era um bando levado para servir de guarda-costas. Além de Lebedev, reconhecia-se Zalinjev, todo frisado, que deixara a peliça no vestíbulo e se apresentava com uns ares de peralta astuto; junto dele, dois ou três personagens, apresentando-se da mesma forma, aparentavam ser filhos de negociantes. Um outro personagem envergava um fato de corte mais ou menos militar, e atrás deste vinham um homenzinho obeso, que ria sem cessar, um colosso de um metro e noventa de altura e de uma corpulência pouco vulgar, que afetava um ar moroso e taciturno e parecia ter uma grande confiança no vigor dos seus punhos, um estudante de medicina e um pequeno polaco de aspecto obsequioso. No patamar tinham ficado duas senhoras que, não ousando entrar, lançavam olhares furtivos para o vestíbulo. Kolia fechou-lhes a porta na cara e correu o ferrolho.

— Viva, seu vilão, seu Gabriel!... Hein, não esperavas ver chegar Parfione Rogojine? — repetiu este último, prostrando-se diante de Gabriel, à entrada do salão.

Porém neste momento avistou de súbito, mesmo na sua frente, Nastásia. Tornou-se evidente que nunca pensara encontrá-la naquele lugar, porque ao vê-la, produziu-lhe uma impressão extraordinária; empalideceu tanto, que até os lábios se lhe tornaram lívidos.

— É então verdade! — articulou em voz baixa, como se falasse consigo mesmo, enquanto a sua fisionomia refletia um certo abatimento. — Acabou-se!... E então? Que me respondes agora? — bradou a Gabriel, rangendo os dentes e fixando nele todo um olhar inflamado de raiva. — Então?

Faltou-lhe o ar e não sabia como exprimir-se. Sem bem saber o que fazia, entrou no salão. Só depois de haver transposto o limiar é que reconheceu Nina e Bárbara. Parou. A comoção deu lugar a uma forte confusão. Lebedev seguia-o como uma sombra: estava já bastante tomado pelo álcool. A seguir vinha o estudante, depois o gigante dos punhos temíveis. Zaliojev, cumprimentando à esquerda e à direita, e, ao grupo, o pequeno homenzinho obeso. A presença das senhoras reteve-os ainda um pouco e notou-se o seu constrangimento; por outro lado sentiu-se que este constrangimento desaparecia, logo que o momento de *começar* chegasse... Ao primeiro sinal de *começarem*, a presença das senhoras não impediria o escândalo.

— Como? Também aqui estás, príncipe? — exclamou Rogojine com um ar perturbado, mas ainda assim admirado pelo encontro.

— E sempre com as tuas polainas, não? — suspirou ele. Depois, esquecendo o príncipe, lançou um olhar sobre Nastásia, para junto da qual avançou, como que sob a influência de um ímã.

Esta observava, desde o primeiro momento, os recém-chegados com uma curiosidade um pouco inquietante.

Gabriel recuperou, enfim, o seu sangue-frio. Olhou severamente os intrusos e, dirigindo-se em especial a Rogojine, disse com uma voz forte:

— Mas, se me dão licença, que significa, afinal, tudo isto? Parece-me, cavalheiros, que não estão em nenhuma estrebaria!? Estão aqui, minha mãe e minha irmã...

— Já reparamos que a tua mãe e a tua irmã estão aqui — murmurou Rogojine entre dentes.

— Isso é escusado dizê-lo — secundou Lebedev para dizer qualquer coisa. O homem dos pulsos de Hércules, supondo com certeza que o seu momento era chegado, começou a grunhir.

— Mas que vem a ser isto! — gritou Gabriel num tom de voz mais forte. — Peço-lhes, por agora, o favor de passarem à outra sala. Uma vez aí, gostarei de saber...

— Estais vendo, não me reconhece! — chacoteou Rogojine sem se mexer. Então já não conheces o Rogojine?

— Creio tê-lo encontrado em algures, mas...

— Estais a ouvir? Encontrou-me em algures! Não há ainda três meses que perdi, jogando contigo, duzentos rublos que eram do meu pai. O velho morreu sem o saber... Tu, arrastaste-me ao jogo e Kniffe trocou as cartas. Já não te lembras? A coisa passou-se diante de Ptitsine. Basta que tire do bolso três rublos e os mostre; para os possuíres és capaz de te arrastares, com as mãos e os pés pelo chão, ou melhor, a quatro patas, até Vassilievski. Eis o homem que tu és! Nesta altura venho comprar-te todo inteiro, em troca de dinheiro que te contarei. Não repares nas minhas botas de camponês. Tenho dinheiro, meu amigo, tenho muito, muito dinheiro, que chega para te comprar inteirinho, a ti e à tua quadrilha. Se eu quiser compro-vos a todos. Todos! — repetiu, encolerizando-se, como se o entusiasmo se apossasse cada vez mais dele. — Vamos, Nastásia — gritou ele — não me afastes de ti! Diz-me apenas uma palavra: casas com ele ou não?

Rogojine fez esta pergunta no tom de voz de um homem que, em desespero de causa, se dirige a uma divindade, mas enchendo-se também da ousadia do condenado à morte, que já nada tem a esperar. Aguardou a resposta numa angústia mortal. Nastásia mediu-o com um olhar irônico e orgulhoso. Porém, olhando Bárbara, Nina e depois Gabriel, mudou de atitude.

— Por maneira nenhuma. Mas que tem o senhor com isso? Que ideia foi essa de me fazer tal pergunta? — respondeu ela com uma voz calma e grave, onde perpassara um tanto de assombro.

— Não? Não?! — exclamou Rogojine num transporte de alegria. — Então não é? Disseram-me que... Ah, ouça... Nastásia! Dizem que está noiva do Gabriel. Eu repliquei-lhes: Gabriel? Será possível? Com cem rublos compro-o eu, todo inteiro. E dando-lhe mil rublos, o máximo três mil, para que renuncie a este casamento, eclipsar-se-á na véspera do dia do noivado e entregar-me-á a noiva. Não é verdade, meu grande imbecil? Não é verdade que aceitarás os três mil rublos? Pega, aqui os tens! Vim para te fazer assinar a tua desistência. Disse que te compraria e compro-te.

— Sai já daqui, seu bêbado! — exclamou Gabriel, que corava e empalidecia alternadamente.

Este insulto levantou uma brusca explosão de vozes. Havia já minutos que o bando de Rogojine aguardava a primeira palavra de provocação. Lebedev segredou com extrema animação qualquer coisa ao ouvido de Rogojine.

— Tens razão! — respondeu este. — Tens razão, meu alma danada! Muito bem!... Seja, Nastásia Filipovna! — gritou ele, fixando nela um olhar feroz, enquanto a sua timidez dava lugar à insolência. — Aqui tens dezoito mil rublos.

E atirou sobre a mesa, diante dela, um maço de notas embrulhadas num papel branco.

— Aí tens — acrescentou ele. — E... ainda há mais!

Não ousou acabar o que queria dizer.

— Não! Não faças nada ainda! — segredou-lhe Lebedev, cujo rosto exprimia consternação; era fácil adivinhar que uma tão grande soma o horrorizava e que a sua ideia era propor uma oferta menor. — Não, meu amigo, nestas questões és um imbecil! Não vês que é uma loucura... Por agora é evidente que somos dois tolos — acrescentou, estremecendo bruscamente, sob um olhar inflamado de Nastásia. Depois prosseguiu, num tom de profundo arrependimento: — Ah, fiz asneira em te escutar!

Vendo o aspecto desconsolado de Rogojine, Nastásia começou a rir:

— Dezoito mil rublos para mim? Como o tirano se revela nesta oferta!... — disse ela de súbito, num tom de desenvolta familiaridade, ao mesmo tempo que se levantava do divã, como para se ir embora. Gabriel observava esta cena com o coração gelado.

— Bem, então ofereço quarenta mil. Quarenta em vez de dezoito! — exclamou Rogojine. Ivan Ptitsine e Biskoup prometeram mandar-me quarenta mil rublos às sete horas. Quarenta mil, dinheiro à vista!

Apesar de a cena estar tomando um aspecto francamente ignóbil, Nastásia parecia estar satisfeita e não se decidia a partir, como se tivesse resolvido prolongá-la o mais possível. Nina e Bárbara tinham-se também levantado; amedrontadas e caladas, aguardavam o desfecho. Os olhos de Bárbara pareciam chamejar. Nina, porém, sentia-se deveras apoquentada: tremia e parecia estar prestes a desfalecer.

— Se o caso é esse, vou até cem mil. Hoje mesmo os ponho à tua disposição. Ptitsine, ajuda-me a reuni-los, que eu saberei recompensar-te.

— Perdeste a cabeça? — murmurou Ptitsine, aproximando-se dele e agarrando-o por um braço. Estás bêbado? Se assim continuas, mandam chamar a polícia. Onde julgas que estás?

— Fanfarronadas de um bêbado — disse Nastásia, como que a provocá-lo.

— Não, não estou bêbado. O dinheiro ser-te-á entregue esta tarde. Ptitsine, alma de usurário, procede como quiseres, mas tens que me trazer os cem mil rublos esta tarde, aqui. Provar-te-ei que não terás que te arrepender — gritou Rogojine numa brusca exaltação.

— Mas que significa, atinai tudo isto! — exclamou Ardalion num tom ameaçador e colérico, e dando alguns passos para Rogojine.

Esta pergunta do velho, que até aí permanecera calado, lançou, por seu turno, uma nota de comicidade no ambiente. Ouviram-se risos.

— Donde saiu ainda este? — chasqueou Rogojine. — Vem conosco, meu velho! Dar-te-emos de beber até ficares satisfeito!

— Isto é desprezível! — exclamou Kolia, chorando de vergonha e indignação.

— Será possível que entre nós não haja ninguém capaz de pôr na rua esta desavergonhada?! — gritou de repente Bárbara, tremendo de cólera.

— É comigo essa desavergonhada? — ripostou Nastásia com um riso provocador. — E eu que, como uma doida, vinha convidá-los para a minha festa... Olhe como a sua irmã me trata, Gabriel.

Este ficou um instante como que atônito ao ouvir o insulto da irmã. Contudo, quando viu que na verdade Nastásia se retirava, correu como um louco sobre Bárbara e, num acesso de raiva, agarrou-a com violência por uma das mãos.

— Que fizeste? — gritou ele, olhando-a como se quisesse fulminá-la. Estava positivamente desvairado e incapaz de refletir.

— O que fiz? E tu para onde me arrastas? Querias talvez, homem vil, que lhe fosse pedir perdão porque insultou a tua mãe e porque veio desonrar a nossa casa? — objetou Bárbara, fixando o irmão com um olhar de triunfo e desafio.

Por momentos permaneceram frente a frente. Gabriel continuava a apertar a mão da irmã. Por duas vezes Bárbara tentou libertar-se, mas embora tivesse empregado todas as suas forças, nada conseguiu. Cedendo então a um acesso de brusco desespero, cuspiu no rosto do irmão.

— Aqui está uma moça que não tem medo — exclamou Nastásia. — Bravo, Ptitsine! Apresento-lhe os meus cumprimentos.

Gabriel sentiu que uma nuvem lhe toldava a vista; esquecendo-se por completo dos seus deveres, ergueu a mão para a irmã. Visava-lhe o rosto. Uma outra mão, porém, a segurou, antes de chegar ao fim. O príncipe interpusera-se.

— Então! Basta de insultos! — disse ele com voz firme, se bem que uma violenta comoção o fizesse tremer dos pés à cabeça.

— O quê!... Será castigo meu o ter de encontrar sempre este homem no meu caminho! — bradou desesperado Gabriel no cúmulo do furor. Imediatamente largou a mão de Bárbara e com o braço livre vibrou uma violenta bofetada no rosto do príncipe.

— Ah, meu Deus! — gritou Kolia, batendo as mãos.

De todos os lados ecoaram exclamações. O príncipe empalideceu. Olhou Gabriel bem de frente, com uma estranha expressão de censura; os lábios tremiam-lhe e esforçava-se por articular uma palavra; crispava-os um sorriso singular e insólito.

— Por mim, pouco importa! Agora a ela não consentirei que lhe toque — disse por fim a meia-voz.

Em seguida, não podendo mais conter-se, afastou-se bruscamente de Gabriel, escondendo o rosto entre as mãos e retirando-se para um canto do salão. Com o rosto voltado para a parede, acrescentou numa voz entrecortada:

— Oh, como deve sentir vergonha do que fez!

Com efeito, Gabriel parecia aniquilado. Kolia correu para o príncipe e abraçou-o; depois Rogojine, Bárbara, Ptitsine, Nina, todos, até mesmo o velho Ardalion, rodearam o príncipe.

— Isto não é nada, não é nada! — respondia ele a todas as palavras de simpatia que lhe dirigiam, mas mantendo nos lábios o mesmo sorriso estranho.

— Ele há de arrepender-se! — exclamou Rogojine. — Hás de envergonhar-te, Gabriel, de teres insultado uma tal... ovelha — não foi capaz de encontrar outra palavra. — Príncipe, meu senhor, mande passear esta gente e vamo-nos! Ides ver como Rogojine sabe amar!

Nastásia ficara também muito impressionada com o gesto de Gabriel e a resposta do príncipe. O rosto, habitualmente pálido e pensativo, e que tão mal se harmonizava com o riso contrafeito que afetara durante toda esta cena, parecia animado de um novo sentimento. Sentia muitas vezes melindres em o revelar e não conseguira fazer desaparecer do seu semblante a expressão irônica que há minutos refletia.

— De fato, já vi a sua fisionomia em qualquer parte — articulou num tom sério, recordando a pergunta que a si própria já fizera.

— E a senhora não tem vergonha da sua conduta? E então tal como acaba de se revelar? Será possível? — exclamou o príncipe, todo vermelho, num tom vivo, mas de afetuosa censura.

Nastásia ficou surpreendida. Sorriu, com um sorriso que procurava dissimular uma certa atrapalhação; depois, após ter fitado o rosto de Gabriel, saiu do salão. Não tinha chegado ainda ao vestíbulo, quando de repente se voltou e, aproximando-se da Nina, pegou-lhe nas mãos e levou-as aos lábios.

— É verdade. Não sou, de fato, tal como me apresentei —murmurou ela, rapidamente, enquanto um forte calor lhe coloriu as faces, vivamente.

Dito isto, deu meia-volta e saiu tão precipitadamente que ninguém compreendeu a razão por que voltara atrás. Notaram apenas que ela murmurou qualquer coisa ao ouvido da Nina e pareceu-lhes ter visto beijar-lhe a mão. Bárbara, no entanto, tudo viu, tudo observou e o seu olhar acompanhou-a cheio de admiração.

Gabriel, tendo voltado a si, correu para ir acompanhá-la, mas Nastásia havia já saído. Alcançou-a apenas nas escadas.

— Não me acompanhe! — gritou-lhe ela. — Adeus, até logo. Espero que não falte, não é assim?

Voltou à sala confuso e preocupado. Um penoso enigma, mais penoso que os anteriores, oprimia-lhe a alma. A imagem do príncipe passava-lhe igualmente pelo espírito... Estava tão absorvido nas suas reflexões, que mal viu sair o bando do Rogojine. Seguiram em balbúrdia atrás dele e passaram tão perto de Gabriel, que estiveram prestes a empurrá-lo de encontro à porta. Todos discutiam ruidosamente qualquer coisa. Rogojine seguia ao lado do Ptitsine e falava com tal insistência de um assunto qualquer, que devia ser urgente e de gravidade.

— Perdeste desta vez, Gabriel — gritou, ao passar ao lado dele.

Gabriel seguiu-os com um olhar inquieto.

Capítulo 11

O príncipe saiu do salão e fechou-se no seu quarto, Kolia acorreu rápido para o confortá-lo. O pobre rapaz parecia não mais poder separar-se dele.

— Fez bem em ter vindo — disse ele — porque a discussão vai recomeçar entre eles e agora ainda mais acesa. Todos os dias na nossa casa sucede isto e é sempre esta Nastásia a causa.

— Há na sua casa, Kolia, muitos sofrimentos acumulados — observou o príncipe.

— Sim, muitos. Pelo que nos diz respeito, nada há a dizer; nós é que somos os culpados. Porém tenho um grande amigo que é ainda mais infeliz. Quer que lhe apresente?

— Da melhor vontade. É um dos seus companheiros?

— Sim, mais ou menos... hei de explicar-lhe tudo isso mais tarde... A Nastásia é uma beldade... Em que está a pensar? Nunca a tinha visto até hoje, e no entanto tinha grande interesse em e conhecê-la . É simplesmente fascinante. Perdoaria tudo ao Gabriel se a desposasse por amor; mas no fim das contas ele vende-se, simplesmente! Por que fará ele isso? O mal só está nesse ponto.

— O seu irmão não me agrada nada.

— Eu acredito... Depois do que se passou... Quer que lhe diga? Há uma espécie de preconceitos que não posso tolerar. Basta que um doido, um imbecil ou mesmo um malfeitor, fora de si, dê uma bofetada num homem, logo este fica desonrado para toda a vida e não mais pode lavar essa ofensa, que não seja com sangue, a menos que lhe peçaperdão de joelhos!... No meu entender é um absurdo e um despotismo. É o tema de um drama de Lermontov, o *Baile de máscaras*[13], drama que me parece estúpido, ou mais propriamente, não é natural, não é humano. É verdade que é uma obra dos seus tempos da juventude.

— A sua irmã agradou-me muito.

— Como ela cuspiu na cara do Gabriel! A Bárbara é uma moça destemida. Se o senhor não a imitou, estou convencido que não foi por falta de audácia. Mas ela aí está: falai no mau... Sabia bem que ela havia de vir; tem um coração nobre, se bem que, como todos nós, tem também os seus defeitos.

— Não tens nada que fazer aqui — começou por dizer Bárbara.

---
13 Peça teatral criada pelo escritor romântico russo Mikhail Lermontov (1814-1841). (N. do R.)

— Vai procurar o pai. Aborrece-o, príncipe?

— De maneira nenhuma, pelo contrário.

— Então para que se exalta a senhora minha irmã? É o seu lado mau. A propósito, suponho que o pai foi com o Rogojine. É provável que se tivesse arrependido a tempo. Pelo sim, pelo não, vou ver o que se passou com ele — acrescentou Kolia, dirigindo-se para a porta.

— Graças a Deus consegui levar a minha mãe e deitá-la. Depois não houve mais nenhuma novidade. O Gabriel está envergonhado e muito pesaroso. E tem razão. Que lição! Vim aqui para lhe agradecer mais uma vez ainda, príncipe, e perguntar-lhe se já conhecia a Nastásia antes do encontro de hoje.

— Não, não conhecia.

— Então como pôde dizer que ela não era realmente o que parecia? Porque, afinal, parece que adivinhou. É possível, de fato, que não seja o que parece! Porque, quanto ao mais, não chego a compreendê-la. O que é certo é que a sua intenção era ofender-nos. Nada mais claro. Já há tempos que eu ouvia contar coisas estranhas a seu respeito. Todavia, se vinha convidar-nos, que razão a teria levado a comportar-se daquela forma para com a minha mãe? Ptitsine, que a conhece muitíssimo bem, afirma que não compreendeu nada da sua conduta. E a sua atitude em relação a Rogojine? Quando respeitamos as pessoas, não nos é permitida uma tal linguagem e na casa do nosso... A minha mãe está também muito inquieta a seu respeito.

— Isto não é nada — respondeu o príncipe com um gesto evasivo.

— E como é que se mostrou tão dócil para com o senhor?

— Dócil em quê?

— O senhor disse-lhe que a sua atitude estava a ser vergonhosa, e logo ela mudou. Tem qualquer ascendente sobre ela, príncipe — acrescentou Bárbara com um sorriso discreto.

Abriram a porta e com grande surpresa dos dois apareceu Gabriel.

Ao ver a irmã não se desconsertou. Após uma curta paragem no limiar da porta, avançou, resoluto, para o príncipe.

— Príncipe — disse com vivacidade e sob o domínio de uma forte comoção —, agi covardemente. Desculpe-me, meu caro amigo.

A sua fisionomia exprimia uma profunda mágoa. O príncipe olhou-o surpreendido e não respondeu.

— Então, perdoe-me... perdoe-me! — implorou Gabriel num tom impaciente. Se assim o quiser, beijo-lhe as mãos.

O príncipe sentiu-se comovido. Sem proferir uma única palavra abriu-lhe apenas os braços. Abraçaram-se então sinceramente.

— Nunca supus que tivesse este digno procedimento — disse, por fim, o príncipe, respirando a custo.

— Supunha-me incapaz de reconhecer os meus erros? Como é que me convenci há pouco que o senhor era um idiota... O senhor observa coisas que os outros nunca notaram. Poder-se-ia conversar contigo... mas é preferível abstermo-nos disso.

— Há ainda uma outra pessoa ante a qual deve apresentar a sua *mea culpa*[14] — disse o príncipe, indicando Bárbara.

— Não, porque ela é o meu inimigo de todos os momentos. Pode estar certo, príncipe, que já fiz muitas vezes essa experiência; ela não é capaz de perdoar com sinceridade! — exclamou num ímpeto Gabriel, afastando-se da irmã.

— Pois bem, desta vez perdoo-te! — disse bruscamente Bárbara.

— E irás esta noite à casa da Nastásia?

— Se exiges, vou. Porém sê tu próprio a julgar-me: terei agora o direito de lá ir?

— Ela não é o que julgamos. Reparaste nos enigmas que ela apresentou?!... É uma mulher que se deleita com estranhas brincadeiras — disse Gabriel, zombeteiro.

— Sei bem que não é o que parece. Sei também que recorre a estranhas brincadeiras; mas quais? E depois, Gabriel, viste por quem ela me tomou. É verdade que beijou a mão da nossa mãe. Foi uma brincadeira, se assim quiseres; mas com isso zombou de tu... Acredita, meu irmão, setenta e cinco mil rublos não pagam estas humilhações. Falo-te assim, porque sei que és ainda acessível aos bons sentimentos. Vamos, não vás mais à casa dela! Toma cautela! Isso só pode prejudicar-te.

Acabando de proferir estas palavras, ficou muito comovida e saiu rapidamente do quarto.

— Aqui está como são todos! — disse Gabriel num tom de ironia. — Pensa que não sei tudo isso? Sei-o muito melhor do que eles todos.

E sentou-se na intenção evidente de prolongar a visita.

— Se é tão perspicaz — perguntou o príncipe com uma certa timidez — como pode suportar semelhantes tormentos, sabendo que de fato setenta e cinco mil rublos não chegam para o indenizar?

— Não é disso que falo — balbuciou Gabriel. — Mas, já agora, diga-me o que pensa. Tenho curiosidade de saber a sua opinião. Setenta e cinco mil rublos valem ou não que se suportem estes tormentos?

— Em minha opinião não valem.

— Muito bem! Isso já eu sabia. Mas será vergonhoso casar nessas condições?

— Vergonhosíssimo.

— Está bem!... No entanto, fique sabendo que casarei assim e que isto é já coisa decidida. Há pouco tive um momento de hesitação, mas passou... É inútil falar. Sei o que vai dizer...

— Não, não vou dizer o que supõe. Todavia o que me admira é a sua extraordinária presunção.

— Em quê? Onde vê presunção?

— A presunção que mostra, supondo que a Nastásia não hesitará em o desposar e em considerar a coisa já como realizada. Por outro lado, mesmo que ela case consigo, como poderá ter a certeza de que os setenta e cinco mil rublos sejam seus? É verdade que neste assunto há muitos detalhes que ignoro.

Gabriel fez um brusco movimento na direção do príncipe.

---

[14] Expressão derivada do latim, traduzida como "minha culpa" em português. A frase é originária da prece da Igreja Católica conhecida como "Confissão". (N. do R.)

— Com certeza não sabe tudo — disse ele. — Se houvesse apenas isso, como suportaria eu o fardo?

— Parece-me que estas coisas ocorrem muitas vezes assim: casa-se por dinheiro e no fim o dinheiro fica nas mãos da mulher.

— Ah, não! O meu caso não será assim! Há nele certas circunstâncias — murmurou Gabriel com um ar absorto e inquieto. — Porém quanto à sua resposta, não tenho dúvida alguma — apressou-se a acrescentar. — De onde conclui que ela me recusará a sua mão?

— Não sei absolutamente nada, senão o que vi. Além disso Bárbara acaba de dizer...

— Ora, ora! As mulheres são assim; só sabem apenas contar. No que diz respeito a Rogojine, Nastásia zombou dele, pode estar certo, e eu percebi-o bem. Era evidente. Comecei por ter algumas apreensões, mas agora vejo bem o que há. Talvez me queira objetar com a atitude da Nastásia para com minha mãe, o meu pai ou Bárbara?

— E contigo mesmo.

— É possível; porém trata-se de um velho rancor de mulher, e nada mais. Nastásia é deveras irritável, desconfiada e egoísta. Possui a alma de um funcionário a quem não é concedido o direito de promoção. Tinha desejos de se mostrar e manifestar em público todo o seu desprezo pelos meus... e por mim; é verdade, não o nego! Apesar disso, porém, casará comigo. Não faz ideia das fantasias de que o amor-próprio humano é capaz. Assim, essa mulher, tem-me por um ser desprezível, porque, sabendo que ela é amante de um outro, não faço mistério de que caso com ela pelo seu dinheiro. E ela, por sua vez, não duvida que há um outro que vai agir com mais baixeza ainda: há de agarrar-se a ela, dir-lhe-á bonitas frases sobre o progresso e a emancipação e servir-se-á da questão feminina para tentar levá-la pela beiça. Fará crer (e com que facilidade!) a essa vaidosa pecadora que a desposa apenas pela sua nobreza de coração e pelo seu infortúnio, embora na realidade não veja outra coisa que não seja o seu dinheiro. Se lhe desagrado é porque me recuso a fingimentos, a afetações; para ela é o que é preciso!... Porém que pensa ela do outro? Se se presta a essa comédia, por que me despreza? Será por que não me submeto e continuo orgulhoso? Pois bem, havemos de ver.

— Não a teria amado antes disto?

— Sim, no princípio. E amei-a bastante... Há mulheres que só podem ser amantes. Não quero com isto dizer que ela tivesse sido a minha. Se quer viver em paz, viverei em paz; se se revolta, abandoná-la-ei imediatamente e deitarei mão do dinheiro. Não pretendo ser ridículo; é a primeira das minhas preocupações.

— No entanto parece-me que a Nastásia é inteligente — observou prudentemente o príncipe. — Por que razão, pressentindo essas misérias, cairá ela na armadilha? Podia muito bem fazer outro casamento. É isto que me admira.

— É que, pela parte dela, há também um cálculo. O príncipe não sabe tudo... Aqui... Ou por outra, está convencida que a amo doidamente, juro-lhe. E quer saber? Acredito na verdade que ela me ame, à sua maneira, naturalmente; conhece o provérbio quem bem ama, bem castiga? Toda a sua vida me olhará como um déspota (e é talvez disso que ela precisa) mas não deixará de me amar à sua maneira. Está disposta a isto, porque é assim o seu caráter. É uma mulher russa em toda a acepção da palavra, afirmo-lhe; porém reservo-lhe uma surpresa. A cena que se passou há pouco com a Bárbara, ainda que inesperada, não o foi em vão para mim: a Nastásia está convencida da minha afeição e notou há momentos que, por ela, era capaz de romper com todos os meus laços de família. Não sou tão tolo como posso parecer, creia. E a propósito, não acha que estou me tornando um grande linguarudo? Meu caro príncipe, não tenho de fato razões para tanto desabafar consigo. Todavia, se me agarrei a ti, foi precisamente porque o senhor foi o primeiro homem com coração que encontrei. Quando digo que me agarrei a ti, não queira ver nesta expressão um duplo sentido. Não me julga pela cena de há pouco, não é verdade? É talvez a primeira vez, desde há dois anos, que falo de coração nas mãos. Deve encontrar aqui pessoas muitíssimo desonestas; não há ninguém mais honesto que o Ptitsine... Parece-me que se está a rir ou estarei eu enganado? As pessoas vis gostam das pessoas honestas, não sabia? E eu, eu sou... Mas antes de tudo, porque sou eu um homem vil, diga-me com franqueza? Por que, a principiar na Nastásia, todos me tratam assim? Creia que, à força de os ouvir a eles e de a ouvir a ela, acabei por me qualificar dessa mesma maneira. E nesse ponto onde está a minha baixeza?

— Por mim não o considerarei mais como um homem vil — disse o príncipe. — Há pouco tomei-o na verdade por um celerado, mas logo a seguir causou-me uma intensa alegria; eis uma boa lição, que prova não se devem julgar as pessoas, sem ter visto provas. Agora constato que não só não é um celerado, como também não o podemos considerar como um homem depravado. A meu ver, é um homem de tipo normal, com um caráter bastante fraco e desprovido de toda a originalidade.

Gabriel teve um sorriso estranho, mas nada respondeu. O príncipe, compreendendo que a sua opinião não lhe agradava, sentiu-se perturbado e ficou igualmente calado.

— Meu pai pediu-lhe dinheiro? — perguntou, muito corado, Gabriel.

— Não.

— Com certeza deve pedir-lhe; não lhe dê. Quando penso que já foi um homem às direitas! Ainda me lembro desse tempo. Era recebido então na melhor sociedade. Como é rápido o declínio destes velhos mundanos! Logo que um revés da fortuna os atinge e já não têm os meios de outros tempos, consomem-se como a pólvora. Afianço-lhe que não mentia assim antigamente; teve sempre, sem dúvida, uma certa tendência para a ênfase. E eis ao que se transformou essa tendência! É evidente que a causa é o vinho. Sabe que ele tem uma amante? Tornam-se desnecessárias as mentiras inocentes. Não posso compreender a paciência da minha mãe. Contou-lhe o bloqueio de Kars? Narrou-lhe a história de um cavalo cinzento que tinha e que começou a falar? Porque, acredite, perde-se a declamar tais mentiras.

E Gabriel começou bruscamente a rir.

— Que tem, para me olhar assim? — perguntou ele de repente ao príncipe.

— Surpreende-me ao vê-lo rir com tanta indiferença. Francamente, tem ainda um riso de criança. Há pouco, ao vê-lo reconciliar-se comigo, ouvi-lhe dizer: se quiser, beijar-lhe-ei as mãos, tal como uma criança que pede perdão. Pareceu-me então que deve ser ainda capaz de falar e agir com a sinceridade de uma criança. Mas, por ou-tro lado, envolve-se sem receio nesta tenebrosa história dos setenta e cinco mil rublos. Na verdade tudo isto leva aos confins do absurdo, à inverossimilhança.

— A que conclusão quer chegar?

— A esta: ilude-se com facilidade e faria melhor tornando-se mais circunspecto. Bárbara tem, talvez, razão quando o repreende.

— Ah, sim! A moralista... Sei muito bem que sou ainda um rapaz — retorquiu Gabriel com arrebatamento e a prova é que tenho contigo estas conversas. Mas, príncipe, não é nunca por cálculo que me embrenho nestes assuntos — continuou ele, num tom de homem ferido no seu amor-próprio. — Se agisse por cálculo, com certeza me enganava, porque sou ainda muito fraco de cabeça e de caráter. E a paixão que me arrasta e arrasta-me para um fim, que para mim é capital. Imagina que se estivesse na posse dos setenta e cinco mil rublos, que passaria a andar de carruagem? Ah, não! Acabaria de usar a velha sobrecasaca que uso há três anos e poria termo a todas as minhas relações de passatempo. No nosso país, se bem que toda a gente tenha uma alma de usurário, ainda se pode seguir um caminho direito, sem deslizes. Eu não me desviarei. O essencial é segui-lo até ao fim. Aos dezessete anos Ptitsine dormia à luz das estrelas e vendia canivetes; começou a vida com um copeque. Agora possui setenta mil rublos; mas por que preço e que ginástica precisou fazer! É precisamente para me poupar a essa ginástica que quero começar a vida com um certo capital. Dentro de quinze anos dir-se-á: "aí está Ivolguine, o rei dos judeus. Disse há pouco que sou um homem sem originalidade. Note, meu caro príncipe, que para as pessoas do nosso tempo e da nossa raça não há nada que mais o ofenda do que ouvir dizer que se tem falta de originalidade, que se é um fato de caráter, que se tem falta de talento especial, que se é uma pessoa vulgar. O senhor nem sequer me deu a honra de me alinhar ao lado dos requintados ociosos, e repare que foi por isso que há pouco estive tentado a devorá-lo. Ofendeu-me mais cruelmente do que o Epantchine, quando me julgou capaz de lhe vender a minha mulher (suposição imbecil, visto que esta conjectura nunca foi assunto tratado entre nós). Meu caro, isto exaspera-me há muito tempo e é para isso que preciso de dinheiro. Quando o tiver, fique sabendo que serei um homem o mais original possível. O que existe de mais vil e odioso no dinheiro é que ele concede o próprio talento. Há de ser assim até à consumação dos séculos. Dir-me-á que tudo isto é uma infantilidade, ou talvez poesia. Seja!... Isso não será muito alegre para mim, mas tomá-lo-ei como bom, irei até ao fim. *Rira bien qui rira le dernier*[15]. Por que há de o Epantchine ofender-me assim? É por animosidade? De maneira alguma! É muito simplesmente porque nada valho na sociedade. Mas quando me tornar alguém... Entretanto não passemos daqui. Está na hora!... Kolia já por duas vezes espreitou à porta; é para o chamar para o jantar. Eu vou-me. Virei vê-lo de tempos a tempos. Não ficará mal na nossa casa; agora até tratá-lo-emos como um membro da nossa família. Mas tome cautela em não me trair. Tenho a impressão que havemos de ser, o senhor e eu, amigos e inimigos ao mesmo tempo. Diga-me, príncipe: se lhe tivesse beijado as mãos, como sinceramente tive a intenção de fazer, não acha que em seguida me tornaria seu inimigo?

— Sem dúvida alguma; porém nunca para sempre, porque não teria a força bastante para preservar, dado que me tinha perdoado — disse o príncipe rindo e após um momento de reflexão.

— Ah, ah! Contigo é preciso ter toda a cautela. Há na sua própria reflexão uma ponta de veneno. Quem sabe? O senhor talvez seja meu inimigo, não? A propósito... ah, ah! Esquecia-me de lhe fazer uma pergunta: ter-me-ia enganado, notando que a Nastásia lhe agrada bastante?

---

15 Em francês no original: Quem ri por último rirá melhor. (N. do R.)

— Sim, agrada-me.

— Está apaixonado por ela?

— Eu... não.

— Contudo o senhor corou e mostrou um ar de infeliz. Está bem, não o importunarei mais. Até à vista! Fique sabendo, no entanto, que essa mulher é séria. Acredita nisto? Supõe que ela vive com Totski? De maneira nenhuma! Há muito tempo que as suas relações terminaram. E reparou como ela está às vezes pouco à vontade? Ainda há pouco teve momentos em que se sentia perturbada. É a verdade. É este o gênero de mulheres que gostam de dominar. Bem, adeus!

Gabriel, que estava já de bom humor, saiu com bem mais segurança do que aquela com que entrara. O príncipe ficou imóvel, pensando durante uma dezena de minutos.

Kolia meteu de novo a cabeça pela porta entreaberta.

— Hoje não janto, Kolia. Almocei bastante e muito tarde na casa dos Epantchine.

Kolia decidiu-se a entrar e entregou ao príncipe um envelope. Era uma carta lacrada do general. Podia notar-se no rosto do rapaz que era com uma certa aversão que se desempenhava desta missão.

O príncipe leu a carta, levantou-se e pegou ao chapéu.

— É a dois passos daqui — disse Kolia confuso. — Está sentado lá embaixo, tendo na mão uma garrafa. Não compreendo como conseguiu obter a bebida a crédito. Príncipe, seja gentil e não diga cá em casa que lhe dei essa carta! Jurei já umas poucas vezes que nunca mais me encarregaria destas missões, mas não tive coragem para lhe dizer que não. Por outro lado, peço-lhe que não se zangue com ele; dê-lhe alguns centavos e que fique tudo por aí.

— Já tinha tenções de ver o seu pai, Kolia. Preciso mesmo falar-lhe... numa certa questão... Vamos!

Capítulo 12

Kolia conduziu o príncipe até às proximidades do *Perspectiva Liteinaia,* um café no rés do chão do qual se havia instalado Ardalion. Estava sentado num pequeno canto, à direita, e na forma do costume tinha na sua frente uma garrafa e o *Indépendance* belga nas mãos. Esperava o príncipe; logo que o avistou, pousou o jornal e entrou em animadas e verbosas explicações, das quais o príncipe quase nada compreendeu, pois o general estava já um pouco bêbado.

— Não tenho os dez rublos que me pede — interrompeu o príncipe — mas tenho aqui uma nota de vinte e cinco; troque-a e dê-me quinze, pois de outra maneira ficarei sem um único copeque.

— Oh, não duvido e pode estar certo que lhes dou já...

— Outra coisa: tenho um pedido a fazer-lhe, general. Nunca foi à casa da Nastásia?

— Eu? Se fui à casa dela? Pergunta-me isso a mim? Sim, já lá fui várias vezes, meu caro! — exclamou o general, num acesso de fatuidade e de ironia triunfante. — Deixei de vê-la logo que pensei que não devia encorajar uma aliança inconveniente. O senhor mesmo verificou, o senhor foi testemunha do que se passou há pouco; fiz tudo quanto um pai pode fazer, entenda-se, um pai terno e indulgente. Agora ver-se-á entrar em cena um pai totalmente diferente. Veremos se um velho militar, cheio de méritos, triunfa da intriga, ou se uma camélia desavergonhada entra no seio de uma nobre família.

— Queria justamente perguntar-lhe se, como conhecido seu, poderia me levar esta noite à casa da Nastásia. Preciso em absoluto ir lá esta noite, tenho um assunto grave a expor-lhe, mas não sei como me introduzir em sua casa. Há pouco fui-lhe apresentado, porém não fui convidado, e trata-se de uma reunião por convites. Estou, no entanto, disposto a saltar sobre todas as questões de etiqueta e a arriscar-me ao ridículo, logo que entre, de uma maneira ou de outra.

— O senhor vem mesmo a propósito, meu bom amigo! — exclamou o general encantado. Não foi para esta bagatela que lhe pedi que aqui viesse — continuou ele, metendo o dinheiro no bolso.

— Se lhe pedi para vir, foi para fazer de ti o meu companheiro de armas, numa expedição à casa ou talvez até contra a Nastásia. O general Ivolguine e o príncipe Míchkin! Que efeito vai produzir nela esta aliança! Mostrar-lhe-ei, sob a aparência de uma visita de cortesia, devido ao seu aniversário, a minha vontade, ainda que não diretamente, mas sim de uma forma oblíqua, que vem a dar no mesmo. Nessa altura o Gabriel deverá ver o que tem a fazer: escolherá entre um pai cheio de méritos e... por assim dizer... Suceda o que suceder... A sua ideia é muitíssimo interessante. Iremos às nove horas. Ainda temos muito tempo diante de nós!

— Onde mora ela?

— Longe daqui e perto do Grande Teatro, na casa Muitovtsov, quase sobre a praça, no primeiro andar... Não deve estar muita gente, qualquer que seja a festa, e devemos ir em boa hora.

A noite caíra havia muito e o príncipe continuou sempre a ouvir o general contar um grande número de anedotas, que começava, mas nunca terminava. A chegada do príncipe pedira uma nova garrafa, que levara uma hora a beber; pediu depois uma terceira, que igualmente acabou. É provável que tivesse tido tempo para contar a história de quase toda a sua vida. Por fim o príncipe levantou-se e disse que não podia esperar mais tempo. O general bebeu as últimas gotas da garrafa e levantou-se também. Saiu em seguida do aposento, cambaleando.

O príncipe estava desesperado. Não podia compreender como tão estupidamente havia confiado. No fundo não tinha nunca, na verdade, confiado no general; contara com ele apenas para conseguir entrar na casa de Nastásia, mesmo que tivesse de provocar algum escândalo; não contara nunca, em todo caso, que o escândalo fosse grande. Ora, o general estava completamente embriagado; falava sem descanso, com uma grande eloquência comovedora e com lágrimas que enterneciam os que o ouviam. Terminava sempre por cair na conduta dos membros da família, que tanto estimava, e que parecia chegada ao momento de ter um termo. E assim se aproximaram do fim da Liteinaia. O degelo continuava; um vento triste, tépido e doentio, soprava pelas ruas; os carros de cavalos patinhavam na lama; as ferraduras dos cavalos ressoavam ruidosamente nos pavimentos. A multidão taciturna e transida dos peões deambulava pelos passeios. Aqui e ali encontravam-se alguns bêbados.

— Vê, nos primeiros andares destas casas, umas janelas muito iluminadas? — disse o general. — Vivem nelas os meus camaradas; e eu, cujos serviços e trabalhos passados me elevam muito acima deles, vou a pé até ao Grande Teatro fazer uma visita a uma mulher de vida suspeita! Um homem que tem treze balas no peito. Não acredita? E, contudo, foi expressamente por minha causa que Pirogov telegrafou para Paris e deixou por um momento Sebastopol em pleno cerco; durante esse tempo, Nélaton, o médico da corte francesa, obtinha, à força de muitas instâncias e no interesse da ciência, um salvo conduto para vir à cidade cercada examinar os meus ferimentos. Este acontecimento é conhecido das mais altas autoridades. Quando me viu, exclamou: Ah, é este o Ivolguine, que tem trèze balas no corpo. Vê esta casa, príncipe? É lá que vive, no primeiro andar, o meu velho companheiro, o general Sokolovitch, com a sua muito nobre e numerosa família. E a esta casa, a três outras em Nevski e a duas outras ainda na cidade de Moskaia, que se reduz hoje o meu círculo de relações. Bem entendido, das minhas relações pessoais, Nina submete-se desde há muito às circunstâncias. Por mim, vivo com as minhas relações... e distraio-me, por assim dizer, na sociedade culta dos meus antigos companheiros e subordinados, que continuam a adorar-me. Este general Sokolovitch. Olhe, há muito tempo que não vou à casa dele e que não vejo a Ana Fiodorovna. Sabe, caro príncipe, quando não se recebe, perde-se maquinalmente o hábito de visitar os outros! E, contudo... hum... Parece-me cético... No entanto, por que não hei de eu apresentar o filho do meu melhor amigo e companheiro de infância a esta encantadora família? O general Ivolguine e o príncipe Míchkin! Vai lá ver uma moça encantadora... Uma não, mas duas, ou melhor três, que são o que há de melhor na cidade e na nossa sociedade: beleza, educação, gostos... questões femininas, poesia, tudo isto harmonizando-se na mais graciosa combinação. E sem contar que cada uma destas moças tem pelo menos oitenta mil rublos de dote em dinheiro, o que não faz nenhum mal...; passo igualmente sobre as questões femininas e sociais... Depressa, é de toda a necessidade que eu o apresente. O general Ivolguine e o príncipe Míchkin! Numa palavra... Que efeito!

— Já? Agora mesmo? Mas esquece... — começou o príncipe.

— Não, não esqueço coisa nenhuma. Subamos. Por aqui, por esta suntuosa escadaria. Admira-me que o guarda não esteja; é talvez dia de festa, saiu. Nem sei como ainda não despediram um tal bêbado. Este Sokolovitch deve-me toda a felicidade da sua vida e todos os sucessos da sua carreira. Deve-mos a mim e a mais ninguém, mas... estamos chegados.

O príncipe seguiu o general docilmente, sem protestar a fim de não o irritar e na esperança de que o general Sokolovitch e toda a família se desvaneceriam pouco a pouco, com uma miragem inconsistente, de forma, a dentro em pouco, poderem tranquilamente descer só os dois as escadas. Porém, com grande consternação sua, viu passados segundos, dissipar-se essa esperança; o general arrastava-o pela escadaria com a segurança de um homem que conhece realmente os inquilinos e, a cada instante, referia-lhe detalhes biográficos e topográficos de uma precisão matemática. Enfim, chegados ao primeiro andar, pararam à direita, diante da porta de um luxuoso compartimento. No momento em que o general deitou a mão à campainha, o príncipe tomou a resolução de se esconder. Um estranho fato o reteve durante um minuto.

— Está enganado, general — disse ele. — O nome que está escrito na porta é Koulakov, e o senhor pensa que está a bater à porta dos Sokolovitch.

— Koulakov? Koulakov não rima com coisa alguma. Este compartimento é o do Sokolovitch, e eu estou à porta da casa do Sokolovitch. Que vá para o diabo esse Koulakov. Já vêm abrir.

Com efeito, alguém abriu a porta. Um criado apareceu e anunciou que os senhores não estavam em casa.

— Que pena!... É como um fato expresso! — repetiu várias vezes Ardalion, com uma expressão do mais profundo desgosto. — Diga aos seus patrões, meu amigo, que o general Ivolguine e o príncipe Míchkin desejavam apresentar-lhe as suas homenagens e que ficaram muito, muitíssimo desgostosos...

Neste momento apareceu no vestíbulo uma outra pessoa, uma senhora que aparentava quarenta anos, mais ou menos, vestindo um roupão escuro e que devia ser, talvez, a governanta ou dama de companhia. Tendo ouvido pronunciar os nomes do general Ivolguine e do príncipe Míchkin, aproximou-se da porta com um ar furioso e desconfiado, e disse, fitando, em especial, o general:

— Maria Alexandrovna não está em casa; foi à casa da avó com a menina, com Alexandra Mikhailovna.

— Alexandra também saiu? Oh, meu Deus, que pouca sorte! Imagine, minha senhora, que me sucede sempre esta infelicidade. Peço-lhe muito humildemente para lhe transmitir as minhas homenagens; quanto à Alexandra Mikhailovna, diga-lhe que se lembre... breve, ou antes, faça-lhe saber que desejo de todo o coração a realização dos votos que expandiu na quinta-feira à noite, ao ouvir a balada de Chopin. Ela deve recordar-se... Diga-lhe também, que lhe desejo isto de todo o coração!... O general Ivolguine e o príncipe Míchkin!

— Não me esquecerei — respondeu a senhora, ao mesmo tempo que fez uma reverência, com um aspecto de mais firmeza.

Enquanto desciam a escada, o general continuou a desabafar o seu desgosto de não ter encontrado ninguém e de não ter podido proporcionar ao príncipe umas relações tão encantadoras.

— Sabe, meu caro, tenho um pouco a alma de um poeta. Ainda não o notou? Além disso..., além disso parece-me que nos enganamos na casa — disse de súbito e com uma maneira estranha. — Os Sokolovitch, lembro-me agora, não vivem ali e parece-me até que devem estar nesta altura em Moscovo. Sim, cometi um pequeno erro, mas isto não tem importância...

— Queria que o meu amigo me dissesse apenas uma coisa — observou o príncipe com um ar abatido — deverei, em definitivo, deixar de contar com o senhor, e ir só à casa da Nastásia.

— Deixar de contar comigo? Ir só à casa dela? Mas como pode fazer tal pergunta, se se trata dum assunto importante para mim e de que depende num alto grau a sorte de toda a minha família? Meu amigo, conhece mal o Ivolguine! Quem diz "Ivolguine" diz "pode apoia-te em Ivolguine", tal como a uma parede, dizia-se já de mim no esquadrão onde aprendi as minhas primeiras coisas militares. Preciso apenas entrar, de passagem e por um minuto só, numa casa onde a minha alma encontra, desde há uns anos, uma calmaria para as suas amarguras e desgostos...

— Quer passar por sua casa?

— Não! Quero... passar pela casa da viúva do capitão Terentiev, meu antigo subordinado... e mesmo amigo... É lá, na casa da viúva, que sinto renascer a minha alma e esqueço as aflições da minha vida de homem privado e pai de família... Ora como hoje sinto precisamente o meu moral muito abatido, vou...

— Parece-me que — murmurou o príncipe — mesmo sem isso, fiz uma grande asneira em tê-lo desencaminhado hoje!... Além disso neste momento está... Adeus!

— Mas não posso, não posso deixá-lo partir assim, meu amigo! — exclamou o general, todo enfático. — Trata-se de uma viúva, mãe de família. Profere palavras tão comoventes que enternecem todo o meu ser. A visita que lhe quero fazer demorará apenas cinco minutos; entro nesta casa, quase como se fosse na minha; lavar-me-ei, arranjar-me-ei um pouco e depois iremos de carro até ao Grande Teatro. Pode estar certo de que tenho grande necessidade do senhor toda a noite... E nesta casa aqui; estamos chegados... Olhe, o Kolia, não está já lá? Sabes se a Marta Borissovna está em casa, ou ainda agora chegaste?

— Oh, não! — respondeu Kolia, que se encontrava no vão da porta quando eles chegaram. — Estou aqui já há muito tempo. Estive fazendo companhia ao Hipólito, que está pior. Ficou de cama esta manhã. Desci nesta altura para ir a uma loja comprar um baralho de cartas. Marta espera-o. O meu pai, porém... está num estado... — concluiu, depois de ter observado atentamente o aspecto e a atitude do general. — Enfim, tanto pior!

No encontro com o Kolia decidiu o príncipe a acompanhar o general à casa da Marta, mas só por um instante. Kolia era-lhe necessário, pois estava resolvido, custasse o que custasse, separar-se do general. Não podia perdoar-se por ter pensado anteriormente em o associar aos seus planos. Demoraram bastante tempo a chegar ao quarto andar, subindo pela escada de serviço.

— Quer lhe apresentar o príncipe? — perguntou Kolia na escada.

— Sim, meu amigo, quero apresentar-lhe... O general Ivolguine e o príncipe Míchkin!... Mas, diz-me, qual é a disposição da Marta?

— O pai deve saber que era melhor lá não ir. Ela está muito zangada! Há três dias que o pai não põe cá os pés, e ela precisa de dinheiro. Por que lhe prometeu? Há de ser sempre o mesmo! Agora arranje-se lá!

Chegados ao quarto andar, pararam diante de uma porta baixa. O general, bastante receoso, empurrou o príncipe diante dele.

— Eu fico por aqui — balbuciou depois — quero fazer uma surpresa...

Kolia foi o primeiro a entrar. Uma senhora de uns quarenta anos, muitíssimo pintada, de chinelos e de casaco, com os cabelos ligados em pequenas tranças, apareceu no vestíbulo. Imediatamente descobriu a surpresa projetada pelo general. Avistou-o logo atrás do príncipe, pois em altos brados começou a exclamar:

— Até que enfim surgiste, meu homem mesquinho e cheio de astúcia. O meu coração pressentiu a tua chegada.

— Entremos — balbuciou o general ao príncipe. — Isto não é sério.

E continuou a sorrir com um ar inocente.

Mas aquilo era a sério. Mal transpuseram o vestíbulo, escuro e baixo, e entraram numa sala estreita e mobilada com uma meia dúzia de cadeiras de palha e duas mesas de jogo, logo a dona da casa retomou o seu ar lamuriento que parecia ser-lhe habitual.

— Não tens vergonha, não tens vergonha, carrasco da minha família, monstro bárbaro e furioso! Despojaste-me por completo de tudo, tiraste-me tudo quanto tinha de meu e não achas ainda bastante! Até quando terei de te suportar, homem sem vergonha e sem honra?

— Marta Borissovna! Marta Borissovna!... É... o príncipe Míchkin. O general Ivolguine e o príncipe Míchkin! — balbuciou o general, todo trêmulo e desconcertado.

— Creia — disse bruscamente a viúva, voltando-se para o príncipe — creia que este homem sem vergonha não tem tido piedade dos meus filhos, dos meus órfãos! Tudo pilhou, tudo roubou, tudo vendeu, tudo comprometeu: nada escapou. Que hei de eu fazer com as letras que aceitaste, homem manhoso e sem consciência? Responde, impostor, responde, coração insaciável! Onde, onde encontrarei com que alimentar os meus filhos órfãos? Olhe para ele! Está tão bêbado que nem se aguenta nas pernas... Que mal teria eu feito a Deus? Responde-me, infame impostor!

O general, porém, não estava em estado de fazer frente a tal tempestade.

— Marta Borissovna, aqui tens vinte e cinco rublos. E tudo quanto te posso fazer com a ajuda do meu nobre amigo!... Príncipe, sinto-me cruelmente desprezível! Enfim... é a vida... E agora... desculpe-me, sinto-me fraco — continuou o general, que, postado no meio do aposento, saudava para todos os lados. — Sinto-me desfalecer, desculpe-me. Lénotchka, minha querida, traz-me depressa uma almofada...

Lénotchka, uma pequena de oito anos, correu logo à procura de uma almofada, que colocou sobre um sofá já usado e revestido de um tecido ensebado. O general sentou-se na intenção de dizer ainda muitas coisas, mas logo que se sentou, encostou-se a um dos lados, voltou-se para a parede e adormeceu num sono profundo. Com um gesto cerimonioso e triste, Marta indicou ao príncipe uma cadeira ao lado da mesa de jogo: ela própria sentou-se diante dele e, com a face direita apoiada a uma das mãos, começou a suspirar silenciosamente, ao mesmo tempo que o examinava. Três crianças, duas moças e um rapaz, dos quais Lénotchka era a mais velha, aproximaram-se da mesa, acomodaram-se e puseram-se também a olhar o príncipe. Kolia apareceu, saindo de um aposento vizinho.

— Estou muito contente por vê-lo aqui, Kolia — disse-lhe o príncipe. — Não poderá ajudar-me? Preciso em absoluto ir hoje à casa da Nastásia. Tinha pedido a Ardalion para me acompanhar lá, mas ele está a dormir. Indique-me o caminho, porque não sei nem as ruas, nem a direção em que fica. Tenho aqui apenas a morada dela: é na casa Muitovtsov, perto ao Grande Teatro.

— A Nastásia? Ela nunca morou perto do Grande Teatro e, se quer que lhe diga, meu pai nunca pôs os pés na casa dela. Admira-me que o senhor tivesse acreditado no quer que ele lhe tenha dito. Ela vive na praça *Cinq-coins,* perto da Veadimirskaia. É muito mais perto. Quer que o acompanhe lá já? São agora nove e meia. Eu levo-o lá.

O príncipe e Kolia saíram. Pobres deles. O príncipe não tinha um centavo para poder tomar um carro; tiveram que ir a pé.

— Gostaria de lhe ter apresentado o Hipólito — disse Kolia. — É o filho mais velho da viúva do capitão. Está doente e teve que ficar todo o dia no quarto. É um rapaz estranho e de uma sensibilidade à flor da pele; tenho a impressão que ficaria incomodado se tivesse de enfrentá-lo quando o senhor chegou... Por mim tenho menos escrúpulos que ele; em sua casa é a mãe que se comporta mal, e na minha é o meu pai; há uma certa diferença porque não é uma desonra para o sexo masculino o conduzir-se mal. Pode considerar-se isto como um predicado a levar ao ativo do predomínio do sexo forte. Hipólito é um excelente rapaz, mas é escravo de certos preconceitos.

— Diz-se que está tuberculoso?

— Parece-me; talvez morra muito em breve, e tanto melhor para ele. No seu lugar só desejaria de fato a morte. Os irmãos e as irmãs, aquelas crianças que o senhor viu, excitam a sua piedade. Se pudéssemos, se tivéssemos dinheiro, separar-nos-íamos das nossas famílias e viveríamos juntos num outro andar. É o nosso sonho. Sabe que, quando lhe contei há pouco o que lhe sucedeu esta manhã, ficou encolerizado e declarou-me que um homem que sofre uma ofensa, sem pedir reparação pelas armas, é um covarde? De resto, ele é muito irritável e tive que renunciar a toda a discussão com ele. Vejo que a Nastásia o convidou logo a ir à casa dela!

— Não convidou, e é isso justamente o que tenho pena.

— Então como pode lá ir? — exclamou Kolia, parando no meio do passeio. — E depois... trata-se de uma reunião de festa; e o senhor vai sem ter sido convidado e com essa roupa?

— Por Deus, não sei muito bem como hei de entrar. Se me receberem, tanto melhor. Caso contrário, ficará tudo perdido. Quanto à minha roupa, que posso eu fazer?

— E o senhor tem alguma questão a tratar? Ou vai lá unicamente para *passer le temps*[16] em nobre companhia?

— Não é bem propriamente falar, pois trata-se de uma questão... É-me difícil defini-la, mas...

— O fim da sua visita não me interessa. O que me importa saber é que não foi convidado e não vai a esta reunião pelo simples prazer de se misturar com um mundo encantador de semimundanas, de generais e de usurários. Se fosse esse o caso, perdoe-me que lhe diga, príncipe, rir-me-ia de ti e só desprezo sentiria por ti. Aqui há infelizmente muito pouca gente honesta; não há mesmo ninguém que mereça uma estima sem reservas. Vemo-nos obrigados a tratar as pessoas com superioridade, visto que pretendem que tenhamos com elas todas as deferências, a começar pela Bárbara. E, já, notou, príncipe, que no nosso século só há aventureiros? É, em especial, o caso da nossa querida Pátria. Não compreendo como isto chegou a este ponto. Parecia que a ordem estabelecida era sólida, mas verifica-se que

---

16 Em francês no original: Passar o tempo. (N. do R.)

em pouco tempo tudo mudou. Todo o mundo constata esta descida de moral; lê-se em toda a parte. Denunciam-se os escândalos. Cada um, em sua casa, faz-se acusador. Os pais são os primeiros a bater em retirada e a corar da moral dos tempos que correm. Não se cita, em Moscovo, o caso daquele pai que exortava um filho a nunca recuar ante coisa alguma para ganhar dinheiro? A imprensa divulgou este fato, veja meu pai, um general... no que se tornou? E contudo, fique sabendo, o meu parecer é que é um homem honesto. Dou-lhe mesmo a minha palavra. Todo o mal vem da nossa desarmonia e da sua queda para o vinho. É esta a verdade. Inspira-me mesmo piedade, mas não me atrevo a dizê-lo porque isso faria rir toda a gente. E no entanto é bem um caso lamentável!... E as pessoas sãs de espírito, que são elas, então? Todas umas usurárias, da primeira à última! O Hipólito desculpa a usura; pretende que ela é necessária; fala do ritmo econômico, do fluxo e do refluxo, que sei eu? O diabo leve tudo isto! Faz-me muita pena, mas é uma lástima. Imagine que a mãe, uma viúva de um capitão, recebe dinheiro do general, o qual lhe dá sob a forma de pequenos empréstimos semanais. É desanimador. Sabe que a minha mãe (entenda-me bem!) a minha mãe, Nina Alexandrovna, a esposa do general, manda ao Hipólito dinheiro, roupas interiores, etc.? Vai mesmo até ao ponto de auxiliar os outros irmãos, por intermédio do Hipólito, porque a mãe não lhes liga importância alguma. A Bárbara faz a mesma coisa.

— Ora, veja!... E diz que não há gente honesta e moralmente fortes que há só usurários! Ora, o meu amigo acaba de mencionar duas pessoas boas: sua mãe e Bárbara. Socorrer os desgraçados em tais condições não é uma prova bastante de força moral?

— A Bárbara age por amor-próprio, por vaidade, para não ficar atrás da mãe. Quanto à minha mãe... de fato... estimo-a. Sim, louvo e justifico o seu procedimento. O próprio Hipólito sente-se comovido, apesar do seu coração ser de uma dureza quase absoluta. Ao princípio ria-se porque julgava que a minha mãe fazia isto por baixeza. Agora chega por vezes a ficar emocionado. Hum... Chama a isto força moral. Tomei nota! Gabriel não sabe que a mãe os ajuda; qualificaria esta sua bondade de encorajamento ao vício.

— Ah, o Gabriel não sabe? Parece-me que há ainda muitas outras coisas que ele ignora — deixou escapar o príncipe, como que falando consigo.

— Sabe, príncipe, que estou simpatizando muito contigo? Não me pode esquecer que o senhor haja chegado ainda só hoje à nossa terra!

— E o Kolia também me agrada muito.

— Escute, como conta arranjar a sua vida aqui? Eu hei de procurar agora uma colocação e ganharei dinheiro. Poderemos, se assim quiser, alugar um quarto juntamente com o Hipólito e vivermos os três juntos. O general irá ver-nos.

— Com muito gosto, mas falaremos depois nisso. Por agora estou muito... muito desorientado. Que diz? Já chegamos? É nesta casa? Que suntuosa entrada! E tem porteiro! Por minha fé, Kolia, não sei bem como me hei de sair disto.

O príncipe tinha um ar de desalentado.

— Contar-me-á isso amanhã. Não se deixe intimidar. Deus queira que seja bem-sucedido, porque eu partilho de todas as suas convicções! Até sempre. Volto para baixo e vou contar tudo ao Hipólito. Deve ser recebido, há de sê-lo. Não tenha receio. É uma mulher das mais originais. Suba essa escada. É no primeiro andar. O porteiro indicar-lhe-á.

Capítulo 13

Subindo a escada, o príncipe, deveras inquieto, esforçava-se por se encorajar. "O pior que me pode acontecer", pensava, "é não ser recebido e ficarem fazendo uma errada opinião da minha pessoa, ou ser recebido e ver toda a gente rir-se de mim... Isto são, porém, coisas sem importância". E, de fato, este não era o lado mais temível da aventura, em comparação com a preocupação de saber o que faria na casa de Nastásia e porque é que lá ia, questão para a qual não encontrava nenhuma resposta satisfatória. Mesmo no caso de poder em qualquer ocasião dizer a Nastásia: não case com esse homem e não se perca; não é a ti que ele ama, mas ao seu dinheiro; disse-me ele, e a Aglaé Epantchine disse-me também; vim aqui para lhe comunicar, esta intervenção seria conforme todas as regras da boa educação?

Uma outra pergunta duvidosa se apresentava, e tão importante era, que o príncipe tinha medo de pensar nela; não podia, nem ousava admiti-la, como não chegava a formulá-la, mas punha-se vermelho e tremia todo, logo que ela lhe aflorava ao espírito.

Todavia, a despeito de todas estas inquietações e dúvidas, acabou por entrar e perguntar por Nastásia Filipovna.

Esta ocupava um compartimento de grandeza medíocre, mas admiravelmente mobiliado. Durante os cinco anos que vivera em S. Petersburgo, tinha tido, no começo, um tempo em que Athanase Ivanovitch gastara com ela dinheiro sem conta; foi no período em que esperava ainda fazer-se amar por ela e em que pensava seduzi-la, sobretudo pelo conforto e pelo fausto, sabendo quanto o hábito do luxo é contagioso e como é difícil desfazermo-nos dele quando pouco a pouco se converteu numa necessidade. Nestas circunstâncias Totski tinha se prendido inabalavelmente à velha tradição, que deposita uma confiança ilimitada na toda poderosa sensualidade. Nastásia, longe de repudiar o luxo, adorava-o, mas — e aí está o estranho do seu caso — nunca se deixava dominar por ele, e parecia estar sempre prestes a abandoná-lo. Tinha tido mesmo o cuidado de o dizer várias vezes a Totski, o que produzia neste uma desagradável impressão.

De resto havia nela muitas outras coisas que faziam igual impressão sobre Totski, e que o levavam mesmo a desprezá-la. Sem falar já na vulgaridade das pessoas que admitia por vezes na sua intimidade ou que ela tinha a tendência de cativar, manifestava certas propensões extravagantes. Havia nela uma coexistência bizarra de dois gostos opostos, que a tornavam capaz de amar ou de se servir de objetos ou meios cujo emprego pareceria inadmissível a uma pessoa distinta e de uma cultura cuidada. Totski ficou provavelmente encantado, ao vê-la afetar por vezes uma ignorância cândida e de bom tom, e não duvidar, por exemplo, que as camponesas russas tivessem como ela roupa de cambraia. Foi com o fim de criar nela esta mentalidade que visou toda a educação que recebeu sob a direção de Totski, o qual se mostrara, neste campo, um homem de larga compreensão. Porém, pobre dele!, os resultados dos seus esforços foram baldados. Ficara todavia nela qualquer coisa que se impunha ao próprio Totski: era uma originalidade rara e sedutora, uma espécie de domínio que o atraía e prendia, mesmo agora que todas as suas esperanças a respeito dela se haviam esgotado.

O príncipe foi recebido por uma criada de quarto — Nastásia só tinha mulheres ao seu serviço — e viu com surpresa que era acolhido, sem ter de fazer o pedido para que o anunciasse. Nem as suas botas sujas, nem o seu chapéu de abas largas, nem o seu capote sem mangas, nem o seu aspecto lastimável inspiraram à criada a menor hesitação. Ajudou-o a tirar o capote, pediu-lhe que esperasse na sala de visitas e apressou-se a ir anunciá-lo.

A sociedade reunida na casa de Nastásia representava o círculo normal das suas relações. Havia mesmo menos pessoas que nos aniversários anteriores. Nesta sociedade distinguia-se, então, e em primeiro lugar, Athanase Ivanovitch Totski e Ivan Fiodorovitch Epantchine; estavam os dois muito amáveis, mas dissimulavam a custo a inquietação que lhes causava o esperarem pela declaração que Nastásia prometera fazer-lhes a respeito de Gabriel. Bem entendido, à parte estes dois convivas, estava também Gabriel, igualmente muito sombrio, inquieto e de uma falta de delicadeza quase completa; mantinha-se a maior parte do tempo de pé e não descerrava nunca os dentes. Não se decidira a trazer a Bárbara, cuja ausência nem sequer fora notada por Nastásia; por contrapartida, esta, logo após as primeiras palavras de boas-vindas, lembrou-se da cena que se dera entre o príncipe e ele. O general, que nada sabia ainda, pareceu interessar-se. Então Gabriel relatou com laconismo e discrição, mas com toda a franqueza, o que se passou, e acrescentou que havia ido ter com o príncipe a fim de lhe pedir desculpa. Logo a seguir declarou, num tom veemente, que estava muito perturbado, para que tivesse, Deus sabe por quê, tratado o príncipe por idiota. Era de uma opinião absolutamente oposta e ia ao ponto de considerar o príncipe como um homem capaz de um dito sensato.

Nastásia ouviu esta opinião com muita atenção e observou curiosamente Gabriel; contudo a conversa desviou-se para Rogojine que havia desempenhado um tão importante papel durante todo aquele dia. Os seus gestos e as suas palavras pareciam despertar igualmente um vivo interesse em Totski e Ivan. Soube-se que o Ptitsine podia dar algumas informações particulares sobre o Rogojine, com o qual discutira, até perto das nove horas da tarde, assuntos de interesse. Rogojine queria a todo o custo que lhe arranjasse cem mil rublos naquele mesmo dia. Verdade que estava bêbado, observou Ptitsine. Arranjar-lhe-emos os cem mil rublos, ainda que seja com custo; somente não sei bem se será para esta noite e se será a soma completa; vários corretores trabalham nesse sentido: Kinder, Trépalov e Biskoup. "Está pronto a pagar qualquer comissão. Bem entendido, a sua agitação é devida à bebedeira", concluiu Ptitsine.

Todas estas novidades foram acolhidas com interesse, mas a impressão dominante foi de tristeza. Nastásia mantinha-se calada, evidentemente desejosa de não desvendar o seu pensamento; Gabriel fazia o mesmo. O general Epantchine era, talvez, no seu foro íntimo, o mais ansioso de todos, porque o colar de pérolas que oferecera pela manhã fora recebido com uma delicadeza glacial, onde perpassava mesmo uma ponta de ironia. De todos os convivas, só Ferdistchenko se sentia bem-humorado, tal como convinha a um dia de festa. Soltava ruidosas gargalhadas, que não tinham outro motivo senão justificar o seu papel de bobo. O próprio Totski, que passava por ser um conversador encantador e fluente, e que dirigia quase sempre as conversas nestas reuniões, estava visivelmente fora dos seus hábitos e sob a influência de uma insólita preocupação.

Os outros convidados, se bem que pouco numerosos, eram: um velho professor, de aspecto miserável e que fora convidado ninguém sabia por quê; um rapaz novo, desconhecido de todos os outros, muitíssimo tímido e obstinadamente calado; uma senhora pintada, que poderia ter quarenta anos e que deveria ter sido atriz; enfim, uma bonita e forte moça, vestida com gosto e elegância, mas que se mantinha num surpreendente mutismo. Todos, bem longe de poderem animar a conversa, não sabiam nada de que falar.

Nestas condições a aparição do príncipe caiu como uma bomba. O anunciar do seu nome causou um movimento de surpresa e fez surgir estranhos sorrisos em alguns rostos, sobretudo quando a expressão de espanto de Nastásia confirmou que nem sequer havia sonhado convidá-lo. Porém, a esta expressão sucedeu bruscamente um ar de satisfação, tão visível, que a maior parte dos assistentes logo se dispôs a acolher o inesperado conviva com demonstrações de boa disposição.

— Suponho que este rapaz tenha agido por ingenuidade — declarou Ivan. — Regra geral é sempre bastante perigoso encorajar esta espécie de fantasia. No entanto, neste momento, não teve má ideia em vir, por mais original que seja esta maneira de se fazer receber. Talvez nos distraia, pelo menos dentro da medida do possível.

— Tanto mais que foi ele próprio que se deu por convidado — apressou-se a acrescentar Ferdistchenko.

— Que quer dizer com isso? — perguntou secamente general, a quem o Ferdistchenko não agradava nada.

— Quero dizer que devia pagar a sua quota parte — explicou o outro.

— Dá-me licença: um príncipe Míchkin não é um Ferdistchenko — retorquiu o general num tom de despeito, pois que ainda se não conformara com a ideia de se encontrar com Ferdistchenko na mesma sociedade e aí ser tratado no mesmo pé de igualdade.

— Ah, general, queira perdoar! — respondeu Ferdistchenko, sorrindo. — Tenho aqui direitos especiais.

— Que direitos especiais?

— Tive a honra de o explicar a esta sociedade na última reunião; e se me permite, vou repeti-lo a vossa excelência. Queira supor que toda a gente tem espírito e que eu não tenho. Para me compensar, obtive a autorização de dizer a verdade; é do conhecimento de todos, com que não há como os pobres de espírito para dizerem a verdade. Por outro lado, sou muito vingativo, sempre por causa da minha falta de espírito. Suporto com humildade todas as ofensas, enquanto o que me ofende não cair na adversidade; porém ao primeiro sinal de desgraça, rememoro a afronta que me fez e vingo-me, escouceio-o, conforme disse de mim, um dia, Ptitsine, o qual, segundo parece, nunca atirou coices a ninguém. Vossa excelência conhece a fábula de Krylov: *O leão e o burro?* Pois bem, é o senhor e eu. A fábula foi escrita para nós.

— Parece-me que recomeça a não ficar bom do juízo, Ferdistchenko — disse o general exasperado.

— Por que se zanga vossa excelência? — retorquiu Ferdistchenko, que julgando não se poder conter, tentava levar a brincadeira o mais longe possível. — Nada receie, pois sei comportar-me: se disse que éramos, o senhor e eu, o leão e o burro de Krylov, claro está que atribuo à minha pessoa o papel de burro e reservo para vossa excelência o de leão, do qual o fabulista diz:

Um Possante leão, terror das florestas,
Perdeu as forças, envelhecendo.
Eu, excelência, sou o burro.

— Perfeitamente de acordo nesse ponto — disse o general sem pensar.
Todo este diálogo, bastante atrevido, fora travado, intencionalmente, por Ferdistchenko, ao qual se reconhecia, de fato, o direito de passar por bobo.
Ele próprio exclamara um dia:
— Se me toleram e recebem aqui, é com a condição de eu falar assim. Quando não, vejamos: será possível que se receba num salão um homem como eu? Não tenho ilusões sobre isso. Pode-se chegar ao ponto de sentar um Ferdistchenko ao lado de um cavalheiro tão requintado como Totski? Só há uma explicação para isto: é que não me fazem sentar ao seu lado, apenas pela inverossimilhança do fato...
Nastásia parecia gostar destas brincadeiras, se bem que fossem de mau gosto e atrevidas demais, indo às vezes muito além de todas as marcas. Aqueles que costumavam frequentar a sua casa tinham de suportar Ferdistchenko. Este supunha, e talvez com razão, que o recebiam, porque, desde o primeiro encontro, Totski o julgara insuportável. Por seu lado, Gabriel tivera que suportar inúmeros vexames da parte de Ferdistchenko, na esperança de conciliar, por esse meio, as boas graças de Nastásia.
— Vou pedir ao príncipe que comece por nos cantar uma romanza da moda — concluiu Ferdistchenko, olhando Nastásia para ver o que ela diria.
— Não o aconselho e peço-lhe para não disparatar — disse ela num tom seco.
— Ah! Se ele beneficia de uma proteção particular, todo eu serei mel...
Nastásia, sem o ouvir, levantou-se para ir ao encontro do príncipe.
— Lastimo — disse ela, parando bruscamente diante dele — na minha precipitação, ter me esquecido totalmente de o convidar e por outro lado sinto-me encantada por me proporcionar agora a ocasião de lhe agradecer pela sua iniciativa.
Proferindo estas palavras, olhou com atenção o príncipe e esforçou-se por ler na sua fisionomia qual a razão deste seu procedimento.
O príncipe pensava responder qualquer coisa a estas amáveis palavras, mas sentiu-se tão perturbado e impressionado que não pôde articular uma única frase. Nastásia notou essa atrapalhação com prazer. Estava nessa noite vestida a rigor e de tal forma, que fazia um efeito extraordinário. Tomou o príncipe pelo braço e conduziu-o até junto dos seus convidados.
Antes de transpor a porta do salão, o príncipe parou de repente e, dominado por uma grande comoção, murmurou precipitadamente:

— Tudo em ti é perfeito, até mesmo a sua própria magreza e palidez... Nunca no meu espírito nasceria a ideia de desejar vê-la de outra maneira. Tinha um tal desejo de vir aqui que... Eu... desculpe-me...

— Não tenho nada a desculpar — disse ela rindo. — Isso seria tirar ao seu gesto toda a originalidade. Porque parece que há razão para se dizer que o senhor é um homem original. Disse há pouco que me achava perfeita, não é assim?

— É verdade.

— A despeito da sua maestria na arte de adivinhar, desta vez enganou-se. Hei de demonstrar-lhe daqui a pouco...

Apresentou o príncipe aos seus convidados, dos quais uma boa parte o conhecia já. Totski apressou-se a dirigir uma palavra amável ao recém-vindo. Todos se animaram um pouco, e a conversa e os risos recomeçaram. Nastásia fez sentar o príncipe ao seu lado.

— Mas, afinal, que há de espantoso na aparição do príncipe? — exclamou Ferdistchenko, cuja voz abafava todas as outras. — A coisa é clara e fala por si mesma.

— Não é nada clara, nem nada faladora — comentou Gabriel, saindo de súbito do seu mutismo. — Tenho observado hoje o príncipe quase continuamente, isto é, desde o momento em que viu pela primeira vez o retrato da Nastásia sobre a mesa de Ivan. Recordo-me de ter tido então uma impressão, que nesta altura se confirma plenamente e à qual o próprio príncipe, diga-se de passagem, me deu razão.

Gabriel proferiu esta frase num tom o mais sério possível, sem o mínimo ar de gracejo, num tom até mesmo triste, o que causou uma certa surpresa.

— Não lhe dei razão em coisa alguma — replicou o príncipe, corando. — Limitei-me a responder à sua pergunta.

— Bravo! Bravo! — exclamou Ferdistchenko. — Aí está uma resposta pelo menos sincera, ou melhor, hábil e sincera.

Os convivas riram às gargalhadas.

— Esteja sossegado e tenha calma, Ferdistchenko! — disse Ptitsine a meia-voz, num tom de aborrecimento.

— Não o julgava capaz de tais proezas — disse Ivan. — Sabe de que envergadura eles o supõem? E eu que o considerava um filósofo... Eis como são as pessoas inofensivas.

— Vejo que o príncipe corou como uma moça ingênua, com esta brincadeira inocente, e por isso concluo que este nobre rapaz tem no coração umas intenções, as mais louváveis — disse na sua voz trêmula e cantante o velho professor septuagenário, que estivera calado até então e cuja intervenção inopinada surpreendeu aqueles que pensavam que a sua boca cerrada se não abriria durante toda a noite.

Os convivas riram com vontade. O velho, julgando, sem dúvida, que esta hilaridade era a consequência da sua fina reflexão, olhou os outros e começou a rir ainda mais ruidosamente, o que provocou nele um ataque violento de tosse. Nastásia, que tinha uma certa paixão por este gênero de velhos originais, de velhos anônimos, ou até mesmo, pelos iluminados, apressou-se a prodigalizar-lhe os seus cuidados; abraçou-o e mandou que lhe servissem uma nova chávena com chá. Tendo dito à criada para lhe trazer o seu xale, envolveu-se nele e ordenou-lhe depois para deitar lenha no fogão. Perguntou em seguida as horas que eram. A criada respondeu-lhe que eram dez e meia.

— Meus senhores, então por que não bebemos champanhe? — propôs ela de súbito. — Tenho-o preparado. Talvez ele os torne mais alegres. Vamos beber?

A proposta de Nastásia e sobretudo os termos simples com que acabava de convidar os seus hóspedes a beber, pareceram bastante singulares. Todos eles conheciam muito bem as regras que haviam presidido às outras reuniões. Esta parecia um pouco mais animada, mas desviava-se do ritmo habitual. Apesar disso ninguém recusou a oferta; o general foi o primeiro a aceitar e o seu exemplo foi seguido pela sombra pintada, depois pelo velho professor, por Ferdistchenko e no final por todos os outros, Totski pegou também numa taça, na esperança de fazer passar desapercebida mais esta fantasia, dando-lhe, tanto quanto possível, o caráter de uma amável brincadeira. Só Gabriel nada quis beber.

Estava ansioso por descortinar o quer que fosse nos propósitos estranhos, bruscos e por vezes extravagantes de Nastásia, na casa da qual os acessos de alegria delirante e incompreensível alternavam com períodos de melancolia taciturna e até mesmo abatimento. Era assim no momento em que pegou numa taça e declarou que esvaziaria três. Alguns convidados supuseram que estava delirando; acabaram também por notar que ela parecia esperar qualquer coisa; consultava a miúdo o relógio e dava sinais de impaciência e distração.

— Parece que está com febre?! — exclamou a senhora pintada.

— Bastante, mesmo. Foi por isso que pus o xale — respondeu Nastásia, que, na verdade, estava mais pálida e fazia esforços por reprimir um violento arrepio.

Todos os convivas começaram a mexer-se, um pouco inquietos.

— Faríamos talvez melhor deixando repousar a dona da casa? — sugeriu Totski, olhando Ivan.

— Nada disso, meus senhores! Peço-lhes que se deixem estar. A sua presença é-me hoje particularmente necessária — disse Nastásia, numa súbita e significativa instância.

Como a maioria dos circunstantes sabia que uma decisão muito importante lhes devia ser comunicada no decorrer da reunião, atribuíram a estas palavras um grande valor. De novo o general e Totski trocaram um olhar, enquanto Gabriel era abalado por um movimento convulsivo.

— Não seria melhor distrairmo-nos um pouco com uns jogos de prendas? — inquiriu a senhora pintada.

— Sei um que é admirável e ainda desconhecido dos senhores — declarou Ferdistchenko. — É pelo menos um joguinho que só foi experimentado uma vez na sociedade e que nunca mais apareceu.

— Como é? — perguntou a referida senhora.

— Estava um dia numa reunião, onde, será bom dizê-lo, tínhamos bebido bastante. De repente alguém propôs que cada um contasse em voz alta e sem sair da mesa, o fato que em sua alma e consciência considerasse, como sendo a mais baixa ação de toda a sua vida. A condição essencial era não mentir, falar com toda a sinceridade.

— Ideia singular! — exclamou o general.

— Mais do que singular, excelência, mas é isso justamente que faz o encanto deste jogo.

— Que estúpido jogo! — interveio Totski. — No entanto é compreensível. É uma maneira, como qualquer outra, de se vangloriarem.

— Isso correspondia com certeza a uma necessidade, Totski.
— Mas esse jogo faz-nos chorar mais do que rir — observou a senhora convidada.
— É um absurdo e inconcebível passatempo — protestou Ptitsine.
— Mas foi bem-sucedido? — perguntou a Nastásia.
— Não. Acabou muito mal. Cada um, é claro, contou uma história; muitos contaram a verdade; imagine que houve alguns que até sentiram prazer nisso; porém no fim chegou a todos um certo sentimento de vergonha e por isso alguns esquivaram-se a contar. No entanto é no seu gênero, naturalmente, um jogo bastante divertido.

— O jogo não deve ser mau — observou Nastásia, animando-se de súbito. — Podíamos tentar, minhas senhoras e meus senhores. Esta noite estamos pouco animados. Se cada um de nós concordar, contamos um episódio... neste gênero, bem entendido, mas do completo agrado de cada um. Ampla liberdade de contar o que quiser. Que dizem, poderíamos talvez jogar também? Dizendo a verdade ou não, seria sempre uma distração bastante original...

— Ora, aí está uma ideia genial! — exclamou Ferdistchenko. — As senhoras não entram; só os homens serão obrigados a contar a sua história. Tiremos à sorte, como se fez naquela noite de que lhes falei. Sim, é preciso arranjar isto! Aquele que se recusar, naturalmente não será obrigado, mas a sua abstenção será tida como pouco amável. Deem-me os seus nomes, cavalheiros. Vamos meter os bilhetes no meu chapéu. O príncipe tirará os papéis. A regra do jogo é muito simples: trata-se de contar a mais vergonhosa ação de toda a nossa vida. Não é complicado. Vão ver. Se alguém se esquecer de alguma coisa, ajudá-lo-ei.

A ideia era ridícula e desagradável a quase todas as pessoas. Uns franziram as sobrancelhas, outros zombaram da ideia. Alguns levantaram objeções, ainda que um pouco discretamente; foi o caso de Ivan, que não queria contrariar o desejo de Nastásia e notara o seu entusiasmo por esta ideia tola, talvez devido justamente a ser de uma inverossímil extravagância. Quando desejava qualquer coisa, mostrava-se irredutível e inexorável na satisfação dos seus desejos, mesmo que para ela fossem frívolos e sem utilidade. Nesta ocasião parecia estar dominada por um extremo nervosismo, agitando-se e deixando-se levar por acessos de riso convulsivo, sobretudo quando Totski, deveras inquieto, mostrava-lhe as inconveniências. Os seus olhos sombrios expeliam clarões e apareciam-lhe nas faces pálidas duas rosetas vermelhas. A expressão de abatimento e desgosto que leu nos semblantes de alguns dos seus convidados, sobre-excitou talvez o seu espírito de maldade; por outro lado, esta nova ideia devia tê-la seduzido, devido ao seu cinismo e à sua crueldade. Houve mesmo convivas que lhe atribuíram certos pensamentos reservados. No entanto todos acabaram por concordar com o jogo: a curiosidade em geral e o interesse de muitos estava deveras excitado. Quem mais se agitava era Ferdistchenko.

— E se houver coisas que não se possam contar diante de senhoras? — observou num tom tímido o jovem taciturno.

— Essas não as conta; não lhe devem faltar outras más ações, que não sejam essas! É tão novinho... — ripostou Ferdistchenko.

— Por mim ignoro qual das minhas ações é a pior — disse a senhora pintada.

— As senhoras estão dispensadas de contar a sua história — repetiu Ferdistchenko.

— No entanto a dispensa é facultativa; a sua participação voluntária será acolhida com agrado. Os cavalheiros que tiverem muita vergonha em fazer a sua confissão, também se podem abster de o fazer.

— Bom, mas como provar que não minto? — perguntou Gabriel. — Se mentir, o jogo perde toda a beleza. E quem dirá a verdade? Com certeza que todos vão mentir.

— Mas é já uma atração ver um homem mentir. Além disso, meu Gabrielzinho, não te incomodes de mentir, porque a tua ação mais vil é conhecida de toda a gente, mesmo sem a teres contado. Todavia é bom refletir um pouco, minhas senhoras e meus senhores — exclamou Ferdistchenko, como sob o domínio de uma brusca inspiração. — Como olharemos uns para os outros, depois das nossas confissões, amanhã, por exemplo?

— Mas isto será possível? Será mesmo uma proposta séria, Nastásia? — perguntou Totski com dignidade.

— Quando se tem medo do lobo, não se vai ao monte — ripostou Nastásia num tom de zombaria.

— Se me permite, senhor Ferdistchenko, podíamos fazer deste jogo um outro jogo inofensivo? — insistiu Totski cada vez mais inquieto. — Asseguro-lhe que estas coisas nunca têm bom sucesso. O senhor próprio diz que já viu acabar mal uma brincadeira deste gênero.

— Acabar mal, em quê? No que me diz respeito, já contei a maneira como roubei três rublos. E contei-a tal qual se passou.

— Acreditamos. Porém é possível que contasse a sua história de tal maneira, que a supuséssemos exata e além disso tivéssemos confiança em ti. O Gabriel teve razão ao observar que a menor presunção de falsidade tirava ao jogo todo o encanto. A verdade, neste caso, não é mais do que um acidente, uma espécie de vaidade de mau gosto, que será inadmissível e de uma grande inconveniência mesmo.

— A sua delicadeza é extrema, Totski, e eu estou mesmo surpreendido! — exclamou Ferdistchenko. — Pensem nisto, meus senhores: admitindo que eu tivesse podido dar à minha história do roubo bastante verossimilhança, Totski insinua delicadamente que sou de fato incapaz de roubar, visto que é uma coisa de que não somos capazes de nos vangloriar. Isto não impede que no seu foro íntimo esteja talvez convencido que Ferdistchenko pode perfeitamente roubar!... Voltemos, porém, à nossa questão, meus senhores. Estão aqui os nomes de todos. O senhor Totski também entregou o seu bilhete? Não há, portanto, abstenções. Príncipe, tire um bilhete!

Sem dizer uma palavra o príncipe meteu a mão no chapéu. O primeiro nome que saiu, foi o de Ferdistchenko; o segundo foi o de Ptitsine; depois vieram sucessivamente o do general, o de Totski, o do príncipe, o de Gabriel e assim sucessivamente. As senhoras não tinham tomado parte no sorteio.

— Meu Deus, que azar! — exclamou Ferdistchenko. — E eu a supor que o primeiro seria o príncipe e o segundo o general! Felizmente que o Ivan vem depois de mim! Serei assim recompensado, ouvindo-o. Visto que sou o primeiro, meus senhores, o meu dever é dar nobremente o exemplo; no entanto lastimo-me deveras, por ser nesta ocasião muito insignificante e muito pouco digno de interesse o que tenho a contar. O meu lugar na hierarquia dos presentes é sem dúvida bem insignificante. Senão vejamos: que interesse pode ter o ouvir contar uma vilania cometida por Ferdistchenko?

E qual é a minha pior ação? Sinto nesta altura um *embarras de richesse*[17]. Devo pela segunda vez contar a minha história do roubo a fim de convencer Totski que se pode roubar sem ser ladrão?

— Provar-me-á igualmente, senhor Ferdistchenko, que se pode deleitar, contando as suas próprias torpezas, sem que ninguém lhe peça para o fazer... Além disso... Desculpe, senhor Ferdistchenko.

— Começa, então, Ferdistchenko!... Vais contar tantas coisas inúteis, que é um nunca acabar! — intimou Nastásia, num tom de cólera e de impaciência.

Toda a assistência notou que após um acesso de riso nervoso, todos ficaram bruscamente sombrios, acerbos, irritáveis, Nastásia continuava a insistir tiranicamente no seu inconcebível capricho. Totski sentia-se sobre brasas. A atitude de Ivan punha-o também fora de si: o general, sentado, bebia o seu champanhe como se nada se passasse, e preparava-se talvez para contar alguma coisa quando chegasse a sua vez.

Capítulo 14

— Sou um homem sem espírito, Nastásia, e por isso é que gracejo a torto e a direito! — exclamou Ferdistchenko, começando a sua narrativa. — Se fosse tão espirituoso como Totski ou Ivan, passaria, como eles, toda a noite sentado sem abrir a boca. Príncipe, dá-me licença que o consulte: sempre tive a impressão que há no mundo muito mais ladrões do que pessoas sérias e que não existe mesmo nenhum homem honesto que não tenha, pelo menos uma vez na vida, roubado qualquer coisa. É a minha opinião; não concluo, contudo, daí que haja no mundo somente ladrões, se bem que seja por vezes tentado a julgá-lo.

— Ei, que maneira estúpida de se exprimir! — notou Daria Alexeievna. — Que parvoíce supor que toda a gente já roubou! Por mim nunca roubei nada.

— Nunca roubou nada, Daria? Vejamos, porém, o que diz o príncipe, que de repente se tornou corado.

— Parece-me que tem razão, ainda que exagere bastante — respondeu o príncipe, que de fato havia corado sem bem saber o porquê.

— E o senhor mesmo, príncipe, nunca roubou?

— Ei, que pergunta tão ridícula! Tenha cautela com o que diz, senhor Ferdistchenko — objetou o general.

— O seu jogo é simples. No momento de começar, sente vergonha de contar a sua história; é por isso que procura arrastar o príncipe com ele. Tem sorte porque ele tem um bom caráter — disse Daria num tom fraco.

— Ferdistchenko, decide-se a falar ou a calar-se, e a não tratar senão do seu caso! Exaspera a paciência de toda a gente! — declarou Nastásia, numa brusca irritação.

— Principio já, Nastásia!... Mas se o príncipe concordou (pois tomo a sua atitude por aprovação) que diria um outro, sem mencionar nomes, caso se decidisse a confessar a verdade! Quanto a mim, meus senhores, a minha história resume-se em poucas pa-

---

17 Em francês no original: Vergonha da riqueza. (N. do R.)

lavras; é tão simples, como tola e vil. Garanto-lhes, contudo, que não sou um ladrão. Como pude eu roubar? Ignoro-o. A coisa passou-se há mais de dois anos, na casa de campo de Semione Ivanovitch Istchenko, num domingo. Havia convidados para o jantar. Após a refeição, os homens ficaram a beber. Tive então a ideia de pedir à menina Maria Semionovna, a filha da dona da casa, de tocar ao piano qualquer trecho de música. Atravessando a sala, vi sobre a mesa de trabalho da Maria uma nota verde, de três rublos. Tinha-a deixado ali para umas despesas da casa. Não estava ninguém na sala. Apoderei-me da nota e meti-a no bolso. Por quê? Nem eu sei. Não compreendo o que me passou pela cabeça! O fato é que voltei apressadamente a sentar-me à mesa. Aí fiquei à espera de qualquer coisa. Estava bastante agitado, mas tagarelava sem descanso, contando anedotas e rindo. Depois fui sentar-me junto das senhoras. No fim de uma meia hora deram pelo desaparecimento do dinheiro e começaram a interrogar os criados. As suspeitas recaíram sobre Daria. Manifestei uma curiosidade e um interesse especial por este caso, e lembro-me mesmo que, vendo a Daria muito perturbada, esforcei-me por a convencê-la de que devia confessar, o que me garantia, assim, a indulgência de Maria Ivanovna. Dirigi-lhe diversas exortações em voz alta, diante de toda a gente. Todos os olhares estavam fixos em nós; por mim sentia uma intensa satisfação, ante a ideia de que estava pregando moral, quando a nota roubada estava, afinal, no meu bolso. Gastei esses três rublos nessa mesma noite, em bebidas; encomendei numa hospedaria uma garrafa de Château-Lafite. Era a primeira vez que comprava assim uma garrafa, sem nada comer, mas sentia a necessidade de gastar aquele dinheiro o mais depressa possível. Nunca senti remorsos: nem nessa altura, nem depois. No entanto não fiquei nada tentado a recomeçar; acreditem ou não, é-me indiferente... E é esta a história...

— Está bem, mas não é essa a sua mais vil ação — disse Daria com ar de desgosto.

— Isso não é uma ação, é um caso psicológico — observou Totski.

— E a criada? — perguntou Nastásia, sem esconder o seu profundo aborrecimento.

— A criada foi despedida nesse mesmo dia, está bem de ver. É uma casa onde não se admitem brincadeiras.

— E deixou fazer isso?

— Essa é muito boa! Queria talvez que me denunciasse a mim mesmo, não!? — exclamou Ferdistchenko num tom galhofeiro; na realidade, porém, estava consternado com a impressão deveras desagradável que a sua história produzira nos assistentes.

— Que triste história! — exclamou Nastásia.

— Ora, ora! Pede a um homem para lhe contar a mais feia ação da sua vida e quer que essa ação seja toda dignidade. As mais vis ações são sempre tristes, Nastásia; é o que Ivan lhe vai demonstrar agora. No entanto, muitas pessoas têm um aspecto imponente e procuram passar por virtuosas, aprendendo muito bem a disfarçar. Não faltam pessoas deste calibre... mas à custa de que meios!

A partir deste momento, Ferdistchenko, já não estava senhor de si e, dominado por uma brusca cólera, esqueceu e desprezou toda a delicadeza; o rosto chegou mesmo a crispar-se-lhe. Por muito singular que isto possa parecer, tinha contado com um outro sucesso para a sua história. Os seus disparates de mau gosto e aquela gabarolice, de um gênero muito especial, servindo-me das expressões de Totski, eram-lhe habituais e correspondiam perfeitamente ao seu caráter.

Nastásia, a quem a cólera fazia tremer, olhou fixamente para Ferdistchenko. Este, dominado de súbito pelo medo, gelado de terror, calou-se. Fora longe demais.

— E se acabássemos com este jogo? — insinuou Totski.

— Agora é a minha vez, mas usando do direito de abstenção que me é reconhecido, não contarei nada — disse Ptitsine num tom decidido.

— Renuncia?

— Suponho que posso escusar-me, Nastásia; além disso, considero este joguinho simplesmente inadmissível.

— General, creio que é agora a sua vez — disse Nastásia, voltando-se para Ivan — Se também recusa, a debandada será geral, o que muito lastimarei, porque tinha a intenção de contar, à maneira de novela, um traço da minha própria vida; no entanto só queria usar da palavra, depois da sua e da de Totski. O dever dos senhores não é encorajar-me? — perguntou ela, rindo.

— Oh, se faz uma tal promessa — exclamou o general com calor — estou pronto a contar-lhe toda a minha vida. Confesso-lhe que, enquanto esperava a minha vez, fui preparando uma anedota...

— Basta ver a cara de sua excelência para avaliar a satisfação literária que sentiu ao engendrar a sua anedota — comentou Ferdistchenko, com um riso sarcástico, se bem que ainda não estivesse por completo restabelecido da sua perturbação.

Nastásia fitou o general com um olhar negligente e sorriu, devido ao pensamento que a assaltou. Porém a sua ansiedade e cólera cresciam visivelmente de minuto a minuto. A inquietação de Totski redobrara, desde que ela prometeu contar qualquer coisa.

O general começou a sua história:

— Sucedeu-me, como a todo o homem, meus senhores, cometer no decurso da minha vida ações bastante condenáveis. Todavia, o mais singular é que considero como a mais vil ação da minha vida a pequena anedota que lhes vou contar. Perto de trinta e cinco anos já passaram sobre ela e não a recordo nunca sem um certo constrangimento do coração. O caso é, no entanto, perfeitamente tolo. Era então simples oficial e tinha um serviço fastidioso. Sabem o que é um oficial? Tem-se o sangue quente e vive-se dentro dos limites de quatro *soldos*. Tinha por impedido um tal Nicéfore, que tratava das minhas coisas com muito zelo, poupando, limpando, remendando: ia até ao ponto de arranjar tudo o que pudesse aumentar o conforto dos meus aposentos; em duas palavras: era um modelo de fidelidade e honestidade. Bem entendido, eu tratava-o severamente, mas com equidade. Durante algum tempo acampamos numa pequena cidade. Indicaram-me um alojamento nos arrabaldes, na casa da viúva de um velho tenente. Era uma velhota de oitenta anos, ou pouco menos. Habitava numa casinha de madeira, já velha e arruinada, e a sua miséria era tanta, que nem tinha criada. Tivera em tempos uma família muito numerosa, mas, dos seus parentes, uns tinham morrido, outros haviam ido para longe, e alguns ainda tinham-na esquecido. Quanto ao marido, tinha bem quarenta anos quando morreu. Alguns anos antes da minha chegada, tivera a viver com ela uma sobrinha; era, segundo parece, corcunda, má como uma bruxa, a ponto de um dia ter mordido a tia numa das mãos. Esta sobrinha morrera também e a velha tinha desde há três anos uma existência solitária. Aborrecia-me na casa dela; era tão reservada, que toda a conversa com ela era impossível. Acabou por me roubar um galo. O caso ficou sempre bastante obscuro, mas só a ela se podia atribuir o roubo, e não a outra pessoa qualquer. Passamos a viver depois, em muito más relações. Em virtude disso deram-me, a meu pedido, um alojamento no outro extremo da cidade, na casa de um negociante, que tinha umas grandes barbas e vivia no seio de uma numerosíssima família. Parece-me que ainda estou a vê-lo. Acomodamo-nos com satisfação, Nicéfore e eu. Separei-me, pois, da velha sem grande desgosto. Três dias se passaram. Entrei em exercício, quando um dia Nicéfore me disse: "Vossa excelência cometeu a imprudência de deixar a terrina da sopa na casa da nossa anterior hospedeira; agora não tenho mais nada onde lha possa servir". Fiz-lhe sentir a minha surpresa: "Como é que esquecemos a terrina na casa dela?" Nicéfore, admirado, completou a sua recordação: "na ocasião da mudança a velha recusou-se a dar a terrina, com o pretexto de que lhe tinha quebrado uma panela; ficava com a terrina em compensação da panela, e afirmava que tinha sido ele quem lhe havia proposto a troca". Uma tal atitude pôs-me, como é natural, fora de mim; o meu sangue de jovem oficial ficou logo a ferver de tal forma, que me dirigi sem demora à casa da velha. Cheguei um pouco calmo e fitei-a; estava sentada, sozinha, a um canto da entrada, como que para se abrigar do sol, com o rosto apoiado na mão. Imediatamente comecei a vociferar injúrias: sua esta, sua aquela..., mas o vocabulário russo depressa ficou esgotado. Observando-a, porém, verifiquei uma coisa singular: estava inerte e muda, a cara voltada para o meu lado, os olhos grandes, muito abertos e fixos em mim de uma maneira estranha; o seu corpo dava a impressão de estar oscilando. Por fim voltei a acalmar, examinei-a mais de perto e interpelei-a sem obter uma resposta. Tive um momento de hesitação, mas como o sol se ia escondendo e o silêncio era apenas perturbado pelo zunzum das moscas, acabei por me retirar com o espírito bastante agitado. Não me dirigi logo para casa; o major pedira-me para à passagem o ir ver; de lá fui ao quartel e voltei à casa já noite cerrada. As primeiras palavras de Nicéfore, ao ver-me, foram estas: "Vossa Excelência sabe que a nossa hospedeira acaba de morrer?" "Quando?" "Esta tarde mesmo, há perto de hora e meia". Quer dizer, estava a morrer no momento em que eu a injuriava. Fiquei de tal maneira magoado, que me custou, juro-lhes, a retomar o sangue frio. A sombra da falecida perseguia-me mesmo de noite. Como é natural, não sou supersticioso, mas na manhã seguinte fui à igreja assistir ao seu enterro. Entretanto, quanto mais o tempo decorria, mais obcecado ficava pela recordação da velha. Isto não era uma obsessão, mas essa lembrança assaltava-me por momentos e eu sentia então um certo mal-estar. O principal da questão é que repetia a mim mesmo: ora aí está uma mulher, um ser humano, como se diz agora, que viveu longo tempo, mais mesmo do que aquilo que devia. Teve filhos, marido, família, parentes; tudo isto, de qualquer maneira, originava à sua volta uma certa animação e alegria. E, muito de repente, fica sem ninguém; tudo sucumbe e ela fica só, só como uma mosca, trazendo sobre si a maldição dos séculos. Depois Deus chama-a, por fim, para ele. Ao pôr do sol, na paz de uma tarde de verão, a alma da velha abandonou o corpo... Evidentemente tudo isto tem uma significação moral!... E no instante supremo, em vez de ouvir os soluços que acompanham a agonia daqueles que partem, vê surgir um oficialeco impertinente, que, de mãos nos quadris e em ar agressivo, a chama a este mundo, atirando-lhe os piores insultos do vocabulário popular, por causa de uma terrina sonegada!... Não há dúvida de que fui violento e, se bem que, à distância, considere a minha ação quase como a de qualquer outro, pela razão do tempo decorrido e da evolução do meu caráter, no entanto, nem por isso deixo de continuar a lamentar-me. Volto a dizer, o sucedido pareceu-me tanto mais estranho, que, se sou culpado, a culpa é pequena! Por que resolveu morrer justamente naquele momento? Naturalmente o meu ato tem também desculpa por motivos de ordem psicológica. Só pude, contudo, recuperar a minha paz de espírito quando instituí, há uma quinzena de anos, um donativo que permitisse a duas velhas doentes poderem ser hospitalizadas e receberem um tratamento conveniente, que amenizasse os últimos dias da sua vida. Conto tornar este donativo perpétuo, por disposição testamentária. E é esta toda a minha história. Repito, talvez tivesse cometido muitas faltas no decorrer da minha existência, porém em minha consciência considero este episódio como o mais vil de todas as minhas ações.

— Em vez de nos contar a sua mais vil ação, vossa excelência contou-nos um dos mais belos atos da sua vida. Fui enganado! — exclamou Ferdistchenko.

— De fato, general — disse Nastásia num tom de desapontada — não o supunha com um tão bom coração; tenho pena.

— Pena? Por quê? — perguntou o general, que preparava a sua réplica com um riso amável e bebia um gole de champanhe com o ar de um homem satisfeito consigo mesmo.

Era agora a vez de Totski, que igualmente preparava a sua narração. Todos pressentiam que não se recusaria, tal como fizera Ivan, e, por certas razões, esperava-se a sua história com uma viva curiosidade, ao mesmo tempo que observavam a expressão e a fisionomia de Nastásia.

Começou a contar uma das suas encantadoras anedotas num tom calmo e seguro. A notável dignidade da sua linguagem harmonizava-se maravilhosamente com o seu imponente aspecto. Diga-se, ainda que de passagem, que era um belo homem, de alta estatura, bastante forte, meio calvo e meio grisalho; as faces rosadas eram um pouco flácidas e viam-se-lhe as duas filas de dentes. Usava umas roupas largas e muito elegantes; marcava sempre pela sua elegante apresentação. As mãos brancas e gordas atraíam todos os olhares. Um diamante de alto preço ornava o anel que usava no indicador da mão direita.

Durante todo o tempo que durou o relato da sua história, Nastásia fitou a guarnição de renda da sua manga, renda que esfregava entre dois dedos da mão esquerda, de maneira que não levantou uma única vez os olhos para o narrador.

— A minha tarefa está deveras facilitada — disse Totski — pela obrigação expressa em que me encontro de só contar apenas a mais vil ação da minha vida. Alguns parecem não ter em tais casos nenhuma hesitação: a consciência e a lembrança do coração ditam-lhes neste local o que é preciso contar. De entre os inumeráveis atos da minha vida, que tenham podido ser ligeiros e ruidosos, custa-me confessar que há um cuja recordação me fere cruelmente. O caso leva-nos a uns vinte anos atrás; passava eu uma temporada na casa de Platão Ordyntsev, que acabava de ser eleito marechal da nobreza e passava, com a sua jovem esposa, as festas do fim do ano nos seus domínios. O aniversário de Anfissa Alexeievna coincidia com esta mesma época e preparavam-se para dois bailes. Estava em voga, então, o delicioso romance de Dumas filho, *A Dama das Camélias*, que fazia sobretudo furor na alta sociedade; além disso, estou convencido de que esta obra não envelhecerá nem morrerá nunca. Na província as senhoras deliravam com este romance, em especial aquelas que o tinham lido. O encanto da narração, a situação original da heroína, todo esse mundo atraente e tão finamente descrito, enfim, os maravilhosos detalhes que abundam no livro (por exemplo, a significativa alternação das camélias brancas e vermelhas) levou rapidamente essa obra a fazer em toda a sociedade uma pequena revolução. As camélias tornaram-se a flor da moda, por excelência; eram queridas e procuradas por todas as mulheres. Imaginem um pouco, se era possível obtê-las num canto da província, onde toda a gente queria guardá-las para os bailes, embora estes fossem pouco numerosos! Pedro Vorokhovskoi estava então doidamente apaixonado por Anfissa Alexeievna. Para dizer a verdade, não sei bem se entre eles havia qualquer coisa, quer dizer, se o pobre rapaz podia alimentar sérias esperanças. O infeliz não sabia aonde ir descobrir camélias para levar aos bailes da Anfissa. A condessa de Sotski, de S. Petersburgo, que era então hóspede da mulher do governador, e Sofia Bezpalov deviam aparecer, sabia-se já, com camélias brancas. Para provocar um maior efeito, Anfissa desejava camélias vermelhas. O pobre Platão, que se encarregara de as arranjar, sentia-se atrapalhado no seu papel de marido. Mas como fazer? A velha Catarina Alexandrovna Mytistchev, a rival mais encarniçada de Anfissa e que estava em guerra aberta com ela, havia se apoderado de todas as camélias da localidade. Como sempre, Anfissa, teve um ataque de nervos e uma síncope, Platão estava perdido. Era evidente que se Pedro, neste momento crítico, conseguisse obter, não importa onde, um ramo, esse sucesso podia assegurar-lhe uma séria vantagem, pois a gratidão de uma mulher em tais circunstâncias não conhece limites. Lamentava-se como um possesso; porém, diga-se de passagem, a empresa era superior às suas forças. Encontrei-o inopinadamente, às onze horas da noite, na véspera do baile, na casa de uma vizinha dos Ordynstev, Maria Petrovna Zoubkov. Estava radiante.

— Que tens tu?
— Encontrei! *Eureka!*
— Muito bem, meu amigo, estou admirado! Onde... e como?
— Em Ekchaisk, uma aldeia situada a vinte verstas, mas num distrito. Há lá um negociante chamado Trepalov, um rico e austero velho, que vive com a esposa, também já velha; não tendo filhos, tratam de canários. Têm os dois a paixão pelas flores; devo, pois, encontrar lá camélias.
— Perdão, não é muito certo que deem-nas.
— Pôr-me-ei de joelhos diante dele e não me levantarei, nem sairei de lá, sem as terem me dado!
— Quando contas ir lá?
— Amanhã, às cinco horas da manhã.
— Felicidades!

Estava encantado com ele, garanto-lhes. Voltei para casa dos Ordynstev. Estive acordado até à uma hora da manhã, pois no meu espírito fervilhavam ideias confusas. Ao deitar-me, uma ideia original me assaltou de repente. Sem mais pensar, fui à cozinha e acordei o cocheiro, Saveli.

— Atrela os cavalos e põe-te pronto em meia hora — disse-lhe eu, metendo-lhe quinze rublos na mão.

Passada meia hora tudo estava pronto. Tinham-me dito que Anfissa estava com uma enxaqueca, tendo febre e delirando. Subi para o trenó e parti. Cheguei a Ekchaisk por volta das cinco horas. Na estalagem esperei que nascesse o dia. Logo que passou a ver-se alguma coisa, apresentei-me na casa de Trepalov; ainda não eram sete horas. Disseram-me que tem camélias, é verdade?... Meu caro senhor, ajude-me, salve-me, suplico-lhe de joelhos! Era um velho de alta estatura, grisalho, ar austero, uma figura de homem impressionante. Não, não, por nada deste mundo! Não dou! Lancei-me aos seus pés e prostrei-me em absoluto diante dele. "Que está a fazer, meu caro senhor!", disse ele, com uma expressão de espanto. Gritei-lhe: "Sabe que depende disto a vida de um homem?" "Se é assim, leve as flores e Deus o guarde!" Arranjei logo um ramo de camélias vermelhas. Era maravilhoso. O velho tinha uma pequena estufa. Deu-as a mim, soltando suspiros. Entreguei-lhe cem rublos. "Meu senhor, poupe-me essa ofensa." "Acha que é ofensa?" Assim, disse-lhe eu, queira aceitá-los a fim de permitir ao hospital da localidade melhorar as suas condições.

"Isso é diferente, meu bom homem", disse ele. "Trata-se de uma obra piedosa que será agradável a Deus. Entregarei este donativo em sua intenção". Devo dizer que o velho me comoveu; era um puro russo, um russo de *vraie souche*[18]. Satisfeito com o meu sucesso, retomei o caminho do regresso, fazendo um desvio, para não me encontrar com Pedro. Logo que cheguei, mandei o ramo, para que o entregassem a Anfissa, mal que acordasse. Podem agora calcular a sua satisfação, o seu reconhecimento, as suas lágrimas de gratidão! Platão, que na véspera estava como morto e acabrunhado, soluçou sobre o meu peito. Pobre dele! Todos os maridos são os mesmos, desde a criação com... casamento! Não ouso acrescentar nada; somente posso dizer que este episódio fez ruir para sempre os sentimentos amorosos do pobre Pedro. Supus então que era capaz de me matar, quando soubesse do meu gesto, e por essa razão dispus-me a ir procurá-lo. Passou-se, porém, uma coisa que nunca teria calculado: perdeu a razão; foi acometido à tarde por um acesso de delírio e na manhã seguinte estava com uma congestão cerebral; soluçava e tinha convulsões com uma criança. No fim de um mês, logo que melhorou, pediu que o mandassem para o Cáucaso; em suma, um verdadeiro romance! Acabou por se matar na Crimeia. Seu irmão, Stefane Vorkhovski, distinguia-se então à frente de um regimento. Confesso que durante anos fui torturado pelo remorso; por que razão e com que intenção lhe tinha eu dado um tal golpe?... O meu ato teria desculpa, se nessa altura estivesse apaixonado por ela. Porém isto não passara de uma simples brincadeira; o prazer de ser galanteador, nada mais. E se eu não tivesse entregado aquele ramo, quem sabe? , talvez que ele ainda fosse vivo e alcançasse a felicidade e o sucesso. Nunca teria tido a ideia de ir combater os turcos.

Totski calou-se com a mesma austera dignidade que havia mostrado ao começar a narração. Notou-se que os olhos de Nastásia refletiam um brilho singular e que os próprios lábios tremiam, quando Totski acabou de falar. Tornaram-se o alvo de todos os olhares.

— Enganaram o Ferdistchenko! Enganaram-no indignamente! — exclamou este num tom de lamúria e sentindo que era obrigado a falar.

---

18 Expressão em francês no original: de raiz. (N. do R.)

— Tanto pior para si, se não compreendeu nada do jogo! Mostra que tem de instruir-se junto de pessoas de espírito — replicou sentenciosamente Daria Alexeievna, que era a velha e fiel amiga, a cúmplice de Totski.

— Tem razão, Totski, este jogo é muito aborrecido; é preciso acabar com ele o mais depressa possível — disse num tom negligente Nastásia. — Vou contar o que prometi e depois podem todos jogar as cartas.

— Mas antes disso queremos ouvir a anedota prometida! — aprovou o general com calor.

— Príncipe — disse de súbito Nastásia, numa voz cortante e sem se mexer — vê aqui reunidos os meus velhos amigos, o general e Totski, que me incitam a todo o instante ao casamento. Dê-me a sua opinião: devo ou não casar com o partido que me propõem? O que o senhor disser é o que farei.

Totski empalideceu e o general pareceu ficar pasmado. Todos os assistentes estenderam o pescoço e fixaram os olhos no príncipe. Gabriel ficou preso ao seu lugar.

— Qual partido? — perguntou o príncipe numa voz imperceptível.

— Gabriel Ardalionovitch Ivolguine — informou Nastásia no mesmo tom cortante e firme.

Houve uns segundos de silêncio; dir-se-ia que o príncipe tentava falar, mas não conseguia emitir um único som, como se um peso enorme lhe oprimisse o peito.

— Não... não case com ele! — murmurou, por fim, com um grande esforço.

— Assim seja! — disse ela, e logo a seguir, num tom autoritário: — Gabriel Ardalionovitch, ouviu a sentença do príncipe? É essa também a minha resposta. E não quero ouvir falar mais em tal assunto!

— Nastásia! — balbuciou Totski com voz trêmula.

— Nastásia! — articulou o general num tom patético e inquieto.

A comoção geral traduziu-se por um momento de agitação.

— Que têm, meus senhores? — continuou ela, afetando olhar os seus convidados com surpresa. — Por que se alarmam? E por que fazem essas caras?

— Mas... lembre-se Nastásia — gaguejou Totski — que prometeu, sem a sombra de uma contrariedade... e teria podido pelo menos poupar... Sinto-me incomodado e... sem dúvida, estou perturbado, mas... em duas palavras, agora, num tal momento e... diante de todos!... E depois, terminar com um jogo como este é uma questão tão séria, um caso de honra e de coração... de que depende...

— Não o compreendo, Totski, pois está de fato completamente desnorteado. Por agora, que quer dizer com essas palavras diante de todos? Não estaremos numa encantadora sociedade de pessoas íntimas? E para que falar nesse pequeno jogo? Quis, é verdade, contar a minha anedota. Pois bem! Já a contei. Não é engraçada? E por que quer insinuar que isto não é sério? Em que é que não é sério? Não me ouviu dizer ao príncipe: o que o senhor decidir é o que eu farei. Se ele tivesse dito *sim*, teria logo dado o meu consentimento. Mas ele disse *não* e eu recusei. Não será isto sério? Era toda a minha vida presa por um cabelo!... O que há de mais sério?

— Mas o príncipe? Por que consultar o príncipe neste assunto? E quem é, antes de tudo, o príncipe? — balbuciou o general, que a custo dominava a sua indignação e considerava como uma ofensa a autoridade atribuída ao príncipe.

— Consultei o príncipe porque é o primeiro homem, desde que me conheço, cuja dedicação e sinceridade me inspiraram confiança. Desde o primeiro encontro que ele teve fé em mim e eu tive fé na sua pessoa.

— Só me resta agradecer à Nastásia a extrema delicadeza que... mostrou ter comigo — disse por fim Gabriel com voz trêmula, pálido e os lábios crispados. — Com certeza não podia ser de outra maneira... mas o príncipe? O príncipe neste assunto?

— O príncipe foi tentado pelos setenta e cinco mil rublos, não é verdade? — interrompeu bruscamente Nastásia. — É o que o senhor quer dizer? Não se defenda; é sem dúvida alguma o que pretende dizer. Totski, esqueci-me de acrescentar isto: queria guardar esses setenta e cinco mil rublos, porém, fique sabendo que lhe concedo gratuitamente a sua liberdade. E fiquemos por aqui! Já é tempo de os deixar respirar! Nove anos e três meses!... Amanhã começará para mim uma nova existência, entretanto hoje é a minha festa; pela primeira vez na minha vida pertenço a mim mesma. General, entrego-lhe também o seu colar de pérolas. Aqui o tem. Faça presente dele à sua esposa. De amanhã em diante deixo para sempre esta casa. Não haverá mais reuniões, meus senhores!

Após ter proferido estas palavras, levantou-se bruscamente e fez o gesto de se retirar.

— Nastásia! Nastásia! — exclamaram todos os convivas, que dominados por uma grande comoção, tinham-se levantado e, rodeando a jovem senhora, escutavam com ansiedade as suas palavras desordenadas, febris, delirantes. Nesta atmosfera de confusão, ninguém dava conta do que se passava, ninguém mesmo se entendia.

Entretanto, um violento toque de campainha retiniu, o mesmo que anteriormente se ouvira na casa de Gabriel.

— Ah! Ah! Eis a palavra final!... Há muito tempo que o esperava. Onze horas e meia! — exclamou Nastásia. — Queiram voltar a sentar-se, meus senhores; é o desfecho.

Dito isto, sentou-se também. Um sorriso estranho lhe distendia os lábios. Numa atitude silenciosa, mas febril, tinha os olhos fitos na porta.

— É com certeza Rogojine com os seus cem mil rublos — murmurou Ptitsine.

Capítulo 15

A criada de quarto, Katia, acorreu com ar amedrontado.

— Só Deus sabe o que se passa lá fora, minha senhora! É uma dúzia de indivíduos, todos bêbados, que pedem para entrar. Dizem que Rogojine vem com eles e que a senhora sabe do que se trata.

— É verdade, Katia. Manda-os entrar a todos, imediatamente.

— Será possível... a todos, Nastásia? Mas as suas maneiras são pouco delicadas!... É horrível!

— Manda-os entrar a todos, já te disse, Katia; todos, do primeiro ao último, não tenho medo. Além disso eles foram entrando, mesmo sem o teu consentimento. Ouves já o barulho que fazem? É como hoje pela manhã. Meus senhores — disse ela, dirigindo-se aos convidados — talvez estejam admirados por me verem receber, na sua presença, uma tal sociedade. Lastimo muito tudo isto e peço-lhes para me desculparem, mas é necessário e tenho o mais vivo desejo que se dignem todos a assistirem a este desfecho; no entanto farão como lhes agradar...

Os convidados continuavam a manifestar a sua surpresa e a murmurar entre eles, trocando significativos olhares. Era perfeitamente claro que se encontravam em face de uma cena preparada de antemão e que Nastásia, se bem que tivesse, na verdade, perdido um pouco o senso, não desistia da sua ideia. Todos se sentiam atormentados pela curiosidade, e contudo ninguém tinha motivos para se sentir amedrontado. Havia apenas duas senhoras; Daria Alexeievna, uma atrevida, que, tendo visto muita coisa, não se amedrontava com tão pouco, e a bela e calada desconhecida, que, sendo alemã e não entendendo uma palavra do russo, não podia compreender do que se tratava. Esta última, além de tudo, parecia tão estúpida como bela. Se bem que chegada há pouco, era habitualmente convidada para certas reuniões noturnas, devido aos seus faustosos vestidos e à sua cabeleira, como que preparada para uma exibição; gostavam da sua presença, como ornamento, à maneira de um quadro, de um vaso, de uma estátua ou de um pano de boca, que se mostra aos amigos nas reuniões.

Os homens não tinham também razões para se impressionarem. Ptitsine, por exemplo, era amigo de Rogojine; Ferdistchenko sentia-se ali como peixe dentro de água; Gabriel não se reanimara ainda, mas sentia um confuso desejo, ao mesmo tempo irresistível e febril, de ficar até ao fim, preso ao seu ignominioso pelourinho; o velho pedagogo não percebia nada do que se passava, mas estava prestes a desfazer-se em lágrimas e tremia literalmente de medo ao ver a desordem que dominava todos aqueles que o rodeavam, bem como a própria Nastásia, que ele adorava, como um avô adora a neta. Teria preferido morrer do que abandoná-la naquele momento.

Quanto a Totski, era evidente que não tinha nenhum desejo de se comprometer em aventuras deste gênero, mas tinha muito interesse nesta questão, a despeito dos esforços insensatos que fazia para se poder retirar; por outro lado Nastásia tinha deixado escapar, a seu respeito, duas ou três palavras, das quais ele queria a todo o custo ter uma explicação satisfatória. Decidiu então ficar até ao fim e manter um silêncio absoluto, circunscrevendo-se ao papel de observador, único compatível com a sua dignidade.

O general Epantchine, furioso pela maneira impertinente e irônica com que lhe tinham devolvido o seu presente, podia sentir-se mais melindrado que os outros, devido às suas extravagâncias e à aparição de Rogojine. Um homem da sua estirpe tinha já levado muito longe a sua condescendência, misturando-se com a sociedade de um Ptitsine ou de um Ferdistchenko. Sob o domínio da paixão chegara ao ponto de atingir um tal desfalecimento; todavia, o sentimento do dever, a consciência da sua nobreza e da sua situação, assim como o respeito que devia a si próprio, tinham conseguido reimpor-se e não podia mais, em qualquer dos casos, tolerar a presença de Rogojine e dos seus companheiros. Voltou-se para Nastásia a fim de fazê-la sentir, mas mal tinha aberto a boca, já ela o interrompia.

— Ah, general, esquecia-me!... Esteja certo de que previ as suas objeções. Se receia uma injúria, não insisto em retê-lo, se bem que a sua presença neste momento me fosse muito preciosa. De qualquer maneira agradeço-lhe muito a sua visita e a sua agradável intenção. Porém se tem medo...

— Perdão, Nastásia — exclamou o general num transporte de generosidade cavalheiresca — a quem julga que fala? Só por dedicação pela sua pessoa ficarei ao seu lado, e se, por acaso, algum perigo a ameaça... Devo além disso confessar-lhe que a minha curiosidade foi excitada ao mais alto grau. Temo somente que essa gentalha lhe emporcalhe os tapetes ou quebre qualquer coisa... Na minha opinião, Nastásia, faria melhor não os recebendo.

— Aqui está Rogojine em pessoa! — anunciou Ferdistchenko.

— Que lhe parece, Totski? — murmurou-lhe rapidamente o general ao ouvido. — Não estará ela doida? Digo doida, no verdadeiro sentido, na acepção médica da palavra. Que pensa disto?

— Já lhe disse que há muito tem predisposição para a loucura — murmurou Totski com um ar de entendido.

— Não esqueça que está com febre.

O bando de Rogojine, mais ou menos composto da mesma maneira que de manhã, aumentara apenas com dois novos elementos; um era um velho libertino, que fora já redator de um jornal, provocador de escândalos; contava-se que empenhara a dentadura, montada em ouro, para beber; o outro era um tenente reformado, que se dizia rival constante do homem de punhos de Hércules; nenhum dos companheiros de Rogojine o conhecia; a turba tinha-o aliciado na margem soalheira do esperançoso Nevski, onde tinha o hábito de mendigar; interpelava os passeantes com tiradas à maneira de Marlinski e fazia valer junto deles este argumento especial: meu tempo dava esmolas de quinze rublos por cabeça.

Os dois rivais haviam antipatizado desde o primeiro encontro. O homem dos punhos de Hércules sentia-se ofendido pela admissão de um mendigo no seu grupo, mas, sendo de seu natural taciturno, tinha se limitado a grunhir como um urso e a opor um fundo desprezo aos cumprimentos e às mesuras que o outro lhe dispensava, para se fazer passar por homem da sociedade, por político. O tenente era, sem dúvida, destes que, para abrirem caminho, preferem a destreza aos expedientes da força, tanto mais que não tinha a estatura do seu rival. Delicadamente, sem provocar a contradição, mas tomando um ar de altivez, tinha por diversas vezes preconizado a superioridade do *box* inglês e mostrava-se um admirador das coisas do Ocidente. À palavra *box*, o ofendido atleta tivera um sorriso de desprezo; desdenhando discutir com o oficial, mostrou-lhe, ou melhor, exibiu-lhe, sem dizer uma palavra e como por acaso, alguma coisa de eminentemente nacional: um punho enorme, musculoso, nodoso e coberto de uma penugem ruiva. Mostrava claramente a todos que se este atributo, profundamente nacional, se abatesse sobre qualquer coisa, esta seria reduzida a pó.

Da mesma forma que de manhã, todos os membros do grupo se apresentavam completamente bêbados. Rogojine, que todo o dia havia pensado na sua visita à Nastásia, tinha-os convidado a todos. Ele mesmo tivera o cuidado de se embebedar por completo, ficando como que imbecilizado por todas as comoções que lhe originara este dia, sem precedentes na sua existência. Tinha apenas na cabeça e no coração um único pensamento, uma ideia fixa que o obsidiava sem intermissão. Este único pensamento trouxe-o, desde as cinco horas da manhã até às onze da noite, num estado ininterrupto de angústia e alarme: passara este tempo a estimular Kinder e Biskoup, os quais, parecendo ter perdido a transmontana, passaram o dia a correr, à procura do dinheiro de que tinha necessidade. Por fim conseguiram arranjar a referida importância de cem mil rublos, de que Nastásia falara muito evasivamente e em ar de brincadeira. Porém os juros exigidos foram tão exorbitantes, que o próprio Biskoup, cheio de vergonha, falava apenas a Kinder e em voz baixa.

Como na cena da manhã, Rogojine caminhava à frente do seu grupo; os acólitos seguiam-no com uma certa timidez, se bem que tivessem plena consciência das suas prerrogativas. Era sobretudo Nastásia, não se sabia bem por quê, que lhes inspirava medo. Alguns deles contavam mesmo ser corridos, de um momento para o outro, pelas escadas fora. Neste número encontrava-se o elegante D. João, Zaliojev. Outros, no seu foro íntimo, tinham um profundo desprezo e mesmo uma certa raiva por Nastásia; estavam ali, como se fossem assaltar uma fortaleza. Na primeira fila destes estava o homem dos punhos de Hércules. Entretanto foram dominados por uma irresistível impressão de respeito e quase intimidação, ante o luxo magnificente dos dois primeiros aposentos e dos objetos que os decoravam, os quais constituíam novidade para eles: móveis raros, quadros e uma grande estátua de Vênus. Este sentimento não os impediu de se introduzirem, com uma imprudente curiosidade, atrás de Rogojine, até ao salão. Porém logo que o atleta, o mendigo e outros reconheceram o general Epantchine, entre os convidados, sentiram nos primeiros momentos um tal desencorajamento, que começaram a bater em retirada para a sala vizinha. Lebedev estava no número daqueles que não tinham perdido a calma; avançava quase ao lado de Rogojine, todo cheio daquela vaidade que sente um homem que possui um milhão e quatrocentos mil rublos em dinheiro, e dos quais cem mil no bolso, naquele momento. Convém, no entanto, notar que todos, compreendendo mesmo o conhecedor de leis, que era Lebedev, tinham uma ideia confusa dos limites do seu poder e do que lhes era permitido e proibido fazer naquele instante. Em certos momentos, Lebedev quase chegava a jurar que tudo lhes era permitido; noutros, sentia-se inquieto e cedia ante a necessidade de rememorar, para todos os fins úteis, certos artigos do código, de preferência aqueles que julgava reconfortantes e asseguradores.

O salão de Nastásia estava longe de produzir sobre Rogojine a impressão que produzira sobre os seus companheiros. Desde que a porteira fora acordada até que vira a jovem senhora, todo o resto deixara de existir para ele. Foi, mas num grau muito mais intenso, o sentimento que sentiu de manhã, ao vê-lo na casa dos Ivolguine. Empalideceu e ficou um momento imóvel; podia adivinhar-se que o coração lhe batia violentamente. Durante alguns segundos fitou-a com um olhar tímido e alucinado, e sem que pudesse tirar os olhos dela. Depois, bruscamente, com o aspecto de um homem completamente fora de si, aproximou-se, vacilando, da mesa; agarrou-se, ao passar, à cadeira de Ptitsine e calcou, com as botas sujas, a guarnição de renda que adornava o suntuoso vestido azul que trazia a bela e taciturna alemã. Não lhe pediu desculpa, nem de tal se apercebeu. Chegado junto da mesa, colocou sobre ela um estranho objeto que trazia nas mãos desde a sua entrada no salão. Era um pacote com a espessura de treze centímetros e dezoito de comprimento; estava embrulhado num número da Gazeta da Bolsa e muito bem atado com um fio como aquele que é vulgar empregarem para amarrar os pães de açúcar. Depois de ter pousado o embrulho, ficou sem dizer uma palavra, com os braços ao longo do corpo, na atitude de um homem que espera a sua sentença. Envergava o mesmo traje que pela manhã, somente passara à volta do pescoço um lenço de seda, ainda novo, verde-claro e vermelho, no qual estava preso um alfinete ornado com um enorme brilhante, representando um escaravelho. Um enorme diamante cintilava no anel que trazia no indicador da mão direita, a qual estava suja. Quanto a Lebedev, parou a três passos da mesa; os outros membros do grupo foram entrando pouco a pouco para o salão. Katia e Pacha, criadas de Nastásia, haviam acorrido também e observavam a cena de trás da porta, ligeiramente entreaberta; nas suas faces refletia-se a surpresa e o temor.

— Que vem a ser isto? — perguntou Nastásia, fitando Rogojine e indicando-lhe o embrulho com um ar interrogador.

— São os cem mil rublos — respondeu ele, quase em voz baixa.

— Como veem cumpriu a palavra! Sente-se então, peço-lhe, ali, naquela cadeira; dir-lhe-ei daqui a pouco qualquer coisa. Quem trouxe com o senhor? Todo o seu bando de patifes? Pois então que entrem e que se acomodem da melhor maneira. Têm aqui um sofá onde se podem sentar, está ali ainda outro e ao fundo da sala estão também umas cadeiras... Mas que têm eles? Não querem ficar?

Com efeito, alguns deles, realmente intimidados, eclipsaram-se e foram sentar-se e esperar num aposento vizinho. Os que ficaram tomaram lugar nos sofás e cadeiras indicadas, porém a uma certa distância da mesa e nos cantos. Uns desejavam a todo o custo passarem despercebidos; outros, pelo contrário, tomavam conta rapidamente dos seus lugares. Rogojine sentou-se na cadeira que ela lhe indicou, mas não esteve lá muito tempo; levantou-se logo, para não mais voltar a sentar-se. Pouco a pouco pôs-se a examinar a assistência e a distinguir as pessoas suas conhecidas. Tendo avistado Gabriel, zombou dele maldosamente e murmurou consigo: "Olha, olha!" Ao ver o general e Totski, não se incomodou nem evidenciou curiosidade alguma. Porém, logo que reconheceu o príncipe, sentado ao lado de Nastásia, não pôde crer no que via e perguntou, admirado, a si mesmo, como podia ele estar ali. Havia momentos em que parecia estar dominado por um verdadeiro delírio. A parte as comoções do dia, passara toda a noite anterior numa carruagem do comboio e não dormia havia já quase quarenta e oito horas.

— Estão ali cem mil rublos, meus senhores — disse Nastásia, dirigindo-se a todo o auditório, num tom de febril impaciência e provocação. — Cem mil rublos neste embrulho imundo... Esta manhã este homem declarou, como um doido, que me traria à noite, cem mil rublos; há bastante tempo que o esperava. Ele tentou comprar-me: começou por dezoito mil rublos, passou de um salto a quarenta mil e por fim cem mil, que estão aqui sobre a mesa. Pelo que se vê cumpriu a sua palavra. Oh, está pálido! Tudo isto se passou na casa do Gabriel. Tinha ido fazer uma visita à mãe dele, à minha futura família, e lá a irmã atirou-me à cara: "Será possível que não haja ninguém capaz de pôr na rua esta desavergonhada?" E depois cuspiu na cara do irmão. É uma moça toda cheia de caráter, não?

— Nastásia! — observou o general, num tom de censura, que começava a compreender a situação, mas à sua maneira.

— Que quer dizer, general? Que acha esta cena indecente? Pois fique sabendo que resolvi brincar às mulheres mundanas. Durante os cinco anos em que me exibi no meu camarim do Teatro Francês, fiz por me mostrar hipócrita, fui feroz para com todos os que me perseguiam com a sua assiduidade, afetei uns ares de inocência altiva. Foi uma grande asneira em que caí. E passados os meus cinco anos de virtude, este homem põe diante de todos, sobre a mesa, cem mil rublos; tenho mesmo a certeza de que estes cavalheiros trouxeram as suas *troikas*, que me esperam lá em baixo. Avaliam-me então em cem mil rublos! Gabriel, vejo que estás ainda zangado comigo. Todavia, quem poderia acreditar que me querias levar a fazer parte da tua família? Eu, a coisa de Rogojine! Que dizia o príncipe esta manhã?

— Não disse que era a coisa de Rogojine! Isso não é a verdade! — exclamou o príncipe numa voz trêmula.

— Nastásia — explodiu de repente Daria — acalma-te, minha querida! Acalma-te, minha pomba! Se a presença destas pessoas te é penosa, por que razão lhe dás importância? Será possível que, mesmo por cem mil rublos, tu vás com um tal indivíduo? Bem sei que cem mil rublos é qualquer coisa... Fica com eles e desembaraça-te daquele que os ofereceu; é assim que se procede com essa gente. No teu lugar já os tinha posto a andar... Era assim que eu resolvia a questão.

Daria começava a perder a cabeça. Tinha bom coração e era muito impressionável.

— Vamos, não te zangues — disse, sorrindo, Nastásia. — Falei ao Gabriel sem cólera. Fiz-lhe alguma censura? Não consigo explicar a mim mesma como pude ser tão tola, até ao ponto de desejar introduzir-me no seio de uma família tão respeitável. Vi a mãe dele e beijei-lhe a mão. Fica sabendo, meu Gabrielzinho, que se em tua casa assumi uma atitude impertinente, foi de propósito e para ver, pela última vez, até onde podia ir a tua complacência. Francamente, surpreendeste-me. Contava com muitas coisas, mas nunca com aquilo... Poderias tu desposar-me, sabendo que este homem me tinha dado um colar de pérolas, quase na véspera do teu casamento e que eu aceitara o seu presente? E o Rogojine? Em tua casa, na frente da tua mãe e da tua irmã, leiloou-me, sem que isso tivesse impedido de vires aqui pedir a minha mão, e estiveste mesmo quase para trazer a tua irmã. O Rogojine tinha razão quando dizia que, por três rublos, era capaz de te fazer andar a quatro patas até Vassili Ostrov!

— Iria a quatro patas, iria! — disse bruscamente Rogojine, a meia-voz, mas num tom de profunda convicção.

— Perdoar-te-ia, se estivesses a morrer de fome; porém diz-se que ganhas bem a vida. E, além da desonra, preparavas-te para albergares sob o teu teto uma mulher que te é odiosa (porque tu odeias-me, bem o sei). Ah, não, agora não tenho dúvidas de que um homem como tu é capaz de matar por dinheiro! A cupidez avassala hoje em dia o coração dos homens até à loucura. Até as próprias crianças se fazem usurárias. Logo que apanham uma navalha de barba, envolvem-na num pano de seda e aproximam-se muito docemente, pelas costas, de um camarada seu, para o degolarem como a um carneiro. Li isso ainda nestes últimos dias... Numa palavra, és um homem sem vergonha.

Eu também não tenho vergonha, mas tu és pior do que eu. Quanto ao homem dos ramos, nem quero falar nele!

— Será a senhora quem fala assim, Nastásia? — exclamou o general, batendo as mãos num gesto de desespero. — A senhora, tão delicada!... A senhora, cujos pensamentos eram tão encantadores! Ora, aí tem onde foi cair... que linguagem... que expressões...

— Neste momento estou bêbada, general — disse Nastásia, rindo de súbito. — Tenho inveja de quem se diverte! Hoje a festa é minha, um dia de alegria que eu esperava há muito tempo, Daria, estás vendo esse presenteador de ramos, estás vendo esse *monsieur aux camélias*[19], que está ali sentado e que escarnece de nós...

— Não escarneço de ninguém, Nastásia; limito-me a escutar com a maior atenção — replicou dignamente Totski.

— Pergunto a mim mesma por que razão o fiz sofrer durante cinco anos, sem lhe restituir a sua liberdade? Valeria a pena? É simplesmente o homem que deve ser... E dirá ainda que fui injusta, dirá que me mandou educar, que me sustentou como uma condessa, que despendeu comigo um dinheirão louco, que me arranjou na localidade onde estivemos um honroso partido, e aqui um outro, na pessoa do Gabriel. Acreditas nisto? Durante os últimos cinco anos não vivi com ele, mas, no entanto, aceitava o seu dinheiro; julgava-me no direito de o fazer, tão radical era a perversão das minhas ideias. Dizes-me para aceitar os cem mil rublos e abandonar o homem, se ele me desagrada. Desagrada-me, na verdade. Há muito tempo que teria podido casar-me e encontrar alguém melhor que o Gabriel, mas isso desagradava-me também. Por que razão perdi cinco anos a conter a minha raiva? Acredites ou não acredites, há quatro anos que, por várias vezes, perguntava a mim própria se não acabaria por desposar o meu Totski. Era a maldade que me impelia; tantas coisas me passavam então pela cabeça!... Se tivesse querido, ele teria ido até aí! Ele próprio dava-me a entender, podes acreditar! É verdade que mentia, mas é tão sensual, que não teria podido resistir. Louvado Deus... depois refleti e perguntei a mim mesma se ele merecia tanto ódio. De repente, então, inspirou-me uma tal repugnância, que mesmo que me tivesse pedido em casamento, tê-lo-ia repudiado. Assim, durante estes cinco anos, brinquei às mulheres mundanas. Muito bem! Não... mais vale que eu vá para a rua, pois é ali o meu lugar. Ou me divertirei durante a noite com Rogojine, ou, a partir de amanhã, passarei a ser lavradeira. Não tenho nada de meu: no dia em que me for, atirar-lhe-ei com tudo quanto me deu, até ao último farrapo. Então que quererá de mim, quando eu não tiver mais nada? Perguntai ao Gabriel se é capaz de me desposar. Nem sequer o Ferdistchenko me queria!

— Talvez que o Ferdistchenko não a quisesse, Nastásia! Sou um homem franco — declarou ele. — Em compensação, querê-la-ia o príncipe! Está aí a lamentar-se, mas olhe para o príncipe; há muito tempo que o observo...

Nastásia voltou-se, com um ar interrogador, para o príncipe.

— É verdade? — perguntou ela.

— É — afirmou ele.

— Casaria comigo tal qual sou, sem nada?

— Casava, Nastásia...

---
[19] Em francês no original: Cavalheiro das camélias. (N. do R.)

— Aí temos mais outra! — rosnou o general. — Já era de esperar!

O príncipe fixou um olhar doloroso, severo e perscrutador no rosto de Nastásia, que continuava a observá-lo.

— Mais um que suspira! — disse ela bruscamente, dirigindo-se a Daria. — Fala com o seu bondoso coração, conheço-o! Encontrei nele um benfeitor. Além disso, talvez se tenha razão quando se diz que ele tem... um grão. De que viverás tu, se és bastante amoroso, capaz de desposar, sendo príncipe como és, uma mulher que é a coisa de Rogojine?

— Quero-a como uma mulher honesta, Nastásia, e não como a coisa de Rogojine — disse o príncipe.

— Então consideras-me como uma mulher honesta?

— Considero.

— Ah, mas isso é um romance, meu principezinho; isso são banalidades de outros tempos; os homens de hoje são mais sensatos e olham esses preconceitos como absurdos! E depois, como podes pensar em casar, quando tens ainda necessidade de uma ama seca?

O príncipe levantou-se e respondeu numa voz trêmula e tímida, mas num tom de homem deveras convencido:

— Nada sei, Nastásia, e nada vi; tem razão, mas eu..., eu considero que é a senhora que me honra, e não o inverso. Não sou ninguém, mas a senhora, a senhora sofreu bastante e saiu pura de um tal inferno, e isto é muito! De que sente vergonha e por que quer partir com Rogojine? Está a delirar... Deu os setenta e cinco mil rublos a Totski e diz que abandonará tudo quanto aqui está; isso, nenhuma das pessoas presentes o faria!... Eu... eu amo-a, Nastásia. Estou pronto a morrer por ti, Nastásia. Não permitirei a ninguém que diga uma única má palavra a seu respeito, Nastásia... Se ficarmos na miséria, trabalharei, Nastásia...

Enquanto proferia as últimas palavras, ouviu-se murmurar Ferdistchenko e Lebedev. O próprio general soltou uma espécie de grunhido de mau humor. Ptitsine e Totski apenas tiveram um sorriso. Os outros, estupefatos, ficaram simplesmente de boca aberta.

— Mas é possível que não cheguemos a cair na miséria. É possível que sejamos muitos ricos, Nastásia — continuou o príncipe no mesmo tom de timidez. — O que lhe vou dizer não tem nada de concreto e lastimo não ter podido ainda verificar o fato durante a tarde. Recebi, quando estava na Suíça, uma carta de um tal senhor Salazkine, de Moscovo, que me anuncia uma herança muito importante. Aqui está a carta.

Tirou com efeito uma carta do bolso.

— Ele terá perdido a cabeça? — murmurou o general. — Parece que estamos numa casa de doidos!

Houve um momento de silêncio.

— Se bem compreendi, o príncipe disse que recebeu uma carta escrita por Salazkine? — perguntou Ptitsine. — É um homem muito conhecido no seu meio, um agente de negócios muito cotado, e se foi efetivamente ele quem lhe escreveu, pode acreditar nas suas notícias. Por felicidade conheço a sua letra, porque tive ainda há poucos dias negócios com ele... Se me permite lançar um olhar sobre a carta, poderei talvez dizer-lhe qualquer coisa.

Sem proferir uma palavra, o príncipe estendeu-lhe a carta com mão trêmula.

— Mas que é isto? Que é isto, então? — exclamou o general, deitando à sua volta um olhar apalermado. — Será possível que tenha uma herança?

Todos os olhares se fixaram em Ptitsine enquanto lia a carta. A curiosidade geral foi aumentando de intensidade. Ferdistchenko não estava sossegado. Rogojine fitava ora o príncipe, ora Ptitsine, com um olhar de desfalecimento e de angústia. Daria parecia estar sobre brasas. Lebedev, não podendo conter-se, deixou o seu canto e veio ver a carta por cima do ombro de Ptitsine; estava dobrado em dois, na postura de um homem que espera receber uma bofetada em punição da sua curiosidade.

Capítulo 16

— Não há dúvida alguma — declarou, por fim, Ptitsine, dobrando a carta para entregá-la ao príncipe. — Vai herdar uma grande fortuna em virtude do testamento da sua tia. Esse testamento está em ordem e não encontrará nenhuma dificuldade.

— É impossível! — exclamou o general, que se levantou rápido, como um tiro de pistola.

De novo todos os assistentes ficaram de boca aberta.

Ptitsine explicou, dirigindo-se particularmente a Ivan, que uma tia do príncipe havia morrido cinco meses antes; era a irmã mais velha de sua mãe, mas ele nunca a conhecera pessoalmente; pertencia à família dos Papouchine e seu pai, negociante moscovita de terceira categoria, havido aberto falência e tinha morrido na miséria. O irmão mais velho deste último, falecido há pouco tempo, tinha ocupado uma alta posição do comércio. Tendo perdido um ano antes os dois filhos, no espaço de um mês, o seu desgosto foi a causa da doença que o arrebatou. Era viúvo e deixou apenas uma herdeira, sua sobrinha, a tia do príncipe, uma pobre mulher que vivia sob um teto estranho. Quando herdou essa fortuna, morreu de hidropisia; porém encarregou antes Salazkine de procurar o mais depressa possível o príncipe e teve ainda tempo de fazer o seu testamento. Parece que nem o príncipe, nem o médico, na casa de quem estava hospedado na Suíça, quiseram esperar o comunicado oficial ou proceder a qualquer investigação: o príncipe meteu no bolso a carta de Salazkine e apressou-se a partir para a Rússia.

— Posso apenas dizer-lhe uma coisa — concluiu Ptitsine, dirigindo-se ao príncipe — é que tudo quanto escreveu Salazkine acerca da indiscutível legitimidade dos seus direitos deve ser tido fora de toda a contestação; é como se já tivesse o dinheiro no bolso. Os meus cumprimentos, príncipe! Vai talvez receber um milhão e meio, se não mais. Papouchine era um negociante muito rico.

— Um viva pelo último dos príncipes Míchkin! — gritou Ferdistchenko.

— Hurra! — gritou Lebedev numa voz avinhada.

— E pensar que lhe emprestei hoje vinte e cinco rublos como se empresta a um pobre diabo... Ah, ah! É simplesmente inacreditável! — disse o general aturdido.

— Cumprimentos, meu caro, cumprimentos...

E levantou-se para ir abraçar o príncipe. Outros o imitaram. Até mesmo os que tinham ficado atrás da porta entraram no salão. Uma grande algazarra se ouviu em seguida; ressoaram exclamações e procurou-se champanhe. Os empurrões e a agitação foram tais, que se esqueceram por momentos de Nastásia, bem como, de que a festa decorria na casa dela. Pouco a pouco, entretanto, os convivas lembraram-se de que o príncipe lhe tinha feito uma proposta de casamento. A confusão e o extraordinário da situação não deixaram de se acentuar cada vez mais. Totski, deveras abatido, encolhia os ombros; era o único, quase, que permanecia sentado, enquanto os outros convidados se comprimiam em desordem à volta da mesa. Toda a gente concordou, por conseguinte, que foi nesse momento que a loucura de Nastásia se declarou. Tinha se mantido na sua cadeira, passeando um olhar desvairado sobre a assistência, como se fosse estranha ao que se passava e fizesse esforços por manter as suas ideias. Depois voltou-se rapidamente para o príncipe, e enrugando as sobrancelhas com um ar encolerizado, olhou-o fixamente; foi questão de um instante; talvez tivesse tido a súbita impressão de que era joguete de uma mistificação ou de um gracejo; a fisionomia do príncipe, porém, desenganou-a imediatamente. Tornou-se pensativa e começou a sorrir com um ar inconsciente.

— Então é verdade, vou ser princesa! — murmurou num tom escarninho, como se falasse consigo. E tendo os seus olhos fitado, por acaso, Daria, soltou uma forte gargalhada. Este desfecho foi inesperado... não o previa... — Mas, meus senhores, por que estão aí de pé? Sentem-se, peço-lhes, e felicitem-nos, ao príncipe e a mim. Creio que nenhum reclamou champanhe. Ferdistchenko, vai dizer que nos sirvam! Katia, Pacha — acrescentou ela, de repente, ao avistar as criadas no limiar da porta — aproximai-vos. Estais ouvindo? Vou me casar. Vou ser esposa de um príncipe que tem um milhão e meio. É o príncipe Míchkin; pediu-me em casamento.

— Que Deus te abençoe, minha boa amiga! Já era tempo! Não deixes escapar a ocasião! — exclamou Daria, deveras comovida com esta cena.

— Sente-se aqui ao meu lado, príncipe — continuou Nastásia. — Aí ou aqui! Tragam-nos vinho! Podem felicitar-me, meus senhores.

— Hurra! — gritaram numerosas vozes.

A maior parte dos convidados, e em especial quase todos os do grupo de Rogojine, comprimiram-se à volta das garrafas. Todos gritavam e estavam dispostos a gritar mais, mas muitos, de entre eles, apesar da confusão estabelecida, reconheciam que o bom senso havia desaparecido. Outros, sempre dominados pela desordem, esperavam com desconfiança o seguimento da aventura. Outros ainda, e estes formavam o maior número, murmuravam entre si que era vulgar ver-se o que se estava a passar, e que muitas vezes se sabia de príncipes que iam procurar as boêmias aos seus ninhos para as desposarem. Rogojine havia se mantido um pouco atrás, a contemplar a assistência, com um sorriso perplexo, afivelado ao rosto.

— Meu caro príncipe, segure-se — murmurou num tom de comoção, o general, aproximando-se do príncipe sem que ninguém visse e agarrando-lhe pela manga do casaco.

Nastásia surpreendeu o gesto e começou a rir.

— Ah, não, general! Agora sou também uma princesa, e o príncipe não permitirá que me faltem ao respeito, está a ouvir? Totski, pode felicitar-me. A partir de hoje já posso sentar-me em qualquer lugar, ao lado até da sua esposa. Que supunha? Não é uma felicidade ter um tal marido? Um milhão e meio, um príncipe que, além de tudo o mais, passa por idiota, a quem se pode pedir do melhor? É somente agora que vou verdadeiramente começar a viver. Foi muito tarde, Rogojine! Podes levar o teu embrulho. Desposo o príncipe e serei mais rica do que tu!

Só então Rogojine acabou por compreender o motivo por que ela o deixava. Um sofrimento inexplicável se lhe refletiu no seu rosto. Levantou os braços, enquanto um fundo gemido lhe saía do peito.

— Desiste! — gritou ele ao príncipe.

Uma risada geral saudou esta apóstrofe.

— Querias que ele desistisse em teu favor? — replicou Daria num tom arrogante.

— Reparai neste campônio que atirou com o dinheiro sobre a mesa! O príncipe propôs o casamento; tu, tu só vieste aqui para fazer escândalo...

— Mas eu também a quero desposar! Estou mesmo pronto a casar com ela, imediatamente! Dar-lhe-ei tudo...

— Tudo, como numa taberna, meu bêbado! Devia-te mandar pôr fora da porta! — replicou Daria, inclinada.

As risadas tornaram-se cada vez maiores.

— Estás a ouvir, príncipe? — perguntou Nastásia. — Repara como este campônio trata a tua noiva.

— Está bêbado — informou o príncipe — e além disso ama-a muito.

— E não terás vergonha, mais tarde, ao pensares que a tua noiva esteve para fugir com o Rogojine?

— Está dominada por um acesso de orgulho; e agora mesmo está com uma espécie de delírio...

— E não corarás se te disserem mais tarde que a tua esposa foi a amante de Totski?

— Não, não corarei... Se tem vivido com Totski, tem sido contra a sua vontade.

— E nunca mais me repreenderás?

— Nunca mais.

— Toma cuidado, não te desposo por toda a vida!

— Nastásia — disse o príncipe numa voz terna e cheia de comiseração — muito longe de julgar que lhe concedo uma honra, pedindo a sua mão, disse-lhe sempre que eu é que me sentia honrado se consentisse em casar comigo. Sorriu ao ouvir estas palavras e por mim entendi também rir acerca da minha pessoa. Pode ser que me tenha exprimido mal e que tenha sido ridículo; no entanto pareceu-me sempre compreender o que é a honra e estou certo de ter dito a verdade. Há um momento a Nastásia queria perder-se sem remissão, porque não lhe seria perdoado esse seu procedimento; contudo não era culpada de coisa alguma! Não se pode consentir que a sua vida tome um rumo irremediável. Pouco importa que Rogojine tenha feito esta diligência junto da sua pessoa e que Gabriel tenha procurado enganá-la. Por que razão recorda sempre essas coisas? O que tem, volto a repeti-lo, poucas pessoas teriam sido capazes de o fazer; se tivesse querido seguir Rogojine, era devido a qualquer estranha influência e então teria sido preferível ir descansar primeiro. Se o tivesse seguido, tê-lo-ia deixado no dia seguinte, para se tornar uma lavradeira. É orgulhosa, Nastásia, mas é talvez tão infeliz que acabará por se julgar positivamente culpada. Tem a necessidade de ser muito acompanhada. Tome cuidado com a sua pessoa. Por mim, logo que vi o seu retrato, tive a impressão de estar vendo um rosto conhecido. Pareceu-me também que me chamava... Eu... eu estimá-la-ei toda a vida — concluiu inopinadamente o príncipe, ao mesmo tempo que corava, como se de repente tivesse visto o auditório ante o qual se entregara a estas confidências.

Ptitsine, calado, por parecer ter sentido um sentimento de pudor, baixou a cabeça, de olhos fitos no chão. Totski pensava no seu íntimo: "É um idiota, mas sabe que a lisonja é o melhor meio para alcançarmos os nossos fins! É o instinto!"

O príncipe notou que Gabriel, do seu canto, dardejava sobre ele uns olhares rutilantes, como se quisesse fulminá-lo.

— É o que se pode chamar um homem sem coração! — declarou Daria, com piedade.

— É um rapaz bem-educado, mas perde-se — murmurou a meia-voz o general.

Totski pegou no chapéu e fez menção de se retirar. O general e ele, trocando um olhar de entendimento, combinaram sair juntos.

— Obrigada, príncipe — disse Nastásia. — Nunca ninguém me falou dessa forma até este momento. Têm-me sempre contratado; nunca um homem honesto me falou em casamento. Está a ouvir, Totski? Que pensa de tudo quanto o príncipe acaba de dizer? Pensa, sem dúvida, que isto se aproxima da inconveniência? Rogojine, espera um momento! Pelo que parece, não tens a intenção de ir já embora!... Bem pode ser que ainda vá contigo. Onde pensas levar-me?

— A Ekaterinov — interveio do seu canto Lebedev, entretanto que Rogojine, enraivecido, o olhava com o aspecto de um homem que não acredita no que está ouvindo. Encontrava-se tão perturbado, como se tivesse recebido uma violenta pancada na cabeça.

— Que tens tu, minha querida? Estás a delirar? Perdeste a cabeça? — exclamou Daria, deveras admirada.

— Supões que estou a falar a sério? — replicou Nastásia, soltando uma gargalhada e levantando-se de um salto. — Supões-me capaz de tornar impossível a vida deste inocente? Isso é bom para o Totski, que é capaz de enganar as pobres menores. Vamos, Rogojine! Prepara o teu embrulho! Pouco importa que queiras desposar-me ou não; dá-me de qualquer forma o dinheiro... É ainda muito possível que te recuse a minha mão. Pensas oferecer-me o casamento e guardar o dinheiro? Queres-te rir de mim? Eu sou, não duvides, uma criatura sem vergonha. Tenho sido a concubina de Totski... Quanto a ti, príncipe, a mulher que te convém é a Aglaé Epantchine e não a Nastásia Filipovna. Se cometesses essa asneira, o próprio Ferdistchenko apontar-te-ia a dedo. Não é para escarnecer, sei bem... mas eu é que teria medo de causar a tua perda e merecer mais tarde as tuas exprobrações. Sobre a honra que te daria, tornando-me tua mulher, Totski saberia informar-te bem!... Tu, Gabriel, perdeste uma boa ocasião de casar com a Aglaé Epantchine. Tiveste dúvidas, apenas? Se não tivesses querido negociar com ela, ter-te-ia certamente desposado. Sois todos os mesmos; é preciso estabelecer diferença entre as mulheres honestas e as cortesãs; de outra forma não se distinguem mais... Reparai no general, como olha para nós de boca aberta...

— Parece que estamos em Sodoma... em Sodoma!... — repetiu o general, encolhendo os ombros. Tinha-se já levantado do sofá; de novo todos os outros se puseram também de pé. Nastásia parecia ter atingido o paroxismo da exaltação.

— Será possível? — gemeu o príncipe, torcendo as mãos.

— Por quê? Não posso ter também o meu orgulho, por mais desavergonhada que seja? Disseste-me ainda há pouco que era uma perfeição!... Linda perfeição, na verdade, que se lança na lama unicamente para poder vangloriar-se de ter calcado aos pés um milhão e um título de princesa. Repara, que espécie de mulher poderia ser para ti, depois disto? Totski pode informar-vos que deitei de fato um milhão pela janela fora. Como pudeste acreditar que me ia sentir feliz em desposar o Gabriel, levada pelo engodo dos seus setenta e cinco mil rublos? Guarda-os, Totski, visto que tu não terias ido até cem mil! Rogojine foi mais generoso do que tu!... Quanto ao Gabriel, consolá-lo-ei, para o que tenho cá a minha ideia. Agora quero fazer a minha festa, pois não sou eu uma moça das ruas? Passei dez anos numa prisão; é chegado para mim o momento de ser feliz!... Está bem, Rogojine? Prepara-te para partirmos.

— Partamos! — gritou Rogojine, quase louco de alegria. — Vamos lá!... Meus amigos... vinho... Uf!

— Ide prevenidos com vinho, porque eu quero beber. Haverá lá música?

— Certamente! Ninguém se aproxime! — vociferava Rogojine, furioso, ao ver Daria avançar para Nastásia. — Ela é minha! Tudo é meu! Ela é a minha rainha! Não tem nada a fazer!

A alegria sufocava-o; girava à volta de Nastásia, gritando aos assistentes: ninguém se aproxime! Todos os do seu grupo invadiram nesta altura o salão. Uns bebiam, e outros gritavam e riam às gargalhadas; a excitação e a sem-cerimônia estavam atingindo o cúmulo. Ferdistchenko procurava introduzir-se no grupo. O general e Totski fizeram uma nova tentativa para se esquivarem. Gabriel tinha também o chapéu na mão, mas mantinha-se de pé e calado, como se não pudesse desviar os olhos desta cena.

— Ninguém se aproxime! — continuava a gritar Rogojine.

— Por que berras assim? — perguntou Nastásia, soltando uma gargalhada. Sou ainda a dona da casa; basta proferir uma palavra e pôr-te-ão fora da porta. Ainda não peguei no teu dinheiro; tem estado sempre aí. Traz-me aqui; dá-me todo o embrulho! Estão então cem mil rublos neste embrulho? Oh, que horror! Que tens, Daria? Achas que posso, portanto, arruinar a sua vida? — E indicava o príncipe.

— Casar com ele, quando tem ainda necessidade de uma ama? O general completará o papel: reparai como ele o lisonjeia. Ouça, príncipe: a sua noiva pegou no dinheiro por que é uma prostituta, e o senhor quer casar com ela? Mas por que chora? Isto magoa-o? Faça como eu, ria! — continuou Nastásia, no rosto da qual brilhavam duas grossas lágrimas.

— Deixe passar o tempo e tudo passará também! É melhor mudar de opinião agora, do que mais tarde... Mas que tem, para chorar assim? E a Katia também chora! Que tens tu, minha pequena Katia? Deixar-vos-ei, a ti e à Pacha, bastante dinheiro. Já tomei as minhas disposições. E agora, adeus! A ti, uma honrada moça, obriguei-te a servir uma desavergonhada… Príncipe, é melhor assim, muito melhor, porque mais tarde desprezar-me-ia e não seríamos felizes. Não faça juramentos nem protestos: não o acreditaria. É que estupidez isso não era! Não, é preferível que digamos gentilmente adeus, porque, como vê, eu sou também uma sonhadora e isto não daria nada de bom. Julga que nunca sonhei contigo? Foi durante os cinco anos de solidão, passados no campo, na casa deste homem! Deixava-me levar pelos meus pensamentos, pelos meus sonhos, e imaginava um homem como tu, bondoso, honrado, bonito, um pouco idiota mesmo, levantando-se de repente e dizendo-me: és culpada, Nastásia Filipovna, adoro-te! E entregava-me a esse sonho, a ponto de perder a cabeça… No final chegava este cavalheiro, que passava dois meses, por ano, ao pé de mim, e que partia, deixando-me desonrada, ultrajada, sobre-excitada e pervertida. Mil vezes pensei lançar-me ao lago, mas faltava-me a coragem e não tinha a força precisa para o fazer. E agora… Rogojine, estás pronto?

— Tudo pronto! — repetiram várias vozes.

— As troikas esperam-nos lá embaixo com os seus cocheiros.

Nastásia tomou o embrulho nas mãos.

— Gabriel, ocorreu-me uma ideia; quero te recompensar, porque não há razão para que percas tudo. Rogojine supõe-te capaz de ires de gatas até Vassili Ostrov, por três rublos.

— Sim!

— Então escuta, Gabriel; quero contemplar a tua alma pela última vez. Fizeste-me sofrer durante três longos meses; agora é a minha vez. Vês este embrulho? Contém cem mil rublos. Pois bem, vou-o deitar, dentro de instantes, no fogão, no meio do fogo, diante de todos os assistentes, que servirão de testemunhas. Logo que as chamas o tenham cercado por completo, corres para a fogueira a fim de o tirares, mas sem luvas, as mãos nuas e as mangas subidas. Se o conseguires, os cem mil rublos são para ti… Queimarás um pouco os dedos, mas pensa bem… olha que são cem mil rublos. Isto durará tão pouco tempo! Sentir-me-ei satisfeita com o espetáculo de te ver tirar o meu dinheiro do fogo. Todos são testemunhas de que o embrulho te ficará pertencendo! Se o não tirares do fogo, queimar-se-á, porque não permitirei a ninguém que lhe toque. Afastem-se todos! Este dinheiro pertence-me! Recebi-o para passar uma noite com Rogojine, o dinheiro é meu, Rogojine?

— Sim, minha alegria!… Sim, minha rainha!

— Então recuem todos. Sou livre e posso fazer dele o que quiser! Que ninguém intervenha! Ferdistchenko, aviva o lume!

— Nastásia, as minhas mãos recusam-se a fazer esse serviço! — respondeu Ferdistchenko aturdido.

— Eh — gritou Nastásia — quem procura as tenazes e deita duas achas para avivar a fogueira? Logo que as chamas se elevem, atiro com o embrulho ao fogo.

Elevou-se um grito geral: muitos assistentes mesmo fizeram o sinal da cruz.

— Está tola… Está tola — exclamaram todos.

— Não faríamos melhor prendê-la? — murmurou o general a Ptitsine. — Não seria melhor mandar procurar… Está tola, não é verdade? E bem tola…

— Não, talvez não passe tudo isto de alegria — respondeu Ptitsine em voz baixa. Estava branco como a neve e tremia; os seus olhos não podiam desviar-se do embrulho que iria arder.

— Ela perdeu a razão, não acreditas? — continuou o general, voltando-se para Totski.

— Sempre lhe disse que era uma mulher excêntrica — balbuciou Totski, que também havia estremecido.

— Mas pensa bem!... Olha que são cem mil rublos!

— Meu Deus! Meu Deus! — ouvia-se de todos os lados. Era um clamor geral. Todos faziam roda à volta do fogão, para verem de mais perto... Alguns mesmo subiam para cima das cadeiras para verem por cima das cabeças dos outros. Daria fugiu aterrorizada para a sala vizinha, onde começou a murmurar com Katia e Pacha. A bela alemã sumiu-se também.

— Minha mãezinha, minha rainha, minha toda poderosa! — lamentava-se Lebedev agarrando-se aos joelhos de Nastásia, ao mesmo tempo que estendia as mãos para o fogão. — Cem mil rublos! Cem mil rublos! Vi-os eu, foram embrulhados diante de mim. Minha mãezinha! Minha misericordiosa! Dá-me essa ordem e meter-me-ei inteiro no fogo; meterei mesmo esta cabeça grisalha!... Tenho a meu cargo uma mulher doente e paralítica das pernas, assim como treze crianças órfãs, pois o pai foi enterrado a semana passada; todos estão morrendo de fome, Nastásia!

Tendo terminado as suas lamúrias, começou a rastejar em direção à chaminé.

— Para trás! — gritou Nastásia, afastando-o. — Que toda a gente se afaste!... Gabriel, por que não te mexes? Não tenhas vergonha! Vá... Trata-se da tua felicidade.

Gabriel, porém, já tinha sofrido muito desde a manhã e não estava nada preparado para esta última prova, tão inesperada. A assistência afastou-se diante dele, deixando-o em face de Nastásia, de quem o separavam apenas três passos. Em pé, diante do fogão, esperava, sem desviar dele o olhar incandescente. Gabriel, de fraque, enluvado e de chapéu na mão, mantinha-se diante dela, calado e resignado, os braços cruzados e os olhos fitos no fogo. Um sorriso de demente errava no seu rosto pálido. Na verdade sentia-se fascinado pelo braseiro onde o embrulho começava a arder; contudo, parecia que um sentimento novo havia surgido na sua alma; tinha o ar de quem jurara resistir a esta prova até final e por isso continuava imóvel. Ao fim de alguns instantes toda a gente compreendeu que não queria ir tirar o embrulho do fogo, que não iria mesmo.

— Eh, vai-se queimar tudo! — gritou-lhe Nastásia. — Desacreditar-te-ás; depois queixar-te-ás, e a mim não me agrada.

O fogo estava forte entre as duas achas calcinadas; o embrulho, porém, ao cair, havia-o quase apagado. No entanto, uma pequena chama azul flamejava ainda na extremidade da acha inferior. Por fim uma delgada e comprida chama lambeu o papel, aí se prendeu e começou a percorrer a superfície e os cantos; o embrulho inteiro iluminou-se de repente, lançando no ar uma chama brilhante. Ouviu-se um grito geral.

— Mãezinha! — gemeu ainda Lebedev, que repetiu a tentativa para se aproximar do fogão; Rogojine desviou-o e empurrou-o de novo.

Este próprio parecia ter concentrado toda a sua vida na fixidez do seu olhar, que não podia desviar de Nastásia. Exultava. Sentia-se no sétimo céu. Não se conhecia a si mesmo.

— Esta sim, esta é que é uma verdadeira rainha — repetia ele sem cessar, em todas as direções. — Esta enche as medidas! — continuava a exclamar. — Qual de entre vós era capaz de fazer o que ela fez? Meu bando de patifes...

O príncipe observava esta cena, consternado e calado.

— Por uma só nota de mil rublos, retiraria eu o embrulho com os dentes — propôs Ferdistchenko.

— Eu faria outro tanto! — disse, rangendo os dentes, o homem de punhos de Hércules, que, sentado atrás dos outros, parecia estar dominado por um acesso de desespero. — O diabo me leve!... Já tudo arde! — acrescentava ele vendo elevar-se as chamas.

— Já arde! Já arde! — gritaram à uma todos os assistentes. A maior parte deles procurava aproximar-se da chaminé.

— Gabriel, não sejas besta!... Digo-te isto pela última vez.

— Vai lá! — berrou Ferdistchenko, atirando-se furioso contra Gabriel e empurrando-o para o fogão. — Vai, fanfarrão! Vai-se queimar tudo! Maldito sejas!

Gabriel desviou Ferdistchenko com força e, dando meia-volta, encaminhou-se para a porta. Porém não tinha dado ainda dois passos quando vacilou e caiu sobre o tapete.

— Uma síncope! — ouviu-se dizer à sua volta.

— Mãezinha, as notas ardem! — guinchou Lebedev.

— Queimam-se inutilmente! — vociferava-se de todos os lados.

— Katia, Pacha, trazei-me água e aguardente! — gritou Nastásia que, procurando as tenazes, retirou o embrulho do fogo. O invólucro de papel estava quase todo consumido, mas logo à primeira vista se podia constatar que o conteúdo estava intacto. As três folhas de jornal que o envolviam tinham protegido as notas. Um suspiro de alívio saiu de todos os peitos.

— À parte uma pequena nota de mil rublos, que sofreu um pouco, o resto está salvo — observou Lebedev com comoção.

— Todo o embrulho é dele! Todo! Estão a ouvir, meus senhores! — disse Nastásia, atirando com o dinheiro para o lado de Gabriel.

— Portou-se bem, pois não o retirou. Isto prova que nele o amor-próprio supera a cupidez. O resto não é nada. Recupera já os sentidos. Se não fosse isto, talvez me tivesse matado. Está já a voltar a si! General, Ptitsine, Daria, Katia, Pacha, Rogojine, ouçam bem. O embrulho é dele, do Gabriel. Dou-lhe com todo o direito, em indenização... aliás, pouco importa o por quê! Dizei-lhe. Pousai o embrulho no chão, ao lado dele... Rogojine, a caminho! Adeus, príncipe; graças a vós, vi um homem pela primeira vez! Adeus Totski, *merci*[20].

Todo o grupo de Rogojine se precipitou para a saída, num grande tumulto e algazarra, atrás do seu chefe e de Nastásia. Na sala, as criadas ajudaram-na a vestir a peliça, Marta, a cozinheira, acorreu também, Nastásia abraçou-as a todas.

— Por que razão, mãezinha, nos deixais de vez? Onde ides? É este o dia do vosso aniversário, um dia sem igual! — exclamaram as criadas, soluçando e beijando-lhe as mãos.

— Vou para a rua, Katia, é lá o meu lugar, entendes? Ou então tornar-me-ei uma lavradeira. Recebo o bastante de Totski! Saudai-o da minha parte e não me fiqueis com rancor...

O príncipe correu rápido para o portão, onde todo o grupo tratava de se acomodar nas quatro *troikas* com campainhas. O general conseguiu agarrá-lo nas escadas.

---

20 Em francês no original: Obrigado. (N. do R.)

— Vamos, príncipe, calma! — disse, segurando-o pela mão. — Deixa-a, não vês como ela é!?... Falo-te como um pai...

O príncipe olhou-o, sem responder uma palavra, e depois soltando o braço, correu para a rua. Perto do portão, de onde as *troikas* acabavam de partir, o general viu-o mandar parar o primeiro trem que passou, e dizer ao cocheiro para o conduzir a Ekaterinov, atrás daquela caravana.

Minutos decorridos o general subiu para o seu carro, atrelado a um puro-sangue, cinzento, e mandou seguir para sua casa. Ia com a cabeça cheia de novas esperanças e combinações. Levava o colar de pérolas que, apesar de toda esta confusão, não se esqueceu de guardar. No meio das suas reflexões a sedutora imagem de Nastásia apareceu-lhe por duas vezes. Suspirou:

— Que lástima! Francamente, que lástima! Esta mulher está perdida. É tola... Quanto ao príncipe, não é uma Nastásia que lhe falta... Depois disto, melhor foi que as coisas tivessem terminado desta forma...

Dois outros convidados de Nastásia, que resolveram percorrer um bocado do caminho a pé, trocaram entre si considerações morais do mesmo sentido.

— Sabe, Totski, isto lembra-me um costume em vigor, salvo erro, no Japão? — dizia Ptitsine. — Aí, um homem ofendido vai procurar o insultador e diz-lhe: "Ultrajaste-me e por isso vou abrir o ventre na tua frente". E o queixoso executa com efeito a ameaça; parece que lhe dá tanta satisfação, como uma verdadeira vingança. Há neste mundo estranhos caráteres, Totski!

— Supõe que isto que acaba de suceder é desse mesmo gênero? — replicou, sorrindo, Totski. — A comparação é espiritual... e bonita. Mas como viu, meu caro Ptitsine, fiz tudo quanto me era possível. Por outro lado há de concordar que impossíveis ninguém faz, como concorda também que esta mulher possui, apesar de tudo, dons superiores... qualidades brilhantes. No entanto, se esta confusão toda não me tivesse impedido, ter-lhe-ia gritado, que era ela própria a melhor resposta às repreensões que me dirigiu. Quem pode resistir à sedução desta mulher, até ao ponto de não perder a razão e... tudo? Veja esse campônio do Rogojine que lhe entregou *cem mil rublos!* Admitamos que esta cena, de que fomos testemunhas, seja incoerente, romântica, até mesmo chocante. Todavia não deixa de não ter cor e originalidade, há de concordar!... Meu Deus, quem tivesse podido unir um bom caráter a uma tal beleza! Porém, a despeito de todos os meus esforços, a despeito mesmo da educação que recebeu, tudo se perdeu. É um diamante em bruto, tenho-o dito muitas vezes...

E Totski soltou um fundo suspiro.

Parte 2
Capítulo 1

Dois dias depois da estranha aventura a que deu lugar à festa na casa de Nastásia, festa com a qual terminou a primeira parte da nossa narrativa, o príncipe Míchkin partiu precipitadamente para Moscovo a fim de tratar da herança que recebera de uma maneira tão inesperada. Dizia-se então que outras razões haviam contribuído para apressar a partida; nós, porém, podemos oferecer poucos detalhes sobre esse assunto, assim como sobre a sua vida em Moscou e, de uma maneira geral, sobre o tempo que passou fora de S. Petersburgo. Ausentou-se durante meio ano preciso e neste período, mesmo as pessoas que, por qualquer razão, se interessavam por ele, só puderam ter conhecimento de muitas poucas coisas da sua existência. Tinham corrido alguns rumores a seu respeito, mas com grandes intervalos; eram na maior parte extraordinários e quase sempre contraditórios. Aqueles que mais se preocuparam com o príncipe foram certamente os Epantchine, aos quais não tivera mesmo tempo de dizer adeus, antes da sua partida. Todavia o general tinha-o visto ainda umas duas ou três vezes e tinham tido uma séria conversa. Porém dos seus encontros com o príncipe, o general não disse uma só palavra à família. Por princípio, durante os primeiros tempos, isto é, durante o mês que se seguiu à partida do príncipe, considerou-se como conveniente, na casa dos Epantchine, não falar dele. Somente a Isabel declarou logo no início: enganei-me cruelmente a seu respeito. Dois ou três dias depois acrescentou, mas desta vez sem falar no príncipe e de uma maneira vaga, que o traço dominante da sua vida era enganar-se constantemente sobre as pessoas. Por fim, dez dias mais tarde, num momento de irritação contra as filhas, havia, à maneira de conclusão, proferido esta frase: "Basta de erros! Daqui por diante não haverá mais".

Não podemos deixar de dizer que um ambiente de mal-estar reinou por bastante tempo na sua casa. Pairava uma atmosfera de azedume, de tensão e de mistério; todas as pessoas da casa mostravam um ar de aborrecimento. O general estava ocupado dia e noite; fazia consultas sobre consultas; poucas vezes o tinham visto tão preocupado, sobretudo com o serviço. Era a custo que os seus conseguiam vê-lo. Quanto às meninas Epantchine, faziam todos os possíveis por não dizer aquilo que pensavam. Talvez não fossem muito expansivas entre si. Eram umas moças orgulhosas, altivas e muito discretas, mesmo umas com as outras. De resto, compreendiam-se não somente à primeira palavra, mas mesmo ao primeiro olhar, de maneira que uma longa explicação entre elas era muitas vezes supérflua.

Uma única coisa podia chamar a atenção de um observador estranho, ao encontrar-se no seio desta família; era que, a julgar por alguns detalhes dados anteriormente, o príncipe tinha produzido nas Epantchine uma impressão muito especial, se bem que apenas lhes tivesse feito uma curta visita. Talvez não passasse de um simples efeito da curiosidade despertada pelas singulares aventuras do príncipe. Fosse como fosse, essa impressão havia persistido.

Pouco a pouco os boatos que corriam pela cidade foram se tornando cada vez mais incertos e vagos. Falava-se num certo príncipe (ninguém podia precisar o nome), um pobre de espírito, que havia recebido inesperadamente uma herança enorme e que tinha de passagem casado com uma francesa, conhecida em Paris como dançarina ligeira de um estabelecimento chamado *Château des Fleurs*[21]. Outros afirmavam que esta herança pertencera a um general e que o marido da bailarina parisiense era um jovem

---

21 Em francês no original: Castelo das Flores. (N. do R.)

negociante russo, muitíssimo rico; acrescentava-se que, no dia do casamento, este último, estando bêbado, queimara na chama de uma vela, por pura vaidade, setecentos mil rublos, de um lote de títulos do último empréstimo.

Diversas circunstâncias obstaram, bem depressa, à difusão desses boatos. O grupo de Rogojine, do qual muitos membros podiam ter fornecido esclarecimentos, solidarizou-se por completo com o seu chefe, em Moscovo, oito dias após uma orgia formidável no Waux-Hall, de Ekaterinov, orgia a que assistira Nastásia. As poucas pessoas que podiam interessar-se deduziram por certos boatos que Nastásia fugira no dia seguinte ao desta leviandade, tendo desaparecido. Porém já haviam encontrado o seu rastro em Moscovo. A partida de Rogojine para essa cidade, parecia confirmar esse boato.

Outros boatos circulavam igualmente a respeito de Gabriel, que era bastante conhecido no seu meio social. Contudo, um acontecimento sobreveio, que dissipou e não tardou a fazer esquecer por completo as impressões desagradáveis de que ele era objeto: adoeceu gravemente e deixou de aparecer tanto na sociedade como no seu escritório. Ao fim de um mês restabeleceu-se, mas resignou-se às suas funções e a sociedade teve de prover à sua substituição. Não voltou a pôr mais os pés na casa do general Epantchine, que em virtude disso teve de arranjar outro secretário. Os seus inimigos declararam que ele tinha vergonha de aparecer na rua depois de tudo quanto se tinha passado. A verdade, porém, é que se sentia de fato doente e num estado bastante próximo da neurastenia: estava melancólico e irritável.

Bárbara casou com Ptitsine no decorrer desse inverno; todos os seus amigos atribuíram este casamento ao fato de Gabriel, não só não sustentar a família, como ainda tinham de o sustentar, visto se ter recusado a retomar o trabalho.

Notamos, entre parênteses, que na casa dos Epantchine não se pronunciou mais o nome de Gabriel, tal como se nunca lá tivesse ido, ou mesmo, como se não existisse. Entretanto tinham todos sabido — muito rapidamente mesmo — um fato muito curioso a seu respeito; na noite memorável, após a desagradável tragédia que se havia desenrolado na casa de Nastásia, Gabriel entrou em sua *casa,* não se deitou e aguardou o regresso do príncipe com uma impaciência febril. Este só voltou de Ekaterinov às seis horas da manhã. Então Gabriel entrou-lhe no quarto e pousou sobre a mesa, diante dele, o embrulho avermelhado pelo fogo e contendo as notas que Nastásia lhe dera, durante o tempo que esteve sem sentidos. Pediu-lhe com a maior insistência para restituir o embrulho a Nastásia na primeira ocasião. Na ocasião em que se preparava para entrar no quarto do príncipe, dominavam-no uns certos sentimentos hostis e parecia desesperado. Após, porém, a primeira troca de palavras, ficou duas horas junto dele e não deixou de chorar durante todo este tempo. Separaram-se nas melhores relações.

Este acontecimento chegou ao conhecimento de todos os Epantchine, e sobre a sua autenticidade não tiveram dúvidas algumas. É deveras estranho que tais acontecimentos se propaguem tão rapidamente; foi por essa mesma forma que tudo quanto se passou na casa de Nastásia foi sabido no dia seguinte pelas Epantchine, de uma maneira bastante precisa, mesmo quanto aos menores detalhes. No que diz respeito aos boatos relativos a Gabriel, poderíamos supor que foram contados às Epantchine pela Bárbara, que visitou por várias vezes as três meninas e não tardou a tornar-se pessoa da sua intimidade, para maior surpresa de Isabel Prokofievna. Por outro lado, supondo ser-lhe necessário o aproximar-se das Epantchine, não lhes ia, com certeza, falar em Gabriel. Era uma mulher orgulhosa da sua pessoa, o que não a impedia de procurar relacionar-se com as pessoas que quase tinham expulsado, de sua casa, seu irmão. Já antes as meninas Epantchine e Bárbara se conheciam, mas viam-se pouco. Mesmo agora não aparecia quase nunca no salão; entrava pela escada de serviço, como se receasse mostrar-se. Isabel nunca lhe manifestara muita simpatia, nem antes, nem nesta altura, se bem que estimasse muito Nina Alexandrovna, a mãe de Bárbara. Admirava-se e zangava-se, atribuindo a amizade de suas filhas por Bárbara, a um capricho e ao seu espírito autoritário, que fazia com que pensassem em contrariar sua mãe. Bárbara continuou a visitá-las tal como fazia antes do seu casamento.

Um mês depois da partida do príncipe, o general Epantchine recebeu uma carta da velha princesa Bielokonski, que chegara duas semanas antes, juntamente à mais velha das suas filhas, casada em Moscovo. Esta carta causou uma profunda impressão à esposa do general. Não comunicou nada às filhas, nem a Ivan, porém, devido a vários indícios, deixou antever aos seus amigos que ficara comovida e mesmo perturbada. Punha-se a falar às filhas num tom fora do normal e sempre a propósito das coisas, as mais extraordinárias; estava quase a desabafar com alguém, mas surgia sempre qualquer coisa que a impedia. No dia em que recebeu a carta, mostrou-se meiga para com toda a gente; abraçou mesmo Aglaé e Adelaide, exprimindo-lhes o seu arrependimento, sem que elas pudessem bem compreender a razão ou o porquê. Testemunhou mesmo uma terna condescendência a Ivan, a quem havia incomodado só há dois meses. Bem entendido, nesse mesmo dia zangou-se, por se ter deixado arrastar por um acesso de sentimentalismo, e arranjou as coisas de forma a ralhar com todos antes do jantar. Para a noite o horizonte familiar desanuviou-se de novo. E durante uma semana mostrou-se bem-humorada, o que já não lhe acontecia há muito tempo.

Decorreu mais uma semana, no fim da qual chegou uma segunda carta da princesa Bielokonski. Desta vez a esposa do general resolveu-se a falar. Anunciou solenemente que velha Bielokonski — era assim que ela a designava — tinha-lhe enviado notícias muito consoladoras do... desse original, enfim... do príncipe! A velha havia pedido informações a tal respeito, em Moscovo, e os resultados do seu inquérito tinham sido dos mais favoráveis. O príncipe acabara por ir vê-la e produzira nela uma impressão bastante agradável. Pode-se deduzir disto que o convidou a ir vê-la todos os dias, da uma hora às duas, e que esta visita diária ainda não a tinha fatigado. Acrescentou, para concluir, que devido às recomendações da velha, o príncipe fora recebido em duas ou três boas casas. Ainda bem — disse ela — que não se enclausurou na casa e não se mostrou envergonhado como um imbecil!

As pequenas, ao ouvirem estas explicações, perceberam imediatamente que a mãe lhes escondia a parte mais importante da carta. Talvez tivessem sido informadas sobre o que se passava, por intermédio da Bárbara, que podia e devia mesmo saber muitas coisas, graças a seu marido, sobre a forma como decorria a vida do príncipe em Moscovo. Ptitsine era, com efeito, o mais bem informado de todos. Estava quase sempre calado quando se tratava de qualquer assunto, mas não tinha, como é natural, segredos para a Bárbara. Isto foi mais um motivo para que a esposa do general antipatizasse com ele.

Em todo caso a má vontade havia desaparecido, e desde então podiam falar do príncipe sem se constrangerem. Por outro lado este incidente tornara mais visível a impressão profunda, o vivo interesse que o príncipe provocara na casa dos Epantchine. A esposa do general ficou mesmo surpreendida com a curiosidade que despertaram nas suas filhas as notícias vindas de Moscou. Por outro lado as pequenas admiraram-se da incoerência de sua mãe, depois de ter solenemente declarado que o defeito principal da sua vida era o enganar-se a respeito das pessoas, não deixara, no entanto, de recomendar o príncipe à solicitude da poderosa e velha Bielokonski, em Moscovo, o que representava um certo valimento, porque a velha gostava de fazer orelhas moucas.

Desde que um novo vento começara a soprar, o general apressou-se a dar a conhecer a sua opinião. O príncipe parecia interessá-lo também muitíssimo. De resto, as informações que deu sobre ele diziam apenas com respeito à sua situação material. Expôs que, no interesse do príncipe, mandara o vigiar, assim como ao seu secretário, Salazkine, por dois homens de confiança e de uma certa influência na sociedade de Moscovo. Tudo quanto lhe tinham contado sobre a herança era exato, exceto quanto ao seu quantitativo, pois o importe total havia sido bastante exagerado. O patrimônio estava comprometido, cheio de dívidas; existiam mesmo mais herdeiros; por outro lado, apesar dos conselhos que lhe tinham dado, o príncipe tratou da herança um pouco no ar. Na verdade o general desejava-lhe a maior felicidade possível e, agora que a má vontade havia desaparecido, estava contente por lhe poder dizer, com toda a sinceridade, que era um jovem com bastantes méritos, se bem que um pouco atoleimado; havia cometido na resolução deste assunto algumas asneiras. Assim, os credores do falecido negociante apresentaram-se com títulos deveras contestáveis e desprovidos de valor; alguns mesmo, reconhecendo a sua nenhuma razão, não lhe tinham dito nada. Que fez o príncipe? A despeito das observações dos seus amigos, que lhe demonstraram que essas pessoas não tinham direito algum, pagou a quase todos. Fundamentou-se para isso na única consideração de que alguns desses pretensos credores pareciam ter, de fato, sofrido qualquer perda.

A esposa do general fez notar, a este respeito, que igual observação se encontrava na carta da princesa Bielokonski: "É tolo, muito tolo; mas como fazer para convencer um parvo?", acrescentava ela, num tom terminante. Contudo a sua fisionomia deixava ver que a maneira de agir deste parvo estava longe de lhe desagradar. No fim das contas o general constatou que a esposa tinha pelo príncipe o mesmo interesse que teria pelo seu próprio filho e que dispensava uns certos carinhos a Aglaé; em virtude disto tomou, durante algum tempo, uma atitude de homem de negócios.

Porém estas boas disposições duraram pouco. Uma nova e brusca mudança sobreveio ao fim de duas semanas: a esposa do general voltou a mostrar-se aborrecida e o general, depois de haver encolhido os ombros diversas vezes, recaiu num silêncio glacial.

A razão dessa mudança é que tinha recebido, quinze dias antes, um aviso confidencial, anunciando-lhe laconicamente e em termos bastante confusos, mas de fonte digna de fé, que Nastásia, depois de a haverem perdido de vista em Moscovo, fora aí encontrada por Rogojine. Tinha desaparecido de novo e mais uma vez a havia descoberto; por último ela tinha-lhe dado quase a sua palavra de que o desposaria.

Duas semanas mais tarde sua Excelência soube que Nastásia tinha se escondido pela terceira vez, quase no momento da cerimônia nupcial. Desta vez procurou esconder-se na província. Ora, o príncipe Míchkin desaparecera de Moscou por essa mesma ocasião, deixando todos os seus negócios entregues a Salazkine. Teria partido com ela, ou ter-se-ia lançado em sua perseguição? Não se sabia. O general, no entanto, concluiu que andava mouro na costa.

Isabel soube também, por seu lado, dessas irritantes novidades.

Por último, dois meses depois da partida do príncipe, perderam-lhe por completo o rastro em S. Petersburgo, e os Epantchine não quebraram mais o silêncio de que mantinham a seu respeito. Bárbara continuou a ser visita frequente das pequenas.

Para acabar com todos estes boatos e rumores, acrescentaremos que a primavera originou muitas mudanças na casa dos Epantchine, de maneira que foi muito fácil esquecer o príncipe, o qual também, talvez intencionalmente, não deu mais sinais de si. No decorrer do inverno anterior tinham feito projetos de passar o verão no estrangeiro. Tratava-se apenas, bem entendido, da Isabel e das filhas, visto que o general não tinha tempo para perder em distrações. A decisão havia sido tomada, devido aos constantes pedidos das pequenas, pois se lhes tinha metido na cabeça que os pais não queriam levá-las ao estrangeiro, com receio de perderem os partidos que eles esperavam conquistar. Pode-se por isso supor que os esposos Epantchine acabaram por concordar, na esperança de que os pretendentes pudessem também encontrar-se fora do país e que uma viagem de verão, longe de perturbar as coisas, podia, pelo contrário, conjugá-las. A tal respeito diremos que o projeto de casar a filha mais velha com Ivanovitch tinha sido abandonado antes mesmo de ter tomado uma forma concreta. Tinha-se combinado isto muito naturalmente, sem longas discussões nem dissidências na família. Logo após a partida do príncipe, haviam terminado as conversas a seu respeito, tanto de um lado como do outro. Este acontecimento contribuiu, até certo ponto, para tornar mais pesada a atmosfera de indisposição que reinava na casa dos Epantchine, ainda que a esposa do general tivesse declarado que se encontrava encantada e que se persignava com as duas mãos ao pensar nisso. O general, reconhecendo os erros de que sua mulher se queixava, não mostrou, durante algum tempo, o seu mau humor.

Lamentava Ivanovitch, um homem tão rico e tão reto. Passado pouco tempo, soube que este último, que estava apaixonado por uma francesa que passara por ali e que pertencia à melhor sociedade; era uma marquesa pertencente ao partido legitimista. O casamento estava decidido, e Ivanovitch devia seguir dentro de pouco tempo para Paris, e depois para um canto da Bretanha. "Vamos", informou o general, "casado com uma francesa, é um homem perdido."

Os Epantchine preparavam a sua viagem de verão. Um incidente sobreveio, de repente, que de novo perturbou tudo e fez adiar a viagem, com grande satisfação do general e da esposa. Este incidente foi provocado pela chegada, a S. Petersburgo, de um fidalgo moscovita, o príncipe Stck..., homem conhecido e com as melhores referências. Era destas pessoas conhecidas ainda há pouco, ativas, honestas e modestas, que desejam sincera e conscienciosamente tornarem-se úteis, trabalhando sem descanso e distinguindo-se pela sua rara e feliz aptidão em encontrarem sempre onde empregar a sua atividade. À margem da vã agitação dos partidos, sem ostentação nem a pretensão de desempenhar um papel de primeira categoria, o príncipe havia, no entanto, compreendido muito bem o sentido das transformações da época atual. Tinha sido primeiro, funcionário do Estado, e depois consagrara-se aos estados provinciais. Por outro lado colaborava, como membro correspondente, nos trabalhos de várias academias russas. Com o concurso de um engenheiro, seu conhecido, conseguira melhorar, após estudos e investigações especiais, uma das nossas mais importantes vias férreas. Tinha então trinta e cinco anos. Pertencendo à melhor sociedade, possuía, no dizer do general, uma boa fortuna, sólida e bem aplicada. O general sabia alguma coisa, pois havia-o conhecido na casa do conde, o seu chefe hierárquico, por ocasião de uma questão bastante importante. Movido por uma especial curiosidade, o príncipe não punha nunca dúvidas em se relacionar com os homens de negócios russos. As circunstâncias levaram-no a ser também apresentado à família do general. Adelaide, a mais nova das três irmãs, causou-lhe uma forte impressão. No começo da primavera fez o seu pedido de casamento. Tinha simpatizado muito com a Adelaide, assim como com a Isabel. O general ficou encantado com este pretendente. A viagem projetada foi então adiada e decidiram realizar o casamento durante essa estação.

 A viagem podia ter-se realizado no meio do verão ou no fim e, mesmo que durasse apenas um mês ou dois, seria uma diversão para a Isabel e as duas outras filhas, ante o desgosto sentido com a partida da Adelaide. Porém um novo incidente surgiu; no final da primavera — o casamento tinha-se retardado um pouco e haviam-no transferido para o meio do verão — o príncipe Stck... apresentou aos Epantchine um dos seus parentes afastados, e ao mesmo tempo, seu amigo íntimo, um tal Eugênio Pavlovitch R... Era um jovem ajudante de campo, com cerca de vinte e oito anos, muito bom rapaz, pertencendo a um dos ramos da velha aristocracia, espirituoso, inteligente, muito instruído, partidário das novas ideias e detentor de uma prodigiosa fortuna. Sobre este último ponto o general mostrou-se sempre circunspecto. Tendo pedido informações, tirou a seguinte conclusão: a coisa parece exata, no entanto, precisa ainda ser verificada. Este jovem ajudante de campo, a quem estava reservado um brilhante futuro, viu o seu prestígio aumentado ante as referências que a velha Bielokonski mandou de Moscovo. Havia apenas uma sombra a ofuscá-las: as suas ligações e as conquistas que tinha feito, e que, segundo se afirmava, haviam causado a infelicidade de alguns corações sensíveis. Quando viu a Aglaé, começou a frequentar muito assiduamente a casa dos Epantchine. Para dizer a verdade esta assiduidade não deu lugar, nem a uma explicação, nem mesmo a qualquer alusão. Por outro lado, os pais tiveram a nítida impressão de que ele não tinha tempo para pensar numa viagem ao estrangeiro esse verão. Talvez, porém, Aglaé não fosse da mesma opinião.

 Isto passou-se pouco tempo antes da entrada em cena do nosso herói. A julgar pelas aparências, haviam-se esquecido por completo do pobre príncipe Míchkin, em S. Petersburgo. Se reaparecesse neste momento, no meio dos seus conhecimentos, dar-lhes-ia a impressão de haver caído do céu.

Devemos assinalar, ainda, um fato, antes de fechar esta introdução. Após a partida do príncipe, Ivolguine continuou logo a viver como vivia antes, indo ao colégio, visitando o seu amigo Hipólito, vigiando o pai e ajudando Bárbara no trabalho da casa, isto é, fazendo-lhe os recados. Entretanto os inquilinos tinham se dispersado depressa: Ferdistchenko mudou de casa, três dias depois da cena ocorrida na casa da Nastásia; deixaram logo de o ver, como não ouviram mais falar dele; disse-se apenas, mas sem se poder garantir, que se embebedava em qualquer parte. Com o príncipe havia saído o último hóspede. Mais tarde, quando a Bárbara se casou, Nina e Gabriel foram viver com ela, na casa do Ptitsine, no quartel do regimento de Ismailovski.

Quanto ao general Ivolguine, sucedeu-lhe por essa mesma época uma aventura de todo imprevista: prenderam-no sob a acusação de ter cometido dívidas. A prisão foi devida à reclamação da sua amiga, a viúva do capitão, à qual pedira, por diferentes vezes, dois mil rublos, assinando-lhe diversas letras. Isto foi para o general uma verdadeira surpresa, e o infeliz foi positivamente vítima da sua confiança ilimitada na nobreza do coração humano. Tendo tomado o tranquilizante hábito de assinar letras e vales, nunca imaginou que pudesse ter tais consequências, pensando que as coisas não chegariam nunca ao conhecimento do público. Porém os acontecimentos desenganaram-no. "Tende confiança, depois disto, nas pessoas e acreditai nobremente nelas", exclamava ele com amargura, enquanto esvaziava uma garrafa de vinho na companhia dos seus novos conhecidos, os pensionistas da casa Tarassov, aos quais contava anedotas sobre o cerco de Kara, assim como a história do soldado ressuscitado. Adaptara-se logo muitíssimo bem ao seu novo regime. Ptitsine e Bárbara declararam que era esse o lugar que lhe convinha, maneira de ver que Gabriel confirmou. Apenas a pobre Nina chorava às escondidas — o que admirava a família — e, se bem que sempre doente, ia tantas vezes, quantas lhe era possível, ver o marido ao bairro afastado onde vivia.

Depois deste acontecimento, que ela denominava o acidente do general, e depois do casamento da sua irmã, Kolia vivia quase entregue a si, ao ponto de entrar tarde em casa. Corria o boato de que havia também travado novos conhecimentos: por outro lado viam-no muitas vezes na prisão. Nina custava-lhe a separar-se dele, quando lá ia. Em casa não havia nunca pretexto para questionarem. Bárbara, que até há pouco tempo o trazia muito guardado, não o interrogava agora acerca das suas ausências. Com grande surpresa da família, Gabriel, a despeito da sua misantropia, falava com ele e mostrava-lhe por vezes o seu afeto, coisa que até aí nunca se vira. Tinha vinte e sete anos e o irmão quinze; até essa altura não havia dispensado a este último qualquer solicitude; pelo contrário, tratava-o grosseiramente, exigia de todos a mesma severidade para com ele e ameaçava-o a todos os instantes de lhe arrancar as orelhas, o que perturbava bastante o pequeno. Tinha-se agora a impressão de que Kolia era muitas vezes indispensável a seu irmão. Por seu lado ficou deveras surpreendido, ao vê-lo dar dinheiro à Nastásia, e estava pronto, por esta razão, a perdoar-lhe muitas coisas.

Passados três meses sobre a partida do príncipe, a família Ivolguine soube que Kolia havia sida apresentado aos Epantchine e que encontrara na casa deles o melhor acolhimento, em especial das pequenas. Bárbara soube, passado pouco tempo, da novidade, embora Kolia se tivesse apresentado, sem ter recorrido a qualquer intermediário. Afeiçoou-se pouco a pouco aos Epantchine. A esposa do general, que começou por o receber com mau humor, não tardou a tornar-se afável com ele, quando soube que era sincero e não gostava de lisonjear. Que não gostava de lisonjear, era de fato verdade: soube ocupar entre os Epantchine um lugar de perfeita igualdade e independência. Se lia alguns livros ou jornais à esposa do general, é porque era de seu natural obsequioso. Por duas vezes, contudo, no decorrer de uma viva discussão com Isabel, declarou-lhe que era despótica e que não punha mais os pés em sua casa. A primeira dessas discussões foi provocada pela questão feminina, a segunda foi devido à escolha da estação do ano mais favorável para se agarrarem canários. Por inverossímil que isto lhes pareça, a esposa do general mandava no dia seguinte a criada levar-lhe um bilhete, pedindo-lhe para não faltar. Kolia não era teimoso e por isso aparecia. Apenas a Aglaé não ficava contente com a sua vinda, não se sabia por quê, e tratava-o com altivez. Contudo disse-lhe uma vez que havia de lhe causar uma surpresa. Um dia — foi durante a semana santa — Kolia aproveitou um momento em que estavam sós para lhe entregar uma carta, a qual lhe tinham recomendado para só a entregar a ela. Aglaé fitou com um olhar ameaçador esta imprudente criança, mas Kolia saiu sem esperar pela resposta. Abriu a carta e leu:

Um dia honrou-me com a sua confiança. Talvez se tenha esquecido por completo de mim. Por que me decidi a escrever-lhe? Não o sei; mas senti um irresistível desejo de me dirigir a ti, especialmente a ti. Muitas vezes me foi prestável, assim como as suas irmãs, porém, das três, só a ti trazia a todo o instante no pensamento. Preciso muito de ti, é-me muito necessária. Não tenho nada a pedir-lhe nem a contar-lhe, que me diga com respeito. Isso não seria, por agora, o que me obrigaria a escrever-lhe. O meu mais ardente desejo é saber se é feliz. É na verdade muito feliz? É tudo quanto tenho a dizer-lhe,
    O seu primo,
    príncipe, L. Míchkin

Depois de ter lido esta carta, esta deveras incoerente carta, Aglaé corou bruscamente e ficou pensativa. Ser-nos-ia difícil seguir o curso das suas ideias. Pôs ante ela, entre outras, esta pergunta: "Devo mostrar esta carta a alguém?"… Resolveu meter a carta na gaveta da mesa, enquanto um sorriso enigmático e escarninho lhe entreabriu os lábios.

No dia seguinte pegou a carta e meteu-a dentro de um grosso livro, com uma forte encadernação. Era sempre assim que fazia aos papéis que pretendia encontrar depressa. Uma semana se passou, antes que ela tivesse a ideia de olhar para o título da obra: era o *Dom Quixote de la Mancha*. Não se sabe bem por quê, este título fê-la rir até à gargalhada. Também não se sabia se havia mostrado a carta a alguma das irmãs.

No dia em que a releu, uma pergunta lhe atravessou o espírito: "Teria o príncipe escolhido este impertinente e vaidoso criançola como correspondente, talvez como único correspondente?" Interrogou Kolia a tal respeito, mas falando-lhe altivamente. Porém o criançola, habitualmente tão melindroso, não prestou nenhuma atenção ao seu ar de desprezo. Explicou-lhe, de uma maneira rápida e seca, que por acaso tinha dado a sua direção e oferecido os seus serviços ao príncipe, antes de este ter deixado S. Petersburgo, e que este era o primeiro serviço de que o encarregava, bem como a primeira carta que recebia.

Em reforço do que disse, mostrou a carta que o príncipe lhe dirigiu diretamente. Aglaé não teve nenhum escrúpulo em ler essa carta, que era assim concebida:

Caro Kolia,
Peço-lhe o favor de entregar a carta fechada, que vai junta, à Aglaé.
Estimo tenha passado bem.
Seu afetuoso,
Príncipe, L. Míchkin.

— É deveras ridículo confiar tanto em semelhante garoto! — disse Aglaé, num tom de despeito, ao devolver-lhe a carta; em seguida afastou-se com um ar desdenhoso.

Não havia dúvidas de que não podia tolerar o Kolia, que, naquela ocasião, emprestara a Gabriel, sem lhe dar uma razão, o seu lenço verde, novo ainda. Ressentiu-se cruelmente com esta afronta.

Capítulo 2

Estava-se no princípio de junho: há mais de uma semana que fazia em S. Petersburgo um tempo esplêndido. Os Epantchine possuíam em Pavlovsk uma luxuosa casa. Isabel tornou-se muitas vezes impaciente e impôs a todo o custo o ir viver para lá; em dois dias, portanto, o arranjo da casa ficou concluído.

Um dia ou dois após esta partida, o príncipe Míchkin chegou a Moscovo no comboio da manhã. Ninguém o foi esperar à estação, mas à descida da carruagem julgou distinguir entre a multidão, que se comprimia em volta dos viajantes, uns olhos incandescentes, que o fitavam de uma forma estranha. Procurou ver de quem era esse olhar, mas não distinguiu nada. Talvez não tivesse passado de uma ilusão, porém deixou-lhe uma impressão desagradável. O príncipe não precisava disto para ficar triste e inquieto; alguma coisa parecia já preocupá-lo.

Tomou um carro que o levou a uma hospedaria, não muito longe da Liteinaia. Nessa hospedaria, onde não lhe exigiam logo o pagamento, alugou dois pequenos quartos, sombrios e mal mobiliados. Lavou-se, mudou de vestuário e, sem nada pedir, saiu às pressas, como um homem que teme perder tempo ou faltar a alguma visita.

Se algumas das pessoas que o conheceram seis meses antes, a quando da sua primeira chegada a S. Petersburgo, o encontrassem, tê-lo-iam reconhecido naquela altura, e teriam constatado umas notáveis melhoras no seu aspecto exterior. Não passava, contudo, da aparência. Apenas o seu vestuário tinha sofrido uma transformação radical: havia mandado fazer uma roupa, num bom alfaiate de Moscovo. No entanto essa roupa tinha o de estar muito no rigor da moda — o que sucede, sempre que se faz uma roupa num alfaiate que tem mais boa vontade do que bom gosto — sobretudo para um homem que não entende nada de moda; um observador, sempre pronto a zombar, podia, ao examinar o príncipe, encontrar nele motivo para se rir. Mas há tantas coisas que nos podem provocar o riso!

O príncipe fez-se conduzir de carro até Peski. Numa das ruas do grupo Rojdestvenski descobriu rapidamente a direção que procurava; era uma casinha de madeira, de aspecto agradável, tão limpa e asseada que causava surpresa. Rodeava-a um jardim cheio de flores. As janelas que davam para a rua estavam abertas e ouvia-se a voz penetrante, quase aguda, de um homem que parecia ler, ou melhor, proferir um discurso; esta voz era de instante a instante interrompida por sonoras gargalhadas. O príncipe entrou no pátio, subiu uns degraus, abriu uma porta e perguntou pelo senhor Lebedev.

— Está ali — respondeu uma cozinheira, de mangas arregaçadas até aos cotovelos e indicando com o dedo a entrada do salão. Este salão, forrado com papel cinzento-escuro, estava bem arranjado, arranjado mesmo com um certo requinte de bom gosto: o mobiliário compunha-se de uma mesa redonda, de um sofá, de um relógio em bronze, metido numa campânula, de um espelho estreito, fixo na parede, e de um pequeno e velho candeeiro com pingentes, suspenso do teto por uma corrente de bronze.

No meio desta sala encontrava-se o senhor Lebedev, voltado de costas para a porta por onde entrou o príncipe. Em mangas de camisa, devido ao calor, discursava num tom patético, batendo no peito. O auditório compunha-se de um rapaz de quinze anos, com uma cara alegre e inteligente, tendo na mão um livro; de uma moça com cerca de vinte anos, toda de luto e tendo uma criança nos braços; uma moça de treze anos, igualmente de luto, que ria por tudo e por nada; e por fim um singular personagem estendido num sofá, um homem perto dos vinte anos, bastante elegante, moreno, com uns cabelos compridos e bastos, uns grandes olhos escuros e uma leve penugem em vez da barba e das suíças. Este último parecia interromper com frequência a eloquência de Lebedev, contradizendo-o, o que provocava, com certeza, os acessos de hilaridade do auditório.

— Loukiane Timofeitch! Eh! Loukiane! Olha! Olha para aqui!... Ah, e depois disto tudo, ainda faz o que quer!

E a cozinheira saiu, vermelha de cólera, agitando os braços num gesto de impotência.

Lebedev voltou-se e, tendo visto o príncipe, ficou atrapalhado. Um momento depois correu para ele com um sorriso obsequioso, mas parou de novo, no limiar da porta, admirado com a surpresa, e balbuciou:

— Ex... excelentíssimo príncipe!

Logo em seguida, incapaz ainda de dar conta de si, deu meia-volta e lançou-se, sem tom nem som, sobre a moça vestida de preto e que tinha a criancinha nos braços: esta estremeceu e recuou, ante este gesto imprevisto. Ele, porém, voltou-se logo e começou a vociferar com a pequena de treze anos, que em pé, no vão da porta da sala vizinha, não tinha ainda deixado de dar gargalhadas; ela, não podendo tolerar os seus gritos, dirigiu-se a correr para a cozinha. Lebedev bateu com os pés no chão para a atemorizar mais. Entretanto o seu olhar cruzou-se com o do príncipe, que mostrava um aspecto de confuso, e disse, à maneira de explicação:

— É para... o respeito, eh, eh!

— Andou muito mal... — começou o príncipe.

— Quanto antes, quanto antes... com a rapidez do vento...

E Lebedev desapareceu a toda a pressa do quarto. O príncipe olhou com espanto para a moça, o rapaz e o homem estendido no sofá. Todos riam. Fez como eles.

— Foi vestir o fraque — disse o rapaz.

— Como tudo isto é contraditório! — disse o príncipe. — E eu que contava... Mas, digam-me, não estará ele...

— Bêbado, é o que quer dizer? — gritou uma voz, partindo do sofá. Por nada deste mundo! Quando muito bebeu três ou quatro pequenos copos, talvez cinco, isto para não fugir à regra.

O príncipe ia responder ao último interlocutor, mas este havia avançado para a moça, cuja linda fisionomia exprimia a maior alegria e que acrescentou:

— Nunca bebe muito de manhã; se quer falar com ele sobre negócios, pode fazê-lo. É a melhor ocasião. À tarde, quando regressa à casa, já está um pouco tocado. Por vezes chega, sobretudo à noite, a chorar, ou lê-nos em voz alta a Bíblia, visto a nossa mãe ter morrido há cinco semanas.

— Fugiu porque não tinha nada de bom para lhe responder — observou o homem deitado no sofá. — Aposto em como procura a maneira de o enganar e que neste momento rumina sobre a forma como o deve atacar!

— Há cinco semanas que ela morreu! Cinco semanas, apenas! — exclamou Lebedev, reaparecendo vestido de fraque. Piscou os olhos e tirou um lenço do bolso para limpar as lágrimas. — Órfãos, estão órfãos!

— Então, paizinho, por que vestiu um fato todo roto? — disse a moça. — Tem aí atrás da porta uma sobrecasaca nova. Não a viu ainda?

— Cala-te, gafanhota! — gritou-lhe Lebedev. — Vejo-te muito bem! — E bateu com os pés para a intimidar; desta vez, porém, deu-lhe vontade de rir.

— Por que procura intimidar-me? Eu não sou a Tânia, não quero mesmo fugir. Olhe, vá acordar a pequenita Lioubov, pois parece que tem ainda convulsões. Para que gritar assim?

— Que a língua se te prenda na boca — gritou Lebedev num brusco movimento de furor. E precipitando-se para a criança que dormia nos braços da moça, traçou por cima dela, com um ar esgazeado, vários sinais da cruz. — Senhor, guardai-a! Senhor, protegei-a! Esta criança é a minha própria filha Lioubov — acrescentou ele, dirigindo-se ao príncipe. — Nasceu de um legítimo casamento, da minha mulher, Helena, que morreu de parto... E esta pavoa é a minha filha Vera, que está de luto... E este, este... oh! este...

— Por que motivo se cala? Continue, não se atrapalhe!

— Vossa alteza! — gritou Lebedev, exaltado. — Tem seguido nos jornais o assassínio da família Jémarine?

— Li — respondeu o príncipe um pouco comovido.

— Pois bem, eis em pessoa o assassino da família Jémarine; é ele próprio...

— O que é que disse? — exclamou o príncipe.

— Entendamo-nos: falo por alegoria. Quero dizer que este é o futuro assassino de uma futura família Jémarine, se se encontrar segunda. Prepara-se...

Toda a gente começou a rir. Ante o que ouviu, o príncipe pensou que Lebedev tentava com estas facécias afastar-se, porque pressentia perguntas às quais não sabia que responder e queria ganhar tempo.

— Este rapaz é um revoltado, um ordenador de conspirações! — gritou Lebedev, no tom de voz de um homem que perdeu a cabeça. — Vejamos, portanto: hei de considerar como meu sobrinho, como o filho único da minha irmã Aníssia, esta língua de víbora, este fornicador, este monstro?

— Cale-se, seu bêbado! Creia, príncipe, que pensou desde sempre tornar-se advogado; tornou-se um chicaneiro, pratica a eloquência e estuda os efeitos oratórios, falando com os filhos. Há cinco dias defendeu causa num julgado de paz. A favor de quem? Uma velha mulher tinha lhe pedido para a defender contra um vil usurário, que lhe tirara quinhentos rublos, tudo quanto representava a sua fortuna. Defendeu ele a velha mulher? Não defendeu, mas sim advogou o usurário, um judeu de nome Saidler, porque este lhe prometeu cinquenta rublos...

— Cinquenta rublos se ganhasse a questão, e apenas cinco se a perdesse — retificou Lebedev, numa voz completamente mudada e como se não tivesse gritado um instante antes.

— Como é natural, perdeu. A justiça não é como noutros tempos e só conseguiu que se rissem dele. Isto não o impediu de se mostrar deveras orgulhoso com a sua defesa. Peço aos imparciais magistrados — disse ele —, para não esquecerem que o meu cliente, um infeliz velho, impossibilitado de andar e vivendo de um trabalho honroso, está em vias de perder o último bocado de pão. Lembro-lhes as prudentes palavras do legislador: "Que a clemência reine nos tribunais". Olhe que nos maça todas as manhãs com esse discurso, tal como o proferiu no tribunal; é, com a de hoje, a quinquagésima vez que lhe ouvimos. Repetia-o ainda no momento em que o senhor chegou, tanto essa peça oratória o encantou. Parece até lamber os beiços e prepara-se para defender um outro cliente da mesma categoria. O senhor, segundo suponho, é o príncipe Míchkin. O Kólia falou-me do senhor, e disse-me que nunca encontrou um homem tão inteligente.

— Não! Não, não há no mundo homem mais inteligente do que ele — encareceu Lebedev.

— Admitamos que nem tudo isso é verdade. Um dos dois admira-o e o outro passa-lhe a mão pelas costas. Por mim não tenho a intenção de adulá-lo, pode crer. Porém, como dá provas de bom senso, seja juiz entre mim e ele. Então, queres que o príncipe desempate? — perguntou ao tio, o jovem estendido no sofá. — Estou muito contente, príncipe, por o senhor ter vindo.

— Quero, sem dúvida — exclamou Lebedev num tom resoluto, deitando involuntariamente uma olhadela para o seu público, que de novo se agrupava à sua volta.

— De que se trata? — perguntou o príncipe, franzindo as sobrancelhas.

Sentia-se de fato com uma enxaqueca, mas estava cada vez mais convencido de que Lebedev o ridicularizava e procurava uma diversão.

— Eu exponho a questão. Sou seu sobrinho: sobre este ponto, ao contrário do seu costume, não mentiu. Não acabei os meus estudos, mas quero terminá-los e hei de terminá-los, pois assim o exige a minha vontade. Enquanto espero, arranjei, para viver, um emprego de vinte e cinco rublos, nos caminhos de ferro. Confesso, por outro, lado que já me ajudou por duas ou três vezes. Há dias tinha vinte rublos e perdi-os no jogo. Sim, príncipe, pode acreditar!... Tive a vileza, a baixeza de os perder ao jogo!

— Com um homem vil, um homem vil a quem não devias pagar! — exclamou Lebedev.

— Um homem vil, na verdade, mas a quem tenho o dever de pagar — prosseguiu o jovem. — Que ele seja um canalha, posso afirmá-lo, não só porque te bateu, mas também por outras razões. Trata-se, príncipe, de um oficial expulso do exército, um tenente reformado, que fazia parte do bando do Rogojine e que dá lições de *box*. Toda a gente pode percorrer as vielas, desde que foram desembaraçadas pelo Rogojine. O pior de tudo, porém, é que eu sabia que ele era um homem vil, um inepto, um ladrão, e apesar disto, arrisquei os meus últimos rublos jogando com ele (jogamos o *palki*). Dizia comigo: se perder, irei procurar o tio Lebedev, contar-lhe-ei as minhas baixezas e ele não se recusará a ajudar-me. Era esta a minha baixeza, a pura baixeza! Era uma covardia premeditada!

— Sim, uma covardia premeditada! — confirmou Lebedev.

— Não se apresse tanto a cantar vitória! — replicou o sobrinho com vivacidade. — Alegra-se muito cedo. Vim, portanto, à casa do meu tio e confessei-lhe tudo; comportei-me nobremente, não lhe ocultando nada; pelo contrário, humilhei-me ainda mais na sua presença; todos aqueles que aqui estão foram testemunhas. Para entrar no emprego que pretendo, é necessário vestir-me melhor, pois a minha roupa está num farrapo! Olhem para os meus sapatos! Não posso apresentar-me no meu novo emprego neste estado, e se não me apresentar no dia marcado, o lugar será dado a outro; então ficarei entre dois perigos e Deus sabe quando encontrarei um novo emprego! Por agora peço-lhe apenas quinze rublos; comprometo-me a nunca mais recorrer a ele e a reembolsá-lo, até ao último soldo, dentro de três meses. Ainda tenho palavra. Sei o que é viver de pão e de *kvass* durante meses inteiros, porque tenho força de vontade. Em três meses ganharei setenta e cinco rublos. Como já antes me tinha emprestado algum, a minha dívida total eleva-se a trinta e cinco rublos. Terei, pois, com que pagar. Se olhar aos seus interesses, que exija os juros que quiser, com trinta diabos! Se calhar não me conhece? Pergunte-lhe, príncipe, se lhe tenho dado ou não o dinheiro que me tem emprestado. Por que me recusa agora? Está zangado comigo porque paguei a esse tenente; não tem outra razão a apresentar. Aqui está como é este homem: nada para ele, então nada para os outros!...

— E não se vai daqui! — gritou Lebedev. — Deitou-se onde o vê e não há maneira de sair dali.

— Já lhe disse: não me irei, sem que antes me dê o que lhe peço. Por que está com esse ar de riso, príncipe? Dir-se-ia que desaprova o que faço.

— Não estou sorrindo, mas parece-me, no meu entender, que está de fato um pouco em erro — disse o príncipe, como que forçado.

— Diga com franqueza que estou em erro, e não com rodeios. Por que é esse um pouco?

— Se assim quer, podemos supor que está por completo em erro.

— Se quero! Isso é divertido! Julga que não reconheço comigo quanto foi grande a indelicadeza do meu procedimento? Sei que o dinheiro lhe pertence, que pode dispor dele como quiser e que pareço falar como quem pretende tirá-lo. Mas o príncipe... o príncipe não conhece a vida. Se não se dá uma lição a estas criaturas, nada podemos esperar. E preciso dar-lhe uma lição. A minha consciência está inocente; digo-lhe isto com toda a sinceridade. Não lhe farei mal algum e restituir-lhe-ei o seu dinheiro, incluindo os juros. Moralmente ele teve já uma satisfação, visto que o senhor foi testemunha do meu aviltamento. Que mais lhe é preciso? A quem será ele bom, se não me prestar este favor? Repare bem como se comporta com ele próprio. Interrogue-o sobre a sua maneira de agir para com os outros e sobre a sua arte de enganar as pessoas. Por que forma se tornou ele dono desta casa? Deixo cortar a cabeça se já não o enganou e se não medita na maneira de o enganar mais ainda. Sorri, não acredita?

— Parece-me — observou o príncipe — que isso se não relaciona nada com a sua questão.

— Há três dias que estou aqui deitado e tenho visto muita coisa! — exclamou o jovem sem ouvir o príncipe. — Imagine que desconfia deste anjo, desta moça, hoje órfã, minha prima e sua filha; vigia-a todas as noites, não vá ela esconder aqui algum namoro. Vem até aqui, com passos de lobo e olha para o sofá onde eu estou. A desconfiança transtornou-lhe a cabeça; vê ladrões em todos os cantos. De noite salta fora da cama a cada instante e vai verificar se as portas e as janelas estão bem fechadas, e inspeciona também o fogão. Faz isto umas sete vezes durante a noite. No tribunal advoga as causas dos patifes; aqui, levanta-se ainda mais três vezes por noite para rezar as suas orações; põe-se de joelhos no salão e passa uma meia hora a bater com a cabeça no soalho, a salmodiar e a invocar os deuses a torto e a direito! Com certeza isto é efeito da bebedeira. Reza pelo repouso da alma da condessa Du Barry; ouvi-o com os meus próprios ouvidos, Kolia ouviu-o também. Em breve deve perder por completo o juízo!

— Repare, príncipe, repare como ele me insulta! — gritou Lebedev todo vermelho e fora de si. — Serei talvez um bêbado, um vagabundo, um ladrão, um mau homem, mas há uma coisa que este difamador não reconhece, é que, quando ainda estava no berço, era eu que o enfaixava e lavava. Passei noites em branco a velar por ele e pela mãe, a minha irmã Aníssia, que estava viúva e caíra na miséria; se bem que estivesse também na miséria como eles, tratava-os quando estavam doentes; ia roubar lenha à casa do porteiro; tinha o estômago vazio, mas cantava e dava estalos com os dedos para adormecer a criança. Acariciava-o e agora, em paga, tenta ridicularizar-me. E que mal lhe pode fazer que eu faça o sinal da cruz e reze pelo repouso da alma da condessa Du Barry? Príncipe, só há três dias é que eu li, pela primeira vez na minha vida, a sua biografia numa enciclopédia. Mas tu sabes quem era a Du Barry? Fala: sabes, ou não?

— Dir-se-á que és tu o único a sabê-lo? — murmurou o jovem quase contra vontade e num tom escarninho.

— Foi uma condessa que, saída do lodo, chegou quase a rainha, ao ponto de uma grande imperatriz a chamar de *ma cousine*[22] numa carta que lhe escreveu. Ao despertar do rei (sabes o que era o despertar do rei?) um cardeal, núncio do Papa, ofereceu-se para lhe calçar as meias; ele considerava isto como uma honra, apesar de ser um dignitário e um santo homem. Sabias isto? Vejo na tua cara que o ignoravas. És capaz de dizer como morreu? Responde, se sabes.

— Deixa-me em paz!... Enojas-me.

— Vou-te dizer como morreu. Depois de todas estas honras, o carrasco Sanson arrastou esta semissoberana ao cadafalso, se bem que inocente, para agradar às regateiras

---

[22] Em francês no original: Minha prima. (N. do R.)

de Paris. O seu espanto foi tal, que não compreendeu nada do que lhe queriam fazer. Quando sentiu que o carrasco lhe curvava a cabeça sob o cutelo e a empurrava a pontapés, enquanto se riam à sua volta, começou a gritar: *Encore un moment, monsieur le bourreau, encore un moment!*[23] Pois bem!... foi talvez nesse momento que Deus lhe perdoou, porque não se pode imaginar, para a alma humana, uma maior desgraça do que essa. Sabes o que quer dizer a palavra desgraça? Designa precisamente esse momento. Quando li a passagem onde está descrito esse grito da condessa, suplicando que lhe concedessem a graça de um momento, fiquei com o coração como que apertado entre umas tenazes. Que te importa, meu vermículo, que ao deitar-me, tenha tido nas minhas orações uma prece por essa grande pecadora? Se o tive, foi talvez porque ninguém, até esse dia, rezou, ou fez mesmo o sinal da cruz por ela. Ser-lhe-á com certeza agradável, no outro mundo, ao sentir que se encontra neste um pecador como ela, que reza, pelo menos uma vez, pela sua alma. Por que ris de zombaria? Não acreditas, como ateu que és? Mas que sabes tu? Até agora tens apenas me escutado, para depois ires contar, a teu modo, aquilo que ouviste. Não rezei somente pela condessa Du Barry, já te digo: "Concede, Senhor, o repouso à alma da grande pecadora, que foi a condessa Du Barry e a todos aqueles que se parecem com ela!" Ora, isto é muito diferente porque lá no outro mundo há muitos e grandes pecadores que conheceram as vicissitudes da fortuna, que sofrem e que neste momento aguardam e gemem de angústia. Também pedi por ti e pelos que te são iguais, os sem vergonha, os insolentes. É assim que eu tenho pedido, visto que te envergonhas agora de ouvir as minhas orações...

— Está bem, mas não quero ouvir mais nada! Pede por quem tu queiras e que o diabo te leve...

— Não tens necessidade de gritar — interrompeu-o colericamente o sobrinho. — Preciso dizer-lhe, príncipe, que temos nele um erudito... Não sabia? — acrescentou ele, num tom irônico. — Passa agora o tempo a ler toda a espécie de livros e de memórias, como a que ouviu.

— Em todo caso o seu tio não é um homem... desprovido de coração — observou o príncipe à maneira de absolvição.

O jovem estava-se-lhe tornando bastante antipático.

— Os seus louvores vão-lhe subir à cabeça! Repare como ele os aprecia: pôs a mão no peito e dispôs os lábios em forma de coração. Não é um indivíduo desprovido de sensibilidade, como vê!... mas é um patife, e ainda por cima um bêbado, o desgraçado! Está nervoso, como todos aqueles que vivem há muitos anos dominados pelo álcool; é por isso que na casa dele tudo mente. Concordo que ele ame os filhos e que se tenha mostrado amoroso para com a minha falecida tia... Gosta mesmo de mim e, graças a Deus!... não me esqueceu no seu testamento.

— Não te deixarei nada! — gritou Lebedev exasperado.

— Ouça, Lebedev — disse o príncipe com voz firme e voltando-se para o jovem — sei, por experiência, que é um homem sério nos seus negócios quando quer... Não dis-

---

23 Em francês no original: Mais um momento, Sr. Carrasco, mais um momento! (N. do R.)

ponho de muito tempo e se... Desculpe-me... Esqueci o seu nome e sobrenome... Quer fazer o favor de me dizer?

— Ti... Ti... mofei.

— E?

— Loukianovitch.

De novo todos se riram.

— Mentiu! — gritou o sobrinho. — Mentiu, até mesmo a dizer o nome. Príncipe, não se chama Timofei Loukianovitch, mas sim Loukiane Timofeievitch! Dizes-nos por que mentiste? Loukiane ou Timofei não é tudo a mesma coisa para ti? O que é que isto pode interessar ao príncipe? Palavra de honra, mente por hábito!

— Na verdade, é como ele diz? — perguntou o príncipe, que principiava a perder a paciência.

— É verdade. Chamo-me Loukiane Timofeievitch — confessou humildemente Lebedev, baixando os olhos com submissão e levando de novo a mão ao coração.

— Mas, Deus meu!... Por que razão é que mentiu?

— Por humildade — balbuciou Lebedev baixando ainda mais a cabeça.

— Não vejo que humildade possa haver nessa mentira... Ah, se soubesse onde encontrar agora o Kolia! — exclamou o príncipe, fazendo menção de se retirar.

— Eu vou lhe dizer onde está o Kolia — declarou o rapaz.

— Não, não! — interrompeu rápido Lebedev.

— O Kolia passou esta noite conosco e saiu pela manhã, à procura do general, a quem, sabe Deus por quê... o príncipe salvou da prisão, pagando-lhe as dívidas. Ontem o general prometeu vir dormir aqui, mas não apareceu. Naturalmente foi alojar-se a dois passos daqui, no *Hotel de La Balance.* Kolia deve estar lá, a menos que não tenha ido a Pavlovsk, à casa dos Epantchine. Como tinha dinheiro, já ontem pensara lá ir. Assim, deve encontrá-lo no *Balance* ou em Pavlovsk.

— Em Pavlovsk! Em Pavlovsk! — gritou Lebedev. — Para agora vamos até ao jardim... e tomaremos lá um café.

E agarrando o príncipe pelo braço, arrastou-o para fora do salão, por um corredor que dava para o jardim, por uma pequena porta. Este jardim era pequeno, mas estava bem tratado; devido ao bom tempo, todas as árvores estavam em pleno desabrochamento. Lebedev fez sentar o príncipe num banco de madeira, pintado de verde, diante de uma mesa igualmente verde e fixa ao solo. Tomou lugar na frente dele. Passado um momento trouxeram-lhe o café, que o príncipe não recusou. Lebedev continuou a fitar-lhe os olhos com um olhar ávido e obsequioso.

— Não sabia que possuía uma propriedade — disse o príncipe, com o ar de quem parecia estar a pensar em coisa muito diferente.

— Órfãos! — disse Lebedev, como que para recomeçar os seus queixumes; todavia calou-se logo. O príncipe olhava distraidamente para o que estava na sua frente, tendo esquecido já, com certeza, a reflexão que acabava de fazer. Um minuto se passou. Lebedev continuava a fitar o seu interlocutor, como que à espera de uma mais ampla explicação.

— Que está a dizer? — perguntou o príncipe, como se caísse da Lua. — Ah, sim! Sabe bem, Lebedev, do que se trata. Vim logo em seguida a receber a sua carta. Fale.

Lebedev perturbou-se, quis dizer alguma coisa, porém articulou apenas sons ininteligíveis. O príncipe era paciente e sorriu-se tristemente.

— Parece-me que o compreendo bem, Lebedev. Como é evidente não me esperava. Supôs que não deixaria a minha casa ao receber o seu primeiro aviso, o qual me enviou apenas por desencargo de consciência. No entanto, como vê, aqui estou. Vamos!... não tente enganar-me. Deixe de servir dois senhores. Rogojine está aqui há três semanas. Sei tudo. Conseguiu ou não vender-lhe essa mulher como da outra vez? Diga toda a verdade.

— Foi ele próprio, o monstro, que a descobriu.

— Não o insulte. Bem sei que procedeu mal contigo...

— Espancou-me, sim, espancou-me! — replicou Lebedev, no cúmulo da sua cólera. — Em pleno Moscovo mandou o seu cão no meu encalço; e esse animal, esse terrível galgo, apanhou-me numa das ruas.

— O Lebedev toma-me por uma criança. Diga-me, foi verdade ela tê-lo deixado em Moscovo?

— Foi verdade e bem verdade. Desta vez deixou-o mesmo na véspera da celebração do casamento. Contava já os minutos; e ela fugiu para S. Petersburgo e uma vez aqui, veio logo procurar-me: "Salve-me, conceda-me asilo, Loukiane, e não diga nada ao príncipe". Ela teme-o ainda mais do que a ele, príncipe, e nisso é que reside o mistério!

Lebedev levou os dedos ao rosto com um ar de entendido.

— E agora já os reconciliou outra vez?

— Meu ilustre príncipe, como... como podia eu opor-me a essa reconciliação?

— Muito bem. Informar-me-ei eu próprio. Diga-me apenas onde é que ela se encontra agora. Na casa dele?

— Oh, não! Vive ainda só. Livre, disse ela; fique sabendo o príncipe que ela insiste muito neste ponto. "Disponho ainda de toda a minha liberdade", repete ela. Tem vivido sempre em Petersbourgskaia, na casa da minha cunhada, como lhe escrevi.

— Está lá agora?

— Sim, a menos que não tenha ido para Pavlovsk, onde, aproveitando o bom tempo, podia ter ido fazer uma visita, à casa da Daria. Ela repete sempre: "tenho a minha inteira liberdade". Ainda ontem se vangloriou da sua independência, diante do Nicolau Ardalionovitch. Mau sinal!...

E Lebedev começou a rir.

— O Kolia vai muitas vezes vê-la?

— É um leviano, um rapaz incompreensível, incapaz de guardar um segredo.

— Há muito tempo que o senhor foi à casa dela?

— Vou lá todos os dias, sem falta.

— Então foi lá ontem?

— Não. Há três dias que a não vejo.

— Que pena que esteja um tanto bêbado, Lebedev. Se não fosse isso, far-lhe-ia uma pergunta.

— Não, não, não bebi ainda nada! — ripostou Lebedev, aprestando o ouvido.

— Diga-me, como é que a deixou?

— Hum!... no estado de uma mulher que procura...

— Uma mulher que procura?

— Sim, uma mulher que procura continuamente, como se tivesse perdido alguma coisa. Quanto ao seu próximo casamento, só a ideia lhe é odiosa e zanga-se muito se lhe falam nisso. Importa-se tanto com ele como com uma casca de laranja ou, para me exprimir melhor, inspira-lhe apenas um sentimento de horror; proíbe que se fale nele... Veem-se somente em casos de extrema necessidade... e ele não lhe corresponde lá muito bem. No entanto, precisa resignar-se... Ela está inquieta, escarninha, injusta e irritável...

— Injusta e irritável?

— Sim, irritável; pois quando da minha última visita, quase me agarrou pelos cabelos, no decorrer de uma simples conversa. Tentei apaziguá-la, lendo-lhe o Apocalipse.

— Como é isso? — perguntou o príncipe, pensando ter entendido mal.

— É o que lhe digo: lendo-lhe o Apocalipse. A referida senhora tem uma imaginação inquieta... Eh! Eh!... Por outro lado, notei nela uma propensão acentuada para as discussões sérias, mesmo sobre assuntos sem valor. Tem uma certa predileção por esses assuntos e considera que, falar-lhe neles é testemunhar-lhe um vivo respeito. É como lhe digo! Ora eu sou muito forte na interpretação do Apocalipse, o qual estudei durante quinze anos. Reconciliou-se comigo quando lhe disse que havíamos chegado à época representada pelo terceiro cavalo, o cavalo negro, cujo cavaleiro segura uma balança na mão; porque, no nosso século, tudo é pesado nas balanças e orientado por um contrato; cada qual não tem outra preocupação que não seja procurar o seu direito: A medida do trigo vale um certo dinheiro e três medidas da cevada valerão o mesmo dinheiro. E, por cima, todos querem guardar a liberdade de espírito, a pureza do coração, a santidade do corpo e todos os dons de Deus. Ora, não é só pelos caminhos do direito que eles vencerão. Surgirá então o cavalo de cor pálida, com o seu cavaleiro, que se chama a Morte e que é seguida do Inferno... Tais são os assuntos de que falamos, logo que nos vemos, e ela está deveras impressionada.

— E o senhor acredita em tudo isso? — perguntou o príncipe, olhando Lebedev com um ar de surpresa.

— Creio e interpreto. Porque, pobre e nu, não sou mais que um átomo no turbilhão humano. Quem é que respeita Lebedev? Cada um exerce contra ele a sua malvadez e leva-o na sua frente, por assim dizer, a pontapé. Porém do campo da interpretação, sou igual a um grande senhor. É o privilégio da inteligência. O meu espírito feriu e fez estremecer um alto personagem no seu sofá. Foi há dois anos, na véspera da Páscoa: sua alta excelência, Nil Alexeievitch, tendo ouvido falar em mim (ao tempo estava sob as suas ordens no ministério) mandou-me chamar em particular, para o seu gabinete, por Pedro Zakharitch. Quando ficamos sós, perguntou-me: "É verdade que és mestre na interpretação das profecias relativas ao Anticristo?" Confessei que era verdade e comecei a expor e a comentar o texto sagrado. Longe de procurar atenuar as temíveis ameaças, explicava as alegorias e revelava o sentido dos números. Começou por sorrir, mas ante a precisão dos números e das aproximações, não tardou em começar a tremer, pedindo-me para fechar o livro e ir-me embora. Na Páscoa ordenou que me dessem uma gratificação e na semana seguinte entregava a alma a Deus.

— Que disse nessa ocasião, Lebedev?

— A pura verdade. Caiu do carro após o jantar... Bateu com a cabeça contra um marco de pedra e morreu imediatamente. No registo de serviço tinha setenta e três anos; era um homem corado, de cabelos brancos, sempre perfumado e sorrindo sem cessar, como uma criança. Pedro Zakharitch lembrou-se então da minha visita e declarou: "Tu bem o previste!"

O príncipe levantou-se para sair. Lebedev ficou surpreendido e com pena de o ver tão apressado.

— O senhor tornou-se muito diferente!... Ah, ah! — arriscou ele num tom obsequioso.

— A verdade é que não me sinto muito bem. Tenho a cabeça pesada, talvez por efeito da viagem — replicou o príncipe mal-humorado.

— Far-lhe-ia bem indo repousar para o campo — insinuou Lebedev a medo.

O príncipe, de pé, ficou pensativo.

— Dentro de dois ou três dias hei de ir até lá com todos os meus. É indispensável à saúde do recém-nascido e além disso permite-me que eu faça cá na casa todas as reparações necessárias. Irei também para Pavlovsk.

— O senhor também vai, também vai para Pavlovsk? — perguntou bruscamente o príncipe. — Ora, essa!... Então aqui toda a gente vai para Pavlovsk? E o senhor não disse que tinha uma casa de campo?

— Nem toda a gente vai para Pavlovsk. A mim, Ptitsine, cedeu-me uma das pequenas vilas que adquiriu ali por bom preço. O sítio é agradável, elevado e verdejante; o custo de vida é moderado, a sociedade é de bom tom, e há música. Por todas estas razões Pavlovsk é muito frequentado. Eu contentar-me-ei por agora com um pequeno pavilhão; o que é propriamente a vila...

— Tem-na alugada?

— Eu... não... precisamente...

— Alugue-a a mim? — propôs o príncipe à queima-roupa.

Era justamente a este pedido que Lebedev tinha querido levá-lo. Há três minutos que esta ideia lhe assaltara o espírito. Além disso, não era devido à falta de inquilino, porque tinha já sob mão alguém que havia declarado que talvez a alugasse. Não tinha dúvidas, por outro lado, que esse talvez equivalia a uma certeza. Porém agora refletia na grande vantagem que tinha em a ceder ao príncipe, aproveitando-se da circunstância de que o outro locatário não havia fechado o contrato. Um conflito em perspectiva; "a questão toma um aspecto inteiramente novo", calculou ele. Acolheu por isso com um certo entusiasmo a proposta do príncipe, e quando este inquiriu do preço, levantou as mãos em sinal de desinteresse.

— Muito bem — disse o príncipe — será como melhor lhe agradar. Por mim aceito tudo e o senhor não perderá nada com isso.

Encontravam-se nesta altura à saída do jardim.

— Se tivesse querido, meu honorável príncipe, poderia... poderia comunicar-lhe alguma coisa de muito interessante sobre o assunto em questão — murmurou Lebedev que, estremecendo de alegria, se movia à volta do príncipe.

Este parou.

— Daria Alexeievna possui também uma vila em Pavlovsk.

— E depois?

— A pessoa que o senhor sabe é sua amiga e tem, segundo parece, a intenção de a ir visitar frequentes vezes a Pavlovsk. Ela tem um fim.

— Qual fim?

— Aglaé Ivanovna...

— Ah, compreendo, Lebedev! — interrompeu o príncipe, com a reação dolorosa de um homem a quem acabam de tocar num ponto doloroso. — Isto não é ainda tudo. Porém, diga-me antes, quando pensa partir? Para mim, quanto mais cedo, tanto melhor, porque estou na hospedaria...

Assim conversando, haviam deixado o jardim; não reentraram na casa, mas atravessaram o pátio em direção à porta de saída.

— O melhor seria — disse Lebedev, depois de um instante de reflexão — deixar hoje mesmo a hospedaria e vir instalar-se aqui. Depois de amanhã seguiríamos juntos para Pavlovsk.

— Hei de pensar nisso — respondeu o príncipe com um ar pensativo, enquanto alcançava a rua.

Lebedev seguiu-o com os olhos. Ficara magoado com a súbita distração do príncipe, que saíra sem lhe ter dito adeus, sem mesmo o ter saudado; este esquecimento não condizia nada com as maneiras delicadas e atenciosas que Lebedev lhe conhecia.

Capítulo 3

Era já perto do meio-dia. O príncipe sabia que na cidade, na casa dos Epantchine, encontrava apenas o general, retido pelo seu serviço; e ainda esse não era muito certo. Teve esta ideia porque o general não devia ter, talvez, nenhuma pressa em o acompanhar a Pavlovsk. Ora, ele tinha de fazer, antes, sem falta, uma visita. Com risco de chegar mais tarde à casa dos Epantchine e de ficar para o dia seguinte a partida para Pavlovsk, decidiu-se a procurar a casa onde devia fazer essa visita.

Tratava-se para já de uma missão bastante arriscada, sob certo aspecto; daí o seu embaraço e as suas hesitações. Sabia que a casa em questão ficava na rua de *Pois,* não longe da Sadovaia. Resolveu dirigir-se para esse lado na esperança de que, fazendo caminho, aproveitaria o tempo para tomar uma decisão definitiva.

Aproximando-se do cruzamento das duas ruas, admirou-se da extraordinária agitação que o estava dominando; nunca esperou sentir o coração bater tão forte. Ao longe uma casa chamou sua atenção, com certeza pela singularidade do seu aspecto: mais tarde lembrou-se de ter feito a seguinte reflexão: "É esta com certeza a casa!" Avançou, com a forte curiosidade de verificar a sua suposição, pressentindo que lhe seria no fundo desagradável se tivesse acertado. Era uma grande casa sombria, de três andares, sem estilo e com a fachada da cor de um verde sujo. Um diminuto número de vivendas deste gênero, datando do fim do século passado, subsistem ainda neste quarteirão de S. Petersburgo — onde tudo se transforma muito rapidamente. De sólida construção, têm umas paredes bastante grossas e as janelas muito espaçadas, algumas vezes com grades, no rés do chão, ocupado quase sempre por uma casa de cambista. O *skopets* do estabelecimento alagava em geral o andar superior. O exterior destas casas era tão pouco acolhedor como o seu interior; tudo nelas parecia frio, impenetrável e misterioso, sem que se pudessem analisar facilmente os motivos desta impressão. A combinação das linhas arquiteturais tem, sem dúvida, qualquer coisa de estranho. Estas vivendas são em geral habitadas apenas por comerciantes.

O príncipe aproximou-se da porta mais larga e leu numa tabuleta: "Casa de Rogojine, burguês honorário hereditário". Dominando as suas hesitações, impeliu uma porta envidraçada, a qual se fechou com ruído, atrás dele, e subiu ao primeiro andar pela escada principal. Esta escada era em pedra e estava toscamente construída; elevava-se numa meia penumbra, entre duas paredes pintadas de vermelho. O príncipe sabia que Rogojine ocupava, com sua mãe e seu irmão, todo o primeiro andar desta triste vivenda. O criado que lhe abriu a porta acompanhou-o, sem o anunciar, através de um dédalo de compartimentos; principiaram por entrar numa sala de visitas, cujas paredes imitavam o mármore; o soalho, em embutidos, era de castanho, e a mobília, pesada e tosca, era em estilo 1820. Em seguida embrenharam-se por uma série de pequenos quartos, dispostos em caracol ou aos zigue-zagues; era preciso subir aqui dois ou três degraus, para mais adiante descer outros tantos. Por fim bateram a uma porta. Foi o próprio Parfione Semionovitch que veio abrir. Ao avistar o príncipe ficou estupefato e empalideceu, a ponto de parecer, durante alguns instantes, uma estátua de pedra; a fixidez do seu olhar exprimia terror e a boca ficou-lhe crispada por um sorriso embrutecido. A presença do príncipe pareceu-lhe um acontecimento inconcebível e quase miraculoso. O visitante, apesar de esperar produzir um efeito semelhante, não ficou menos admirado.

— Parfione, sou talvez um importuno; e sendo assim, é melhor retirar-me, não? — decidiu-se ele a dizer, num tom de apoquentado.

— Nada disso, nada disso! — replicou Parfione, retomando um pouco a calma. — Tem a bondade de entrar.

Cumprimentaram-se. Em Moscovo tinham já tido a ocasião de se verem muitas vezes, palestrando em conversas demoradas. Tiveram mesmo momentos, nos seus encontros, que deixaram uma impressão inefável no coração um do outro. Agora, porém, haviam-se passado mais de três meses, desde o último encontro.

O rosto de Rogojine estava bastante pálido; ligeiras e furtivas contrações o crispavam ainda. Se bem que tivesse feito entrar o visitante, continuava a sentir uma perturbação intraduzível. Convidou o príncipe a sentar-se num sofá, perto da mesa, mas este, tendo-se voltado por acaso, parou rápido, mostrando um olhar de uma impressionante estranheza. Havia se sentido como que varado, ao mesmo tempo que a recordação de um fato recente lhe havia voltado ao espírito, impressionante e confusa. Em lugar de se sentar, ficou-se numa imobilidade completa e, durante um momento, fitou os olhos de Rogojine, a direito; estes começaram a brilhar de uma forma ainda mais intensa. Por fim Rogojine esboçou um sorriso, o qual, porém, traía a sua perturbação e a sua angústia.

— Por que me olhas com essa fixidez? — balbuciou ele. — Senta-te.

O príncipe sentou-se.

— Rogojine — disse ele — fala-me com franqueza: sabias ou não que eu devia chegar hoje a S. Petersburgo?

— Pensei, de fato, que virias e, como vês, não me enganei — replicou ele com um sorriso amargo. — No entanto, como podia adivinhar que chegavas hoje?

O tom de rudeza e irritação com que foi proferida esta pergunta, que continha ao mesmo tempo uma resposta, foi para o príncipe um novo motivo de surpresa.

— Mesmo que tivesse sabido que chegavas hoje, por que te encolerizas assim? — perguntou ele com doçura, enquanto a perturbação o ia dominando.

— Mas por que me fazes essa pergunta?

— Esta manhã, ao descer do comboio, notei entre a multidão uns olhos iguais àqueles que fixas logo na minha pessoa, mal viro as costas. — O quê, o quê!... A quem pertenciam esses olhos? — murmurou Rogojine com um ar desconfiado.

Todavia o príncipe pareceu-lhe notar que ele estremecera.

— Não sei. Foi no meio daquela multidão. Talvez mesmo eu me tivesse enganado. Nestes últimos tempos tenho tido muito destes enganos. Meu caro Rogojine, sinto-me num estado muito vizinho daquele em que me encontrava há cinco anos, quando tinha aqueles ataques.

— Talvez tenhas sido de fato joguete de uma ilusão. Por mim não sei nada — informou Rogojine.

Não estava bem-humorado, de forma a mostrar um sorriso atraente. O que se lhe refletiu no rosto revelou os sentimentos disparatados que havia sido incapaz de transmitir.

— Muito bem! Sempre vais partir de novo para o estrangeiro? — perguntou o príncipe, para logo em seguida acrescentar: — Lembras-te como nos encontramos, no outono último, no comboio de Pskov a S. Petersburgo? Lembras-te da tua capa e das tuas polainas?

Desta vez Rogojine começou a rir com uma franqueza maldosa, para a qual se sentia satisfeito, por ter encontrado ocasião de lhe poder dar livre curso.

— Fixaste residência aqui, definitivamente? — perguntou o príncipe, lançando um golpe de vista à volta do gabinete.

— Sim, estou em minha casa. Para onde queres tu que eu vá?

— Há muito tempo que não nos vemos. Tenho ouvido muita coisa a teu respeito, mas custa-me a acreditar que sejas capaz de tal.

— Contam-se, na verdade, muitas coisas — replicou secamente Rogojine.

— Apanhaste, pelo que vejo, tudo para o teu lado; tu mesmo ficaste sob o teto paterno e contas não sair mais. Muito bem! A casa é só tua, ou pertence também em comum à tua família?

— A casa é da minha mãe. Os seus aposentos são do outro lado do corredor.

— E onde vive o teu irmão?

— Meu irmão, Semione Semionovitch, vive na outra ala da casa.

— É casado?

— É viúvo. Que necessidade tens tu de saber isso?

O príncipe olhou-o sem responder; tornou-se de repente pensativo e pareceu não ter ouvido a pergunta. Rogojine não insistiu e esperou. Os dois ficaram um instante calados.

— Reconheci a tua casa ao primeiro golpe de vista e a cem passos de distância — disse o príncipe.

— Como foi isso?

— Não sei dizê-lo. A tua casa tem o mesmo aspecto que toda a tua família e o vosso modo de vida. Se me pedires para te explicar de onde tiro esta impressão, sou incapaz de te dizer. É sem dúvida, uma forma de delírio. Estou admirado de ver até que ponto estas coisas me impressionam. Antes de vir aqui, não fazia nenhuma ideia da casa onde devias viver; porém, logo que a vi, pensei comigo: este é o gênero de casa onde ele deve viver!

— É extraordinário! — exclamou Rogojine, esboçando um vago sorriso e sem chegar a abranger claramente qual o confuso pensamento do príncipe. — Foi o meu avô que mandou construir esta casa — observou ele. — Tem sido sempre habitada pelos *skoptsi*, os Khlondiakov. São ainda hoje nossos locatários.

— Que obscuridade!... Estás num aposento muito sombrio — disse o príncipe, olhando à sua volta.

O gabinete onde se encontravam era um vasto quarto, de teto alto, mal iluminado e obstruído por toda a espécie de móveis: contadores, papeleiras, armários cheios de registos e de papéis velhos. Um largo sofá de couro vermelho servia, evidentemente, de cama a Rogojine. O príncipe notou sobre a mesa, perto da qual o fizera sentar, dois ou três livros: um, *A História,* de Soloviov, estava aberta numa página marcada com um sinal. Das paredes estavam suspensos alguns quadros a óleo, com os caixilhos desdourados, tão escuros e tão fumados, que era difícil distinguir neles fosse o que fosse. Um retrato, em tamanho natural, chamou a atenção do príncipe: representava um homem dos seus cinquenta anos, trajando uma sobrecasaca de corte estrangeiro, com umas abas compridas; duas medalhas pendiam-lhe do pescoço, tinha a barba rala e um pouco encanecida, a face enrugada e descorada e o olhar dissimulado e melancólico.

— Este retrato é de teu pai? — perguntou o príncipe.

— Sim, é o retrato dele — respondeu Rogojine com um sorriso descortês, como se se dispusesse a proferir algum gracejo atrevido sobre a vida do falecido.

— Não pertencia à seita dos velhos crentes?

— Não, ia à igreja; no entanto pensava, de fato, que o antigo culto estava mais perto da verdade. Tinha mesmo uma viva estima pelos *skoptsi*. O seu gabinete era este onde estamos. Por que é que me perguntaste se ele pertencia aos velhos crentes?

— É aqui que realizas a festa de casamento?

— Aqui — respondeu Rogojine, que pareceu estremecer a esta pergunta inesperada.

— E isso será dentro em pouco?

— Sabes bem que não depende só de mim.

— Rogojine, não sou teu inimigo e não tenho nenhuma intenção de te levantar algum obstáculo, qualquer que ele seja. Repito-te isto agora, tal como já te declarei uma vez, num momento idêntico a este. Quando, em Moscovo, o teu casamento esteve prestes a ser celebrado, não fui eu que o impedi, bem o sabes. A primeira vez foi ela que correu para mim, quase no momento da bênção nupcial, pedindo-me para a salvar da tua pessoa. Repito-te as suas próprias palavras. Depois ela fugiu-me; voltaste a encontrá-la e de novo a levaste ao altar. E agora disseram-me que se tinha ainda salvado de ti, para se refugiar aqui na cidade. É verdade? Foi o Lebedev que me deu a notícia e foi por isso que vim aqui... Soube apenas hoje, na carruagem do comboio, por intermédio de um dos teus velhos amigos (Zaliojev, se queres saber quem era!) que vos tínheis reconciliado de novo. A minha vinda a S. Petersburgo só tem um fim: persuadi-la a ir para o estrangeiro a fim de restabelecer a sua saúde. No meu entender está profundamente abalada, física e moralmente; a cabeça, sobretudo, está doente e o seu estado reclama grandes cuidados. Não tenho a intenção de a acompanhar; desejo organizar a sua viagem, sem nela tomar parte. Estou te dizendo a pura verdade. Porém, se de fato mais uma vez vos reconciliastes, então não voltarei a aparecer mais diante dos seus olhos, nem porei mais os pés em tua casa. Sabes bem que não te engano, pois tenho sido sempre sincero contigo. Não te dissimulei nunca a minha maneira de pensar a este respeito; tenho te dito sempre que, contigo, *ela* perder-se-á infalivelmente. E tu também, também te perderás... e talvez, com certeza, ainda mais do que ela. Se vos separais de novo, ficarei encantado, mas não tenho nenhuma intenção de me intrometer nessa separação. Tranquiliza-te por isso e não tenhas suspeitas sobre a minha pessoa. Até agora sabes bem como tem sido; nunca fui para ti um *verdadeiro* rival, mesmo quando ela se refugiou na minha casa. No entanto tu ris agora e eu sei por quê!... Sim, vivemos lá, cada um em seu lado e até mesmo em duas vilas diferentes; tu estavas *perfeitamente ao corrente* de tudo. Não te expliquei já, aqui há tempos, que a amo, não por amor, mas por compaixão? Suponho que esta minha definição é exata. Declaraste-me então que compreendias o que eu queria dizer. É verdade? Compreendeste bem?... Que ódio eu li então no teu olhar!... Vim aqui para te tranquilizar e porque também me és querido. Estimo-te muito, Rogojine. Dito isto, vou-me embora, para não mais aqui voltar. Adeus!

O príncipe levantou-se.

— Fica um pouco junto de mim — disse com doçura Rogojine, que não se tinha levantado e se mantinha com a cabeça apoiada na mão direita. — Há já muito tempo que não te via.

O príncipe sentou-se de novo. Houve um curto silêncio.

— Quando não te vejo junto de mim, León Nicolaievitch, renasce logo o ódio que sinto por ti. Durante estes três meses em que não te vi, manteve-se no meu íntimo uma aversão de todos os instantes. Juro-te que sentia vontade de te envenenar! É como te digo. Agora, pois há um quarto de hora que te encontras junto de mim, o meu ódio contra ti evaporou-se e passei a estimar-te como noutros tempos. Fica um instante junto de mim...

— Quando estou perto de ti, tens confiança em mim; porém quando me afasto, essa confiança desaparece e desconfias de novo. Pareces-te com teu pai! — replicou amigavelmente o príncipe, esforçando-se por esconder, sob um ligeiro sorriso, os seus verdadeiros sentimentos.

— Tenho confiança em ti quando ouço a tua voz. Compreendo muito bem que não posso considerar-me como teu igual...

— Por que dizes isso? Para que te afliges tu de novo? — exclamou o príncipe, olhando Rogojine com espanto.

— Nisto, meu amigo, não perguntam a nossa opinião — ripostou Rogojine. — Dispõem tudo sem nos consultarem.

Parou um instante, para prosseguir em voz baixa:

— Cada um de nós ama à sua maneira, ou melhor dizendo, diferimos em tudo. Tu dizes que a amas por compaixão. Eu não sinto por ela nenhuma compaixão. Nesta altura, lá no seu íntimo, odeia-me. Vejo-a todas as noites nos meus sonhos: está com um outro e zomba de mim. E, meu caro, é bem isto o que se passa na realidade. Vai casar comigo, mas pensa tanto em mim como nos primeiros sapatos que rompeu. Acreditas, se te disser que há cinco dias que a não vejo, com medo de ir à casa dela? No entanto pergunta sempre por que é que não fui. Tem-me envergonhado já bastante...

— Tem-te envergonhado? Que queres dizer com isso?

— Então, não sabes?!... Não foi para fugir contigo que ela abandonou a igreja no momento da cerimônia nupcial? Não acabas tu próprio de o confessar!

— Vês como não acreditas no que eu te digo.

— Então não me envergonhou quando teve aquela aventura em Moscovo, com um oficial, Zemtioujnikov? Sei-o muito bem e a coisa passou-se depois dela própria ter fixado o dia do casamento.

— Isso não é possível! — exclamou o príncipe.

— Afianço-te que é verdade — afirmou Rogojine com convicção. Dir-me-ás que ela não é assim... Para os outros, meu caro! Contigo comportar-se-ia de uma maneira diferente, pois (pelo menos assim o suponho!) uma tal conduta causar-lhe-ia horror; comigo, porém, não tem os mesmos escrúpulos. É assim. Considera-me menos que nada. Sei, de certeza, que está ligada com o Keller, esse oficial que falava do *box*, unicamente para me ridicularizar... E ainda tu não sabes quanto ela me tem feito em Moscovo, nem quanto dinheiro me tem custado!

— Então... por que pensas agora em desposá-la?... Que futuro te espera? — perguntou o príncipe, a medo.

Rogojine não respondeu logo e fitou o príncipe com um olhar sinistro. Depois, após um momento de silêncio, disse:

— Há cinco dias que não vou à casa dela. Tenho sempre medo que ela me feche a porta. Diz-me muitas vezes: Tenho ainda a liberdade de dispor de mim; se quiser, abandonar-te-ei por completo e voltarei para o estrangeiro. Tem-me falado muito nisto — acrescentou ele, como que ocasionalmente, fitando com insistência os olhos do príncipe. — É verdade que ela fala algumas vezes assim para me meter medo. Encontra sempre alguma coisa que a faz rir. Outras vezes franze as sobrancelhas, toma um aspecto melancólico e não descerra os dentes; é o que eu temo mais. Um dia disse-me: não irei à casa dele com as mãos vazias. Muito bem... os meus presentes têm o condão de aumentar as suas zombarias e até mesmo a sua cólera. Deu à Katia, a sua criada de quarto, um magnífico xale que eu lhe havia oferecido, um xale como ela talvez nunca tivesse visto outro, apesar do grande luxo em que vive. Quanto a pedir-lhe para fixar a data do nosso casamento, não me atreverei nunca. Bonita situação é esta, de um noivo que não se atreve a ir ver a sua futura esposa! É por isso que vou ficando em casa e, quando já não posso mais conter-me, vou às escondidas rondar em volta da sua casa ou ocultar-me nalgum canto da rua. Uma vez demorei-me bastante tempo perto da sua porta de entrada, isto é, quase até ao fim do dia; pareceu-me ter notado qualquer coisa.

Ela avistou-me da janela: "Que terias feito", disse ela, "se tivesses descoberto que eu te enganava?" Não pude conter-me e respondi-lhe: "Tu bem o sabes!"

— Que sabe ela?

— Eu próprio o que sei? — murmurou Rogojine. — Em Moscovo nunca a surpreendi com ninguém, se bem que a espionei durante bastante tempo. Uma vez interpelei-a, dizendo-lhe: Prometeste ser minha mulher. Vais passar a fazer parte de uma família honrada. Sabes o que isto quer dizer? Pois bem!... eis o que tu és!

— Disseste-lhe isso?

— Disse.

— E depois?

— Ela replicou-me: "Agora, longe de consentir em tornar-me tua mulher, não passo para ti de uma simples criada!" Então, repliquei eu: "Sairei daqui, aconteça o que acontecer". Nesse caso, disse ela, "Chamarei já o Keller e dir-lhe-ei para te pôr fora da porta". Nessa altura atirei-me sobre ela e bati-lhe; fiz-lhe várias nódoas negras pelo corpo.

— Isso é lá possível! — exclamou o príncipe.

— Digo-te que é verdade — prosseguiu Rogojine, cuja voz se tornou mais suave, ao contrário dos olhos que cintilava. — Durante um dia e meio nem dormi, nem comi, nem bebi; não saí mais do seu quarto; ajoelhei-me diante dela e disse-lhe: "Morrerei, mas não sairei daqui sem que me perdoes. Se me mandas pôr fora de tua casa, vou-me logo afogar. Que seria agora, sem ti?" Passou todo o dia como uma louca: tão depressa chorava, como me ameaçava matar com um machado, como me cobria de toda a espécie de injúrias. Depois chamou Zaliojev, Keller, Zemtioujnikov e ainda outros, para me mostrar e envergonhar diante deles: "Vamos, meus senhores, convido-os a irmos todos ao teatro; ele ficará aqui, se quiser; não sou obrigada a trazê-lo na minha companhia! Quanto a ti, Parfione Semionovitch, servir-te-ão o chá durante a minha ausência, pois hoje deves ter fome". Voltou só do teatro. "Estes senhores são uns imbecis e uns covardes", disse ela. "Têm medo de ti e pretendem assustar-me; dizem que não sairás talvez daqui, sem primeiro me teres estrangulado. E eu, quando me for deitar, nem fecharei a porta do quarto. É assim que eu tenho medo de ti! Manténs a tua palavra? Tomaste chá?" "Não, nem tomo", respondi-lhe eu. "Queres manter o teu capricho, mas na verdade isso não vale nada." Fez como tinha dito. Não fechou a porta do quarto. Pela manhã, ao sair dos seus aposentos, começou a rir: "Estás maluco? Pretendes, então, morrer de fome?" "Perdoa-me!", disse-lhe eu. "Não quero perdoar-te e previno-te de que não casarei contigo. Ficaste, na verdade, toda a noite sentado neste sofá e sem dormir?" "Fiquei, e não dormi", disse eu. "Como és esperto! Na verdade não tomaste chá, não jantaste?" "Já te disse que não; quero apenas o teu perdão." "Se soubesses como essa atitude te prejudica! Fica-te tão mal, como uma sela numa vaca. Pensas talvez assustar-me?" "Que me importa que tenhas a barriga vazia? Que linda história!" Ficou desgostosa, mas isso não durou muito tempo, pois voltou de novo a ridicularizar-me. Admirei-me de ver a sua cólera desaparecer tão depressa, com um caráter tão vingativo e tão rancoroso como o dela! Tive então a impressão de que tinha por mim uma pequena estima, pois de outra forma o seu ressentimento não iria tão longe. E era verdade. "Sabes tu, perguntou-me ela, o que é o Papa, de Roma?" "Já ouvi falar nele", respondi-lhe eu. "Já estudaste alguma vez história universal, Parfione?" "Nunca estudei nada", disse-lhe eu. "Então vou dar-te a ler a história de um Papa que se zangou com um imperador e que o obrigou a passar três dias sem beber, nem comer, de joelhos, os pés descalços, à entrada do seu castelo, até que se dignou perdoar-lhe. Durante os três dias que o imperador se manteve de joelhos, que pensamentos, que juramentos supões tu que formulou a ele próprio? Mas espera", acrescentou ela, "vou-te ler tudo isso!" E desapareceu rapidamente, à procura do livro. "São versos", disse ela, e começou a ler uma passagem, onde estavam relatados os projetos de vingança que esse imperador jurara executar no decorrer dos três dias de humilhação. "Talvez que isto", acrescentou ela, "não te agrade, Parfione?" "Tudo aquilo que leste", disse-lhe eu, justo. Ah, encontras isto justo!... Por consequência dizes naturalmente também contigo: quando for minha mulher lembrar-lhe--ei deste dia e tirarei então a minha vingança! Sei, é bem possível!, respondi-lhe eu. Como, tu não sabes? Não, não sei, e não é nisso que eu penso neste momento. Em que pensas, então? Queres saber? Então ouve: quando te levantaste e passaste perto de mim, olhei-te e segui-te com os olhos; ao arrastar do teu roupão o meu coração quase desfaleceu; quando deixaste o aposento onde estávamos, recordei cada uma das tuas palavras e o tom em que as proferiste; durante toda a noite não pensei em coisa alguma; não fiz mais do que escutar o ruído da tua respiração e notei que te voltaste duas vezes na cama... Talvez, disse ela, rindo. Já esqueceste também as pancadas que me tens dado? Talvez tivesse pensado nisso, não sei! E se não te perdoo e não caso contigo? Disse-te já que me deitarei a afogar. Talvez me mates antes disso!, acrescentou ela, e ficou por instantes pensativa. Bastante desgostosa, saiu. Ao fim de uma hora voltou e disse-me com um ar sombrio: Casarei contigo, Parfione. Não é porque te tenha medo; pouco me importa morrer de uma maneira ou de outra. Porém não vejo forma de arranjar melhor saída. Senta-te, que vão trazer-te o jantar... Se casar contigo, serei uma mulher fiel; não tenhas dúvidas nem inquietações a tal respeito. Depois, após uns momentos de silêncio, acrescentou ainda: Considerava-te antes como um verdadeiro lacaio, mas estava enganada. Ainda nessa ocasião fixou a data do casamento; porém, uma semana depois, fugia de mim e foi para junto de Lebedev. Quando cheguei a S. Petersburgo, disse-me: Não renunciei ainda a casar contigo, mas quero gozar o meu tempo, visto que entretanto tenho a liberdade de poder dispor de mim. Vai esperando também, se te agrada assim! Eis a nossa situação nesta altura... Que pensas de tudo isto, León?

— E tu que pensas também? — ripostou o príncipe, olhando tristemente para Rogojine.

— Só aquilo que eu penso? — exclamou este. Tentou acrescentar alguma coisa mais, mas estacou, dominado por uma angústia sem precedente.

O príncipe levantou-se e de novo fez menção de se retirar.

— Posso assegurar-te que não te originarei nenhuma dificuldade — disse ele em voz baixa e num tom de sonhador, como se respondesse a um íntimo pensamento.

— Sabes tu o que eu te digo? — perguntou Rogojine, animando-se, entretanto que os seus olhos cintilavam. — Não compreendo porque me cedes assim o lugar. Terás tu deixado por completo de a amar? Ainda há pouco tu próprio estavas angustiado, conforme pude reparar. Por que vieste aqui, a toda a pressa? Por compaixão? — E um mau sorriso crispou-lhe o rosto. — Ah, ah!

— Pensas que te engano? — perguntou, por sua vez, o príncipe.

— Não. Tenho confiança em ti, mas não compreendo nada disto. E preciso acreditar que a tua compaixão se sobrepõe, em intensidade, ao meu amor.

Uma expressão de ódio, denotando impossibilidade, passou a traduzir-se em palavras, a refletir-se-lhe nos olhos.

— O teu amor parece equivocar-se até à blasfémia — observou o príncipe, sorrindo. — Porém se esse sentimento passa, o mal será talvez ainda maior. Meu pobre Parfione, digo-te...

— O quê? Eu mato-a?

O príncipe estremeceu.

— Terás por ela, um dia, uma violenta aversão, justamente por causa do amor que ela te inspira hoje e dos sofrimentos que tu vais suportando. Que ela possa ainda sonhar em te desposar, é uma coisa que não me interessa. Quando tive conhecimento, ontem, quase me custou a acreditar e por fim fiquei contristado. Já por duas vezes que anulou o casamento, deixando-te na véspera da cerimônia nupcial. Há nisto um prenúncio!... O que é que poderá agora voltar a trazê-la para junto de ti... O teu dinheiro? Seria absurdo supô-lo, visto que provavelmente já dissipaste a tua fortuna. Será apenas o desejo de se casar? Pode encontrar outro partido melhor que o teu; todos os outros maridos seriam muito melhores para ela, porque tu podê-la-ias matar e ela pressente talvez isso mesmo. A veemência da tua paixão atrai-la-á? Pode ser que sim!... Tenho ouvido dizer que há mulheres que anseiam por este gênero de paixão... somente...

O príncipe interrompeu-se e ficou pensativo.

— Por que razão ainda sorris, sempre que olhas para o retrato de meu pai? — perguntou Rogojine, que observava as menores alterações da fisionomia do príncipe.

— Por que sorrio? Porque tive a súbita ideia de que se esta paixão não te tortura, tornar-te-ás, dentro de muito pouco tempo, igual a teu pai. Encerrar-te-ás nesta casa, com uma mulher submissa e muda; atenderás apenas raras e severas propostas; não acreditarás em ninguém e não terás mesmo sentido a necessidade de confiar em alguém; contentar-te-ás em amontoar dinheiro na sombra e em silêncio. Todo o resto, chegado ao declínio da vida, interessar-te-ás apenas pelos velhos livros e farás o sinal da cruz com dois dedos.

— Escarneces de mim!... Ela disse-me exatamente a mesma coisa, não há muito tempo, ao ver este retrato. É estranho, como os vossos pensamentos se igualam.

— Como, ela já veio a tua casa? — perguntou o príncipe intrigado.

— Já. Olhou longamente para o retrato e fez-me diversas perguntas sobre o falecido. "Eis no que te tornarás com o decorrer do tempo", concluiu ela, rindo. "Tu tens, Rogojine, paixões veementes, e tão veementes, que te conduzirão à Sibéria, aos trabalhos forçados, e não à tua inteligência, porque és de fato muito inteligente". Estas foram as suas próprias palavras, acredites ou não; foi a primeira vez que me disse isto. "Terás renunciado depressa às tuas rapaziadas de hoje. E, como és um homem sem instrução alguma, não terás outra ocupação, que não seja o amontoar dinheiro. Ficarás em casa, como teu pai, na companhia dos teus *skoptsi*. Talvez mesmo acabes por te converter à sua crença. Gostas tanto do dinheiro, que conseguirás reunir, não dois, quem sabe?, dez milhões, com o risco de morreres de fome sobre os sacos de ouro, porque fazes tudo com paixão e só te deixas guiar pela tua paixão!" Estas foram, palavra por palavra, as frases que me dirigiu. Nunca até então me tinha falado assim. Entretinha-me, habitualmente, com ninharias, ou então zombava de mim. Desta vez começou por me ralhar, para depois tomar um ar carregado, e olhou por toda a sala, como se tivesse medo de alguma coisa. "Mudarei e arranjarei tudo isto", disse-lhe eu, "então comprarei uma outra casa para o nosso casamento". "Não, não", respondeu-me ela, "não é preciso mudar nada disto; continuaremos a levar a mesma vida. Quero instalar-me perto da tua mãe, quando for tua mulher". "Apresentei-a à minha mãe." Testemunhou-lhe uma deferência toda filial. Há dois anos que minha mãe está doente e não está já na plenitude das suas faculdades; sobretudo depois da morte de meu pai, é como se tivesse voltado outra vez a ser criança: as pernas estão paralíticas, não fala, e limita-se a fazer um sinal com a cabeça às pessoas que a vêm ver. Se não lhe levassem de comer, ficaria bem dois ou três dias sem nada pedir. Peguei na mão direita da minha mãe, dispus-lhe os dedos para fazer o sinal da cruz e disse-lhe: "Abençoe-a, minha mãe, porque ela vai ser minha mulher." Então ela apertou-lhe com efusão a mão, declarando: "Tenho a certeza que a tua mãe tem sofrido muito". Tendo visto o livro que ali tinha, perguntou-me: "Estás a ler a história da Rússia? Foi ela própria que um dia, em Moscovo, me disse: Fazes bem em te instruíres um pouco. Lê, por exemplo, a *História da Rússia*, de Soloriov, porque tu não sabes nada". "Tens razão", acrescentou ela, "continua". "Organizo-te uma lista dos livros que precisas ler em primeiro lugar, queres?" Não me tinha nunca, nunca falado neste tom; fiquei estupefato e, pela primeira vez, respirei como um homem que volta à vida.

— Estou encantado! — disse o príncipe com sinceridade. — Quem sabe? Talvez Deus permita a vossa união.

— Nunca se fará! — gritou Rogojine, furioso.

— Escuta: se a amas tanto, por que não hás de vir a merecer a sua estima? E se podes vir a ser correspondido, por que desesperas de o conseguir? Ainda há pouco te disse que não compreendo por que motivo concordou em casar contigo. No entanto, se bem que não possa explicar o fato, deve haver em tudo isto uma razão plausível, incontestável. Está convencida do teu amor e não o está menos de que possuis umas certas qualidades. Não pode ser de outra maneira, e o que me acabas de contar confirma esta opinião. Disseste mesmo que encontrou um meio de te falar e de te tratar de uma forma completamente diferente da que estavas habituado. És desconfiado e ciumento, e por isso exageras tudo quanto de mau tens notado nela. Acredita que não tem de ti uma tão má opinião como dizes. E a não ser assim, temos de admitir que, ao desposar-te, se condena, por sua livre vontade, a perecer afogada ou assassinada. Isto é possível? Vai, conhecendo a causa, em procura da morte?

Rogojine ouviu as vibrantes palavras do príncipe com um sorriso doloroso. A sua convicção parecia inabalavelmente assente.

— Que olhar sinistro fixas em mim, Rogojine! — não se conteve o príncipe em dizer, num tom angustiado.

— Perecer afogada ou assassinada! — exclamou por fim Rogojine. — Eh! eh!... Justamente: se casa comigo, é para ser, com toda a certeza, assassinada por mim!... Não!... Será de crer, príncipe, que não tenhas ainda compreendido a razão por que procede assim em toda esta questão?

— Não te percebo.

— Talvez, de fato, não compreendas! Eh! eh!... Diz-se, na verdade, que não és um pouco... como os outros. Ela gosta doutro, percebeste? Gosta de outro que está presente, tal como eu a amo a ela. E esse outro, sabes quem é? O quê, não sabias?

— Eu!

— Sim, tu. Começou a gostar de ti no dia da festa. Somente pensa que não lhe é possível casar contigo porque te cobriria de vergonha e estragava-te o futuro. Sabe-se quem eu amo, diz ela. Nunca mudou a sua linguagem e tem me dito face a face, sem subterfúgios. A ti, receia perder-te e desonrar-te; a mim, contudo, pode desposar-me à vontade, pois é uma coisa sem importância. Eis a consideração que tem por mim; não te esqueças disto.

— Mas como pôde ela fugir-te, para se refugiar perto de mim, e fugir-me...

— Para voltar para mim?... Eh! Eh!... Podemos lá saber o que lhe passa pela cabeça? Anda agora num grande estado de excitação. Um dia gritou-me: "Caso contigo", como se fosse deitar-me a afogar. Casemo-nos por isso depressa! Ela própria apressou os preparativos, fixou o dia da cerimônia. Depois, quando esse dia se aproximou, encheu-se de medo, ou teve quaisquer outras ideias! Deus sabe quais lhe atravessaram o cérebro!... Tu bem a viste. Chora, ri, agita-se febrilmente. Que admiração que ela tenha igualmente ido para longe de ti? Fugiu-te, porque se apercebeu da veemência da paixão que lhe inspiraste. Ficar junto de ti era superior às suas forças. Afirmaste ainda há pouco que a tinha encontrado em Moscou. Isso não é exato; foi ela que veio para minha casa a fim de fugir de ti. Disse-me: "Fixa o dia, estou pronta!... Manda trazer champanhe! Vamos ouvir os ciganos!" E gritava isto a plenos pulmões. Sem mim, há muito tempo que se teria deitado a afogar, digo-te eu. Se o não faz, é, talvez, porque me encontra ainda mais perigoso do que a água. Casará comigo por perversidade... se casar! Digo bem: por *perversidade*.

— Mas como podes... como... — gritou o príncipe, sem acabar a frase. Olhava para Rogojine com terror.

— Por que não acabas? — disse num tom escarninho. — Queres que te diga o que pensas neste momento? Pensas: "Como pode ela desposá-lo agora? Como se pode permitir que ela faça tal casamento?" Os teus sentimentos não enganam ninguém...

— Não foi por isso que vim aqui, já te disse: não era essa a ideia que tinha no pensamento...

— Pode ser que não tenhas vindo por isso e que não tivesses essa ideia na cabeça, porém agora é essa a tua maneira de pensar. Eh, eh!... Vamos lá, já não é mau! Por que motivo ficaste tão perturbado? Na verdade, não sabias nada disto? Surpreendes-me!

— Tudo isso, Rogojine, é o ciúme. Estás doente. Perdeste o bom senso, exageras — balbuciou o príncipe, no cúmulo da comoção. — Mas o que é que tens?

— Deixa lá isso — disse Rogojine, arrancando, rapidamente, das mãos do príncipe, e colocando-a no seu lugar, uma pequena faca que havia tirado da mesa, ao lado de um livro.

— Quando parti para S. Petersburgo — prosseguiu o príncipe — tive como que um pressentimento... Custou-me a vir até aqui! Queria esquecer tudo quanto me prende a esta cidade, arrancá-la do coração! Vamos, adeus... O que é que tens ainda?

Ao falar, o príncipe tinha, por distração, pegado de novo na faca. Rogojine tirou-lhe das mãos e atirou com ela sobre a mesa. A faca era de uma forma bastante simples; o cabo era feito do pé de um veado, a lâmina media três *verchoks* e meio de comprido e tinha uma largura proporcional ao comprimento.

Vendo o príncipe surpreendido por lhe ter tirado duas vezes das mãos, Rogojine, zangado, pegou a faca e atirou-a sobre o livro que colocara noutra mesa.

— Serves-te dela como corta-papéis? — perguntou o príncipe num tom distraído, mas sempre obcecado por qualquer pensamento.

— Sim...

— É, no entanto, uma faca de jardim.

— É!... Por quê? Não posso cortar as páginas de um livro com uma faca de jardim?

— Mas está... muito nova.

— Isso que importa? Não posso comprar uma faca nova? — gritou Rogojine, num acesso de arreliado. A sua cólera crescia a cada palavra do príncipe.

Este último estremeceu e olhou-o fixamente.

— Ah, que ideia! — exclamou ele, rindo-se muito, como quem desperta de uma abstração. — Perdoa-me, meu caro; quando tenho a cabeça pesada, como agora, é que a minha doença surge... estou assim sujeito a distrações ridículas. Não era esta a pergunta que te queria fazer... Essa esqueceu-me, fugiu-me da cabeça. Adeus...

— Não é por aí — disse Rogojine. — Esqueci-me!

— Vem por aqui. Eu ensino-te o caminho.

Capítulo 4

Passaram pelos mesmos quartos que o príncipe havia atravessado antes. Rogojine ia à frente, abrindo as portas. Entraram numa grande sala, de cujas paredes estavam suspensos alguns quadros, alguns retratos de bispos e algumas paisagens onde nada se conseguia discernir. Por cima da porta que dava para o quarto vizinho, via-se um quadro de grandes dimensões: tinha perto de dois *archines* e meio de comprimento por seis *verchoks* de altura. Este quadro representava o Salvador, depois da descida da cruz. O príncipe olhou-o, sem parar, com o ar de quem se recorda de alguma coisa e pretende chegar depressa à porta. Sentia-se mal nesta casa e por isso tinha pressa em sair. Rogojine, porém, parou bruscamente diante do quadro.

— Todos estes quadros — disse ele — foram comprados, em diversos leilões, por meu falecido pai, que era um bom amador. Pagou um ou dois rublos por cada. Um conhecedor que os examinou declarou que eram imitações, salvo aquele que se encontra por cima da porta. Por esse o meu pai pagou dois rublos; ainda era vivo e ofereceram-lhe por ele trezentos e cinquenta rublos; um negociante, que é um grande colecionador, Ivan Dmitrich Savéliev, propôs-me quatrocentos, e, enfim, na semana passada chegou mesmo a oferecer quinhentos a meu irmão, Semione Semionovitch. Preferi guardá-lo.

— É uma cópia de Hans Holhein — disse o príncipe, depois de ter examinado o quadro — e sem ser grande conhecedor, suponho poder dizer que é uma excelente cópia. Vi o original no estrangeiro e não mais pude esquecê-lo. Mas... que é que tens?

Rogojine, sem mais se preocupar com o quadro, começou a andar. Este gesto impulsivo pode, com certeza, ter a sua explicação, não só na sua distração, como também ainda, e em particular, ao seu estado de enervamento. Porém o príncipe não ficou satisfeito por vê-lo interromper uma conversa que ele havia começado.

— Há muito tempo, Léon, que queria fazer-te esta pergunta: acreditas ou não em Deus? — exclamou de repente Rogojine, após ter dado alguns passos.

— Que singular pergunta... e com que olhar tu a acompanhas! — observou involuntariamente o príncipe. Fez-se silêncio entre os dois.

— Por mim, gosto muito de contemplar este quadro! — murmurou Rogojine, como se tivesse esquecido a pergunta feita.

— Este quadro — observou o príncipe, debaixo de uma súbita inspiração. — Este quadro... Sabes, contudo, que um crente ao olhá-lo pode perder a fé?

— Sim, perde-se a fé! — aquiesceu Rogojine de uma maneira inesperada.

Chegaram ao limiar da porta.

— Como podes dizer isso? — exclamou o príncipe, parando bruscamente. — Tomaste a sério a reflexão que fiz em ar de graça? E por que razão me perguntaste se acreditava em Deus?

— Por simples curiosidade. Era uma pergunta que te queria fazer há mais tempo. Há agora muitos descrentes. E tu, já que estiveste no estrangeiro, deves poder dizer-me, se é verdade, conforme me asseverou um certo bêbado, existirem na Rússia mais ateus do que nos outros países. Esse indivíduo acrescentou: "É-nos mais fácil ser ateus porque estamos mais adiantados do que eles".

Rogojine sublinhou este seu dito com um riso sarcástico. Depois, com um gesto brusco, abriu a porta e, com a mão no puxador, esperou que o príncipe passasse. Este pareceu surpreendido, mas passou. Rogojine saiu também para o patamar e fechou a porta atrás dele. Ficaram um diante do outro, com o aspecto de terem esquecido o local onde estavam e o que iam fazer.

— Adeus — disse o príncipe, estendendo-lhe a mão.

— Adeus — repetiu Rogojine, apertando com vigor, mas maquinalmente, a mão que lhe estendeu.

O príncipe desceu um degrau e voltou-se. Era evidente que não queria deixá-lo daquela forma.

— A respeito de fé — disse, sorrindo e animando-se à evocação de uma lembrança — tive na semana passada, durante dois dias, quatro conversas a tal respeito. Uma manhã, viajando por uma nova linha do caminho de ferro, travei conhecimento com um certo S... com quem conversei durante quatro horas. Já tinha ouvido falar muito dele e, entre outras coisas, disseram-me que era um ateu. É um homem muito instruído, de fato, e fiquei contente por me proporcionar a ocasião de palestrar com um verdadeiro sábio. Por outro lado é muitíssimo educado, de maneira que me falou como a um homem seu igual, sob o ponto de vista da cultura e da inteligência. Não acredita em Deus. Entretanto uma coisa me chamou a atenção: discutindo, a tal respeito, dava sempre a impressão de estar fora do assunto. E esta impressão havia-a já sentido, todas as vezes que encontrava incrédulos ou que lia os seus livros; parecia-me sempre que se esquivavam ao problema que simulavam tratar. Transmiti, então, esta observação a S..., mas com certeza me exprimi mal, ou pouco claramente, porque não me compreendeu. Na tarde desse mesmo dia cheguei a uma cidade da província, onde resolvi passar a noite. Instalei-me numa hospedaria. Fora ali cometido um crime na noite anterior; era ainda o assunto de todas as conversas no momento da minha chegada. Dois camponeses de certa idade, que se conheciam há muito tempo e que eram amigos, haviam alugado um quarto em comum, para passarem a noite, depois de terem bebido o seu chá. Não estavam bêbados, nem um nem outro. Um deles notou que o companheiro trazia, há já dois dias, um relógio, que antes nunca lhe tinha visto. O relógio era de prata e estava preso a uma corrente amarela, ornada com pérolas de vidro. Este homem não era um ladrão; era mesmo um homem honesto, e, para um camponês, era também muito alegre. Porém o relógio do seu amigo despertou nele uma tal inveja, que acabou por sucumbir à tentação: armou-se de uma faca e, logo que o outro lhe voltou as costas, aproximou-se dele muito devagar, calculou o gesto, levantou os olhos ao céu, persignou-se e rezou com fervor esta oração: "Senhor, perdoai-me, por amor de Cristo!" Dito isto, cortou, com um só golpe, o pescoço do companheiro, tal como se abate um carneiro, e pegou o relógio.

Rogojine soltou uma ruidosa gargalhada. A sua hilaridade tinha qualquer coisa de convulsiva e contrastava em absoluto com o mau humor que até aí o havia dominado.

— És adorável! Francamente, não podia encontrar-se melhor! — exclamou numa voz ofegante, quase sufocado. — Um não acreditava em Deus, e o outro acreditava n'Ele até ao ponto de rezar antes de assassinar alguém! Não, meu amigo, não se inventa coisa parecida!... Ah! Ah, isto ultrapassa as raias do fantástico!...

— Na manhã seguinte fui dar uma volta pela cidade — prosseguiu o príncipe logo que Rogojine se acalmou, se bem que um sorriso intermitente e espasmódico continuasse a pairar-lhe nos lábios. — Vi um soldado bêbado, completamente nu da cinta para cima e que bordejava ao longo do passeio de madeira. Abordou-me e disse-me: "Compre-me esta cruz de prata, meu *barine*". Cedo-lhe por vinte copeques e é de boa prata. Mostrou-me, presa a um fio muito gasto, e que acabara, com certeza, de tirar do pescoço. Logo à primeira vista se via que era uma cruz de estanho, com oito braços, um pouco grande, em alto relevo e em estilo bizantino. Tirei do bolso uma moeda de vinte copeques e dei-lhe, depois do que coloquei a cruz no meu pescoço. Li-lhe no rosto a alegria sentida, ante a ideia de ter enganado um *barine* estúpido. Correu logo, sem hesitar, para a primeira taberna, onde bebeu os vinte copeques. Nesse momento, meu amigo, tudo quanto observava na Rússia produzia em mim a mais viva impressão. Noutros tempos não compreendia nada do nosso país, era um perfeito ignorante. No estrangeiro, durante os cinco anos que por lá passei, senti apenas pela Rússia uma recordação toda cheia de fantasia. Prossegui o meu passeio e disse comigo: "esperarei ainda, antes de condenar este judas. Deus sabe o que se passa nos seus pobres corações de bêbados!..." Ao entrar de novo na hospedaria, uma hora mais tarde, encontrei uma camponesa com uma criança de peito nos braços. Era uma mulher ainda nova e a criança podia ter seis semanas. Sorria para a mãe, pela primeira vez, dizia ela, desde o seu nascimento. Vi-a persignar-se umas poucas vezes com uma indizível piedade. "Por que fazes isso?", perguntei-lhe eu. Tinha então a mania de fazer estas perguntas. "Da mesma forma que", respondeu ela, "a mãe se alegra, ao ver pela primeira vez sorrir o filho, também Deus se alegra, cada vez que vê, lá do alto do céu, um pecador pedir-lhe perdão, do fundo do coração". Eis quase textualmente o que me disse essa mulher do povo; exprimiu assim esse pensamento tão profundo, tão sutil, tão puramente religioso, em que se sintetiza toda a essência do cristianismo, que reconhece em Deus um Pai celeste, que se regozija ao ver um *homem,* tal como um pai ao ver o filho. Este é o pensamento fundamental de Cristo. Uma simples mulher do povo!... É verdade que era mãe! E quem sabe se não seria a mulher do soldado que me vendeu a cruz? Escuta, Rogojine; fizeste-me há pouco uma pergunta e vou dar-te a resposta; a essência do sentimento religioso escapa a todos os raciocínios; nenhuma falta, nenhum crime, nenhuma forma de ateísmo tem poder sobre ela. Há e haverá eternamente neste sentimento alguma coisa de imperceptível, de inacessível à argumentação dos ateus. Porém o fundamental é que não se observa em parte alguma com tanta clareza e espontaneidade como no coração dos russos!... Foi esta a minha conclusão. Foi esta uma das primeiras convicções que se arraigou em mim ao estudar a nossa Rússia. Há muitas coisas a fazer, Rogojine, sobretudo na nossa terra, acredita! Lembra-te dos nossos encontros e das conversas que tivemos em Moscovo durante uma certa época... Ah, não tinha nenhum desejo de voltar aqui agora!... E não pensava, além de tudo, encontrar-te em idênticas condições!... Enfim, não falemos mais nisso!... Adeus, até à vista!... Que Deus te não abandone!...

Deu meia-volta e desceu a escada.

— León! — gritou-lhe do alto da escadaria, Rogojine, no momento em que ele chegava ao primeiro patamar. — Essa cruz que compraste ao soldado, trá-la contigo?

— Trago — disse o príncipe, parando.

— Mostre-me.

— Mais uma nova fantasia!...

O príncipe refletiu um instante, subiu de novo as escadas e, sem a tirar do pescoço, mostrou-a.

— Dá-me — disse-lhe este.

— Para quê? Então tu...

O príncipe sentiu relutância em se separar da cruz.

— Para a trazer; dou-te a minha em troca.

— Tens interesse em que troquemos as nossas cruzes? Muito bem, Rogojine! Se assim o desejas, não te pergunto mais nada; selemos desta forma a nossa fraternidade!

O príncipe tirou a sua cruz de estanho; Rogojine fez outro tanto à dele, que era de ouro, e trocaram-nas. Rogojine ficou calado e o príncipe notou com dolorosa surpresa que a fisionomia do seu novo irmão havia mantido a sua expressão de desconfiança e que um sorriso amargo, quase sarcástico, continuava a surgir-lhe, com intervalos maiores ou menores, nos lábios.

Sem dizer uma palavra, Rogojine decidiu-se a agarrar a mão do príncipe e, depois de um momento de hesitação, arrastou-o atrás dele, dizendo-lhe numa voz pouco perceptível:

— Venha comigo.

Atravessaram o patamar do primeiro andar e bateram a uma porta que ficava em frente daquela por onde tinham saído. Vieram rapidamente abri-la. Uma velhinha, toda curvada e vestida de preto, com a cabeça envolvida num lenço, fez, sem abrir a boca, uma profunda reverência a Rogojine. Este fez-lhe uma rápida pergunta e em vez de esperar a resposta, continuou a arrastar o príncipe através de uns quartos escuros, frios e bem fechados, onde se alinhavam alguns pesados e velhos móveis, cobertos com panos brancos e limpos. Depois, sem o anunciar, fê-lo entrar num pequeno aposento, que parecia ter sido um salão, e que estava dividido por um tabique de acaju, com duas portas nas extremidades. Este tabique devia ocultar um quarto de dormir. A um canto, perto de um fogão, estava sentada numa poltrona uma velhinha. Não parecia ser muito idosa: o seu rosto, cheio e bastante fresco, era muito agradável, porém tinha os cabelos todos brancos, e ao primeiro olhar notava-se que estava completamente imbecil. Trazia um casaco de lã preta, um xale da mesma cor à volta do pescoço e um chapéu, de uma brancura imaculada, com fitas pretas. Tinha um banco debaixo dos pés. A seu lado encontrava-se outra velhinha muito asseada, que parecia ser mais velha e vivia, sem dúvida, dos seus rendimentos; vestida de preto e tendo também um chapéu branco, fazia meias, atarefada e silenciosamente. Estas duas mulheres não deviam nunca trocar uma palavra. Ao ver Rogojine e o príncipe, a primeira velhinha sorriu-se e mostrou o seu contentamento, fazendo as mais afáveis saudações.

— Minha mãe — disse Rogojine, depois de lhe ter beijado a mão — apresento-lhe o meu grande amigo, o príncipe León Nicolaievitch Míchkin. Trocamos há pouco as nossas cruzes. Em Moscovo foi para mim, durante muito tempo, como um irmão e prestou-me grandes serviços. Abençoe-o, minha mãe, como abençoaria o seu próprio filho. Espere, minha querida velhinha, deixe-me dispor-lhe a mão para...

Esta, no entanto, sem esperar a ajuda de Rogojine, levantou a mão direita, juntou três dedos e por três vezes abençoou devotamente o príncipe. Depois disto, fez-lhe ainda na testa um pequeno sinal, cheio de doçura e amor.

— Vamos, León — disse Rogojine. — Trouxe-te aqui apenas para isto...

Logo que se encontraram na escada, acrescentou:

— Vê tu: a minha mãe não compreende nada do que se lhe diz, não entendeu o sentido das minhas palavras e, contudo, abençoou-te. Agiu assim espontaneamente... Vamos, adeus!... Para ti, como para mim, já é tempo de nos separarmos.

E abriu a porta dos seus aposentos.

— Deixa ao menos abraçar-te, antes de nos separarmos. Que extraordinária vida tu levas! — exclamou o príncipe, olhando Rogojine com um ar de terna censura.

Quis apertá-lo nos braços, mas o outro, que havia já levantado os seus, deixou-os cair rapidamente. Não se decidiu a levantá-los de novo e os seus olhos evitaram os do príncipe. Repugnou-lhe abraçá-lo.

— Não tenhas receio! — murmurou ele numa voz trêmula e com um estranho sorriso.

— Se te pedi a tua cruz, não te matarei da mesma maneira por causa de um relógio.

Entretanto a sua fisionomia mudou-se bruscamente: uma palidez terrível o invadiu, os lábios tremeram-lhe e os olhos incendiaram-se-lhe. Abriu os braços, apertou com força o príncipe contra o peito e disse numa voz ofegante:

— Toma-a, para ti, pois é essa a vontade do Destino. É tua. Cedo-te!... Lembra-te do Rogojine!

E afastando-se do príncipe, sem olhá-lo mais uma vez, entrou às pressas nos seus aposentos, fechando ruidosamente a porta atrás dele.

Capítulo 5

Era já tarde, perto das duas horas e meia, e o príncipe não encontrou o Epantchine em casa. Deixou-lhe um cartão e resolveu ir procurar o Kolia ao *Hotel da Balance*. No caso de não encontrá-lo deixar-lhe-ia também um bilhete com algumas palavras escritas. No *Balance* soube que havia partido de manhã, deixando dito que, no caso de o procurarem, só voltaria depois das três horas; se não voltasse até às três e meia, é porque tinha tomado o comboio para Pavlovsk a fim de visitar a esposa do general Epantchine e jantar na casa dela.

O príncipe resolveu esperá-lo, ordenando que lhe servissem uma refeição.

Deram três e meia, deram quatro horas, e Kolia não apareceu. Saiu então e começou a andar ao acaso. No começo do verão, há algumas vezes, em S. Petersburgo, dias esplêndidos. Como que feito de encomenda, este dia era um deles: luminoso, quente e calmo. O príncipe deambulou assim durante um certo tempo. Conhecia bastante mal a cidade. Às vezes parava no cruzamento das ruas, diante de certas casas, ou então no meio das praças ou das pontes; a certa altura entrou, para descansar, numa confeitaria. Outras vezes a sua curiosidade levava-o a admirar os passeantes. Porém a maior parte das vezes não prestava atenção, nem aos passeantes, nem ao caminho percorrido. Sentia os nervos dolorosamente tensos, bem como uma certa angústia, ao mesmo tempo que uma necessidade intensa de solidão. Queria estar só, para se entregar, sem a menor reação e sem procurar para isso o menor derivativo, ao seu estado de sobre-excitação mórbida. Repugnava-lhe encontrar resposta às perguntas que lhe assaltavam o espírito e o coração. Vejamos, murmurava com ele e quase sem ter a consciência das suas palavras: "haverá alguma falta minha em tudo quanto me acontece?"

Perto das seis horas encontrava-se na estação de Tsarskoié-Sélo. A solidão tinha-se-lhe tornado insuportável; uma nova onda de fervor se lhe apoderou do coração e uma viva, mas fugitiva claridade, dissipou as trevas que lhe oprimiam a alma. Tirou um bilhete para Pavlovsk e esperou com impaciência a hora da partida. Sentia-se, no entanto, vítima de uma obsessão, cuja causa era real e por maneira nenhuma imaginária, como talvez estivesse inclinado a acreditar. Mal havia tomado lugar na carruagem, quando considerou; deitou bruscamente fora o bilhete e saiu da estação com o espírito perturbado e dominado por diversas reflexões. Algum tempo depois, em plena rua, pareceu-lhe lembrar-se de alguma coisa e ao mesmo tempo descobriu em si a existência de um estranho fenômeno, a que podia inculcar as suas longas inquietações. Tinha a nítida consciência de uma preocupação, que o avassalava desde há muito tempo, mas de que não conseguira libertar-se até aí. Sob o domínio dessa preocupação, começara a procurar à sua volta, desde o momento em que entrou no *Hotel da Balance,* e mesmo um pouco antes. Depois o seu espírito libertou-se durante uma meia hora. Mas eis que de novo recomeçou a olhar e a perscrutar à sua volta, com inquietação.

Contudo, enquanto observava em si este impulso doentio e até totalmente inconsciente, ao qual obedecia desde há um certo tempo, uma outra recordação, não menos estranha, surgiu-lhe de repente no espírito. Lembrou-se de que, no momento em que se surpreendeu a procurar qualquer coisa à sua volta, encontrava-se no passeio, diante de um estabelecimento, do qual observava a exposição de objetos com uma viva curiosidade. Quis, então, verificar, a todo o custo, se havia estado de fato parado diante dessa exposição, durante cinco minutos ou mais, ou se era joguete de um sonho ou de uma confusão. Mas esse estabelecimento e essa exposição teriam existido na verdade? Sentia-se num desses dias de disposições particularmente doentias e que lhe lembravam mais ou menos aquelas em que se encontrara noutros tempos, no princípio da sua doença. Sabia que, durante os períodos que antecediam estes acessos, estava sujeito a extraordinárias distrações, a ponto de confundir as coisas e as pessoas, se não concentrava sobre elas toda a sua atenção.

Havia uma outra razão especial para verificar a sua distração: entre os objetos que viu na mostra do estabelecimento, houve um sobre o qual fixou o olhar e chegou mesmo a avaliar em sessenta copeques; ficara-lhe esta recordação, apesar da sua distração e da sua perturbação. Por consequência, se essa loja existia na verdade e se o objeto figurava com efeito na mostra; parara apenas para examinar esse objeto. Concluiu, portanto, que o objeto em questão despertou nele um interesse tão forte, que conseguiu fixar-lhe a atenção, mesmo no estado de penosa angústia em que estava mergulhado ao sair da estação. Avançou, olhando quase com ansiedade para o lado direito; o coração batia-lhe com inquietação e impaciência. Por fim acabou por encontrar a loja. Estava situada a quinhentos passos do sítio onde tivera a ideia de arrepiar caminho. Encontrou também o objeto avaliado em sessenta copeques. "Com certeza não vale mais", disse ainda, e esta reflexão fê-lo rir. Porém o seu riso era nervoso: sentia-se fortemente oprimido. Agora lembrava-se, sem sombra de dúvida, que no momento em que estacionara diante da loja, tinha-se voltado, num mesmo movimento brusco que anteriormente, quando surpreendera o olhar de Rogojine fito nele. Ficou por isso convencido de que não se tinha enganado (no fundo estava já persuadido disso, mesmo antes dessa verificação) e afastou-se, a largos passos, da loja.

O príncipe devia dentro em pouco refletir nestes fenômenos. Era de todo necessário, porque tinha agora a certeza de que, mesmo na estação, não fora joguete de uma alucinação; tinha-lhe sucedido um acontecimento de uma realidade indiscutível, que se ligava, sem dúvida alguma, com a sua anterior obsessão. Contudo não pôde vencer uma espécie de repugnância interior e, renunciando a meditar por mais tempo nesse assunto, começou a pensar noutros.

Pensou, entre outras coisas, nos sintomas com que se manifestavam os seus ataques epiléticos, quando o surpreendiam durante uma insônia. Em plena crise de angústia, de embrutecimento, de opressão, parecia-lhe muitas vezes que o cérebro lhe ardia e que as suas forças vitais retomavam um prodigioso impulso. Nestes momentos, rápidos como o relâmpago, o sentimento da vida e a sua consciência, por assim dizer, decuplicavam. O seu espírito e o seu coração iluminavam-se de uma claridade intensa; todas as suas comoções, todas as suas dúvidas, todas as suas inquietações acalmavam-se, por sua vez, para se converterem numa soberana serenidade, feita da alegria luminosa da harmonia e da esperança, a favor das quais a razão se elevava até à compreensão das causas finais.

Porém estes momentos radiosos não eram mais do que o prelúdio ao segundo decisivo (porque esta outra fase não durava nunca mais de um segundo) que antecedia logo o acesso. Este segundo era positivamente superior às suas forças. Quando, uma vez voltado à normalidade, o príncipe rememorava os antecedentes dos seus ataques, dizia muitas vezes: "relâmpagos de lucidez, onde a hiperestesia da sensibilidade e da consciência faz surgir uma forma de superior do ser, não passam de simples fenômenos mórbidos, de alterações do estado normal; longe então de se ligar a uma vida superior, eles fazem parte, pelo contrário, das manifestações mais inferiores de um ser".

Entretanto chegava a uma conclusão das mais paradoxais: "Que importa que o meu estado seja doentio? Que importa que esta exaltação seja um fenômeno anormal, se o instante que ela provoca, evocado e analisado por mim, quando fico bom, evidencia-se, como que atingindo uma harmonia e uma beleza superiores, e se esse instante me proporciona, num grau calculável e insuspeito, um sentimento de plenitude, de moderação, de apaziguamento e de fusão, num ardor de oração, com a mais alta síntese da vida?"

Estas expressões nebulosas pareciam-lhe perfeitamente inteligíveis, embora ainda muito vagas. Não duvidava, não admitia que se pudesse duvidar que as sensações descritas realizassem com efeito a beleza e a oração como uma alta síntese da vida. As suas visões não tinham, porém, qualquer coisa de comparável às alucinações enganadoras que se procuram com a morfina, o ópio ou o vinho, e que embrutecem o espírito e deformam a alma? Podia com conhecimento raciocinar a este respeito, uma vez que o ataque havia passado. Estes instantes, para os definir numa palavra, caracterizavam-se por uma fulguração da consciência e por uma suprema exaltação da emotividade subjetiva. Se, nesse segundo, isto é, no último instante de consciência antes do acesso, tivesse tido tempo para dizer clara e deliberadamente: "por este momento daria toda uma vida", esse momento, por ele só, valeria bem, com efeito, toda uma vida.

Não atribuía, aliás, outra importância ao lado dialético da sua conclusão, porque a prostração, a cegueira mental e o idiotismo apareciam-lhe apenas, muito claramente, como uma consequência desse minuto sublime. Estava-se reservando para ter a tal respeito uma discussão séria. A sua conclusão, quer dizer, o juízo que fazia sobre o minuto em questão, era, sem contestação, errôneo, mas não ficava menos perturbado pela realidade da sua sensação. O que há de mais convincente, com efeito, do que um fato real? Ora, o fato real existia; durante esse minuto tivera tempo o bastante para dizer que a felicidade imensa que ele lhe proporcionava valia bem toda uma vida. Nesse momento, tinha ele declarado, um dia, a Rogojine, quando se encontraram em Moscovo, "entrevi o sentido desta singular expressão: *Il n'y aura Plus de temps*[24]". Sorrindo, com certeza teria acrescentado que foi num instante como esse que o epilético Maomé falou, quando disse ter percorrido toda a residência de Alá em menos tempo, do que aquele que levaria a evaporar a água que enchia a sua bilha. Em Moscovo, com efeito, Rogojine e ele tinham se juntado muitas vezes e tinham falado sobre os assuntos mais diversos.

---

24 Em francês no original: Não haverá mais tempo. (N. do R.)

O príncipe pensou com ele: "Rogojine disse-me ainda há pouco que era para ele como um irmão; foi hoje a primeira vez que se exprimiu desta forma..."

Deixou-se levar pelas suas reflexões, sentado, perto de uma árvore, num banco do Jardim de Verão. Não faltava muito para as sete horas. O jardim estava deserto; uma sombra passageira velava o sol poente. A atmosfera estava pesada e deixava antever uma tempestade. O príncipe tinha uma certa propensão para a meditação. Avivando as suas reminiscências e as suas ideias sobre todos os objetos exteriores, procurava uma diversão para a obsessão que o dominava; contudo, logo que olhava à sua volta, esse sombrio pensamento, ao qual tanto queria esquivar-se, voltava-lhe logo à cabeça. Lembrava-se da história que o rapaz da hospedaria lhe contou durante o jantar: um recente assassinato, perpetrado em circunstâncias muito extraordinárias e que havia feito bastante ruído na cidade.

Mal havia, porém, evocado essa lembrança, logo um fenômeno inesperado se produziu nele. Foi um desejo impetuoso, irresistível, uma verdadeira tentação, que lhe paralisou de repente a vontade. Levantou-se e saiu do jardim em direção ao velho S. Petersburgo. Um pouco antes, no cais do Neva, pedira a um transeunte para lhe indicar esse bairro do outro lado do rio. Tinham-lhe mostrado, mas não havia lá ido. Sabia que, de qualquer maneira, era inútil lá ir nesse dia. Tinha há muito a direção da parenta de Lebedev e poderia encontrar facilmente a sua casa; porém não tinha bem a certeza se ela lá estaria. Foi com certeza para Pavlovsk, disse ele, pois a não ser assim, o Kolia ter-me-ia deixado um bilhete na *Balance*, como estava combinado. Se lá ia agora, não era, sem dúvida, para vê-la. A sua curiosidade obedecia a um outro motivo, tenebroso e torturante. Uma nova e súbita ideia acabava de lhe atravessar o espírito.

Bastava-lhe, contudo, pôr-se em marcha e saber onde ia, para ao fim de um minuto não prestar nenhuma atenção ao caminho percorrido. Sentia uma terrível e quase insuportável repugnância em meditar por mais tempo sobre a rápida ideia que lhe havia subido à cabeça. Olhou com uma dolorosa tensão mental para tudo quanto lhe passava por diante dos olhos. Fitou o céu e o Neva. Entabulou conversa com um garoto que encontrou no caminho. Talvez a sua crise de epilepsia se tivesse agravado. A tempestade parecia aproximar-se, embora lentamente. Ouvia-se ao longe o ribombar do trovão. O ar estava pesado.

Lembrou-se então, sem bem saber por quê, do sobrinho do Lebedev, que vira nesse dia, tal como nos lembramos de uma música, de que temos os ouvidos cheios. O mais estranho, porém, é que figurava, sob os seus traços, o assassino de que Lebedev lhe falara ao apresentar-lhe o sobrinho. Muito recentemente ainda tinha lido alguma coisa a respeito desse criminoso. Desde o seu regresso à Rússia tinha lido e ouvido muito sobre assuntos desse gênero; acompanhava-os a todos com o máximo interesse. Nessa mesma tarde, na sua conversa com o rapaz da hospedaria, mostrara-se muito interessado com o assassinato dos Jémarine. Lembrou-se de que o rapaz era da mesma opinião que ele. A fisionomia desse homem voltou-lhe à memória: este não era um tolo, mas sim um espírito sério e prudente; de resto, só Deus sabia o que ele era ao certo; é difícil de apreciar o caráter das pessoas, num país que ainda se não conhece. Todavia começava a ter uma confiança apaixonada na alma dos russos. Oh, durante os últimos seis meses, quantas impressões novas não tinha registrado... quantas experiências insuspeitas, inauditas e inesperadas não havia feito! A alma dos outros é um mistério, a alma russa é um enigma — pelo menos para muita gente. Tinha assim observado longamente Rogojine; entrara na sua intimidade e tinha mesmo confraternizado com ele. Conhecia então Rogojine? Apenas reconhecia em tudo isto um tal caos, uma tal desordem, umas tais discordâncias!...

"É deveras pretensioso e repugnante esse sobrinho que o Lebedev me apresentou hoje... Mas onde tenho eu a cabeça?", disse o príncipe, dominado pelo seu sonho. "Teria sido ele quem assassinou essas seis pessoas? Ah, não pode ser! Vamos, eu confundo!... É singular! A cabeça pesa-me um pouco... Que simpática e terna figura tinha a filha mais velha do Lebedev... a que tinha a criança nos braços! Que expressão inocente e quase infantil! Que riso ingênuo!"

E o príncipe admirou-se que essa figura, quase esquecida, não lhe tivesse lembrado há mais tempo. "Lebedev atemoriza as crianças batendo com os pés, mas é provável que as adore. E adora também o sobrinho! É isto tão certo, como dois e dois serem quatro."

Além de tudo, voltando ao mesmo assunto, como podia arriscar-se a emitir opiniões tão categóricas sobre pessoas que mal conhecia? Lebedev, por exemplo, surgia-lhe então como uma figura enigmática.

Esperaria encontrar um tal homem em Lebedev? Não o conhecia antes sob esse aspecto? "Lebedev e a Du Barry, que comparação, Senhor! Se Rogojine se tornar um assassino, não é nada de estranhar, não é ilógico. O seu ato não revelará um caos maior. Um instrumento fabricado, tendo em vista um assassinato, e os seis Jémarine massacrados num acesso de delírio! Rogojine não possui um instrumento feito de encomenda? Aquele que ele tem... Mas então será certo que ele vai assassinar?", perguntava muitas vezes o príncipe, sentindo um forte arrepio, "é um crime, uma baixeza da minha parte emitir com tanto cinismo uma tal suposição?", bradava ele, corando de vergonha.

Parou estupefato, como que colado ao solo. Acabava de se lembrar, ao mesmo tempo, mas confusamente, da estação de Pavlovsk, da estação de Nicolas, da pergunta direta, feita a Rogojine, a respeito dos *olhos* que lhe pareceu ter visto no dia da sua chegada, a cruz de Rogojine, que trazia com ele, a bênção da mãe de Rogojine, pedida por este último para ele, o abraço convulso que ele lhe dera e a renúncia à mulher amada, formulada no patamar.

E para rematar, surpreendia-se por vezes a procurar com interesse alguma coisa à sua volta, e esse estabelecimento e esse objeto de sessenta copeques... Apre! que baixeza!... Movido pela sua pertinaz ideia caminhava para um fim especial. Um sentimento de desespero e de dor apossava-se-lhe de toda a alma. Queria voltar para sua casa, para a hospedaria. Procurou mesmo o caminho, mas ao fim de um instante parou, reconsiderou e retomou a primeira direção.

Estava já no velho S. Petersburgo e aproximava-se da referida casa. Dizia, como justificação, que não voltava agora com a mesma intenção de há pouco e não obedecia a nenhuma ideia especial. Aliás, como poderia ter sido de outra maneira? Era fora de dúvida que a sua doença o dominava; talvez tivesse mesmo nesse dia um ataque! E a aproximação dessa crise foi a causa das trevas onde a seu espírito se debatia, o gérmen da sua ideia especial. Ora, estas trevas tinham se afastado e o demônio havia fugido; a alegria reinava no seu coração, libertado de toda a dúvida. E depois, há muito tempo que a não via... e precisava que ele a visse... Sim, bem desejava nesta altura encontrar o Rogojine, agarrá-lo por um braço, caminhar com ele... O seu coração estava puro: seria ele um rival de Rogojine? No dia seguinte iria a casa dele e dir-lhe-ia que estava ali para vê-la. Não teria acorrido a S. Petersburgo, como dissera ainda há pouco Rogojine, unicamente para vê-la? Talvez a encontrasse em casa, porque, apesar de tudo, não tinha a certeza de ela ter partido para Pavlovsk.

Era preciso, na verdade, e naquela altura, pôr tudo a claro a fim de que uns e outros pudessem ler reciprocamente e sem equívocos nos corações. Nada de renúncias duvidosas e apaixonadas, como as de Rogojine... atos consentidos de livre vontade e à luz do sol! Rogojine seria incapaz de suportar a luz do sol? Pretendia amar essa mulher com um amor que não implicava, nem compaixão, sem piedade. É verdade que havia acrescentado: "tua compaixão vence talvez o meu amor". Porém havia se caluniado a ele próprio. Hum!... Rogojine detendo-se a ler um livro, não é já um ato de compaixão, ou pelo menos um começo de compaixão? E esse livro nas suas mãos, não é a prova de que sabia muito bem qual devia ser a sua atitude frente a frente com essa mulher? E a sua conversa anterior? Não!... Existia nele qualquer coisa de mais profundo do que a paixão. Além disso, o gesto dessa mulher é capaz de não inspirar paixão? Poderá mesmo, neste momento, inspirar paixão? Exprime apenas sofrimento; é somente pelo sofrimento que ele cativa qualquer alma, que ele... E uma recordação pungente e dolorosa atravessou de repente o coração do príncipe.

Sim, uma recordação dolorosa! Evocou a tortura que sentiu quando surpreendeu nela, pela primeira vez, sintomas de demência. Esta descoberta tinha-o levado quase ao desespero. Como pudera abandoná-la, quando se encaminhou para casa do Rogojine! Devia ter-se lançado em sua perseguição, em vez de esperar as suas notícias.

Mas... será possível que Rogojine não se tenha ainda apercebido dos seus sintomas de loucura? Hum!... Rogojine atribui tudo quanto ela faz a outros motivos, a uns motivos passionais. O seu ciúme tem alguma coisa de aberração. Que teria ele querido dizer com a sua suposição de há pouco? (O príncipe corou de repente e uma espécie de arrepio agitou-lhe o coração).

Para quê, afinal, reavivar as suas recordações? Havia tanta toleima da parte de um como da do outro. No que lhe dizia com respeito, o príncipe julgava quase inconcebível, quase cruel e desumano amar essa mulher no sentido passional da palavra. Sim! De fato Rogojine calunia-se. Tendo um grande coração, é capaz de sofrer e de se compadecer. Quando souber toda a verdade, quando se convencer que essa mulher é uma infeliz criatura, anormal e meia tola, não pode fazer outra coisa que não seja o perdoar-lhe todo o passado, todos os seus tormentos. Então tornar-se-á sem dúvida para ela um criado, um irmão, um amigo, a sua providência. A compaixão trá-lo-á ao bom caminho; ela será um ensinamento para ele, porque ela é a principal e talvez a única lei que rege a existência humana. Quantas vezes se sentia agora arrependido da imperdoável injustiça como se havia comportado para com Rogojine. Não, não era a alma russa que era um enigma, mas sim a sua, que havia podido imaginar um tal horror. Devido a algumas palavras calorosas e cordiais que tinha ouvido dele em Moscovo, Rogojine tinha-o tratado como irmão, e ele... Porém tudo isso era devido à doença, ao delírio; tudo isso passaria!...

Com que ar sinistro Rogojine lhe dissera há pouco que estava em vias de perder a fé! Este homem deve sofrer horrivelmente. Pretende amar, ao olhar o quadro de Holhein: não é que ame, ao olhá-lo, mas sim sente essa necessidade. Rogojine não tem apenas uma alma apaixonada; tem também um temperamento de lutador; pretende a todo preço reconquistar a fé que perdeu. Sente agora essa necessidade e sofre com isso... Sim, crer em alguma coisa!... crer em alguém!... Mas que obra estranha que é esse quadro de Holhein!... Ah, cá está a rua e, com certeza, a coisa procurada... É esta. E o número seis, a casa da esposa do secretário Filissov. É aqui.

Tocou a campainha e perguntou por Nastásia Filipovna.

Foi a própria dona da casa que o informou que Nastásia tinha partido pela manhã para Pavlovsk, onde era hóspede da Daria Alexeievna, na casa da qual conta passar alguns dias. A senhora Filissov era uma mulher baixa, de uns quarenta anos, de rosto aguçado e olhos penetrantes; o seu olhar era astuto e perscrutador. Perguntou o nome ao visitante com um ar misterioso. O príncipe teve, a princípio, a ideia de não lhe responder, mas, pensando melhor, disse o nome e pediu-lhe com uma certa insistência para o transmitir a Nastásia. A senhora tomou nota desta recomendação, com muito interesse, e afetando um tom particular de confidência, que parecia dizer: "Não se inquiete; estou a compreender!" O nome do visitante pareceu ter feito nela uma viva impressão. O príncipe lançou-lhe um olhar distraído, virou-se e retomou o caminho da hospedaria. No entanto, não tinha o mesmo aspecto que no momento em que bateu à porta da senhora Filissov. Num abrir e fechar de olhos o seu exterior havia-se metamorfoseado: caminhava agora com um ar pálido, débil, atormentado e agitado; os joelhos vacilavam-lhe; um sorriso inquieto e desvairado pairava nos seus lábios arroxeados; a sua rápida ideia acabava de bruscamente se confirmar e justificar; sentia-se, uma vez mais, à mercê do seu demônio.

Que se teria passado que confirmasse e justificasse a sua ideia? Por que de novo essa tremura, esse suor frio, essas trevas glaciais da sua alma? Seria porque acabava de ver de novo *esses mesmos olhos*? Mas não havia deixado o Jardim de Verão unicamente para vê-los? Era nisto que consistia a sua rápida ideia. Sentira um desejo intenso de voltar a ver aqueles olhos de há pouco, para se convencer, de uma maneira decisiva, que os encontraria infalivelmente lá em baixo, perto dessa casa. Se tão ardentemente o dominara o desejo de voltar a vê-los, por que razão, tendo-os visto, de fato, sentia-se acabrunhado e perturbado, como ante um acontecimento inesperado? Sim, eram na verdade *os mesmos olhos* (não podia mais pôr em dúvida) que o haviam fitado com insistência, pela manhã, na estação Nicolas, no meio da multidão, ao descer da carruagem. Eram os mesmos olhos (exatamente os mesmos) que ao meio-dia, na casa do Rogojine, haviam pousado nos seus ombros, quando se ia a sentar. Rogojine tinha negado; tinha perguntado, com um sorriso forçado e glacial, a quem pertenciam esses olhos. E esses mesmos olhos tinha-os visto ainda pela terceira vez, nesse dia, pouco tempo antes, na estação de Tsarskoié, no momento em que subia para a carruagem, para ir ver Aglaé. Então sentiu um furioso desejo de se aproximar de Rogojine e de lhe dizer a quem pertenciam esses olhos... Saíra, porém, precipitadamente da estação e só havia tomado consciência da sua pessoa diante do estabelecimento de um cuteleiro, onde o informaram que custava sessenta copeques um objeto que tinha um cabo feito de pé de veado.

Um demônio estranho e horrível havia, em definitivo, apoderado-se dele e não queria deixá-lo mais. Era o mesmo demônio que lhe tinha soprado ao ouvido, quando meditava, sentado debaixo de uma tília, no Jardim de Verão, a ideia de que Rogojine, espiando desde a manhã cada um dos seus passos e vendo que não seguia para Pavlovsk (o que tinha sido para ele uma revelação fatal), não deixaria de ir à velho S. Petersburgo, para espiar, nas proximidades da casa, a chegada do homem que lhe tinha dado nesse mesmo dia a sua palavra de honra que não iria vê-la e que tinha vindo para isso a S. Petersburgo.

Sobre isso, o príncipe, como que movido por um impulso, precipitara-se para essa casa. Que admiração, portanto, que tivesse de fato encontrado Rogojine? Havia visto apenas um homem infeliz e atormentado por pensamentos sombrios, mas bem compreensíveis. Aliás esta infelicidade não se tinha nunca dissimulado. Era verdade que Rogojine tinha negado e mentido no decorrer da cena do meio-dia. Porém na estação de Tsarskoié havia quase se mostrado. Se alguém se tinha escondido, fora ele, e não Rogojine, que se encontrava agora perto da casa; em pé, os braços cruzados, esperara no passeio oposto, a cinquenta passos dele. Estava perfeitamente à vista e parecia mesmo desejar que o vissem. Estava na atitude de um acusador e de um juiz, e não dum... De um quê, de fato?

Mas por que motivo o príncipe, em vez de avançar para ele, afastou-se, como se o não tivesse visto, apesar dos seus olhos se terem cruzado? (Sim, os seus olhos tinham-se encontrado e haviam mesmo trocado um olhar). Não tinha tido ele mesmo, ainda há pouco, o desejo de o agarrar pelas mãos e levá-lo à casa dela na sua companhia? Não tinha projetado dizer-lhe no dia seguinte que tinha ido à casa dela? No entanto, a meio caminho de casa, não se havia libertado do seu demônio, quando uma brusca alegria lhe inundou a alma? Ou então, não havia na pessoa de Rogojine e, para melhor dizer, na atitude geral que manteve no *decorrer do dia,* no conjunto das suas palavras, dos seus movimentos, das suas ações, dos seus olhares, alguma coisa que pudesse justificar os seus horríveis pressentimentos e as revoltantes insinuações do seu demônio?

Existia em tudo isto uma série de coincidências que saltavam aos olhos, mas que eram difíceis de analisar e ordenar; não se lhe podia, com segurança, determinar um fundamento lógico. Contudo, a despeito desta dificuldade, desta impossibilidade, provocavam uma impressão de conjunto a que não podia subtrair-se e que nele se convertiam numa absoluta convicção.

Uma convicção, mas de quê? (Oh, quantas vezes a monstruosidade, a ignomínia dessa convicção, a baixeza desse pressentimento torturavam o príncipe, e com que veemência ele os exprobava!). "Exprime ao menos, francamente, essa convicção, se te atreves!", repetia ele, sem cessar, num tom de acusação e de desafio. "Formula todo o teu pensamento com clareza, com precisão, sem subterfúgios! Oh, sou um desonesto", acrescentava num acesso de indignação, que o fazia corar. "Com que olhos ousarei durante a minha vida e de hoje para o futuro fitar esse homem? Ah, que dia, meu Deus, que pesadelo!"

Houve, no fim desse fastidioso e doloroso regresso do velho S. Petersburgo, um minuto em que o príncipe se sentiu dominado pelo desejo irresistível de ir imediatamente à casa do Rogojine, de o esperar à porta de casa, de o abraçar, vertendo lágrimas de arrependimento, de lhe dizer tudo e de pôr termo a esta questão. Porém havia já chegado à porta da hospedaria.

Esta hospedaria, os corredores, o seu quarto, o próprio edifício, tudo isto lhe desagradara muitíssimo desde o princípio. Muitas vezes, no decorrer do dia, sentira uma singular repulsa, ante a ideia de que devia voltar. "O que há? Estou como uma mulher doente: acredito hoje em toda a espécie de pressentimentos!", exclamou ele, num tom de cólera e de zombaria; e, feito esta reflexão, parou diante da porta principal. De todos os incidentes desse dia, um só dominava o seu espírito nesse momento, mas encarava-o a frio, na plena posse da sua e mais, como através de um pesadelo. Acabava de se lembrar da faca que estava sobre a mesa do Rogojine. "Mas, no fim das contas, por que razão não pode ter o Rogojine, sobre a mesa, tantas facas quantas lhe agradem?", perguntou, estupefato, ao seu próprio pensamento. E o seu espanto redobrou quando evocou inopinadamente a sua paragem, ao meio-dia, diante do estabelecimento de um cuteleiro. "Mas vejamos...", disse ele, "que relação pode haver entre..." Não terminou. Um novo acesso de vergonha, quase de desespero, imobilizou-o em frente da porta. Ficou um momento parado. É um fenômeno bastante frequente, uma recordação intolerável, e sobretudo mortificante, produzir o efeito de nos paralisar durante alguns segundos. "Sim, sou um homem sem coração, sou um poltrão!", repetiu ele com ar sombrio, e fez um movimento na intenção de entrar, mas parou de novo.

Se habitualmente pouco iluminada, a entrada da hospedaria estava nesse momento por completo às escuras, devido à aproximação da tempestade, que havia tornado escuro esse fim de dia. No instante em que o príncipe entrou, a tempestade desencadeou-se e uma chuva torrencial começou a cair. Mal entrou, após uma breve paragem no limiar exterior da porta, avistou logo ao fundo, na penumbra, um homem que se encontrava de pé, nos degraus da escada. Esse homem parecia esperar alguma coisa, mas desapareceu num abrir e fechar de olhos. Não tendo podido discernir-lhe a fisionomia, o príncipe ficou impossibilitado de dizer ao certo quem era, visto que passam por ali muitas pessoas; há numa hospedaria um movimento incessante de hóspedes que entram, saem ou atravessam os corredores. Contudo, quase teve logo a certeza absoluta, inabalável, de que reconhecia esse homem e que não podia ser outro senão Rogojine. Passado um instante de hesitação, correu atrás dele, pelas escadas. O coração descompassou-se-lhe. "Tudo se há de esclarecer!", disse ele com uma singular certeza.

A escada que o príncipe subiu apressado levava aos corredores do primeiro e do segundo andar. Construída em pedra, como as de todas as velhas casas, era escura e estreita, elevando-se à volta de uma maciça coluna. No primeiro patamar, uma abertura feita nessa coluna formava uma espécie de nicho, que não tinha mais do que um passo de largura e meio de profundidade. Um homem podia aí esconder-se. Chegado a esse patamar, o príncipe notou logo, apesar da obscuridade, que alguém estava escondido no nicho. A sua primeira ideia foi passar sem olhar à direita. Apenas, porém, tinha dado um passo, não se pôde conter e voltou a cabeça.

Então os dois olhos do meio-dia, *os mesmos olhos,* cruzaram-se várias vezes com os seus. O homem escondido no nicho deu um passo para sair. Durante um segundo ficaram frente a frente, quase se tocando. De repente o príncipe agarrou o homem pelos ombros e arrastou-o pelas escadas, para a luz do dia, para vê-lo melhor.

Os olhos de Rogojine cintilaram e um sorriso de raiva crispou-lhe os lábios. Levantou a mão direita, na qual brilhava um objeto. O príncipe não teve a ideia de segurá-lo. Só mais tarde se lembrou de ter soltado este grito:

— Rogojine, não o creio!

Pareceu-lhe então que alguma coisa se abriu imediatamente diante dele; uma luz *interior*, de um clarão extraordinário, iluminou a sua alma. Isto tudo ocorreu talvez num curto meio segundo; o príncipe não fixou nenhuma recordação clara e consciente do primeiro tom do horrível grito que se lhe escapou do peito e que todas as suas forças foram incapazes de reprimir. Em seguida a consciência obscureceu-se-lhe quase por completo e encontrou-se mergulhado no seio das trevas.

Estava sendo vítima de um ataque de epilepsia, o qual não lhe dava há muito tempo. Sabia já a rapidez com que se lhe declaravam estes ataques. Nesse momento a fisionomia do doente, e sobretudo o olhar, alteravam-se de uma maneira tão rápida quanto inacreditável. As convulsões e os movimentos espasmódicos contraíam-lhe todo o corpo, bem como os traços da fisionomia. Horríveis gemidos, que não se podem nem imaginar, nem comparar a coisa alguma, saíam-lhe da garganta; não tinham nada de humano, e era difícil, se não impossível, supor, a quem os ouvia, que fossem soltos por um desgraçado. Supunha-se, antes, que saíam de um outro ser que se encontrava no interior do doente. Era assim, pelo menos, que muitas pessoas definiam a sua impressão. Na maioria delas, verem o epilético nos seus períodos de crise causava-lhes um indescritível efeito de terror.

É-se levado a crer que Rogojine sentiu essa brusca sensação de terror; vindo juntar-se a tantas comoções sentidas, esta imobilizou-o no lugar onde se encontrava e salvou o príncipe de uma punhalada, que ia inevitavelmente cair sobre ele. Rogojine não teve tempo para descobrir o ataque que se declarou no seu adversário. Vendo-o, porém, vacilar e cair rapidamente de costas, nas escadas, batendo com a nuca contra um degrau de pedra, desceu-as quatro a quatro, e evitando o corpo estendido, fugiu da hospedaria quase como um louco.

As convulsões e os espasmos fizeram-no resvalar de degrau em degrau (eram apenas quinze), até ao fundo das escadas. Só passados cinco minutos é que o descobriram, formando-se à sua volta um certo ajuntamento. Uma mancha de sangue à volta da cabeça fez surgir dúvidas: estava na presença de um acidente ou de um crime? Depressa, porém, algumas pessoas notaram que se tratava de um caso de epilepsia. Um criado da hospedaria reconheceu no príncipe o hóspede chegado pela manhã. As últimas dúvidas dissiparam-se graças a uma feliz ocorrência.

Kolia Ivolguine, que prometera estar na *Balance* às quatro horas, resolveu, ante um aviso recebido, ir a Pavlovsk; recusou, no entanto, por um motivo desconhecido, jantar na casa dos Epantchine. Voltou para S. Petersburgo e dirigiu-se às pressas para o *Balance,* onde chegou perto das sete horas da noite. Tendo recebido o bilhete onde lhe diziam que o príncipe estava na cidade, correu à direção indicada. Chegou ali antes do príncipe regressar do passeio. Desceu à sala de jantar e dispôs-se a esperá-lo, tomando chá e ouvindo o órgão mecânico. O acaso quis que ouvisse contar que alguém tinha tido um ataque epilético. Dominado por um justificado pressentimento, dirigiu-se para o local do acidente e reconheceu o príncipe. Tomou logo as previdências necessárias, principiando por levar o doente para o quarto. Se bem que este tivesse voltado a si, demorou muito tempo a recuperar todos os sentidos. O médico, chamado para examinar as feridas da cabeça, prescreveu cataplasmas e declarou que as contusões não ofereciam nenhum perigo. Ao fim de uma hora, o príncipe tomou plena consciência do que o rodeava; Kolia levou-o então num carro, da hospedaria à casa do Lebedev. Este último acolheu o doente com as mais vivas demonstrações de solicitude e carinho. Em virtude do sucedido, apressou a sua partida para o campo; três dias depois encontravam-se todos em Pavlovsk.

Capítulo 6

A casa de Lebedev era pequena, mas confortável e até mesmo alegre. A parte alugada estava decorada com um cuidado particular. A entrada da vivenda, no terraço que a separava da rua, as laranjeiras, os limoeiros e os jasmins estavam dispostos em grandes caixões pintados de verde, que, segundo o cálculo de Lebedev, deviam produzir o mais bonito efeito. Alguns destes arbustos já ali se encontravam quando comprou a casa. A impressão que sentiu, ao vê-los alinhados no terraço, foi tão sedutora, que aproveitou um leilão para comprar outros. Logo que todas estas plantas foram levadas para a vivenda e colocadas no seu lugar, desceu várias vezes no dia os degraus do terraço, para contemplar da rua o espetáculo que produziam, calculando de cada vez o montante da renda que ia exigir do seu futuro inquilino.

A vivenda agradou muito ao príncipe, que tinha ficado fraco, abatido e fisicamente alquebrado. De fato, desde a sua chegada a Pavlovsk, isto é, três dias depois do ataque, havia recuperado pouco a pouco o seu ar de saúde; no entanto não se sentia ainda completamente curado. Sentira-se feliz por ter visto toda a gente à sua volta, durante esses três dias: Kolia, que não o deixou mais, a família Lebedev (salvo o sobrinho, que fugira, não sabiam para onde) e o próprio Lebedev. Tivera também o prazer da visita do general Ivolguine, antes da sua saída de S. Petersburgo.

Na própria tarde da sua chegada a Pavlovsk, reuniu-se um grande número de famílias, apesar da hora, à sua volta, no terraço; viu chegar Gabriel, que quase o não reconheceu, tão magro e mudado estava; em seguida Bárbara e Ptitsine que tinham ido fazer a sua visita para Pavlovsk. O general estava quase sempre na casa do Lebedev a fim de suporem que o tinha acompanhado, a quando da sua mudança. Lebedev fazia todo o possível para mantê-lo perto dele e impedi-lo de se aproximar do príncipe. Tratava-o como amigo e ambos aparentavam conhecer-se desde há muito. O príncipe viu-os por diversas vezes, durante esses três dias, entabularem longas conversas: falavam alto e pareciam discutir questões científicas, o que parecia ser muito do agrado de Lebedev. Dizia-se já que este não podia passar sem o general. De resto tomara, em relação ao príncipe, desde que este se instalou em sua casa, as mesmas precauções com a família; sob o pretexto de não o incomodarem, não deixava que alguém se aproximasse do hóspede; batia com os pés no chão e corria com as crianças, logo que faziam menção de ir para o terraço, onde se encontrava o príncipe, se bem que este tivesse dito que não o incomodavam. A própria Vera, com a criança nos braços, não escapava a estas reprimendas.

— Em primeiro lugar — ripostava ele às objeções do príncipe — uma tal familiaridade transforma-se, mal nos descuidamos, numa falta de respeito, e por outro lado seria inconveniente da nossa parte...

— Mas por quê? — intervinha o príncipe. — Garanto-lhe que a sua vigilância e as suas severidades só servem para me desgostar. Como lhe disse já muitas vezes, aborreço-me estando só. O senhor não faz mais do que aumentar o meu desgosto, gesticulando sem cessar e caminhando nas pontas dos pés.

Queria-se referir ao hábito que Lebedev havia tomado, nestes três dias, de entrar no seu quarto a cada instante e pôr fora as pessoas de família, sob o pretexto de garantir ao doente a tranquilidade de que precisava. Começava por entreabrir a porta, metia a cabeça e examinava o quarto, como que para verificar se o príncipe lá estava, ou se tinha fugido. Depois, nas pontas dos pés, aproximava-se muito devagar da poltrona, fazendo estremecer por vezes o seu hóspede, com uma aparição inesperada. E de repente perguntava-lhe se tinha necessidade de alguma coisa. Quando acabava de falar, pedia-lhe para o deixar em paz. Saía então docilmente, sem dizer uma palavra, andando sempre muito devagar e gesticulando sem cessar, como para dar a entender que a sua visita não tinha importância, que não tinha mais nada a dizer, que saía e não voltaria mais. Isto, porém, não o impedia de aparecer um quarto de hora depois, se não fosse passado dez minutos.

Kolia, que entrava quando queria no quarto do príncipe, excitava-o a mandar embora Lebedev, o qual se sentia mortificado e indignado ante esta preferência. Notara que Lebedev ficava algumas vezes mais de meia hora atrás da porta, a escutar a sua conversa com o príncipe. Prevenira, portanto, o príncipe, como é natural, do que se passava.

— Para que fecha a porta do meu quarto, como se fosse o senhor da minha pessoa? — protestou o príncipe. — Entendo que deve proceder de outra maneira, pelo menos aqui no campo!... Fique sabendo que receberei quem eu quiser e que irei aonde muito bem me apetecer.

— Sem a menor dúvida! — respondeu Lebedev, agitando os braços.

O príncipe olhou-o fixamente da cabeça aos pés.

— Diga-me, Lebedev, por que trouxe para aqui o pequeno armário que tinha por cima da sua cama, em S. Petersburgo?

— Não, não o trouxe.

— Como, deixou-o lá?

— Não tinha maneira de o trazer. Era preciso despregá-lo da parede... e ele está muito bem preso.

— Talvez haja um igual aqui.

— Há, e até mesmo melhor. Foi essa uma das razões por que comprei esta casa.

— Ah! E quem foi a pessoa a quem não permitiu a entrada no meu quarto, há uma hora?

— Foi... foi ao general. É verdade, não o deixei entrar... O seu lugar não é aqui!... Príncipe; respeito muitíssimo esse homem; é um... grande homem, não acredita? Pois bem... há de ver. No entanto... é melhor, muito ilustre príncipe, que o não receba em sua casa.

— Permita-me que lhe pergunte, por que motivo não devo recebê-lo? E por que é que, Lebedev, anda agora nas pontas dos pés e se aproxima sempre de mim, como se quisesse confiar-me um segredo?

— Por baixeza; sinto que é por baixeza! — replicou inopinadamente Lebedev, batendo no peito com um ar patético. — Mas o general não será muito hospitaleiro contigo?

— Muito hospitaleiro? Que quer dizer com isso?

— Sim, muito hospitaleiro. Para isso já está disposto a instalar-se, com demora, em minha casa. Seja!... Porém não vacila ante coisa alguma e intromete-se logo com a família. Já examinamos muitas vezes juntos os nossos laços de parentesco e concluímos que somos apenas parentes por afinidade. O senhor é igualmente seu sobrinho, neto pelo lado de sua mãe. Explicou-me ainda isso ontem. Se é seu sobrinho, resulta que somos também parentes, meu ilustre príncipe. É isto uma pequena fraqueza do general, mas não tem consequências. Ainda há um momento me afirmou que, no decorrer da sua vida, desde que recebeu o grau de porta-bandeira, até onze de junho do ano passado, não teve nunca menos de duzentos convidados por dia em sua casa. Chegava-se ao cúmulo de não se levantar da mesa: jantava-se, ceava-se, tomava-se o chá durante quinze horas consecutivas. Isto durou trinta anos seguidos; a custo se tinha tempo para mudar a toalha. Um convidado levantava-se para sair, um outro tomava logo o seu lugar. Nos dias feriados, e principalmente nos dias de festa da família imperial, o general chegava a ter mesmo trezentos convidados. Recebeu setecentos, quando da comemoração do milésimo aniversário da Rússia. Era terrível. Uma tal história não prognostica nada de bom e é perigoso receber em casa gente tão hospitaleira. Foi por isso que eu perguntei se o general não seria tão hospitaleiro para ti como para mim.

— Parece-me ter notado que os dois se encontravam nas melhores relações.

— Tomo fraternalmente as suas gabarolices como um gracejo. O sermos parentes por afinidade, nem me aquece nem arrefece; isto é antes uma honra para mim. A despeito dos seus duzentos convidados e do milésimo aniversário da Rússia, tenho-o como um homem muito notável. Declaro-lhe isto com toda a sinceridade. Há instantes, príncipe, disse-lhe que me aproximava de ti, como se tivesse um segredo para lhe comunicar. Pois bem!... tenho justamente um: uma certa pessoa acaba de me dizer que ela deseja muito ter uma entrevista íntima contigo.

— Por que há de ser uma entrevista íntima? De maneira nenhuma. Irei eu próprio à casa dessa pessoa; hoje mesmo, se for preciso.

— Não, não! — replicou Lebedev, gesticulando muito. — Os seus receios não são os que julga. A propósito, o monstro vem todos os dias saber da sua saúde. Já lhe tinham dito?

— Trata-o muitas vezes de monstro!... Isso parece-me um bocado suspeito.

— Não tenha nenhuma suspeita — ripostou Lebedev com prontidão. — Quero apenas indicar que não é dele que a pessoa em questão tem medo. As suas apreensões são devidas a outra coisa.

— A quê? Diga depressa! — exclamou o príncipe, excitado pela mímica misteriosa de Lebedev.

— É nisso que está o segredo! — informou este, sorrindo.

— O segredo de quem?

— O seu segredo. O senhor próprio, meu ilustre príncipe, proibiu-me de falar na sua frente — balbuciou Lebedev. E encantado por ter exasperado a curiosidade do seu interlocutor, concluiu bruscamente: — Ela tem medo da Aglaé Ivanovna.

O príncipe franziu as sobrancelhas e, após um minuto de silêncio, continuou:

— Juro-lhe, Lebedev, que abandonarei a sua casa. Onde estão o Gabriel e os Ptitsine? Em sua casa? O senhor trouxe-os também para aqui?

— Vão chegar, vão chegar. E o general virá também, depois deles. Abrirei todas as portas e chamarei todas as minhas filhas, todas, nesse momento! — balbuciou Lebedev com terror, agitando os braços e correndo de uma porta para a outra.

Nesta altura apareceu o Kolia no terraço, vindo da rua. Anunciou que as visitantes, Isabel e as suas três filhas, estavam a chegar. — É preciso ou não deixar entrar os Ptitsine e o Gabriel? É preciso deixar entrar também o general? — perguntou Lebedev, perturbado com esta notícia.

— Por que não? Deixe entrar quem vier. Asseguro-lhe, Lebedev, que, desde o primeiro dia, compreendeu mal as minhas relações. Vive constantemente em erro. Não tenho o menor motivo para me esconder de quem quer que seja — concluiu o príncipe, rindo.

Lebedev, ao vê-lo rir, julgou de seu dever imitá-lo. Apesar da sua agitação, estava visivelmente encantado.

A notícia dada por Kolia era exata: viera à frente dos Epantchine apenas alguns passos, para anunciar a sua vinda. No entanto, viram-se aparecer visitantes de dois lados, ao mesmo tempo: os Epantchine entraram pelo terraço, enquanto Ptitsine, Gabriel e o general Ivolguine saíram dos aposentos particulares de Lebedev. Os Epantchine acabavam de saber pelo Kolia da doença do príncipe e da sua chegada a Pavlovsk. Até aí a esposa do general vivera numa penosa incerteza. Na antevéspera seu marido tinha comunicado à família a carta do príncipe, de onde Isabel concluiu, sem hesitar, que este não tardaria em vir vê-las a Pavlovsk. Em vão as filhas tinham objetado que, se tinha estado seis meses sem escrever, podia também não ter pressa em vir visitá-las, tendo, sem dúvida — quem sabia quais eram os seus afazeres? — muitos outros assuntos a tratar em S. Petersburgo. Excitada por estas objeções, a esposa do general declarou que apostava em como o príncipe devia vir vê-las, o mais tardar no dia seguinte. Nesse dia, portanto, esperou toda a manhã, toda a tarde e até depois do jantar. Quando a noite chegou, ficou deveras irritável e procurou questionar com toda a gente, bem entendido, sem misturar o nome do príncipe com os motivos das suas discussões. Não fez a menor alusão ao assunto no dia seguinte. Durante o almoço, Aglaé deixou escapar, sem querer, esta reflexão: "mãe está zangada porque o príncipe faltou ao prometido". "É sua a culpa", apressou-se a observar o general. Ao ouvir isto, Isabel levantou-se furiosa e saiu da mesa.

Por fim, à noite, Kolia chegou, trazendo notícias do príncipe. Contou tudo quanto sabia das suas aventuras. Isto foi para Isabel um momento de triunfo, mas não evitou que o Kolia fosse advertido: "Passa dias inteiros a vadiar por aqui, sem sabermos como desfazer-nos dele; por outro lado não aparece, quando temos necessidade dele!" Kolia quase chegou a irritar-se quando ouviu dizer: "sem sabermos como desfazer-nos dele". Reservou, porém, o seu ressentimento para mais tarde. Fingiu não ter ouvido essa expressão bastante ofensiva, tanto lhe agradaram a comoção e a inquietação manifestadas pela Isabel, ao saber da doença do príncipe. Esta insistiu deveras sobre a necessidade de mandarem sem demora um telegrama para S. Petersburgo a fim de conseguirem que viesse pelo primeiro comboio uma das celebridades médicas da capital. As filhas dissuadiram-na disso; no entanto não quiseram mostrar-se menos afáveis que a mãe, quando esta declarou que ia preparar-se para fazer uma visita ao doente.

— Não vamos prender-nos com questões de etiqueta, no momento em que esse rapaz está tão doente! — disse ela, agitando-se. — É ou não um amigo da casa?

— É, mas não é preciso deitarmo-nos à água, sem primeiro termos encontrado o vau — observou Aglaé.

— Está bem, não vás. Até é melhor que fiques. O Eugénio Pavlovitch deve estar a vir e, se tu fores, não terá ninguém para o receber.

Apesar destas palavras, Aglaé apressou-se naturalmente a juntar-se à sua mãe e a suas irmãs, como era, sem dúvida, sua intenção desde o princípio. O príncipe Stch... que fazia companhia à Adelaide, prontificou-se a acompanhar as senhoras ante o pedido que esta lhe fez.

Desde o começo das suas relações com os Epantchine se tomava de um grande interesse, sempre que as ouvia falar do príncipe. Soube-se que o conhecia, por tê-lo encontrado, mais ou menos há três meses, numa pequena cidade da província, onde tinha passado quinze dias com ele. Contava muitas coisas a respeito desse homem, pelo qual sentia uma forte simpatia; foi, pois, com um sincero prazer que acedeu em ir visitar o seu velho conhecido. O general Ivan não estava em casa nesse dia e o Eugénio não havia ainda chegado.

Da casa dos Epantchine à de Lebedev não mediavam mais do que trezentos passos. Ao entrar na casa do príncipe, a primeira impressão desagradável que Isabel sentiu foi encontrar à volta dele uma numerosa sociedade, sem contar que nessa sociedade, duas ou três pessoas eram-lhe extremamente antipáticas. Por outro lado ficou muito admirada ao ver avançar para ela um jovem aparentemente bem-disposto, alegre e vestido com elegância, no lugar do doente que esperava vir encontrar. Parou, mal acreditando no que via, isto com grande satisfação de Kolia, que a podia ter posto ao fato de tudo, antes de sair de casa, mas que não o tinha feito, pressentindo manhosamente a cómica cólera que ela não deixaria de sentir, ao ver o seu amigo, o príncipe, de boa saúde.

Kolia cometeu mesmo a indelicadeza de aplaudir em voz alta o seu sucesso a fim de levar ao cúmulo a irritação de Isabel, com quem tinha constantes arrelias, algumas vezes deveras incomodativas, a despeito da sua amizade.

— Espere um pouco, meu caro, não tenha tanta pressa! Não ofusque o seu triunfo! — ripostou ela, sentando-se numa poltrona que o príncipe lhe indicou.

Lebedev, Ptitsine e o general Ivolguine apressaram-se a oferecer cadeiras às pequenas. O general aproximou uma cadeira de Aglaé. Lebedev aproximou uma outra do príncipe Stch... diante do qual se inclinou com uma deferência extraordinária. Bárbara, como de costume, saudou as pequenas com efusão e pôs-se a conversar em voz baixa com elas.

— É verdade, príncipe, que pensava encontrá-lo na cama, tanto o meu receio exagerara as coisas. E, para não mentir, confesso-lhe que fiquei muito contrariada quando vi o seu aspecto. Juro-lhe, porém, que esta contrariedade não durou mais que um minuto, o tempo bastante para refletir. Quando penso, procedo e falo sempre de uma forma mais sensata. Creio que lhe acontece o mesmo. Para dizer tudo, se tivesse um filho doente, o seu restabelecimento não me teria dado talvez menos prazer do que o seu. Se não acredita nisto que lhe digo, é uma vergonha para si e não para mim. No entanto, esse patifório permite-se aproveitar ainda muitas outras coisas além desta. Parece que o protege; neste caso, previno-o de que numa destas quatro manhãs mais próximas, abster-me-ei, pode estar certo, do prazer e da honra de o contar entre as pessoas das minhas relações.

— Mas em que é que eu sou culpado? — perguntou Kolia. — Se tivesse afirmado que o príncipe estava quase bom, não teriam acreditado em mim; era muito mais interessante para todas imaginá-lo no seu leito mortuário...

— Está aqui por muito tempo? — perguntou Isabel ao príncipe.

— Por todo o verão e talvez mesmo por mais tempo.

— Está só? Não chegou a casar?

— Não, não me casei — respondeu o príncipe, sorrindo ante a ingenuidade com que ela havia feito a pergunta.

— Não vejo razão para sorrisos. Podia ter acontecido. Porém estou pensando na sua visita: por que motivo não veio para nossa casa? Temos um pavilhão desabitado!... Bem sei que pode fazer o que quiser!... É inquilino deste cavalheiro? — concluiu a meia-voz, fitando os olhos em Lebedev. — Por que razão faz sempre essas caretas?

Neste momento Vera, saindo dos seus aposentos, apareceu no terraço; como de costume trazia o recém-nascido nos braços. Lebedev, que andava à volta das cadeiras, sem saber o que fazer e sem se decidir a ir-se embora, correu bruscamente para a filha e pôs-se a gesticular, fazendo por afastá-la. Esqueceu-se, porém, nesta altura, de bater com os pés no chão.

— É tolo? — perguntou de repente Isabel.

— Não é...

— Está bêbado, talvez?... Está com uma linda companhia! — disse num tom irônico, depois de ter olhado mais uma vez todos os circunstantes. — Entrou agora uma encantadora pequena. Quem é?

— É a Vera Loukianovna, filha do Lebedev.

— Ah!... É muito gracioso... Quero conhecê-la.

Lebedev, que ouvira as palavras melífluas de Isabel, levou logo a filha para ser ele próprio a apresentá-la.

— Órfãos são órfãos! — gemeu; ao aproximar-se, obsequioso. — A criança que traz nos braços é também um órfão; é a sua irmã Lioubov, minha filha, nascida do meu legítimo casamento com a minha mulher, Helena, que morreu devido ao parto, há seis semanas, pela vontade de Deus... Sim!... faz as vezes da mãe, se bem que não seja mais que sua irmã... nada mais, nada...

— E tu, meu palrador, não és mais nada do que um imbecil. Perdoa a minha franqueza. Não passemos daqui! Basta, por agora! Suponho que estás a compreender! — acrescentou num súbito acesso de indignação.

— É a verdade exata! — respondeu Lebedev, inclinando-se com um profundo respeito.

— Diz-se, senhor Lebedev, que sabe interpretar o Apocalipse. É verdade? — perguntou Aglaé.

— É a verdade exata!... Há quinze anos que o interpreto.

— Já ouvi falar de ti. Creio mesmo que li a seu respeito qualquer coisa nos jornais.

— Não. Os jornais falaram, sim, mas de um outro comentador. Esse morreu e eu fiquei no seu lugar — replicou Lebedev, que estava contentíssimo.

— Dar-me-á o prazer, visto que somos vizinhos, de ir um dia interpretar-me algumas passagens do Apocalipse? Não compreendo nada.

— Não posso deixar de lhe dizer, Aglaé, que tudo isso, da sua parte, não passa de um grande charlatanismo, creia-me! — interveio, rapidamente, o general Ivolguine, que sentado ao lado de Aglaé estava ansioso por se intrometer na conversa. — Evidentemente a vida do campo tem os seus direitos, como também os seus prazeres — continuou ele. — Receber em sua casa um tal intruso para nos explicar o Apocalipse é uma fantasia como outra qualquer, até mesmo uma fantasia de uma ingenuidade notável, porém eu... Parece que ficou a olhar para mim com surpresa? Permita-me que me apresente: general Ivolguine. Trouxe-a nos meus braços, Aglaé Ivanovna.

— Estou encantada por conhecê-lo. Já conheço a Bárbara e a Nina — murmurou Aglaé, que fazia todos os esforços por não começar a rir.

Isabel, muito corada, zangou-se. A cólera, há muito reprimida no seu íntimo, tinha necessidade de se expandir. Não podia suportar o general Ivolguine, que havia conhecido em tempos, há uns anos.

— Mentes, meu caro, conforme é teu costume! Nunca trouxeste a minha filha nos teus braços — disse ela, deveras irritada.

— Já se esqueceu, minha mãe. Posso garantir-lhe que é verdade, que pegou em mim — confirmou Aglaé. — Foi em Tver, onde vivíamos então. Tinha seis anos, se bem me recordo. Fez uma flecha e um arco. Ensinou-me a atirar e matei um pombo. Não se recorda de termos matado um pombo juntos?

— E a mim deu-me um capacete de papelão e uma espada de madeira. Recordo-me muito bem! — exclamou Adelaide.

— E eu, eu também me recordo! — acrescentou Alexandra. — Zangou-se mesmo muito, a propósito do pombo morto, e pôs-nos a cada uma em seu canto. A Adelaide manteve-se perfilada com o capacete e a espada.

Ao lembrar-se de dizer a Aglaé, que a trouxera nos braços, o general tinha querido dizer apenas alguma coisa para entrar na conversa, como costumava fazer com todas as pessoas com quem julgava oportuno travar conhecimento. Porém, como que de propósito, reconheceu que desta vez havia evocado um acontecimento verídico, que tinha já esquecido. E ainda, quando a Aglaé disse inesperadamente que tinham matado juntos um pombo, a memória avivou-se-lhe de repente e lembrou-se de tudo com os menores detalhes, como acontece muitas vezes aos velhos, ao recordarem-se de um passado longínquo. Seria difícil dizer o que, nesta evocação, impressionou mais o pobre general, um pouco bêbado, como de costume; sentiu-se de súbito muito comovido.

— Lembro-me, sim, lembro-me de tudo! — exclamou ele. — Era então segundo capitão. Era tão pequena, tão gentil! Nina Alexandrovna... Gabriel... Foi no tempo em que... fui recebido na sua casa, Ivan Fiodorovitch...

— E vês até que ponto chegaste! — replicou Isabel. — No entanto a constante bebedeira não obliterou os teus nobres sentimentos, visto que te enterneces assim com esta recordação! Mas tens martirizado tua mulher, e em lugar de dares bons exemplos aos teus filhos, tiveram que te meter na prisão por dívidas. Sai-te daqui, meu amigo!... Retira-te, não importa para onde, para trás da porta, para um canto qualquer, e chora, lembrando-te da tua inocência de outrora! Talvez Deus te perdoe! Vamos, vai! Estou falando seriamente. Para nos corrigirmos, não há nada como recordarmo-nos do passado com contrição.

Não valia a pena insistir; o general tinha a embotada sensibilidade das pessoas que têm por hábito beber e era-lhe doloroso, como a todos os desmoralizados, relembrar os dias felizes da sua vida. Levantou-se e dirigiu-se para a porta com tal docilidade, que Isabel sentiu logo uma forte piedade.

— Ardalion, meu amigo — disse ela, chamando-o — espera um minuto! Somos todos pecadores; quando sentires que a tua consciência está um pouco calma, vem ver-me, e consagraremos uns momentos a lembrar o passado. Quem sabe se eu não cometi cinquenta vezes mais pecados do que tu? Agora, porém, adeus, vai-te! Não tens nada a fazer aqui — acrescentou bruscamente, horrorizada por vê-lo voltar atrás.

— Faria melhor não o seguir, por agora — disse o príncipe a Kolia, cujo primeiro movimento tinha sido seguir os passos do pai. — Seguindo-o, dentro de pouco ficará mal-humorado e não subsistirão nenhuma das suas boas disposições.

— É justo. Deixa-o. Irás ter com ele dentro de meia hora — decidiu Isabel.

— É assim que se consegue dizer, uma vez na vida, a verdade a alguém; ficou comovido até às lágrimas! — permitiu-se observar Lebedev.

Isabel reconduziu-o em seguida ao seu lugar.

— E também tu, meu bom amigo, deves ser mais ou menos igual, se o que ouvi dizer é verdade!

A posição de cada um dos visitantes, reunidos no terraço, foi se precisando pouco a pouco. O príncipe soube, como é natural, apreciar o justo valor do testemunho de simpatia de que era objeto por parte da esposa do general e das filhas. Disse-lhes num tom sincero, que tivera, antes da sua visita, a intenção de se apresentar em sua casa, naquele mesmo dia, apesar do seu estado de saúde e da hora tardia. Isabel respondeu-lhe, circundando um olhar de desdém pelos visitantes, que estava ainda em tempo de executar esse projeto. Ptitsine, homem educado e conciliador, não demorou a levantar-se e encaminhou-se para os aposentos de Lebedev; desejou muito levá-lo com ele, mas não conseguiu, obtendo apenas a promessa de que em breve se lhe iria juntar. Bárbara, que estava entretida com as pequenas, não se moveu. Gabriel e ela estavam muito contentes com a saída do general. Aquele saiu, pouco depois de Ptitsine. Durante os minutos passados no terraço, junto dos Epantchine, tinha mostrado um aspecto modesto e digno e não se havia perturbado, sob o olhar dominador da Isabel, que por duas vezes o examinou da cabeça aos pés. Podia, na verdade, parecer muito mudado para aqueles que o haviam conhecido antes. A sua atitude causou uma impressão bastante favorável em Aglaé.

— Parece que foi o Gabriel que acabou de sair, não? — perguntou ela à queima-roupa, como gostava por vezes de fazer, interrompendo em alta voz a conversa das outras pessoas e falando-lhes do canto da sala.

— Foi ele, sim — respondeu o príncipe.

— Foi com custo que o reconheci — disse Aglaé. Mudou muito... e com vantagem.

— Fico muito satisfeito com isso — disse o príncipe.

— Tem estado muito doente! — acrescentou Bárbara num tom de comiseração e onde se notava uma íntima alegria.

— Em que é que mudou com vantagem? — perguntou Isabel num tom de cólera e quase a medo. — Onde viste isso? Não lhe encontrei nada de melhor. Que é que lhe encontras de mudado?

— Não tem nada melhor do que ser um cavaleiro pobre — exclamou de repente Kolia, que se manteve sempre perto da cadeira da Isabel.

— É essa também a minha opinião — disse, rindo, o príncipe Stch...

— E também a minha — declarou, num tom solene, Adelaide.

— Que cavaleiro pobre? — perguntou a esposa do general, fitando em todos um olhar perplexo e despeitado. Depois, vendo Aglaé tornar-se corada, acrescentou colericamente: — Isso deve ser alguma estupidez! O que é isso de cavaleiro pobre?

— É a primeira vez que este garoto, que é o seu favorito, deturpa as palavras dos outros? — replicou Aglaé num tom de exagerada arrogância.

Aglaé estava sujeita a estes frequentes acessos de cólera, e quando se deixava dominar por eles, a sua veemência aliava-se sempre a qualquer coisa de tão infantil e tão ridículo que não podiam deixar de se rir ao vê-la. Isto tinha o dom de a exasperar, porque era incapaz de compreender esta hilaridade e perguntava como podiam e ousavam rir da sua irritação. A reflexão que acabava de dizer fez rir as suas irmãs e o príncipe Stch...; o próprio príncipe Míchkin não pôde conter um sorriso, corando muito, sem bem saber por quê. Kolia triunfava e ria em altas gargalhadas. Aglaé zangou-se com tudo isto, o que aumentou mais a sua beleza; a confusão e o despeito que sentiu ficaram-lhe mesmo muitíssimo bem.

— É a primeira vez que esse garoto deturpa as suas palavras? — repetiu ela.

— Não fiz mais do que citar uma das suas exclamações — replicou Kolia. — Há um mês, ao ler *D. Quixote,* disse-me que nele nada havia de melhor do que um cavaleiro pobre. Não sei de quem falava, então: se do D. Quixote, se de Eugênio Pavlovitch, se de qualquer outro! O fato é que as suas palavras se referiam a alguém, e disto resultou aquela comprida conversa...

— Reparo, meu amigo, que te permites ir longe demais nas tuas suposições — disse Isabel com azedume.

— Sou por acaso o único? — continuou Kolia, em tom zombeteiro. — Todas as pessoas falaram e falam ainda: neste instante mesmo o príncipe Stch... a Adelaide e os outros acabam de dizer que eram partidários do cavaleiro pobre. Este cavaleiro existe na verdade e parece-me que, se não fosse a má intenção de Adelaide, já sabíamos há muito quem ele é.

— Em que sou culpada? — perguntou, rindo, a Adelaide.

— Não quis desenhar-nos o seu retrato, eis a sua falta! A Aglaé pediu-lhe para o fazer e indicou-lhe mesmo todos os detalhes do quadro, tal como ela o concebeu, lembra-se? E não quis...

— Mas como havia eu de o apreender e representar? Tal como me descreveram, o cavaleiro pobre. *Não levantou diante de ninguém a viseira de aço do capacete.* Então que aspecto lhe dar? Quem representar? Uma viseira, um ser anônimo?

— Não compreendo nada. De que viseira é que se trata? — perguntou a esposa do general, descontente, mas que no fundo começava a identificar a pessoa designada sob o nome convencional (provavelmente já há muito tempo!...) de cavaleiro pobre.

Todavia, o que a indignava mais era ver o ar confuso do príncipe Míchkin, que estava intimidado como uma criança de dez anos.

— Mas então esta brincadeira não acaba? Explicam-me, ou não, o que significa esse pobre? É um segredo tão temível que não se pode desvendar?

Os risos tornaram-se ainda mais fortes. O príncipe Stch..., visivelmente desejoso de pôr termo ao incidente e de mudar de conversa, decidiu-se a intervir:

— Trata-se muito simplesmente de uma extravagante poesia escrita em russo, que não tem pés nem cabeça e cujo personagem principal é um cavaleiro pobre. Há um mês estávamos todos reunidos, depois do jantar, e bastante satisfeitos. Procurávamos, como sempre, um assunto para o próximo quadro da Adelaide. Como sabe, isso é, há muito tempo, uma ocupação normal de toda a família. Foi então que um de nós teve a ideia (qual? Não me lembro agora) de tomar para tema do quadro o cavaleiro pobre...

— A ideia foi da Aglaé! — informou Kolia.

— É muito possível, mas não me recordo — replicou o príncipe Stch... — Uns riram-se deste tema, outros afirmaram que não seria possível encontrar outro mais elevado; porém o que era preciso, em qualquer dos casos, era escolher o rosto a dar ao cavaleiro pobre. Procuramos esse rosto entre as pessoas nossas conhecidas, mas nenhuma servia para o caso e, portanto, ficamos por aí. Foi isto o que se passou. No entanto não compreendo por que é que o Nicolau nos apresentou hoje isso para o analisarmos. O que era engraçado e vinha a propósito há um mês, não tem interesse nenhum hoje.

— É porque existe debaixo de tudo isto algum novo subentendido, tolo, ofensivo e injusto — disse num tom cortante Isabel.

— Não há nisto nada de inepto. Há apenas a expressão de uma muito profunda estima — respondeu Aglaé.

Pronunciou estas palavras num tom de gravidade deveras inesperado. Não somente tinha martirizado por completo os nervos, como ainda se podia presumir, por certos indícios, que sentia agora o prazer em ver aumentar a distração. Esta reviravolta operou-se no momento em que apercebeu que a confusão do príncipe se tornava cada vez mais intensa.

— Riem como tolos, e de repente, eis que falam da sua profunda estima!... É insensatez. Por que razão é que a estimas? Responde-me já: de onde veio, sem pés, nem cabeça, essa profunda estima?

À pergunta feita com nervosismo por sua mãe, Aglaé replicou no mesmo tom grave e solene:

— Falei de uma profunda estima porque se fala nesses versos de um homem capaz de ter um ideal e, sem se ter fixado em nenhum, de lhe dedicar cegamente toda a sua vida. Isto não é uma coisa vulgar nos tempos que vão correndo. Não se diz, nesses versos, em que consistia o ideal do cavaleiro pobre, mas vê-se bem que esse ideal era uma espécie de imagem luminosa, um emblema da pura beleza; o cavaleiro amoroso trazia mesmo, em vez de cota de malha, um rosário à volta do pescoço. É verdade que trazia também uma divisa misteriosa, enigmática, expressa pelas letras A. N. B. gravadas no escudo.

— A. N. D. — retificou Kolia.

— Disse A. N. B. e não volto atrás — replicou Aglaé com azedume. Em todo caso é evidente que o cavaleiro pobre não ligava importância a quem quer que fosse a sua dama, como ao que ela fizesse. Bastava-lhe ele tê-la escolhido e acreditado na sua pura beleza, para que tivesse de se inclinar sempre diante dela. Era nisto que estava o seu mérito, pois, mesmo que mais tarde se tornasse uma ladra, não deixaria de ter por ela igual fé e continuaria a combater pela sua pura beleza. O poeta parecia ter querido encarnar numa figura excepcional a poderosa noção do amor cavaleiresco e platônico, tal como o havia concebido a Idade Média. Tratava-se apenas, naturalmente, de um ideal. No cavaleiro pobre este ideal atingiu o seu mais alto grau e chegou quase ao ascetismo. Na verdade, é preciso reconhecê-lo, o ser capaz de um tal sentimento, leva-nos a supor que possui um caráter de uma têmpera especial e que é, sob um certo aspecto, muito louvável, sem mesmo falar aqui do D. Quixote. O cavaleiro pobre é D. Quixote, um D. Quixote que não seria cômico, mas sim sério. A princípio não o compreendia e troçava dele; porém agora gosto desse cavaleiro pobre e sobretudo estimo os seus feitos.

Aglaé calou-se. Olhando-se para ela, era difícil saber se tinha falado sério ou para se rir.

— Pois bem, apesar de todos os seus feitos, o cavaleiro pobre é um imbecil! — afirmou a esposa do general. — E tu, minha pequena, deste-nos uma grande lição; podes crer que isso não te fica nada mal. Em todo caso é intolerável!... Quais são os versos? Recita-os, pois deves sabê-los. Tenho a necessidade absoluta de conhecê-los. Nunca até hoje gostei da poesia; era talvez um pressentimento. Por amor de Deus, príncipe, tenha paciência; é na verdade o que eu e o senhor temos de melhor a fazer — acrescentou, dirigindo-se ao príncipe Míchkin.

Estava deveras cansada.

O príncipe quis dizer alguma coisa, mas a sua perturbação era tal, que não pôde articular uma palavra. Só Aglaé, a quem haviam permitido tanta audácia na sua lição, não se mostrava nada perturbada e parecia estar até contente. Sempre muito séria e de aspecto solene, levantou-se rapidamente, como se estivesse pronta para recitar os versos, esperando apenas um convite para o fazer; depois, avançando até meio do terraço, colocou-se em frente do príncipe, ainda sentado na sua poltrona. Todos a olharam com uma certa surpresa. O príncipe Stch... as irmãs, a mãe, e em breve quase todos os assistentes sentiram um certo mal-estar, ante esta nova picardia, que deixava antever o quanto iria além da medida do razoável. Entretanto notava-se que Aglaé estava encantada com esta maneira de preludiar o seu recital. Isabel esteve quase para mandá-la sentar, porém, no momento em que ia dar começo à famosa balada, dois novos visitantes, vindos da rua, chegaram ao terraço, conversando em voz alta. Era o general Epantchine seguido de um jovem. A sua aparição produziu alguma sensação.

Capítulo 7

O jovem que acompanhava o general podia ter vinte anos. Era alto, bem feito, tinha uma fisionomia sedutora e inteligente, bem como uns olhos grandes e pretos, cintilando vivacidade e malícia. Aglaé não se voltou para ele e continuou a declamar a sua poesia, fingindo olhar e recitar apenas para o príncipe. Este compreendeu muito bem que havia no seu procedimento qualquer intenção particular. Todavia, a chegada dos novos visitantes atenuou um tanto o seu embaraço. Logo que os avistou, soergueu-se um pouco, fez de longe um amável sinal de cabeça ao general e recomendou-lhe com um gesto que não interrompesse a recitação. Em seguida foi colocar-se atrás da sua cadeira e apoiou o braço esquerdo no espaldar a fim de ouvir o resto do recital numa posição mais cômoda e menos ridícula do que a de um homem enterrado numa poltrona. Por seu lado Isabel convidou por duas vezes, com um gesto imperioso, os recém-chegados a parar.

O príncipe olhou com bastante interesse o jovem que acompanhava o general; teve a intuição de que devia ser Eugênio Pavlovitch Radomski, de quem ouvira já falar muitas vezes e em quem tinha pensado por mais de uma vez. Deixou-o, porém, desconsertado o trajo civil do jovem, pois tinha ouvido dizer que era militar. Durante todo o recital um sorriso irônico pairou nos lábios do recém-chegado; era de crer que conhecesse também a história do cavaleiro pobre.

"Foi talvez ele que a imaginou!", pensou o príncipe.

O estado de espírito da Aglaé era muito diferente. A afetação e a ênfase que a princípio pôs no recitar dos versos deu, depois, lugar a um sentimento de circunspeção, todo compenetrado do sentido dos versos que ia proferindo. Destacava cada palavra com uma tal expressão, pronunciava-as com uma tal simplicidade, que no final da sua declamação havia não só prendido a atenção geral, como havia ainda justificado, ao fazer realçar o valor da alta inspiração desta balada, a solenidade afetada com que de início se apresentara no meio do terraço. Podia-se ver nesta afetação o sinal de um respeito ingênuo e sem limites pelos versos que se encarregara de interpretar. Os olhos brilharam-lhe e um estremecimento de entusiasmo, a custo perceptível, passou por duas vezes na sua bela fisionomia. Eis o que recitou:

> *Era um pobre cavaleiro*
> *Muito calado e simples,*
> *De aspecto pálido e sombrio,*
> *De alma ardente e franca.*
> *Tinha tido uma visão.*
> *Uma visão maravilhosa,*
> *Que lhe deixara no coração*
> *Uma funda impressão.*

Desde então, com a alma em fogo,
Deixou de olhar as mulheres;
E mesmo, até descer ao túmulo,
Não mais lhe dirigiu uma palavra.
Pôs ao pescoço um rosário,
Em vez da cota de malha;
E deixou de erguer diante de alguém
A viseira de aço do capacete.
Cheio de um amor honesto,
Fiel à sua doce visão,
Escreveu com o seu sangue,
A. M. D. na chapa do escudo.
E, nos desertos da Palestina,
Enquanto, entre os rochedos,
Os palestinos corriam para a luta
Invocando o nome da sua dama,
Clamavam, numa exaltação feroz;
Lumen coeli, sancta Rosa!
E, tal como o raio, o seu ardor
Aterrou os muçulmanos.
Voltando ao seu longínquo castelo,
Onde vivia severamente recolhido.
Sempre calado, sempre triste,
Morreu como um demente.

Mais tarde, ao lembrar-se destes momentos, o príncipe martirizou o espírito com uma pergunta, que era para ele irrespondível: como pudera aliar um sentimento tão verdadeiro e tão belo a uma ironia tão mal disfarçada e tão malévola? Que havia nisso uma irrisão, não tinha dúvida alguma; viu-a claramente e não sem fundamento; no decurso da recitação, Aglaé permitiu-se mudar as letras A. M. D. para N. Ph. B. Estava seguro de não se ter enganado e de ter ouvido bem (o que mais tarde se confirmou). Fosse como fosse, a brincadeira de Aglaé — porque, por mais ofensiva e disparatada que fosse, era sempre uma brincadeira — tinha sido premeditada. Há um mês que toda a gente falava (e ria) do cavaleiro pobre. Contudo, ao avivar mais tarde as suas recordações, o príncipe convenceu-se de que Aglaé articulara as letras N. Ph. B. sem lhes dar um tom de brincadeira ou de sarcasmo, nem as sublinhou de maneira a fazer ressaltar o seu sentido oculto. Pelo contrário, proferiu-as com uma tão impassível gravidade, com uma tal inocência e ingênua simplicidade, que se podia supor que se encontravam de fato no meio do texto da balada.

No entanto, logo que terminou o recital, o príncipe sentiu uma cruel sensação de mal-estar. Bem entendido, Isabel não notou a mudança das letras e a alusão que elas ocultavam. O general Ivan compreendeu apenas que se declamavam uns versos. Entre os restantes auditores, muitos deles compreenderam a intenção de Aglaé e admiraram-se de tanta audácia; contudo calaram-se e procederam como se nada se tivesse passado. Quanto a Eugênio, não só havia compreendido (o que o príncipe teria apostado!), como também se esforçou por o mostrar, acentuando a expressão sarcástica do seu sorriso.

— São encantadores! — disse a esposa do general, num grito sincero de admiração, logo que a recitação acabou. — De quem são esses versos?

— De Pushkin, minha mãe — exclamou Adelaide. — Estes não nos envergonham!... Quem pode ignorá-los?

— Convosco a gente torna-se ainda mais estúpida! — replicou Isabel num tom acerbo. É uma vergonha. Logo que chegarmos a casa, hão de mostrar-me esses versos do Pushkin.

— Creio que não temos nada de Pushkin em casa.

— Temos, salvo erro, dois livros em muito mau estado. Conheço-os lá em casa desde tempos imemoriais.

— É preciso mandar alguém à cidade comprar as obras Pushkin. O Fiódor ou o Aléxis que vão no primeiro comboio. É melhor ir o Aléxis... Aglaé, vem aqui!... Dá-me um abraço. Recitaste muito bem. Porém — acrescentou ela, falando-lhe ao ouvido — se o tom em que falaste era sincero, lamento-te. Se por outro lado quiseste zombar dele, não aprovo o teu procedimento. De maneira que, num caso ou noutro, terias feito melhor não recitando essa poesia. Compreendes-me? Vai, pequena, tenho ainda muito que te dizer, mas estamos já há muito tempo aqui.

Durante este tempo o príncipe saudou o general Ivan, que lhe apresentou Eugênio Radomski.

— Encontrei-o no caminho; foi a direito, do comboio para casa, onde lhe disseram que viria aqui encontrar todos os nossos...

— Também depreendi que o senhor estava aqui — interrompeu Eugênio — e como há muito tempo desejava conhecê-lo, bem assim tornar-me seu amigo, não perdi mais tempo. Está doente? Acabei agora mesmo de o saber...

— Fico-lhe muito reconhecido e satisfeito por conhecê-lo. Já ouvi falar muito do senhor e conversei mesmo a seu respeito com o príncipe Stch... — respondeu León, estendendo-lhe a mão.

Depois de haverem trocado um delicado aperto de mão, olharam-se com fixidez, tentando ler no fundo dos olhos um do outro. A conversa generalizou-se, então. O príncipe, que sabia agora observar com prontidão e diligência, até ao ponto de aperceber coisas que não existiam, notou que todos os presentes estavam surpreendidos por verem o Eugênio em traje civil; o espanto foi tão grande, que esbateu todas as outras impressões. Deixava supor que esta mudança de uniforme indicava um acontecimento importante. Adelaide e Alexandra, intrigadas, questionaram a tal respeito. O príncipe Stch..., que era seu parente, parecia muito inquieto; o general quase deixou sentir na voz a sua comoção. Aglaé, a única que ficou perfeitamente calma, fitou Eugênio com um olhar todo curiosidade e com um ar de quem perguntava se o traje civil lhe ficava melhor do que o uniforme; ao fim de um instante voltou a cabeça e não mais pensou nele. Isabel absteve-se também de questionar, se bem que tivesse talvez sentido uma certa inquietação. O príncipe julgou notar uma certa frieza, por parte da esposa do general, para com Eugênio.

— Não me agrada nada! — repetia Ivan, em resposta a todas as perguntas. — Não queria acreditar quando o encontrei antes, de traje civil, em S. Petersburgo. Por que razão fora esta brusca mudança? É esse o enigma. E ele próprio é o primeiro a dizer que não é preciso *quebrar as cadeiras*.

Da conversa que se iniciou a tal respeito, chegou-se à conclusão de que o Eugênio tinha, desde há muito tempo, manifestado o desejo de deixar o serviço. Porém, cada vez que falava nisso, dizia-o num tom tão pouco sério, que ninguém o acreditava. De resto, tinha o hábito de falar em coisas sérias num tom tão galhofeiro, que ninguém sabia o que pensar. Fazia-o, em especial, quando queria afastar conjecturas.

— Por agora renuncio ao serviço apenas temporariamente, por alguns meses, um ano, no máximo — disse Eugênio num tom jovial.

— Não tem nenhuma necessidade disso, pelo menos do que eu conheço da sua vida — disse com vivacidade o general.

— Como hei de vigiar as minhas terras? Foi o senhor mesmo que me aconselhou a isso. E depois estou em vésperas de fazer uma viagem ao estrangeiro...

A conversa desviou-se rapidamente; porém o fato de a inquietação continuar a persistir, deu a entender ao príncipe que havia por baixo daquilo tudo alguma coisa de mais importante.

— Então o cavaleiro pobre voltou de novo à cena? — perguntou Eugênio, aproximando-se de Aglaé.

Com grande espanto do príncipe, ela respondeu com um olhar pasmado e interrogador, como para lhe dar a entender que nunca se tinha falado no cavaleiro pobre entre eles e que não compreendia o que queria dizer.

— É tarde, muito tarde agora, para mandar alguém à cidade procurar as obras de Pushkin! — repetia Kolia, que altercava com Isabel. — Se for preciso, sou capaz de repetir isto três mil vezes: é muito tarde.

— Na verdade, é muito tarde para mandar alguém à cidade — disse Eugênio, afastando-se rapidamente de Aglaé. Suponho que as lojas em S. Petersburgo estão a fechar, porque não falta muito para as nove horas — acrescentou ele, depois de ter consultado o relógio.

— Se pudemos esperar até agora, poderemos muito bem esperar até amanhã — observou Adelaide.

— Além disso — acrescentou Kolia — parece mal, às pessoas da alta sociedade, tomarem tanto interesse pela literatura. Pergunte-o ao Eugênio. É muito mais distinto ter um carro pintado de castanho, com as rodas vermelhas.

— Aprendeu isso nalgum livro, Kolia? — observou Adelaide.

— Sim, tudo quanto disse, deve-o às suas leituras — replicou Eugênio. É capaz de lhe dizer páginas inteiras de revistas científicas. Tenho há muito tempo o prazer de conhecer as conversas do Nicolau, porém desta vez não faz mais do que repetir o que leu. Quer evidentemente, referir-se à minha carruagem de cor castanha, que tem, na verdade, as rodas vermelhas. Porém já a mudei; chegou atrasado.

O príncipe tinha prestado atenção às palavras de Eugênio... Teve a impressão de que este se comportava irrepreensivelmente, com modéstia e vivacidade. O que lhe agradou mais, sobretudo, é que tratava Kolia num tom de cordial igualdade, mesmo quando ele o arreliava.

— O que é que traz aí? — perguntou Isabel a Vera, a filha de Lebedev, que acabava de parar na sua frente, com os braços carregados de livros de grande formato, luxuosamente encadernados e quase novos.

— É o Pushkin — disse Vera — é o nosso Pushkin. O meu pai deu-me licença para lhe oferecer.

— Como? É possível? — exclamou Isabel, surpreendida.

— Não é um presente, não, não é um presente!... Não me atreveria a tal! — protestou Lebedev, surgindo de repente por trás da filha. — Ceder-lhes-ei pelo preço do custo. É o nosso exemplar de família, das obras de Pushkin, edição de Annenkov, que se encontra esgotada, mas que lhe cedo pelo preço do custo. É com o máximo respeito que lhe ofereço, na intenção de lhe vender e satisfazer, assim, a avidez de prazeres literários que a domina.

— Se me vende, agradeço-lhe muito. Não tenha receio, que nada perderá. Peço-lhe, entretanto, para que não faça mais essas contorções, meu bom amigo! Ouvi já dizer que é muito erudito. Conversaremos um dia a tal respeito. Quer o senhor levar-me estes livros?

— Com veneração..., com respeito! — disse Lebedev, que, ao manifestar o seu contentamento por todas as formas de caretas, pegou os livros das mãos da filha.

— Leve-os então, com ou sem respeito, com tanto que não me perca nenhum — somente acrescentou ela, fitando-lhe os olhos — ponho a condição de que não transporá o umbral da minha porta, porque não tenho a intenção de recebê-lo hoje. Pode, no entanto, mandar desde já a sua filha Vera, se quiser; ela agrada-me muito mais.

— Por que não o dizem àqueles que estão ali à espera? — disse Vera ao pai, num tom de impaciência. — Se não os deixarmos entrar, forçarão a porta. Começaram por fazer barulho! León — continuou ela, dirigindo-se ao príncipe, que tinha já o chapéu na mão — estão lá fora quatro indivíduos à sua espera, há muito tempo e que o censuram; o meu pai não os deixa aproximar do senhor.

— Quem são os visitantes? — perguntou o príncipe.

— Dizem que vêm tratar de um negócio, mas são pessoas capazes de o desfeitearem na rua, se não os deixar entrar. Mais vale, León, deixá-los entrar e desembaraçar-se deles como puder. Gabriel e Ptitsine foram parlamentar com eles, mas eles não querem ouvir nada, nada!

— É o filho de Pavlistchev... o filho de Pavlistchev!... Não vale a pena recebê-los, não, não vale a pena — disse Lebedev, gesticulando. — Estas pessoas não merecem que as ouça, seria mesmo inconveniente da sua parte, meu ilustre príncipe, incomodar-se com elas! Veja bem! Não são dignos...

— O filho de Pavlistchev? Ah, meu Deus! — exclamou o príncipe, profundamente comovido. — Eu sei... eu tenho... eu encarreguei o Gabriel de tratar desse assunto. Ele próprio acaba de me dizer...

Neste momento Gabriel apareceu no terraço, vindo do lado de casa. Ptitsine seguia-o. Na sala contígua ouviu-se barulho; a voz retumbante do general Ivolguine tentava dominar a de todos os outros. Kolia correu a inquirir dos motivos dessa desordem.

— É muito interessante! — observou em voz alta Isabel.

"Sabe então do que se trata!", pensou o príncipe.

— Qual filho de Pavlistchev? E... como pode ser ele filho de Pavlistchev? — perguntou o general Ivan, intrigado, interrogando com o olhar todas as fisionomias, surpreendido por ver que era o único a ignorar esta nova história.

De fato o incidente tinha despertado a atenção geral. O príncipe ficou admirado, ao constatar que um assunto que só a ele dizia respeito, tivesse já despertado tanto interesse em todos os assistentes.

— O melhor seria que regulasse desde já, o *senhor próprio*, este assunto — disse Aglaé, aproximando-se do príncipe com um ar grave.

— Permita-nos que lhe possamos servir de testemunhas. Querem ultrajá-lo, príncipe; deve justificar-se de uma maneira esmagadora. Alegro-me desde já, ante a ideia do que vai fazer.

— É meu desejo também que se acabe, de uma vez para sempre, com essa infame reivindicação! — exclamou a esposa do general.

— Dá-lhe uma boa lição, não os poupes! Já me encheram os ouvidos com esse assunto e por isso às vezes torno-me mal-humorada contigo. Seria interessante vê-los. Manda-os vir; nós ficaremos aqui. A Aglaé teve uma boa ideia. Já ouviu falar neste assunto, príncipe? — acrescentou, dirigindo-se ao príncipe Stch...

— Já ouvi, e justamente na sua casa. Estou com o maior interesse em conhecer essas pessoas — respondeu o príncipe.

— São niilistas, não são?

— Não — disse Lebedev, que tremendo quase de comoção, deu um passo para a frente. — Não se trata propriamente de falar nos niilistas, mas sim de uma outra classe de pessoas, de um gênero à parte. O meu sobrinho afirma que são mais avançados que os niilistas. Engana-se, Excelência, se julga intimidá-los com a sua presença. Esses atrevidos não se deixam intimidar. Os niilistas, pelo menos, são por vezes pessoas instruídas, verdadeiros sábios. Aqueles excedem-nos, porque são, antes de tudo, homens de ação. No fundo procedem do niilismo, mas indiretamente, segundo uma velha tradição. Não se manifestam por meio de artigos de jornal, mas vão direito aos fatos. Não se trata para eles, por exemplo, de demonstrar que Pushkin era um inepto ou que é preciso desmembrar a Rússia, não; porém se considerarem isso justo, ou se desejarem alguma coisa, não param diante de nenhum obstáculo e de liquidar até oito pessoas, se preciso for... Por isso, eu próprio, príncipe, não o aconselharia a...

Entretanto o príncipe havia ido abrir a porta às suas visitas.

— Estão caluniando Lebedev — disse ele com um meio sorriso. — Vê-se bem que o seu sobrinho lhe contou tudo ao contrário. Não o acredite, Isabel. Asseguro-lhe que os Gorski e os Danilov não são casos isolados; quanto a esses outros jovens... estão simplesmente em erro. Prefiro, no entanto, não me intrometer com eles aqui diante de toda a gente. Desculpe-me, Isabel; entrarão, apresentar-lhes-ei e depois levo-os comigo. Entrem senhores, peço-lhes!

O príncipe estava atormentado com uma outra ideia. Perguntava a si próprio se não estaria na presença de uma traição, exatamente por ser a esta hora e durante esta reunião, em vez de o procurarem noutra ocasião, não para triunfarem, mas sim para o cobrirem de vergonha!... No entanto reprovava com ele e ao mesmo tempo com uma certa tristeza, monstruosidade e a maldade da sua desconfiança. Parecia-lhe que morreria de vergonha se alguém descortinasse no seu espírito uma tal ideia. E, quando os novos visitantes apareceram, estava sinceramente disposto a considerar-se, debaixo do ponto de vista moral, como o último dos últimos entre as pessoas reunidas à sua volta.

Cinco pessoas entraram: quatro visitantes novos e atrás deles o general Ivolguine, que mostrava o aspecto de estar vivamente comovido e dominado por um acesso de eloquência. "Aquilo é sem dúvida para mim!", pensou o príncipe, sorrindo, Kolia havia se introduzido no grupo; falava acaloradamente com o Hipólito, que pertencia ao grupo e o escutava com um sorriso incrédulo.

O príncipe mandou sentar os visitantes. Eram todos pessoas novas, quase adolescentes, e a sua idade deu motivo a que se admirassem com a grande cerimônia que fez para os receber. Ivan, que não sabia nada desta nova questão e que não compreendia nem palavra, indignou-se ao ver tais garotos e teria com certeza protestado, se não fosse dominado por um apaixonado interesse, e, segundo ele, era estranho que a esposa se interessasse pelos assuntos pessoais do príncipe. Contudo ficou movido, metade pela curiosidade, metade pela bondade, na esperança de se tornar útil e, em qualquer caso, de se impor pela sua autoridade. Porém a saudação que lhe fez de longe, ao entrar, o general Ivolguine, reavivou a sua indignação; entristeceu-se e decidiu fechar-se num feroz mutismo.

Acerca dos quatro jovens visitantes, havia pelo menos um que podia ter trinta anos; era *boxeur* e tenente reformado, pertencera ao bando do Rogojine e vangloriava-se de ter dado, noutros tempos, esmolas de quinze rublos. Podia-se afirmar que, junto dos outros, era um bom companheiro, para lhes fazer sentir a moral e, em caso de necessidade, dar-lhe uma ajuda eficaz. Entre os seus três acólitos, o primeiro lugar e o papel principal cabia ao que apelidavam de filho de Pavlistchev, se bem que ele se apresentasse sob o nome de Antipe Bourdovski. Era um jovem de cabelos loiros, a fisionomia cheia de borbulhas e vestido pobre e impropriamente. O casaco estava tão engordurado, que as manchas tinham reflexos reluzentes; o colete ensebado e abotoado até em cima, dissimulava a falta da camisa. Tinha à volta do pescoço um lenço de seda preta, sujo e torcido como uma corda. Não trazia as mãos lavadas. O seu olhar exprimia, por assim dizer, um misto de candura e zombaria. Era magro, de porte alto e parecia ter vinte e dois anos. A sua fisionomia não exprimia a menor ironia, nem sombra de uma reflexão; lia-se nela apenas a sua estúpida predileção pelo que supunha ser o seu direito e, ao mesmo tempo, uma estranha e incessante necessidade de se sentir sempre ofendido por qualquer coisa. Falava num tom de comovido e na hesitante precipitação de falar, articulava com dificuldade uma parte das palavras, pelo que supunham tratar-se de um gago ou mesmo de um estrangeiro, se bem que lhe circulasse nas veias puro-sangue russo.

Estava acompanhado do sobrinho de Lebedev, que o leitor conhece *já*, e, em segundo lugar, por Hipólito. Este era ainda um jovem de dezessete ou dezoito anos; a sua fisionomia inteligente, mas sempre crispada, revelava a doença terrível que o minava. Era de uma magreza esquelética e de uma palidez de cera, os olhos mantinham-se brilhantes e duas rosetas vermelhas purpureavam-lhe as faces. Tossia constantemente; cada uma das suas palavras, cada um dos seus suspiros eram quase sempre acompanhados de um estertor. Estava evidentemente chegado ao último grau da tuberculose e dava a impressão de ter apenas duas ou três semanas de vida. Parecia esgotado e deixou-se cair sobre uma cadeira, antes que os outros se sentassem.

Os companheiros entraram fazendo alguma cerimônia; pareciam um pouco atrapalhados, mas afetavam um ar de importância, como se tivessem receio de comprometer a sua dignidade. Era uma atitude que contrastava estranhamente com a sua reputação de desprezarem as futilidades da sociedade e de pessoas que não conhecem outra lei que não seja os seus próprios interesses.

— Antipe Bourdovski — gaguejou, apresentando-se, o filho de Pavlistchev.

— Vladimir Doktorenko — articulou com clareza e mesmo com presunção o sobrinho de Lebedev, como se a seu nome fosse motivo de orgulho.

— Keller — murmurou o ex-tenente.

— Hipólito Torentiv! — gritou com uma entoação inesperada o último visitante.

Todos se sentaram numa fila de cadeiras, em frente do príncipe. Depois de se terem apresentado, franziram o rosto, e para fazerem qualquer coisa, passaram a boina de uma das mãos para a outra. Cada um deles estava pronto a falar, porém guardavam silêncio, numa atitude de espera e de provocação, que parecia querer dizer: "Não, meu amigo, não, não nos enganarás!" Pressentia-se que à primeira palavra que quebrasse aquele silêncio, todos começariam a discursar, interrompendo-se uns aos outros.

Capítulo 8

— Meus senhores — começou o príncipe — não esperava ver aqui nenhum de vós; por mim, tenho estado doente até hoje. Quanto ao seu assunto — disse ele, dirigindo-se a Antipe — há um mês que o confiei ao Gabriel, tal como lhe disse, então. No entanto não me oponho a ter uma explicação pessoal contigo, porém parece que só lhe convém a esta hora... Se isso não demorar muito, proponho-lhes passarmos a um compartimento vizinho... Tenho aqui, neste momento, alguns dos meus amigos e acredite...

— Amigos... como bem lhe agradar! Permita-me... — interrompeu bruscamente o sobrinho de Lebedev num tom autoritário, sem contudo elevar a voz — permita-me declarar-lhe que podia comportar-se mais delicadamente conosco e não nos fazer esperar duas horas no vestíbulo...

— É sem dúvida... eu também!... é assim como procedem os príncipes... e o senhor, o senhor é algum general? E eu não sou seu criado! Mas eu... eu — vociferou de repente Antipe, no cúmulo da comoção; os lábios tremiam-lhe, a voz enrouquecia-lhe de desespero, a saliva saía-lhe da boca em borbulhas que rebentavam; e falava tão depressa que ao fim de dez palavras tornou-se completamente incompreensível.

— Sim, é assim como procedem os príncipes! — exclamou Hipólito numa voz sibilante.

— Se procedessem assim comigo — grunhiu o *boxeur* — isto é, se isto fosse diretamente comigo, na minha qualidade de fidalgo e no lugar de Bourdovski, teria...

— Meus senhores, acreditem que só há um minuto soube que estavam aí — observou o príncipe.

— Não temos medo de nenhum dos seus amigos, príncipe, quaisquer que eles sejam, porque nós, nós estamos no nosso direito... — replicou o sobrinho de Lebedev.

— Quem o autorizou, permita-me que lhe pergunte, a submeter a questão do Bourdovski ao julgamento dos seus amigos? — observou de novo Hipólito, que se encontrava nesta altura deveras excitado.

— Não estamos talvez dispostos a aceitar esse julgamento; sabemos muito bem o que ele pode significar.

O príncipe, deveras desconsertado ante este exórdio, conseguiu, no entanto, replicar:

— Já lhe disse, senhor Bourdovski, que, se não quer explicar-se aqui, podemos passar desde já à outra sala... Lembro-lhe outra vez que acabo só agora de saber da sua chegada ao vestíbulo.

— Mas não tem o direito, não tem o direito... Os seus amigos... Aqui está! — gaguejou de novo Bourdovski, lançando à sua volta um olhar de feroz desconfiança e levantando-se, tanto mais que se sentia pouco seguro. — Não tem o direito!...

Parou rapidamente, como se alguma coisa se tivesse partido dentro dele, e o corpo inclinado para a frente, fixou no príncipe, como que para o interrogar, os seus olhos de míope estriados de pequenas riscas vermelhas.

Desta vez a surpresa do príncipe foi tal, que não encontrou nenhuma palavra para dizer e olhou também para Bourdovski, abrindo muito os olhos.

— León Nicolaievitch — interveio de súbito Isabel — leia isto quanto antes; tem analogia direta com o seu caso.

Estendeu-lhe, com um gesto brusco, um semanário humorístico, e indicou-lhe com o dedo um artigo. Lebedev, que procurava captar as boas graças da esposa do general, tirara esse jornal do bolso no momento em que os visitantes haviam entrado, e colocara-o na frente dos olhos, indicando-lhe uma coluna circundada com um traço a lápis. As poucas linhas que Isabel tivera tempo de ler, tinham-na perturbado muitíssimo.

— É talvez muito melhor não ler isto em voz alta — balbuciou o príncipe, deveras agitado. — Tomarei conhecimento disto quando estiver só... mais tarde...

— Pois então vais ser tu quem vai ler isto imediatamente e em voz alta! Estás a ouvir? E em voz alta! — disse Isabel a Kolia, depois de ter tirado, com um gesto de impaciência, o jornal das mãos do príncipe, que tinha tido apenas tempo de lhe deitar uma vista de olhos. — Lê esse artigo em voz alta, para que toda a gente ouça!

Isabel era uma mulher arrebatada e impulsiva, que por vezes, sem a menor reflexão, levantava todas as âncoras e lançava-se ao mar largo, sem pensar em possíveis tempestades. Ivan teve um movimento de inquietação. E enquanto os assistentes ficavam suspensos, numa atitude de expectativa e perplexidade, Kolia abriu o jornal e começou a ler, em voz alta, o artigo que Lebedev se apressou a indicar-lhe:

Proletários e seus descendentes! Um episódio de banditismo do dia e de todos os dias! Progresso! Esforço! Justiça!

Passam-se coisas estranhas neste país que se chama a Santa Rússia, nesta época de reformas e de grandes empresas capitalistas, de nacionalismo e do êxodo anual de milhões que vão para o estrangeiro, de encorajamento à indústria e à opressão dos trabalhadores, etc., etc., e como não conseguiríamos acabar, meus senhores, com esta enumeração, Passemos ao fato:

Uma singular aventura ocorreu a um dos descendentes da nossa falecida aristocracia terrestre (De profundis). Os antepassados desse rebento perderam tudo no jogo; os pais viram-se constrangidos a servir no exército, como porta-bandeiras ou tenentes, e morreram, felizmente, na véspera de passarem em julgado por inocentes leviandades cometidas na administração de dinheiros do Estado, que lhe estavam confiados.

Os filhos, tal é o herói da nossa história, ou nascem idiotas, ou são apanhados nalguma questão criminosa, da qual um júri os absolve, para lhes permitir emendarem-se, ou ainda acabam por originar um desses escândalos que espantam o público e juntam mais uma vergonha às muitas de que a nossa época está cheia.

O nosso rebento entrou há seis meses na Rússia, vindo da Suíça, onde seguiu um tratamento contra a idiotice (sic!); nesse tempo usava polainas, à moda estrangeira, e tiritava de frio debaixo de uma capa que não agasalhava nada. Cumpre confessar que a sorte o favoreceu, porque, sem mesmo falar aqui na sua interessante doença que fora tratar à Suíça (pode-se curar o idiotismo, supõem isso?), o seu exemplo justifica a exatidão do provérbio russo, que diz: a felicidade é só para as pessoas de uma certa categoria. Analisem agora: tinha ficado órfão, de tenra idade, pois o pai morrera, diz-se, quando ia, como tenente, ser julgado em conselho de guerra, por ter volatilizado ao jogo o dinheiro da sua companhia e talvez também por ter mandado fustigar muito generosamente um dos seus subordinados (lembrem-se dos velhos tempos, meus senhores!). O nosso varão foi criado por um caridoso e riquíssimo proprietário russo. Esse proprietário — chamemos-lhe P. — possuía, nessa idade de ouro, quatro mil servos (servos/ compreendem, meus senhores, o que isto quer dizer? Eu não o compreendo. É preciso consultar um dicionário para procurar o sentido desta expressão; se bem que seja uma coisa recente, a custo se acredita). Era na aparência um desses russos preguiçosos e parasitas, que procuram no estrangeiro uma vida ociosa, passando o verão pelas instâncias de repouso e o inverno no Castelo das Flores, em Paris, onde deixam somas fabulosas. Pode-se assegurar que um terço, pelo menos, das somas pagas, no tempo da servidão, pelos camponeses aos seus senhores, passou para o bolso do proprietário do Castelo das Flores (feliz mortal!).

Seja porém como for, o displicente P. mandou educar o órfão como um príncipe e rodeou-o de criados e criadas (lindas, sem dúvida!) que ele próprio havia trazido de Paris. Todavia este último rebento de um tronco ilustre era idiota. As criadas, recrutadas no Castelo das Flores, tinham pouco que fazer, e o jovem rebento chegou à idade dos vinte anos sem ter aprendido nenhuma língua, inclusivamente o russo. A ignorância desta última língua era ainda desculpável. Por último uma ideia ridícula germinou no cérebro de P., partidário da escravatura. Pensou que um idiota podia adquirir espírito na Suíça. Esta ideia não deixa de ter uma certa lógica: a este parasita, a este proprietário, afigurava-se-lhe, na verdade, que o espírito se podia comprar no mercado, como todo o resto, e sobretudo na Suíça. Cinco anos foram dedicados nesse país ao tratamento de tal rebento, sob a direção de um professor célebre; deram-lhe por isso milhares de rublos. O idiota não se tornou, de fato, um homem inteligente, mas se diz que começou a parecer-se mais um pouco com um ser humano.

No meio disto, P. morreu de repente. Não deixou, como era justo, nenhum testamento; os seus negócios ficaram numa completa desordem. Uma multidão de ávidos herdeiros se apresentou; nenhum deles pensou mais em tratar o descendente dessa nobre raça, ajudá-lo, por caridade, a tratar na Suíça essa idiotice congênita. Se bem que idiota, o descendente de que falamos tentou, todavia, enganar o professor e conseguiu, diz-se, encobrindo-lhe a morte do seu benfeitor, fazer-se tratar na casa dele gratuitamente durante dois anos ainda. O professor, porém, era também um incorrigível charlatão: acabou por se preocupar mais com o doente, porque nada lhe pagava e devorava com o apetite dos seus vinte e cinco anos; fez-lhe por isso calçar as velhas polainas, deitou-lhe um capote coçado sobre os ombros e expediu-o, e às suas malas, nach Russland, *em terceira classe, de forma a pô-lo fora da Suíça. Podia-se supor que a felicidade havia voltado às costas ao nosso herói. Nada disso: ela, que se divertia a exterminar, pela fome, províncias inteiras, prodigalizou de repente todos os seus favores a este pequeno aristocrata, tal como a nuvem que, na fábula de Krylov, passa por cima dos campos ressequidos, para ir rebentar no Oceano. Quase no momento em que o nosso rebento entrava, vindo da Suíça, em S. Petersburgo, um parente de sua mãe (oriunda naturalmente de uma família de negociantes) acabava de falecer; era um velho negociante barbado, que não deixava nenhum filho e pertencia à seita dos Raskolnik. Legou uma grande herança, de alguns milhões, do metal sonante (uma coisa que faria logo prosperar os nossos negócios, não é verdade, amigo leitor?), ao nosso rebento, ao nosso barão, que tentara curar-se, na Suíça, da sua idiotice!*

Desde então mudou todo o cenário. O nosso barão de polainas, depois de ter feito a corte a uma notável prostituta, viu-se logo rodeado de uma enorme multidão de amigos e de conhecidos; descobriu mesmo alguns parentes. E melhor ainda, numerosas meninas da nobreza quiseram contrair com ele legítimo casamento, pois que poderiam encontrar de melhor, do que um pretendente aristocrata, milionário e idiota, isto é, com todas as qualidades juntas? Não teriam de fato encontrado melhor, nem mesmo que procurassem com uma lanterna, ou que o mandassem fazer por medida!

— De tudo isso... não compreende nada! — gritou Ivan no paroxismo da indignação.

— Não leia mais, Kolia! — disse o príncipe numa voz suplicante.

Ouviram-se exclamações de todos os lados.

— Leia, leia, custe o que custar! — ordenou Isabel que, via-se bem, só a custo conseguia conter-se. — Príncipe, se o não deixa ler, zanoar-nos-emos.

O Idiota

Não havia nada a fazer. Todo vermelho de comoção, Kolia prosseguiu a leitura com voz trêmula:

Enquanto o nosso novo milionário se sentia, por assim dizer, transportado ao sétimo céu, produziu-se um acontecimento completamente inesperado. Numa bela manhã apresentou-se em sua casa um visitante de fisionomia calma e severa, sobriamente vestido, mas com distinção. Este homem, numa linguagem deveras delicada, digna e íntegra, e no qual se adivinhava um espírito liberal, explicou em duas palavras o fim da sua visita. Advogado de renome, vinha a mando de um jovem, que lhe confiara a defesa dos seus interesses e que era, nem mais nem menos, o filho do falecido P., se bem que usasse um outro nome. Durante a juventude, o voluptuoso P. seduzira uma honesta e pobre moça que, apesar de ser de condição servil, havia recebido uma educação europeia (tinha lançado mão, com certeza, dos seus direitos senhoriais, consagrados pela escravatura). Quando se apercebeu das próximas e inevitáveis consequências desta legação, apressou-se a casá-la com um homem de nobre caráter, que tinha uma pequena ocupação, bem como um emprego oficial, e que amava há muito a jovem moça. Ajudou, a princípio, os novos esposos, mas o marido não tardou a recusar, por orgulho, esses seus subsídios. Ao fim de algum tempo P. foi esquecendo pouco a pouco a sua velha amiga e a criança que tinha tido; depois morreu, como se sabe, sem ter feito testamento.

Ora o filho de P. que nascera depois do casamento de sua mãe e que tinha sido adotado por aquele homem de nobre coração, e do qual mesmo havia tomado o nome, ficou sem recursos depois da morte deste. A sua mãe, doente e paralítica das pernas, ficou a seu cargo. Vivia numa província afastada. Estabelecido na capital, ganhava honestamente a sua vida, dando durante o dia lições nas casas das famílias dos negociantes; ocorreu assim ao seu sustento durante os anos de colégio e encontrou em seguida maneira de poder seguir os cursos superiores a fim de preparar uma melhor situação para o futuro. Mas que podem render as lecionações particulares nas casas dos negociantes russos, se se pagam apenas dez copeques a hora e quando se tem mais o encargo de tratar da mãe doente e enferma? A morte desta na distante província onde vivia tornou menor a penúria do jovem.

Agora uma pergunta se apresenta: como é que podia o nosso rebento argumentar com toda a justiça? Supõe, com certeza, o nosso amigo leitor, que ele disse: "Toda a minha vida fui cumulado de benefícios por P. Despendeu dezenas de milhares de rublos com a minha educação, com os meus criados, com a minha cura na Suíça. Hoje, sou milionário, entretanto que o nobre filho de P., inocente das faltas cometidas por um pai, frívolo e esquecido, se esgota a dar lições. Tudo quanto despendeu comigo devo, em boa justiça, restituir-lhe. Essas enormes quantias gastas comigo não me pertencem, na realidade. Se não fosse a minha boa estrela, teriam ido para o filho de P. Era a ele que deviam ter aproveitado, e não a mim, porque se P. as consagrou a mim, foi apenas por um capricho, uma frivolidade e um esquecimento. Se eu fosse na verdade um homem nobre, delicado e justo, devia dar ao filho do meu benfeitor metade da minha herança. Porém como sou, em especial, um homem avarento e que sei muito bem que a sua questão não tem base jurídica, abster-me-ei de partilhar os meus milhões. No entanto seria da minha parte uma ação vil e infame (o rebento esqueceu-se de juntar imprudente) não lhe dar pelo menos as dezenas de milhares de rublos *que o pai despendeu a tratar a minha idiotice. É simples questão de consciência e equidade; porque, que seria eu, se P. não tivesse tomado a seu cargo a minha educação e se tivesse tratado do seu filho e não de mim?"*

Mas não, meus senhores! Os nossos descendentes não argumentam assim. Podem crer, esse rebento, educado na Suíça, ficou insensível a todos os argumentos do advogado que, tendo se prontificado a defender os interesses do jovem, por pura amizade e quase ao encontro da vontade deste, foi em vão que fez valer os preceitos da honra, da generosidade, da justiça, e até mesmo o mais elementar sentimento de interesse.

Até aqui não teria importância; porém agora isso é verdadeiramente imperdoável e não servirá de desculpa para qualquer doença estranha. Este milionário, que acabava a custo de deixar as polainas do seu professor, não foi capaz de compreender que este jovem fidalgo, que se matava a trabalhar, não pretendia despertar a sua piedade, nem solicitava nenhuma esmola, mas exigia o pagamento de uma dívida e que esta dívida, apesar de ser desprovida da sanção judicial, não constituía menos uma obrigação de direito. Nada perguntara da sua pessoa, dado que os seus amigos intervieram em seu lugar. O nosso rebento tomou um ar majestoso e, com a vaidade própria de milionário, que julga ser-lhe tudo permitido, tirou uma nota de cinquenta rublos *e de uma forma afrontosa deu a esmola ao jovem fidalgo. Não acreditam nisto, meus senhores? Estão indignados ou revoltados; podem soltar os seus gritos de escandalizados! No entanto foi assim que ele agiu! Diga-se de passagem que o dinheiro foi-lhe devolvido durante uma reunião pública; foi-lhe como que atirado à cara. Qual será o fim desta questão? Como lhe falta um certo fundamento jurídico, resta apenas entregá-lo ao juízo da opinião pública. Confiamos esta história aos nossos leitores, garantindo-lhes a sua autenticidade. Um dos nossos humoristas, um dos mais conhecidos, fez a este propósito um encantador epigrama, digno de ocupar lugar entre os nossos melhores versos, não só da Província, como também da capital. Eis esse epigrama:*

> *Durante cinco anos León pavoneou-se*
> *Com o capote do Schneider.*
> *Passa o tempo, como de costume,*
> *Com toda a espécie de ninharias.*
> *Calçando umas polainas muito estreitas,*
>
> *Recebeu a herança de um milhão.*
> *Recita as suas orações em russo,*
> *Mas entretanto rouba os estudantes.*

Ao terminar a leitura, apressou-se a passar o jornal ao príncipe e, sem proferir uma palavra, refugiou-se num canto, escondendo o rosto entre as mãos. Sentiu um intolerável sentimento de vergonha e a sua alma de criança, que não tinha tido tempo ainda de se familiarizar com as baixezas da vida, perturbou-se por completo. Pareceu-lhe que acabava de se passar qualquer coisa de extraordinário, em seguida à qual tudo se desmoronou de repente à sua volta, e que era ele, sem dúvida, a causa desta catástrofe, apenas porque lera o artigo em voz alta.

Pareceu-lhe que todas as outras pessoas presentes tinham experimentado um sentimento igual.

Às pequenas invadiu-as uma sensação de mal-estar e de vergonha. Isabel reprimiu a sua extrema cólera; talvez viesse a arrepender-se amargamente de se haver metido neste assunto; para o momento calou-se.

Quanto ao príncipe, avassalavam-no os mesmos sentimentos que dominam em tais casos as pessoas tímidas em excesso; imaginava uma tal vergonha com o procedimento dos outros, e sentia-se tão mortificado com as suas visitas, que esteve um momento sem mesmo se atrever a olhá-las. Ptitsine, Bárbara, Gabriel e o próprio Lebedev, todos tinham um aspecto de mais ou menos confusos. O mais estranho é que o Hipólito e o filho de Pavlistchev pareciam estar também deveras surpreendidos; por seu lado, o sobrinho de Lebedev afetava um aspecto de descontentamento. Somente o *boxeur* mantinha uma perfeita calma; levantava os bigodes com importância e baixava um pouco os olhos, não por embaraço, mas, ao contrário, por um sentimento de generosa modéstia, moderando um triunfo bem visível. Era evidente que o artigo lhe agradara muitíssimo.

— O diabo deve saber de onde vem esta infâmia! — murmurou Ivan. — É de supor que cinquenta lacaios se tenham associado para compor uma tal ignomínia.

— Permita-me que lhe pergunte, meu caro senhor, com que direito exprime suposições tão ofensivas? — perguntou Hipólito, tremendo de cólera.

— Para um fidalgo, general, é uma ofensa... há de concordar, para um fidalgo — gaguejou o *boxeur* que, estremecendo de repente, pôs-se a torcer os bigodes cada vez mais, enquanto que os ombros e o corpo lhe eram sacudidos por estremecimentos seguidos.

— Para já não lhe compete tratar-me por meu caro senhor; em segundo lugar não tenho que lhe dar nenhuma explicação — respondeu num tom firme o general, a quem este incidente encolerizara vivamente.

Dito isto levantou-se e, sem proferir mais uma palavra, pareceu ter a intenção de descer para o terraço, mas ficou no primeiro degrau, com as costas voltadas para todos os outros. Estava indignado, ao ver que a Isabel, mesmo neste momento, não pensava em ir-se embora.

— Senhores, senhores, deixem que finalmente me explique — disse o príncipe cheio de angústia e comoção. — Deem-me o prazer de falarem de forma que nos possamos compreender uns aos outros. Não tenho nada a dizer-lhes sobre esse artigo: ponhamo-lo de lado, e fiquem sabendo apenas, meus senhores, que o seu conteúdo é inteiramente falso; digo-lhes isto, porque o sabem tão bem como eu; é tudo mesmo uma vergonha. Ficarei deveras admirado se algum dos senhores foi o seu autor.

— Até este momento desconhecia por completo esse artigo — declarou Hipólito. — Não o aprovo.

— Eu sabia da sua existência, mas... não teria aconselhado nunca a sua publicação; era prematura — acrescentou o sobrinho de Lebedev.

— Também o conhecia, mas não tenho o direito... eu... — balbuciou o filho de Pavlistchev.

— Como, foi o senhor que inventou tudo isto? — perguntou o príncipe, olhando Bourdovski com curiosidade. — Não é possível...

— Podíamos contestar-lhe o direito de fazer tais perguntas — observou o sobrinho de Lebedev.

— Limito-me apenas a exprimir a minha admiração porque o senhor Bourdovski tenha reunido... mas... Enfim, quero dizer o seguinte: desde o momento que entregaram este assunto à publicidade, não vejo razão porque se admiraram há pouco, quando quis falar diante dos meus amigos.

— Enfim! — murmurou Isabel com indignação.

Lebedev, tendo perdido a paciência, intrometeu-se por entre as cadeiras; dominava-o uma espécie de orgulho.

— Há uma coisa, príncipe — disse ele — que se esqueceu de acrescentar: se recebeu e ouviu estas pessoas foi apenas devido à incomparável bondade do seu coração. Não tinham por forma alguma o direito de tal exigir, visto que o meu amigo confiou a sua questão ao Gabriel: este procedimento é mais um testemunho da sua excessiva bondade. Esquece também, meu ilustre príncipe, que está agora na companhia de amigos escolhidos, que não pode sacrificar a estes senhores; não terá mais nada a fazer do que pô-los na rua, e na minha qualidade de dono da casa terei um grande prazer em...

— É perfeitamente justo — trovejou do fundo da sala o general Ivolguine.

— Basta, Lebedev, basta... Sente-se — começou o príncipe, mas uma explosão de clamores indignados abafou as suas palavras.

— Não, príncipe, desculpe, isto não basta! — gritou o sobrinho de Lebedev, cuja voz dominou todas as outras. — É preciso agora colocar os pontos nos is, pois parece não terem o aspecto de quererem compreender. Fazem intervir aqui as argúcias do direito, em nome das quais ameaçam pôr-nos fora daqui. Porém, príncipe, supõe-nos tão tolos, que não compreendamos que esta questão não tem nenhuma base jurídica e que a lei não nos permite exigir do senhor o menor rublo? É justamente porque o compreendemos, que colocamos esta questão no campo do direito humano, do direito natural, do direito do bom senso e da consciência. Pouco importa que este direito não esteja inscrito nalgum velho código, porque um homem de sentimentos nobres e honestos, ou por outras palavras, um homem de são juízo, tem o dever de continuar fiel a estes sentimentos, mesmo nos casos em que o código nada diga. Se viemos aqui, sem pensarmos que seríamos postos na rua (como acaba de nos ameaçar) por causa das nossas exigências, porque se trata de *exigências* e não de *esmolas* (e na hora pouco própria da nossa visita) aliás nós não viemos tarde; foi o senhor que nos fez esperar no vestíbulo... é porque presumimos encontrar precisamente no senhor um homem de são juízo, isto é, um homem de honra e consciência. Sim, esta é que é a verdade. Não nos apresentamos humildemente, como parasitas em busca das suas graças. Entramos aqui de cabeça levantada, como homens livres, que não pedem uma esmola, mas sim formulam uma livre e altiva intimação (ouçam bem, notem bem!... uma intimação e não uma esmola). Formulamos a questão com dignidade e sem subterfúgios. Supõe ter razão ou estar em erro na questão Bourdovski? Reconhece que Pavlistchev foi seu benfeitor e que o senhor talvez lhe deva a vida? Se reconhece esta evidente verdade tem a intenção e julga-se, em consciência, agora que é milionário, na obrigação de indemnizar o filho de Pavlistchev, que se encontra na miséria, sem se preocupar com o fato de ele usar o nome de Bourdovski? Sim ou não? Se é *sim*, diga-me primeiro se possui aquilo que, na sua linguagem, se chama honra e consciência, e que nós outros chamamos, mais precisamente, um juízo são, e então dá-nos uma grande satisfação e não se fala mais nisso. Regularize a questão sem esperar de nós nem esmolas, nem reconhecimento, porque o que o senhor fizer, não o fará por nós, mas sim pela justiça. Se recusa dar-nos qualquer satisfação, isto é, se responde *não*, então saímos desde já e o assunto fica por aqui. Temos neste caso a dizer-lhe, de olhos nos olhos e na presença de todas as suas testemunhas, que o senhor é um espírito grosseiro e de uma cultura inferior; que não tem mais o direito de se considerar como um homem de honra e de consciência, porque esse direito pretende comprá-lo por um preço mínimo. Tenho dito. Expus a questão. Mande-nos agora pôr na rua, se se atreve. Pode-o fazer, tem a força precisa para isso. Lembro-lhe, no entanto, que exigimos e não pedimos. Exigimos!... Não pedimos!...

O sobrinho de Lebedev calou-se. Havia falado com uma forte exaltação.

— Exigimos, exigimos, mas não pedimos! — balbuciou Bourdovski, vermelho como um camarão.

Depois do discurso do sobrinho de Lebedev, houve um burburinho geral: ouviram-se diversos murmúrios, se bem que se tomava evidente que a tendência geral era evitar intrometerem-se nesta questão, com exceção apenas de Lebedev, sempre muito agitado. (Coisa singular: embora partidário do príncipe, Lebedev parecia ter sentido uma espécie de orgulho familiar ao ouvir o sobrinho; pelo menos lançava sobre a assistência olhares onde manifestava uma particular satisfação).

— Pela minha parte — começou o príncipe numa voz bastante baixa — tem meia razão, senhor Doktorenko, em tudo o que acaba de dizer. Admito mesmo que tem muito mais do que meia razão, e estaria completamente de acordo contigo, se não tivesse havido uma omissão no seu discurso. O que omitiu não saberei dizer-lhe com exatidão, mas, enfim? Faltou alguma coisa às suas palavras para que estivesse por completo dentro da verdade. Falemos antes, contudo, do próprio assunto, senhores, e digam-me por que publicaram esse artigo? Não acreditam que contém tantas calúnias como palavras? O que eu penso, senhores, é que cometeram uma vilania.

— Permita!...

— Meu caro senhor...

— Ah, mais isto!... Mais isto! — gritaram por sua vez os visitantes, mostrando sinais de agitação.

— Pelo que diz respeito ao artigo — replicou Hipólito numa voz gritante — já lhe disse que nem eu nem os outros o aprovamos. O autor está aqui — indicou o *boxeur* sentado ao seu lado. — O seu autor foi, sou o primeiro a reconhecê-lo, inconveniente; está escrito por um ignorante e num estilo que mostra bem ter sido noutros tempos militar. É um tolo e um cavalheiro de indústria, estamos de acordo; digo-lhe isto todos os dias. Contudo estava um pouco no seu direito; a publicidade é um direito legal que pertence a todas as pessoas e por consequência a Bourdovski. Se escreveu inépcias, é da sua inteira responsabilidade. Quanto ao protesto que formulei há pouco, em nome de nós todos, contra a presença dos seus amigos, creio ser necessário, meus senhores, declarar-lhes que não tinha outro fim que não fosse afirmar o nosso direito; no fundo desejávamos que houvesse testemunhas e, já antes de entrarmos, estávamos todos os quatro de acordo sob este ponto. Aceitamos essas testemunhas, sejam elas quais forem, mesmo que sejam seus amigos; como eles não podem desconhecer o devido direito de Bourdovski (visto que o seu direito é de uma evidência matemática) é preferível que sejam seus amigos; a verdade impor-se-á com mais clareza.

— É verdade. Estamos de acordo nesse ponto — confirmou o sobrinho de Lebedev.

— Então se era essa a sua intenção, por que motivo fizeram tão grande barulho às primeiras palavras da nossa conversa? — objetou o príncipe, surpreendido.

O *boxeur* sentiu um furioso desejo de dizer algumas palavras. Interveio, no entanto, num tom de amável vivacidade (pode-se conjecturar que a presença das senhoras exerceu sobre ele uma forte impressão).

— No que se refere ao artigo, príncipe — disse ele — reconheço que sou de fato o seu autor, apesar do meu doente amigo acabar de lhe fazer uma crítica severa, o que eu lhe perdoo, como tudo o mais, devido ao seu estado de fraqueza. Todavia escrevi-o e mandei-o imprimir, sob a forma de correspondência, no jornal de um dos meus amigos. Somente os versos não são meus; são devidos à pena de um humorista de renome. Limitei-me a ler o artigo a Bourdovski; apesar de não o ter lido todo, autorizou-me desde logo a publicá-lo. Concordo que podia fazê-lo sem ter necessidade da sua autorização. A publicidade é um direito universal, nobre e benéfico. Espero, príncipe, que o senhor seja bastante liberal para não o negar.

— Não nego nada, mas confesse que no seu artigo há...

— Há passagens um pouco fortes... é o que o senhor quer dizer? Mas são justificadas, de qualquer maneira, pelas considerações de interesse social, como o senhor próprio o reconhece; e depois, podia-se deixar passar uma tal ocasião? Tanto pior para os culpados: o interesse da sociedade antes de tudo! No que diz respeito a certas inexatidões, ou, para melhor dizer, a certas hipérboles, concorde ainda, que o que nisto importa, principalmente, é a iniciativa, o fim a atingir, a intenção. O essencial é dar um exemplo salutar, sem deixar de discutir em seguida os casos particulares. Por fim, quanto ao estilo, meu Deus... é o gênero humorístico; toda a gente escreve desta forma, há de concordar!... Ah, ah!

— Mas seguiram um falso caminho, meus senhores — exclamou o príncipe. — Posso garantir-lhes. Publicaram o artigo debaixo da ideia de que eu nada queria fazer em favor do senhor Bourdovski. Procuraram, nesta suposição, intimidar-me e vingarem-se da minha pessoa. Mas que sabem os senhores? Tinha talvez a intenção de dar uma satisfação a Bourdovski. Digo-lhes, porém, agora, de uma maneira positiva e diante de todos os presentes: é de fato minha intenção...

— Até que enfim!... São palavras sensatas e nobres, proferidas por um homem sensato e muito nobre — proclamou o *boxeur*.

— Meu Deus! — suspirou sem querer Isabel.

— É intolerável! — resmungou o general.

— Se me dão licença, meus senhores, deixem-me expor a questão — suplicou o príncipe. — Há cerca de cinco semanas recebi em Z... a visita de Tchébarov, o seu procurador e homem de negócios, senhor Bourdovski. Fez dele um retrato muito sedutor, no seu artigo, senhor Keller — acrescentou, rindo, o príncipe, que se havia voltado para o *boxeur*. — No entanto tal personagem não me agradou. Compreendi, ao primeiro relance, que esse Tchébarov foi o instigador de toda esta questão e que a insinuou, talvez, senhor Bourdovski, abusando da sua simplicidade, seja dito com toda a franqueza.

— O senhor não tem o direito... eu... eu não sou tão simples — gaguejou Bourdovski desconsertado.

— Não tem o direito de proferir tais suposições — acrescentou num tom sentencioso o sobrinho de Lebedev.

— É soberanamente espantoso! — rouquejou Hipólito. — É uma suposição ofensiva, mentirosa e sem nenhuma relação com a questão.

O príncipe apressou-se a desculpar-se.

— Perdão, meus senhores, perdão. Peço-lhes que me desculpem. Pensava que era preferível exprimirmo-nos, de parte a parte, com uma inteira sinceridade. Mas seja como os senhores quiserem. Respondi a Tchébarov que, tendo de estar ausente de S. Petersburgo, pediria sem demora a um amigo para tratar dessa questão e que avisaria do resultado o próprio senhor Bourdovski. Dir-lhes-ei, sem rodeios, meus senhores, que foi justamente a intervenção de Tchébarov que me fez pensar numa vigarice... Oh, não quero ofendê-los, meus senhores! Por amor de Deus, não quero ofendê-los! — exclamou o príncipe, admirado por ver reavivar-se a comoção de Bourdovski e os protestos dos companheiros. — Quando digo que a reclamação me pareceu uma vigarice, isto não visa pessoalmente nenhum dos senhores. Não esqueçam que não conhecia então nenhum dos senhores; ignorava mesmo os seus nomes. Só pensei na questão depois de falar com Tchébarov. Falo de uma maneira geral, porque... devem saber muito bem quantas vezes me enganaram já, desde que recebi esta herança!

— Príncipe, o senhor é deveras ingênuo — observou o sobrinho de Lebedev num tom de sarcasmo.

— E é, por outro lado, príncipe e milionário! No entanto, a despeito da bondade e da simplicidade de coração que possa ter, não saberá escapar à lei geral — declarou Hipólito.

— É possível, é muito possível, meus senhores — aquiesceu rapidamente o príncipe — ainda que não compreenda a que lei geral se estão referindo. Mas continuo e peço-lhes para não me excitarem inutilmente; juro-lhes que não tenho a menor intenção de os ofender. O que é que isto significa, meus senhores? Não se pode dizer uma palavra sincera, sem que se zanguem? A princípio fiquei estupefato, ao saber da existência de um filho de Pavlistchev e a situação miserável em que, no dizer de Tchébarov, se encontrava. Pavlistchev foi o meu benfeitor e era amigo de meu pai... Ah, senhor Keller, por que razão escreveu no seu artigo tantas falsidades a respeito de meu pai? Nunca ele desviou os fundos da companhia e nunca maltratou nenhum dos seus subordinados; estou profundamente convencido disto. Como pôde a sua mão escrever uma tal calúnia? E tudo quanto disse de Pavlistchev, é na verdade inadmissível. Pretende afirmar que esse homem tão nobre foi um devasso e um caráter frívolo. Escreveu isto com tanta certeza, como se fosse a verdade. Ora esse homem era o mais casto que existia no mundo! Era também um notável sábio: mantinha correspondência com grande número de personalidades científicas e distribuiu muito dinheiro em benefício da ciência. No que diz respeito ao seu coração e às suas boas ações, não tinham razão para escreverem que eu era então quase idiota e nada podia compreender (contudo falava e entendia o russo). Todavia estou agora talvez em condições de julgar melhor tudo aquilo de que me recordo...

— Se me permite — gritou Hipólito — caímos agora num excesso de sentimentalismo? Não somos ainda crianças. Se quer ir ao fundo da questão, não se esqueça de que passa já das nove horas!

— Seja, meus senhores, concordo — exclamou logo o príncipe. — Depois do primeiro movimento de desconfiança, pensei que podia ter me enganado e que talvez Pavlistchev tivesse de fato um filho! Mas o que me parecia difícil de acreditar é que esse filho pudesse tão facilmente e, digamo-lo mesmo, tão publicamente descobrir o segredo do seu nascimento e a desonra de sua mãe. Por que é que Tchébarov me ameaçou de fazer um escândalo?

— Que tolice! — objetou o sobrinho de Lebedev.

— Não tem o direito... não tem o direito — exclamou Bourdovski.

— Um filho não é responsável pela má conduta de seu pai e a mãe não é culpada... — disse, na sua voz penetrante, Hipólito, muito excitado.

— Era, no meu entender, uma razão a mais para tudo encobrir — observou timidamente o príncipe.

— O senhor não é somente ingênuo, príncipe; talvez ultrapasse os limites da simplicidade — disse, com um mau sorriso, o sobrinho de Lebedev.

— E que direito tem o senhor? — interrogou Hipólito numa voz que não tinha nada de natural.

— Nenhum, nenhum! — apressou-se a acrescentar o príncipe.

— Neste ponto tem razão, confesso-o. Mas isso foi mais forte do que eu. Logo depois refleti que a minha impressão pessoal não devia influir nesta questão. Desde então que me sinto obrigado a dar uma satisfação ao senhor Bourdovski, em reconhecimento para com a memória de Pavlistchev; o fato de estimar ou não Bourdovski não tem nada com esta obrigação. Se lhes falei da minha hesitação, foi apenas, meus senhores, porque me pareceu pouco natural que um filho revele tão publicamente o segredo de sua mãe. Numa palavra, foi sobretudo este argumento que me convenceu que Tchébarov devia ser um canalha, cujas habilidades arrastaram o senhor Bourdovski para esta vigarice.

— Ah, isto ultrapassa todos os limites! — exclamaram os visitantes, tendo-se alguns mesmo levantado num gesto impulsivo.

— Meus senhores! Foi este mesmo argumento que me fez conjecturar que o infeliz Bourdovski devia ser um pobre de espírito, um homem sem defesa, ao sabor das manigâncias dos vigaristas; tornava-se para mim, portanto, mais imperioso o dever de ajudar, tanto quanto possível, o filho de Pavlistchev, e isto de três maneiras: primeiro, contrariando nele a influência de Tchébarov e em seguida guiá-lo com devoção e afeto; por fim entregar-lhe dez mil rublos, isto é, segundo o meu cálculo, a importância equivalente à que Pavlistchev despendeu comigo.

— Como? Apenas dez mil rublos? — objetou Hipólito.

— Suponho, príncipe, que não é forte em aritmética; ou então é muito forte, com o seu ar de ingênuo! — exclamou o sobrinho de Lebedev.

— Não aceito esses dez mil rublos — declarou Bourdovski.

— Antipe, aceita! — murmurou rapidamente o *boxeur,* debruçando-se sobre a cadeira de Hipólito. — Aceita e o resto ver-se-á depois!

— Perdão, senhor Míchkin! — interveio Hipólito. — Compreenda bem que não somos imbecis; não somos os incorrigíveis imbecis que parecem supor os seus convidados, estas senhoras, que nos olham com um sorriso de desprezo, e sobretudo esse senhor da alta sociedade — designou Eugênio — que não tenho, como é natural, a honra de conhecer, mas a respeito do qual ouvi já diferentes coisas...

— Ouçam, ouçam, meus senhores!... Mais uma vez me compreenderam mal! — exclamou o príncipe, afogueado. — Primeiro, no seu artigo, senhor Keller, avaliou muito erradamente a minha fortuna: não recebi milhões; tenho talvez apenas a oitava ou a décima parte do que supõe. Em segundo lugar não despenderam comigo, na Suíça, dezenas de milhares de rublos; Schneider recebia seiscentos rublos por ano, e só recebeu esta importância apenas durante os três primeiros anos. Quanto às lindas criadas, Pavlistchev nunca as foi procurar em Paris, pelo que isto não passa de uma calúnia. Suponho que a importância total despendida comigo foi muito inferior a dez mil rublos, mas admitamos que fosse essa a cifra. Os senhores mesmo reconhecem que, liquidando eu uma dívida, não posso oferecer ao senhor Bourdovski mais do que o montante dessa dívida, por melhor boa vontade que tenha; o sentimento da mais elementar delicadeza impede-me de ir além do débito por mim atingido a fim de não ter o caráter de esmola. Não sei, meus senhores, como não compreendem isto! Todavia pretendo fazer mais alguma coisa, dando a esse infortunado senhor Bourdovski a minha amizade e o meu apoio. Reconheço bem que foi enganado; de outra maneira não se teria prestado a uma vilania como esta, por exemplo, da publicidade dada pelo artigo de Keller à má conduta de sua mãe... Por que motivo estão ainda zangados, meus senhores? Acabaremos por não nos compreendermos mais? Pois bem! Penso ter adivinhado a causa! Estou agora convencido, com os meus próprios olhos, que a minha conjectura estava devidamente baseada — concluiu o príncipe, animando-se e sem notar que, enquanto se esforçava por acalmar os seus interlocutores, o desespero destes tendia sempre a aumentar.

— Como? De que é que está convencido? — perguntaram todos raivosamente.

— Primeiro pude ver, por felicidade, o senhor Bourdovski, e notar agora mesmo que é... É um homem inocente, mas que toda a gente engana, é um ser sem defesa... e que eu tenho, por consequência, o dever de defender. Em segundo lugar, Gabriel, que eu encarreguei de seguir esta questão e de quem estava há muito tempo sem notícias, por causa da minha viagem e da minha doença durante os três dias que passei em S. Petersburgo, Gabriel, dizia eu, acabou de me dar, há uma hora, conta das suas investigações, desde a nossa primeira entrevista. Declarou-me ter desvendado um dia destes todos os projetos de Tchébarov e possuía a prova de que as minhas suposições a seu respeito tinham razão de ser. Sei muito bem, meus senhores, que muitas pessoas me consideram um idiota. Tchébarov, tendo ouvido dizer que eu dava dinheiro com facilidade, pensou que me enganaria sem dificuldade, explorando o meu sentimento de reconhecimento para com Pavlistchev. Porém o fato principal (ouçam, meus senhores, ouçam-me até ao fim), o fato principal é que está demonstrado que o senhor

Bourdovski não é de fato filho de Pavlistchev! Gabriel acabou de me comunicar ainda há pouco essa descoberta e assegura que tem provas positivas. Que dizem agora a isto? Custará a acreditar, depois de todas as afrontas que me fizeram? E ouçam bem: há provas positivas!... Eu próprio não quero ainda acreditar; não posso acreditar, afianço-lhes. Duvido ainda, porque o Gabriel não teve tempo para me contar todos os detalhes. Há, porém, já um fato que está fora de toda a dúvida: Tchébarov é um canalha. Não enganou somente o pobre senhor Bourdovski, mas também enganou todos os senhores que vieram aqui com a nobre intenção de defenderem o seu amigo (porque ele tem necessidade que o defendam, como se compreende muito bem). Envolveu-os a todos numa vigarice, porque esta questão não é, no fundo, outra coisa!

— Como!... Uma vigarice! Como!... Não é o filho de Pavlistchev? Como pode isso ser? — exclamaram de diversos lados. Todo o grupo de Bourdovski estava dominado por uma consternação inexplicável.

— Naturalmente, é uma vigarice!... Se se descobre agora que o senhor Bourdovski não é o filho de Pavlistchev, a sua reclamação torna-se numa refinada vigarice (no caso, bem entendido, de ele ter conhecido a verdade). O fato, porém, é que sem dúvida o enganaram; insisto neste ponto para o desculpar, pois pretendo que a sua simplicidade o torne digno de piedade e o impeça de poder passar sem um apoio. De outra maneira teríamos de o considerar nesta questão, também, como um vigarista. Estou, no entanto, já convencido de que não compreende nada. Eu próprio estava em situação idêntica antes da minha partida para a Suíça: balbuciava palavras incoerentes, queria exprimir-me e as palavras não me ocorriam... Compreendo tudo isso!... Posso, portanto, melhor compartilhar do seu mal, pois estive quase na mesma situação que ele. Tenho o direito de falar. Para terminar, se bem que não se trate agora do filho de Pavlistchev e que tudo isto não passe de uma mistificação, não volto atrás na minha resolução e estou decidido a dar-lhe dez mil rublos em memória de Pavlistchev. Antes da chegada do senhor Bourdovski, pretendia destinar esta quantia para a fundação de uma escola a fim de honrar a memória de Pavlistchev; porém agora esse dinheiro é-me indiferente que seja destinado à escola ou ao senhor Bourdovski, visto que ele, se não é o filho de Pavlistchev, é qualquer coisa que se aproxima, pois foi tão cruelmente enganado, que chegou a acreditar que o era de fato... Escute, Gabriel. Meus senhores, acabemos; não se zanguem, não se agitem e sentem-se. Gabriel vai nos explicar toda esta questão e estou impaciente, confesso, por conhecer todos os detalhes. Disse que ele próprio tinha ido a Pskov, à casa de sua mãe, senhor Bourdovski, que ainda não morreu, como pretende o artigo que acabam de ler... Sentem-se, senhores, sentem-se!

O próprio príncipe tomou o seu lugar e obrigou a sentarem-se de novo os turbulentos amigos de Bourdovski. Há dez ou vinte minutos que ele falava com calor, numa voz forte, apressando, impaciente, as suas explicações, deixando-se entusiasmar e esforçando-se por dominar as exclamações e os gritos. Agora lamentava-se amargamente por haver proferido certas expressões ou alegações. Se não o tivessem excitado, arrastado em suma com qualquer fim, não se teria permitido exprimir abertamente e brutalmente algumas das suas conjecturas, nem se entregaria a excessos supérfluos de franqueza. Desde que se sentou, sentiu o coração confrangido por um doloroso arrependimento: não só se arrependia de ter ofendido Bourdovski, declarando publicamente que o supunha atingido pela mesma doença que o havia obrigado a ir se tratar para a Suíça, como também se queixava de se haver comportado de uma forma indelicada e com falta de tato ao propor-lhe os dez mil rublos, destinados a uma escola, como uma esmola e na presença de tanta gente. "Devia esperar para amanhã, e oferecer-lhes depois, frente a frente", pensou ele. "Agora o mal está feito, e é com certeza irreparável!... Sim, sou um idiota, um verdadeiro idiota!", concluiu, num acesso de vergonha e de mortificação.

Então, acedendo ao seu convite, Gabriel, que até aí estivera afastado e não descerrara os lábios, avançou, tomou um lugar ao seu lado e pôs-se a relatar, numa voz clara e séria, o resultado da missão que lhe havia sido confiada. As conversas cessaram e todos os assistentes, sobretudo os amigos de Bourdovski, prestaram atenção, com uma extrema curiosidade.

Capítulo 9

Gabriel dirigiu-se, desde logo, a Bourdovski, que, visivelmente perturbado, fixava nele, com a máxima atenção, um olhar deveras surpreso.

— Não negará, sem dúvida, não quererá negar seriamente, que nasceu justamente dois anos depois do legítimo casamento de sua respeitável mãe com o secretário do colégio, Bourdovski, seu pai. É fácil estabelecer, com a ajuda dos documentos, qual a data do seu nascimento; a falsificação dessa data, tão ofensiva para si como para sua mãe, no artigo de Keller, explica-se apenas ante a imaginação deste, que pensava assim servir os seus interesses, tornando o seu direito mais evidente. Keller declarou ter-lhe lido antes o artigo, mas não todo... pelo que é fora de dúvida que não lhe leu aquela passagem.

— Com efeito, não a li — interrompeu o *boxeur* — mas todos os fatos me foram relatados por uma pessoa bem informada e eu...

— Perdão, senhor Keller — replicou Gabriel — deixe-me continuar. Prometo-lhe que falaremos quando quiser sobre o seu artigo; então dar-me-á as suas explicações; por agora é preferível seguir a ordem da minha exposição. Passados tempos, por acaso e graças ao auxílio da minha irmã Bárbara, obtive de uma sua amiga íntima, Vera Alexeievna Zoubkov, viúva e proprietária, a comunicação de uma carta que o falecido Nicolau Andreievitch Pavlistchev lhe escreveu, há vinte e quatro anos, quando esteve no estrangeiro. Depois de me ter posto em contato com Vera, dirigi-me, segundo as suas indicações, a um coronel reformado, chamado Timofei Fiodorovitch Viazavkine, parente afastado e grande amigo do falecido. Consegui obter dele duas outras cartas de Nicolau, escritas igualmente do estrangeiro. Confrontando as datas e os fatos relatados nesses três documentos descobri, com um rigor matemático, contra o qual não podem prevalecer nem objeções nem dúvidas, que Nicolau viveu então no estrangeiro durante três anos e que a sua partida se efetuou exatamente ano e meio antes do seu nascimento, senhor Bourdovski. A sua mãe, como sabe, nunca saiu da Rússia... Não lhe leio essas cartas, dada a hora adiantada em que estamos; limito-me por agora a consignar os fatos. Porém, se quiser, senhor Bourdovski, vá amanhã à minha casa e leve as suas testemunhas (o número que o agradar!) bem como um perito em caligrafia, e estou certo de que concordará, ante a evidente verdade que lhe posso apresentar. Admitida uma vez essa verdade, toda a restante questão se encontra resolvida por si própria.

De novo um sentimento de profunda comoção se apoderou de todos os assistentes. Bourdovski levantou-se bruscamente da sua cadeira.

— Se é assim, fui enganado, bem enganado, mas não por Tchébarov, e isto vem de longe, muito de longe!... Não pretendo peritos, nem vou à sua casa. Acredito no que me diz; renuncio à minha pretensão... recuso os dez mil rublos! Adeus!...

Pegou na sua boina e, afastando a cadeira, fez menção de sair.

— Se pode, senhor Bourdovski — disse num tom melífluo Gabriel — fique ainda um instante, apenas uns cinco minutos. Esta questão tem ainda revelações da mais alta importância, sobretudo para si, e em qualquer caso muitíssimo curiosas. O meu parecer é que não pode abster-se de as conhecer e não terá de que se lastimar por eu ter posto tudo isto em pratos limpos.

Bourdovski sentou-se sem proferir uma palavra, com a cabeça um pouco inclinada, numa atitude de um homem profundamente absorvido. O sobrinho de Lebedev, que se levantara para sair com ele, sentou-se também; parecia perplexo, se bem que não tivesse perdido o seu sangue-frio nem a sua altivez. Hipólito estava de semblante carregado, triste e deveras admirado. Sentiu-se nesse momento dominado por um tão violento ataque de tosse, que o lenço ficou todo manchado de sangue. O *boxeur* estava com um aspecto de aterrorizado.

— Ah! Antipe — gritou ele, num tom de amargura — bem te disse outro dia... anteontem... que podias, de facto, não ser o filho de Pavlistchev!

Risos abafados acolheram esta confissão; duas ou três pessoas, não se podendo conter, riram em altas gargalhadas.

— O detalhe que acaba de nos revelar tem o seu merecimento, senhor Keller — continuou Gabriel. — Contudo posso, sem dúvida, afirmar, após informações tão exatas, que o senhor Bourdovski, conhecendo muito bem a data do seu nascimento, ignorava que Pavlistchev tivesse feito essa viagem ao estrangeiro, onde passou a maior parte da sua vida e só vinha à Rússia por curtos períodos. Por outro lado essa viagem é uma coisa tão sem importância, que não é de estranhar que, depois de vinte anos, os mais íntimos amigos de Pavlistchev não se lembrem dela: e a razão mais importante em tudo isto, para o senhor Bourdovski, é que não era ainda nascido nessa época. É bem claro que um inquérito feito a essa viagem não nos deixa a mais pequena dúvida sobre tal assunto, porém devo confessar que por mim não a teria encontrado e que foi o acaso que deveras me favoreceu. Tal inquérito não teria, praticamente, quase nenhuma probabilidade de êxito, se tivesse sido feito pelo senhor Bourdovski, ou mesmo por Tchébarov, supondo que tal ideia lhes tivesse ocorrido. Nem sequer, contudo, puderam também pensar nisso...

— Permita-me, senhor Ivolguine — interrompeu-o, com cólera, Hipólito — para que é todo esse palavreado? Perdoem-me!... A questão tornou-se clara e reconhecemos o facto principal. Por que razão essa aborrecida e ostensiva insistência? Deseja talvez envaidecer-se com a habilidade das suas investigações e fazer realçar aos olhos do príncipe e aos nossos o seu talento de investigador e de espião? Ou, melhor, tem a intenção de perdoar e desculpar Bourdovski, demonstrando que se colocou nesta má situação por ignorância? Dir-lhe-ei que isso é uma insolência, meu caro senhor! Bourdovski não precisa da sua absolvição e da sua justificação, como muito bem deve saber. É uma ofensa para ele, e ele não tem necessidade disso, apesar da situação penosa e incômoda em que se encontra presentemente. O senhor devia calcular, compreender isto...

— Muito bem, senhor Terentiev, muito bem! — interrompeu Gabriel. — Acalme-se, não se irrite; está, segundo creio, bastante doente? Compartilho da sua doença. Se assim deseja, nada direi, ou melhor, resignar-me-ei a abreviar o relato dos fatos, o qual não tem sido inútil, segundo penso, conhecer-se em toda a sua minuciosidade — acrescentou, notando na assistência um movimento que parecia de impaciência. — Para esclarecer todas as pessoas que se interessam por esta questão, tenho apenas a dizer, com as provas na mão, que se a sua mãe, senhor Bourdovski, foi objeto das atenções e da solicitude de Pavlistchev, é devido somente ao fato de ser irmã de uma jovem moça russa, que Nicolau amou na sua juventude e que teria certamente desposado, se ela não tivesse morrido de repente. Tenho em meu poder as provas convincentes deste fato, que é muito pouco conhecido ou estava mesmo esquecido por completo. Podia, por outro lado, explicar-lhe como a sua mãe, quando tinha só dez anos, foi recolhida pelo senhor Pavlistchev, que tomou a seu cargo a sua educação e lhe concedeu um dote importante. Estas provas de afeição deram origem a apreensões entre a numerosa parentela do Pavlistchev, a qual chegou mesmo a pensar que ia casar com a pupila. Mas, chegada à idade de vinte anos, fez um casamento por amor, desposando um funcionário dos serviços de agrimensura, chamado Bourdovski. Disto posso também apresentar provas. Recolhi igualmente dados preciosos que comprovam que seu pai, o senhor Bourdovski, que não tinha aptidão alguma para funcionário, abandonou a administração, depois de ter recebido os quinze mil rublos que constituíam o dote de sua mãe e lançou-se nas grandes empresas comerciais. Foi enganado, perdeu o capital e não tendo a coragem precisa para suportar tais reveses, começou a beber, arruinou desta forma a saúde e morreu prematuramente, após sete a oito anos de casado. A sua mãe, segundo o seu próprio testemunho, ficou depois do seu falecimento na miséria e ter-se-ia perdido, se não fosse a ajuda generosa e amparadora de Pavlistchev, que lhe estabeleceu uma pensão anual de seiscentos rublos. Inumeráveis testemunhos confirmam também que, desde a sua infância, teve pelo senhor a mais forte afeição. Destes testemunhos, confirmados desde logo por sua mãe, sobressai que esta predileção foi sobretudo motivada pelo fato de que, na sua juventude, era gago e parecia fraco e doente. Ora Pavlistchev, segundo prova que consegui, teve toda a sua vida uma ternura especial pelos seres maltratados ou desgraçados pelo destino, sobretudo quando eram crianças. Esta particularidade é, no meu entender, da mais alta importância para esta questão que nos preocupa. Enfim, posso me vangloriar de ter feito uma descoberta capital: a grande afeição que Pavlistchev tinha por ti, graças à qual o senhor entrou no colégio e prosseguiu os seus estudos sob uma direção especial, fez nascer pouco a pouco, entre os seus parentes e amigos, a ideia de que devia ser seu filho e que o seu pai legítimo não passou de um marido enganado. É, porém, essencial acrescentar que esta presunção não se tornou uma convicção positiva e geral, a não ser nos últimos anos da vida de Pavlistchev, quando os que o rodeavam começaram a recear que não fizesse testamento e os antecedentes haviam sido esquecidos, não sendo mais possível reconstituí-los. É provável que esta conjetura tivesse chegado aos seus ouvidos, senhor Bourdovski, e houvesse conquistado o seu espírito. A sua mãe, a qual tive a honra de conhecer pessoalmente, estava também ao corrente deste boato, mas ignora ainda (e eu não lhe disse) que o senhor seu filho tivesse acreditado. Encontrei em Pskov, senhor Bourdovski, a sua extremosa mãe, doente e na extrema miséria em que a deixou a morte de Pavlistchev. Fez-me saber, com lágrimas de reconhecimento, que, se vivia ainda, era graças a ti e à sua ajuda. Funda no seu regresso grandes esperanças e acredita com fervor que o senhor voltará para junto dela...

— Isto ultrapassa todas as medidas, no final! — disse o sobrinho de Lebedev, perdendo a paciência. — Para que todo este romance?

— É de uma revoltante inconveniência!... — acrescentou Hipólito, fremente de cólera. Bourdovski, porém, não disse uma palavra, nem se mexeu.

— Para quê? Por que razão? — ripostou com um sorriso irônico Gabriel, que preparara uma conclusão mordente. — Em princípio o senhor Bourdovski está talvez agora convencido que o Pavlistchev o amou, não por instinto paternal, mas por magnanimidade. Este fato pode ser desde já aceito, visto que Bourdovski confirmou e aprovou imediatamente, após a leitura do artigo, as afirmações de Keller. Digo isto porque o tenho por um homem correto, senhor Bourdovski. Em segundo lugar, parece agora averiguado que não havia nenhuma intenção de vigarice, mesmo da parte de Tchébarov. Tenho de insistir neste ponto, porque ainda há pouco, no fogo da discussão, o príncipe disse que eu compartilhava as suas ideias sobre o caráter fraudulento desta infeliz questão. Pelo contrário, toda a gente andou nisto de boa-fé; Tchébarov é talvez um grande vigarista, mas neste caso não passou de um astuto velhaco, à espreita da melhor ocasião. Esperava ganhar muito como advogado, e o seu cálculo era não só hábil, mas até fundamentado: baseou os seus cálculos na facilidade com que o príncipe dá o seu dinheiro, dada a grande veneração que tem pela memória do falecido Pavlistchev, e também (e sobretudo) baseado na concepção cavalheiresca que tem das obrigações de honra e de consciência. Quanto ao senhor Bourdovski, pode-se dizer que, devido a algumas das suas convicções, deixou-se influenciar por Tchébarov e pela sua comitiva, até ao ponto de se comprometer nesta questão, quase sem ter qualquer interesse pessoal, mas sim apenas para servir de qualquer maneira a causa da verdade, do progresso e da humanidade. Agora que todos os fatos estão esclarecidos, é evidente que, a despeito das aparências, o senhor Bourdovski é um homem probo; o príncipe pode, pois, propor-lhe, com um maior à vontade do que o fazia há pouco, a sua ajuda amigável e o socorro efetivo de que falou a propósito da escola e de Pavlistchev.

— Alto, Gabriel, cale-se! — gritou o príncipe num tom de verdadeiro terror.

Era, porém, tarde.

— Disse, disse já por três vezes que não queria o dinheiro — bradou raivosamente Bourdovski. — Não o receberei. Por quê? Não o quero!... Vou-me embora.

Corria já pelo terraço, quando o sobrinho de Lebedev o agarrou por um braço e lhe disse alguma coisa em voz baixa. Voltou então precipitadamente para trás e tirando do bolso um grande envelope aberto, atirou-o para sobre a pequena mesa que estava ao lado do príncipe.

— Aí está o dinheiro!... Não teve dúvidas em me oferecer!... O dinheiro!

— São os duzentos e cinquenta rublos que se permitiu mandar-lhe como esmola, por intermédio de Tchébarov — explicou Doktorenko.

— No artigo em questão só se fala em cinquenta rublos! — exclamou Kolia.

— Sou culpado — disse o príncipe, aproximando-se de Bourdovski — sim, muito culpado para contigo, Bourdovski, porém mandei-lhe esta importância, não como uma esmola, pode crer! Sou ainda culpado agora... Tinha-o sido antes. — O príncipe estava desorientado; parecia fatigado e enfraquecido, proferindo palavras incoerentes. — Falei em vigarice... mas isso não lhe dizia com respeito. Enganei-me... Disse que o senhor estava... doente como eu. Mas não, não estava como eu, pois dava as suas lições, sustentava a sua mãe. Disse que havia insultado a sua mãe, quando o senhor gosta muito dela; ela própria me disse... e eu não sabia... Gabriel não me falou em tudo isso antes... Tenho sido um tolo. Atrevi-me a oferecer-lhe dez mil rublos, mas procedi mal; devia ter feito isso de outra maneira, e agora... já não é possível, porque o senhor despreza-me...

— Mas isto é uma casa de doidos! — exclamou Isabel.

— Sem dúvida que é uma casa de doidos! — confirmou num tom acerbo Aglaé, não podendo conter-se mais.

Todavia as suas palavras perderam-se no meio da barulheira geral; toda a gente falava e discutia em altos berros; uns barafustavam, outros riam, Ivan estava indignado e esperava pela Isabel com um ar de dignidade ofendida. O sobrinho de Lebedev quis proferir ainda uma última palavra.

— Muito bem!... Sim, príncipe!... É preciso fazer-lhe a justiça de que sabe tirar partido da sua... digamos, da sua doença, para empregar um termo mais delicado. Ofereceu por tal forma e com tais palavras a sua amizade e o seu dinheiro, que não é possível a um homem digno aceitá-las, sob qualquer pretexto.

— Ouçam, meus senhores! — exclamou Gabriel, que neste meio-tempo abrira o envelope e contara o dinheiro. — É muita ingenuidade ou muita habilidade!... Os senhores escolherão, de resto, a palavra que melhor convém... Não estão aqui duzentos e cinquenta rublos, mas apenas cem. Chamo a atenção do príncipe para evitar mal-entendidos.

— Deixe, deixe lá isso! — disse o príncipe, fazendo-lhe um gesto com a mão.

— Não, não deixe — replicou imediatamente o sobrinho de Lebedev. — O seu deixe lá isso é uma ofensa a todos nós, príncipe. Não nos escondemos e explicar-nos-emos claramente: sim, estão aí apenas cem rublos e não duzentos e cinquenta; mas tudo isso não quer dizer a mesma coisa?

— Não, não quer dizer a mesma coisa — objetou Gabriel num tom de cândida surpresa.

— Não me interrompa. Não somos tão estúpidos como pensa o senhor advogado! — exclamou o sobrinho de Lebedev num movimento de cólera e de despeito. — É bom de ver que cem rublos não são a mesma coisa que duzentos e cinquenta; mas o que importa aqui é o princípio, o gesto; se faltam cento e cinquenta, não passa de um simples detalhe. O essencial é que Bourdovski não aceita a sua esmola e devolve-a, atirando-a à cara, meu ilustre príncipe! Ora, neste ponto é indiferente que se trate de cem ou de duzentos e cinquenta rublos. Recusou dez mil, como há pouco ouviram; se fosse um homem desonesto, não teria recusado, como é bem de ver, esses cem rublos. Os cento e cinquenta que faltam foram entregues a Tchébarov para as despesas da viagem, quando foi à procura do príncipe. Abstenha-se de zombar da nossa falta de habilidade e da nossa ignorância em matéria de negócios; acaba de fazer todo o possível por nos ridicularizar; não lhe permitimos, porém, que nos diga que somos umas pessoas desonestas. Meu caro senhor, respondemos por esses cento e cinquenta rublos para com o príncipe; ainda que seja preciso restituir-lhe essa importância rublo a rublo, restituir-lhe-emos, bem como aos respectivos juros. Bourdovski é pobre, não é um milionário, e Tchébarov apresentou-lhe a conta das despesas que fez com a viagem. Esperávamos ganhar!.. Quem é que, no seu lugar, não teria feito o mesmo?

— Que é que diz? — exclamou o príncipe Stch...

— Se vivesse nesta casa, ficava tola! — vociferou Isabel.

— Isto lembra-me — disse, rindo; Eugênio, que tinha observado com interesse a cena, sem se mover — a recente defesa de um famoso advogado, cujo cliente havia assassinado seis pessoas, para as roubar. Invocou a pobreza para desculpar o crime e concluiu mais ou menos nestes termos: natural que a pobreza tenha feito nascer no espírito do meu cliente a ideia de matar essas seis pessoas; quem não teria tido no seu lugar esta ideia. Se não disse isto, foi qualquer coisa neste gênero; em qualquer dos casos o argumento não deixa de ser aceitável.

— Basta de tolices! — declarou francamente Isabel, fremente de cólera. — Já é tempo de pôr fim a esta baralhada!...

Estava num estado de excitação terrível; com a cabeça inclinada para trás e um ar ameaçador, fitou com um olhar provocante toda a assistência, entre a qual não distinguia então amigos ou inimigos. A sua irritação, contida durante muito tempo, estalou, por fim; precisava travar batalha, cair sobre alguém, fosse quem fosse. Aqueles que a conheciam, compreenderam logo que alguma coisa de extraordinário se passava nela. Ivan disse, no dia seguinte e num tom peremptório, ao príncipe Stch..., que estes acessos lhe davam muitas vezes, mas revestiam raras vezes — talvez uma vez em cada três anos, nunca mais! — um tal grau de violência.

— Basta, Ivan! Deixe-me! — disse Isabel. — Por que motivo me oferece agora o seu braço! Por que não tentou levar-me daqui para fora, antes disto tudo? O senhor é o marido, o chefe da família, por isso devia ter me arrastado até pelas orelhas, se fosse tão pateta que tivesse recusado obedecer-lhe e segui-lo. Devia ter pensado pelo menos nas suas filhas! Agora procurarei o meu caminho, sem o senhor, depois de um insulto de que não me esquecerei durante toda a vida... Espere, tenho ainda de agradecer ao príncipe. Obrigada, príncipe, pela distração que nos proporcionou. E dizer que estive aqui de boca aberta a ouvir estes homens... Que baixeza! Que baixeza! Um caos, um escândalo, e de tal forma, que até um sonho não pode dar-nos a menor ideia! Haverá muitas pessoas como estas? Cala-te, Aglaé! Silêncio, Alexandra! Isto não é nada convosco... Não volte com isso para junto de mim. Eugênio, não me enerve!... Assim, meu caro, pensa ainda pedir-lhe perdão? — disse ela, dirigindo-se de novo ao príncipe. — Perdoe-me, diz-lhe ele, o ter-me permitido oferecer-lhe uma fortuna... E tu, insolente, de que te ris? — acrescentou ela bruscamente, dirigindo-se ao sobrinho de Lebedev. — Recusamos, disse este, a quantia oferecida! Exigimos, não pedimos! Como se não se soubesse que este idiota irá, depois de amanhã, oferecer-lhe de novo a sua amizade e o seu dinheiro? Não irá, na verdade? Vai ou não?

— Irei — respondeu o príncipe numa voz terna e contrita.

— Estás a ouvir? Tu também entras na conta! — exclamou ela, puxando Doktorenko de lado. É como se já tivesses esse dinheiro no bolso. Se te fazes magnânimo, é apenas por vaidade... Não, meu amigo, não me deixo arrastar pelos teus logros; eu tenho os olhos bem abertos!... compreendo bem o teu jogo.

— Isabel Prokofievna! — exclamou o príncipe.

— Vamos embora, Isabel! É mais do que tempo; levemos o príncipe conosco! — propôs o príncipe Stch..., sorrindo e afetando uma grande calma.

As pequenas encontravam-se um pouco afastadas.

Pareciam quase aterrorizadas; o general, esse estava-o de fato. O espanto lia-se em todas as fisionomias. Alguns dos que tinham ficado para trás, riam à socapa e murmuravam. A fisionomia de Lebedev exprimia um supremo êxtase.

— Os escândalos e o caos, minha senhora, encontram-se por todos os lados — explicou o sobrinho de Lebedev, não sem uma certa expressão de mal-estar.

— Não iguais a este! Não, meu amigo, não iguais a este! — replicou Isabel com um desespero convulso. — Mas deixem-me tranquila! — disse ela àqueles que se esforçavam por fazê-la se calar. — Se, como o senhor Eugênio acaba de nos contar, um advogado pôde declarar em pleno tribunal, que julgava ser muito natural o poderem-se assassinar seis pessoas sob o impulso da miséria, isto prova que estamos no fim do mundo. Nunca ouvi uma tal coisa. Agora tudo se tornou claro para mim. Ouvi: esse gago — indicou Bourdovski, que a olhava com espanto — não será capaz de assassinar? Aposto como ele assassinou já alguém. Pode ser que não receba os dez mil rublos, que os recuse, por uma questão de consciência; porém voltará à noite, matar-te-á e roubar-te-á o dinheiro que tens no colete, sempre por uma questão de consciência. Para ele isso não será um ato criminoso; será um acesso de nobre desespero, um gesto de negação, ou o que diabo quiser!... Ah!... O mundo anda às avessas e as pessoas caminham de cabeça para baixo. Uma moça educada sob o teto paterno salta para a rua e grita à mãe: "Minha mãe, casei outro dia com um tal Karlitch ou Ivanitch. Adeus!" Acham que isto está bem? É digno, é natural? A questão feminina? Olhem este garoto — e indicou Kolia. — Sustentou outro dia que era nisso que consistia a questão feminina. Admitamos que a tua mãe foi uma tola, nem por isso a deves tratar menos humanamente!... Por que razão entrasteʉ há pouco com esse ar provocante, que parecia dizer: Avançamos, não se mexam mais! Concedam-nos todos os direitos, mas não lhes permitimos uma palavra na nossa presença. Prodigalizem-nos todos os respeitos, mesmo os mais ingênuos; nós, porém, tratá-los-emos pior, do que ao último dos lacaios! Procuram a verdade, fundam-se no direito; isso, porém, não os impediu de caluniarem o príncipe, no seu artigo, como uns descrentes. Exigimos, não pedimos; não lhes dizemos nenhuma palavra de reconhecimento, porque o que fazem, fazem-no para apaziguamento da sua própria consciência. Aqui está uma bela moral! Como é que não compreendes que, se te absténs de todo o reconhecimento, o príncipe pode ripostar-te que, só ele e mais ninguém, não se sente ligado por nenhum sentimento de gratidão para com a memória de Pavlistchev, visto que este, por seu lado, agiu apenas para satisfação da sua própria consciência! Ou contaste somente com o reconhecimento do príncipe para com Pavlistchev! Ele não te emprestou dinheiro; ele não te deve nada; em que te baseias, pois, a não ser no reconhecimento? Então por que é que repudias esse sentimento? É por aberração? Há pessoas que acusam a sociedade de cruel e desumana, só porque ela cobre de vergonha a moça seduzida. Fazendo-o, reconhecem que a infeliz sofre devido à sociedade. Como podem, nestas condições, entregar a sua falta, por intermédio dos jornais, à malignidade pública, sem reconhecerem que a fazem sofrer com esta publicidade? Será devido à demência ou à vaidade? Não acreditam nem em Deus, nem em Cristo, porém a vaidade e o orgulho corroem-nos até ao ponto de acabarem por se devorar uns aos outros; sou eu que o predigo!... Não é isto um absurdo, uma anarquia, um escândalo? Depois disto, é o desavergonhado que implora o seu perdão! Existem muitas pessoas como eles? Ris?... É porque tive a vergonha bastante para não me misturar convosco? Sim, tendo tido essa vergonha, não há, portanto, nada a corrigir!... Quanto a ti, que não serves para nada — esta apóstrofe era dirigida a Hipólito — proíbo-te de rires de mim! A custo podes respirar e perverteis os outros. Corrompeste-me este garoto — designou de novo Kolia; — sonha apenas contigo; inculcaste-lhe o ateísmo; não acredita em Deus, e está ainda, meu caro senhor, em idade de apanhar uma sova! O diabo te acompanhe!... Então é verdade, príncipe León, que vai amanhã à casa deles? Irá? — repetiu ela numa voz quase ofegante.

— Irei.

— Nesse caso passo a não conhecê-lo!

Fez um brusco movimento para se retirar, mas voltou-se rapidamente e dirigiu-se a Hipólito:

— Vais também à casa desse ateu? Por que tomas um ar de quem se ri de mim? — exclamou ela, num tom que não se lhe conhecia, avançando para o Hipólito, cujo sorriso malicioso a irritara.

— Isabel! Isabel! Isabel! — exclamaram de todos os lados.

— Minha mãe, isto é vergonhoso! — disse Aglaé numa voz forte. Isabel correu para o Hipólito e agarrando-lhe os braços, apertou-o com força, num gesto impulsivo, enquanto o fitava com um olhar furibundo.

— Não se alarme, Aglaé! — disse pausadamente Hipólito. — A sua mãe reconhecerá que não se ataca um moribundo... Estou além disso pronto a explicar-lhe a razão por que ria... Ficarei contente se puder...

Sacudiu-o, porém, um terrível ataque de tosse, que por momentos não pôde reprimir.

— Aqui está um moribundo que não deixa de fazer discursos — disse Isabel, deixando os braços de Hipólito e fitando-o com uma espécie de terror, ao ver o sangue que lhe subia aos lábios. — O que é que disseste? Fazias melhor indo-te deitar...

— É o que vou fazer — respondeu Hipólito numa voz fraca e velada, quase como um murmúrio. — Logo que chegue à casa, deito-me... Morrerei dentro de quinze dias, já sei! Foi o próprio doutor B... que me declarou a semana passada... Por esta razão, se me permitem, dir-lhes-ei duas palavras de despedida.

— Suponho que perdeste a cabeça. Que tolice! É preciso tratares-te. O momento não é para discursos. Vai, vai meter-te na cama! — exclamou Isabel, alarmada.

— Sim, irei meter-me na cama, de onde não mais me levantarei — disse Hipólito, sorrindo. — Ontem já eu me queria deitar para esperar a morte, mas concedi a mim próprio uma prorrogação de dois dias, visto que as minhas pernas ainda me sustentam... a fim de vir hoje aqui com eles... Mas estou muito fatigado...

— Então senta-te, senta-te! Por que estás de pé? — disse Isabel, aproximando dele uma cadeira.

— Agradeço-lhe muito — articulou Hipólito numa voz velada. — Sente-se na minha frente e conversemos, Isabel. Insisto agora nessa conversa... — acrescentou ele, sorrindo de novo. — Suponho que é o último dia que passo em liberdade e em sociedade; dentro de quinze dias estarei debaixo da terra. E então, de qualquer maneira, o meu adeus aos homens e à natureza. Se bem que não seja nada sentimental, estou muito contente, podem crer... que tudo isto se passe em Pavlovsk; pelo menos vejo a verdura dos campos, as árvores...

— Mas que loquacidade! — disse Isabel, cujo temor aumentava de minuto a minuto. — Estás na verdade muito febril. Há pouco ainda estavas esfalfado, exausto; agora respiras a custo, mal podes respirar.

— Não tardo muito a ir-me deitar. Por que motivo não quer satisfazer o meu supremo desejo?... Já sabe que desejava há muito tempo encontrar-me contigo? Ouvi falar muito em ti... pelo Kolia, o único que quase sempre fica junto de mim. A senhora é uma mulher original, excêntrica; acabo de o compreender... Sabe até que a estimo mesmo um pouco?

— Senhor!... E dizer eu que estive quase para lhe bater!

— Foi a Aglaé, se não me engano, que tal impediu? Vê-se bem que ela é sua filha. É tão bela que, sem nunca tê-la visto, a reconhecia logo ao primeiro golpe de vista. Deixe-me pelo menos contemplar a sua beleza pela última vez na minha vida — disse Hipólito, com um sorriso forçado e incômodo. — A senhora está aqui com o príncipe, com o seu marido, com toda uma sociedade. Por que recusa aceder ao meu último desejo?

— Uma cadeira! — gritou Isabel, ao mesmo tempo que ela própria pegava a referida cadeira e se sentava em frente do Hipólito.

— Kolia — ordenou ela — acompanhe-o já à casa; amanhã não deixarei eu própria de...

— Com a sua permissão, pedirei ao príncipe para que me mande dar uma chávena de chá... Sinto-me muito cansado. Ouça, Isabel, quer, segundo creio, levar o príncipe a tomar chá à sua casa? Ah, não vá... Fique aqui e passemos uns momentos juntos; o príncipe mandará, certamente, servir chá a todos. Desculpe-me falar assim... Mas sei que é boa. O príncipe é-o também... Somos todos tão boas pessoas, que isto é cômico...

O príncipe moveu-se. Lebedev saiu a toda a pressa da sala. Vera seguiu-lhe os passos.

— E é a verdade! — disse resolutamente a esposa do general.

— Fale, se quer, mas mais suavemente, sem se exaltar. Ouvir-me-á... Príncipe! Não é merecedor que eu tome o chá na sua casa, mas adiante, ficarei; todavia não apresentarei desculpas a ninguém! A ninguém! Seria muito tola!... Ao dono da casa, se o molestei, príncipe, perdoe-me; se assim o quer, bem entendido! Aliás, eu não prendo ninguém

— acrescentou de repente, com um rosto de mal-humorada, dirigindo-se ao marido e às filhas, como se estes a tivessem contrariado muitíssimo. — Saberei voltar sozinha para casa.

Não a deixaram, porém, acabar. Toda a gente se aproximou e se comprimiu à sua volta. O príncipe convidou logo os assistentes para ficarem e tomarem chá, pedindo desculpa de não o ter feito antes. O general Epantchine teve até a amabilidade de murmurar algumas palavras apaziguadoras; perguntou com delicadeza à Isabel se não teria frio no terraço. Ia indo até ao ponto de discutir com Hipólito sobre o tempo desde quando se encontrava matriculado na Universidade, mas calou-se. Eugênio e o príncipe Stch... tornaram-se desde logo mais afáveis e alegres. As fisionomias de Adelaide e de Alexandra, mantendo uma expressão de surpresa, refletiam também contentamento. Dentro em pouco todos se sentiam visivelmente felizes e a crise da Isabel havia passado. Apenas Aglaé conservava o rosto enrugado e mantinha-se calada e sentada à distância. As restantes visitas ficaram também; nenhuma se quis retirar, nem mesmo o general Ivolguine; no entanto Lebedev murmurou-lhe qualquer coisa que lhe devia ter desagradado muito, porque se meteu a um canto.

O príncipe aproximou-se também de Bourdovski e dos seus companheiros para os convidar, sem excetuar ninguém. Responderam com um ar arrogante que esperavam por Hipólito, e em seguida retiraram-se para um ângulo do terraço, onde se sentaram ao lado uns dos outros. Há muito tempo já que Lebedev devia ter mandado fazer o chá, para os seus, porque o serviram imediatamente. Soaram então onze horas.

Capítulo 10

Hipólito molhou os lábios na chávena de chá que lhe apresentou Vera, colocou essa chávena sobre uma mesa, e depois deitou à sua volta um olhar confuso, quase desvairado.

— Olhe estas chávenas, Isabel — disse com volubilidade. — São de porcelana, e creio mesmo de muito boa porcelana. Lebedev tem-nas sempre guardadas num pequeno móvel; não servem nunca... Fazem, na verdade, parte do dote da mulher... é o hábito... Hoje deixou que se servissem delas, em sua honra, bem entendido, tão contente ele está...

Quis acrescentar alguma coisa mais, mas as palavras não lhe vieram aos lábios.

— Está perturbado; já o esperava — murmurou vivamente Eugênio ao ouvido do príncipe. — É perigoso, não? É um indício seguro de que a sua maldade lhe vai sugerir qualquer excentricidade e de tal ordem, que a Isabel não se poderá conter.

O príncipe interrogou-o com o olhar.

— Não receia as excentricidades? — continuou o Eugênio. — Por mim não as receio; desejo-as até, quando mais não seja para punição da nossa boa Isabel. É preciso que essa punição lhe seja infligida hoje; não me quero ir embora antes disso. Parece que tem febre?

— Responder-lhe-ei mais tarde; por agora nada me impede de ouvi-lo. É verdade que não me sinto bem — respondeu o príncipe com um ar distraído e impaciente. Acabava de ouvir pronunciar o seu nome. Hipólito falava dele.

— Não acreditam? — perguntou este com um riso nervoso. — Compreende-se. O príncipe não hesitará um instante em acreditar e não se admirará muito.

— Ouve, príncipe? — perguntou Isabel, voltando-se para ele. — Ouve?

Riram-se à sua volta, Lebedev mostrava um semblante inquieto e andava ao redor da esposa do general.

— Pretende afirmar que este fingido, o seu senhorio... reviu o artigo desse senhor, esse artigo que nos leram esta tarde e que lhe diz com respeito.

O príncipe olhou Lebedev, surpreendido.

— Por que te calas? — replicou Isabel, batendo o pé.

— Muito bem! — murmurou o príncipe, de olhos fitos sempre em Lebedev. — Constatei já que foi de fato ele que reviu o artigo.

— É verdade? — exclamou Isabel com vivacidade e voltando-se para Lebedev.

— É a pura verdade, excelência — respondeu o interpelado com uma perfeita segurança e pondo a mão sobre o coração.

— É de crer que se sinta lisonjeado com isso! — exclamou a esposa do general, que havia dado um salto na cadeira.

— Sou um homem vil, um homem vil! — balbuciou Lebedev, ao mesmo tempo que batia no peito e ia curvando a cabeça a pouco e pouco.

— Que me importa a mim que tu sejas um homem vil! Supõe que basta dizer, sou um homem vil, para se livrar desta questão. Príncipe, pergunto-lhe ainda mais uma vez: não tem vergonha de conviver com esta gente? Nunca tal lhe perdoarei.

— O príncipe perdoar-me-á! — proferiu Lebedev com um ar convicto e comovido.

Keller aproximou-se rapidamente de Isabel e, colocando-se na sua frente, disse numa voz gritante:

— Foi por pura generosidade, minha senhora, e para não trair um amigo comprometido que me mantive calado sobre a revisão que ele fez do artigo, se bem que haja prometido, como acabou de ouvir, atirar-nos pelas escadas fora. Para restabelecer a verdade, declaro que, de fato, recorri aos seus serviços e lhe dei por isso seis rublos. Não lhe pedi para rever o meu estilo, mas sim para me elucidar, como fonte autorizada que é, sobre os fatos cuja maior parte eram ignorados por mim. Tudo quanto está escrito sobre as polainas do príncipe, sobre o seu apetite devorador na casa do professor suíço, sobre os cinquenta rublos mencionados, em lugar dos duzentos e cinquenta realmente dados, todas essas informações são da sua autoria; foi por isso e não para corrigir o meu estilo que recebeu os seis rublos.

— Devo fazer notar que revi apenas a primeira parte do artigo — interrompeu Lebedev com impaciência febril e numa voz por assim dizer humilde, entretanto que as gargalhadas ecoaram à sua volta. — Quando chegamos ao meio, deixamos de estar de acordo; zangamo-nos a propósito de uma ideia por mim enunciada, e portanto deixei de rever a segunda parte. Não podem, pois, tornar-me responsável pelas incorreções que nela se encontram.

— Aí está o que preocupa — exclamou Isabel.

— Permite-me que lhe pergunte quando é que o artigo foi revisto? — disse Eugênio, dirigindo-se a Keller.

— Ontem de manhã — respondeu este docilmente. — Tivemos uma conversa a tal respeito e comprometemo-nos, um e outro, a guardar segredo.

— Foi nessa ocasião que ele se arrastou diante de ti, protestando a sua dedicação! Que gente!... Nada quero mais do teu Pushkin, e a tua filha que não vá mais à minha casa!

A Isabel quis levantar-se, mas vendo que o Hipólito se ria, concentrou sobre ele toda a sua cólera.

— O quê, meu caro!... prometeste ridicularizar-me diante desta gente?

— Deus me preserve de tal! — replicou Hipólito com um sorriso contrafeito. — O que me surpreende deveras é a sua inacreditável excentricidade, Isabel. Confesso-lhe que provoquei propositadamente esta questão com o Lebedev. Previa já a impressão que exerceria sobre o senhor, o senhor apenas, visto que o príncipe não deixaria de lhe perdoar. Já o fez até, com toda a certeza! Talvez mesmo tenha encontrado uma desculpa para o procedimento do Lebedev; não é verdade, príncipe?

Estava ofegante; à medida que falava, a sua intensa comoção aumentava cada vez mais.

— E depois? — perguntou, surpreendida, a Isabel, cujo tom de voz se tornou colérico. — E depois?

— Já ouvi contar a seu respeito muitas coisas do mesmo gênero... com uma viva alegria... não deixando de a ter na mais alta estima — continuou o Hipólito.

Falava com o ar de quem queria exprimir uma coisa diferente do que dizia. As suas palavras traíam-no, ao mesmo tempo que se reconhecia nelas uma intenção de sarcasmo, uma agitação desordenada; lançava à sua volta olhares desconfiados, perturbava-se e perdia-se a cada palavra. Com o seu rosto de tuberculoso, os seus olhos brilhantes e o seu olhar exaltado, não era preciso mais para chamar sobre ele a atenção geral.

— Mesmo não sabendo nada do mundo (o que eu reconheço) devia ter-me admirado de vê-la, não só ficar entre uma sociedade como a nossa, que a senhora julgara pouco conveniente, mas ainda deixar as suas... jovens filhas ouvir falar de uma questão escabrosa, se bem que a leitura dos romances tudo lhe tenham ensinado. Quanto ao resto pode supor-se que nada sei... porque as minhas ideias baralham-se; em todo caso ninguém, além da senhora, poderia... a pedido de um garoto (sim, um garoto, reconheço-o também) passar a tarde com ele e... para tomar parte em tudo... para no dia seguinte se envergonhar... (concordo, sem dúvida, que me exprimo mal). Tudo isto me parece muito louvável e profundamente respeitável, ainda que o rosto de seu marido exprima claramente como sua excelência está chocado pelo que se passou aqui... Hi, hi!

Soltou uma forte gargalhada, engasgou-se em seguida e logo depois foi sacudido por um violento ataque de tosse, que durante dois minutos o impediu de continuar a falar.

— Quase que asfixia, coitado! — disse num tom frio e seco Isabel, olhando-o com uma curiosidade despida de simpatia. — Vamos, meu caro senhor, sente-se!... É tempo de acabar.

— Deixe-me também observar-lhe uma coisa, meu caro senhor — interveio Ivan, indignado e tendo perdido a paciência. — Minha mulher está aqui, na casa do príncipe León, porque é nosso vizinho e comum amigo. Isto não lhe dá, neste ponto da questão, ao senhor, um jovem, o direito de julgar os atos da Isabel, nem de exprimir em tão alta voz, o que julgou ler na minha fisionomia. Compreende? E se minha esposa ficou aqui — continuou ele, numa crescente excitação à medida que falava — foi antes, senhor, por efeito de uma surpresa e de uma curiosidade bem compreensível, ao ver as singulares pessoas que apareceram hoje. Eu também aqui fiquei, tal como paro muitas vezes na rua, quando vejo uma coisa que se pode considerar como... como... como...

— Como uma raridade —interveio em seu auxílio, Eugênio.

— Era essa a palavra que eu procurava — acrescentou com prontidão sua excelência, embaraçado com a procura de uma comparação. — Em todo caso, o que me parece sobretudo espantoso e aflitivo (se a gramática me permite empregar este termo) é que o meu caro amigo não tivesse compreendido que a Isabel, se manteve-se até agora junto de si, foi apenas porque estava doente (tendo quase mesmo a convicção de que estava prestes a morrer). Tratou-o, por assim dizer, por compaixão, atendendo às suas enternecedoras palavras. Nenhuma afronta, senhor, poderá atingir o seu nome, as suas qualidades, a sua posição social... Isabel! — concluiu o general, vermelho de cólera — se quer vir embora, diga adeus ao príncipe e...

— Agradeço-lhe a lição, general — interrompeu-o Hipólito, num tom de gravidade inesperada e fixando em Ivan o seu olhar sonhador.

— Vamos, minha mãe, isto pode ainda durar muito tempo! — disse Aglaé, levantando-se, com um gesto de cólera e de impaciência.

— Ainda dois minutos, se concorda, meu caro Ivan — disse num tom de dignidade, Isabel, voltando-se para o marido. — Creio que está dominado por um acesso de febre e que não tem feito outra coisa senão delirar; noto-lhe aos olhos; não se pode, portanto, abandoná-lo neste estado. León, não poderia o doente passar a noite em sua casa, pois não me parece que possamos deixá-lo voltar para S. Petersburgo? *Cher Prince,* não se enfada? — acrescentou ela, dirigindo-se inopinadamente ao príncipe Stch... — Vem aqui, Alexandra, penteia-te um pouco, minha querida.

Arranjou-lhe os cabelos, se bem que estes não estivessem nada em desordem, e depois abraçou-a; foi esta a única razão por que a chamou.

— Suponho-o capaz de um certo raciocínio... — replicou Hipólito, como que saindo de um sonho. — Sim, era isto que eu lhe queria dizer — acrescentou, com a satisfação de um homem que relembra uma coisa esquecida. — Olhe, Bourdovski: queria defender sinceramente sua mãe, não é assim? Porém com as suas coisas acho que só a desonrou. Olhe o príncipe: desejou vir em socorro de Bourdovski, e é de boa vontade que lhe oferece a sua mais terna afeição e dinheiro; talvez seja mesmo o único de todos nós que não sente repulsão por ele. Ora, ei-los lançados um contra o outro, como verdadeiros inimigos... Ah, ah, ah! Odeia Bourdovski por que, segundo o seu pensamento, se comporta com sua mãe de uma maneira chocante e deselegante, não é assim? Não é verdade? Todos amam apaixonadamente a beleza e a elegância das formas; para os senhores é a única coisa que importa, não é verdade? (Há muito tempo que suspeitava já que só se deixavam levar por isso.) Muito bem! Fiquem sabendo que nenhum dos senhores, talvez, amou tanto a sua mãe, como Bourdovski amou a dele! O senhor, príncipe, eu sei, mandou, sem que ninguém soubesse, pelo Gabriel, dinheiro a essa mulher. Pois bem, sou capaz de apostar que o Bourdovski o acusa agora de falta de tato e de ter faltado ao respeito a sua mãe. Sim, na verdade! Ah, ah, ah!

O riso convulso com que acompanhou as suas últimas palavras foi interrompido por um novo acesso de falta de ar e por um ataque de tosse.

— Acabou? É tudo? Disse tudo o que queria? Então agora vá-se deitar, pois tem febre! — disse Isabel, impacientada e sem desviar dele o seu olhar inquieto. — Ah, meu Deus, e volta a falar!

— Riem-se, parece? Por que razão se riem sempre de mim? Tenho estado a notar isso — acrescentou logo Hipólito, dirigindo-se a Eugênio num tom irritado.

Este último ria, de fato.

— Queria apenas perguntar-lhe, senhor... Hipólito... desculpe-me, esqueci o nome da sua família...

— Senhor Terentiev — disse o príncipe.

— Ah, sim! Terentiev. Obrigado príncipe. Já me tinham dito antes esse nome, porém fugiu-me da memória... Queria perguntar-lhe, senhor Terentiev, se o que se conta de si é verdadeiro; é de opinião, segundo parece, que o satisfaria falar ao povo, da sua janela, durante um quarto de hora, para que a multidão se tornasse logo adepta das suas ideias e o seguisse?

— É muito possível que tenha dito isso... — respondeu Hipólito, esforçando-se por avivar as suas recordações. — Sim, estou quase certo que disse! — acrescentou de repente, animando-se de novo e fitando resolutamente Eugênio. — Que deduz daí?

— Absolutamente nada; perguntei isto apenas a título de informação.

Eugênio calou-se. Hipólito continuou a fitá-lo como se esperasse ansiosamente a continuação.

— Muito bem! Acabaste? — perguntou Isabel a Eugênio. — Acaba depressa, meu amigo; é tempo de ele se ir deitar. Ou então não sabes como hás de acabar?

Estava deveras irritada.

— Tenho apenas a acrescentar isto — replicou Eugênio, sorrindo. — Tudo aquilo que ouvi dizer aos seus companheiros, senhor Terentiev, tudo aquilo que o senhor acaba de expor com um indiscutível talento reduz-se, na minha maneira de ver, à teoria de que pretende fazer triunfar o direito antes de tudo, acima de tudo, com exclusão de tudo, talvez mesmo sem ter procurado antes saber em que consiste esse direito. Pode-se supor que eu me engano!

— Engana-se, sem dúvida alguma. Eu não compreendo mesmo nada... E depois?

Num canto do terraço ouviu-se um murmúrio. O sobrinho de Lebedev resmungava alguma coisa a meia-voz.

— Não tenho quase mais nada a dizer — replicou o Eugênio. — Queria só fazer notar que há apenas um passo, desta teoria à teoria do direito do punho e do arbítrio individual; é assim, seja dito de passagem, a esta conclusão, que chegam muitas pessoas neste mundo. Proudhon chegou à teoria da força que cria o direito. Durante a Guerra da Secessão, muitos liberais e dos mais avançados tomaram o partido dos agricultores, sob o pretexto de que os pretos, como são pretos, devem ser tidos como inferiores à raça branca. O direito do mais forte pertence ao branco.

— E daí?

— Vejo por isso que o senhor não contesta o direito do mais forte.

— E depois?

— Pelo menos o senhor é coerente. Tenho apenas a observar-lhe que não há grande distância do direito do mais forte ao direito dos tigres e dos crocodilos, o mesmo é que dizer dos Daoilov aos Gorski.

— Não sei... E depois?

Hipólito ouvia Eugênio apenas com um ouvido. Ele dizia: *E daí? E depois?* Levado maquinalmente pela conversa, sem pôr nestas palavras nem interesse, nem curiosidade.

— Não tenho mais nada a acrescentar... É tudo.

— No fundo não lhes quero mal — concluiu Hipólito de uma maneira inesperada.

E quase inconscientemente sorriu e estendeu a mão a Eugênio.

Este, surpreendido, afetou um ar muito sério para apertar a mão que Hipólito lhe estendeu, como se aceitasse o seu perdão.

— Não posso deixar — continuou no mesmo tom respeitoso e ambíguo — de lhes agradecer a atenção que me concederam, deixando-me falar. Tive muitas vezes a ocasião de constatar que os nossos liberais não permitem que os outros tenham uma opinião pessoal e respondem logo aos seus contraditores com insultos ou com argumentos ainda mais deploráveis...

— É perfeitamente justo! — disse o general Ivan. Em seguida, colocando as mãos atrás das costas, encaminhou-se para o extremo do terraço, do lado da saída, e pôs-se a bocejar, com um ar de quem está fatigado.

— Vamos, sente-se, meu amigo! — disse bruscamente Isabel a Eugênio. — O senhor irrita-me...

— É tempo de os deixar — disse Hipólito, levantando-se rapidamente e esboçando um gesto de contrariedade, ao mesmo tempo que deitava à sua volta um olhar aterrorizado. — Retive-os aqui, ou melhor, queria dizer... pensava que todos... pela última vez... era uma fantasia...

Notava-se que se animava, como que devido a um ataque, e saía intermitentemente de um estado vizinho do delírio; voltava então à sua plena consciência, recordava as suas lembranças e expunha, a maior parte das vezes por citações, as ideias que, desde há muito, talvez, havia fixado e decorado no decorrer das suas longas e fastidiosas horas de solidão e de insônia, passadas na cama.

— Então adeus a todos! — acrescentou secamente. — Pensam que me é fácil dizer-lhes adeus? Ah, ah!

Soltou uma gargalhada de despeito, pensando no quanto era *tola* toda esta questão; depois, despeitado por não ter podido exprimir tudo quanto queria dizer, gritou, num tom cheio de cólera:

— Excelência, tenho a honra de convidá-lo a assistir às minhas exéquias, se porventura não se sente melindrado com este convite, e... convido-os a todos, meus senhores, a juntarem-se ao general!...

Riu-se de novo, mas o seu sorriso era o de um demente. Isabel, aterrada, deu um passo para ele e agarrou-o por um braço. Olhou-a sem pestanejar, sempre com o mesmo riso, que parecia ter-se-lhe fixado de qualquer maneira ao rosto.

— Sabe que vim aqui para ver as árvores?... Ei-las... — E indicou com um gesto as árvores do parque.

— Isto não tem nada de ridículo, pois não? Parece-me que não há motivo para rir — acrescentou com um ar grave, dirigindo-se a Isabel.

Tornou-se de repente pensativo, e depois, ao fim de uns momentos, levantou a cabeça e pôs-se a perscrutar a assistência na intenção de procurar alguém. Esse alguém era Eugênio, que estava muito perto dele, à sua direita, e não havia mudado de lugar. Tinha, porém, esquecido-se dele e por isso o procurava à sua volta.

— Ah, o senhor não foi embora! — exclamou ele, quando por fim o avistou. — Riu--se muitíssimo ainda há pouco, ante a ideia de que eu pretendia arengar da minha janela durante um quarto de hora... Ora, não se esqueça de que não tenho apenas dezoito anos; fiquei durante bastante tempo com a cabeça deitada no travesseiro, a olhar para essa janela e a pensar... em todas as coisas... que... Os mortos não têm idade, como sabe. Tive esta ideia a semana passada, durante uma noite de insônia... Querem que lhes diga aquilo de que têm mais receio? É da nossa sinceridade, apesar do desdém que mostram ter por nós! Foi também um pensamento que tive essa noite, quando repousava no meu travesseiro... Supõe que quis zombar da senhora, ainda há pouco? Não, não foi essa a minha intenção; queria fazer apenas o seu elogio... Kolia disse-me que o príncipe a trata como uma criança... Bem pensado!... Mas vejamos... quero ainda acrescentar mais alguma coisa...

Escondeu o rosto entre as mãos e refletiu um momento.

— Ah, já sei: quando há pouco se preparava para se despedir, pensei de repente: aqui estão umas pessoas que nunca, nunca mais voltarei a ver. Não voltarei a ver mais estas árvores, não voltarei a ver mais do que o muro de tijolos vermelhos da casa Meyer... em frente da minha janela... Pois bem... diga-lhes isto, explique-lhes tudo isto... tente fazê-lo compreender; aí está uma bonita moça... e tu, estás morto; apresenta-te como tal, declara-lhes que um morto pode... falar sem modéstia... e que a princesa Maria Alexeievna não dirá nada... Ah, ah! Não se riem? — perguntou ele, deitando à sua volta um olhar de desconfiança. — Dir-lhes-ei que, quando repousava sobre o meu travesseiro, assaltaram-me inúmeras ideias... Estou convencido, entre outras coisas, de que a natureza foi muito irônica... Disseram há pouco que eu era um ateu, porém sabem que a natureza... Por que motivo é que estão a rir? São muito cruéis! — proferiu ele bruscamente, lançando sobre o auditório um olhar de tristeza e de indignação. — Não corrompi o Kolia! — concluiu ele, num tom muito diferente de gravidade e de convicção, como se outra recordação lhe tivesse atravessado o espírito.

— Ninguém, ninguém zomba de ti, acalma-te! — disse-lhe Isabel, bastante preocupada. — Amanhã mandaremos vir um outro médico; o primeiro enganou-se. Mas senta-te, pois não te tens nas pernas!... Tu deliraste... Ah, que vamos nós fazer-lhe agora? — exclamou deveras angustiada e fazendo-o sentar no sofá.

Uma pequena lágrima brilhou-lhe no rosto.

Hipólito ficou como que estupefato; levantou a mão, estendeu timidamente o braço e tocou nessa pequena lágrima. Um sorriso de criança passou-lhe pelo rosto.

— Eu... a senhora... — disse ele alegremente. — Não sabe quantas vezes eu... Ouça... Kolia falou-me sempre da senhora com um tal entusiasmo! Gosto do seu entusiasmo.

Não o perverti! Faço-o somente depositário das minhas ideias... Quis que toda a gente compartilhasse deste legado, mas não havia ninguém, ninguém!... Quis ser também um homem de ação; tinha esse direito!... Quantas coisas eu quis ainda!... Agora não desejo mais nada, não quero mesmo desejar mais nada; jurei a mim próprio nada mais desejar; que os outros procurem sem mim a verdade! Sim, a natureza é irônica! Por que — acrescentou ele com entusiasmo — por que razão cria ela os melhores seres, para logo em seguida zombar deles? Eis como ela procedeu: quando revelou aos homens o único ser que foi reconhecido como perfeito neste mundo... deu-lhe por missão pronunciar tais palavras, que fizeram correr tanto sangue, que se esse sangue tivesse sido vertido de uma só vez, teria afobado a humanidade!... Sentir-se-á feliz se eu morrer. Eu próprio talvez tivesse proferido alguma horrível mentira, sob o impulso da natureza. Não perverti ninguém... Queria viver para a felicidade de todos os homens, para a descoberta e propaganda da verdade... Ao ver, da minha janela, o muro da casa Meyer, penso que bastaria eu falar, apenas durante um quarto de hora, para convencer todos os homens, sim, todos!... Felizmente que, uma vez na vida, me foi permitido pôr-me em contato, não com o mundo, mas com a senhora. Que aconteceu? Nada! Concluí que me despreza. Logo tenho que concluir que sou um imbecil, um inútil, e que é tempo de eu desaparecer. E não consigo deixar atrás de mim uma só lembrança: nem sequer um eco, um traço, uma obra! Não propaguei uma única convicção!... Não se riam de um imbecil! Esqueçam-no! Esqueçam tudo! Esqueçam, sou eu que lhes peço; não sejam cruéis comigo! Fiquem sabendo que se não fosse um tuberculoso, matava-me!...

Parecia querer falar ainda por muito tempo, mas não pôde acabar e, enterrando-se numa poltrona, tapou o rosto com as mãos e pôs-se a chorar como uma criança.

— Que vamos fazer agora, digam-me? — perguntou Isabel.

E correndo para ele, agarrou-lhe a cabeça e apertou-a com força contra o peito. Ele soluçava convulsivamente.

— Então, então! Nada de chorar. Sente-se aqui! É uma boa pessoa. Deus perdoar-lhe--á, devido à sua ignorância. Vamos, sente-se aqui! Seja um homem... Dentro em pouco envergonhar-se-á de ter chorado.

— Longe daqui — disse Hipólito, esforçando-se por levantar a cabeça — tenho um irmão e umas irmãs, mas crianças de tenra idade, umas pobres inocentes... *Ela* pervertê-los-á! A senhora, a senhora que é uma santa... que é mesmo uma criança, salve-os! Tire-os... a ela... É uma vergonha!... Oh, vá em sua ajuda, socorra-os! Deus dar-lhe-á cem vezes mais; faça-lhe isto por amor de Deus, por amor de Cristo!

— Decida-se a dizer o que devemos fazer agora, Ivan! — gritou com cólera Isabel. — Tenha a bondade de quebrar o seu majestoso silêncio. Se não toma uma resolução, fique sabendo que passarei toda a noite aqui. Tenho sofrido bastante com o que lhe agrada e com a sua tirania!

Falava com exaltação e arrebatamento; precisava de uma resposta imediata. Em conjunturas parecidas, os assistentes, mesmo quando são numerosos, mantêm-se geralmente calados e refletindo com uma curiosidade passiva; evitam pronunciar-se, deixam de manifestar a sua opinião, isto mesmo muito tempo depois. Entre as pessoas presentes havia quem estivesse desde pela manhã sem proferir uma única palavra; era o caso de Bárbara, que se manteve calada durante toda esta reunião, sem abrir a boca, mas extremamente atenta, com certeza tinha as suas razões para isso! — a tudo quanto se dizia.

— Minha querida amiga — declarou o general — a minha opinião é que uma enfermeira seria aqui mais útil do que toda essa sua agitação. E é de aconselhar que um homem prudente e de confiança passe aqui a noite. Em todo caso é preciso perguntar ao príncipe para que dê às suas ordens... Logo depois devemos deixar repousar o doente... Amanhã trataremos então de o acomodar melhor.

— Vai dar meia-noite. Vamos portanto embora. Vem conosco ou fica em sua casa? — perguntou Doktorenko ao príncipe, num tom acerbo.

— Se quiser, pode ficar junto dele — disse o príncipe. Há aí bastantes lugares.

— Excelência — exclamou de repente Keller, interpelando o general com ênfase — se é preciso um homem de confiança para passar aqui a noite, sacrificar-me-ei da melhor vontade pelo meu amigo!... É uma excelente alma... Há muito tempo, excelência, que o considero como um grande homem! A minha educação tem de fato as suas faltas; mas ele, quando critica, são pérolas, pérolas que lhe saem da boca, excelência!

O general voltou-se com um gesto de desagrado.

— Iria deveras satisfeito se ficasse; com certeza lhe será difícil partir de novo — objetou o príncipe, em resposta às desesperadas perguntas da Isabel.

— Dormes, não? Se não queres encarregar-te dele, meu amigo, levá-lo-ei para minha casa. Ah, meu Deus, nem sequer se tem nas pernas! Está doente, príncipe?

Isabel, quando ao meio-dia visitou o príncipe, supunha ir encontrá-lo já no seu leito mortuário. Vendo-o a pé, exagerou também o seu restabelecimento. A sua recente crise, as penosas recordações que o assaltavam, a fadiga e as emoções desta reunião, o incidente a respeito do filho de Pavlistchev, logo depois a questão do Hipólito, tudo isto havia exacerbado a emotividade doentia do príncipe, ao ponto de o levarem a um estado muito próximo do delírio. Por outro lado, um novo cuidado, uma nova apreensão mesmo, se refletia agora nos seus olhos: olhava para Hipólito com inquietação, como se esperasse ainda uma outra perturbação da sua parte.

De repente o Hipólito levantou-se com o rosto horrivelmente pálido; a sua fisionomia descomposta exprimia uma vergonha terrível, esmagadora, que se manifestava sobretudo no olhar cheio de ódio e medo com que examinava a assistência e no sorriso desvairado e manhoso que lhe crispava os lábios frementes. Em seguida baixou os olhos e com o mesmo sorriso dirigiu-se num passo vacilante para junto de Bourdovski e Doktorenko, que o esperavam à saída do terraço; ia partir com eles.

— Aí está o que eu temia! — observou o príncipe. — Isto tinha de acontecer.

Hipólito voltou-se bruscamente para ele num acesso de furor, que fez tremer todos os traços da sua fisionomia.

— Ah, era o que temia! Isto tinha de acontecer, diz o senhor! Pois então fique sabendo que se está aqui alguém que eu odeio — berrou numa voz penetrante, em que os silvos eram acompanhados de jatos de saliva — odeio-os a todos! Esse alguém é o senhor! O senhor com a sua alma de jesuíta, a sua alma hipócrita, idiota, milionário benfeitor; odeio-o mais do que a tudo e a toda a gente! Há muito tempo que adivinhei a sua intenção e que comecei a odiá-lo; desde o dia em que comecei a ouvir falar do senhor, que eu o detesto do mais fundo da minha alma... Foi o senhor que me atirou para esta ratoeira! Foi o senhor que provocou em mim este acesso! Obrigou um moribundo a cobrir-se de vergonha; foi o senhor, sim!... É o senhor o responsável pela minha baixeza, pela minha pusilanimidade. Matá-lo-ia se continuasse a viver. Não preciso dos seus benefícios; não os quero receber de ninguém; não sei se me entende, de ninguém!... Tive um acesso de delírio, e os senhores não têm o direito de triunfar de tudo isto!... Amaldiçoo-os a todos e de uma vez por todas.

Ficando sufocado, parou:

— Sentiu vergonha de ter chorado! — murmurou Lebedev à Isabel. — Isto tinha de acontecer! Que homem, o príncipe! Creio que leu no fundo da sua alma.

Porém Isabel não se dignou olhar para ele. Tomara uma atitude de orgulho e com a cabeça inclinada para trás, olhava para esta gentalha com uma curiosidade cheia de desprezo. Quando o Hipólito acabou de falar, o general esboçou um encolher de ombros; Isabel fitou-o então dos pés à cabeça, com um olhar encolerizado, como que a pedir-lhe contas desse movimento; logo em seguida voltou-se para o príncipe.

— Obrigado, príncipe, amigo excêntrico da nossa casa. Obrigado pela agradável reunião que nos proporcionou. Presumo que deve estar satisfeito, como nós estamos também, ante a ideia de ter conseguido reunir-nos a todos nesta sua festa... Fiquemos por aqui, caro amigo! Obrigado por nos ter proporcionado esta ocasião de ficarmos a conhecê-lo bem!...

Com uns gestos de despeito começou a arranjar o xale, enquanto esperara pela saída dessa gentalha. Nesta altura chegou o carro que vinha buscá-los, guiado pelo filho de Lebedev, o mais novo, que o Doktorenko havia mandado um quarto de hora antes em procura dum. O general julgou seu dever acrescentar então uma palavra, às palavras que a sua esposa acabava de proferir:

— O fato é que eu próprio, príncipe, não esperava... depois disto... depois de todas as nossas relações de amizade... depois, enfim, da Isabel...

— Então, como pode tratá-lo assim! — exclamou Adelaide, que se aproximou com solicitude do príncipe e lhe estendeu a mão.

Ele sorriu-lhe com um ar abstrato. De súbito, um leve murmúrio feriu-lhe o ouvido, tal como se fosse uma queimadela; era Aglaé que o intimava:

— Se dentro de um instante não põe estas infames pessoas fora de sua casa, odiá-lo-ei toda a minha vida, toda a minha vida, e a ti, apenas!

Parecia fora de si, e voltou-se, antes que o príncipe tivesse tido tempo de olhar para ela. De resto não havia já ninguém a pôr fora de casa; bem ou mal, tinham conseguido meter o doente no carro e este acabava de partir.

— Isto ainda vai durar muito tempo, Ivan? Em que pensas? Terei de suportar ainda por muito tempo estes grandes patifes?

— Por mim, minha querida amiga... estou naturalmente disposto... e o príncipe...

Ivan estendeu logo em seguida a mão ao príncipe, mas sem dar tempo a este para que a apertasse, correu atrás da Isabel, que descia os degraus do terraço, dando mostras de uma grande indignação. Adelaide, o noivo e a Alexandra despediram-se do príncipe com sincera cordialidade. Eugênio estava junto deles e era o único que se encontrava bem-humorado.

— O que eu previa, aconteceu! — murmurou ele com o seu mais amável sorriso. — Somente é lamentável, meu pobre amigo, que o tenham também feito sofrer.

Aglaé saiu sem se despedir do príncipe. Esta reunião devia, porém, terminar com uma nova surpresa; Isabel devia ter ainda um encontro dos mais inesperados.

Ainda não tinha chegado ao fundo das escadas que levavam à alameda (que dava uma volta ao parque), quando uma brilhante equipagem, uma dessas carruagens puxada por dois cavalos brancos, passou a trote em frente da casa do príncipe. Duas senhoras, com vestidos de gala, vinham nesse carro, que parou bruscamente a dez passos de distância. Uma das senhoras voltou-se rapidamente, como se acabasse de avistar uma pessoa dos seus conhecimentos a quem tivesse uma urgente necessidade de falar.

— O Eugênio, por aqui? — exclamou ela, numa voz clara e harmoniosa, que fez estremecer o príncipe e talvez mesmo alguém mais. — Ah, como me sinto feliz por te ter enfim encontrado! Mandei já por duas vezes o meu criado de propósito a tua casa, na cidade. Tenho-te procurado durante todo o dia!

Eugênio parou no meio das escadas, como que fulminado por um raio. Isabel parou também, mas sem mostrar os mesmos sinais de admiração do interpelado; olhou para a insolente com a mesma altivez e o mesmo desprezo glacial com que cinco minutos antes olhou para a gentalha; depois voltou logo o olhar perscrutador para Eugênio.

— Tenho uma notícia a comunicar-te — continuou no mesmo tom. — Não te atormentes com os saques do Koupfer. O Rogojine resgatou-os, a meu pedido, ao juro de trinta por cento. Podes estar sossegado por estes três meses. Quanto ao Biskoup e a toda essa canalha, combinaremos tudo amigavelmente, estou certa. Isto quer dizer portanto que tudo corre pelo melhor. Alegra-te!... e até amanhã!

O carro partiu e não tardou a desaparecer.

— É uma tola! — exclamou Eugênio, que, vermelho de indignação, lançava à sua volta olhares estupefatos. — Não consigo compreender o que quis dizer. Quais saques? Quem é essa pessoa?

Isabel fitou-o ainda durante dois segundos, após o que deu meia-volta e encaminhou-se para casa, seguida de todos os seus. Um minuto depois, Eugênio, veio encontrar o príncipe no terraço. Estava vivamente emocionado.

— Na verdade, príncipe, não sabe o que aquilo quer dizer?

— Não sei nada — respondeu o príncipe, que parecia bastante transtornado.

— Não?

— Não.

— Nem eu também — replicou Eugênio com uma gargalhada. — Esta história dos saques não me diz com respeito, dou-lhe a minha palavra de honra!... Mas que é que tem? Parece que está a desfalecer?

— Oh, não, não! Asseguro-lhe que não...

Capítulo 11

Passaram-se dois dias sem que a irritação dos Epantchine se acalmasse por completo. Segundo o seu hábito, o príncipe julgava ter cometido muitas asneiras e esperava sinceramente um castigo; no entanto estava convencido, desde o princípio, que a Isabel não podia querer-lhe mal e que, pelo contrário, estava apenas aborrecida com ele. Sentiu uma desagradável surpresa e tornou-se triste quando reconheceu que ainda o tratavam com rigor ao fim de três dias. Diversas outras circunstâncias o traziam inquieto. Uma delas havia, em especial, durante esses três dias, excitado progressivamente o seu caráter desconfiado. (O príncipe censurava-se por, nos últimos tempos, viver entre os dois extremos: uma absurda e intempestiva confiança, alternando com uma sombria e vil desconfiança). Ao fim do terceiro dia o incidente da senhora excêntrica, que havia interpelado o Eugênio do fundo da sua carruagem, tomou no seu espírito proporções horríveis e enigmáticas. O enigma convertia-se para ele (sem falar noutros aspectos da questão) numa penosa pergunta: a responsabilidade da extravagante novidade era apenas sua, ou era somente a falta de...? Porém não ia até ao ponto de pronunciar qualquer nome. Quanto às iniciais N. Pb. B., não haviam passado, assim o supunha, de um divertimento inocente e sem dúvida infantil, ao qual não podia, em consciência, ou mesmo por simples honestidade, ligar importância.

De resto, no dia seguinte ao desta escandalosa reunião de que se considerava a causa principal, o príncipe teve o prazer de receber de manhã a visita do príncipe Stch... e da Adelaide, que regressavam de um passeio: tinham vindo *sobretudo* para saber da sua saúde. Adelaide notou, ao penetrar no parque, uma magnífica e velha árvore, muito copada, cujo tronco era oco e estava fendido, e os seus ramos compridos e nodosos tinham uma nova folhagem, pelo que mostrou logo um grande desejo de a desenhar! Não falou mesmo quase noutra coisa durante a meia hora que durou esta visita. O príncipe Stch... mostrou-se amável e gracioso como sempre; discutiu com o príncipe sobre coisas passadas e evocou os acontecimentos que se ligavam às suas primeiras relações; pelo contrário, não falaram quase nada dos incidentes da véspera.

Por fim, não podendo mais conter-se, Adelaide confessou, sorrindo, que tinham vindo *incógnitos;* não tendo dito mais nada, esta confissão foi o bastante para deixar compreender que os seus pais, e sobretudo Isabel, estavam zangados com o príncipe. Todavia, durante a visita, nem Adelaide, nem o príncipe Stch... proferiram uma palavra, sequer, a respeito de Isabel, de Aglaé ou até mesmo de Ivan.

Quando se retiraram, para concluírem o seu passeio, não convidaram o príncipe a acompanhá-los e muito menos lhe pediram para ir vê-los. Adelaide deixou escapar a este respeito uma reflexão significativa; falando de uma das suas aquarelas, mostrou um vivo interesse em a mostrar ao príncipe, e disse: "Como fazer para que o senhor possa vê-la dentro de pouco tempo? Ouça! Mando-a hoje mesmo pelo Kolia, se ele for a nossa casa; ou então amanhã, durante o meu passeio com o príncipe, virei aqui trazê-la". Ao sugerir esta solução parecia sentir-se satisfeita, por ter resolvido este assunto com habilidade e contentamento para todos.

Quase ao momento da despedida o príncipe Stch... pareceu lembrar-se bruscamente de qualquer coisa:

— A propósito — perguntou ele — não sabe, o meu caro León, quem foi a pessoa que interpelou ontem o Eugênio do fundo do seu carro?

— Foi a Nastásia — disse o príncipe. — Não a reconheceu? O que não sei é quem estava com ela.

— Reconheci-a, por tê-la ouvido falar — respondeu rapidamente o príncipe Stch... — Mas que disse ela? Confesso que foi um enigma para mim... para mim e para os outros.

Ao dizer estas palavras o príncipe Stch.., mostrava uma fisionomia de intrigado.

— Falou, não sei de que saques do Eugênio — respondeu o príncipe com toda a simplicidade. — Esses saques passaram, a seu pedido, das mãos de um usurário para as de Rogojine, que concedeu, para pagamento, um largo prazo ao Eugênio.

— Foi também o que eu ouvi, meu caro príncipe, mas isso não pode ser verdade! O Eugênio não deve ter assinado nenhum saque! Com uma fortuna como a sua!... Isso sucedeu-lhe noutros tempos, é verdade, devido à sua leviandade, ajudei-o eu próprio a livrar-se desses embaraços. Mas que um homem, que tem uma tal fortuna, assine saques a um usurário e se preocupe com o seu vencimento, é uma coisa impossível. É igualmente impossível que se trate por tu cá, tu lá com a Nastásia, e mantenha com ela ligações tão familiares. É nisto que está o enigma principal. Jura que não compreendeu nada, e eu acredito, de fato. É mesmo por isso, meu caro príncipe, que desejo perguntar-lhe se sabe alguma coisa a tal respeito. Quero dizer: não chegou por acaso aos seus ouvidos qualquer boato a tal respeito?

— Não, não sei nada a tal respeito... Afirmo-lhe que não sei nada.

— Ah, príncipe, o senhor não está hoje bem-disposto. Francamente, não o reconheço. Podia por acaso pensar que tivesse tido qualquer interferência nesta questão? Vamos, não está hoje no seu juízo perfeito.

Apertou-o contra ele e abraçou-o.

— Qualquer interferência nesta questão? — replicou León — Mas não vejo nenhuma questão.

— Sem dúvida alguma essa criatura quis prejudicar de qualquer maneira o Eugênio, atribuindo-lhe diante de testemunhas, atos que não praticou, nem pode ter praticado — respondeu o príncipe Stch... num tom bastante seco.

O príncipe León pareceu ficar perturbado, mas continuou a fitar o seu interlocutor com um olhar interrogativo. Este último estava calado.

— Então não se trata apenas de uns saques? Não foi isso apenas aquilo de que se falou na questão de ontem? — murmurou por fim o príncipe com uma ponta de impaciência.

— Vejamos: o que eu disse e que o senhor pode julgar por si, foi o seguinte: que pode ter de comum o Eugênio com... ela e, ainda menos, com o Rogojine? Tem, repito-o, uma grande fortuna; sei-o de fonte segura; por outro lado tem a certeza de ser o herdeiro de seu tio. Muito simplesmente a Nastásia...

O príncipe Stch... interrompeu-se de novo; era evidente que nada mais queria dizer a respeito de Nastásia, falando com León.

Este último, depois de um momento de silêncio, perguntou bruscamente:

— Em todo caso isto não prova que a conhece?

— É muito possível; tem sido bastante volúvel para isso! De resto, se conhecem-se foi de outros tempos; deve ter sido há uns dois ou três anos. Nessa época estava ainda relacionada com Totski. Agora sabe-se que nada há entre eles; e, de qualquer maneira, as suas relações nunca foram tão íntimas, para chegarem ao ponto de se tratarem por tu. O senhor deve saber que ela não viveu aqui nestes últimos tempos e que era difícil encontrá-la. Muitas pessoas ignoram ainda o seu reaparecimento. Somente há três dias é que eu vi a sua carruagem.

— Uma carruagem magnífica — disse Adelaide.

— Sim, magnífica!

Os dois visitantes retiraram-se, apresentando ao príncipe os seus mais afetuosos cumprimentos, pode-se mesmo dizer, os mais fraternais.

Desta visita resultou, para o nosso herói, uma indicação fundamental. Com certeza o tinham assaltado fortes desconfianças desde a noite anterior (e talvez mesmo antes); todavia não se atreveu a considerar as suas apreensões como certas. Agora, porém, via claro: o príncipe Stch... dando ao acontecimento uma interpretação errônea, não deixava de ladear a verdade, e adivinhava, em todo caso, a existência de uma intriga. (Aliás, pensava o príncipe, sabe talvez muito bem como deve proceder, mas não o quer deixar transparecer e finge afastar-se). Uma coisa saltava aos olhos: os dois tinham vindo (em especial o príncipe Stch...) na esperança de obterem algum esclarecimento; se era assim, é porque o consideravam como tendo tomado parte na intriga. Por outro lado, se a questão era dessa forma e revestia uma tal importância, era a prova de que *ela* tinha em mente um fim terrível; mas que fim? Temível pergunta!... E como desviá-la desse fim? É impossível desviá-la, quando está decidida a atingir os seus fins! Isto sabia-o ele por experiência. É uma tola! É uma tola!

Eram muitos mistérios para uma só manhã; todos queriam saber a verdade, e isto ocasionava ao príncipe um profundo abatimento. A visita de Vera, trazendo nos braços a pequena Lioubov, proporcionou-lhe uma certa distração; brincou alegremente durante um certo tempo. Depois apareceu a irmã, que ficou de boca aberta, e por fim o filho de Lebedev; este colegial afirmou-lhe que o absinto que, no Apocalipse, caiu sobre a terra junto da fonte das águas, representava, segundo a interpretação de seu pai, a dos caminhos de ferro que se estende hoje pela Europa. O príncipe não quis acrescentar nada a esta asserção e limitou-se a dizer que interrogaria Lebedev a tal respeito na primeira ocasião.

Vera contou ao príncipe que Keller se havia instalado na casa deles desde a véspera e que, apesar de todas as aparências em contrário, não os deixaria tão cedo, pois havia encontrado ali uma sociedade que lhe agradava e era bastante amigo do general Ivolguine. Declarou-lhes que ficaria apenas em sua casa, até concluir a sua instrução.

De uma maneira geral o príncipe sentia, dia a dia, mais prazer em conviver com os filhos de Lebedev. Kolia não apareceu durante o dia: tinha ido logo de manhã a S. Petersburgo. (Lebedev partira também ao amanhecer, para tratar de uns assuntos pessoais).

No entanto, a visita que o príncipe esperava com a maior impaciência era a de Gabriel, que devia vir, sem falta, durante o dia. Chegou entre as seis e as sete horas da tarde, um pouco depois do jantar. Ao avistá-lo, o príncipe pensou ter, enfim, diante de si alguém que devia conhecer, na verdade, a questão em todos os pormenores. E como é que Gabriel não devia conhecê-los, se tinha ao seu dispor auxiliares como Bárbara e o marido? Mas as relações entre o príncipe e ele eram de um caráter um pouco especial. Assim, o príncipe, encarregara-o da questão Bourdovski, pedindo-lhe encarecidamente para resolvê-la. Contudo, a despeito desta prova de confiança e do que se passara antes entre eles, havia sempre certos pontos da conversa que evitavam, como que devido a uma espécie de acordo tácito. O príncipe tinha às vezes o pressentimento de que Gabriel mostrava, em certas atitudes, o desejo de ver estabelecer-se entre os dois uma amizade e uma franqueza sem reservas. Nesse dia, por exemplo, ao vê-lo entrar, teve a impressão de que Gabriel julgava chegado o momento de quebrar a frieza existente e explicar-se em todos os pontos (o visitante, no entanto, tinha pressa; a sua irmã esperava-o na casa do Lebedev para uma questão urgente a regular entre eles).

Entretanto, se Gabriel esperava, na verdade, uma série de perguntas impertinentes, umas revelações involuntárias e algumas efusões íntimas, elaborava num grande erro. Durante os vinte minutos que durou esta visita, o príncipe pareceu estar absorvido e quase distraído. Não formulou as perguntas, ou, para melhor dizer, a única e importante pergunta que Gabriel esperava. Desta forma julgou melhor exprimir-se, por seu lado, com certa discrição. Não deixou de falar com jovialidade e volubilidade; porém na sua tagarelice, ligeira e amena, evitou abordar o ponto principal.

Contou, entre outras coisas, que Nastásia estava em Pavlovsk desde há quatro dias e que havia já chamado a atenção geral sobre a sua pessoa. Vivia na casa de Daria, numa pequena e confortável casa da rua dos Matelots, mas tinha talvez a mais bela carruagem da Pavlovsk. À sua volta havia se já formado uma corte de adoradores, jovens e velhos; alguns cavaleiros escoltavam mesmo a sua carruagem. Fiel aos seus velhos hábitos, era muito cuidadosa na escolha das suas relações e só admitia junto dela convidados escolhidos com muito cuidado; isto não a impedia de se ver rodeada por um verdadeiro corpo da guarda, pronto a tomar a sua defesa em caso de necessidade. Por causa dela, um fidalgo, em visita a Pavlovsk, tinha já posto termo aos seus esponsais e um velho general tinha quase amaldiçoado o filho. Levava muitas vezes com ela, nos seus passeios de carruagem, uma encantadora moça de dezesseis anos, parenta afastada de Daria; esta moça cantava com talento e a sua voz chamava, à noite, a atenção da vizinhança para a sua casa. Em suma, Nastásia mostrava muito boas maneiras, vestia-se com simplicidade, mas com um gosto perfeito que, com a sua beleza e a sua carruagem, provocava o ciúme de todas as senhoras.

— O incidente extravagante de ontem — deixou escapar Gabriel — foi sem dúvida alguma premeditado e não deve ser tido em consideração. Para achar motivo de censura para a sua conduta, é preciso considerá-la uma bestinha ou recorrer à calúnia; o que, aliás, não tardará a realizar-se.

Esperava que o príncipe lhe perguntasse a razão por que pensava que o acontecimento da véspera fora premeditado e também por que razão não tardaria em recorrer à calúnia. O príncipe, porém, não fez nenhuma pergunta sobre esses dois pontos.

Gabriel forneceu em seguida novos detalhes sobre o que tinha sucedido ao Eugênio, sem que o príncipe tivesse tentado interrogá-lo; isto era tanto mais estranho, quanto tal assunto surgiu, sem razão de ser, no meio da conversa.

Segundo ele, Eugênio não tinha tido antes relações com Nastásia; mesmo nesta ocasião conhecia-a apenas por lhe ter sido apresentada três ou quatro dias antes do passeio. Tinha dúvidas sobre se ele teria ido à casa dela, uma vez só que fosse, em companhia de outras pessoas.

Pelo que dizia com respeito às letras, a coisa não tinha nada de impossível. (Gabriel tinha-a até como certa). Era certo que Eugênio tinha uma grande fortuna, mas reinava uma certa desordem na administração dos seus bens... Foi rápido e pouco mais esclareceu sobre este curioso assunto. Além da alusão feita à frase já referida, não voltou a falar sobre a injúria que Nastásia havia proferido na véspera.

Por último Bárbara veio procurar Gabriel e demorou-se na casa do príncipe apenas um minuto, durante o qual se limitou a dizer (sem que lhe tivessem perguntado) que Eugênio passou esse dia e talvez o seguinte em S. Petersburgo e que seu marido (Ivan Ptitsine) ficaria lá também, para tratar igualmente, com certeza, dos assuntos de Eugênio; era evidente que se passava qualquer coisa de extraordinário. Ao partir, acrescentou que Isabel estava mal-humorada, insuportável mesmo, e que a Aglaé — coisa bem estranha! — zangara-se com toda a família, não só com o pai e a mãe, mas também com as duas irmãs; isto é de fato um mau sinal. Depois de ter dito tudo isto, como se fosse por acaso (o que era para o príncipe da mais alta importância) despediu-se juntamente ao irmão. Sobre a questão do filho de Pavlistchev, Gabriel não disse uma palavra, ou por fingida modéstia ou para não lisonjear os sentimentos do príncipe. Este não lhe agradeceu, uma só vez que fosse, todo o trabalho que teve para pôr termo à essa questão.

Encantado por se encontrar, enfim só, o príncipe desceu do terraço, atravessou a alameda e embrenhou-se no parque; queria refletir e precisava tomar uma decisão. Ora, essa decisão era justamente daquelas que precisam ser executadas logo, porque não resistem à reflexão; sentia um intenso e terrível desejo de os deixar bruscamente, de se ir embora a toda a pressa, sem mesmo dizer adeus a ninguém, e de voltar ao ponto de onde tinha vindo, ir para o isolamento e a solidão. Pressentia que se ficasse em Pavlovsk, nem que fosse apenas por alguns dias, engolfar-se-ia irremediavelmente naquele meio, de que não poderia daí em diante separar-se. Refletindo apenas por dez minutos, chegou sem delongas à conclusão de que a fuga era impossível e constituiria quase que uma covardia: os problemas que se lhe apresentavam, eram tais, que não tinha por forma alguma o direito de não os resolver, ou, pelo menos, de não lhe dedicar todas as suas forças para lhe encontrar uma solução. Foi, pois, neste estado de espírito que entrou em casa, tendo somente despendido um quarto de hora neste seu passeio. Nesse momento sentiu-se, na verdade, infeliz.

Lebedev estava sempre ausente, de maneira que, à noite, Keller conseguiu introduzir-se na casa do príncipe. Não estava bêbado, mas sim com a mania das efusões e das confidências. Declarou logo de entrada que vinha contar-lhe toda a sua vida e que fora com esta intenção que resolvera ficar em Pavlovsk; não teria por esta razão motivo para o pôr na rua, tal como nada haveria neste mundo que o fizesse partir. Quis proferir um longo e desconexo discurso, mas logo às primeiras palavras passou à conclusão e confessou que havia perdido toda a sombra da moralidade (unicamente devido à falta da fé em Deus) até ao ponto de ter chegado a roubar.

— Parece-lhe — disse ele — uma coisa inacreditável, não!

— Ouça, Keller, no seu lugar nunca confessaria isso, a não ser num caso de necessidade absoluta — aconselhou o príncipe. — De resto, é bem possível que intencionalmente se calunie a si próprio.

— Não disse isto a ninguém, a não ser ao senhor, e apenas com o desejo de contribuir para o meu desenvolvimento moral. Não voltarei a falar a ninguém em tal; levarei este meu segredo para o túmulo. Mas, príncipe, se o senhor soubesse, e somente o senhor, o quanto é difícil, na nossa época, arranjar dinheiro! Onde procurá-lo? Permita-me que lhe faça esta pergunta. Encontra-se apenas uma resposta: tragam-nos ouro e diamantes e por eles tudo emprestaremos. Ouro e diamantes, aquilo que eu justamente não tenho; como se pode admitir isto? Acabei por me zangar e desde esse momento disse: "E em troca de esmeraldas, emprestar-me-ão também dinheiro?" "Em troca de esmeraldas emprestamos também dinheiro." "Muito bem!", disse eu, pondo o chapéu para sair. "Ide para o diabo que vos carregue, minha corja de velhacos!" Foram estas as minhas palavras.

— Tinha algumas esmeraldas?

— Esmeraldas? Ah, príncipe! O senhor vê ainda a vida com uma serenidade e uma ingenuidade que se pode qualificar de pastoral!

O príncipe sentiu mais piedade por Keller do que vergonha pelas suas confidências. Um pensamento lhe atravessou o espírito: poderia fazer qualquer coisa deste homem, exercendo sobre ele uma influência salutar? Afastou, no entanto, por diversas razões, a ideia de que essa influência pudesse ser sua, não por modéstia, mas devido à sua maneira especial de encarar os fatos. Tomaram pouco a pouco tanto interesse em se manterem juntos, que não pensaram mais em se separar. Keller confessou, com uma precipitação extraordinária, fatos de tal natureza, que a qualquer homem seria impossível fazê-lo. A cada uma dessas confidências afirmava que se arrependera sinceramente e que o seu coração se mantinha repleto de lágrimas; isto, porém, não o impediu de relatar as suas faltas num tom orgulhoso e algumas vezes de uma maneira tão cômica, que ele e o príncipe acabaram por se rir como uns tolos.

— O essencial — disse, por fim, o príncipe — é que tem no senhor uma confiança de criança e uma rara franqueza. Sabe que isso é o bastante para lhe perdoarem muitas coisas?

— Tenho uma alma nobre, nobre e cavalheiresca! — confirmou Keller com ternura. — Todavia, príncipe, essa nobreza existe apenas idealmente e, por assim dizer, num estado latente; não se traduz nunca em fatos. Por que razão é isto? Não o posso compreender.

— Não desespere. Agora pode-se dizer, sem receio de errar, que o senhor me fez conhecer a sua existência; pelo menos parece-me impossível acrescentar qualquer coisa ao que me contou. Não é assim verdade?

— Impossível? — exclamou Keller num tom de comiseração.

— Oh, príncipe, julga ainda os homens à luz das ideias de um suíço.

— É possível que ainda tenha alguma coisa a acrescentar? — disse o príncipe, meio confuso, meio admirado. — Mas, diga-me, Keller, o que espera de mim, fazendo-me essas confidências, e por que razão veio viver para aqui?

— O que espero de ti? Primeiro a sua simplicidade de alma e o seu encanto; é agradável passar uns momentos a conversar contigo; sei, pelo menos, que tenho diante de mim um homem de uma virtude intangível. Em segundo lugar... em segundo lugar...

Ficou calado.

— Talvez queira que eu lhe empreste dinheiro? — perguntou o príncipe num tom muito sério e com uma franqueza onde se notava uma ponta de timidez.

Keller estremeceu; olhou o príncipe a direito, com um ar estupefato, e bateu violentamente com o punho na mesa.

— Aí está a sua maneira de confundir as pessoas! Ah, príncipe!... revela uma ingenuidade e uma inocência tal, como a idade do ouro não conheceu; mas de repente a sua profunda penetração psicológica atravessa um homem como uma flecha. Se me permite, príncipe, isto precisa de uma explicação, visto que por mim... perco-me por tudo quanto é bondade! É bem verdade que, no fim das contas, a minha intenção era pedir-lhe dinheiro emprestado; contudo, fez-me a pergunta como se não visse nisso nada de repreensível, como se se tratasse de uma coisa muito natural...

— Sim, da sua parte era muito natural.

— E isto não o revolta?

— Mas... por que motivo?

— Ouça, príncipe: fiquei em Pavlovsk, desde ontem, em primeiro lugar devido à consideração particular que tenho pelo arcebispo francês, Bourdalone (abriram diversas garrafas na casa de Lebedev, até às três horas da manhã) em seguida e sobretudo (juro-lhe por todos os sinais da cruz que digo a verdade) porque queria fazer-lhe uma confissão geral e sincera no interesse do meu desenvolvimento moral. Foi com este pensamento que eu adormeci, com os olhos cheios de lágrimas, perto das quatro horas da manhã. Acredita agora que seja um homem dotado de nobres sentimentos? No momento em que adormecia, inundado de lágrimas, tanto por dentro, como por fora, (porque enfim, tinha chorado, lembro-me bem!) uma ideia infernal me assaltou: no fim das contas e se me emprestasse dinheiro, depois de me ter confessado a ele? Foi assim que preparei a minha confissão, tal como um pequeno prato de finas ervas regadas de lágrimas, destinado a lisonjeá-lo e a prepará-lo para um empréstimo de cento e cinquenta rublos. Não acha que isto é uma vilania?

— Se deitarmos uma vista de olhos sobre as coisas, elas não se passaram assim: trata-se simplesmente de uma coincidência. Dois pensamentos se cruzaram no seu espírito: é um fenômeno corrente e com o qual estou muito familiarizado. Creio que isto não é nada bom e fique sabendo, Keller, que é a coisa que mais detesto em mim. O que acaba de dizer, posso tomá-lo como sendo para mim. Por vezes mesmo chego a pensar — prosseguiu o príncipe no tom refletido de um homem que se interessa profundamente pelo assunto — que toda a gente era assim, e vejo nisso, então, um argumento a meu favor, porque nada é mais incomodativo do que reagir contra esses *duplos pensamentos*. Falo por experiência. Deus sabe de onde eles vêm e como surgem! E é a isto que o senhor chama cruelmente uma baixeza! Vou então recomeçar a apreender esse gênero de fenômeno. Em todo caso, não tenho qualidades para julgá-lo. Não creio, no entanto, que a palavra baixeza esteja aqui bem empregada; que pensa disto? Recorreu à astúcia, procurando tirar-me dinheiro com as suas lágrimas, e o senhor próprio jura que a sua confissão tinha ainda um outro fim, um fim nobre e desinteressado. Quanto ao dinheiro, tem necessidade dele para se divertir, não é assim? Isto, depois de uma confissão como a que acaba de fazer, é evidentemente uma fraqueza moral. Mas como renunciar de repente ao hábito de beber? É impossível. Então que fazer? O melhor é deixar isto à apreciação da sua consciência; em que pensa?

O príncipe fitou Keller com um olhar extremamente intrigado. É claro que a questão do desdobramento do pensamento preocupava-o há muito tempo.

— Depois de tais palavras, não encontro explicação como podem chamar-lhe idiota! — exclamou Keller.

O príncipe corou um pouco.

— O pregador Bourdalone não teria salvado um homem, enquanto que o senhor poupou-me e julgou-me humanamente. Para me castigar e para lhe provar que de fato fiquei convencido, renuncio aos cento e cinquenta rublos. Contentar-me-ei com vinte e cinco, pelo menos por duas semanas. Não voltarei a pedir-lhe dinheiro antes de quinze dias. Queria dar um presente à Agathe, mas ela não merece nada. Oh, meu caro príncipe, que o Senhor o abençoe!

Nesta altura entrou Lebedev, que regressava de S. Petersburgo. Carregou as sobrancelhas ao ver a nota de vinte e cinco rublos nas mãos do Keller. Mas este, encaminhando-se para o fundo da sala, apressou-se a desaparecer.

Lebedev começou logo a dizer mal dele.

— O senhor é injusto. Ele está sinceramente arrependido — observou o príncipe.

— Mas que vale o seu arrependimento? Foi exatamente como o meu ontem à tarde: indigno, sou indigno! Não passam de simples palavras.

— Ah, não passam de simples palavras? E eu que pensava...

— Então, ouça!... Só a ti, só a ti direi a verdade, porque sabe penetrar no coração dos homens: em minha casa as palavras e os atos, a lisonja e a verdade, misturam-se com a mais perfeita espontaneidade. E dizendo a verdade e pelos meus atos que manifesto o meu arrependimento, acredite ou não no que lhe digo; juro-lhe que sou tal como lhe digo; quanto às palavras e às lisonjas provêm-me de um pensamento infernal (que não me deixa o espírito) pelo qual me sinto arrastado a enganar as pessoas e a tirar proveito até mesmo das minhas lágrimas de arrependimento! Dou-lhe a minha palavra que é assim. Não diria isto a outra pessoa, pois rir-se-ia ou escarrar-me-ia com o desgosto; porém o príncipe julgar-me-á humanamente.

— Muito bem! Foi exatamente o que me disse o outro há um instante — informou o príncipe. — Os dois têm o mesmo modo de se vangloriarem. Não me agradou; todavia é mais sincero que o senhor, que faz da lisonja uma verdadeira profissão. Vamos, sente-se e deixe essa expressão de desolado, Lebedev!... Deixe de pôr a mão sobre o coração. Não tem mais nada para me dizer? Não veio aqui sem motivo!...

Lebedev começou a fazer caretas e a torcer-se todo.

— Esperei-o durante todo o dia para lhe fazer uma pergunta. Não quererá, pela primeira vez na vida, dizer-me uma palavra verdadeira? Teve alguma interferência no incidente de ontem, da carruagem? Diga, sim ou não!?

Lebedev fez novas caretas e contorções, começou a fazer esgares, depois bateu as mãos e por fim acabou por espirrar; porém não se decidiu a pronunciar uma palavra.

— Vejo que sempre teve interferência.

— Oh, apenas de uma maneira indireta!... Estou dizendo a pura verdade. O meu papel nesta questão consistiu fazer saber, no seu devido tempo, a uma certa pessoa, que havia visitas em minha casa e que entre elas se encontrava tal e tal pessoa.

— Já sei que mandou lá o seu filho; ele próprio me disse há pouco. Mas que significa esta intriga? — perguntou o príncipe num tom de impaciência.

— Não fiz nada — disse Lebedev com gestos de negação. Esta intriga foi obra de outras pessoas e é, por assim dizer, mais uma fantasia do que uma intriga...

— Mas de que é que se trata? Explique-se, por amor de Deus! É possível que não compreenda que este assunto me afeta diretamente? Não vê que se procura atingir a reputação do Eugênio?

— Príncipe, meu ilustre príncipe! — exclamou Lebedev recomeçando a contorcer-se. — O senhor não deixa que eu diga toda a verdade; já tentei mais de uma vez expô-la, mas o senhor nunca me deixa continuar...

O príncipe não respondeu e ficou pensativo.

— Seja, diga-me a verdade — proferiu com custo e num tom que deixava adivinhar uma violenta luta íntima.

— Aglaé Ivanovna... — começou logo Lebedev.

— Cale-se, cale-se! — gritou-lhe o príncipe com arrebatamento. Estava vermelho de indignação e talvez também de vergonha. — É impossível. Tudo isso é um absurdo e inventado pelo senhor ou por outros malucos da sua espécie. Proíbo-o de me falar em tal assunto!

— Era perto das onze horas da noite quando o Kolia chegou com um grande número de novidades, umas de S. Petersburgo, outras de Pavlovsk. Contou sumariamente as que soubera em S. Petersburgo (diziam com respeito ao Hipólito e ao incidente da véspera) reservando-se para falar delas mais tarde, tal a pressa que tinha de passar a contar as de Pavlovsk. Tinha chegado de S. Petersburgo três horas antes e, sem vir à casa do príncipe, dirigira-se primeiro à casa dos Epantchine. É medonho o que se passa na casa deles! E como razão, como causa primordial do escândalo, era o incidente da carruagem; com certeza, porém, havia sobrevindo um outro acontecimento, que nem ele nem o príncipe conheciam. Como deve calcular, abstive-me de espiar ou interrogar alguém; receberam-me, aliás, muito bem, melhor mesmo do que eu esperava, mas não me disseram uma palavra, príncipe, a seu respeito! Eis a notícia sensacional: a Aglaé acaba de se zangar a respeito de Gabriel. Não se conhecem os detalhes da zanga, mas sabe-se que o Gabriel é a causa (imagine o senhor isto?). A discussão, tendo sido violenta, deve ter tido um motivo sério. O general entrou muito tarde, com um aspecto carrancudo; levou com ele o Eugênio, que foi recebido de braços abertos e se mostrou por isso bem-humorado e afável. Uma novidade ainda mais importante do que esta: a Isabel mandou a Bárbara embora, quando se encontrava junto das filhas, e, sem discussões, proibiu-lhe para sempre a entrada em sua casa; esta proibição foi proferida sob a forma a mais delicada. Pareço-me com a Bárbara, acrescentou o Kolia. Quando saiu de casa da esposa do general e disse adeus às pequenas, estas não sabiam que a entrada na sua casa lhe tinha sido para sempre interdita e que ela as deixava também para sempre.

— No entanto Bárbara veio à minha casa às sete horas — disse o príncipe atrapalhado.

— Foi perto das oito horas que a convidaram a não voltar lá mais. Estou com pena da Bárbara e do Gabriel... Com certeza passam a vida a intrigar; é um hábito de que não podem desembaraçar-se. Nunca pude saber o que eles tramavam e por outro lado não tenho nada com isso. Porém asseguro-lhe, meu caro príncipe, que o Gabriel tem bom coração. É um homem perdido sob vários aspectos, contudo possui méritos que vale a pena conhecer e não me desculparei nunca por não os ter compreendido há mais tempo... Não sei se deva continuar a frequentar a casa dos Epantchine depois daquilo que se passou com a Bárbara. É verdade que desde o primeiro dia mantive sempre a minha completa independência e as devidas distâncias; todavia é bom refletir sobre tudo isto.

— Não tem razão em lastimar tanto o seu irmão — observou o príncipe. — Se as coisas chegaram até esse ponto, foi devido ao Gabriel, que se tornou perigoso aos olhos da Isabel; além disso, algumas das suas esperanças confirmam-se.

— Quais esperanças? Que quer o senhor dizer? — exclamou Kolia, estupefato. — Pensa por acaso que a Aglaé! Não é possível!

O príncipe manteve-se calado.

— O senhor é terrivelmente cético, príncipe — continuou Kolia ao fim de um ou dois minutos. — Observo que, desde há um certo tempo, domina-o um ceticismo exagerado; começa a não acreditar em nada e a fazer suposições a propósito de tudo... Dir-me-á: não exagerei, empregando a palavra acético? Penso que não, se bem que não esteja muito seguro de mim próprio.

— Mas se quer, empregarei outra... Encontrei uma que traduz melhor o meu pensamento! — informou Kolia. — Não é um cético, é um ciumento! Gabriel inspira-lhe um ciúme infernal devido a uma altiva moça.

Em seguida Kolia levantou-se de um salto e começou a rir, como nunca talvez se tivesse rido. A sua hilaridade redobrou quando notou que o príncipe corava. Ficou no entanto encantado ao pensar que este ciúme era devido à Aglaé. Calou-se logo que viu que a mágoa do príncipe era sincera. Começou então a falar muito seriamente; essa conversa prolongou-se ainda durante uma hora ou hora e meia.

No dia seguinte, o príncipe foi a S. Petersburgo, onde um assunto importante o prendeu até ao meio-dia. Na ocasião em que entrava em Pavlovsk, perto das cinco horas, encontrou Ivan na estação. Este agarrou-o rapidamente pelos braços e, deitando à esquerda e à direita olhares receosos, fê-lo subir para uma carruagem de primeira classe. Sentir-se-ia doente se não lhe contasse um assunto importante.

— Em primeiro lugar, meu caro príncipe, não esteja zangado comigo; se tem alguma coisa contra mim, esqueça-a. Estive ontem quase tentado a passar pela sua casa, mas não sei o que a Isabel ficaria pensando... Em minha casa é um verdadeiro inferno; dir-se-ia que uma esfinge enigmática se instalou debaixo do meu teto; vivo entre aquelas quatro paredes e não compreendo nada. Pelo que lhe diz respeito é, no meu entender, o menos culpado de todos, ainda que o senhor seja a causa de muitas das complicações. Como sabe, príncipe, a filantropia é uma coisa agradável, mas exagerada, é uma falta. Talvez o senhor mesmo já fizesse a experiência. É fora de dúvida que amo a bondade e estimo a Isabel, mas...

O general falou ainda durante muito tempo neste tom, porém a sua linguagem era deveras desconexa. Via-se que estava alarmado e perturbado, ao mais alto grau, com um fenômeno completamente incompreensível.

— Para mim é fora de dúvida que o senhor é estranho a isto tudo — disse por fim, pondo um pouco mais de clareza nas suas frases. — Entretanto peço-lhe, meu amigo, para não nos visitar durante algum tempo, até que o vento mude. No que diz com respeito ao Eugênio — exclamou com entusiasmo — tudo quanto se conta não passa de uma absurda calúnia, a calúnia das calúnias! Estamos em presença de uma difamação, de uma intriga, de um plano para nos inquietar e fazer-nos zangar uns com os outros. Ouça, príncipe, e digo-lhe isto aqui só para nós: entre o Eugênio e nós nenhuma palavra foi ainda proferida, compreende? Nada nos diga nesta ocasião. Contudo essa palavra pode ser proferida, pode sê-lo quando menos contarmos, pode sê-lo mesmo de um momento para o outro. É isto que se pretende impedir. Por quê? Com que intenção? Não consigo compreender. Essa mulher é desconcertante, excêntrica; tenho um tal medo, que chego quase a perder o sono. E aquela carruagem, aqueles cavalos brancos... aquilo a que os franceses chamam *chique!* Quem é que lhe proporciona uma tal vida? Palavra que tive outro dia o mau pensamento de suspeitar do Eugênio. Todavia é evidente que não podemos acusá-lo de tal. Por que razão, então, procura provocar a desarmonia entre nós? É este o enigma! Para manter junto dela o Eugênio? Repito-lhe e juro-lhe, porém, que não a conhece e que as letras são uma pura invenção. Foi grande atrevimento o tratá-lo por tu, em plena rua! Foi na verdade um golpe bem estudado! É evidente que devemos repelir esta manobra com desprezo e recobrar a estima que temos pelo Eugênio. Foi isto mesmo que eu disse à Isabel. Agora vou dizer lhe qual o meu pensamento íntimo: estou profundamente convencido de que pretende vingar-se da minha pessoa, por causa do que se passou há tempos, lembra-se? E no entanto nunca tive relações com ela. Não me perturbo, meu caro, quando penso nela. Nesta altura encontra-se de novo em evidência, quando eu a supunha para sempre desaparecida. O que é que se passou com o Rogojine? Esta pergunta só a faço a ti. Pensava que *ela* havia se tornado desde há muito tempo a senhora Rogojine.

Dentro de pouco o general não sabia a que santo se devia confessar. Durante a uma hora que durou o trajeto, monologou, fazendo a si próprio as perguntas e as respostas, apertando as mãos do príncipe e conseguindo pelo menos convencê-lo de que não sentia nada contra ele: isto era, para o príncipe, o essencial. Por último falou do tio do Eugênio, que era o chefe de um dos bairros de S. Petersburgo. É, disse ele, um septuagenário que ocupa uma posição de relevo; é um pândego e um gastrônomo, bem como um velho ainda vigoroso... Ah, ah!... Sei que ouviu falar da Nastásia e que depois tentou obter dela alguns favores. Fui vê-lo há pouco; não recebe ninguém devido à sua saúde, mas é rico, muito rico; tem uma grande influência e... Deus lhe dê vida ainda por muito tempo! No entanto é o Eugênio que vai herdar toda a sua fortuna... Sim!.., sim... mas disso mesmo eu tenho medo... Anda no ar uma nuvem negra que paira sobre nós como um morcego e eu tenho medo, tenho medo.

Capítulo 12

Foi perto das sete horas da noite, quando o príncipe se preparava para dar o seu passeio pelo parque, que Isabel surgiu de repente, sozinha, no terraço. Encaminhou-se logo para ele:

— *Primeiramente* — disse ela — devo preveni-lo de que não suponha que eu tenha vindo aqui para lhe pedir perdão. Que tolice!... Todas as razões são a seu favor.

O príncipe nada respondeu.

— É culpado ou não?

— Nem mais nem menos do que a senhora. Aliás, nem a senhora nem eu pecamos com intenção. Há três dias julgava-me de fato culpado. Agora, refletindo melhor, reconheço que me enganei.

— Ah, é assim que pensa! Está bem. Então sente-se e ouça, pois não tenho a intenção de fazer a romaria de pé.

Os dois sentaram-se.

— Em segundo lugar, nem uma palavra a respeito desses grandes patifes. Tenho apenas dez minutos para falar contigo; vim aqui para me dar uma informação (o senhor acredita Deus sabe em quê) e se proferir uma palavra sobre esses impudentes vadios, levanto-me e vou-me embora. Nada mais haverá entre nós.

— Está bem — respondeu o príncipe.

— Permita-me que lhe faça uma pergunta: mandou uma carta à Aglaé, há dois ou dois meses e meio, nas proximidades da Páscoa?

— Sim... mandei.

— A propósito de quê? Que dizia nessa carta? Mostre-a.

Os olhos de Isabel cintilavam e estremeciam de impaciência.

— Não tenho essa carta — respondeu o príncipe admirado e deveras assustado. — Se existe ainda, é a Aglaé que a tem...

— Nada de subterfúgios!... Que lhe escreveu?

— Não me sirvo de subterfúgios e não tenho nada a temer. Não vejo razão por que não me seja permitido escrever-lhe.

— Cale-se! O senhor falará depois. Que dizia nessa carta? Por que está a chorar?

O príncipe refletiu um momento.

— Desconheço as suas ideias. Noto apenas que essa carta lhe desagrada bastante. Deve concordar que eu podia recusar-me a responder à sua pergunta. Porém, para lhe provar que nada temo sobre o assunto dessa carta e que não me lastimo nem choro por tê-la escrito — ao dizer isto o príncipe tornou-se muitíssimo mais corado — vou dizer-lhe, porque creio saber de cor o seu conteúdo.

E o príncipe repetiu, quase palavra por palavra, o texto da carta.

— Que embrulhada!... Que significam todas essas tolices? — perguntou ela num tom severo, pois tinha ouvido a carta com a maior atenção.

— Nem eu próprio sei muito bem; o que sei dizer-lhe é que o meu sentimento era sincero. Tinha nessa altura momentos de vida intensa e as maiores esperanças.

— Quais esperanças?

— É-me difícil explicar, mas não é nada daquilo em que pensa neste momento. Essas esperanças... numa palavra, reportam-se ao futuro e à alegria de pensar que talvez *lá* não fosse considerado um estranho. Sentia-me feliz por ter voltado à minha pátria. Numa manhã cheia de sol, peguei a pena e escrevi-lhe essa carta. Por que razão foi a ela que eu escrevi? Não sei. Há por vezes momentos que pretendemos ter um amigo perto de nós; foi sem dúvida esse sentimento que me guiou — acrescentou o príncipe, depois de uma pausa.

— O senhor ama-a?

— Meu Deus, não!... Eu... eu escrevi-lhe como a uma irmã. Assinei mesmo com o nome de irmão.

— Hum!... Bem imaginado!... compreendo!

— É-me penoso, minha senhora, responder a tais perguntas.

— Eu sei, mas isso é completamente indiferente para mim. Ouça: diga-me a verdade como se falasse diante de Deus: mente ou não mente?

— Não minto.

— Disse-me a verdade quando afirmou que não a ama?

— Parece-me que é absolutamente verdade.

— Ah, parece-lhe! Foi o garoto que lhe levou a carta?

— Pedi a Nicolau Ardalionovitch para...

— O garoto, o garoto! — interrompeu, toda colérica, Isabel.

— Não conheço o Nicolau Ardalionovitch. É o garoto?

— Nicolau Ardalionovitch...

— O garoto, digo eu...

— Não, não é um garoto, é o Nicolau Ardalionovitch — replicou o príncipe sem elevar a voz, mas num tom firme.

— Bem, bem!... Isto vai bem, meu rapaz! Pagar-lhe-ei na mesma moeda! — conteve a sua comoção durante um minuto para retomar fôlego.

— E que significa cavaleiro pobre?

— Não me lembro. Isso passou-se na minha ausência. É com certeza alguma brincadeira.

É encantador apreender assim tudo isto de repente!... Mas será possível que ela se interesse por ti? Ela própria o chamou pequeno aborto e idiota.

— Podia dispensar-se de mt dizer — observou o príncipe num tom de censura e quase em voz baixa.

— Não se zangue. É uma moça autoritária, uma cabeça no ar, uma menina bonita. Se apaixonar-se por alguém, há de tratá-lo mal em público, rir-se-á dele na sua própria cara. Eu também fui assim. Por tudo lhe peço que não cante vitória; não é para ti, meu rapaz, não quero acreditar; tal não se dará nunca! Digo-lhe isto para que possa desde já tomar outro rumo. Ouça: jura-me que não casa com a *outra*?

— Que disse, Isabel? — exclamou o príncipe, num sobressalto de espanto.

— Mas não esteve quase para casar com ela?

— Estive quase para casar com ela, de fato — murmurou o príncipe, curvando a cabeça.

— Então é por ela que está apaixonado? Veio aqui por causa dela, por causa dessa mulher?

— Não foi para a desposar que vim aqui — objetou o príncipe.

— Há neste mundo alguma coisa sagrada para ti?

— Há.

— Jura por essa coisa que não veio aqui para casar com *essa mulher*?

— Juro-o por tudo quanto queira.

— Acredito em ti. Dê-me um abraço. Até que enfim respiro livremente. Porém fique sabendo que a Aglaé não o ama; tome, portanto, as suas disposições de acordo com isto; ela não será nunca sua mulher, pelo menos enquanto eu viver. Está a ouvir?

— Ouvi.

O príncipe tornou-se tão vermelho que não pôde olhar para Isabel frente a frente.

— Fixe bem isto. Esperava-o como à Providência (não merecia nada isto!) e por isso, de noite, inundei o travesseiro com lágrimas. Oh, não foi por sua causa, asseguro-lhe, meu bom amigo!... Tenho um outro desgosto, que é eternamente o mesmo. Foi esta a razão por que o ouvi com tanta impaciência; creio ainda que foi Deus que o guiou até mim, como um amigo e um irmão. Não tenho junto de mim ninguém, salvo a velha Bielokonski, e essa mesmo vai embora; aliás, à medida que envelhece, vai se tornando teimosa como um carneiro. Agora responda-me apenas com um *sim* ou com um *não*. Sabe por que motivo é que *ela* proferiu outro dia aquela frase do fundo da carruagem?

— Dou-lhe a minha palavra de honra que não compreendi nada e não sei nada.

— Basta! Acredito no que diz. Para agora tenho uma outra opinião a tal respeito, mas ainda ontem de manhã julgava o Eugênio responsável por tudo quanto se passou. Mantive essa opinião durante todo o dia de anteontem e toda a manhã de ontem. Agora terminei por me submeter à sua opinião: no entanto é evidente que zombou dele como um pateta!... Como, por quê, e para que fim? O gesto, em si, é já suspeito e desonesto. Em todo caso não desposará a Aglaé, sou eu que lhe digo! É de fato um excelente rapaz, não digo menos disso. Já antes deste incidente eu andava hesitante; agora o meu juízo está formado. Deite-me primeiro no caixão e enterre-me; depois disto pode casar com a minha filha. Foi isto que disse ainda hoje ao Ivan, refletindo bem nas minhas palavras. Vê, portanto, que confiança deposito em ti? Está vendo?

— Vejo e compreendo.

Isabel fixou no príncipe um olhar penetrante; talvez desejasse conhecer qual a impressão nele produzida com o que acabava de dizer a respeito de Eugênio.

— Não sabe nada do Gabriel?

— Falando melhor... sei muitas coisas.

— Já sabe que mantém relações com a Aglaé?

— Ignorava-o em absoluto — respondeu o príncipe com um movimento de surpresa. Por que é que diz que o Gabriel mantém relações com a Aglaé? É impossível.

— Oh, foi há pouco tempo. Foi a irmã dele que durante todo o inverno serviu de intermediária. Trabalhou como um rato...

— Não acredito — repetiu com convicção o príncipe, que ficou um momento pensativo e perturbado. Se é assim, sabê-lo-ei dentro em pouco.

— Acredita talvez que vinha confessar-lhe, chorando junto do seu peito? Que inocente que o senhor é! Toda a gente o engana como um... como um... E não tem vergonha de lhe conceder a sua confiança? Não vê que zomba de ti em toda a linha?

— Sei muito bem que me engana algumas vezes — disse o príncipe a meia-voz e não sem uma certa repugnância. — E ele não ignora que eu o sei...

Não concluiu o seu pensamento.

— Assim, ele sabe-o e continua a manter-se confiante! Não faltava mais nada! Aliás, o que é que se pode esperar de ti? E eu que ainda me admiro. Divina bondade! Não existem dois como o senhor. Irra! Sabe que esse Gabriel e essa Bárbara levaram-na a relacionar-se com a Nastásia?

— A quem? — exclamou o príncipe.

— À Aglaé.

— Não acredito. Não é possível. Com que fim?

E levantou-se de um salto.

— Eu também não acredito, ainda que me mostrem provas. É uma moça caprichosa, fantástica, leviana!... É uma moça má, má e má! Repetirei durante mil anos que é de fato má! As minhas filhas são todas agora como esta, mesmo essa maricas da Alexandra. Libertou-se ainda há pouco do meu domínio. Todavia não posso nem quero acreditar. Talvez porque não o quero acreditar... — acrescentou ela, como num aparte. Em seguida, interpelou bruscamente o príncipe: — Por que motivo não veio? Por que razão ficou três dias sem vir? — repetiu num tom de impaciência.

O príncipe começou a enumerar as suas razões; porém ela interrompeu-o novamente:

— Toda a gente o toma por um imbecil e o engana! Esteve ontem na cidade, aposto que se foi pôr de joelhos diante desse espertalhão para lhe suplicar que aceitasse os seus dez mil rublos!

— Por maneira nenhuma; não tive nunca tal ideia. Não o vi, e além disso não é um espertalhão. Recebi um bilhete dele.

— Mostre-me!

O príncipe tirou da pasta um bilhete, que entregou à Isabel. Este dizia assim:

Senhor,
Não tenho, certamente, aos olhos do mundo, o menor direito de mostrar que possuo amor-próprio. O mundo considera-me como muito insignificante para isso. No entanto a maneira de ver de toda a gente não é a sua. Estou convencido, senhor, que vale talvez mais do que os outros. Não partilho a opinião de Doktorenko e afasto-me dele neste assunto. Jamais aceitarei um copeque seu; o senhor socorreu minha mãe e eu estou-lhe, por esse fato, muito reconhecido, ainda que isto seja, no entender dos outros, uma fraqueza. Em todo caso, mudei a opinião que tinha a seu respeito e creio que é meu dever avisá-lo. Desde sempre presumi que não seria possível haver entre nós quaisquer relações.
Antipe Bourdovski
P. S. — O dinheiro que falta para completar os duzentos rublos *que lhe devo ser-lhe-ão entregues em seu devido tempo.*

— Que estupidez! — concluiu Isabel, deitando fora o bilhete. — Isto não merece que se perca tempo a lê-lo. De que se ri?

— Concorde que essa leitura lhe deu algum prazer.

— Como? Prazer em ler estas pretensiosas imbecilidades? Não vê que todas estas pessoas estão desvairadas pelo orgulho e pela vaidade?

— Sem dúvida. Mas apesar disso reconheceu os seus erros e cortou as relações com o Doktorenko; isto custou-lhe tanto mais, quanto maior for a sua vaidade. Oh, que criança que a senhora parece ser!

— O senhor está a pedir que lhe dê uma bofetada, não?

— Não, não desejo nada disso. Constato apenas que tenta ocultar a satisfação que a leitura deste bilhete lhe causou. Por que tem vergonha em revelar os seus sentimentos? A senhora é sempre assim...

— Não ponha mais, daqui para o futuro, os pés em minha casa — gritou Isabel, levantando-se, pálida de cólera. — Que nem a ponta do seu nariz apareça à entrada da minha porta!

— Dentro de três dias há de ser a senhora mesmo que me há de vir procurar... Vamos, por que é que tem vergonha? São os seus melhores sentimentos que a fazem corar!... Por quê?... Com isso só consegue tornar maior o seu sofrimento.

— Ainda que esteja na hora da minha morte não o chamarei. Esquecerei o seu nome. Já o esqueci mesmo.

E afastou-se, apressada, do príncipe.

— Antes da senhora, já outra pessoa me proibiu de ir vê-la — gritou-lhe o príncipe.

— Quem?... Quem é que o proibiu?

Deu bruscamente meia-volta, como se a tivessem picado com uma agulha. O príncipe hesitou em responder, sentindo que havia falado impensadamente.

— Quem é que o proibiu? — vociferou a Isabel fora de si.

— Foi a Aglaé que me proibiu...

— Quando foi isso? Diga, diga depressa!

— Esta manhã fez-me saber que não devia mais pôr os pés em sua casa.

Isabel ficou como que estupefata; só instantes depois começou a refletir.

— Como!... Por quem é que ela mandou dizer isso? Pelo garoto? Ou veio pessoalmente? — perguntou rapidamente.

— Mandou-me um bilhete — disse o príncipe.

— Onde o tem? Dê-me... depressa!

O príncipe, depois de ter pensado um instante, tirou do bolso do colete um pequeno pedaço de papel, onde estava escrito o seguinte:

Príncipe León,
Se depois de tudo quanto se passou, tem a intenção de me arreliar, vindo ver-me à nossa casa, fique certo de que não sou daquelas que sentirão prazer com a sua visita.
Aglaé Epantchine.

Isabel ficou um momento pensativa; depois, correndo para o príncipe, agarrou-o pela mão e arrastou-o com ela.

— Depressa! Venha! Neste instante mesmo! — exclamou ela, dominada por uma agitação e uma impaciência extremas.

— Mas vai sujeitar-me a...

— A quê? Que inocente! Que ingênuo!... Chega-se a acreditar que não é um homem!... Vamos, pois quero certificar-me com os meus próprios olhos...

— Deixe-me ao menos pegar o chapéu.

— Aqui o tem, a este sujo chapéu. Vamos!... É bem triste que não tenha escolhido um com mais gosto! Escreveu isto... escreveu isto depois da cena que houve... enquanto estava irritada — balbuciou Isabel, arrastando o príncipe atrás dela, sem o deixar um segundo. — Primeiro tomei o seu partido e disse em voz alta que era um imbecil se não viesse... Se não fosse isto, não teria escrito esse bilhete tão tolo, esse bilhete tão inconveniente! Inconveniente, da parte de uma jovem bem-educada, nobre, inteligente... sim, inteligente!... Hum — continuou ela — talvez também esteja despeitada por o senhor não ter ido. É possível... mas não pensou que não se escreve assim a um idiota, que toma tudo ao pé da letra, como de fato aconteceu... Por que é todo ouvidos? — perguntou ela, apercebendo-se que havia falado demais.

— Precisa de um bobo como o senhor; há muito tempo que não tem tido nenhum; eis a razão por que o procura!... Estou encantada, oh, mais!... estou encantada com a ideia de que ela vai metê-lo a ridículo!... Não a apanha em falso! É hábil nesse jogo... oh, se é!

Parte 3
Capítulo 1

Deplora-se a cada momento, entre nós, a falta de pessoas práticas: diz-se que há, por exemplo, um excesso de homens políticos; que há igualmente muitos generais; que ao necessitarmos de gerentes de empresas, qualquer que seja o número, podemos encontrá-los imediatamente em todos os gêneros; porém pessoas práticas não encontramos uma. Pelo menos todos se lamentam que não as encontram. Pode-se até assegurar que nalgumas linhas de caminho de ferro os empregados competentes são tão poucos para as exigências do serviço, que se pode dizer que faltam por completo; afirma-se que é absolutamente impossível a uma companhia qualquer de transportes dispor de um pessoal técnico sofrível. Assim, sabe-se que numa linha, há pouco ainda aberta ao trânsito, os vagões chocaram-se, enfiando-se uns nos outros, ou voltando-se de rodado para o ar, ao passarem em certo ponto; assim, escreveu-se também que um comboio ficou retido, devido a uma avaria, no meio de um campo coberto de neve, de onde foi impossível retirá-lo durante o inverno, de forma que os viajantes, pensando ausentar-se apenas por algumas horas, ficaram prisioneiros da neve durante cinco dias; assim, conta-se também que alguns milhares de quilos de mercadorias apodreceram numa praça, durante dois ou três meses, à espera que alguém tomasse providências; por outro lado diz-se (e a custo se acredita) que um administrador, isto é, um fator, teria, à maneira de resposta, dado uma bofetada no caixeiro de um comerciante, porque o instava a despachar-lhe depressa as suas mercadorias; e que, intimado a explicar este seu gesto, declarara muito simplesmente ter-se exaltado. As secretarias são tantas e tantas nos diversos serviços do Estado, que até estremecemos só ao pensar nisso; toda a gente serviu para o serviço, serve e conta ainda servir; não parece, portanto, inacreditável que, num tal viveiro de funcionários, não se possa escolher uma pessoa competente para uma sociedade de transportes?

A esta pergunta dá-se algumas vezes uma resposta excessivamente simples — e tão simples mesmo, que se aceita sem discussão. Diz-se: é certo que toda a gente serviu e serve ainda no nosso país; isto dura com efeito há duzentos anos, desde o trisavô até ao bisneto, à imitação do melhor dos exemplos dados pelos alemães. Todavia são precisamente as pessoas corruptas nos seus serviços as menos práticas; a tal ponto, que o espírito de abstração e a falta de conhecimentos práticos eram considerados até há pouco ainda, mesmo entre os funcionários, como uma virtude eminente e um título de recomendação.

De resto, para que falar dos funcionários, se no fundo só temos em vista as pessoas práticas em geral? Sob este ponto, a questão é ainda mais estranha: a pusilanimidade e a completa ausência de iniciativa pessoal foram sempre consideradas entre nós como o principal e melhor sinal pelo qual reconhecemos o homem prático; mesmo nos tempos que decorrem não se pensa de outra maneira. Mas por que é que nos mostramos agastados, se muitas vezes não há nisto agravo? A falta de originalidade tem sido considerada, em todos os tempos e em todos os países, como a primeira qualidade e o mais seguro indício de um indivíduo capaz, apto para o trabalho e dotado de um senso prático; pelo menos 99% dos homens (a grosso modo) sempre pensaram assim, e 1%, o máximo, sempre pensaram, e pensam ainda, de outra maneira.

Os inventores e os gênios são quase sempre olhados pela sociedade, até o final da sua carreira (e muitas vezes até depois da sua morte) como perfeitos imbecis; esta observação é tão banal, que se tornou um lugar comum. Assim, por exemplo, durante dezenas de anos, toda a gente depositou o seu dinheiro no Lombard, onde se acumularam milhões, a 4%; no dia em que o Lombard deixou de funcionar e cada um se viu circunscrito à sua própria iniciativa, a maior parte desses milhões volatilizaram-se inevitavelmente entre as mãos dos velhacos, numa febre de especulações, como sendo um resultado lógico das conveniências e dos bons costumes. E digo bons costumes porque, desde o momento que uma timidez de bom quilate e uma falta pertinente de originalidade passaram até aqui, na nossa sociedade e segundo a convicção geral, por uma qualidade inerente a todo o homem sério e digno do máximo respeito, teria sido uma extrema incoerência, e até mesmo uma incongruência, o mudar subitamente de maneira de ser.

Qual é, por exemplo, a mãe que, por ternura para com os filhos, não se admira de ficar doente, ao ver o filho ou a filha sair, por pouco que seja, do caminho do dever? "Ah, não, nada de originalidade! Gosto muito mais que seja feliz e viva com desafogo", pensa qualquer mãe ao acariciar o filho. Segundo a nossa maneira de ver têm embalado os filhos, desde os tempos mais remotos, com o eterno estribilho: "Ver-te-ás rodeado de ouro e tornar-te-ás num general!" Elas próprias têm assim considerado o título de general como a extrema honra da felicidade russa; isto quer dizer que este grau passou por ser o ideal nacional mais popular e o símbolo de uma encantadora e sossegada felicidade. E de fato, qual foi, na Rússia, o homem que não ambicionou atingir um dia o lugar de general e acumular um certo pecúlio no Lombard, por pouco que tivesse feito, uns após outros, nos exames requeridos e servido o Estado durante trinta e cinco anos? É assim que o russo acaba por adquirir, quase sem esforço, a reputação de um homem capaz e prático. No fundo há apenas uma categoria de homens na Rússia que não podem chegar ao generalato; são os espíritos originais, ou por outras palavras, os irrequietos. Talvez exista neste ponto um mal-entendido; porém, de uma maneira geral, esta constatação parece exata e a sociedade russa está perfeitamente conformada ao definir assim o seu ideal de homem prático. Sem querer, no entanto, afastamo-nos do nosso fim, que era prestar alguns esclarecimentos sobre a família dos Epantchine.

Os Epantchine, ou pelo menos os membros da família que mais se entregavam à reflexão, possuíam um traço comum, que era precisamente o oposto às qualidades que acabamos de citar. Sem tomarem completamente conhecimento do fato (aliás difícil de atingir), suspeitavam às vezes que as coisas não corriam em sua casa como na casa das outras pessoas. A vida sem dificuldade para os outros era para eles eriçada de espinhos; todos os outros deslizavam como se fossem sobre carris, eles descarrilavam a cada instante. Na casa dos outros reinava uma pusilanimidade digna de apreço; na casa deles era absolutamente o contrário. Isabel Prokofievna estava, na verdade, dominada por apreensões exageradas, mas que não tinham nada de comum com essa decente timidez social, cuja ausência as preocupava. Talvez, de resto, fosse a única a causar-lhe um certo mau humor. As pequenas, se bem que ainda muito novas, eram já dotadas de um espírito revolucionário muito perspicaz; quanto ao general, atingia o fim das coisas (não sem uma certa lentidão), mas, nos casos embaraçosos, limitava-se a exclamar: "Hum" e acabava por confiar em absoluto na Isabel, se bem que toda a responsabilidade recaísse sobre ele.

Não se podia, no entanto, dizer que esta família se distinguisse de qualquer forma por uma iniciativa própria, nem que se deixasse arrastar por uma inclinação consciente de originalidade, o que seria o máximo das inconveniências. Oh! Não!... Não havia nela de fato nada de parecido, nada que revelasse da sua parte uma premeditação; e no entanto, para dizermos tudo, esta família, por mais respeitável que fosse, não era tal como devia ser, para corresponder à definição corrente de família respeitável. Nos últimos tempos Isabel convencera-se ter descoberto que era ela apenas e o seu desgraçado caráter a causa dessa anomalia, e esta descoberta só contribuíra para tornar maiores os seus tormentos. Maldizia a cada instante a sua louca e inconveniente extravagância; e angustiada pela desconfiança, ficava desorientada, não encontrava solução para as menores complicações, quando não as tornava ainda maiores.

Desde o início desta nossa narrativa dissemos que os Epantchine desfrutavam de uma consideração geral e afetiva. O próprio general, apesar da sua origem humilde, era recebido em toda parte com uma indubitável deferência. Aliás, era merecedor dessa deferência, primeiro, porque não fora o primeiro a aparecer e tinha fortuna; segundo porque era um homem gentil e dado, sem ter para isso inventado a pólvora. Porém um espírito um tanto rude é, segundo parece, uma qualidade indispensável, se não a todos os homens envolvidos em negócios, pelo menos a todo o aventureiro sério. Enfim, tinha boas maneiras, era modesto e sabia calar-se, sem, no entanto, deixar que o calcassem; não atendia apenas à sua posição, mas sim se comportava como um homem dotado de bom coração. E, o que é mais, era muitíssimo protegido.

Quanto a Isabel, descendia, como dissemos já, de uma boa família. Não se atende muito no nosso país ao nascimento, se não vem acompanhado das indispensáveis relações; essas relações conseguiu tê-las também. Respeitavam-na e havia conseguido captar a afeição daquelas pessoas que pela sua posição deviam necessariamente contribuir para que a respeitassem e a recebessem bem. É supérfluo acrescentar que os seus desgostos de família não tinham base alguma, ou reportavam-se a causas insignificantes e ridiculamente exageradas. É verdade que quando algum de nós tem uma espinha no nariz ou no rosto, logo imagina que toda a gente a descobre e olha para ela, que se riem, que criticam, ainda mesmo que tivéssemos descoberto a América. Não há a menor dúvida de que na sociedade Isabel passava, na verdade, por uma original, sem que, no entanto, isso diminuísse no quer que fosse o respeito que tinha por ela; ela, porém, começou a duvidar desse respeito, o que se tornou a causa da sua infelicidade. Quando olhava para as filhas, pensava com amargura que o seu caráter ridículo, inconveniente e insuportável contribuía de qualquer maneira para que não se casassem; e, em boa lógica, era com elas e com o Ivan que se agastava, questionando com eles durante dias inteiros, sem deixar, todavia, de os amar até à abnegação, quase até à paixão.

Vivia sobretudo atormentada ao pensar que também as filhas, tal como ela, tornavam-se originais e "não existiam nem deviam existir no mundo moças como elas, umas verdadeiras niilistas em embrião!", repetia ela a propósito de qualquer coisa. Desde há um ano, e sobretudo nos últimos tempos, este triste pensamento enraizou-se cada vez mais fundo no seu espírito. "E então por que não se casam?", perguntava a si mesma. "É para atormentar a sua mãe; é esse o fim da sua existência; aliás, nada disto é de admirar; são a consequência das novas ideias e sobretudo dessa maldita questão feminista! A Aglaé não pensou, há seis meses, cortar a sua magnífica cabeleira? (Meu Deus!... não havia no seu tempo uma tão bela como a dela!) Tinha já as tesouras na mão; foi preciso suplicar-lhe de joelhos para que renunciasse a essa loucura!... E ainda!... admitindo que a quis cortar apenas por malícia, nada podia fazer de melhor para irritar sua mãe, isto porque é uma filha má, voluntariosa, mal-educada, mas sobretudo má, sim, má!... E a minha corpulenta Alexandra não esteve quase para a imitar e cortar também os cabelos? Nela, porém, não era a malícia nem o capricho que a tal a levavam, mas sim a simplicidade; a Aglaé fez crer a esta tola que, cortando rente os cabelos, dormiria melhor e não teria dores de cabeça! E Deus sabe quantos bons partidos se lhe apresentaram desde os cinco anos! Teve alguns que eram verdadeiramente bons, mesmo magníficos! Que esperam elas e por que é que não se casam, se não pretendem irritar a sua mãe? Não têm, em absoluto, nenhuma outra razão!"

Mas eis que surge, enfim, um dia feliz para o seu coração de mãe: uma das suas filhas, Adelaide, afirmava-se que ia casar, "encargo a menos!", dizia ela, sempre que tinha ocasião de falar com alguém (mas no seu foro íntimo proferia frases muito mais ternas). O casamento fora bem combinado e era muito conveniente. Mesmo os estranhos haviam falado nele com consideração. O pretendente era um homem conhecido, um príncipe; tinha fortuna, um bom caráter e, além disso, havia conquistado a sua simpatia; que mais se podia desejar? De resto, o futuro de Adelaide inspirara-lhe sempre menos apreensões que o das outras filhas, se bem que os gostos artísticos da segunda filha tivessem por vezes provocado uma perturbação profunda no seu coração, torturado por uma perpétua dúvida. "Em compensação está sempre bem-disposta e tem bastante bom senso; deve por isso conseguir o que pretender!", concluía ela à maneira de consolação.

Era sobretudo Aglaé que ela receava. Por Alexandra, a mais velha, não sabia ao certo se devia ou não inquietar-se. Até aqui parecera-lhe que esta filha não tinha futuro; tinha vinte e cinco anos e ficaria solteira. "É bonita, como só ela!" Ia até ao ponto de chorar durante noites inteiras a pensar em Alexandra, enquanto esta passava essas mesmas noites a dormir de um só sono e o mais sossegada possível. "Mas quem é ela, no fim das contas? Uma niilista ou simplesmente uma tola?" Que ela não era tola, Isabel sabia-o muito bem, pois acatava os seus conselhos e consultava-a por sua livre vontade. Porém o que não havia dúvida é que era uma pessoa timorata: "É tão calma, que nada há que a possa irritar! Todavia há também pessoas timoratas a quem falta a calma. Ah, fazem-me perder a cabeça!" Sentia por Alexandra um sentimento de ternura e de indefinível compaixão, mais vivo mesmo que aquele que lhe inspirava Aglaé, que era, contudo, o seu ídolo. No entanto, os seus gestos coléricos (que eram a principal manifestação da sua solicitude maternal e da sua afeição) assim como as suas apóstrofes mortificantes, como aquela da pessoa timorata, não tinham outro efeito, que não fosse fazer sorrir Alexandra.

Algumas vezes as coisas mais fúteis exasperavam-na e punham-na fora de si. Por exemplo: Alexandra gostava de dormir muito tempo e tinha em geral muitos sonhos; esses sonhos, porém, eram dominados sempre por qualquer coisa sem importância; eram tão inocentes como os de uma criança de sete anos; ora essa sua inocência irritava, não se sabe bem por quê, a mãe. Um dia viu num sonho nove galinhas; disto resultou uma verdadeira arrelia entre ela e a mãe. Por que razão? Seria muito difícil dizê-lo. Uma vez, uma única vez, teve um sonho bastante original; descobriu um frade numa espécie de quarto escuro, onde teve medo de entrar; as duas irmãs riram-se muito deste sonho e apressaram-se a ir contá-lo, com grande alarido, a Isabel. A mãe zangou-se mais uma vez e tratou-as a todas de estúpidas. Pensou depois com ela: "Hum, é apática como um animal; é de fato uma pessoa timorata; é impossível torná-la esperta. Depois, é triste; o seu olhar vela-se algumas vezes de uma certa melancolia. De onde provirá aquele seu desgosto?" Algumas vezes fez esta pergunta a Ivan Fiodorovitch; fez-lhe, conforme seu hábito, com um ar feroz e num tom ameaçador, que exigia uma resposta imediata. O general resmungou: "Hum! hum!", franziu as sobrancelhas, encolheu os ombros e acabou por declarar, abrindo os braços:

— Precisa mais é de um marido!

— Deus queira, pelo menos, que não seja como tu! — replicou Isabel, num tom forte como uma bomba. — Oxalá que não se pareça contigo, nem nos ensinamentos, nem nas apreciações!... Sabes que mais? Que não seja um simplório como tu, Ivan!...

O general tratou logo de se afastar e a Isabel acalmou após esta sua explosão. Bem entendido, na tarde desse mesmo dia não deixou de se mostrar de uma amabilidade fora do costume; testemunhava toda a sua ternura, toda a sua afabilidade e deferência ao seu Ivan, ao seu simplório Ivan, ao seu bondoso, ao seu querido e ao seu adorável Ivan! Havia-o amado toda a sua vida, amado com um grande amor, o que ele sabia muito bem, pelo que lhe manifestava sempre uma consideração sem limites.

Porém o principal, o constante tormento desta, era Aglaé.

É tal e qual como eu. É o meu retrato vivo, sem lhe faltar nada, dizia ela. É um pequeno demônio autoritário! Niilista, extravagante, cabeça no ar e má, má, muito má!... Oh, meu Deus, como será desgraçada!

Entretanto, o sol havia se levantado no horizonte e, como dissemos, tudo se tinha suavizado e aclarado, pelo menos por momentos. Houve na vida da Isabel quase um mês inteiro durante o qual se reconfortou de todas as suas angústias. A propósito do próximo casamento de Adelaide, começou também na sociedade a falar-se de Aglaé. Esta comportava-se, porém, em toda a parte muito gentilmente. Tinha tanto tato como espírito; o seu arzinho conquistador, realçado por um certo ponto de orgulho, ficava-lhe muito bem!... Depois desse grande mês mostrou-se tão carinhosa e amável com sua mãe! (Na verdade, é preciso examinar bem esse Eugênio. É preciso compreendê-lo. Por outro lado a Aglaé não parece conceder-lhe mais atenção que aos outros!) Mas ela tornou-se então uma moça tão encantadora e tão bonita! Meu Deus, como ela é bonita! Torna-se dia a dia cada vez mais bonita! E assim...

Assim, bastou que esse malévolo príncipe, esse pobre idiota aparecesse, para que tudo de novo se alterasse e, por assim dizer, lhe voltasse a casa de pernas para o ar!

Que se teria, então, passado?

Para qualquer outra pessoa que não fosse a Isabel, absolutamente nada. Entretanto a singularidade de tudo isto consiste precisamente no seguinte: a combinação e o encadeamento dos acontecimentos, os mais insignificantes, causavam no seu espírito, sempre inquieto, pavores, tanto mais tormentosos, quanto mais imaginários e mais inexplicáveis fossem. Ficava muitas vezes doente. Pode-se calcular o quanto devia sentir, quando no meio de um sem número de ridículos e quiméricos alarmes, surgia um incidente que parecia revestir-se de uma real gravidade e justificava na verdade a sua perturbação, a sua dúvida e a sua desconfiança.

"Mas como se atreveram a escrever-me essa maldita carta anônima, onde afirmam que essa *criatura* tem relações com a Aglaé?", pensou Isabel, durante o longo percurso, levando o príncipe a seu lado, e depois em sua casa, quando o fez sentar à sua mesa, à volta da qual estava reunida toda a família. "Como puderam ter mesmo tal ideia?"

"Morreria de vergonha se acreditasse numa única das suas palavras, ou se mostrasse essa carta à Aglaé! Zombarem assim de nós, os Epantchine! E tudo isto por causa do Ivan; tudo isto por tua causa, Ivan! Ah, por que não fomos nós viver para a nossa casa de Iélaguine? Eu bem disse que devíamos ir para Iélaguine! Foi talvez a Bárbara que escreveu essa carta; sim, eu sei, ou melhor, talvez!... Tudo isto por causa do procedimento do Ivan. Essa criatura pensou pregar-lhe uma partida, como recordação de velhas relações e para o colocar numa posição ridícula; isto lembra o tempo em que lhe trazia pérolas, enquanto ela zombava dele e lhe puxava pela ponta do nariz como a um imbecil... Mas, no fim das contas, todos nós estamos também comprometidos; sim, Ivan, estão também comprometidas as tuas filhas, as melhores moças da nossa sociedade e que estão para casar; estavam presentes, encontravam-se lá, ouviram tudo, foram mesmo envolvidas nas histórias desses vadios! Deves estar contente, não?! Estavam lá também e ouviram tudo. Não perdoarei nunca a esse miserável príncipe! Nunca lhe perdoarei! E por que razão anda a Aglaé tão nervosa há três dias? Por que está ela meio zangada com as irmãs, mesmo com a Alexandra, a quem sempre beijava as mãos, como se fosse sua mãe, tanto ela a estimava? Por que apresenta há três dias enigmas a toda a gente? Que vem fazer aqui o Gabriel? Por que motivo, ontem e hoje, pôs-se a fazer o seu elogio e a soluçar em altos gritos? Por que é que o bilhete anônimo fala desse maldito cavaleiro pobre, quando nem sequer mostrou mesmo às irmãs a carta que o príncipe lhe mandou? E por que... fui eu à casa dele, numa corrida como uma tola, e o trouxe depois comigo para aqui? Meu Deus, perdi a cabeça!... Que acabo eu de fazer? Como pude eu falar com tal homem a respeito dos segredos da minha filha, sobretudo... quando esses segredos só lhe dizem com respeito a ela, ou quase? Meu Deus, que felicidade que ele seja idiota e... e... amigo da casa! Mas é possível que a Aglaé se tenha apaixonado por um tal aborto? Senhor, o que disse eu por lá? Sch... Como somos originais! Deviam meter-nos numa redoma e porem-nos em exposição, a começar por mim, a dez copeques a entrada. Não te perdoarei isto, Ivan, nunca te perdoarei! E por que não o maltratou ela? Prometeu maltratá-lo e não fez nada! Limitou-se a devorá-lo com os olhos, ficando calada e não se decidindo a afastar-se. E no entanto foi ela própria que o proibiu de vir!... Quanto a ele, está muito pálido. É esse maldito tagarela do Pavlovitch que monopolizou toda a conversa! Ante o seu fluxo de palavras, ninguém pode proferir uma só. Tirava tudo isto a limpo se pudesse conseguir mudar o rumo à conversa..."

Sentado à mesa, o príncipe tinha, com efeito, um aspecto bastante pálido. Parecia dominado por um sentimento de extremo pavor, ao qual se misturava, por instantes, uma espécie de êxtase, incompreensível para ele e que lhe invadia a alma. Quanto receava lançar uma vista de olhos para aquele canto, onde uns olhos negros, muito seus conhecidos, fitavam-no! Todavia sentia-se felicíssimo ao pensar que se encontrava no seio desta família e que ouvia uma voz familiar, isto depois do que ela lhe tinha escrito. Meu Deus, que irá ela dizer agora? Não tinha ainda descerrado os lábios e prestava grande atenção às palavras de Pavlovitch, que falava de abundância, sentindo-se nessa tarde dominado por um acesso excepcional de contentamento e de efusão. Ouviu-o durante muito tempo, sem compreender, no meio de tudo aquilo, uma só palavra do que ele dizia. A família estava toda presente, exceto Ivan, que não tinha ainda vindo de S. Petersburgo. O príncipe Stch... fazia parte do número dos assistentes, que tinham aparentemente a intenção de irem um pouco mais tarde, antes do chá, ouvir música. A conversa versava um assunto que parecia ter sido começado a tratar antes da chegada do príncipe. Entretanto Kolia surgiu, vindo não se sabe de onde, no terraço. "Olha, continuam a receber como noutros tempos!", pensou o príncipe.

A residência dos Epantchine era uma magnífica vila construída no estilo das vivendas suíças. Estava arranjada com gosto e rodeada de flores e verduras, tratadas em canteiros de modestas dimensões, mas encantadores. As pessoas da casa e as visitas estavam reunidas no terraço, tal como na casa do príncipe, mas nesta o terraço era um pouco maior e com uma melhor disposição.

O assunto da conversa não parecia ser do agrado de todos os presentes. A conversa havia principiado, conforme se depreendia, por uma discussão bastante áspera e teria certamente derivado para um outro ponto, se Pavlovitch não se tivesse mostrado teimoso em continuar a falar do mesmo, sem fazer caso da impressão produzida. A aparição do príncipe pareceu tê-lo excitado ainda mais. Isabel franzira a testa, se bem que não tivesse compreendido tudo quanto se dizia. Aglaé manteve-se junto de todos, mas sentada quase num dos cantos, ouvindo e mantendo um teimoso silêncio.

— Permitam-me que lhes diga — replicou com entusiasmo Pavlovitch — que não tenho nada contra o liberalismo. O liberalismo não é um mal; faz parte integrante de um todo que, sem ele, se decomporia, se dissolveria. Tem o mesmo direito de existir como o conservantismo mais puro. No entanto eu critico o liberalismo russo, e garanto-lhes que se o faço, é porque o liberal russo é um liberal que não tem nada de *russo*. Mostrem-me um liberal que seja russo e abraçá-lo-ei logo, aqui, diante de todos.

— É preciso que ele queira abraçá-lo — exclamou Alexandra, que estava muitíssimo nervosa e cujas faces estavam mais rosadas do que o costume.

"Aqui está uma", pensou Isabel, "nada diz e que pensa apenas em dormir e comer; porém, uma vez por ano, tem destas réplicas que desconcertam".

O príncipe observou, sem querer, que Alexandra parecia muito descontente, ao ver Pavlovitch tratar um assunto sério, num tom de brincadeira, e afetar ao mesmo tempo uma certa irritação e zombaria.

— Sustentava, ainda há pouco, antes da sua chegada, príncipe — continuou Pavlovitch que até hoje só se conhecem na Rússia duas espécies de liberais: uns, vindos da classe (extinta) dos lavradores proprietários, os outros da dos seminaristas. Ora, como estas duas classes acabaram por se transformar em castas, por completo isoladas do resto da Nação e cujo isolamento se acentuou de geração para geração, conclui-se que tudo quanto os liberais têm feito ou fazem, não tem nenhum caráter nacional...

— Como é isso? Então o que eles fazem não tem nada de russo? — replicou o príncipe Stch...

— Nada de nacional, disse eu. Mesmo que a sua obra seja russa, não é nacional. Os nossos atuais liberais não têm nada de russo, mesmo, nada... Pode estar certo de que a Nação não reconhecerá, nem agora, nem nunca, tudo quanto se tem feito pelos lavradores-proprietários e pelos seminaristas...

— Essa só do senhor! Como pode defender um tal paradoxo, se é que está a falar a sério? Não posso deixar passar sem resposta essas acusações feitas aos lavradores russos. O senhor mesmo é um lavrador russo! — exclamou o príncipe Stch..., exaltando-se.

— Mas eu não falo do lavrador russo, no sentido em que pareceu entender. Não é porque eu faça parte dela, mas é uma classe digna de todo o respeito. E sobretudo agora, em que deixou de existir...

— É verdade que, mesmo no campo literário, não temos tido nada de nacional? — perguntou Alexandra.

— Não sou muito dado à literatura, mas, no meu entender, a própria literatura russa não tem tido nada de russa, a não ser, talvez, a de Lomonossov, de Pushkin ou de Gogol.

— E que mais? Isso é já alguma coisa. E depois, se um desses autores é filho do povo, os outros dois foram lavradores — informou Adelaide, rindo.

— É assim mesmo, mas não vejo que o senhor tente por isso triunfar. Até agora esses três autores têm sido os únicos a dizer alguma coisa sem ser copiado, isto é, os seus trabalhos são inéditos, devem-nos à sua própria imaginação. Quando qualquer russo diz, escreve ou faz alguma coisa de verdadeiramente pessoal, alguma coisa que seja bem da sua autoria e não constitui nem uma imitação, nem uma cópia, torna-se de fato nacional, ainda mesmo que seja um pouco confuso nos seus dizeres. Isto é para mim um axioma. No entanto, não foi em literatura que começamos a falar, mas sim nos socialistas; foi a propósito destes que a discussão se estabeleceu. Ora, afirmei eu, que não temos tido, nem temos, um único socialista russo. Por quê? Porque todos os nossos socialistas saíram da classe dos lavradores-proprietários ou dos seminaristas. Todos os nossos conhecidos socialistas, aqueles que como tal se apresentam, seja cá no país, seja no estrangeiro, não passam de uns liberais saídos das fileiras daqueles lavradores, no tempo da servidão. Por que se riem? Mostrem-me os seus livros, mostrem-me as suas doutrinas, ou as suas memórias; sem ser um crítico profissional, comprometo-me a escrever-lhes a mais convincente das teses literárias, para lhes demonstrar, com uma clareza maior do que a do dia, que cada página dos seus livros, das suas brochuras ou das suas memórias é, antes de tudo, a obra de um antigo lavrador russo. A sua aversão, a sua indignação, o seu humor é tal como o sente o lavrador (é o mesmo de um cavalheiro tão antiquado como aquele de Famoussov); os seus entusiasmos, as suas lágrimas, verdadeiras lágrimas, são talvez sentidas, mas são os entusiasmos e as lágrimas do referido lavrador! Do lavrador ou do seminarista... Ri ainda? E o príncipe ri-se também? Não é então da minha opinião?

O riso era de fato geral. O próprio príncipe sorria.

— Não posso ainda dizer-lhe, com toda a certeza, se sou ou não da sua opinião — respondeu o príncipe, que, tendo deixado de sorrir, estava sobressaltado, tal como um estudante apanhado em falta.

— Asseguro-lhe, no entanto, que tenho o máximo prazer em ouvi-lo.

Dir-se-ia que abafava ao pronunciar estas palavras; um suor frio cobria-lhe o rosto. Foram as primeiras palavras que proferiu desde que ali se encontrava. Tentou lançar uma vista de olhos à sua volta, mas não o conseguiu. Eugênio compreendeu esse seu desejo e sorriu-se.

— Citar-lhes-ei um fato, meus senhores — prosseguiu ele no mesmo tom de afetado arrebatamento e entusiasmo, onde se notava uma certa vontade de se rir da sua própria verbosidade — um fato que creio ter tido o mérito de descobrir e de observar; pelo menos até hoje, que eu saiba, nada se escreveu ou disse a tal respeito. Esse fato define toda a essência do liberalismo russo, na minha maneira de ver. Até agora, que tem sido o liberalismo em geral, se não a tendência para desvirtuar, com razão ou sem ela (isso é uma outra questão), a ordem das coisas existentes? Não é isto verdade?... Agora o fato que eu tenho observado é o seguinte: o liberalismo russo não é um ataque à ordem até agora estabelecida; o que ele visa é a essência da vida nacional, é esta própria vida e não as instituições, é a Rússia e não a organização russa. O liberal de que lhes estou falando vai até ao ponto de renegar a própria Rússia; isto é o mesmo que dizer que odeia e bate na própria mãe. Todos os perversos incidentes e reveses sofridos pela Rússia provocam-lhe o riso, e são para ele motivo de alegria. Os costumes populares, a história da Rússia, tudo isso lhe é odioso. A sua única desculpa, se é que tem alguma, é que não compreende bem o que faz, e considera o seu ódio à Rússia como o liberalismo mais progressivo. Quantos liberais não se encontram entre nós que provocam os aplausos dos outros, mas são talvez, no fundo e à sua maneira, os mais inaptos, os mais teimosos e os mais perniciosos dos conservadores! O ódio à Rússia era considerado, há pouco tempo ainda, como o verdadeiro amor à Pátria, por certos liberais que se vangloriavam de saberem muito mais que os outros no que devia consistir esse amor. Com o tempo esses pontos foram se aclarando: assim, a própria expressão "o amor da Pátria" passou a ser considerada como inconveniente, de forma que a noção que lhe correspondia foi prescrita como nociva e vazia de sentido. Este fato é absolutamente exato. Fizeram bem ao resolverem dizer toda a verdade, em toda a sua simplicidade e sinceridade; estamos neste caso na presença de um fenômeno para o qual não se encontram precedentes em qualquer época ou lugar. Nenhum século, nem nenhum povo nos apresentam um exemplo que com este se assemelhe. Por esta razão deduz-se que é acidental e por consequência não passa de um fato efêmero; pelo menos é o que me parece. Um liberal que odeia a sua Pátria não se encontra em qualquer outro país que não seja o nosso. Como explicar então que o fenômeno só tenha surgido no nosso país, se não o atribuirmos à razão que se houve anunciar a cada momento, isto é, que o liberal russo tem sido até aqui um liberal que não tem nada de russo? Não encontro, até ver, melhor explicação.

— Tudo quanto acaba de dizer só o posso levar à conta de gracejo, Eugênio — replicou com toda a seriedade o príncipe Stch...

— Não conheço todos os liberais, nem estou habilitada a julgá-los — disse Alexandra — no entanto sinto-me indignada com o que acabo de lhe ouvir; partindo de um caso particular, estabeleceu a generalização, o que foi assim levado à calúnia.

— Um caso particular? Ah, já esperava por essa objeção. Mas trata-se ou não de um caso particular? — perguntou Pavlovitch.

— Em que pensa o príncipe? Trata-se ou não de um caso particular?

— Por mim, devo confessar que tenho pouca experiência dessas coisas e tenho privado pouco... com os liberais — respondeu o príncipe. — Parece-me, no entanto, que tem talvez razão e que o liberalismo russo de que nos fala está de fato inclinado a odiar a própria Rússia e não apenas as instituições em vigor. Por outro lado, isto é verdade apenas em parte... e não é justo estender-se essa exprobração a todos os liberais.

Não concluiu a frase. A despeito da sua comoção, havia seguido a conversa com um grande interesse. Uma das suas características qualidades era o ar de profunda ingenuidade com que escutava os assuntos que lhe despertavam a atenção. Essa ingenuidade refletia-se nas respostas que dava àqueles que o interrogavam sobre esses assuntos. Revelava-a no rosto e até nas suas atitudes; mostrava logo uma certa credulidade, sem notar o ar de gracejo ou de risota com que os assuntos eram apresentados. Pavlovitch tinha desde há muito o hábito de só se lhe dirigir com um sorriso intencional.

Porém desta vez, ao ouvir a sua resposta, olhou-o, como que tomado de surpresa, com toda a seriedade.

— Ah, sim!... Surpreende-me a sua resposta! — exclamou ele.

— O príncipe está a falar a sério?

— Então a sua pergunta não foi a sério? — replicou o príncipe surpreendido.

Uma gargalhada geral acolheu as suas palavras.

— Tenham cuidado com Pavlovitch! — disse Adelaide. — Tem a mania de mistificar as coisas. Se soubessem o que ele conta às vezes com a maior seriedade.

— É minha opinião que esta conversa é desagradável e teria sido muito melhor não lhe ter dado início — observou Alexandra num tom de desagrado. — Havia-se projetado um passeio...

— Vamos lá, pois a tarde está soberba! — exclamou Pavlovitch. — Entretanto pretendo provar-lhes que desta vez falei seriamente. Quero sobretudo prová-lo ao príncipe. O senhor interessou-me muitíssimo e juro-lhe que sou menos frívolo do que pareço, se bem que na verdade a frivolidade seja um defeito meu. — Desejava fazer ao príncipe, se os senhores me permitem, uma última pergunta, só para satisfazer a minha curiosidade, e depois disso vamos embora. Essa pergunta, como por indução, ocorreu-me à questão de duas horas (como vê, príncipe, também sou dado a pensar em coisas sérias). Por mim, encontrei-lhe uma solução. Vamos ver o que diz o príncipe a tal respeito. Falou-se ainda não há muito de um caso particular. Estas duas palavras são muito do agrado da nossa sociedade, empregando-as a cada momento. Ultimamente um medonho atentado agitou a imprensa e a opinião pública: trata-se do assassínio de seis pessoas por um jovem rapaz. Fala-se muito também na estranha defesa feita pelo advogado, o qual declarou que, encontrando-se o assassino na miséria, a ideia de matar essas seis pessoas surgiu-lhe naturalmente no espírito. Não foram bem estas as palavras que ele empregou, mas o sentido é, no meu entender, mais ou menos este. Penso que o defensor, ao emitir uma ideia tão singular, estava sinceramente crente de se inspirar nas mais altas concepções do nosso século, em face do liberalismo, do humanitarismo e do progresso. Pois bem, que pensam os senhores? Pretendem ver um caso especial ou fenômeno geral numa tal depravação da inteligência e da consciência, numa perversão tão bem caracterizada do pensamento?

Todos soltaram uma nova gargalhada.

— É um caso especial, está bem de ver — objetaram Alexandra e Adelaide, rindo.

— Permita-me que lhe diga, Pavlovitch — disse o príncipe Stch... que os seus gracejos começam a perder a graça.

— E o príncipe que me diz? — prosseguiu Pavlovitch, sem ter ouvido esta última reflexão e sentindo incidir sobre ele o olhar grave e perscrutador do príncipe León. — Que lhe parece? É um caso especial ou um fenômeno geral? Foi em sua intenção e para ouvi-lo que fantasiei esta questão.

— Não, não é um caso especial — disse o príncipe docemente, mas com firmeza.

— Então, León — exclamou o príncipe Stch... com um certo despeito — não repara que lhe está preparando uma armadilha? É evidente que está a gracejar com o senhor e que o toma como cabeça de turco.

— Julguei que falava seriamente — acrescentou o príncipe, corando e baixando os olhos.

— Meu caro príncipe — continuou Stch... — lembro-lhe a conversa que tivemos há três meses. Constatamos justamente que, apesar de criados ainda há pouco, os nossos novos tribunais haviam já revelado advogados notáveis e dotados de muito talento. Quantas sentenças dignas de elogio não têm sido proferidas pelos júris dos nossos tribunais criminais! Sentir-me-ei satisfeito, vendo-o regozijar-se com este progresso... Concordemos que só temos motivos para nos sentirmos radiantes... Essa desastrada defesa e essa tão estranha questão não passam, com certeza, de um acidente, de um caso entre mil.

O príncipe León refletiu um instante, para depois responder num tom mais convincente, sem no entanto elevar a voz e revelando mesmo uma certa timidez:

— Apenas quis dizer que esta depravação de ideias e de inteligência (para me servir da expressão do Pavlovitch) se encontra muitas *vezes* e constitui (por nosso mal!) muito mais um fenômeno geral, que um caso particular. Se isto não fosse tão normal, não se veriam talvez crimes imaginários como este...

— Crimes imaginários? Asseguro-lhes, porém, que os crimes noutros tempos eram todos igualmente monstruosos e talvez ainda mais atrozes. Tem-nos havido sempre, não somente no nosso país, mas por toda parte, e creio que se cometerão durante muito tempo ainda. A diferença reside apenas em que noutros tempos não havia entre nós uma tão grande publicidade; agora a imprensa e a opinião pública tornam-no mais conhecido; daí a impressão de que nos encontramos na presença de um fenômeno novo. É este o seu erro, o seu ingênuo erro, príncipe; pode acreditar no que lhe digo — concluiu o príncipe Stch... com um sorriso trocista.

— Sei muitíssimo bem — disse o príncipe — que os crimes eram noutros tempos também em grande número e também horrendos. Visitei as prisões ainda não há muito tempo e tive ocasião de trocar impressões com alguns condenados e inocentes. Estão lá mesmo criminosos mais monstruosos do que aqueles de que acabamos de falar. Há-os que tendo matado uma dezena de pessoas, não sentem a menor ponta de remorso. Por outro lado observei o seguinte: o celerado mais insensível e o mais inacessível ao remorso sente-se, no entanto, *criminoso*, ou melhor, sente-o na sua consciência, sabe muito bem que agiu mal, se bem que não sinta nem revele remorso algum. Isto dá-se com quase todos os presos. Contudo os criminosos de que fala Pavlovitch não aceitam nunca o serem considerados como tal; no seu foro íntimo presumem que têm o direito por eles e que agiram em grande parte sem culpa. Há nisto, a meu ver, uma terrível diferença. Notem que estes são sempre jovens, isto é, a sua idade é aquela em que o homem se encontra desarmado contra a influência das ideias desmoralizadoras.

O príncipe Stch... deixara de rir e escutava o príncipe com um ar perplexo. A Alexandra, que aguardava um momento oportuno para fazer uma observação, manteve-se calada, como se uma consideração especial a houvesse contido. Quanto a Pavlovitch, olhava o príncipe com uma manifesta surpresa e, desta vez, sem a mais leve ponta de ironia.

— Que tem o senhor, para o fitar assim com esse ar pasmado? — perguntou rapidamente, Isabel. — Supõe-no mais estúpido que o senhor e incapaz de raciocinar à sua maneira?

— Não, minha senhora, não creio nisso — informou Pavlovitch — mas uma coisa me admira, príncipe (desculpe esta pergunta): se compreende e abarca assim o sentido deste problema, como não pôde o senhor (uma vez mais, desculpe-me!) nessa estranha questão, aqui há uns dias... a questão Bourdovski, se não me engano... como, dizia eu, não pôde notar a mesma depravação das ideias e do sentido moral? O caso era no entanto idêntico. Segundo pude julgar nesse momento, o senhor e os senhores não apreenderam bem tudo!

— Ah, fique sabendo, meu caro senhor — exclamou, exaltada, Isabel Prokofievna — que, se todos quantos estamos aqui, notamos isso e temos considerado a nossa sagacidade como uma qualidade de superioridade sobre o príncipe, foi no entanto ele que recebeu hoje uma carta de um dos companheiros de Bourdovski, o que mais se destacava, aquele que tinha o rosto cheio de espinhas (lembras-te, Alexandra?). Nessa carta pede-lhe perdão (à sua maneira, naturalmente!) e declara ter se zangado com o companheiro, que naquele dia o havia feito exaltar (lembras-te, Alexandra?) Acrescentava depois que era no príncipe em quem ele tinha agora mais confiança. Nenhum de nós recebeu ainda uma carta semelhante; apesar de estarmos habituados a tratar com superioridade o destinatário.

— E o Hipólito também deixou a sua casa para vir instalar-se na nossa... — gritou Kolia.

— Como? Ele está aqui? — perguntou o príncipe, não sem revelar uma certa inquietação.

— Chegou logo depois da sua partida com a Isabel. Fui eu que o trouxe no meu carro.

Esquecendo-se de repente que tinha acabado de fazer o elogio ao príncipe, Isabel dirigiu-se-lhe, exprobando-o:

— Aposto que subiu ontem às águas-furtadas, onde vive este grande maroto, para lhe pedir perdão de joelhos, bem como pedir-lhe para vir instalar-se aqui! Viste-o ou não ontem? Tu próprio o confessaste ainda há pouco. Diga-me se foi lá ou não? Pôs-se ou não de joelhos na sua frente?

— Não se pôs de joelhos na sua frente — exclamou Kolia. — Antes pelo contrário! O Hipólito é que ontem agarrou na mão do príncipe e beijou-a por duas vezes. Fui testemunha desta cena; limitou-se a isto a sua explicação; o príncipe disse-lhe simplesmente que viveria melhor na sua casa de campo, ao que o Hipólito respondeu, dizendo que voltaria logo que o seu estado lhe permitisse.

— Tem razão, Kolia — balbuciou o príncipe, levantando-se e agarrando o chapéu. — Por que contou essas coisas? Eu...

— Aonde vai? — perguntou Isabel, deitando-lhe a mão.

— Não se incomode, príncipe — prosseguiu Kolia com animação. — Não vá vê-lo, para não perturbar o seu repouso. Adormeceu devido ao cansaço da viagem. Está muito contente. Falando com franqueza, príncipe, suponho que faria muito melhor não indo vê-lo hoje; guarde isso para amanhã, pois só então deve estar em condições de o receber. Disse-me esta manhã que há uns bons seis meses que não se sente tão bem-disposto e tão forte. Tosse muito menos vezes.

O príncipe notou que Aglaé havia bruscamente mudado de lugar para se aproximar da mesa. Não se atrevia a fitá-la, mas no seu íntimo sentia que os olhos pretos da moça estavam nesse instante postos nele; esses olhos exprimiam com certeza indignação, talvez ameaça; o rosto da Aglaé tinha ruborizado.

— Parece-me, Nicolau, que fizeste muito mal, trazendo para aqui esse rapaz tuberculoso, que outro dia se pôs a chorar e que nos convidou para assistirmos ao seu enterro

— observou Pavlovitch. — Falou com muita eloquência do muro que se levanta diante da sua casa, pois tem grande pena desse muro, podem crer.

— Nada mais verdadeiro; altercará consigo, provocá-lo-á mesmo, para o deixar depois; não tenho dúvidas a tal respeito.

E Isabel, com um gesto todo cheio de dignidade, aproximou dela a sua cesta de trabalho, esquecendo-se de que os convivas se haviam levantado já para irem passear.

— Lembro-me da ênfase com que falou desse muro — acrescentou Pavlovitch. — Chegou a dizer que, sem esse muro, não poderia morrer com eloquência. Pretende morrer eloquentemente!...

— Está bem, e depois? — murmurou o príncipe. — Se não quiser perdoar-lhe, passará sem o seu perdão e morrerá quando tiver de ser... Foi por causa das muitas árvores que ele veio instalar-se aqui.

— Oh, no que me diz com respeito, perdoo-lhe tudo; pode dizer-lhe.

— É preciso compreender melhor o que ele pretende — disse o príncipe docemente e um pouco contra a vontade, de olhos sempre fitos num ponto do soalho. — É preciso também que o senhor esteja disposto a aceitar o seu perdão.

— Que honra é essa? Que lhe fiz eu para tal merecer? Se não quer compreender, não insista... Mas o senhor compreende muito bem. O seu desejo era então... abençoar-nos a todos e receber de nós também a sua bênção. Era isto, apenas...

O príncipe Stch... trocou um rápido olhar com aqueles que o rodeavam.

— Meu bom e caro príncipe — apressou-se ele a dizer, pensando bem as palavras — o paraíso não é nunca fácil de alcançar sobre a Terra e o que o senhor procura é, em suma, o paraíso. A coisa é difícil, príncipe, muito mais difícil do que se afigura ao seu excelente coração. Não passemos além do razoável, creia-me, pois de outra forma lançar-nos-emos todos na confusão e então...

— Vamos ouvir música — disse Isabel num tom imperativo. E, com um movimento de cólera, levantou-se. Todos a imitaram.

Capítulo 2

O príncipe aproximou-se então de Pavlovitch e agarrou-o pela mão.

— Eugênio Pavlovitch — exclamou ele, num tom de estranha exaltação — esteja certo de que o considero, apesar de tudo, como um nobre coração e como o melhor dos homens; dou-lhe a minha palavra.

Pavlovitch ficou tão surpreendido que deu um passo atrás. Durante um instante conteve uma grande gargalhada; mas examinando o príncipe mais de perto, constatou que parecia não se encontrar no seu estado normal e sim num estado muito fora do habitual.

— Aposto, príncipe — exclamou ele — em como não era isso o que tinha a intenção de me dizer, ou talvez mesmo não pensasse dirigir-me a palavra... Mas que tem o senhor? Não se sente bem?

— É possível, muito possível. O senhor deu-me uma grande prova de sutileza, observando que eu talvez não lhe quisesse dirigir a palavra.

Ditas estas palavras teve um sorriso estranho, cômico mesmo. Depois pareceu logo encolerizar-se:

— Não venha recordar-me o meu comportamento de há três dias! — gritou ele. — Não deixei nunca de me sentir um tanto envergonhado... Por outro lado reconheço-me culpado.

— Mas... o senhor cometeu algum crime horrível?

— Reconheço que o senhor se sente envergonhado da minha pessoa, mais do que todos os outros, Pavlovitch. O vê-lo corar é sinal de um excelente coração. Pode estar certo de que me vou embora o mais breve possível.

— Mas o que é que o preocupa? Não será assim que começam os seus acessos? — perguntou Isabel, com um ar de admirada, a Kolia.

— Não se preocupe, Isabel; não tenho acessos e vou partir dentro em pouco. Eu sei que... sou um desgraçado por natureza. Encontro-me doente há vinte e quatro anos, ou falando melhor, até à idade de vinte e quatro anos. Considerem-me ainda doente nesta ocasião. Vou-me sem demora, já de repente, podem estar certos. Não coro porque seria (não é verdade?) uma coisa singular corar da minha enfermidade! Porém sou demais na sociedade. Não é por amor-próprio que faço esta observação... Refleti muito durante estes três dias e concluí que era meu dever preveni-los sincera e lealmente na primeira oportunidade. Há umas certas ideias, umas certas ideias superiores de que me absterei de falar para que se não riam todos nas minhas costas: o príncipe Stch... faz a todo o momento alusão a isso. Não tenho um gesto que não destoe, e ignoro o sentimento do meio-termo. A minha linguagem não corresponde aos meus pensamentos e por isso ele os deprime. Também não tenho o direito... Por outro lado estou desconfiado. Estou... estou convencido de que ninguém pode ofender-me nesta casa, onde sou estimado muito mais do que mereço. Mas sei (e ninguém pode duvidar) que vinte e quatro anos de doença não decorrem sem deixarem rastro e é impossível que não zombem de mim... de tempos a tempos... não é verdade?

Passou à sua volta um olhar por toda a assistência, como se esperasse uma resposta e uma decisão. Todos se encontravam surpreendidos e chocados com esta inesperada e doentia saída, que nada a motivara e que deu origem a um singular incidente.

— Por que disse isso aqui? — exclamou bruscamente Aglaé. — Por que *lhes* disse isso... a essas pessoas?

Parecia encontrar-se no paroxismo da indignação; os olhos fulguravam-lhe. O príncipe que havia ficado calado diante dela sentiu-se dominado por uma rápida palidez. Aglaé exclamou:

— Não há aqui uma única pessoa que seja digna de ouvir essas palavras! Todos (e tantos eles são) não valem o seu dedo mínimo, nem o seu espírito, nem o seu coração. O senhor é mais honesto que eles todos; sobreleva-os a todos em nobreza, em bondade, em inteligência. Há aqui pessoas indignas de pegar no lenço que acaba de lhe cair das mãos... E sendo assim, por que se humilha, por que pretende meter-se debaixo de todos eles? Por que leva a sua modéstia ao exagero? Por que não tem um pouco de orgulho?

— Meu Deus! Quem poderia esperar uma coisa destas! — disse Isabel, juntando as mãos.

— Hurra, pelo cavaleiro pobre! — gritou Kolia entusiasmado.

— Cala-te! Como se atrevem a ofender-me aqui, na sua casa? — disse bruscamente Aglaé à sua mãe, num tal estado de sobre-excitação, que não conhecia nem limites, nem obstáculos, ou melhor, que não media a extensão das suas palavras. Por que me perseguem todos, do primeiro ao último? Por que não deixam, príncipe, de me importunar, há já três dias, por sua causa? Por nada deste mundo eu casaria contigo! Fique sabendo que não o faria nunca por preço algum. Fixe bem isto na sua cabeça! Como poderia eu desposar um ser tão ridículo como o senhor? Olhe-se nesta altura a um espelho e veja como está!... Por que me atormentam eles, dizendo-me a todo momento que vou casar contigo? O senhor deve sabê-lo! Com certeza o senhor e eles são coniventes neste assunto?

— Nunca ninguém te atormentou! — balbuciou Adelaide, inquieta.

— Nunca ninguém teve essa ideia! Nunca teve nenhuma questão! — exclamou Alexandra.

— Quem a atormentou? Quando é que a atormentaram? Quem prediria tal coisa? Estás delirando ou estás em teu juízo? — perguntou Isabel, tremendo de cólera e dirigindo-se a todos os que a rodeavam.

— Todos o disseram! Todos, sem exceção, me têm enchido os ouvidos com isso durante estes três dias! Pois fiquem sabendo que nunca, nunca o desposarei! — gritou Aglaé num tom dolorido.

Logo em seguida começou a chorar, escondeu o rosto no lenço e deixou-se cair numa cadeira.

— Mas ele ainda não te pe...

— Eu ainda não a pedi em casamento, Aglaé — disse o príncipe com um ar distraído.

— O quê? Que quer dizer? — gritou Isabel num tom onde se misturavam a surpresa, a indignação e o assombro.

Não podia acreditar no que ouvia. O príncipe começou a proferir palavras sem nexo.

— Queria dizer... queria dizer... Apenas quis explicar à Aglaé... ou melhor, ter a honra de lhe explicar que nunca tive a intenção... de ter a honra de pedir a sua mão... mesmo no futuro... Não tenho nesta questão nenhuma falta a acusar-me, nenhuma, Aglaé! Deus é minha testemunha. Nunca tive a intenção de pedir a sua mão; nem mesmo me assaltou tal ideia, como não me assaltará nunca, verá!... Não duvide. É preciso ser-se atrevido para vir caluniar-me junto de ti. Pode porém estar sossegada.

Ao mesmo tempo que falava, foi se aproximando de Aglaé. Afastou o lenço com que tapava o rosto e deitou sobre ele um rápido olhar. Notando que o seu rosto estava emocionado e compreendendo o sentido das suas palavras, quebrou o silêncio soltando uma brusca gargalhada. Este riso foi tão franco e tão zombeteiro, que se propagou a Adelaide; depois de ter também examinado o príncipe, apertou a irmã entre os braços e riu-se com a mesma irresistível e infantil alegria. Ao vê-las assim juntas, o próprio príncipe sorriu-se também. Repetiu com uma expressão de alegria e de bondade:

— Ah! Deus seja louvado! Deus seja louvado!

Alexandra então não se pôde conter e começou também a rir com toda a vontade. A hilaridade das três irmãs parecia não ter fim.

— Estão tolas ou o quê! — murmurou Isabel. — Dentro em pouco até me metem medo...

O riso havia se já transmitido a todos, desde o príncipe Stch... a Pavlovitch. O próprio Kolia não pôde também conter-se e olhava alternadamente para uns e para outros. O príncipe fez como eles.

— Vamos embora, passear! Vamos! — exclamou Adelaide.

— Venham todos e o príncipe também. O senhor não tem nenhuma razão para se retirar, gentil como é sempre. Não é verdade que é gentil, Aglaé? Não é verdade, minha mãe? Além disso é merecedor em absoluto que o abrace pela... pela explicação que acabou de ter com a Aglaé. É mesmo preciso. A minha mãe, a minha querida mãe, permite-me que o abrace? Aglaé, deixas que abrace o *teu* príncipe! — exclamou a travessa moça.

Juntando o gesto às palavras, correu para o príncipe e abraçou-o e beijou-o. Este agarrou-lhe as mãos e apertou-as com tal vigor que Adelaide esteve a ponto de dar um grito. Olhou-a com uma grande alegria e terminou por lhe levar bruscamente a mão aos lábios e beijá-la três vezes.

— Vamos embora! — disse Aglaé. — Príncipe, o senhor será o meu cavalheiro. A minha mãe consente? Não foi um noivo que acabou de me recusar? Não é verdade, príncipe, que o senhor renunciou à minha pessoa para sempre?... Mas não é assim que se dá o braço a uma senhora. Ou o senhor não sabe como se dá o braço? Agora está bem. Vamos e sejamos os primeiros. O senhor não quer que sejamos os primeiros, os *tête à tête*?[25]

Falou sem parar e ria ainda por vezes.

— Louvado seja Deus! Louvado seja Deus! — repetiu Isabel, sem saber bem ao certo porque é que eles se riam.

"Que pessoas tão incompreensíveis!", pensou o príncipe Stch... pela centésima vez, desde que as conhecia. Mas estas incompreensíveis agradavam-lhe. Talvez não tivesse o mesmo sentimento com respeito ao príncipe; quando saíram para o passeio, tomou um aspecto um pouco sombrio e parecia estar preocupado.

Pavlovitch era o que parecia mais bem-disposto; durante todo o trajeto até Vauxhall, divertiu Alexandra e Adelaide; estas riam com tanta vontade dos seus gracejos, que acabou por as cativar, de forma a manterem-se atentas a tudo quanto ele dizia. Sem que pudesse explicar por quê, esta ideia fê-lo soltar uma grande gargalhada, onde entrava tanto de franqueza como de espontaneidade (tal era o seu caráter). As duas irmãs, satisfeitas e bem-humoradas, não deixavam de admirar a irmã mais nova, que caminhava na sua frente, ao lado do príncipe. A atitude de Aglaé parecia-lhes evidentemente um enigma. O príncipe Stch... mantinha uma contínua conversa com Isabel sobre as coisas, as mais variadas. Talvez pretendesse distraí-la dos seus pensamentos, mas só conseguia aborrecê-la cada vez mais. Parecia não se encontrar ali; respondia por monossílabos ou não respondia logo.

Aglaé não havia ainda intrigado todos quantos a rodeavam essa tarde. A sua última surpresa reservara-a em especial para o príncipe. Quando se encontrava a uns cem passos de casa dirigiu-se em voz baixa ao seu cavalheiro, que se mantivera obstinadamente calado, e ordenou-lhe num tom rápido:

---

[25] Em francês no original: Cara a cara. (N. do R.)

— Olhe à direita.

O príncipe obedeceu.

— Olhe com mais atenção. Vê aquele banco, além no parque, perto daquelas três grandes árvores... aquele banco verde?

O príncipe respondeu com um gesto afirmativo.

— Agrada-lhe aquele sítio? Venho muitas vezes, às sete horas da manhã, quando ainda todos dormem, sentar-me ali sozinha.

O príncipe concordou, balbuciando que o sítio era encantador.

— Agora afaste-se de mim; não quero andar de braço dado... de braço dado contigo. Ou melhor, dê-me o braço, mas não me diga uma palavra. Quero concentrar-me nos meus pensamentos e não ser perturbada...

A recomendação era, no entanto, supérflua; mesmo sem essa prevenção, o príncipe não teria, com certeza, proferido uma só palavra durante o passeio. O coração bateu-lhe com violência quando ouviu a reflexão sobre o banco. Um minuto depois sentia-se intimamente envergonhado, ante a louca ideia que lhe assaltou o espírito.

Como se sabia, ou pelo menos segundo todos afirmavam, o público que frequentava o Vauxhall, de Pavlovsk, era mais escolhido durante a semana, do que aos domingos ou dias de festa, em que vinham de S. Petersburgo pessoas das mais variadas categorias. Apesar de não estar endomingado, o público dos dias de trabalho não deixava de se apresentar vestido com todo o gosto. Era de bom tom vir ouvir a música. A orquestra era talvez a melhor de todas aquelas que entre nós tocavam nos jardins públicos, e o seu reportório compreendia sempre as últimas novidades. A atmosfera familiar, ou mesmo, a intimidade que reinava nestas reuniões não excluía nem a correção, nem a mais cerimoniosa etiqueta. O público era quase que formado apenas das famílias em visita, em Pavlovsk, todos vindo ali para passarem uns momentos juntos. Muitas dessas pessoas sentiam um verdadeiro prazer com este passatempo, que era por assim dizer a razão da sua presença naquele lugar, entretanto que outras, mas em menor número, vinham ali só por causa da música. Os escândalos noutros tempos eram muitíssimo raros, mas algumas vezes surgiam, mesmo durante a semana; agora, porém, era uma coisa inevitável.

Neste dia a tarde estava encantadora e o público era bastante numeroso. Todos os lugares próximos da orquestra estavam ocupados, por isso os nossos passeantes instalaram-se numas cadeiras um pouco afastadas, perto da saída da esquerda. A multidão e a música haviam distraído um pouco Isabel e divertido as suas filhas; trocaram amistosos olhares com alguns dos seus conhecimentos e fizeram com a cabeça amáveis saudações a outros. Começaram também por examinar os vestidos e anotar algumas extravagâncias, que comentaram com irônicos sorrisos. Pavlovitch distribuiu também um sem número de saudações. Tinha já notado que a Aglaé e o príncipe estavam juntos. Alguns rapazes conhecidos aproximaram-se logo da mãe e das filhas; dois ou três ficaram a conversar; eram amigos de Pavlovitch. Um deles era um jovem oficial, muito bonito rapaz, todo entusiasta e palrador; apressou-se a estabelecer conversa com Aglaé e empregou todos os esforços por atrair a atenção da moça, a qual se mostrou com ele muito afável e deveras satisfeita. Pavlovitch pediu licença ao príncipe para lhe apresentar este amigo; se bem que o príncipe só tivesse compreendido metade do que ele lhe disse, a apresentação fez-se: os dois homens saudaram-se e apertaram a mão. O amigo de Pavlovitch fez uma pergunta, a que o príncipe não respondeu, ou se o fez, murmurou-a de uma maneira tão estranha, que o oficial fitou-o com insistência, para depois interrogar Pavlovitch com o olhar; tendo então compreendido a razão por que este o havia apresentado, teve um sorriso quase imperceptível e voltou-se de novo para Aglaé, Pavlovitch foi o único a observar que a moça corou de súbito nesse instante.

Quanto ao príncipe, não notou mesmo que outros conversavam com Aglaé e lhe dirigiam galanteios. Melhor ainda: tinha momentos em que parecia até esquecer que estava sentado ao lado dela. Por vezes sentia desejos de se ir embora, fosse para onde fosse, de desaparecer por completo; sonhava com um retiro sombrio e solitário, onde ficasse só com os seus pensamentos e onde ninguém o encontrasse; ou então desejava pelo menos estar em sua casa, no terraço, mas sem ninguém a seu lado, nem Lebedev, nem os filhos; deitar-se-ia no seu sofá, com a cabeça enterrada numa almofada e ficaria assim um dia, uma noite e ainda outro dia. Noutros momentos recordava as montanhas, sobretudo de um certo lugar alpestre, que gostava muito de evocar e que era o seu passeio predileto durante o tempo que por lá viveu; relembrava aquele local de onde se descobria a aldeia no fundo do vale, o fio nebuloso e a custo visível da cascata, as nuvens brancas e um velho castelo abandonado. Quando desejava encontrar-se então nesses locais e ter na cabeça um pensamento apenas... um único pensamento para toda a sua vida, durasse ela mesmo mil anos! Pouco importava na verdade que esquecesse tudo quanto havia até então!... Era isto mesmo necessário; melhor valia não se ter conhecido nunca e que todas as imagens que haviam passado diante dos seus olhos não passassem de um sonho! Para agora, sonho ou realidade, não era tudo a mesma coisa? Depois, sem querer, começou a observar Aglaé e manteve-se cinco minutos sem desviar o olhar do rosto da moça, mas esse olhar tinha um quê de insólito; dir-se-ia que fitava um objeto situado a duas verstas dali, ou melhor ainda, fitava um retrato e não a própria pessoa.

— Por que me olha dessa maneira, príncipe? — perguntou ela, parando de súbito de falar e de rir com aqueles que a rodeavam. — O senhor causa-me medo; tenho sempre a impressão que pretende estender a mão para me tocar no rosto e apalpá-lo. Pavlovitch, a sua maneira de olhar não dá esta impressão?

O príncipe ouviu estas palavras e ficou surpreendido ao compreender que lhe diziam com respeito. Pareceu apenas abranger o sentido, se bem que, talvez, de uma maneira incompleta. Nada respondeu, mas constatando que a Aglaé se riu, assim como todos os outros, abriu a boca e fez como eles. A hilaridade redobrou então à sua volta; o oficial, cujo natural era muitíssimo alegre, dava grandes gargalhadas. Aglaé murmurou em aparte, num brusco movimento de cólera:

— Idiota!

— Meu Deus! Será possível que ela ame um tal? Não teria perdido por completo a cabeça? — murmurou Isabel deveras encolerizada.

— É uma brincadeira. É a repetição da brincadeira de outro dia com o cavaleiro pobre. Não passa de uma brincadeira! — assegurou em voz baixa Alexandra ao ouvido da mãe. — Recomeçou a zombar à sua maneira. Somente esta brincadeira está ultrapassando as medidas e é preciso por isso pôr-lhe termo, minha mãe! Agora fala fazendo contorções como uma comediante e as suas afetações inquietam-nos.

— É uma felicidade que tudo isto se passe com um tal idiota — asseverou Isabel, que tinha sentido um grande alívio ao ouvir a reflexão da filha.

O príncipe, no entanto, havia compreendido que o tinham chamado idiota. Estremeceu, mas não por causa do qualificativo, que tão depressa ouviu, como logo esqueceu. É que no meio daquela multidão, não longe do lugar onde estava sentado, do lado (é impossível indicar com exatidão o sítio e a direção) acabava de avistar um rosto pálido, de cabelos escuros e anelados, e cujo sorriso e olhar eram seus muito conhecidos. Este rosto desapareceu logo em seguida. Talvez tivesse sido um efeito da sua imaginação. Desta visão ficou-lhe apenas na memória um sorriso forçado, dois olhos e uma gravata verde-clara, denotando uma certa pretensão a elegante por parte do personagem referido. Este último ter-se-ia perdido entre a multidão ou teria entrado para o Vauxhall? Era o que o príncipe não podia precisar.

Um momento passado começou logo a perscrutar com ansiedade entre os que o rodeavam. A primeira aparição podia pressagiar ou anunciar uma segunda. Era quase mesmo uma certeza. Como esqueceu ele a possibilidade de um tal encontro, quando se encaminhava para o Vauxhall? É verdade que não tinha dado então conta do local para onde se dirigiam, devido à disposição de espírito em que se encontrava. Se tivesse podido manter-se mais atento, teria notado que há já um bom quarto de hora Aglaé se voltava de tempos a tempos com uma certa inquietação e parecia procurar alguma coisa à sua volta. Agora que o seu nervosismo se tornava mais notado, que a sua emoção e perturbação se acentuavam, cada vez que ele olhava para trás, ela fazia logo o mesmo movimento. Estas inquietações não tardaram a encontrar a sua justificação.

Pela saída lateral, perto da qual o príncipe e os Epantchine tinham tomado lugar, viu-se entrar nesta altura um grupo superior a dez pessoas. À frente desse grupo caminhavam três senhoras: duas eram, porém, de uma tão magnificente beleza, que justificavam em absoluto a grande corte de admiradores que as acompanhavam. Tanto eles como elas tinham um aspecto tão especial, que se diferenciavam por completo do público reunido à volta da orquestra. Quase toda a assistência notou desde logo a sua aparição, contudo o maior número afetou não se aperceber da sua presença, à exceção de alguns rapazes, que sorriram e trocaram entre si algumas palavras em voz baixa. Tornou-se desde logo impossível não olhar para os recém-chegados, porque além de se manifestarem com provocação, falavam e riam muito alto. Era-se levado a supor que alguns deles se encontravam embriagados, se bem que muitos estivessem vestidos com elegância e distinção. Além disso destacavam-se ainda uns outros de estranho comportamento e maneiras, e cujos rostos pareciam singularmente inflamados. Por último havia neste grupo alguns militares e pessoas mesmo de uma certa idade. Alguns personagens estavam vestidos com esmero, apresentando roupas de boa fazenda e fino corte; traziam anéis e botões de punho magníficos; as suas cabeleiras e barbas eram negras de azeviche; afetavam um ar de nobreza, se bem que a sua fisionomia exprimisse muita sobranceria; eram destas pessoas de quem, na sociedade, se foge, como da peste. Todos sabem que os nossos pequenos centros de reunião se distinguem por um cuidado excepcional de decência e uma reputação especial de bom tom. No entanto um homem, o mais circunspeto, não está livre de em qualquer momento da sua vida receber uma pedrada arremessada da casa vizinha. Foi esta pedrada que caiu sobre aquele público escolhido, reunido à volta da orquestra.

Para se ir do local onde estava o público até junto da orquestra, era preciso descer três degraus. O grupo parou ante essas escadas, hesitando descê-las. Uma das senhoras avançou para as escadas e apenas dois dos seus companheiros se atreveram a segui-la. Um deles era um homem de meia-idade, com um ar bastante modesto e mostrando um exterior correto sob todos os aspectos, mas reconhecia-se nele um desses vadios que nunca conhece ninguém, nem ninguém o conhece a ele. O outro era forte, malvestido e com uma aparência das mais equívocas. Além destes dois, ninguém mais acompanhou a excêntrica senhora; apesar disso desceu os degraus, sem mesmo olhar para trás, dando assim a entender que lhe era indiferente que a seguissem ou não. Ela continuava a rir e a falar ruidosamente; a extrema elegância e riqueza da sua apresentação pecavam pela ostentação. Passou por diante da orquestra, dirigindo-se para a outra extremidade do estrado, onde uma carruagem, junto do passeio da rua, parecia esperar alguém.

Há já mais de três meses que o príncipe a não via. Desde o seu regresso de S. Petersburgo que não se passou um dia sem que ele não projetasse ir visitá-la; talvez um íntimo pressentimento o tivesse impedido, pois não chegava, pelo menos, a conseguir definir o sentimento que experimentava sempre que a via, ou sempre que, não sem uma certa apreensão, pensava em ir vê-la. A única coisa que claramente se lhe revelava, é que a entrevista lhe seria desagradável. Diversas vezes, no decorrer dos últimos seis meses, havia evocado a primeira impressão que lhe causou o rosto dessa mulher; recordou mesmo a impressão sentida quando viu pela primeira vez o seu retrato, e que lhe tinha sido também muito desagradável. O mês que passou na província e durante o qual a viu quase todos os dias, provocou-lhe tão grandes inquietações, que chegava por vezes a tentar afastar do seu espírito qualquer recordação deste passado recente. Via sempre na fisionomia desta mulher alguma coisa que o atormentava. Numa conversa com Rogojine chegou a confessar que experimentava como que um sentimento de compaixão infinita. E isto era a verdade: só o ver o retrato desta jovem senhora despertava no seu coração todos os graus de piedade. Este sentimento de comiseração levado até à dor não o deixou mais, e sentia-o neste momento com igual intensidade. Melhor ainda: ia-se acentuando cada vez mais.

Daí portanto não o ter satisfeito a explicação que havia dado ao Rogojine. Só agora, apenas, a *sua* aparição inesperada lhe revelou, com uma intuição imediata, a lacuna daquela explicação, lacuna que só podia ser preenchida por palavras que exprimissem o espanto, sim, o espanto!... Neste minuto compreendeu por completo tudo. Tinha as suas razões para estar convencido, absolutamente convencido, de]que *ela* estava parva. Imaginem um homem, amando uma mulher com um amor superior a tudo, ou pressentindo a possibilidade de uma tal paixão, e que de repente via essa mulher presa a umas correntes, por detrás de uma grade de ferro e sob a alçada de um guarda; eis mais ou menos o motivo da comoção que por momentos dominou o príncipe.

— Que tem o senhor? — perguntou-lhe em voz baixa Aglaé, sem deixar de o fitar e puxando-o bruscamente por um braço.

Voltou a cabeça para ela, fitou-a também e viu brilhar nos seus olhos pretos uma chama incompreensível. Fez um esforço por lhe sorrir, mas, esquecendo-a logo, voltou o olhar para a direita, fascinado de novo por uma extraordinária visão.

Nesta altura Nastásia Filipovna passou ao lado das cadeiras ocupadas pelas senhoras. Pavlovitch preparava-se para contar à Alexandra uma história, que devia ser interessante e engraçada, a julgar pela vivacidade e animação do narrador. O príncipe lembrou-se então que Aglaé havia dito a meia-voz: Ah, aquela...

Esta interjeição não fora concluída. A moça calara-se rapidamente, deixando a frase por acabar. Porém o que disse foi o suficiente. Nastásia, que passou sem dar mostras de haver notado alguém, voltou-se de repente para o local onde estavam todos e pareceu descobrir apenas Pavlovitch.

— Ah! Até que enfim! — gritou ela, parando bruscamente.

— Agora não conseguimos pôr-te os olhos em cima, até mesmo mandando-te qualquer recado. Passas todo o teu tempo lá embaixo, onde te estimam menos!... Creio que estás lá embaixo... na casa do teu tio!

Pavlovitch tornou-se vermelho. Fitou Nastásia com um olhar de zangado, depois do que se apressou a olhar para um e outro lado.

— O quê? Não sabes. Não sabes nada ainda! Mas será possível! Ele suicidou-se. O teu tio meteu uma bala na cabeça, esta manhã. Soube-o quase logo, duas horas depois; agora já metade da cidade o sabe. Fez um desfalque de trezentos e cinquenta mil rublos nos cofres do Estado, outros dizem que foi de quinhentos. E eu que julguei sempre que te devia deixar uma fortuna! Esbanjou tudo. Era um velho esbanjador... Bem, adeus, *bonne chance!* Sempre é verdade que não vais? Fizeste bem em deixar o serviço nesta ocasião! Mas onde tenho eu a cabeça? Sabes tudo, sabes já tudo, talvez mesmo desde ontem...

Falando num tom de impudente provocação e afetando uma suposta intimidade com o interpelado, tinha evidentemente um fim: entre os assistentes deixaria de subsistir a menor sombra de dúvida. No primeiro momento Pavlovitch supôs poder escapar a esta questão, sem escândalo, fingindo não prestar nenhuma atenção à provocadora. Porém as palavras desta mulher produziram nele o efeito de um raio; ao ouvir a notícia da morte do tio tornou-se branco como a cal e voltou-se para a insolente. Neste momento a Isabel levantou-se rapidamente e, arrastando todos os seus, saiu quase a correr. Apenas o príncipe Léon e Pavlovitch ficaram mais um momento; o primeiro parecia perplexo e o segundo não acordara ainda da sua grande emoção. Os Epantchine não tinham dado uns vinte passos quando ocorreu um formidável escândalo.

O oficial, grande amigo de Pavlovitch e que conversava com Aglaé, manifestou a mais viva indignação.

— Faz falta aqui um chicote. Não há melhor maneira para acalmar essa criatura! — disse ele, quase gritando, Pavlovitch tinha-lhe contado algumas das suas confidências.

Nastásia voltou-se logo para ele, de olhos cintilantes. Arrancou das mãos de um cavalheiro que se encontrava a seu lado, e que ela não conhecia, uma fina vara de junco e fustigou com toda a sua força o rosto do insultador. A cena foi rápida como um relâmpago. O oficial, fora de si, lançou-se sobre a referida senhora, que já não tinha ninguém à sua volta para defendê-la: o senhor de meia-idade tratara de desaparecer o mais rápido possível e o companheiro pusera-se de lado, rindo a grandes gargalhadas. A polícia só uns minutos mais tarde interveio e entretanto Nastásia teria passado um mau bocado se um socorro inesperado não tivesse surgido: o príncipe, que se encontrava a dois passos dela, acorreu rapidamente, puxando para trás o braço do oficial. Desembaraçando-se dele, descarregou-lhe no peito uma forte pancada, que o fez cair a três passos de distância, sobre uma cadeira. Nessa altura Nastásia tinha já a seu lado dois novos defensores. Em frente do oficial agressor colocara--se o *boxeur*, autor do artigo que o leitor já conhece e antigo e ativo membro do bando de Rogojine. Apresentou-se com altivez:

— Keller, antigo tenente da reserva. Se quer alguma coisa, capitão, e me considera capaz de defender o sexo fraco, estou às suas ordens. Conheço muito bem o *box* inglês. Não posso permitir que continue, capitão; compreendo que sofreu uma afronta *sangrenta*, mas não posso permitir que bata numa senhora em público. Se pretende regular a questão de outra maneira, como convém a um ca... a um cavalheiro, suponho que o capitão deve naturalmente compreender-me...

O capitão recuperara já o domínio dos seus nervos e por isso fingiu não tê-lo ouvido.

Neste instante Rogojine saiu de entre a multidão e agarrando rapidamente Nastásia pelo braço, arrastou-a com ele. Este parecia deveras emocionado; estava pálido e nervoso. Ao acompanhá-la, esta aproveitou a ocasião para, ao passar perto do oficial, lhe dizer num tom de triunfante mordacidade:

— Ah, que é que ele tomou? Tem a cara ensanguentada!...

Completamente senhor de si e tendo compreendido a espécie de pessoas com quem havia questionado, cobriu o rosto com o lenço e voltando-se delicadamente para o príncipe, que acabava de se levantar da cadeira, disse-lhe:

— É o príncipe Míchkin a quem tenho a honra de conhecer?

— Ela é tola! É uma doida! Garanto-lhe! — respondeu o príncipe numa voz agitada, ao mesmo tempo que, num gesto maquinal, estendeu a mão trêmula ao oficial.

— Não tinha bem a certeza de o ter visto há pouco e além disso preciso conhecer o seu nome.

Saudou com um movimento de cabeça e afastou-se. A polícia chegou cinco segundos precisos depois dos últimos personagens desta cena haverem desaparecido. O escândalo não durara mais de dois minutos. Uma parte do público levantara-se e fora-se embora. Algumas pessoas limitaram-se apenas a mudar de lugar. Outras estavam satisfeitas com o incidente. Outras ainda transformaram o incidente em tema das suas conversas. Em breve a questão terminou e tudo voltou à normalidade. A orquestra principiou a tocar. O príncipe seguiu a família Epantchine. Se depois de lhe terem batido e ter caído sobre a cadeira, tivesse tido tempo ou a ideia de olhar para a sua esquerda, teria visto, a vinte passos dele, Aglaé parada a observar a cena, a despeito dos chamamentos da mãe e das irmãs, que se encontravam já a certa distância. O príncipe Stch... correu para ela e acabou por conseguir que o acompanhasse, afastando-a rápido. Quando a viu aproximar-se — Isabel lembrou-se, então! — estava num tal estado de agitação, que não devia ter ouvido os seus chamamentos. Dois minutos mais tarde, ao entrar no parque, disse no tom indiferente e desenvolto que lhe era habitual:

— Quis ver como acabaria a comédia.

Capítulo 3

O sucedido em Vauxhall aterrou por assim dizer a mãe e as filhas. Sob o domínio do medo e da comoção, tanto uma como outras encaminharam-se para casa numa espécie de fuga precipitada. Dadas as suas ideias e a sua maneira de ver, este acontecimento foi deveras revelador, para não fazer germinar pensamentos decisivos no seu espírito, e não obstante ainda a desordem e o terror de que estavam sendo vítimas. Toda a família compreendeu logo que alguma coisa de anormal se estava passando e que talvez mesmo um extraordinário segredo começasse a revelar-se. Apesar das anteriores garantias e explicações dadas pelo príncipe Stch..., Pavlovitch aparecia agora deveras comprometido e a descoberto; estava desmascarado e a sua ligação com essa criatura ficava definitivamente comprovada. Tal era a opinião da Isabel e mesmo das duas filhas mais velhas. Porém esta dedução não tinha outro efeito que não fosse aumentar os enigmas por mais tempo ainda. Sem dúvida as pequenas haviam ficado chocadas no seu íntimo, quer pelo barulho excessivo que se fez, quer pela fuga um pouco precipitada de sua mãe; por vezes, na confusão dos primeiros momentos, procedemos por forma a alarmar ainda mais as questões. Por outro lado tinham a impressão que a mais nova, Aglaé, sabia mais qualquer coisa sobre esta questão do que elas as duas e a mãe. O príncipe Stch... estava sombrio como a noite e concentrado em absoluto nas suas reflexões. Durante todo o percurso a Isabel não lhe dirigiu uma única palavra, nem mesmo depois, quando pareceu aperceber-se daquele mutismo. Adelaide tentou informar-se, fazendo-lhe esta pergunta: "De que tio falavam ainda há pouco e que é que se passou em S. Petersburgo?"; murmurou-lhe, num tom áspero, uma resposta muito vaga, alegando que umas tantas informações não se pediam e que toda esta questão era deveras absurda.

— Enquanto a isso não oferece nenhuma dúvida! — replicou a Adelaide, que desistiu de ser mais bem informada. Aglaé mostrava manter uma calma extraordinária, e tanto assim, que durante o percurso fez a observação de que iam muito depressa. A certa altura olhou para trás e avistou o príncipe, que se esforçava por os alcançar; sorriu com um ar de zombaria e não olhou mais para o lado de onde ele vinha.

Quase ao chegarem à casa encontraram Ivan Fiodorovitch, que regressando há pouco de S. Petersburgo, dirigia-se ao seu encontro. A sua primeira palavra foi perguntar pelo Pavlovitch. A esposa, porém, passou ao seu lado com um ar de zangada, sem lhe responder, nem mesmo olhar para ele. Descobriu logo nos olhos das filhas e do príncipe Stch... que havia tempestade em casa. Além disso, antes mesmo de tal ter descoberto, o seu rosto já refletia uma expressão de desusada inquietação. Agarrou então o príncipe Stch... pelo braço, e parando à entrada de casa, trocou com ele algumas palavras a meia-voz. A julgar pela perturbação que se notava na sua fisionomia, no momento em que chegaram ao terraço, para se reunirem à família, podia-se conjecturar que acabavam de ter conhecimento de alguma invulgar e estranha notícia.

Toda a família acabou por se reunir em cima, nos aposentos de Isabel; só o príncipe ficou no terraço, sentado a um canto, com o ar de quem espera alguma coisa. Ele próprio não sabia o que fazia ali, mas também não o assaltou a ideia de se retirar, ao notar a desordem que reinava naquela casa. Dir-se-ia que havia esquecido tudo o que o rodeava e que se preparava para ficar plantado dois anos seguidos no sítio onde o fixassem. Chegava até ele, de tempos a tempos, o sussurro de uma conversa bastante agitada. Não poderia dizer nunca quanto tempo passou sentado naquele canto. Era já tarde e a noite havia caído. De repente Aglaé surgiu no terraço; parecia calma, mas estava um pouco pálida. Teve um sorriso de surpresa ao avistar o príncipe, que evidentemente não esperava encontrar ali, sentado numa cadeira.

— Que faz aqui? — perguntou ela, aproximando-se dele.

O príncipe, confuso, balbuciou qualquer coisa sem nexo e levantou-se precipitadamente; porém, vendo-a sentar-se logo perto dele, voltou a ocupar o seu lugar. Observou-o num golpe de vista rápido e perscrutador, depois olhou através da janela sem nenhuma intenção aparente e por último acabou por o fitar com insistência.

O príncipe pensou: "Preparar-se-á talvez para se rir de mim? Não deve ser, pois de outra forma tê-lo-ia feito há pouco!"

— Deseja tomar chá? — perguntou ela, após um curto silêncio. — Vou mandar que o sirvam.

— Não... não sei...

— Então não sabe se quer ou não? Ah, a propósito: se alguém o provocasse para um duelo, que faria? Era uma pergunta que há um bocado lhe queria fazer.

— Mas... quem então... ninguém tem a intenção de me provocar para um duelo.

— Sim, mas se tal se desse, não teria medo?

— Creio que sim... que ficaria horrorizado.

— Sério? Então o senhor é um covarde?

— Não... não será tanto assim. Covarde é aquele que tem medo e foge. Aquele que tem medo, mas não foge, não pode ser considerado um covarde — disse o príncipe, sorrindo, e depois de um instante de reflexão.

— E o senhor não fugia?

— Talvez não fugisse — acrescentou ele, rindo, às perguntas de Aglaé.

— Pois eu, que sou uma mulher, não fugiria por nada deste mundo — observou ela com uma ponta de despeito. — De resto, o senhor zomba às vezes de mim, faz mesmo as suas carantonhas habituais, talvez para se tornar mais interessante. Diga-me: é em geral a doze passos que se atira nos duelos? Algumas vezes até a dez, não? Deve se ter a certeza, nesse caso, de ser morto ou ferido.

— Nos duelos é raro que não errem o tiro.

— Como assim? Pushkin foi morto.

— Talvez fosse por acaso.

— Talvez! Foi um duelo de morte e foi morto.

— A bala atingiu-o, com certeza, muito mais abaixo do que o ponto visado por Dantés, que devia ter sido o peito ou a cabeça. Ninguém descobriu o sítio onde ele foi ferido; o seu ferimento foi obra do acaso, de um erro de tiro. Foram pessoas competentes que tal me disseram.

— E eu falei com um soldado, o qual me declarou que, segundo os regulamentos militares, os atiradores devem visar a meio corpo, quando se colocam em posição de fogo. Meio corpo é o termo regulamentar. Visa-se não no peito, nem a cabeça, mas a meia altura do homem. Um oficial que há pouco ainda esteve conversando comigo sobre este assunto, confirmou a informação do soldado.

— Deve ser assim para o tiro a grande distância.

— E o senhor sabe atirar?

— Nunca atirei.

— Então nem sequer sabe mesmo carregar uma pistola?

— Não sei. Ou melhor, conheço a maneira como se faz, mas nunca o tentei fazer.

— Então é o mesmo que dizer que não sabe, visto que tal operação demanda prática. Ouça bem e tente reter o que lhe vou dizer: é favor comprar já boa pólvora para pistolas; é preciso que não seja úmida, mas sim muito seca (parece que isto é indispensável). Deve ser de grão muito fino; peça-a desta qualidade e não vá por aí comprar pólvora para canhão! Quanto às balas, deve ser o senhor também a adquiri-las. Tem alguma pistola?

— Não tenho, nem tenho necessidade dela — respondeu de repente o príncipe, rindo.

— Que grande tolo! Precisa comprar uma e das boas; escolha uma marca francesa ou inglesa; disse que estas são melhores. Em seguida pega a pólvora, de que deve encher um dedal de costura, ou dois talvez, e deita-a no cano da pistola. Às vezes é preciso aumentar a dose. Tapa depois com feltro (parece que o feltro é indispensável, não sei por quê!); pode-se tirar de qualquer coisa, de uma manta, por exemplo, ou de certos rolos das portas. Apertado bem o feltro, mete em seguida a bala. Ouça bem: a pólvora primeiro e a bala depois; de outra forma o tiro não parte. Por que está a rir? Quero que se exercite, todos os dias e várias vezes ao dia, no tiro ao alvo, aprendendo a meter as balas no zero. Promete fazer isto?

O príncipe ria sempre. Aglaé, despeitada, bateu com o pé. O seu ar sisudo, numa tal conversa, intrigou algum tanto o príncipe. Sentiu vagamente que ela tinha vontade de interrogá-lo sobre certos assuntos, fazer-lhe perguntas sobre certos temas mais sérios, em qualquer dos casos, do que o de carregar uma pistola. Fora isso apenas o que lhe ocorrera; não tivera outra sensação que não fosse a de a ver sentada diante dele e de a olhar. E tudo quanto a respeito do qual pudesse conversar, era-lhe neste momento quase que indiferente.

Nesta altura o Ivan desceu do andar superior e apareceu no terraço: ia a sair e parecia aborrecido e preocupado.

— Ah! León, és tu!... Aonde vais agora? — perguntou-lhe ele, se bem que o príncipe não mostrasse desejos de mudar de lugar. — Vem comigo, pois preciso dizer-te uma palavra.

— Até logo — disse Aglaé, estendendo a mão ao príncipe.

O terraço estava já bastante escuro, de forma que este não pôde ver distintamente neste último instante, os traços do rosto da moça. Um minuto depois, logo que o general e o príncipe saíram de casa, pôs-se deveras corada e crispou com força a mão direita.

Sabia que Ivan devia seguir o mesmo caminho que ele. A despeito de ser já bastante tarde, tinha pressa em ir ter com alguém, para tratar de um certo assunto. Sem mais rodeios começou a falar ao príncipe num tom precipitado, confuso e possivelmente incoerente; o nome da Isabel aparecia muitas vezes no seu discurso. Se o príncipe pudesse dar-lhe um pouco mais de atenção neste momento, teria talvez adivinhado que o seu interlocutor procurava colher dele algumas informações ou antes, fazer-lhe, sem qualquer cerimônia, uma pergunta, mas não se atrevendo a abordar ainda o ponto principal. Verificou, por sua vergonha, que estava tão distraído, que não ouviu as primeiras palavras que lhe disse o general, e quando este parou diante dele, para lhe fazer uma pergunta incisiva, forçoso lhe foi confessar que nada havia compreendido do que lhe dissera.

O general encolheu os ombros:

— São todos um bando de malucos, debaixo de todos os pontos de vista! — repetiu ele, dando largas à sua verbosidade. — Confesso-te que não compreendo as ideias e os terrores da Isabel. Tem constantes ataques de nervos, chora, diz que nos vilipendiaram, que estamos desonrados. Quem? Como? Com quem? Quando e por quê? Tenho tido muitos agravos, confesso, mesmo muitos, mas, enfim, a animosidade desta mulher nervosa (que além de tudo se comporta mal) é daquelas a que a polícia põe termo rapidamente; conto hoje mesmo ir ver alguém e fazer com que adote algumas providências. Tudo se pode regular com sossego, com calma, procedendo com consideração, fazendo intervir as nossas relações e sem nenhum escândalo. Concordo por outro lado que o futuro venha repleto de acontecimentos os mais diversos e que muitos fatos precisam também ser esclarecidos; encontramo-nos em presença de qualquer intriga. Mas se ninguém aqui sabe nada e se lá fora pouco mais se compreende; se não tenho ouvido dizer nada, nem tu muito mais, nem um terceiro, nem um quarto, nem um quinto, termino por te perguntar: quem é que no fim das contas está ao corrente da questão? Como explicar isto, se não tivermos de admitir que nos encontramos em face de uma meia-miragem, de um fenômeno irreal, como que direi, da claridade da lua... ou qualquer outra visão fantástica?

— *Ela* é tola — balbuciou o príncipe numa súbita e dolorosa evocação de tudo quanto se havia passado durante o dia.

— Concordo, se é que é dela que tu falas! Pensei há pouco como tu e cheguei a ter essa mesma ideia. Porém constato agora que a sua maneira de ver é a mais justa e não creio na sua loucura. Evidentemente esta mulher não tem o senso comum, mas não é tola; é mesmo bastante astuciosa. A sua saída hoje, a propósito do Capiton Alexeievitch, prova-o devidamente. Procede com maldade, ou pelo menos com jesuitismo, para atingir o fim que pretende.

— Qual Capiton Alexeievitch?

— Ah, meu Deus, León!... não estás ao par da conversa! Comecei por te falar do Capiton. Sinto-me tão agitado, que os braços e as pernas me tremem ainda. Foi por isso que vim hoje muito tarde da cidade. O Capiton Alexeievitch Radomski, o tio do Eugênio Pavlovitch...

— Que foi? — gritou o príncipe.

— Meteu uma bala na cabeça às sete horas da manhã. Era um respeitável septuagenário, um epicuriano. E, tal como ela disse, cometeu um desfalque, um desfalque importante na Caixa!

— Como pôde ela...

— Saber isto? Ah, ah! Bastou aqui chegar, para logo trazer à sua volta todo um estado--maior. Sabes bem quais as pessoas que frequentam agora a sua casa, ou aquelas que procuram a honra de a conhecer. Não há nada que espantar, visto que todas as suas visitas, que vêm da cidade, a põem ao corrente de qualquer coisa, e porque em S. Petersburgo já todos sabem e agora metade, talvez, ou a totalidade dos moradores de Pavlovsk, já o sabem também. Mas que habilidosa reflexão ela fez, segundo o que me disseram, a respeito do uniforme do Pavlovitch, isto é, a propósito de ter pedido a demissão antes de se ter dado tal acontecimento! Que insinuação infernal!... Isto de fato não denota loucura. Não quero crer que Pavlovitch tivesse podido adivinhar tal catástrofe, nem por outro lado saber que ela tinha lugar em tal data, às sete horas da manhã, etc. O mais que podia, era ter tido o pressentimento. Quando penso que o príncipe Stch... e eu, e todos nós, estávamos persuadidos que ia receber dele uma grande herança! É terrível, e bem terrível! De resto, compreendes bem, não tenho nenhuma acusação a fazer contra Pavlovitch; é preciso que fique bem esclarecido. Pelo menos não há nada de suspeito. O príncipe Stch... está deveras consternado. Tudo isso sobreveio de uma forma tão estranha!...

— Mas que há então de suspeito no comportamento do Pavlovitch?

— Absolutamente nada! Comportou-se da maneira mais correta. Nenhuma alusão se lhe pode por agora fazer. A sua fortuna pessoal está, segundo suponho, à margem de tudo isto. Sei apenas que a Isabel não quer sequer ouvir falar nele... Contudo, o mais grave são todas estas catástrofes domésticas, ou, para melhor dizer, todos estes estorvos, enfim... nem sei mesmo que nome lhe hei de dar... Tu, Leon, tu és, falando a direito, um amigo da casa. Pois bem, imagina que acabamos de saber (ainda que a coisa não esteja confirmada) que o Pavlovitch teve uma explicação com a Aglaé, há já mais de um mês, e recebeu, segundo parece, uma recusa formal.

— Isso não é possível! — exclamou o príncipe com ardor.

— Mas então tu sabes alguma coisa? — perguntou o general, que tremia de espanto e parecia estar colado ao lugar onde parou. — Cometi talvez, meu bom amigo, alguma injustiça, ou tive mesmo falta de tato, falando-te nisto, mas é porque tu... tu és... um homem à parte. Saberás tu alguma coisa de particular?

— Nada sei... a respeito do Pavlovitch — murmurou o príncipe.

— Nem eu, tampouco! Eu... meu caro amigo, jurei não querer saber de nada, desaparecer; não quero que saibam que tudo isto é para mim muito doloroso e que com dificuldade o suportarei. Ainda há pouco tive uma cena terrível! Falo-te como se fosse ao meu próprio filho. E o pior de tudo é que a Aglaé parece ter o ar de zombar da mãe. Quanto à recusa que deu há um mês ao Pavlovitch e à explicação bastante decisiva que os dois tiveram, não passam de conjecturas das irmãs... conjecturas por agora plausíveis. Trata-se de uma criatura autoritária e fantástica, a tal ponto, que não se pode calcular. É dotada de todos os nobres sentimentos de alma, de todas as qualidades brilhantes do coração e do espírito, de tudo, enfim, concordo; mas é tão caprichosa, tão escarnecedora! Em certas ocasiões é um caráter diabólico que tem os seus caprichos! Ainda há instantes se riu abertamente da mãe, das irmãs e do príncipe Stch... Não falo de mim, pois estou poucas vezes exposto aos seus gracejos, e além disso, quem sou eu? Sabes bem quanto lhe quero, até nas suas momices, e tenho a impressão de que, por esta razão, este pequeno diabo tem uma simpatia especial por mim, ou antes, maior que a de todos os outros. Aposto que também já teve ocasião de escarnecer de ti? Vim encontrar-vos em amena conversa, após a tempestade que estalou lá em cima; estavas sentado ao seu lado como se nada se tivesse passado.

O príncipe tornou-se deveras corado e crispou as mãos, mas não proferiu uma palavra.

— Meu caro, meu bom León! — exclamou de repente o general com calor e efusão. — Eu... e mesmo a Isabel (que, de resto, recomeçou a criticar-te há pouco e que me trata também da mesma maneira que a ti, não sei bem por quê!) estimamos-te assim mesmo, estimamos-te sinceramente, estimamos-te a despeito de tudo; quero dizer, a despeito das aparências. Mas concordo, meu caro, concordo contigo, que ela é um enigma! Que mortificação, ouvir de repente esse pequeno diabrete (ela esteve lá, de pé, na frente da mãe, afetando o mais profundo desprezo por todas as nossas questões, sobretudo por aquela que eu formulei, porque cometi a asneira de tomar o tom severo de um chefe de família. O diabo me leve! Estou tolo!), de o ouvir, direi, de nos dar friamente e com um ar de zombaria uma explicação tão inopinada: Esta tola (foi a palavra que ela empregou e eu fiquei surpreendido de a ver repetir a tua frase: os senhores não puderam aperceber-se mais cedo!) meteu-se-lhe na cabeça casar-me a todo o custo com o príncipe León, e é esta a razão por que deseja afastar da nossa casa o Pavlovitch! E foi tudo quanto ela disse; sem mais explicações, saiu, soltando uma grande gargalhada; ficamos de boca aberta, enquanto ela saía, batendo a porta com força. Depois contaram-me o incidente de hoje com ela e contigo e... e... Escuta, meu caro, não és um homem para melindres e és muito sensato, tenho-o notado, mas... não te apoquentes se te disser que ela zomba de ti. Dou-te a minha palavra! E se zomba de ti como uma criança, também tu não devias querer-lhe, mas a coisa é assim!... Não faças juízos temerários; ela diverte-se à tua custa e à nossa, por simples ociosidade. Agora, adeus! Conheces bem os nossos sentimentos? Deves saber então quanto são sinceros a teu respeito. São imutáveis, nada os fará variar mais... mas... devo entrar aqui! Até breve. Raras vezes estou tão pouco tempo na mesma posição como hoje (é assim que se diz?). É isto uma temporada de descanso!...

Ficando só numa encruzilhada, o príncipe inspecionou à sua volta, atravessou rapidamente a rua e aproximou-se de uma casa, cuja janela estava iluminada; desdobrou então um pequeno papel que manteve fortemente apertado na mão direita, durante toda a sua conversa com Ivan, e à fraca luz que emanava dessa janela, leu o seguinte:

Amanhã às sete horas da manhã estarei no banco verde do parque, e espero-o. Estou resolvida a falar-lhe numa questão muito importante e que lhe diz diretamente com respeito.

P. S. — Espero que não mostrará este bilhete a ninguém. Foi com um certo escrúpulo que me resolvi a fazer-lhe esta recomendação, mas depois de bem refletir, o senhor precisa dela. Direi mais, tenho pensado no seu ridículo caráter e tenho corado de vergonha.

P. P. S. — É o mesmo banco verde que lhe mostrei outro dia. Deve ter vergonha que eu seja ainda obrigada a precisar este ponto.

O bilhete tinha sido escrito e dobrado às pressas, com certeza um instante antes de ela descer para o terraço. Preso de uma emoção indizível a confinar com o medo, o príncipe apertou de novo com força o pequeno papel e afastou-se da janela iluminada com a pressa de um ladrão surpreendido. Porém este brusco movimento fê-lo ir contra um cavalheiro que nesta altura surgiu atrás dele.

— Estava vendo o que fazia, príncipe — disse este último.

— É o Keller? — exclamou o príncipe, com espanto.

— Andava à sua procura. Esperei-o próximo da casa dos Epantchine, onde, como sabe, não posso entrar. Segui-lhe na pegada quando o vi sair com o general. Estou às suas ordens, príncipe; pode dispor do Keller. Estou pronto a sacrificar-me e mesmo a morrer, se for preciso.

— Mas... por quê?

— Porque o senhor vai ser decerto desafiado para um duelo! O tenente Molovtsov, conhece-o, quer dizer, não pessoalmente... não perdoará esta afronta. As pessoas como Rogojine e eu, olha-nos como pobre gentalha, o que diga-se de passagem, não seja talvez imerecido; quanto ao senhor, é o único que considera capaz de lhe dar uma satisfação. Vai-o fazer pagar a questão, príncipe! Segundo o que ouvi, tirou informações a seu respeito, e amanhã, sem falta, um dos seus amigos irá procurá-lo, se é que não o espera já em sua casa. Se se dignar escolher-me para sua testemunha, não receio correr o risco de ir parar às galés. Foi para lhe dizer isto que o procurei.

— Também o senhor me vem falar de duelo! — exclamou o príncipe, desatando o rir, com grande surpresa do Keller. Ria em altas gargalhadas. Keller, que tinha o aspecto de quem tem andado deveras preocupado, enquanto se não desempenhou da sua missão, propondo-se como testemunha, pareceu quase ofendido com uma tão grande hilaridade.

— No entanto, príncipe, o senhor agarrou-o pelos braços esta tarde! Ora um cavalheiro não pode nunca suportar uma coisa dessas e muito menos em público.

— Mas se foi ele que me deu um soco no peito! — replicou o príncipe, continuando sempre a rir. — Não há razão nenhuma para que tenhamos de nos bater. Desculpar-me-ei junto dele e tudo acabará em bem... Se pelo contrário fizer questão em nos batermos, bater-nos-emos. Se quiser recorrer às armas, não posso desejar melhor. Ah, ah, agora já sei carregar uma pistola. Imagine que acabei de aprender isso ainda há pouco. Sabe carregar uma pistola, Keller? É preciso em primeiro lugar comprar a pólvora para a pistola, quer dizer, pólvora que não seja úmida, nem grossa como aquela que serve para os canhões. Começa-se por deitar a pólvora, ataca-se com feltro ou com bocados de um rolo das portas, e depois coloca-se a bala por cima. É preciso ter cuidado em não meter a bala antes da pólvora, porque então o tiro não partiria. Está a ouvir, Keller? O tiro não partiria. Ah, ah! Não é isto uma magnífica razão, amigo Keller?... Ah! Keller, sabe que sinto desejos de lhe dar um grande abraço? Ah, ah, ah! Que faria daqui a pouco, se se encontrasse de repente diante dele? Venha daí comigo até minha casa para beber champanhe. Embebedar-nos-emos com champanhe. Já sabe que tenho doze garrafas nas caves do Lebedev? Propôs-me a sua venda anteontem, como uma grande pechincha, e eu comprei-lhas todas; foi no dia seguinte ao da minha chegada. Hei de reunir toda a nossa sociedade. Diga-me, aonde vai dormir esta noite?

— Ao sítio do costume, príncipe.

— Muito bem. Desejo-lhe que tenha uns sonhos agradáveis. Ah! Ah!

O príncipe atravessou a rua e desapareceu no parque, deixando o Keller perplexo e algum tanto desapontado. Este último não tinha ainda visto o príncipe num estado de espírito tão singular e nunca mesmo o teria imaginado assim.

"Talvez esteja com febre, porque é um homem nervoso, sobre o qual tudo isto causou uma grande impressão, mas que com certeza não terá medo! Por Deus! As pessoas da sua espécie não têm frio nos olhos!", pensou Keller. Hum, champanhe! A novidade não é falha de interesse. Doze garrafas; uma dúzia, é já uma guarnição respeitável. Parece que o Lebedev recebeu este champanhe de um dos seus caloteiros, a título de penhor. Um! No fundo este príncipe é bastante gentil; é para mim o gênero do homem que me agrada; em todo caso não é o momento para indecisões... e se há champanhe é preciso aproveitar a ocasião...

O príncipe encontrava-se de fato num estado febril.

Passeou algum tempo, na escuridão, pelo parque, e acabou por se surpreender a percorrer velozmente uma certa alameda. Recordava-se de ter já percorrido trinta ou quarenta vezes essa alameda, entre o banco e uma velha árvore, alta e fácil de reconhecer, que ficava a cem passos do banco. Quanto a lembrar-se no que tinha pensado durante este vaivém pelo parque, há pelo menos uma hora, ser-lhe-ia absolutamente impossível, mesmo que o quisesse. Teve de repente uma ideia que o fez soltar uma gargalhada; não tinha nada de engraçada, mas tudo lhe despertava a hilaridade. O seu espírito aventou a hipótese de que a ideia do duelo devia ter tido a sua origem noutras cabeças, que não a do Keller, e que portanto a exposição que lhe fizeram sobre a maneira de carregar uma pistola, não era mais, talvez, do que obra do acaso... "É estranho!", exclamou ele, enquanto parava, como que assaltado por uma outra ideia. "Pouco antes, quando desceu ao terraço e me encontrou ao canto, ficou admiradíssima de me ver ali; sorriu... e falou-me no chá. Mas trazia já na mão o bilhete. Sabia portanto que eu estava no terraço. Então por que ficou surpreendida? Ah! Ah! Ah!"

Tirou o bilhete do bolso e beijou-o. Logo em seguida parou e voltou a pensar: "É bem estranho! Sim, bem estranho", proferiu ele ao fim de um minuto, com um acento de tristeza. Nos momentos de alegria intensa sentia-se sempre dominado por uma certa tristeza, sem bem saber por quê. Lançou à sua volta um olhar intrigado e admirou-se de se ver naquele sítio. Invadido por uma grande lassidão, aproximou-se do banco e sentou-se. À sua volta reinava um profundo silêncio. A orquestra deixara de tocar no Vauxhall. Talvez não se encontrasse já ninguém no parque; deviam ser mais de onze horas e meia. A noite estava calma, tépida e clara; uma noite de S. Petersburgo no fim de junho; porém no parque copado e sombreado, e em especial na alameda onde se encontrava, as trevas eram quase completas.

Se nessa altura alguém lhe tivesse dito que estava apaixonado, loucamente apaixonado, teria repelido esse pensamento com espanto e talvez mesmo com indignação. E se alguém lhe tivesse acrescentado que o pequeno bilhete da Aglaé era um bilhete de amor, um convite para uns minutos de namoro, teria corado, todo confuso, ante o autor de uma tal suposição, assim como tê-lo-ia talvez provocado para um duelo. Era sincero nesta maneira de pensar, não admitindo a menor dúvida a tal respeito, nem admitindo mesmo o menor equívoco quanto à possibilidade de ser amado por essa pequena, nem de ele a amar também. Uma semelhante ideia tê-lo-ia enchido de vergonha; a possibilidade de amar um homem como ele parecia-lhe uma coisa monstruosa. A seus olhos, o que podia ver de real nesta questão, reduzia-se a uma simples travessura da moça, travessura que aceitava com uma soberana indiferença, atendendo muito à ordem das coisas, para ter de se comover. A sua preocupação e os seus cuidados concentravam-se num outro objeto. Havia dado uma inteira confiança às palavras do general, quando, na sua comoção, este lhe revelou incidentalmente que ela zombava de toda a gente e dele, príncipe, em especial. Não sentiu com isso nenhum estremecimento; segundo pensava, ela não podia proceder de outra forma. O essencial que havia para ele era o fato de que no dia seguinte, pela manhã cedo, voltaria a vê-la, sentar-se-ia a seu lado no banco verde e contemplá-la-ia, ouvindo-a explicar como se carrega uma pistola. Não lhe esqueceria mais. Uma ou duas vezes perguntou qual seria o tema sobre que desejava conversar e qual poderia ser essa importante questão que lhe dizia diretamente com respeito. Não tivera até então, em qualquer momento, a menor dúvida sobre a realidade de tal questão importante, devido à qual lhe concedia esta entrevista; por um instante quase não pensou e estava mesmo tentado a fazer parar o pensamento.

Um ruído de passos ligeiros sobre a areia da alameda fê-lo levantar a cabeça. Um homem, cujos traços eram difíceis de distinguir na obscuridade, aproximou-se do banco e sentou-se ao seu lado. O príncipe debruçou-se sobre ele até quase lhe tocar, e reconheceu o rosto pálido do Rogojine.

— Não tinha a menor dúvida de que vagavas por qualquer parte, próximo daqui. Não foi preciso procurar-te por muito tempo — murmurou Rogojine por entre dentes.

Era a primeira vez que se voltavam a ver desde o seu encontro no corredor da hospedaria. O príncipe ficou tão surpreendido com a inesperada aparição do Rogojine, que precisou de um certo tempo para poder coordenar as suas ideias; uma sensação dolorosa despertou no seu coração. Rogojine deu muito bem conta da impressão que a sua aparição produziu; se bem que no primeiro momento parecesse perturbado, exprimiu-se com desembaraço, mas com um ar afetado; todavia o príncipe não tardou em observar que havia nele tanto de afetação como de perturbação; se nos seus gestos e na sua conversa se notava um certo desacerto, era apenas uma simples aparência; no fundo a alma deste homem não podia mudar.

— Como é que me... descobriste aqui? — perguntou o príncipe para dizer qualquer coisa.

— Foi o Keller que me informou (passei também pela tua casa), dizendo-me: para o parque. Bem, pensei eu, já sei aonde ir.

— Que queres insinuar, dizendo já sei aonde ir? — perguntou de novo o príncipe com inquietação.

Rogojine sorriu com um ar manhoso, mas esquivou-se a dar explicações.

— Recebi a tua carta, León; é inútil apoquentares-te tanto... pois é em pura perda! Vim procurar-te agora, por sua ordem, pois quer em absoluto que vás vê-la; tem alguma coisa urgente a dizer-te. Espera-te hoje mesmo.

— Irei amanhã. Agora vou já de caminho para casa; queres tu... vir comigo?

— Que fazer? Já te disse tudo; agora, adeus.

— Então não queres vir? — perguntou docemente o príncipe.

— És um homem assombroso, León; não podemos deixar de te admirar, considerando-te surpreendente.

E Rogojine sorriu maliciosamente.

— Por que é isso? Donde te veio agora essa animosidade a meu respeito? — replicou o príncipe com entusiasmo, mas não sem tristeza. — Tens visto até agora que todas as tuas conjecturas são destituídas de fundamento. Até agora tenho constatado que o teu ódio contra mim ainda não desarmou, e sabes por quê? Porque atentaste contra a minha vida; isto é uma prova de que a tua aversão persiste. Sou a dizer-te que só me lembro de um Parfione Rogojine: aquele com quem tenho confraternizado desde o dia em que trocamos as nossas cruzes. Escrevi isto na carta que ontem te mandei, assim como te pedi que esqueças esse momento de delírio e que não mais voltemos a falar em tal. Por que te afastas de mim? Por que me negas a tua mão? Repito-te que, por mim, a cena de outro dia não foi mais do que um momento de delírio. Leio agora em ti tudo quanto se passou nesse dia, tal como leio em mim. O que tu imaginaste não existe e não pode existir. Por que existe então esta inimizade entre nós?

— Mas és capaz de ter por mim alguma inimizade? — objetou Rogojine, em tom de chacota, às palavras calorosas e espontâneas do príncipe. (Mantinha-se de fato a dois passos dele e escondendo as mãos). — De hoje em diante é-me completamente impossível ir a tua casa, León — acrescentou ele, à maneira de conclusão, num tom lento e sentencioso.

— Odeias-me até esse ponto?

— Não gosto de ti, León; para que ir então a tua casa? Ah, príncipe, não passas de uma criança: serve-se de ti como joguete, e tu fazes-lhe tudo, sem nada compreenderes. Tudo aquilo que me dizes, foi o que escreveste na tua carta, mas é por que eu não tenha fé em ti? Acredito em cada uma das tuas palavras e sei que nunca me enganaste e que não me enganarás. E apesar disso não simpatizo contigo. Escreveste-me dizendo que esqueceste tudo, que te recordas apenas do Rogojine com quem trocaste a tua cruz e não do Rogojine que ergueu um punhal para ti. Mas que sabes tu dos meus sentimentos? — Teve um novo sorriso zombeteiro. — Talvez depois desse dia não me tenha arrependido uma única vez do meu ato, e no entanto enviaste-me já o teu perdão fraternal. Quem sabe se, na tarde do dia dessa cena, eu pensei noutra coisa, que não nessa...

— Esqueceste tudo! — concluiu o príncipe. — Não me enganei! Parece-me mesmo que foste imediatamente tomar o comboio para Pavlovsk, que vieste à música e que a seguiste e espiaste por entre a multidão, tal como fizeste hoje. Supões ter-me admirado? Mas se não estivesses então num estado de espírito que só te permitisse pensar apenas numa única coisa, não terias talvez podido levantar o punhal sobre mim... Tive o pressentimento do teu ato logo pela manhã, ao examinar o teu rosto; sabes a que se parecia o teu rosto? Foi, com certeza, no momento de mudarmos as nossas cruzes que essa ideia começou a germinar no teu espírito. Por que é que me levaste nessa altura junto da tua velha mãe? Esperavas assim ter mão no teu braço? Mas não, não podias ter pensado nisso; como eu, só tiveste apenas um sentimento... Tivemos os dois o mesmo sentimento. Se não tivesses levantado o braço contra mim (e que Deus desviou), como suportaria eu hoje o teu olhar? Tinha a suspeita bem gravada no espírito; numa palavra, pecamos os dois por desconfiança (não franzas as sobrancelhas! Vamos, por que te ris?). "Não estou arrependido", dizes tu. Porém, mesmo que pretendesses arrepender-te, era-te talvez impossível, dado que não simpatizas comigo. Se me colocasse até, frente a frente contigo, inocente como um anjo, não poderias nunca tolerar-me, porque acima de tudo estás convencido de que é a mim e não a ti que ela ama. Isto chama-se o ciúme. Durante esta semana, tendo refletido sobre tudo isto, cheguei à seguinte conclusão: fica sabendo que te ama agora mais do que a qualquer outro, e o seu amor é tal, que quanto mais te faz sofrer, mais te ama. Nunca te dirá isto, mas é preciso saber compreendê-la. Por que razão, no fim das contas, pretende ela desposar-te? Um dia virá em que te revelará tudo isto. Há mulheres que querem ser amadas assim e é este justamente o seu caso. O teu caráter e o teu amor devem fasciná-la. Sabes que uma mulher é capaz de torturar cruelmente um homem, de o meter a ridículo, sem experimentar o menor remorso de consciência? Pois cada vez que olha para ti, diz com ela: "Por agora faço-te sofrer mil mortes; porém, depois, compensar-te-ei com o meu amor..."

Rogojine, que escutou o príncipe até o final, soltou uma grande gargalhada.

— Parece, príncipe, que já encontraste uma mulher do mesmo gênero? O que ouvi contar a teu respeito, será verdade?

O príncipe teve um brusco estremecimento.

— O quê? Que é que ouviste dizer? — exclamou ele, todo confuso e trêmulo em extremo.

Rogojine continuou a rir. Escutara o príncipe com uma certa curiosidade e talvez mesmo com um certo prazer; o bom humor e o caloroso entusiasmo do seu interlocutor causaram-lhe uma forte impressão e reconfortaram-no.

— Não tenho apenas ouvido dizer; estou convencido, vendo-te, que é a verdade — acrescentou ele. — Diz-me, quando é que me falaste como o acabas de fazer? Dir-se-ia que um outro homem fala pela tua boca. Se não tivesse ouvido uma coisa igual a teu respeito, não teria vindo aqui procurar-te, neste parque, e à meia-noite.

— Não compreendo o que estás a dizer, Rogojine.

— Há muito tempo que ela me deu explicações a teu respeito, e dessas explicações tive a confirmação há pouco, ao ver a pessoa ao lado de quem estavas sentado no Vauxhall. Ontem e hoje jurou-me que estavas apaixonado como um gato pela Aglaé. Por mim, príncipe, é-me indiferente o que se passa; se não a amas mais, ela é que não deixou de te amar. Sabes muito bem que pretende casar-te a todo o preço com a outra? Jurou-me. Ah, ah! E disse-me: "Não casarei contigo sem isto: no dia em que eles forem à igreja, nós iremos também". É isto uma coisa que tem sido sempre incompreensível para mim: ou ela te ama doidamente, ou... Mas se ela te ama assim, como pode querer casar-te com a outra? Disse-me ainda: "Quero vê-lo feliz. Sendo assim, é porque te ama..."

— Disse-te já e escrevi-te que ela... não estava no seu juízo todo — replicou o príncipe, que o havia escutado com um sentimento doloroso.

— Só Deus o sabe! Talvez te enganes nisso... e de resto, hoje, quando voltava de Vauxhall, ela fixou o dia: "casaremos de certeza dentro de três semanas, ou talvez antes", disse ela. Jurou isto com a mão sobre o *ícone*, que beijou depois. Assim, é de ti agora que depende tudo, príncipe... Ah, ah!

— Tudo isso não passa de um delírio. No que me diz respeito, não se realizará nunca, nunca, ouve bem!... Amanhã irei visitar-te...

— Como podes dizer que está tola? — observou Rogojine. — Por que é considerada por todos como tendo juízo, e só tu a consideras tola? Como é que ela escreve as suas cartas? Se estivesse tola, nunca as suas cartas se poderiam entender.

— Quais cartas? — perguntou o príncipe admirado.

— Escreveu à *outra*, que leu as suas cartas. Não o sabes ainda? Então vais sabê-lo; com certeza ela vai mostrar-te.

— É impossível acreditar nisso! — exclamou o príncipe.

— Oh, reconheço, Léon, que estás ainda nos primórdios. Paciência: voltarás a ter a tua polícia particular, montarás a tua guarda dia e noite, espiarás cada passo que se der, se entretanto...

— Basta, não me fales mais nisso! — interveio o príncipe. — Escuta, Rogojine: um momento antes da tua chegada passeava ao acaso por aqui; agora comecei a rir sem saber por quê. Acabo de me lembrar que é justamente amanhã o aniversário do meu nascimento. Não falta, portanto, muito. Vem comigo aguardar a alvorada desse dia. Tenho vinho e beberemos; desejar-me-ás o que eu próprio não me lembro de desejar neste momento; e contigo que se dê o que eu desejo; faço votos pela tua completa felicidade. Se não quiseres, devolve-me a minha cruz. Essa cruz não me restituíste hoje de manhã. Tem-la contigo? Traga-a ainda agora?

— Sim, trago-a comigo — respondeu Rogojine.

— Então vamos! Não quero entrar sem ti na minha nova vida, porque é uma nova vida a que vai começar para mim! Ainda não sabes, Rogojine, que a minha nova vida principia hoje?

— Nesta altura vejo e sei por mim mesmo que ela começou. Dar-lhe-ei conta de tudo isto. Não estás no teu estado normal, Léon.

Capítulo 4

Foi com um vivo espanto que, ao aproximar-se de casa, na companhia do Rogojine, viu o terraço muito iluminado e ocupado por uma barulhenta e numerosa sociedade. Esta sociedade estava deveras entusiasmada, ria às gargalhadas e vociferava; parecia discutir em altos gritos; ao primeiro golpe de vista ficava-se com a impressão de que o tempo decorria ali alegremente. De fato, quando subia ao terraço, o príncipe encontrou toda a gente em atitude de beber, e champanhe de mais a mais; esta pequena festa devia durar já há um certo tempo, porque muitos dos presentes haviam conseguido alcançar um estado de ótimo bom humor. Todos eram conhecidos do príncipe, porém o estranho era vê-los reunidos, como se os tivesse convidado, quando não tinha feito nenhum convite e fora mesmo por acaso que se lembrara do dia do seu aniversário.

— Disseste a alguém que oferecias champanhe e por isso acorreram todos — murmurou Rogojine, que entrou no terraço depois do príncipe. — Nós conhecemos isto; basta assobiar-lhes... acrescentou ele num tom amargo, evocando com certeza um passado não distante.

Todo o grupo rodeou o príncipe, acolhendo-o aos gritos e votos de felicidade. Alguns convivas estavam muito barulhentos, outros muito calmos; porém logo que souberam que era o seu aniversário, todos se aproximaram, e cada um por sua vez se apressou a felicitá-lo. A presença de certas pessoas, por exemplo Bourdovski, intrigou o príncipe; no entanto o que o admirou mais foi encontrar Pavlovitch com tais companhias; quase não acreditou no que via, tal a admiração sentida ao reconhecê-lo.

Entretanto Lebedev, muito vermelho e bastante excitado, acorreu para dar as suas explicações; estava razoavelmente bêbado. Expôs com volubilidade que todos se haviam ali reunido da maneira a mais natural deste mundo e mesmo até por acaso. O primeiro de todos fora o Hipólito, que chegara de tarde; sentindo-se muito melhor e querendo esperar, no terraço, o regresso do príncipe, deitara-se no sofá. Depois Lebedev viera juntar-se-lhe, logo seguido de toda a família, ou dizendo melhor, dos filhos e do general Ivolguine. Bourdovski chegara na companhia do Hipólito. Gania e Ptitsine, passando perto da casa, entraram por acaso, pouco tempo depois (a sua chegada coincidiu com o incidente do Vauxhall); em seguida o Keller apareceu também, dizendo que era o aniversário do príncipe e reclamando champanhe. Pavlovitch só chegou passada uma meia hora. Kolia insistiu muito para que se servisse champanhe e se organizasse uma festa. Lebedev apressou-se então a trazer vinho.

— Mas foi do meu vinho, do meu vinho — barafustou ele, dirigindo-se ao príncipe. — Sou eu que faço as despesas a fim de festejar o seu aniversário e para o felicitar. Há também um pequeno festim, uma ceia fria. A minha filha está tratando disso. Ah, príncipe, se soubesse qual era o tema da nossa discussão!... Lembra-se daquela frase do *Hamlet:* ser ou não ser? Aqui está um tema moderno, e bem moderno! Perguntas e respostas... E o senhor Terentiev está no ponto máximo da animação... não quer deitar-se! Até agora só bebeu um gole de champanhe, um único gole, e isto não lhe pode fazer mal... Aproxime-se, príncipe, e ponha termo ao debate. Todos o atenderão, pois todos contam com a sua delicadeza de espírito.

O príncipe notou o olhar terno e acariciador de Vera Lebedev, que abrindo caminho por entre os que a rodeavam, conseguiu chegar até ele. Foi a primeira a quem estendeu a mão; corou de prazer e desejou-lhe uma vida feliz a *partir daquele dia.* Depois disto correu à cozinha, onde estavam preparando o repasto. Porém, ainda antes da chegada do príncipe, desde que pôde libertar-se um instante do seu trabalho, veio para o terraço a fim de escutar com toda a atenção as discussões apaixonadas e intermináveis que os convivas, tornados verbosos pelo vinho, consagravam às questões, as mais abstratas e mais estranhas para a jovem pequena. A sua irmã mais nova adormeceu de boca aberta, no aposento do lado, sentada numa arca. Quanto ao filho mais novo de Lebedev, sentou-se perto do Kolia e do Hipólito;

na expressão sonhadora do seu rosto adivinhava-se que era capaz de se manter naquele sítio por mais dez horas ainda, deliciado com a conversa.

— Estava em especial à sua espera e fiquei encantado ao vê-lo chegar tão feliz — disse Hipólito, quando o príncipe lhe apertou a mão, logo depois de ter apertado a de Vera.

— E como sabe que estou feliz?

— Vê-se no seu rosto. Cumprimente estes senhores e apresse-se a vir sentar-se aqui, perto de nós. Estava em especial à sua espera — repetiu ele, acentuando significativamente esta frase.

O príncipe perguntou-lhe se não era perigoso para a sua saúde estar de pé até tão tarde. Respondeu-lhe que ele próprio estava admirado por se ter sentido tão bem durante toda essa tarde, quando havia estado à morte ainda três dias antes.

Bourdovski levantou-se bruscamente e murmurou que tinha vindo como estava, para acompanhar Hipólito; também ele estava encantado; na sua carta tinha escrito asneiras, mas estava agora profundamente encantado. Não concluiu a frase, apertou com vigor a mão do príncipe e voltou a sentar-se.

Depois de haver cumprimentado toda a gente, aproximou-se do Pavlovitch. Este agarrou-o logo por um braço:

— Quero apenas dizer-lhe duas palavras — disse ele a meia-voz. — Trata-se de um acontecimento muito importante. Afastemo-nos um minuto. — Duas palavras cochichou uma segunda voz ao outro ouvido do príncipe, enquanto uma outra mão lhe apertava o braço que ficara livre.

O príncipe teve a surpresa de ver junto dele uma face descomposta, corada, jovial e sempre a piscar os olhos, que reconheceu logo ser a de Ferdistchenko. Este havia surgido sem se saber donde.

— Recorda-se de Ferdistchenko? — perguntou ele.

— De onde saiu o senhor? — exclamou a príncipe.

— Arrependeu-se! — informou o Keller, que se aproximara rapidamente. — Estava escondido, não queria aparecer diante do senhor. Escondeu-se lá em baixo, a um canto. Arrependeu-se, príncipe, pois sente-se culpado.

— Mas de quê, de quê, então?

— Fui eu que o encontrei, príncipe, e trouxe-o logo comigo. É um dos meus melhores amigos e está arrependido.

— Estou encantado, meus senhores; vão juntar-se aos restantes convivas, que eu vou já ter com os senhores — disse por fim o príncipe para se desembaraçar deles. — Tenho necessidade de falar com o Pavlovitch.

— Distraí-me na sua casa — observou este último — e passei uma agradável meia hora à sua espera. Eis do que se trata, meu caro Léon: arranjei tudo com o Kourmichev e vim aqui para o tranquilizar; escusa portanto de se inquietar; aceitou os fatos muito, muito razoavelmente; antes da minha conversa estava muitíssimo zangado.

— Mas qual Kourmichev?

— Não se lembra daquele a quem hoje, de tarde, agarrou pelo braço? Estava tão furioso que queria mandar-lhe amanhã as suas testemunhas pedir-lhe explicações.

— Mas isso era uma estupidez!

— Evidentemente que era uma estupidez e teria terminado, com certeza, por uma estupidez muito maior. Estão, porém, ainda outras pessoas em minha casa...

— O Pavlovitch veio talvez aqui com outra intenção?

— Naturalmente! Tinha ainda uma outra intenção — repetiu ele, rindo. — Amanhã, meu caro príncipe, ao romper do dia, vou a S. Petersburgo tratar dessa desgraçada história (a questão de meu tio, não sei se se lembra). Imagine que tudo isso é exato e que toda a gente o sabia, salvo eu. Esta notícia deixou-me tão estupefato que nem tive tempo de ir *lá embaixo* (à casa das Epantchine). Não posso por maneira nenhuma ir lá amanhã porque conto estar em S. Petersburgo, como compreende! Talvez não volte por estes três dias mais próximos; as minhas questões vão de mal a pior. Sem exagerar a importância do acontecimento, pensei logo, no entanto, que devia ter uma explicação com o senhor, com toda a sinceridade e sem perda de tempo, isto é, antes da minha partida. Agora, se me permite, ficarei aqui e esperarei que os convivas se retirem; pois já não tenho mais nada a fazer e estou tão agitado que não posso dormir. Se bem que seja um atrevimento e uma incorreção agarrar-me assim a um homem, digo-lhe com toda a franqueza que venho solicitar a sua amizade, meu caro príncipe. O senhor é um homem sem igual, no sentido de que o senhor não mente a cada instante e talvez até não minta nunca. Ora, há uma questão para a qual tenho necessidade de um amigo e de um conselheiro, porque nesta altura estou positivamente no número das pessoas desgraçadas...

E começou a rir.

— Só tenho aborrecimentos! — disse o príncipe, após um minuto de reflexão. — Quer esperar que todos se vão, mas só Deus sabe quando eles irão! Não era preferível darmos agora uma volta pelo parque? Com franqueza, eles podem bem esperar por mim. Desculpar-me-ei depois.

— Não, não quero. Tenho as minhas razões para querer que não suponham que procuramos ter uma conversa particular. Há aqui pessoas que estão muito intrigadas com as nossas relações, e o senhor bem o sabe? É muitíssimo melhor que constatem que mantemos as melhores relações na vida normal e não apenas em circunstâncias excepcionais, compreende? Retirar-se-ão dentro de duas horas, mais ou menos; peço-lhe para me conceder então uns vinte minutos, meia hora ou pouco mais...

— Com muito gosto as concedo! Fico até muito contente e é desnecessário explicar por quê. Por outro lado agradeço-lhe também muito reconhecido as suas boas palavras referentes às nossas relações de amizade. Desculpe-me, se estou hoje um pouco distraído; reconheço que me é em absoluto impossível concentrar a minha atenção neste momento.

— Eu vejo, eu vejo! — murmurou Pavlovitch com um ligeiro sorriso.

Estava nessa noite de um humor muito jovial.

— Que é que o senhor vê? — perguntou o príncipe, estremecendo.

— Não suponha, meu caro príncipe — prosseguiu Pavlovitch, continuando a sorrir e sem responder diretamente à pergunta — não suponha que a minha visita possa ter por fim enganá-lo e, quase sem dar por isso, levá-lo a dar-me quaisquer informações?

— Que o senhor veio aqui para me fazer falar, não tenho a menor dúvida — disse o príncipe, começando também a rir. — Talvez mesmo tenha prometido abusar um pouco da minha ingenuidade. Mas para dizer a verdade, não lhe tenho medo; além disso, neste momento, tudo me é indiferente, pode crer? E depois... como eu estou, antes de tudo, convencido de que o senhor é uma excelente pessoa, acabaremos sempre, no fim das contas, por ficarmos amigos. O senhor tem me estimado, Pavlovitch. É... no meu entender, um homem muito, muito como é preciso!...

— Em todo caso é muito agradável falar contigo, por qualquer motivo que seja — concluiu Pavlovitch. — Beberei um gole à sua saúde. Estou encantado por ter conseguido encontrá-lo. Oh! — exclamou ele de repente, interrompendo-se. — O senhor Hipólito está instalado na sua casa?

— Está, sim.

— Não deve morrer tão cedo como diz, penso eu?

— Por que pergunta isso?

— Por nada. Passei uma meia hora na sua companhia...

Durante toda esta conversa, o Hipólito, que esperava o príncipe, não deixou de olhar para ele, nem para o Pavlovitch. Uma vivacidade febril o animou, quando eles se aproximaram da mesa. Estava inquieto e sobre-excitado; o suor cobria-lhe o rosto. Os olhos cintilantes e de alucinado exprimiam um constante alarme, uma impaciência mal definida. O seu olhar ia de um objeto para outro, de uma pessoa para outra, sem se fixar em coisa alguma. Se bem que tivesse tomado uma parte ativa na barulhenta conversa que se mantinha à sua volta, o seu entusiasmo era puramente febril; no fundo estava alheio à conversa; a sua maneira de raciocinar era atrabiliária e exprimia-se num tom escarninho, negligente e paradoxal. Não concluía as frases e parava a seu belo prazer ao meio de uma discussão em que se havia empenhado um minuto antes com todo o ardor. O príncipe soube com surpresa e mágoa que o tinham deixado beber essa noite duas taças de champanhe; a taça cheia que tinha na sua frente era já a terceira. Porém só soube de tudo isto mais tarde; nesta altura não estava por forma alguma em condições de observar o que quer que fosse.

— Sabe que estou encantado por ser hoje, justamente, o dia do seu aniversário? — exclamou o Hipólito.

— Por quê?

— Vai sabê-lo. Sente-se depressa à mesa. É aproveitar, pois estou vendo que todos... os seus conhecidos estão presentes. Pensei sempre que viria muita gente; pela primeira vez na minha vida o meu cálculo saiu certo. É pena que eu não soubesse mais cedo do dia do seu nascimento, porque ter-lhe-ia trazido um presente... Ah, ah! Mas quem sabe! Talvez o tenha trazido no bolso!? Ainda falta muito para amanhecer?

— Daqui a duas horas romperá a aurora — afirmou Ptitsine, depois de ter consultado o relógio.

— Mas que importa a aurora, se se pode passar sem ela nesta altura para podermos ler lá fora? — observou alguém.

— É que desejava ver ainda uma nesga de sol. Pode-se beber à saúde do sol, príncipe? Que diz? — Hipólito formulou estas perguntas num tom duro, dirigindo-se a todos numa atitude cavalheiresca, mas como se desse ordens; todavia ele mesmo parecia não se aperceber de tal.

— Seja, bebamos. Mas creia que fazia muito melhor repousando, não acha?

— Está sempre a mandar-me repousar, príncipe; o senhor é para mim uma verdadeira ama seca. Desde que o sol nasce e começa a brilhar nos céus... De quem é este verso: o sol brilha nos céus? Isto não tem sentido, mas é bonito. Então vamos nos deitar, Lebedev. O sol é a fonte da vida? Que querem dizer estas palavras, fonte da vida, no Apocalipse? O senhor ouviu falar na Estrela de Absinto, príncipe?

— Disseram-me que o Lebedev descobriu nessa Estrela de Absinto a rede europeia dos caminhos de ferro?

— Ah, não consinto! Isso não vem para aqui! — gritou Lebedev, sobressaltado e agitando os braços, como se pretendesse dominar o riso geral que se desencadeara. — Não consinto! Com estes senhores... todos estes senhores — exclamou, voltando-se bruscamente para o príncipe — há questões sobre as quais... eis o que é...

E, sem cerimônia, deu dois murros secos sobre a mesa, o que fez redobrar a hilaridade da assistência.

Lebedev estava neste mesmo estado todas as tardes, mas desta vez estava muito mais excitado que o costume, pela longa e sábia discussão que o havia precedido; nestas ocasiões alardeava um desprezo sem limites pelos seus contraditores.

— Não está bem, meus senhores! Combinamos, há uma meia hora, não interromper nenhum de nós, nem rirmo-nos quando um de nós falasse, e darmos a cada um a liberdade de exprimir todo o seu pensamento; liberdade, portanto, aos próprios ateus para anunciarem as suas objeções, se as tivessem. Demos ao general a presidência dos debates, eis tudo! Como é que este tem procedido? Pode-se assim tapar a boca a um homem que expõe umas ideias, as mais elevadas, as mais profundas.

— Mas falai, falai, então! Ninguém vos impedirá! — exclamaram várias vozes.

— Falai, mas não divagueis!

— Que é isso de Estrela de Absinto? — perguntou alguém.

— Não tenho a menor ideia! — respondeu o general, que voltou a ocupar, com um ar importante, o seu lugar de presidente.

— Adoro estas discussões e estas questões, príncipe, quando tem um objetivo científico, bem entendido — balbuciou Keller, balançando-se na cadeira com um ar de verdadeiro êxtase e impaciência — um objetivo científico e político — acrescentou, voltando-se de repente para o Pavlovitch, que estava sentado perto dele.

— Olhe, é sempre com o máximo interesse que leio nos jornais o relato dos debates no Parlamento inglês. Entendamo-nos: não é o assunto desses debates que me encanta (eu não sou um político, como sabem), mas a maneira como os oradores se tratam entre si e se comportam, por assim dizer, nas suas relações políticas; o nobre visconde que está sentado na minha frente, o nobre conde que é da minha opinião, meu nobre contraditor, cuja proposta assombrou a Europa; todas estas pequenas locuções, todo este parlamentarismo de um povo livre, tudo isto me encanta, sobremaneira!... Deleita-me tudo isto, príncipe. Juro-lhe, Pavlovitch, que no íntimo do meu espírito tenho sido sempre um artista.

— Então chega à conclusão que os caminhos de ferro são malditos? — gritou do seu canto Gania, num tom agressivo. — Serão a perdição da humanidade, pois o veneno caiu sobre a terra para corromper as fontes da vida?

Gabriel Ardalionovitch estava essa tarde num estado de excecional nervosismo e notava-se-lhe, segundo a impressão do príncipe, uma espécie de exultação. Era evidente que as suas perguntas não eram um gracejo para provocar o Lebedev, mas este não tardou a exaltar-se.

— Os caminhos de ferro, não! — replicou Lebedev, que se sentia dominado pelo entusiasmo e embebedado de prazer. — Os caminhos de ferro, por eles, não podem corromper as fontes da vida. O que é maldito é o conjunto; é, nas suas tendências, todo o espírito científico e prático dos nossos últimos séculos. Sim, pode-se dizer que tudo isso é belo e maldito!

— A maldição é certa, ou somente possível? É para agora muito importante saber-se a certeza — acrescentou Pavlovitch.

— A maldição é certa, é tudo quanto há de mais certo! — confirmou Lebedev com arrebatamento.

— Não se deixe embalar, Lebedev; de manhã o senhor está mais bem-disposto — observou Ptitsine com um sorriso.

— Sim, mas à tarde sou mais franco! À tarde sou mais cordial, mais sincero! — retorquiu com entusiasmo Lebedev, voltando-se para ele. Sou mais simples, mais preciso, mais honesto, mais respeitável! Por esta razão exponho mais o flanco às suas críticas, meus senhores, mas não faço caso. Vou lançar agora um desafio a todos os presentes, como ateus que são: como salvariam o mundo? Que estrada normal lhe traçariam para sua salvação, os outros senhores, os sábios, os industriais, os defensores do associativismo, do assalariado e de todo o resto? E por que salvariam o mundo? Para o crédito? E que é o crédito? A que os levará ele?

— O senhor é muito curioso! — observou Pavlovitch.

— E no meu entender, aquele que não se interessa por estas questões não passa de um imbecil na sociedade, meu caro senhor.

— O crédito leva pelo menos à solidariedade geral, ao equilíbrio dos interesses — observou Ptitsine.

— E nada mais. Não tem outro fundamento moral que não seja a satisfação do egoísmo individual e das necessidades materiais. A paz universal, a honra coletiva resultante da necessidade! Permita-me que lhe pergunte: é assim que devo bem compreender, meu caro senhor?

— Mas a necessidade, comum a todos os homens, de viver, de beber e de comer, unida à convicção absoluta e científica que estas necessidades não podem ser satisfeitas senão pela associação universal e a solidariedade dos interesses, eis o que me parece uma conceção bastante potente para servir de ponto de apoio e de fonte da vida à humanidade dos séculos futuros — observou Gania, que começava a mostrar-se sério.

— A necessidade de beber e de comer, quer dizer, o instinto da conservação...

— Mas esse instinto não é já muito? Ele é a lei normal da humanidade...

— Que diz a isto? — exclamou bruscamente Pavlovitch. — É uma lei, na verdade, mas nem mais nem menos normal do que a lei da destruição, ou até da autodestruição, E será por que a conservação constitui a única lei normal da humanidade?

— Ah, ah! — murmurou Hipólito, voltando-se rapidamente para o lado onde estava o Pavlovitch.

Examinou-o com uma profunda curiosidade, mas percebendo que estava a rir, começou a rir também. Depois, empurrando o Kolia, que estava sentado ao seu lado, perguntou-lhe mais uma vez as horas; tirou mesmo o relógio de prata do bolso do rapaz e olhou com avidez os ponteiros.

Em seguida, como que para se abismar no esquecimento, estendeu-se sobre o sofá, passou as mãos por baixo da cabeça e pôs-se a olhar para o teto. Todavia, um meio minuto depois estava de novo sentado à mesa, de busto inclinado para a frente, ouvindo perorar o Lebedev, no paroxismo da exaltação.

— Aí está um pensamento astucioso e irônico, um pensamento provocante — disse este último, lançando-se com entusiasmo sobre o paradoxo de Pavlovitch. — Porém esse pensamento é justo, se é que não foi exposto para incitar à controvérsia. Cético como os senhores, na sua qualidade de homem da sociedade e de oficial de cavalaria (para agora muito dotado) não dá conta por si próprio de toda a profundeza e toda a justeza dessa ideia! Sim, meu caro senhor! A lei de autodestruição e a lei de autoconservação têm no mundo uma igual potência. O diabo servir-se-á tanto de uma como de outra para dominar a humanidade, durante um tempo cujo limite é nosso conhecido. O senhor ri-se? Não acredita no diabo? A negação do diabo é uma ideia francesa, uma ideia frívola. Sabe o que é o diabo? Conhece o seu nome? E, ignorando até o seu nome, o senhor zomba da sua forma, a exemplo de Voltaire: o senhor ri-se dos seus pés fundidos como os ruminantes, da sua cauda e dos cornos, que são da sua própria invenção; porque o Espírito impuro é um espírito grande e terrível, que tem de possuir pés fendidos e cornos, ornamentos que os senhores lhe atribuem... Mas não é dele que se trata para agora...

— Que sabe o senhor? — exclamou logo o Hipólito, soltando uma gargalhada de riso convulso.

— Aí está uma reflexão judiciosa e sugestiva! — aprovou Lebedev. — Mas, volto a dizer, não se trata agora disso. A questão é saber se as fontes da vida não têm sido enfraquecidas pelo desenvolvimento...

— Dos caminhos de ferro? — gritou Kolia.

— Não é dos caminhos de ferro, jovem presunçoso, mas da tendência para a qual os caminhos podem servir, por assim dizer, de imagem ou de figuração plástica. Movimentam-se, agitam-se com grande ruído, empurram-se mutuamente, força-se a maneira de andar, supondo ser tudo em honra da humanidade! Um pensador, retirado do mundo, deplora esta trepidação: A humanidade deve tornar-se muito barulhenta e muito industrial, a despeito da sua quietude moral! Seja; mas o barulho dos carros que transportam o pão para os homens esfomeados vale talvez mais que a quietude moral, replicou triunfalmente um outro pensador que circula por toda parte e se voltou para o primeiro com soberba. E eu, o abjeto Lebedev, não creio nos carros que trazem o pão para a humanidade. Porque, se uma ideia moral não os dirige, estes carros podem friamente excluir do direito ao pão que eles transportam uma boa parte do gênero humano, e isto já se viu.

— São os carros que podem friamente excluir? — objetou alguém.

— Isto já se viu — repetiu Lebedev, sem se dignar prestar atenção à pergunta. — Malthus era um filantropo. Porém, com uma base moral vacilante, um filantropo é um canibal. Não digo nada da sua vaidade, porque se ferimos o orgulho de qualquer desses inumeráveis amigos da humanidade, prepara-se imediatamente para deitar o fogo aos quatros cantos do globo a fim de satisfazer o seu mesquinho rancor. E agora, para ser imparcial, é preciso acrescentar que somos todos assim, a começar por mim, o mais abjeto de todos; seria talvez o primeiro a pegar a minha trouxa e a salvar-me em seguida. Mas ainda não é bem disto que se trata!...

— De que se trata, então?

— Já está a aborrecer-nos!

— Trata-se da anedota seguinte, que remonta aos séculos passados, pois me encontro na obrigação de lhes falar num tempo longínquo. Na nossa época, na nossa Pátria que, conforme espero, amais, como eu amo, meus senhores, porque, no que me diz com respeito, estou prestes a derramar por ela o meu sangue até à última gota...

— De fato, de fato!

— Na nossa Pátria, como na Europa, terríveis fomes gerais assolam nesta altura a humanidade, e tanto quanto pude calcular e a minha memória me não falha, sucede isso uma vez pelo menos em cada quarto de século, ou dizendo melhor, em cada vinte e cinco anos. Não discuto a exatidão do número, mas o fato é que as fomes gerais são relativamente raras.

— Relativamente a quê?

— Ao século doze e aos séculos que o antecederam e seguiram. Porque, nesta época, segundo o testemunho dos autores, as fomes gerais assolavam a humanidade cada dois ou pelo menos três anos, se bem que, em tais circunstâncias, o homem recorria à antropofagia, mas às ocultas. Um parasita desse tempo, ao aproximar-se da velhice, declarou, espontaneamente e sem nenhum constrangimento, que no decorrer da sua longa e miserável existência havia, à sua parte, matado e comido, no maior dos segredos, sessenta monges e algumas crianças, seis ou pouco mais, número mínimo em relação ao número de religiosos devorados. Quanto aos não religiosos, parece que nunca tocou em nenhum.

— Isso não é possível! — gritou num tom de meio ofendido o próprio presidente, o general. — Discuto e divago muitas vezes com ele, meus senhores, sempre sobre questões deste gênero, mas a maior parte das vezes diz-me só mentiras, acrescentando que quanto mais um acontecimento é real, menos verosímil é.

— General, lembro-lhe a cadeira de Kars! E os senhores fiquem sabendo que a minha anedota é a pura verdade. Acrescentarei por meu lado que a realidade, se bem que submetida a leis imutáveis, é quase sempre inacreditável e inverossímil. Algumas vezes mesmo, quanto mais um acontecimento é verdadeiro, menos verosímil é.

— Mas quem é que pode comer assim sessenta frades? — perguntaram os outros convivas, rindo.

— Bem entendido que não os comeu todos de uma vez; levou talvez quinze ou vinte anos; nestas condições a coisa é perfeitamente compreensível e natural.

— E natural?

— Sim, natural! — ripostou Lebedev com uma obstinação pretensiosa. — Até agora o frade católico tem sido, de sua natureza, comunicativo e curioso; nada mais fácil do que atraí-lo a um bosque ou a algum lugar solitário e lá fazer-lhe o que disse. Por vezes não contesto que o número de pessoas comidas seja excessivo e revele mesmo uma certa tendência para a intemperança.

— Talvez seja verdade, meus senhores — observou de repente o príncipe. Este tinha-se até aqui mantido calado e seguido a discussão sem intervir. Rira à vontade, por diversas vezes, nos momentos de hilaridade geral. Via-se que estava satisfeito por se sentir rodeado de toda esta alegria, de todo este barulho, e mesmo por constatar que se bebia com bastante entusiasmo. Teria passado toda a reunião sem proferir uma palavra. Porém assaltou-o de repente a ideia de tomar a palavra, e fê-lo com tanta gravidade, que todos os convivas o fitaram com um olhar de intrigados.

— Quero precisar um ponto, meus senhores: a frequência das fomes gerais no passado. Se bem que conheça mal a história, tenho também ouvido falar. Mas parece-me que não podia ser de outra forma. A quando da minha estada nas montanhas suíças, admirava muito as ruínas de velhos castelos feudais, alcandorados no flanco dos montes, sobre rochas abruptas, a uma altura de pelo menos meia versta (isto é, mais verstas seguindo os atalhos). Sabem o que é um castelo: um verdadeiro maciço de pedras. Isto representa um trabalho espantoso, incalculável, trabalho que, sem dúvida, foi executado por aquelas pobres criaturas chamadas os vassalos. Estes eram, além disso, constrangidos a pagar toda a espécie de rendas e a sustentar o clero. Como tinham eles tempo para se bastarem a si e para cultivarem a terra? Eram então pouco numerosos para o poderem fazer; a maior parte morria de fome e não tinham, pode-se afirmar, nada que comer. Cheguei algumas vezes mesmo a perguntar como é que estas populações não se extinguiram por completo, como é que puderam resistir e suportar tão dura existência! Ao afirmar que houve casos de antropofagia, e talvez em grande número, Lebedev está certamente dentro da verdade; somente não vejo por que é que os frades foram chamados para esta questão, nem onde quer chegar por aí!

— Com certeza quis dizer que no século doze só se podiam comer os frades, porque eram os únicos que andavam gordos — observou Gabriel.

— Aí está uma reflexão magnífica e de fato justa — exclamou Lebedev — porque o nosso homem não tocou nunca num único civil. Nem um único civil para sessenta amostras do clero, é uma constatação terrível, de fundamento histórico e de valor estatístico; é um destes fatos com a ajuda dos quais um homem inteligente reconstitui o passado, porque prova, com uma precisão matemática, que o clero estava, então, pelo menos, sessenta vezes mais próspero e melhor alimentado que todo o resto da humanidade. Talvez até estivesse sessenta vezes mais gordo.

— Que exagero, Lebedev, que exagero — gritaram entre os assistentes, soltando grossas gargalhadas.

— Admito que a ideia tenha um fundamento histórico, mas aonde quer o senhor chegar? — replicou o príncipe. Falava com uma tal seriedade, uma tal ausência de ironia ou de troça a respeito do Lebedev, de quem a assistência se ria, que do contraste entre o seu tom de voz e o das outras pessoas resultava um involuntário efeito cômico; por pouco que não começou também a rir, mas esforçou-se por se manter sério.

— Não vê, príncipe, que é um tolo? — cochichou-lhe Pavlovitch. — Disseram-me ainda há pouco, aqui, que o gosto da advocacia e a eloquência judicial transtornaram-lhe a cabeça, e o que ele pretende é passar nos seus exames. Deve ser uma alegre paródia!

— Caminha para uma conclusão enorme — continuou Lebedev numa voz de trovão. — Analisemos, porém, antes de tudo, a situação psicológica e jurídica do criminoso. Vemos que este (chamemos-lhe, se assim querem, o meu cliente) apesar da completa impossibilidade de encontrar uma outra alimentação, manifesta por diversas ocasiões, no decorrer da sua curiosa carreira, o propósito de se arrepender e de renunciar à carne monacal. Isto deduz-se claramente dos fatos: disseram-me que comeu cinco ou seis crianças. Comparativamente este número é insignificante; mas debaixo de outro ponto de vista tem a sua eloquência. É evidente que terríveis remorsos assaltaram o meu cliente (porque é um homem religioso, um homem de consciência, como me encarregarei de provar); desejoso de atenuar o seu pecado, na medida do possível, substituiu, a título de ensaio, o regime monacal, por seis vezes o regime laico. Que se tratava de um ensaio, está também fora de contestação; por que, se tinha-se proposto variar de ementa, o número seis seria irrisório; por quê seis, em vez de trinta? (Eu tomo metade: metade laicos, metade religiosos). Mas se trata-se de uma experiência, unicamente inspirada pelo desespero e pelo espanto em face de um sacrilégio e da ofensa feita aos crentes da igreja, então o número seis torna-se mais que compreensível; seis tentativas para atenuar os seus remorsos de consciência eram mais do que suficientes, visto que não podiam dar um resultado satisfatório. Em primeiro lugar, no meu entender, a criança é muito pequena, ou para dizer melhor, muito fraca: o meu cliente devia, durante um certo tempo, ingerir três ou cinco vezes mais crianças que frades, diminuir qualitativamente o seu pecado, para no fim das contas ser aumentado quantitativamente. Escuso dizer, meus senhores, que me coloco, para raciocinar assim, no estado de alma de um criminoso do século doze. Por mim, homem do século dezenove teria talvez raciocinado de outra maneira; previno-os já, de maneira a não terem, meus senhores, nenhuma razão para zombarem de mim; por si, general, isto torna-se inconveniente. Em segundo lugar a criança constitui (isto é uma opinião toda pessoal) uma carne pouco nutritiva, talvez mesmo adocicada e insípida em excesso, que não sustenta aquele que a come e só lhe deixa remorsos na consciência. Eis agora a conclusão, meus senhores, desta minha peroração; dar-vos-á a solução de um dos maiores problemas de então e de hoje. O criminoso acaba por ir denunciar-se ao clero e entregar-se nas mãos da autoridade. Não esqueçamos os suplícios que nesses tempos o esperavam, desde a roda, à decepção e às fogueiras! Quem o obrigou então a ir-se denunciar? Por que é que tendo muito simplesmente chegado ao número sessenta, não guardou o segredo até ao último suspiro? Por que é que não se limitou a renunciar aos frades e a fazer penitência, levando a vida de um eremita? Por que é que não se fez frade? Está aqui a chave do enigma!... Existia então uma força superior à da decepção e das fogueiras, àquela mesmo de um hábito de vinte anos. Havia então uma ideia mais forte que as calamidades, as privações, as altercações, as pestes, a lepra e todo esse inferno que a humanidade não poderia suportar, sem aquela ideia pela qual os corações eram subjugados e guiados às fontes fertilizadas da vida! Mostrem-me portanto alguma coisa que se aproxime desta força, neste século de vícios e caminhos de ferro... É preciso dizer, nosso século de barcos a vapor e de caminhos de ferro; eu digo no nosso século de vícios e de caminhos de ferro, porque eu estou bêbado, mas sou verdadeiro. Mostrem-me uma ideia, exercendo sobre a atual humanidade uma ação que tenha apenas metade da força daquela. E atrevo-me a dizer, depois disto, que as fontes da vida não têm sido enfraquecidas ou perturbadas, sob essa estrela, sob essa rede na qual os homens se têm embaraçado. E não suponham poder impor-se pela sua prosperidade, pela sua riqueza, por um diminuto número de privações, ou pela rapidez dos meios de comunicação. As riquezas são em maior número, mas as forças declinam; não há mais força de ideal capaz de criar um laço entre os homens; tudo amoleceu, tudo está bêbado, tudo são bebedeiras! Sim, todos, todos nós estamos bêbados. Mas chega de palavreado!... Não é disto que se trata agora; trata-se de fazer servir a refeição fria, preparada para os nossos hóspedes, não é assim, meu caro príncipe?

Lebedev esteve quase ao ponto de provocar, nalguns dos convivas, uma verdadeira indignação (é justo notar que durante todo este tempo se continuaram a abrir garrafas). Desarmou, porém, neste ponto, todos os seus adversários com esta conclusão inesperada, que anunciava o repasto, conclusão que ele próprio qualificou de hábil manobra de advogado para tornear uma questão. Um riso alegre deu uma nova animação a todos os assistentes; todos saíram da mesa e começaram a passear no terraço para desentorpecer as pernas. Apenas o Keller ficou descontente com o desfecho do discurso de Lebedev e manifestou-se por isso com extrema turbulência.

— Ataca a instrução, exalta o fanatismo do século doze e faz todas as contorções, sem ter mesmo a menor pureza de coração; ouso perguntar-lhe com que dinheiro se tornou proprietário desta casa? — exclamou em alta voz, fazendo parar todos os convivas, uns após outros.

— Conheci um verdadeiro intérprete do Apocalipse — disse do canto oposto o general, dirigindo-se a alguns outros convivas e principalmente a Ptitsine, a quem agarrara por um botão do casaco.

— Foi o falecido Gregório Semionovitch Bourmistrov. Penetrava nos corações dos outros tal como uma seta de fogo. Começava por pôr as lunetas, depois abria um grande e velho livro com encadernação de couro escuro. Tinha uma barba grisalha e trazia duas medalhas obtidas por obras de beneficência. Punha-se a ler num tom rude e severo; diante dele os generais curvavam-se e as senhoras caíam com síncopes. Aqui porém terminaram por anunciar uma ceia fria!... Isto não tem pés nem cabeça!

Ouvindo o general, Ptitsine sorriu e mostrou o aspecto de um homem que vai pegar o chapéu para se ir embora; porém não se resolvia, ou esquecia sempre a sua resolução. Antes de ter deixado a mesa, Gania parou bruscamente de beber e pousou a taça longe dele; uma nuvem assombrou-lhe o rosto. Quando se levantou, aproximou-se de Rogojine e sentou-se ao seu lado. Ter-se-ia suposto que estavam nas melhores relações. Rogojine, que ao princípio tentou por várias vezes ir-se embora à inglesa, estava agora sentado, imóvel e de cabeça baixa; também ele parecia ter esquecido as suas veleidades de fuga. Em toda a noite não tinha bebido uma gota de vinho. Estava entregue às suas reflexões. Por momentos levantou os olhos e observou um a um todos os assistentes.

Nesta altura a sua atitude fazia pensar que adiara a partida, na esperança de que alguma coisa de extremamente importante se passasse com ele.

O príncipe esvaziara apenas duas ou três taças; estava alegre e nada mais. Quando se levantou da mesa o seu olhar encontrou o de Pavlovitch; lembrou-se de que devia ter uma explicação com ele e sorriu com um ar de satisfeito. Pavlovitch fez-lhe um sinal com a cabeça e indicou-lhe num gesto rápido Hipólito, que dormia, estendido num sofá. Fitou-o logo em seguida com um olhar perscrutador.

— Diga-me, príncipe, por que razão este vadio se introduziu em sua casa? — perguntou à queima-roupa e com uma expressão tão visível de despeito e até mesmo de ódio, que o príncipe ficou surpreendido. — Parece que tem um mau intento na cabeça!

— Tenho notado, ou pelo menos parece-me que o Eugênio — respondeu o príncipe — está hoje muito interessado por ele, é verdade?

— Acrescente ainda, que nas circunstâncias especiais em que me encontro, estou pensando noutra coisa; também me sinto muito admirado por não ter podido, durante toda esta reunião, desviar os olhos desta tão repugnante fisionomia.

— Tem um rosto bonito...

— Aí está, aí está! Ora, olhe! — gritou o Pavlovitch, agarrando o príncipe pelo braço. — Aí está!

De novo o príncipe fitou o seu interlocutor com um ar de espanto.

Capítulo 5

Hipólito, que adormecera no sofá, após ter terminado a dissertação de Lebedev, acordou sobressaltado, como se alguém lhe tivesse dado uma dentada num lado. Estremeceu, sentou-se na beira do sofá, olhou à sua volta e empalideceu. Ao ver quem o rodeava, a sua fisionomia exprimiu um certo terror; porém quando se recordou de tudo e pôde coordenar as suas ideias, esse terror degenerou quase em espanto.

— O quê, já se vão embora? Já acabou? Já terminou tudo? O sol já nasceu? — perguntou com angústia e agarrando o príncipe pela mão. — Que horas são? Por Deus diga-me que horas são? Adormeci. E dormi muito tempo? — acrescentou ele, com uma expressão vizinha do desespero, como se tivesse faltado, adormecendo, a alguma questão de onde dependesse, além de tudo, o seu destino.

— Dormiu apenas sete ou oito minutos — respondeu-lhe o Pavlovitch.

Hipólito olhou-o com insistência e refletiu uns instantes.

— Ah, só isso!... Pois eu...

Em seguida aspirou o ar com força, como se sentisse aliviado de um peso enorme. Tinha enfim compreendido que nada tinha terminado, que a alvorada não havia surgido ainda, que os convivas haviam apenas deixado a mesa para irem comer o prometido repasto e que a única coisa que havia cessado fora o discurso do Lebedev, Sorriu e as faces coloriram-se-lhe de duas manchas rosadas, reveladoras da tuberculose.

— O senhor Pavlovitch parece que contou os minutos que eu estive a dormir! — exclamou ele, num tom zombeteiro. — O senhor, durante toda a noite, ainda não desviou os olhos da minha pessoa. Bem o tenho notado... Ah! Rogojine!... Acabo de vê-lo em sonho — cochichou ele ao ouvido do príncipe, franzindo as sobrancelhas e indicando com um sinal de cabeça o sítio da mesa onde aquele estava sentado. — Ah, sim, a propósito — continuou ele, saltando bruscamente de um assunto para o outro — onde está o orador, onde está o Lebedev? Já acabou o discurso? De que falou ele? É verdade, príncipe, que o senhor disse um dia que a beleza salvaria o mundo? Meus senhores — gritou depois, tomando todos os convivas por testemunhas — o príncipe afirma que a beleza salvará o mundo! Por mim afirmo que, se tem assim ideias galhofeiras, é um scr amoroso! Meus senhores, o príncipe é um amoroso; há pouco, logo que o vi entrar, adquiri essa convicção. Não core, príncipe! Assim causa-me piedade. Que beleza é que salvará o mundo? Foi o Kolia que me repetiu isso, a propósito... O senhor é um fervoroso cristão? O Kolia disse-me que o senhor dá a si mesmo o nome de cristão...

O príncipe olhou-o com atenção e nada disse.

— O senhor não me responde? Pensa talvez que o estimo muito? — acrescentou inesperadamente Hipólito, como se esta reflexão lhe tivesse escapado. — Não, não pense nisso. Já sei que o senhor não me estima.

— Como!... Mesmo depois do que se passou ontem? Ontem fui sincero contigo.

— Já sabia, ontem também, que o senhor não me estimava.

— O senhor quer dizer que é por que eu o invejo, por que sou um invejoso? O senhor sempre acreditou nisso e acredita ainda, mas... por que falar nisso? Quero beber ainda champanhe. Keller, enche-me a taça.

— Não precisa beber mais, Hipólito; não o deixarei beber...

E o príncipe afastou dele a taça.

— É melhor, depois disto tudo — aquiesceu ele logo, com um ar sonhador. — Dirão, sem dúvida, que... mas que me importa o que eles dirão?! Não é assim como eu digo? Que digam depois o que quiserem, não é assim, príncipe? E que nos importa, a todos quantos aqui estamos, o que será depois? De resto, acabei de sair de um sonho. Que horrível sonho, de fato! Só agora é que me lembro. Não lhe desejo tais sonhos, príncipe, se bem que efetivamente não o estime talvez nunca. Por agora, se não amo ninguém, não é razão para lhe querer mal, não é verdade? Mas por que faço eu todas estas perguntas? Por que todas estas interrogações? Dê-me a sua mão e apertá-la-ei com vontade; assim, como vê... O senhor mesmo me estendeu a mão. É porque sabe que lhe aperto com sinceridade... Seja, não beberei mais. Que horas são? É inútil dizer-me por agora; eu sei. A hora soou. O momento chegou. E então? Servem a refeição neste canto? Mas esta mesa está vazia? Perfeito!... Meus senhores, eu... Toda esta gente não me ouve... Tenho a intenção de ler um artigo, príncipe; o repasto é com certeza mais interessante, mas...

Bruscamente, e da maneira mais inesperada, tirou do bolso do lado um largo rolo, formato administrativo, selado com um grande sinete vermelho, e pousou-o diante dele, sobre a mesa.

Este gesto imprevisto produziu o seu efeito sobre os assistentes, que estavam *prontos*, mas não para ouvir uma leitura. Pavlovitch levantou-se da cadeira, sobressaltado; Gania aproximou-se rapidamente da mesa; Rogojine fez o mesmo, mas com o trejeito de desgosto e aborrecimento do homem que sabe de que se trata; Lebedev, que se encontrava perto dele, avançou com um olhar de acovardado e pôs-se a examinar o rolo, tentando adivinhar o seu conteúdo.

— Que é isso que tem aí? — perguntou o príncipe num tom de inquieto.

— Aos primeiros alvores do sol deitar-me-ei, príncipe. Sou eu que lhe digo. Dou-lhe a minha palavra de honra, verá! — exclamou Hipólito.

— Mas... mas os senhores julgam-me num estado incapaz de abrir o rolo? — acrescentou ele, deitando à sua volta um olhar de desconfiança, que parecia dirigir-se a toda a gente sem distinção.

O príncipe notou que as pernas lhe tremiam. Tomou a palavra em nome de todos os assistentes.

— Nenhum de nós teve essa ideia. Porque no-la atribui e acredita que...

— Que tola ideia é essa de nos querer ler qualquer coisa! Que tem aí, Hipólito?

— O que é isso? Que é que quer ainda? — perguntaram à sua volta. Todos se aproximaram. Alguns comiam já. O rolo e o sinete vermelho atraíam os convivas como um íman.

— Foi o que escrevi ontem mesmo, logo depois de lhe ter dado a minha palavra de que viria instalar-me na sua casa, príncipe. Escrevi-o durante todo o dia de ontem e noite; terminei-o hoje pela manhã. Antes da madrugada tive um sonho...

— Não seria melhor deixar isso para amanhã? — interveio timidamente o príncipe.

— Amanhã não haverá mais tempo — replicou Hipólito com uma gargalhada histérica. — De resto, não se inquiete, pois a leitura não levará mais de quarenta minutos, ou quando muito uma hora... E note o interesse que toda a gente manifesta; cada um se aproxima mais, cada um olha com sete olhos para o rolo. Se não tivesse embrulhado este meu artigo, não teria despertado nenhuma curiosidade. Ah, ah! Eis a atração do mistério! Desembrulho-o ou não, meus senhores? — gritou ele, rindo com um riso singular e dardejando sobre o auditório um olhar cintilante. — Mistério, mistério! Lembra-se, príncipe, de que lhe disse que não haverá mais tempo? É o Anjo grande e poderoso do Apocalipse.

— É melhor não ler — exclamou bruscamente Pavlovitch, com um ar tal de inquietação que muitas das pessoas ficaram impressionadas.

— Não leia — exclamou igualmente o príncipe, pondo a mão sobre o embrulho.

— Ler agora?!... Vamos mas é comer — observou alguém.

— É um artigo? Então é para alguma revista? — perguntou um outro.

— É talvez aborrecido — acrescentou um terceiro.

— Mas de que é que se trata? — interpelaram outros.

O gesto de apreensão do príncipe havia aterrorizado Hipólito.

— Então... não se lê? — murmurou ele num tom receoso, enquanto um sorriso forçado lhe contraiu os lábios azulados. — Não se lê? — murmurou ainda, perscrutando à sua volta todos os olhos e todos os rostos, procurando atrair as pessoas, como ainda há pouco, com uma ávida necessidade de expansão. — O senhor... tem medo? — perguntou ele, voltando-se de novo para o príncipe.

— Medo de quê? — replicou este, cuja fisionomia se alterava de minuto a minuto.

— Alguém tem por aí uma moeda de vinte copeques? — disse logo em seguida Hipólito, saltando como se o tivessem picado na cadeira. — Ou outra moeda qualquer?

— Aqui está uma — interveio rapidamente Lebedev, dando-a. Assaltou-o então a ideia de que o doente havia perdido a cabeça.

— Vera Loukianovna! — chamou Hipólito, num tom apressado. — Pega esta moeda e atira-a ao ar, sobre esta mesa: cara ou coroa? Se for coroa, lê-se.

Vera olhou emocionada para a moeda, depois para Hipólito, em seguida para o pai e, voltando a cabeça, ante a ideia de que não devia olhar para a moeda, atirou com esta sobre a mesa com a mão esquerda. Saiu coroa.

— É preciso lê-lo! — murmurou o Hipólito, como que esmagado pela ordem da sorte; não teria ficado mais pálido se tivesse ouvido a sua sentença de morte. — E agora continuou ele, estremecendo, após um meio minuto de silêncio — que tem a dizer? Será possível que tenha acabado de jogar o meu destino?

Lançou um rápido olhar sobre a assistência que se encontrava à sua volta e que refletia o mesmo desejo de se expandir e de pedir que o ouvissem com interesse; depois, voltando-se bruscamente para o príncipe, exclamou com um acento de sincero espanto.

— Eis um estranho caso de psicologia... um caso incompreensível, príncipe! — repetiu ele, animando-se e no tom de um homem que voltou a acalmar-se. — Note isto bem e não o esqueça, visto que trabalha, segundo parece, sobre a pena de morte... Disseram-me, ah, ah! Oh, Deus, que absurda falta de senso!

Sentou-se no sofá, apoiou os dois cotovelos na mesa e a cabeça nas mãos.

— Que vergonha, mesmo — prosseguiu ele. — Mas que me importa que isto seja vergonhoso? — e levantando rapidamente a cabeça, pareceu obedecer a uma resolução imediata: — Meus senhores, meus senhores, vou desembrulhar o rolo, não obrigo ninguém a ouvir-me!

Com as mãos tremendo de comoção desembrulhou o rolo e tirou algumas folhas de papel de carta, cobertas de uma fina letra, as quais colocou diante dele e logo em seguida começou a desenrugar.

— Mas que é isso? Que tem ele? Que é que vai ler? — murmuraram alguns assistentes com um ar sombrio. Outros mantiveram-se calados, mas todos estavam sentados e observavam a cena com curiosidade. Talvez esperassem de fato um acontecimento extraordinário. Vera agarrara-se à cadeira do pai e sentia um tal medo que a custo retinha as lágrimas. Kolia não estava menos aterrorizado, Lebedev, que estava também sentado, levantou-se de súbito, pegou as velas e aproximou-as do Hipólito para que este visse melhor ao ler.

— Meus senhores, vão... vão já ver o que isto é — acrescentou, não se sabe bem porquê, Hipólito: e sem transição começou a ler: Explicação indispensável. Título: *Aprés moi le déluge*[26]. Oh, diabo! — exclamou ele no tom de um homem que acaba de se queimar. — Como pude na verdade dar um título tão tolo a isto? Ouçam, meus senhores... Asseguro-lhes que tudo isto não é talvez, do fim das contas, mais do que uma horrível bagatela! São apenas pensamentos meus... Se julgam que há alguma coisa de misterioso ou... de proibido... numa palavra...

— Fazia muito melhor se lê-se sem preâmbulos — interrompeu Gania.

---

26 Em francês no original: Depois de mim, a inundação. (N. do R.)

— Procura um rodeio! — acrescenta um outro.

— Não passa tudo isto de tagarelice! — observou Rogojine, que até aqui se havia mantido calado.

Hipólito olhou-o de repente; no momento em que os seus olhares se cruzaram, Rogojine teve um sorriso amargo e bisonho, para logo em seguida articular estas estranhas palavras:

— Não precisa comportar-se assim nesta questão, meu rapaz, não...

Com certeza nenhum dos presentes compreendeu o que Rogojine queria dizer. No entanto as suas palavras produziram sobre a assistência uma impressão deveras singular: a mesma ideia pareceu aflorar em todos os espíritos. Sobre Hipólito, o efeito produzido foi terrível; começou a tremer de tal maneira que o príncipe esteve quase a ponto de lhe estender a mão para ampará-lo; teria mesmo soltado um grito, se este não lhe ficasse estrangulado na garganta. Foi todo um minuto sem poder articular uma palavra. Respirava muito a custo, mas não deixou de fitar os olhos de Rogojine. Retomando algum alento, à custa dos maiores esforços, conseguiu por fim dizer:

— Então foi o senhor... foi o senhor que foi... o senhor...

— Que foi o quê? Que é que quer dizer? — replicou Rogojine com o ar de quem nada compreendeu.

Hipólito corou muito e levado por uma espécie de raiva súbita, exclamou numa voz brusca e brutal:

— Foi o *senhor* que foi à semana passada a minha casa, de noite, depois da uma hora, no dia seguinte ao dessa manhã em que fui vê-lo? Foi o *senhor!* Confesse: foi o senhor?

— A semana passada, de noite? Não perdeste o juízo, meu rapaz?

O rapaz calou-se por instantes, levou o indicador à testa e recolheu-se em ar meditativo. Porém sob o seu pálido sorriso, a que o medo dava um certo ricto, descobria-se agora uma expressão de astúcia e mesmo de triunfo.

— Foi o senhor — repetiu ele quase a meia-voz, mas no tom da mais completa convicção. — O *senhor* foi à minha casa e esteve sentado perto de uma hora ou mais, sem dizer uma palavra, numa cadeira; perto da janela: foi entre a meia-noite e as duas horas, e o senhor partiu antes das três... Sim, era na verdade o senhor! Por que razão me foi meter medo? Por que é que foi atormentar-me? Não tenho explicação, mas era o senhor!

No seu olhar chamejou então um forte clarão de ódio e deixou logo de tremer de terror.

— Dentro em pouco os senhores vão já saber tudo. Eu, eu... ouvi...

E de novo procurou sem precipitação as folhas do seu manuscrito, que se haviam espalhado e misturado; esforçou-se por as pôr em ordem; estas folhas tremiam-lhe entre os dedos nervosos e levou bastante tempo a ordená-las.

— Está tolo ou delira! — murmurou Rogojine com uma voz a custo inteligível.

Por fim a leitura começou. Durante os cinco primeiros minutos o autor deste inesperado *artigo* teve dificuldade em regular a respiração e leu de uma maneira inquieta e desigual. Porém a sua voz firmou-se pouco a pouco e chegou a compreender-se bem o que lia. Apenas algumas vezes uma tosse bastante violenta o obrigava a interrompê-la; chegada a metade da leitura, dominou-o uma forte rouquidão. A sua exaltação foi crescendo gradualmente, até atingir o paroxismo, ao mesmo tempo que uma impressão mórbida ia avassalando o auditório. Eis todo o artigo:

Explicação indispensável.
Aprés moi le déluge!

"Ontem de manhã o príncipe foi ver-me; entre outras coisas, propôs-me para me instalar na sua casa. Sabia que não deixaria de insistir neste ponto; estava seguro que me declararia abertamente que seria melhor; para morrer no meio dos homens e das árvores, servindo-me da sua expressão. Hoje, porém, não empregou a palavra morrer; disse-me que seria melhor, para continuar a minha existência, o que agora, no meu caso, quer dizer quase que o mesmo. Perguntei-lhe o que queria dizer com aquelas árvores em que falava tantas vezes e por que me enchia assim tanto os ouvidos. Fiquei estupefato ao ouvi-lo responder-me que fora eu próprio que outro dia declarara querer vir para Pavlovsk, para ver as árvores pela última vez. Observei-lhe então que para morrer me era perfeitamente indiferente estar debaixo das árvores ou ver um muro de tijolos diante da minha janela; por duas semanas que me restam de vida, é-me indiferente qualquer das duas coisas. Concordou logo comigo, mas explicou que o verde dos campos e o seu ar puro deviam trazer com certeza uma modificação ao meu estado físico, transformariam os meus sonhos e os efeitos da minha grande excitação, talvez até ao ponto de os tornar toleráveis. Objetei-lhe de novo, rindo, que falava como um materialista. Replicou-me, com o seu habitual sorriso, que sempre havia sido materialista. Como nunca mente, isto não eram palavras ao vento. O seu sorriso é bondoso; observei-o então com mais atenção. Não sei se agora o estimo ou não; não tenho tempo, para o momento, de inquietar o espírito com essa questão. O ódio que lhe tinha desde há cinco meses, notem bem, começou a declinar por completo no decorrer do último mês. Quem sabe? Talvez viesse a Pavlovsk sobretudo para vê-lo? Mas por que razão desertei então do meu quarto? O condenado à morte não deve nunca deixar o seu canto; se não tivesse tomado agora uma resolução definitiva e se me tivesse, pelo contrário, resignado a esperar a minha última hora, não teria com certeza abandonado o meu quarto por nada deste mundo e não teria aceitado a proposta de vir morrer à casa dele, a Pavlovsk.

"Preciso apressar-me para terminar sem falta, ainda hoje, toda esta explicação. Isto quer dizer que não tive tempo de a reler, nem de a corrigir; lê-la-ei amanhã, comunicando-a ao príncipe e a duas ou três testemunhas que conto encontrar em sua casa. Como não há aqui uma única palavra que não seja a pura, a suprema e a solene verdade, estou ansioso por saber qual a impressão que eu próprio experimentarei por ocasião dessa leitura. Por agora fiz mal em escrever estas palavras: suprema e solene verdade; porém por quinze dias, só vale a pena viver assim; é a melhor prova de que escreverei apenas a verdade (N. B. — Uma ideia que não se deve perder de vista: não estou louco neste momento, ou para dizer melhor; em certos momentos? Afirmaram-me positivamente que, chegados à última fase da sua doença, os tuberculosos têm instantes de idiotismo. Verificarei isto amanhã pela impressão que a minha leitura produzir sobre os auditores. Esta questão deve ser a todo o custo resolvida da maneira a mais exata, sem o que nada poderemos empreender).

"Parece-me que acabo de escrever uma grande asneira; mas, como já disse, não tenho tempo para corrigir; por outro lado prometo deixar intencionalmente este manuscrito sem a menor correção, mesmo que se perceba que me contradigo a cada cinco linhas. Quero justamente submeter amanhã, à prova de leitura, a lógica do meu pensamento e assegurar-me de que noto os meus erros; ficarei sabendo assim se todas as ideias amadurecidas neste quarto, no decorrer destes últimos meses, são verdadeiras, ou se não se trata apenas de um delírio!

"Há dois meses que devia ter abandonado por completo o meu quarto, como acabo de fazer, e dizer adeus ao muro de Meyer; estou certo de que teria experimentado uma certa tristeza. Agora não sinto nada, se bem que deva deixar amanhã para sempre este quarto e o muro! O meu íntimo está hoje dominado pela convicção de que, por duas semanas, não vale a pena ter saudades ou entregar-me a qualquer outro sentimento. E todos os meus sentidos obedecem talvez já a essa convicção. Mas será verdade? Será verdade que a minha natureza esteja por completo vencida? Se me infligissem qualquer tortura neste momento, pôr-me-ia com certeza a gritar; não direi que não vale a pena gritar e sentir a dor, quando não se tem mais do que quinze dias de vida!...

"Todavia será exato que só me restam quinze dias para viver e não mais? O que eu contei em Pavlovsk era falso: B... não me disse nada, nem nunca mesmo me viu; porém há uma semana mandaram-me o estudante Kislorodov; é um materialista, um ateu e um niilista; foi justamente por isso que eu o mandei vir; tinha necessidade de um homem que me dissesse enfim a verdade, nua e crua, sem precauções nem artifícios. Foi o que ele fez, não somente com ardor e sem rodeios, mas até mesmo com um visível prazer (que, no meu entender; ultrapassou as medidas). Declarou-me brutalmente que me restava mais ou menos um mês para viver; talvez um pouco mais, se as circunstâncias me fossem favoráveis, ou talvez então muito menos. Posso, segundo ele diz, morrer subitamente; amanhã por exemplo, é de crer que assim seja. Há três dias uma senhora tuberculosa, que vivia no bairro de Kolomma e cujo caso era parecido com o meu, preparava-se para ir ao mercado fazer as suas provisões; sentindo-se de repente indisposta, estendeu-se num sofá, soltou um suspiro e morreu. Kislorodov contou-me todos estes detalhes com uma certa afetação de insensibilidade e indiferença, como se me desse a honra de me considerar, a esta humilde pessoa, como um ser superior, dominado pelo mesmo espírito de negação que ele e não tendo naturalmente nenhuma mágoa em deixar a vida. Por fim, um ponto ficou assente: é que eu tinha um mês para viver e não mais. Sobre este assunto estou em absoluto convencido que não se enganou.

"Fiquei muito surpreendido quando o príncipe adivinhou que eu tinha pesadelos; disse na sua carta que em Pavlovsk os efeitos da minha grande excitação e dos meus sonhos mudaram. Por que falou ele nos meus sonhos? Ou é médico, ou é um espírito de uma penetração extraordinária, capaz de adivinhar muitas coisas (mas que, no fim das contas, não oferece dúvidas que é um idiota). Justamente, antes da sua chegada, acabava de ter na verdade um lindo sonho (como tenho agora às centenas). Tinha adormecido há uma hora, segundo suponho, antes da sua visita, e via-me num quarto que não era o meu. Era maior e mais alto, mais bem mobiliado e bem iluminado; o mobiliário compunha-se de um armário, de uma cómoda, de um sofá e da minha cama, que era comprida e larga, com uma coberta verde, de seda acolchoada. Neste quarto avistei um animal horrível, uma espécie de monstro. Parecia-se a um escorpião, mas não era um escorpião; era qualquer coisa de mais repugnante e de muito mais horroroso. Julguei ver uma espécie de mistério no fato de não existirem animais desse gênero na natureza e logo ia aparecer um de propósito na minha casa. Examinei-o à vontade; era um réptil castanho e coberto de escamas, tendo de comprimento aproximadamente quatro verchoks; a cabeça tinha a grossura de dois dedos, mas o corpo adelgaçava gradualmente para a cauda, cuja extremidade não tinha mais que um décimo de verchok de espessura. A um verchok da cabeça destacavam-se duas patas, de um lado e de outro do tronco, com o qual formavam um ângulo de quarenta e cinco graus, se bem que, visto de cima, o animal tomasse o aspecto de um tridente. Não lhe via muito bem a cabeça, mas notei-lhe dois pequenos tentáculos muito curtos e igualmente castanhos, que pareciam duas grossas agulhas. Encontravam-se dois pequenos e idênticos tentáculos no fim da cauda e na extremidade de cada pata, ou sejam oito, ao todo. Este animal corria rapidamente através do quarto, apoiando-se nas patas e na cauda; durante a corrida o corpo e as patas torciam-se como as serpentes, com uma prodigiosa velocidade, apesar da sua carapaça; era uma coisa terrível de ver. Tive um medo atroz de que o animal me picasse, pois me convenci que era venenoso. Porém o que me atormentava mais era saber quem o tinha metido no meu quarto, que má vontade o movera contra mim e o que se ocultava sob tal mistério. O animal escondia-se debaixo da cômoda, debaixo do armário, ou refugiara-se nos cantos. Sentei-me numa cadeira e encolhi as pernas, de forma a não as pousar no chão. O animal atravessou ligeiro o quarto, em diagonal, e desapareceu em qualquer canto perto da cadeira. Aterrorizado, procurei o com os olhos; como estava porém com as pernas dobradas sobre a cadeira e sentado sobre elas, contava que não me subisse para a cadeira. De repente ouvi um leve ruído atrás de mim, não longe da nuca. Voltei-me e vi o réptil que subia ao longo da parede; encontrava-se já à altura da minha cabeça e roçava-me mesmo pelos cabelos com a cauda, que volteava e ondulava com uma extrema agilidade. Dei um salto e o monstro desapareceu. Não me atrevi a meter-me na cama com o medo que ele se introduzisse debaixo do travesseiro. A minha mãe e não sei que outra pessoa das suas relações entraram então no meu quarto. Puseram-se a correr atrás do réptil, tentando apanhá-lo. Estavam mais calmas que eu e não manifestavam mesmo nenhum temor, mas não compreendiam nada. Logo em seguida o monstro reapareceu; rastejava desta vez com um movimento muito lento, como se tivesse uma intenção particular; as suas indolentes contorções davam-lhe um aspecto ainda mais repugnante; atravessou de novo o quarto como da primeira vez, dirigindo-se para o vão da porta. Neste momento a minha mãe abriu a porta e chamou pela Norma, a nossa cadela; era uma enorme Terra-Nova, de pelo negro e frisado: há cinco anos que nos morreu. Precipitou-se no quarto, mas parou rapidamente, como que petrificada, em face do réptil, o qual também deixou de avançar, mas continuou a torcer-se e bater no soalho com as patas e a extremidade da cauda. Os animais são inacessíveis, se não me engano, aos terrores místicos; porém neste momento pareceu-me que havia alguma coisa de estranho e de místico na admiração da Norma; era de crer que tivesse descoberto, como eu, neste animal, uma aparição fatal e misteriosa, recuou lentamente, enquanto o réptil avançou prudentemente, a passos contados; parecia estar disposto a saltar sobre ela e a picá-la. A despeito, porém, do seu terror e se bem que as pernas lhe tremessem bastante, Norma fitou-o com os olhos plenos de raiva. Em certo momento começou a mostrar progressivamente as temíveis queixadas e abrindo a enorme goela vermelha, tomou lanço e atirou-se resolutamente sobre o monstro, que abocou. O réptil fez, segundo me pareceu, um violento esforço para se libertar, porque Norma voltou a agarrá-lo e desta vez no ar. Por duas vezes tentou empurrá-lo para a goela, mantendo-o sempre no ar como se quisesse tragá-lo. A carapaça estalou-lhe entre os dentes; a cauda e as patas do animal moviam-se e agitavam-se de uma maneira temível. De repente Norma soltou um latido lamentoso; o réptil havia, apesar de tudo, conseguido picar-lhe a língua. Gemendo de dor, a cadela abriu as queixadas. Vi-lhe então na goela o réptil meio triturado, mas que continuava a estrebuchar; do seu corpo mutilado corria, sobre a língua da cadela, um líquido branco e abundante, parecido com aquele que sai de uma barata quando se esmaga... Foi neste momento que despertei e o que o príncipe entrou.

"Hipólito interrompeu subitamente a leitura, como sob o domínio de uma espécie de confusão.

"— Meus senhores — disse ele — não reli este artigo e agora parece-me, confesso-o, que escrevi muitas coisas inúteis. Este sonho...

"— É verdadeiro... — apressou-se a observar Gania.

"— Concordo que há nele muitas impressões pessoais, ou direi melhor, reportando-se exclusivamente à minha pessoa...

"Proferindo estas palavras, Hipólito parecia extenuado. Limpou com o lenço o suor do rosto.

"— Sim!... O senhor interessa-se muito com a sua pessoa! — observou Lebedev numa voz sibilante.

"— Mas, meus senhores, digo-lhes, mais uma vez, que não forço ninguém; aqueles que não quiserem ouvir-me podem retirar-se.

"— Caça as pessoas... na casa dos outros! — resmungou Rogojine num tom pouco perceptível.

"— E se nos levantássemos todos e nos fôssemos embora? — observou inopinadamente Ferdistchenko, que até aqui não tinha ousado levantar a voz.

"Hipólito baixou os olhos e procurou o manuscrito. Porém reergueu logo a cabeça; as pupilas brilhavam-lhe e duas manchas vermelhas coloriam-lhe as faces; fitou com insistência Ferdistchenko.

"— O senhor não simpatiza comigo — disse ele.

"Ouviram-se algumas gargalhadas, mas a maioria não fez eco.

"Hipólito corou muitíssimo.

"— Hipólito — disse o príncipe — embrulhe o seu manuscrito e dê-me; vá-se deitar depois aqui no meu quarto. Conversaremos antes de adormecermos e continuaremos amanhã a conversa, porém com a condição de que não falará mais nessas folhas. Quer?

"— Será possível?! — exclamou Hipólito, lançando à sua volta um olhar de verdadeira surpresa. — Meus senhores — gritou ele num novo acesso de excitação febril —

trata-se de um louco episódio de que não soube guardar o segredo. Não interromperei mais a leitura. Quem quiser ouvir, que ouça...

"Bebeu às pressas um gole de água, encostou-se rapidamente à mesa, para escapar aos diversos olhares inquiridores, e retomou com obstinação a sua leitura. A sua confusão não tardou logo a dissipar-se.

"A ideia de que não vale a pena viver por algumas semanas começou, creio eu, a obcecar-me há um mês, quando contava não ter mais que quatro semanas diante de mim. Porém tal ideia somente me dominou por completo há três dias, na tarde em que entrei em Pavlovsk. A primeira vez que senti essa ideia penetrar até ao mais íntimo de mim mesmo, estava no terraço, na casa do príncipe e acabava justamente de me decidir a fazer na vida uma última experiência. Quis ver os homens e as árvores (admitamos que tenha sido eu próprio a exprimir-me assim); havia me excitado e tomado a defesa de Bourdovski, o meu próximo; tinha me deixado arrastar na ilusão de que todos os assistentes me abririam os braços para me estreitarem contra o peito, que solicitariam o meu perdão e que eu lhes concederia o meu; numa palavra, havia acabado como um miserável imbecil. Foi então que se revelou em mim esta suprema convicção. Essa convicção, pergunto agora, como pude viver seis grandes meses sem ela!? Sabia muitíssimo bem que estava tuberculoso e que era incurável; não me iludia e via claramente o meu estado. E quanto mais claramente eu o via, maior avidez sentia de viver; agarrava-me à vida e queria prolongá-la a todo custo. Admito que tivesse podido então irritar-me contra o destino tenebroso e surdo à minha voz, o qual havia, sem eu bem saber por quê, decidido esmagar-me como uma mosca. Mas por que não me entreguei exclusivamente a esse desespero? Por que é que de fato comecei a viver, então que eu sabia que isso não me era permitido? Por que me entreguei com toda a alma a esta tentativa? Prevendo-a sem saída? E no entanto cheguei a não mais poder ler livros, a renunciar à leitura; para que ler, para que instruir-me por seis meses? Mais de uma vez esta reflexão me fez deitar fora o livro começado.

"Sim, o muro da casa Meyer poderia dizer muito, inscrevi nele muitas coisas. Não havia sobre esse muro sujo uma única mancha que não conhecesse de memória.

"Maldito muro! E apesar de tudo, é-me mais querido que todas as árvores de Pavlovsk, ou melhor, assim devia ser, se nesta altura não me fosse tudo indiferente.

"Só agora dou conta do ávido interesse com que me pus a seguir a sua vida; não tinha nunca sentido antes uma tal curiosidade. Esperava algumas vezes com impaciência e azedume o regresso do Folia, quando estava doente, ao ponto de não poder sair do quarto. Aprofundava de tal maneira todas as ninharias, interessava-me tão vivamente por tudo e todos, que se chegou a dizer, se não me engano, que me havia tornado um má-língua. Não compreendia, por exemplo, como é que as pessoas que tinham saúde, não tentavam enriquecer (o que hoje, aliás, não compreendo melhor). Conheci um pobre diabo que, passados tempos, me disseram ter morrido de fome; recordo-me que esta notícia me perturbou bastante; se se pudesse ressuscitar esse desgraçado, creio que o teria matado depois.

"Acontecia-me algumas vezes sentir-me melhor durante umas semanas e poder mesmo vir para a rua; porém a rua acabava por me fatigar, ao ponto de ficar voluntariamente enclausurado dias inteiros, quando podia ter saído como toda a gente. Não podia suportar o número de pessoas que formigavam à minha volta nos passeios, sempre melancólicas, morosas e inquietas. Para que, sempre a sua constante tristeza, a sua incessante e vã agitação, o seu tristonho e perpétuo azedume? (Porque são maus, maus e maus!) A quem cabe a culpa, se são desgraçados e não sabem viver, quando têm a perspectiva de sessenta anos de existência? Por que é que Zarnitsine se deixou morrer de fome, tendo sessenta anos diante dele? E cada um, mostrando os andrajos e as mãos calosas, arrelia-se e recrimina-se: 'Trabalhamos como bestas de carga, fatigamo-nos, estamos esfomeados como cães e arrastamo-nos na miséria! Outros não trabalham, não sofrem mal algum e são picos!' (O eterno estribilho!...) Ao lado daqueles vagueia pelas ruas, de manhã à noite, um ir feliz vagabundo, lodo enrugado, mas de ascendência nobre, como Ivan Fomitch Sourikov, que vive na nossa casa, no andar superior; tem sempre os cotovelos rotos e os botões descosidos. Faz recados por conta de várias pessoas e desempenha não se sabe que ofício; ocupa-se nisto de manhã à noite. Conversai com ele: dir-vos-á que é pobre, necessitado e miserável; a mulher morreu-lhe, pois não tinha com que lhe comprar os medicamentos; no inverno o filhinho mais novo morreu-lhe de frio e a filha mais velha tornou-se uma mulher perdida... Geme e choraminga sem cessar. Oh, não sinto, nem então, nem agora, nenhuma piedade por esses imbecis, digo-o com orgulho! Por que é que esse indivíduo não é um Rothschild? A quem cabe a culpa de não ter milhões como o Rothschild, de não ter uma montanha de imperiais e de napoleões de ouro, uma montanha tão alta como aquela que se vê na feira, durante o carnaval? Se lhe é dado viver, tudo está na sua mão. De quem é a culpa se ele não o compreende?

"Oh, daqui por diante tudo me é indiferente; não tenho mais tempo para me arreliar. Mas então!... Então, repito eu, mordendo literalmente o travesseiro durante a noite e rasgando, de raiva, os cobertores. Oh, que sonho arquitetava neste momento e que desejo!... Aspirava com verdadeira alegria a que me pusessem nessa altura na rua, apesar dos meus dezoito anos, a custo vestido, a custo coberto; que me deixassem absolutamente só, sem parentes, sem um único conhecimento, na cidade imensa, esfomeado e espancado (tanto melhor!), mas com saúde. Então teria mostrado...

"Que é que eu teria mostrado?

"Podereis julgar-me inconsciente do grau de baixeza a que me deixei resvalar antes de dizer isto na minha explicação? Quem não me tomará então por um infeliz fedelho, estranho à vida, esquecendo-se de que eu não tenho mais de dezoito anos, porque viver como tenho vivido desde há seis meses, é atingir a idade em que os cabelos embranquecem! Mas que zombem se quiserem e que considerem tudo isto como um conto ou vários! Porque são realmente contos que estou contando a mim mesmo. Povoei assim noites inteiras e de todas elas me lembro atualmente.

"Mas devo repeti-los agora que, mesmo para mim, o tempo dos contos passou? E por quê? Senti um certo prazer quando vi claramente que me era interdito estudar a gramática grega, tal como eu havia pensado; tendo refletido que morreria antes de chegar à sintaxes, parei nas primeiras páginas e atirei com o livro para cima da mesa. Lá o deixei ficar; proibi a Matriona de o arrumar.

"Pode ser que aquele e. cujas mãos cair a minha explicação e que tenha a paciência de a ler até ao fim, me tome por um louco, ou mesmo por um colegial, ou mais verdadeiramente por um condenado à morte, ao qual parece como justo que, salvo ele, nenhum homem fez bastante caso da vida, que a desperdiçou com mais leviandade, que a gozou com muita negligência e bastante consciência, e que portanto, do primeiro ao último, todos os homens são indignos. E depois? Declaro que o meu leitor se teria enganado e que as minhas opiniões não são influenciadas pela minha condenação à morte. Perguntai, perguntai-lhes apenas como é que todos, sem exceção, compreendem a felicidade? Ah, estai certos de que não foi quando descobriu a América, mas sim quando estava chegado ao ponto de a descobrir, que Colombo foi feliz. Ficai certos de que o momento culminante da sua felicidade está colocado talvez três dias antes da descoberta do Novo-Mundo, quando a equipagem, desesperada, revoltou-se e esteve a ponto de fazer meia-volta de regresso à Europa. Não se trata aqui do Novo Mundo, porque este podia ter-se fundado. Colombo morreu tendo-o apenas avistado, mas sem saber, no fundo, o que tinha descoberto. O que interessa é a vida, somente a vida; é a procura ininterrupta e eterna da vida, e não a sua descoberta! Mas para que é todo este palavreado? Suponho que tudo isto tem uma tal aparência de vulgaridade, que me tomarão com certeza por um colegial das primeiras classes, que tivesse feito um exercício sobre o nascer do sol. Dir-se-á que talvez eu tenha querido exprimir alguma coisa, mas que a despeito de todo o meu desejo, não cheguei a explicar-me. Observarei contudo que em toda a ideia de um gênio, em todo o pensamento novo ou mesmo simplesmente sério que nasce num cérebro humano, há sempre alguma coisa que se torna impossível comunicar aos outros, mesmo que lhe consagrem volumes inteiros ou examinem com minúcia essa coisa durante trinta e cinco anos. A despeito de todos os esforços empregados, essa alguma coisa não sairá do seu cérebro e aí ficará para todo o sempre; morrerá sem o ter transmitido a ninguém, e talvez contenha em si o melhor do seu pensamento. Se nesta altura me sinto incapaz de lhes fazer sentir tudo quanto sofri durante esses seis meses, compreender-se-á pelo menos que paguei bem caro a suprema convicção a que cheguei agora. Por razões minhas conhecidas, eis o que supus necessário introduzir na minha Explicação a fim de a esclarecer."

Agora posso retomar o fio da narração.

Capítulo 6

"Não quero mentir; durante esses seis meses a realidade dominou-me mais de uma vez e absorveu-me de tal forma, que me fez esquecer a minha condenação, ou melhor, levou-me ao ponto de não mais querer pensar nela e de me dispor a trabalhar. A propósito lembrarei as condições em que vivia então. Há cerca de oito meses, quando a minha doença começou a manifestar-se, cortei com todas as minhas relações e deixei de ver os meus antigos companheiros. Como estava sempre mal-humorado, não sentiram pena em me esquecerem; ter-me-iam aliás esquecido, mesmo que fosse de outra maneira. A minha vida em casa, quer dizer, em família, era a vida de um solitário. Há perto de cinco meses fechei-me de uma vez por todas no meu quarto e isolei-me por completo dos meus. Havia o costume de se submeterem à minha vontade e não se atreviam a entrar no meu quarto, salvo nas horas fixadas para o arrumarem ou levarem-me as refeições. A minha mãe tremia ante as minhas ordens e não se atrevia mesmo a lastimar-se na minha frente, quando às vezes me decidia a deixá-la entrar. Batia continuamente nas crianças, para que não fizessem barulho, nem me incomodassem; é verdade que os seus gritos me divertiam muitas vezes; calculo como eles devem estimar-me agora. Creio ter também atormentado o fiel Kolia, por tratá-lo sempre pelo apelido que lhe dei. Nos últimos tempos tratou-me da mesma forma: tudo isto estava na ordem das coisas, pois os homens foram criados para se fazerem sofrer uns aos outros. Notei muitas vezes que suportava o meu mau humor como se houvesse feito a promessa de tratar de um doente. Isto, contra o que era natural, irritava-me; tive também a impressão de que havia pensado imitar a humildade cristã do príncipe, o que não deixava de ser um tanto ridículo. Este rapaz tem o entusiasmo da juventude, assim como imita também tudo quanto vê. Por vezes, porém, pareceu-me que era chegado o momento de o convidar a tomar personalidade. Estimo-o muito. Tenho atormentado também Sourikov, que vive na nossa casa, por cima de nós, e que faz, de manhã à noite, Deus sabe que recados... Passo o meu tempo a demonstrar-lhe que a sua miséria só a pode imputar a ele próprio, se bem que com isto é capaz de se amedrontar e não pôr mais os pés em minha casa... É um homem muito humilde, excessivamente humilde. (N. B. — Afirma-se que a humildade é uma força terrível; é preciso pedir ao príncipe explicações a tal respeito, porque esta expressão é dele). Quando, no decorrer do mês de março, fui a sua casa para ver como tinham deixado gelar, conforme eles diziam, o seu rapazinho, sorri sem querer ante o cadáver do pequeno e recomecei a explicar a Sourikov que era a sua falta. Então os lábios deste homem raquítico começaram logo a tremer; pousou-me uma das mãos no ombro e com a outra indicou-me a porta: 'Saia, senhor!', disse-me ele docemente, quase num leve murmúrio. Saí. O seu gesto chocou-me muito, chocou-me mesmo muito do momento em que me pôs na rua; e sempre as suas palavras me deixaram, ainda muito tempo depois, quando delas me recordava, uma impressão estranha e penosa, alguma coisa como um sentimento de desprezível comiseração a seu respeito, sentimento que preferiria muito mais não ter experimentado. Mesmo sob o peso de uma tal ofensa (pois sinto bem que o ofendi, apesar de não ter tido essa intenção), esse homem não foi capaz de se zangar. Se os seus lábios tremeram, não foi por maneira nenhuma sob o domínio da cólera, posso garantir-lhes; tinha me agarrado por um braço e lançado sobre mim a sua soberba apóstrofe: 'Saia, senhor!', mas sem a menor cólera. Estava nessa altura todo cheio de dignidade, até ao ponto mesmo de que essa dignidade contrastava com o aspecto do rosto (o que era na verdade de um efeito muito cômico), sem que no entanto se refletisse nele a menor sombra de irritação. Talvez sentisse desprezo pela minha pessoa. Desde então encontrei-o duas ou três vezes na escada; saudava-me logo, tirando o chapéu, o que nunca tinha feito antes. Porém deixou de parar como fazia das outras vezes; passava rapidamente por mim, com um ar de quem não se sentia bem. Mesmo, se me desprezava, era ainda à sua maneira: com humildade. Talvez me tirasse o chapéu por simples medo, porque era o filho da sua credora; devia sempre dinheiro à minha mãe e encontrava-se na incapacidade de lhe pagar tudo. Esta suposição é talvez a mais aceitável. Tive um dia a ideia de ter uma explicação com ele; estou convencido de que ao fim de dez minutos me pediria perdão; refleti, porém, que era muito melhor deixá-lo em paz.

"Nessa época, quer dizer, por meados de março, quando Sourikov deixou gelar o filho, senti-me de súbito muito melhor e estas melhoras duraram perto de duas semanas.

Comecei a sair, a maior parte das vezes ao cair da noite. Gostava dos crepúsculos de março, quando a geada começa e se acende o gás; ia por vezes passear até bastante longe. Um dia, na rua das Six-Boutiques, um indivíduo que tinha o ar de um fidalgo, mas de que não distinguia os traços do rosto, passou na minha frente, na obscuridade; levava um embrulho envolvido num papel e vestia um miserável casaco, todo engelhado e muito fino para a estação. Quando chegou à altura de um candeeiro, a dez passos de mim, vi-lhe cair qualquer coisa do bolso. Apressei-me a levantar o objeto. Foi no devido momento, porque um outro indivíduo, envergando um comprido casaco de fazenda grossa, correu também do mesmo sentido; porém vendo-o na minha mão, retomou o seu caminho, fitando-me com um olhar de contrariedade. Este objeto era uma pasta em marroquim, mas de formato antigo; estava cheia de papéis, que rangeram, mas, não sei por quê, adivinhei, ao primeiro golpe de vista, que devia conter tudo, menos dinheiro. Aquele que a havia perdido encontrava-se já a quarenta passos da minha pessoa; ia sem demora perder-se entre a multidão. Corri para ele e chamei-o: mas como não podia dizer outra coisa que não fosse! Pst. Pst!, não se voltou. Logo em seguida desapareceu à esquerda, sob uma porta larga, como de cocheira. Quando cheguei junto dessa porta, o escuro era bastante grande e não vi ninguém. A casa era uma dessas grandes construções que os especuladores edificam, para conseguirem assim uma grande quantidade de pequenos alojamentos; há prédios destes que chegam a comportar uma centena. Franqueando a larga porta, supus ver no ângulo direito e ao fundo de um largo pátio alguém que se afastava, mas o escuro impediu-me de discernir mais. Corri até esse canto e descobri a entrada de uma escada estreita, muito suja e sem luz. Ouvindo em cima os passos apressados de um homem que subia, galguei escada fora contando apanhá-lo antes de abrir a porta do seu aposento. Não aconteceu assim. Os patamares eram muito próximos, mas o seu número pareceu-me interminável e chegou a faltar-me o ar. Abriram uma porta e fecharam, no quinto andar. Reconheci-o quando estava ainda três patamares mais abaixo. Precisei de alguns minutos mais para chegar até lá, tomar alento e procurar a campainha. Uma mulher, que devia ter estado a acender o lume de um samovar, numa cozinha minúscula, apareceu, por fim, abrindo a porta. Ouviu as minhas explicações, calada, sem compreender coisa alguma, e sempre sem descerrar os dentes, fez-me entrar num compartimento vizinho. Era um pequeno quarto, de teto baixo e cujo miserável mobiliário se reduzia ao estritamente necessário; sobre uma grande cama, com cortinas, estava deitado um personagem, que a mulher chamou: 'Térentich!', o qual me pareceu ser de cor parda. Um bico de candeia ardia sobre uma mesa, num castiçal de ferro, ao lado de uma meia garrafa de aguardente, quase vazia. Sem se levantar, Térentich mastigou alguns sons ininteligíveis a meu respeito e indicou-me com a mão a porta seguinte. A mulher desapareceu, de forma que não pude fazer mais do que atravessar a porta indicada. Foi o que fiz, entrando no quarto ao lado.

"Este era ainda mais estreito e menor que o primeiro, a ponto que não sabia mesmo como me voltar. Uma cama estreita colocada a um lado ocupava quase todo o aposento; o resto do mobiliário compunha-se de três cadeiras ordinárias, cobertas de toda a espécie de andrajos, e de uma tosca mesa de cozinha, diante de um velho sofá, coberto com um pano encerado. Tudo isto estava tão apertado, que só a custo uma pessoa se podia intrometer entre a mesa e a cama.

"Uma vela de sebo, num castiçal de ferro igual ao do outro quarto, estava pousada sobre a mesa. Uma criança de três semanas, ou pouco mais, gritava, deitada na cama; uma mulher doente e pálida mudava-lhe, ou melhor, estava a ligar-lhe os cueiros. Parecia nova ainda e estava vestida com negligência; reconhecia-se que começava a levantar-se depois do parto. Quanto à criança, não cessava de gritar pelo magro seio da mãe. Sobre o sofá dormia uma outra criança, uma menina de três anos, sobre a qual deitaram uma peça de vestuário, que parecia um fraque. Perto da mesa estava um homem, vestindo uma casaca muito engelhada (havia já tirado o casaco, pousando-o sobre a cama). Preparando-se para desfazer o embrulho envolvido em papel azul e que continha duas libras de pão branco e duas pequenas salsichas. Sobre a mesa estava ainda uma chaleira cheia de água e bocados de pão escuro e sobre a cama podia ver-se uma maleta aberta e dois embrulhos contendo roupas.

"Numa palavra, estava tudo numa grande confusão. O cavalheiro e a senhora deram-me, à primeira vista, a impressão de serem pessoas educadas, mas reduzidas pela miséria a este estado de degradação, onde a desordem se impunha de tal forma, que não reagiam mais contra ela, que chegaram a habituar-se a ela, que acabaram mesmo por não mais poderem passar sem ela, e ainda por encontrarem no seu cotidiano não sei que amargo prazer de desforra.

"Quando entrei, o cavalheiro, que acabava também de chegar; desembrulhava as suas provisões e conversava com a mulher num tom de extremo nervosismo, esta não tinha ainda acabado de enfaixar a criança e começava já a choramingar; é provável que as novidades que o marido lhe trazia fossem más, como geralmente sucedia. O rosto do cavalheiro pareceu-me decente, mesmo agradável. Era uma criatura que tinha aproximadamente vinte e oito anos, de cor castanha, magro, com suíças pretas e a barba feita de pouco. Tinha um aspecto de cansado e o seu olhar era melancólico, mas com uns reflexos de altivez doentia, facilmente irritável. A minha chegada deu lugar a uma cena estranha.

"Há pessoas que possuem um prazer extremo na sua irascibilidade, sobretudo quando atingem o mais alto grau do diapasão (o que sucede sempre depressa); nessa altura dir-se-ia mesmo que encontram mais satisfação em serem ofendidos, do que não serem. Por outro lado, estas pessoas irascíveis sentem, com a continuação, remorsos e portanto o arrependimento, bem entendido, se são inteligentes e conseguem compreender que se distanciaram dez vezes mais da razão. Este cavalheiro olhou-me um momento com estupefação, enquanto o rosto da mulher exprimiu medo, como se a aparição de um ser humano no seu quarto constituísse um acontecimento terrível. Porém, imediatamente, antes que eu tivesse tido tempo de balbuciar duas palavras, correu sobre mim com uma espécie de raiva. Ficou deveras perturbado ao ver que um homem bem-vestido se permitia entrar sem cerimônia no seu quarto e conseguir ver o miserável interior dos seus aposentos, de que ele próprio sentia vergonha. Ao contrário, sentia, ao mesmo tempo, uma espécie de alegria, ante a ideia de poder descarregar sobre alguém o despeito que os seus insucessos lhe causaram. Supus mesmo por um instante que me ia bater;

tornou-se pálido como uma mulher, dominado por um acesso de histerismo, de que a esposa se admirou bastante.

"— Como se atreveu a entrar assim aqui? Saia! — gritou, tremendo, a ponto de só a custo poder articular as palavras.

"De repente, porém, viu a sua pasta nas minhas mãos.

"— Creio que deixou cair isto — informei eu, num tom tão calmo e tão seco quanto possível (era agora o tom que convinha).

"De pé, na minha frente, deveras admirado, o homem ficou algum tempo sem nada compreender. Depois, num gesto rápido, apalpou o bolso, abriu uma boca de apalermado e bateu na cabeça.

"— Meu Deus! Onde a encontrou? De que maneira?

"Expliquei-lhe em poucas palavras, e num tom ainda mais seco como é que tinha encontrado a pasta, como havia corrido atrás dele, chamando-o, e como por fim o havia seguido, galgando quatro a quatro os degraus da escada, quase às cegas.

"— Oh, meu Deus — exclamou, dirigindo-se à mulher — estes são todos os meus papéis, os meus últimos instrumentos, enfim, tudo!... Oh, meu caro senhor, mal calcula o grande serviço que me acaba de prestar!... Era um homem perdido!...

"Entrementes havia deitado a mão ao puxador da porta na intenção de sair, sem responder; engasguei-me, porém, e fui sacudido por um brusco acesso de tosse, tão violento que a custo me pude manter de pé. Vi o cavalheiro olhar em todos os sentidos para me encontrar uma cadeira livre; pegou, por fim, os andrajos que se encontravam sobre uma delas, deitou-os no chão e fez-me sentar a toda a pressa, mas com precaução. O acesso de tosse prolongou-se ainda durante pelo menos três minutos. Quando dei acordo de mim, estava ele sentado ao meu lado, numa outra cadeira, de onde havia, com certeza, tirado também os andrajos, e olhava-me com fixidez.

"— O senhor tem o aspecto de... quem sofre? — perguntou ele num tom idêntico ao que tomam habitualmente os médicos quando interrogam os seus doentes. — Eu sou... médico — não empregou a palavra doutor. E dizendo isto, indicou com um gesto o quarto, como que para protestar contra a sua situação naquele momento. — Vejo que o senhor...

"— Sou um tuberculoso — articulei laconicamente, levantando-me. Levantou-se ele também, de um salto.

"— Talvez o senhor exagere... Tratando-se...

"Estava muito preocupado e não conseguia dominar-se; conservava a pasta na mão esquerda.

"— Oh, não se inquiete! — interrompi eu de novo, agarrando o fecho da porta.

"— Fui examinado a semana passada por B...ne — nesta altura ainda citei o nome de B...ne — e a minha doença está clara. Desculpe-me!

"Tive de novo a intenção de abrir a porta e de deixar o doutor atrapalhado, reconhecido e cheio de vergonha, porém a maldita tosse voltou outra vez a atacar-me. O doutor fez-me sentar de novo e insistiu para que eu descansasse; voltou-se para a mulher que, sem mudar de lugar, dirigiu-me algumas palavras afáveis de gratidão. Fazendo isto, sentiu-se atarantada de tal maneira que as faces secas e descoloridas se avermelharam.

"Fiquei, mas tomei o aspecto de alguém que deseja deixar parecer, a cada instante, um extremo receio de ser importuno (era o aspecto que convinha). Notei então que o arrependimento começava a torturar o meu doutor.

"— Estou-lhe... — começou ele, interrompendo-se a cada instante e saltando de uma frase para outra — estou-lhe muito reconhecido, mas se me comportei mal com o senhor é... porque..., como vê... — e indicou de novo o quarto — me encontro neste momento em tão precária situação...

"— Oh, eu vi tudo! — exclamei. — O caso não tem nada de novo; com certeza perdeu o seu lugar e veio à capital para ter as suas explicações e conseguir um outro?

"— Como... como é que o senhor o soube? — perguntou admirado.

"— Reconhece-se logo ao primeiro golpe de vista — respondi-lhe num tom de involuntária ironia. — Muitas pessoas chegam aqui, da província, animadas das maiores esperanças; intercedem junto de todas as pessoas conhecidas, lançam mão de todos os meios, nas suas diligências, e assim lhe decorrem os dias uns após outros.

"Começou então a falar-me com um vivo interesse; os lábios tremiam-lhe; devo dizer que as suas lamentações e a sua exposição me comoveram; estive na casa dele perto de uma hora. Contou-me a sua vida, que, de resto, não tinha nada de extraordinário. Médico na província, ao serviço do Estado, tinha sido vítima de várias intrigas, nas quais tinham mesmo envolvido o nome da esposa. A sua altivez havia se revoltado e tinha perdido a paciência. A acrescentar a isto, devido a umas transferências no pessoal administrativo, que foram favoráveis aos seus inimigos, haviam conspirado às ocultas contra ele, chegando mesmo ao ponto de apresentarem uma queixa; teve de abandonar o seu lugar e ir, lançando mão dos seus poucos e últimos recursos, a S. Petersburgo para dar as explicações devidas. Nesta cidade, como sempre, demoraram muito tempo antes de lhe concederem qualquer audiência; depois ouviram-no, depois despediram-no, depois fizeram-lhe várias promessas, depois admoestaram-no severamente, depois ordenaram-lhe para expor a sua questão por escrito, depois recusaram-se a receber a sua exposição e por fim convidaram-no a apresentar um pedido de inquérito. Nisto tudo haviam decorrido mais de cinco meses e comera quanto tinha; os vestidos da mulher foram empenhados no Montepio até ao último; e foi nesta altura que lhe nasceu um filho e... hoje declararam-me ter sido indeferido o meu pedido de inquérito; não tenho por assim dizer mais pão, não tenho mais nada e a minha mulher convalescente do parto. Eu, eu...

"Levantou-se bruscamente e voltou-se. A mulher chorava a um canto e o filhinho recomeçava a choramingar. Abri o meu caderno de anotações e escrevi nele algumas notas. Quando acabei e me levantei, vi-o de pé na minha frente, olhando-me com uma curiosidade lamentosa.

"— Tomei nota do seu nome — disse-lhe eu — e de todo o resto: a localidade onde estava colocado, o nome do governador, as datas e os meses.

"Tenho um companheiro de escola chamado Bakhmoutov, cujo tio, Pedro Matveievitch Bakhmoutov, é atualmente conselheiro de Estado e diretor de uma das repartições centrais...

"— Pedro Matveievitch Bakhmoutov! — exclamou o médico; dominado por um certo terror. — Mas é dele que quase toda esta questão depende!

"E de fato, na história do meu médico e no seu desenlace, para o qual contribuí de uma maneira inopinada, tudo se encadeava e se amarrava, conforme as previsões, como num romance. Tentei convencer esta pobre gente a não alimentar nenhuma esperança na minha pessoa, atendendo a que não passava de um pobre colegial (exagerava, por minha vontade, a humildade da minha situação, porque tinha terminado há muito tempo os meus estudos no colégio). Acrescentei que não necessitavam saber o meu nome, mas que iria desde já a Vassili Ostrov para ver o meu companheiro Bakhmoutov. Estava convencido de que o tio, o conselheiro atual do Estado, velho cavalheiro sem filhos, adorava o meu companheiro até à paixão, pois via nele o último rebento da família. Talvez, disse eu para terminar, que o meu companheiro possa fazer alguma coisa por ti, como tem razão, a meu pedido, junto do tio.

"— Se me deixassem apenas explicar-me perante Sua Excelência! Se eu chegasse a poder obter a honra de me justificar de viva voz! — exclamou ele, todo trêmulo, como se tivesse febre, enquanto os olhos lhe cintilavam.

"Foi de fato esta a expressão que ele empregou: 'Se eu chegasse a poder obter a honra...' Depois de ter repetido uma vez mais que talvez não conseguisse nada e que todos os nossos esforços resultariam improfícuos, acrescentei que, se não voltasse ali no dia seguinte, isso queria dizer que tudo estava acabado e que eles nada mais tinham a esperar de tal assunto. Acompanharam-me até à porta, despedindo-se com tantas atenções que pareciam quase ter perdido a cabeça. Nunca mais esquecerei a expressão do seu rosto. Tomei um carro e dirigi-me desde logo a Vassili Ostrov.

"Tínhamos vivido numa contínua inimizade, eu e o Bakhmoutov, durante os vários anos do colégio. Era tido entre nós por um aristocrata; foi pelo menos assim que eu o qualificava, andava sempre muito bem-vestido e tinha mesmo um carro para ele. Não era nada altivo; era um excelente companheiro, de um constante bom humor, algumas vezes mesmo um tanto espirituoso, sem ser, no entanto, de uma grande inteligência; todavia era sempre o primeiro da classe e eu nunca fui o primeiro em coisa alguma. Todos os seus condiscípulos o estimavam, salvo eu. Durante alguns anos tentou por várias vezes aproximar-se de mim, mas de todas elas me afastei dele com um ar de aborrecido e irritado. Havia mais ou menos um ano que eu não o via; estava na Universidade. Quando entrei na casa dele, perto das nove horas da noite (não sem formalidades cerimoniosas, pois os criados anunciaram-me) recebeu-me logo com um certo espanto e mesmo de uma maneira pouco afável. Não tardou, porém, a mostrar a sua habitual alegria, soltando uma brusca gargalhada ao olhar para mim.

"— Que ideia foi essa de me vir ver, Terentiev? — exclamou ele com o cordial à vontade que lhe era familiar; o seu tom de voz era algumas vezes um pouco áspero, mas nunca ofensivo: era uma qualidade que estimava nele e que portanto era a causa do meu rancor contra ele. — Mas de que se trata? — murmurou com admiração. — Está doente?

"A tosse atacou-me de novo; sentei-me numa cadeira e só a custo consegui falar.

"— Não se inquiete, estou tuberculoso. Traz-me aqui um pedido que tenho a fazer-lhe.

"Surpreendido, sentou-se, enquanto eu lhe contei toda a história do doutor, explicando-lhe que podia por seu lado fazer alguma coisa, dada a influência considerável que tinha sobre o tio.

"— Irei tentar fazer qualquer coisa, sem falta; amanhã mesmo falarei com o meu tio; e estou muito contente por ter vindo tão gentilmente contar-me tudo isso... Mas como se lembrou, Terentiev, de se dirigir a mim, dadas as nossas relações?

"— Nesta questão tudo depende de seu tio; por outro lado, Bakhmoutov, temos sido sempre inimigos, mas como tem um nobre caráter, pensei que não recusaria um favor a um inimigo — acrescentei com uma ponta de ironia.

"— Tal como Napoleão fazendo apelo à hospitalidade da Inglaterra — exclamou, rindo-se de novo. — Empregarei todos os esforços, pode estar certo! Iria mesmo já falar com ele, se fosse possível! — apressou-se a acrescentar, vendo-me levantar com um ar grave e severo.

"De fato esta questão resolveu-se de uma maneira inesperada e com inteira satisfação nossa. Ao fim de seis semanas o nosso médico obteve um novo lugar, numa outra província; pagaram-lhe o seu deslocamento e concederam-lhe mesmo um subsídio. Desconfio que Bakhmoutov levou o doutor a aceitar dele um adiantamento, a título de empréstimo; foi visitá-lo muitas vezes (eu, pelo contrário, pus termo às minhas visitas; e quando, por acaso, o doutor foi à minha casa, recebi-o quase secamente); durante essas seis semanas encontrei Bakhmoutov uma ou duas vezes e voltamos a ver-nos uma terceira vez, quando festejamos a partida do doutor. Bakhmoutov deu em sua casa um jantar de despedida, com champanhe; a mulher do doutor assistiu também, mas a certa altura deixou-nos para ir tratar do filho. Foi no fim de maio, a tarde estava bonita e o globo enorme do sol mergulhava no golfo, Bakhmoutov acompanhou-me à minha casa; passamos pela ponte Nicolau, onde paramos um pouco confusos. Falou-me da sua grande satisfação pelo feliz resultado da questão; agradeceu-me não sei bem o quê, explicou-me o bem-estar que sentiu depois de ter feito aquela boa ação e pretendeu convencer-me de que todo o mérito da mesma me pertencia. Deu razão às muitas pessoas que hoje afirmam e pretendem provar que uma boa obra individual não tem nenhum significado.

"Uma irresistível vontade de falar se apoderou de mim.

"— Aquele que toma o encargo de satisfazer um ato individual de caridade — comecei eu — atenta contra a natureza do homem e despreza a dignidade pessoal, no que ela tem de indispensável. Por outro lado a organização da caridade social e a questão da liberdade individual são duas coisas diferentes, mas que não se excluem. A boa ação particular continua a existir porque ela corresponde a uma necessidade do homem; a necessidade vital de exercer uma influência direta sobre o seu próximo. Havia em Moscou um velho general, suponho que um conselheiro de Estado atual, portador de um nome alemão. Tinha passado a sua vida a visitar as prisões e os criminosos; cada grupo de condenados que se preparava para seguir para a Sibéria sabia antecipadamente que teria a visita deste velho, no Mont-des-Moineaux. Este desempenhava a sua missão com muita seriedade e piedade; chegava, passava revista a todos os forçados dispostos à sua volta, parando diante de cada um deles, informando-se das suas necessidades, não lhes falando quase nunca em moral e chamando-os a todos: meus pobres amigos. Distribuía-lhes dinheiro, enviava-lhes as bagagens necessárias e bocados de pano de tela para envolver os pés; algumas vezes levava-lhes pequenos livros religiosos, que dava aos que sabiam ler; deveras convencido que os desfolhariam durante a viagem e dariam a conhecer o seu conteúdo àqueles que não sabiam ler... Interrogava-os raras vezes sobre os seus crimes; no entanto escutava aqueles que pretendiam fazer-lhe as suas confidências. Não fazia nenhuma diferença entre os criminosos, colocando-os a todos no mesmo pé de igualdade. Falava-lhes como se fossem irmãos; e eles acabavam por o considerarem como um pai. Se notava em qualquer grupo uma mulher com o filho nos braços, aproximava-se deles, acarinhava o pequeno e dava estalos com os dedos para o distrair. Foi assim que passou a sua longa vida, até que a morte o levou; no fim das contas chegou a ser conhecido em toda a Rússia e em toda a Sibéria, pelo menos na casa dos condenados. Um homem que esteve na Sibéria contou-me que ele próprio tinha sido testemunha da maneira como os piores criminosos se lembravam do general, se bem que este, ao visitar os campos de deportados, poucas vezes dispusesse de meios bastantes para poder dar mais de vinte copeques a cada um deles. É verdade que estes deportados não falavam dele, nem em termos muito calorosos, nem mesmo num tom muito sério. Algumas vezes um desses desgraçados, que havia talvez massacrado uma dezena de pessoas ou assassinado seis crianças, pelo único prazer de matar (dizem que existem celerados desta espécie), davam um suspiro e exclamavam: Quando voltará o bom serás do general? Quem sabe se ele é ainda vivo? Faziam esta reflexão sem nenhuma razão aparente e talvez uma única vez no decorrer dos vinte anos da sua condenação. Acompanhá-la-ia mesmo com um sorriso, quem sabe? E nada mais faziam. Mas quem nos diz a espécie de semente que o bom velho havia lançado para sempre na alma do condenado que o recordava ainda passado vinte anos. Pode dizer-me, Bakhmoutov, qual a influência desta comunhão de um ser humano com outro, sobre o destino deste último? Há em toda uma vida uma possibilidade infinita de ramificações que nos escapam. O melhor e o mais sagaz jogador de xadrez só pode prever um número restrito de golpes do seu adversário; fala-se, como de um prodígio, num jogador francês que pode calcular antecipadamente dez golpes. Ora, quanto há na vida de golpes e de combinações que nos escapam? Lançando a semente, fazendo, não importa a maneira, o seu ato de caridade, a sua boa ação, dá uma parte da sua personalidade e recebe uma parte da do outro; há uma comunhão entre os dois seres; um pouco de atenção, e é desde logo recompensado pelo que sabe, pelas descobertas inesperadas que faz. Acabará necessariamente por considerar a sua boa ação como uma ciência; ela dominará toda a sua vida e talvez o absolva por completo. Por outro lado, todos os seus pensamentos, todas as sementes que espalhou e talvez já esquecidas, criarão raiz e crescerão. Aquele que as recebeu comunicá-las-á a outro. E quem sabe a parte que lhe pertencerá, no futuro, na solução dos problemas de que depende o destino da humanidade? E se o seu saber e toda uma vida dedicada a este gênero de ocupação, o elevam por fim a umas alturas de onde possa semear em grande escala e legar ao universo um pensamento imenso, então... etc... Falaria ainda muito tempo sobre este tema.

"— E dizer que a vida lhe foge — exclamou Bakhmoutov, com o ar de quem dirige um veemente protesto a um terceiro.

"Nesta altura estávamos debruçados sobre o parapeito da ponte e olhávamos o Neva.

"— Sabe que ideia me acudiu agora ao espírito? — disse eu, debruçando-me mais sobre o parapeito.

"— Seria a de se atirar à água? — proferiu Bakhmoutov, quase aterrorizado. (Talvez tivesse lido essa ideia no meu rosto).

"— Não. Por agora limito-me ao raciocínio seguinte: restam-me por enquanto dois ou três meses de vida, talvez quatro; tomemos, porém, por exemplo, o momento em que me restem apenas dois meses e suponhamos que nessa altura pretendo praticar uma boa ação, que exige um certo esforço, caminhadas e diligências do gênero daquelas que me ocasionou a questão do doutor. Nesse caso preciso renunciar a essa boa ação, por falta de tempo, e procurar uma outra que seja de menor importância e esteja dentro dos meus meios (se alguma vez a paixão de praticar boas ações me levar até esse ponto). Concorde que isto é uma ideia agradável!

"O pobre Bakhmoutov estava muito inquieto com a minha pessoa; acompanhou-me até minha casa e teve a delicadeza de não se julgar obrigado a consolar-me; manteve-se calado durante todo este tempo. Despedindo-se de mim, apertou-me calorosamente a mão e pediu-me licença para voltar a vir ver-me. Respondi-lhe que, se queria vir à minha casa a título de consolador (porque, mesmo calado, a sua visita teria um fim de consolação, que eu lhe expliquei) a sua presença não seria para mim, mais do que um *memento mori*. Encolheu os ombros, mas concordou que eu tinha razão; separamo-nos muito cortesmente, contra o que eu esperava.

"Durante essa tarde e do decorrer da noite seguinte senti germinar em mim a minha última convicção. Agarrei-me avidamente a este novo pensamento e analisei-o com fervor em todos os seus detalhes e sob todos os seus aspectos (não dormi essa noite). E quanto mais o aprofundava, quanto mais o esmiuçava, mais me enchia de assombro. Um medo atroz acabou por me invadir e não me deixou mais durante os dias que se seguiram. Algumas vezes só a sua evocação era o bastante para me fazer passar pelos transes de um novo terror. Concluí que a minha última convicção se havia fixado em mim com uma força tal, que não ocasionaria um fatal desenlace. Todavia eu não tinha bastante audácia para me decidir. Três semanas depois estas tergiversações cessaram e a audácia voltou, graças a uma circunstância bastante extraordinária.

"Anoto nesta minha explicação todos estes pormenores e todas estas datas. Bem sei que isto lhes será mais tarde indiferente, mas para agora (e talvez somente para este instante) quero que aqueles que tenham que julgar a minha ação possam ver claramente por que cadeia de lógicas deduções cheguei à minha última convicção.

"Acabo de escrever que adquiri a audácia decisiva que me faltava para pôr em prática essa última convicção, não, conforme creio, por via de uma dedução lógica, mas em seguida a um choque imprevisto, a um acontecimento anormal, que podia não ter nenhuma ligação com o decorrer da questão.

"Há perto de dez dias que Rogojine me fez uma visita a propósito de uma questão que lhe dizia com respeito e da qual creio ser inútil o falar aqui. Não o tinha nunca visto antes, mas já há muito que ouvira falar dele. Dei-lhe todas as informações de que precisava e não tardou a retirar-se. Como isto foi a única razão da sua visita, as coisas não passaram mais além entre nós. Despertou, no entanto, em mim um tão vivo interesse, que durante todo o dia tive uns tão estranhos pensamentos, que me decidi a retribuir-lhe a visita no dia seguinte. Não escondeu o seu descontentamento ao ver-me e deixou mesmo delicadamente entender que as nossas relações não deviam ir mais além, nem tinham razão de ser. Passei apenas uma hora em sua casa, a qual não deixou de ter um certo interesse para mim, nem, penso eu, para ele. O contraste entre nós era tão grande, que não pudemos aperceber-nos de tal, e eu, sobretudo. Por mim era um homem com os dias contados; ele, pelo contrário, era um ser em plena vida impulsiva, dedicando-se por completo e de momento à sua paixão, sem preocupação com as últimas deduções, com quaisquer importâncias ou o que quer que fosse, sem consideração pelo que... ao que... dizemos: isto não era o objeto da sua exagerada paixão. Que o senhor Rogojine me desculpe esta expressão e tome em conta a inépcia de um medíocre escritor em exprimir o seu pensamento. A despeito da sua pouca amabilidade, deu-me a impressão de um homem de espírito, capaz de compreender bem as coisas, se bem que não se interesse nunca pelo que não lhe toque diretamente. Não fiz nenhuma alusão à minha última convicção, mas tive, por certos indícios, o pressentimento de que bastou ser suficiente ouvir-me, para tudo adivinhar. Manteve-se calado; este homem é prodigiosamente taciturno. No momento de se ir embora, sugeri-lhe que, a despeito das diferenças e do contraste que nos separam — les extrémités se touchent (traduzi-lhe isto em russo) ele próprio não estava talvez tão afastado desta última convicção como se podia supor. A isto respondeu-me com uma carantonha de aborrecido e cheia de aspereza; depois levantou-se e foi-me procurar o chapéu, como quem dava a entender que eu tinha dado mostras de me ir embora; sob o pretexto de me acompanhar, por delicadeza, foi-me pondo muito simplesmente fora dos seus lúgubres aposentos. Tudo quanto vi neles me impressionou; dir-se-ia um cemitério; entretanto creio que eles lhe agradavam e isto compreende-se; vivia uma vida tão intensa e tão ocupada, que não sentia necessidade de experimentar um ambiente mais agradável.

"Esta visita ao Rogojine fatigou-me bastante. Desde logo me senti indisposto o resto da manhã; para a tarde senti uma grande fraqueza e deitei-me na cama; por momentos invadiu-me uma febre intensa, chegando ao ponto de me fazer delirar. Folia manteve-se perto de mim até às onze horas. Lembro-me muito bem de tudo quanto me disse e de tudo aquilo de que falamos. Porém, momento a momento, fechava os olhos e recordava sempre Ivan Fomitch que, no meu sonho, tornara-se milionário. Não sabendo o que havia de fazer aos milhões, dava voltas ao miolo para encontrar um sítio onde guardá-los e, tremendo ante a ideia de ser roubado, acabou por se resolver a enterrá-los. Aconselhei-o a fundir toda essa fortuna, em lugar de a enterrar inutilmente, e a confeccionar uma pequena coroa em ouro para o filho que havia deixado gelar, depois de ter, naturalmente, exumado o cadáver. Sourikov acolheu este irônico conselho com lágrimas de gratidão e apressou-se a pô-lo em prática. Fiz o gesto de escarrar no chão e deixar de me importar com ele. Quando retomei por completo os meus sentidos, Kolia assegurou-me que tinha estado sempre a dormir e que durante todo esse tempo não deixara de falar em Sourikov. Tive minutos de agonia e de extraordinária agitação; Kolia foi-se embora, também deveras preocupado. Levantei-me para fechar a porta à chave, logo que ele saísse; nesta altura lembrei-me de repente de um quadro que vira pela manhã na casa do Rogojine, numa das salas mais escuras da casa, por cima de uma porta. Ele próprio me mostrou, ao passarmos, e eu fiquei, se não me engano, mais de cinco minutos diante desse quadro o qual, ainda que desprovido de todo o valor artístico, me provocou estranhas apreensões.

"Representava Cristo no momento da descida da cruz. Se bem me recordo, os pintores tinham o costume de representar Cristo, seja sobre a cruz, seja depois do descimento, com um reflexo no rosto de beleza sobrenatural. Esforçam-se por lhe conservar essa beleza, mesmo no meio dos mais atrozes tormentos. Ora, não havia nada desta beleza no quadro de Rogojine; era a reprodução fiel de um cadáver humano, mostrando, em sinais endurecidos, o quanto sofreu antes de ser crucificado; notavam-se-lhe os traços das feridas, dos maus-tratos e dos golpes que lhe tinham feito os guardas e a populaça, quando arrastava a cruz ou caía sob o seu peso, bem como as que lhe resultaram do crucificamento que suportou durante seis horas (pelo menos é este o meu cálculo). Era na verdade o rosto de um homem que acabava de descer da cruz; mantinha ainda muito da vida e do calor; a rigidez não tinha ainda completado a sua obra, de maneira que o rosto do morto refletia o sofrimento, como se não tivesse deixado de o sentir (isto havia sido muito bem reproduzido pelo pintor). Este rosto era de uma impiedosa verdade, talvez um tanto excessiva; tudo nele era quase natural; era bem o rosto de qualquer homem, depois de ter sofrido todas aquelas torturas.

"Sei que a Igreja cristã reconhece, desde os primeiros séculos, que os sofrimentos de Cristo não foram simbólicos, mas reais, e que uma vez na cruz o seu corpo foi submetido, sem nenhuma restrição, às leis da natureza. O quadro representava por isso um rosto horrivelmente desfigurado pelos golpes, tumeficado, coberto de medonhas e sangrentas equimoses, os olhos abertos, refletindo o brilho vítreo da morte, e as pupilas reviradas. Porém o mais estranho era a singular e apaixonante questão sugerida, ao ver-se esse cadáver supliciado; se todos os seus discípulos, seus futuros apóstolos, se todas as mulheres que o haviam seguido e se tinham mantido ao pé da cruz, se todos aqueles que tinham nele fé e o adoravam, se todos os seus fiéis, que tiveram ante os seus olhos um semelhante cadáver (e o cadáver devia ser com certeza como eu disse), como puderam eles acreditar em face de uma tal visão, que o mártir ressuscitou? Não obstante isso, diz-se: se a morte é uma coisa tão terrível, se as leis da natureza são tão fortes, como pôde ele triunfar? Como vencê-las, se elas não se vergaram diante daquele que, durante a vida, subjugou a natureza, que a forçou a obedecer-lhe, que exclamou: '*Talitha cumi*!', e ressuscitou uma jovem, e, dizendo: 'Lázaro, levanta-te!' O morto ergueu-se do sepulcro? Quando se contempla este quadro, vemos a natureza representada sob a forma de um monstro enorme, implacável e mudo. Ou antes, por mais estranho que isso pareça, a comparação seria mais justa, muito mais justa, se tentássemos aproximá-la de uma enorme máquina de construção moderna, que, surda e insensível, tivesse estupidamente tragado, triturado e engolido um grande ser, um ser a que não se pode dar preço, valendo só ele toda a natureza, todas as leis que a regem, toda a Terra, a qual foi talvez mesmo criada só para aparição desse ser!...

"Ora, o que esse quadro me pareceu apenas exprimir foi a noção de uma força obscura, insolente e de uma estupidez eterna, à qual tudo está sujeito e que o domina, apesar de tudo. Os homens que rodeavam o morto, se bem que o quadro não apresente nenhum, deviam ter sentido uma grande agonia e uma medonha consternação, nessa tarde que desfez todas as suas esperanças e quase que a sua fé. Deviam ter-se separado, dominados por um terrível espanto, se bem que cada um deles levasse no mais fundo do seu íntimo um prodigioso e inapagável pensamento. Se o Mestre tivesse podido ver a sua própria imagem na véspera do suplício, teria caminhado para a crucificação e para a morte tal como o fez? É esta ainda uma questão que nos acode involuntariamente ao espírito, quando olhamos esse quadro.

"Após a partida do Kolia, estas ideias assaltaram-me o espírito durante hora e meia. Eram elas desconexas e com certeza delirantes, mas tomavam por vezes também uma aparência concreta. Poderá a imaginação revestir-se de uma forma determinada, quando, na realidade, não a tem? Parece-me, por momentos, ver essa força infinita, esse ser surdo, tenebroso e mudo, materializar-se de uma maneira estranha e indescritível. Recordo-me de ter tido a impressão de que alguém, que trazia uma vela, agarrou-se pela mão e me mostrou uma tarântula enorme e repelente, assegurando-me que era este mesmo o ser tenebroso, surdo e onipotente, ao mesmo tempo que ria da indignação que eu manifestava.

"Acendo sempre à noite, no meu quarto, uma pequena lâmpada, diante do ícone; apesar de baça e vacilante, a sua claridade permite distinguir os objetos e pode-se mesmo ler, se nos colocarmos junto da luz. Suponho que passava um pouco mais da meia-noite; não dormia e estava deitado com os olhos abertos; de repente alguém entreabriu a porta do meu quarto e Rogojine entrou.

"Entrou, fechou a porta, olhou-me sem dizer palavra e dirigiu-se pausadamente para uma cadeira que se encontrava num canto do aposento, quase por baixo da lâmpada. Fiquei deveras surpreendido e observei com atenção o que ele fazia.

"Encostou-se a uma pequena mesa e fitou-me em silêncio. Dois ou três minutos se passaram assim e o seu mutismo, lembro-me muito bem, ofendeu-me bastante e irritou-me. Por que não se decidiu a falar-me? Considerei muito estranha a sua vinda àquela hora, tão tardia, porém não me lembro se ficou igualmente estupefato. Talvez, pelo contrário: se bem que não lhe tivesse, pela manhã, exprimido claramente o meu pensamento, sabia, no entanto, que o havia compreendido; ora, esse pensamento era de uma natureza tal, que valia a pena vir relembrá-lo, mesmo a uma hora tão adiantada. Pensei por isso que a sua visita tinha essa intenção. Havíamo-nos separado pela manhã, proferindo palavras bastante ásperas e lembro-me muito bem que, a uma ou duas perguntas, olhou-me com um ar e um sorriso deveras sarcástico. Era essa mesma expressão de sarcasmo que lia agora no seu olhar e com a qual me sentia ofendido. Quanto a ter de fato na minha frente o Rogojine, em pessoa, e não uma visão ou alucinação de delírio, não me pareceu para o momento nada extraordinário!... Nenhuma ideia mesmo me ocorreu a tal respeito.

"Entretanto continuava sentado, bem como a olhar-me com um sorriso zombeteiro encolerizado, voltei-me na cama e, apoiando-me ao travesseiro, tomei a resolução de imitar o seu silêncio, mesmo que este se prolongasse indefinidamente. Não sei por quê, havia deliberado que fosse ele o primeiro a falar. Suponho que decorreram assim uns vinte minutos. De repente assaltou-me uma ideia: 'quem sabe? talvez não fosse o próprio Rogojine, mas apenas uma aparição?'

"Nunca vi nenhuma aparição, nem durante a minha doença nem depois. Desde a minha infância até este momento, quer dizer, até estes últimos tempos, se bem que não tivesse acreditado nunca em aparições, pareceu-me sempre que se algum dia visse uma só que fosse, morreria de susto. Todavia, quando me lembrei que não era o Rogojine, mas sim um fantasma, recordo-me que não senti medo algum. Direi mais, fiquei até mesmo despeitado. Coisa estranha; a questão de saber se tinha diante de mim um fantasma, ou Rogojine em pessoa, não me preocupou, nem me perturbou, como se tudo isso fosse natural, parece-me que pensava então noutra coisa. Por exemplo, estava muito mais preocupado em saber por que é que o Rogojine, que de manhã estava em roupão e pantufas, trazia agora um fraque, colete de fantasia e gravata branca. Disse comigo se é uma aparição, não tenho medo. Por que não me levantei então e me aproximei a fim de me assegurar que não era, de fato? Talvez não me atrevesse devido ao medo. Porém logo que me assaltou a ideia de que tinha medo, senti que todo o corpo me gelou, que um arrepio me percorreu a espinha e os joelhos tremeram-me. Nesta altura Rogojine, como se tivesse adivinhado o meu terror, afastou o braço sobre o qual estava apoiado, levantou-se e entreabriu a boca como se fosse dar uma gargalhada. Fitou-me com insistência. Senti-me invadido por uma tal raiva, que quase me atirei sobre ele; como porém havia jurado não ser o primeiro a romper este silêncio, não me movi na cama; não tinha ainda a certeza se era um espectro ou o próprio Rogojine.

"Não me lembro quanto tempo durou esta cena; não saberei dizer mesmo se tive ou não intermitências de apatia. Rogojine acabou por se levantar e depois de me ter olhado demorada e atentamente, como quando entrou, mas desta vez sem ter troçado de mim, dirigiu-se devagar, quase nas pontas dos pés, para a porta, abriu-a e saiu, fechando-a sobre ele. Não me levantei; não me lembra quanto tempo fiquei ainda deitado, de olhos abertos, entregue aos meus pensamentos; mas que pensamentos? Só Deus o sabe! Não me lembro de mais nada e só sei que adormeci.

"No dia seguinte acordei quando já passava das nove horas, ouvindo bater à minha porta. Na minha casa está combinado que, se não abrir a porta até às nove horas e não pedir para que me sirvam o chá, a Matriona deve vir acordar-me. Ao abrir-lhe a porta, disse logo comigo: 'como pôde ele entrar, se a porta estava fechada?' Informei-me e cheguei à conclusão de que o verdadeiro Rogojine não podia por forma alguma ter entrado no meu quarto, visto que todas as portas, à noite, foram fechadas à chave.

"Foi este incidente, que acabo de descrever com todos os pormenores, que me levou a tornar definitiva a minha resolução. Isto não resultou da lógica do raciocínio, mas de um sentimento de repulsão. Não posso continuar a viver uma existência que reveste formas tão estranhas e tão ofensivas para mim. Este fantasma deixou-me sob o domínio de uma humilhação. Não me senti com coragem de me submeter a uma força que ia buscar os seus alentos a uma tarântula. E isto deu-se, quando me vi, por fim, ao crepúsculo, em face de uma resolução total e definitiva, pelo que experimentei uma impressão de alívio. Tudo quanto se passou não era mais do que a primeira fase; ia atravessar a segunda em Pavlovsk, mas no que disse já, tudo ficou suficientemente explicado."

Capítulo 7

"Tinha uma pequena pistola de algibeira, que me haviam dado quando ainda rapaz, na idade crítica, em que começamos a apaixonar-nos pelas histórias de duelos e lutas de bandidos; sonhei que havia sido desafiado para um duelo e fizera uma altiva continência ante a pistola do meu adversário. Há um mês examinei a pistola e carreguei-a. Na caixa onde ela estava, encontrei duas balas e um pequeno polvorinho contendo duas ou três cargas de pólvora. A pistola não vale nada, pois não alcança a mais de quinze passos, mas apoiada ao rosto de alguém, pode, com certeza, ser o bastante para lhe rebentar o crânio.

"Resolvi morrer em Pavlovsk, ao nascer do sol, depois de ter descido ao parque, para não causar escândalo na cidade. A minha explicação será o bastante para orientar o inquérito da polícia. Os amadores de psicologia e os interessados podem deduzir as conclusões que melhor lhes agradarem; para agora não quero que esse manuscrito seja publicado, peço ao príncipe para guardar um exemplar em sua casa e mandar o outro à Aglaé Epantchine. Tal é a minha vontade. Lego o meu esqueleto à Faculdade de Medicina, no interesse da ciência.

"Não reconheço a ninguém o direito de me julgar e sei que estou isento, por agora, de toda a jurisdição. Há pouco tempo ainda uma tola ideia me assaltou a cabeça: senti a fantasia de tentar, nesse momento, matar alguém, de ver massacrar de um só golpe uma dezena de pessoas, de cometer enfim o mais horrendo crime, o mais atroz que se possa perpetrar sobre a Terra. Em que embaraço não colocaria então o tribunal, frente a frente comigo, eu que tenho apenas duas ou três semanas de vida e estando abolidas a tortura, o suplício? Morreria confortável e sossegadamente num hospital, rodeado da solicitude dos médicos, talvez muito mais acarinhado e mais feliz que na minha casa... Não compreendo como é que este pensamento não acudiu ao espírito das pessoas que se encontram no meu caso, nem que fosse apenas a título de zombaria!... Talvez, de fato, o tivessem tido; nunca entre nós, como agora, faltaram tanto os farsantes.

"No entanto, não reconheço os juízes superiores a mim, nem sei mesmo se me julgavam, quando eu próprio me tornasse um inculpado, surdo e mudo. E isto, porque eu não quero partir sem deixar uma réplica, uma réplica livre e sem constrangimentos, não para me justificar — oh, não, não tenho a intenção de pedir perdão a quem quer que seja! — mas para minha satisfação.

"Eis agora uma estranha reflexão: quem, em virtude de que princípio e por que motivo, poderia contestar-me o direito de dispor da minha vida durante estas duas ou três semanas? Que tribunal seria competente nesta matéria? Poderia servir apenas para me condenar e não, no interesse da moral, para que eu cumprisse e sofresse a pena estabelecida. E na verdade isso poderia ser útil a alguém? A causa da moral ganharia alguma coisa com isso? Seria ainda justificável se, na plenitude da minha saúde, tivesse uma vida que pudesse ser útil ao próximo, etc...; Poder-me-iam fazer o agravo, em nome dessa velha e rotineira moral, de disporem da minha vida sem autorização, ou qualquer outro delito. Mas agora, agora que ouvi já a minha sentença de morte? A que moral se pode sacrificar este meu resto de vida, o estertor supremo que exalará o último átomo da minha existência, durante o qual escutarei as consolações do príncipe? Os seus argumentos de cristão não deixam de levar a esta feliz conclusão: considera mesmo melhor, no fundo, que eu morra. (Os cristãos da sua categoria chegam sempre a esta conclusão, pois é a sua mania). E que me querem eles então com as suas ridículas árvores de Pavlovsk? Suavizar as últimas horas da minha vida? Não compreendem que quanto mais me esquecer, mais me deixarei seduzir pelo último fantasma de vida e de amor, atrás do qual esperam ocultar a meus olhos o muro da casa Meyer e tudo o que nele está escrito com tanta franqueza e ingenuidade, mais desgraçado me tornarei? Que me importa a sua paisagem, o seu parque de Pavlovsk, os seus nascentes e ocasos do Sol, o seu céu azul e os seus semblantes, plenos de satisfação, se sou o único a ser olhado como um inútil, o único excluído, desde o início, deste banquete sem fim? Que necessidade tenho eu de todo esse esplendor, quando, a cada minuto, a cada segundo, devo saber, sou constrangido a saber que este ínfimo mosquito, zumbindo neste momento à minha volta, atraído por um raio de sol, tem o direito de participar nesse banquete, nesse coro da natureza? Conhece o lugar que lhe está reservado, ama, é feliz; entretanto que eu, eu só, sou uma escória a quem a covardia tem até hoje impedido de o compreender.

"Oh, sei muito bem que o príncipe e todos os outros pretendem levar-me a renunciar a essas expressões insidiosas e malignas: pretendem ouvir-me entoar, em nome da moral triunfante, a famosa e clássica estrofe de Millevoye:

'Oh, que possam contemplar a beleza sagrada
Esses amigos, surdos ao meu adeus!
Que morram também na juventude, que a sua
morte seja chorada,
Que um amigo lhe feche os olhos!'

"Mas acreditais, acreditais deveras, oh, almas simples, nesta edificante estrofe, nesta felicidade acadêmica do mundo, em verso francês, que encerra em si um rancor e um ódio tão intensos, que se compraz nela mesma, pelo que o poeta se enganou a si próprio, tomando as lágrimas de cólera por lágrimas de enternecimento. Morreu nessa ilusão; paz aos seus restos mortais. Fiquem sabendo que existe um limite à mortificação que inspira ao homem a consciência da sua própria nulidade e da sua incapacidade, limite além do qual essa consciência imerge num prazer extraordinário!

"Concordo, sem dúvida, que a submissão, neste sentido, é uma força enorme; mas essa força não é aquela que a religião nela encontra.

"Ah, a religião! Admito a vida eterna; talvez até a tenha admitido sempre. Quero crer que a consciência seja uma chama acesa pela vontade de uma força suprema, que deixe ver nela o universo e que tenha dito: Eu existo! Quero crer ainda que essa mesma força suprema lhe ordene de repente para se extinguir, por uma razão longínqua e duvidosa, e mesmo sem sombra de explicação! Seja!... Admito tudo isso. Resta, porém, a eterna questão: que necessidade tem ela de juntar ainda a minha resignação a esse constrangimento? Não pode muito simplesmente devorar-me, sem que seja ainda obrigado a bendizer aquele que me devora? Será possível que algum ente superior fique na verdade ofendido por eu não querer esperar duas semanas mais? Não creio em nada; suponho que infinitamente mais verosímil que a minha frágil existência é um átomo necessário à perfeição da harmonia universal, que ela serve por uma adição ou um retraimento, por um contraste ou por outra coisa, da mesma forma que o sacrifício diário de um milhão de seres é uma necessidade; sem esse sacrifício o mundo não pode subsistir (este pensamento, reparemos bem, não tem nada de generoso!). Mas passemos adiante. Concordo que, de outra maneira, isto é, se os homens não se comessem uns aos outros, teria sido impossível construir o mundo; admito mesmo que não compreenda nada dessa construção!... Mas, em contrapartida, eis o que tenho a certeza de saber: no momento em que me foi dado tomar consciência de que eu existo!, que tenho que responder pelo fato de que o mundo seja construído às avessas e não possa existir de outra forma? Quem então me julgará depois disto e por que motivo terão de me julgar? Suponho que o que pretendem é tão inconcebível como injusto!...

"Portanto não poderia nunca, qualquer que fosse o meu desejo, imaginar que há vida futura e a Providência. O mais provável é que tudo isso exista!... Mas não entendemos nada da vida futura nem das leis que a regem. Ora, se esta coisa é difícil e mesmo impossível de compreender, pode-se com rigor avaliar a minha incapacidade em abranger o inconcebível? Pretendem, é verdade — e é essa com certeza a opinião do príncipe! — que nisto é necessário submetermo-nos e obedecermos sem raciocinar, por puro sentido moral, e acrescentam que a minha docilidade encontrará no outro mundo a sua recompensa. Humilhamos muito a providência ao atribuirmos-lhe as nossas ideias, despeitados por não a podermos compreender. Mas volto a repetir, se não podemos compreender a Providência, difícil se nos torna tomar a responsabilidade de uma incompreensão, de que se faz uma lei. E se é assim, como podem julgar-me por não ter podido compreender a verdadeira vontade e as leis da Providência? Não!... é preferível pormos a religião de lado.

"Para agora, isto é o bastante... Quando chegar a estas linhas o Sol deve com certeza já ter nascido e começado a brilhar no céu, espalhando por todo o universo forças imensas, incalculáveis. Assim seja! Morrerei, contemplando de frente essa fonte do vigor e da vida, de uma vida que em mim está prestes a terminar. Se tivesse dependido de mim o não nascer, não teria certamente aceitado a existência em condições tão irrisórias. Porém resta-me ainda a faculdade de morrer, se bem que disponha apenas de um resto de vida já condenada. Este meu poder é bastante restrito e por consequência a minha revolta também.

"Uma última explicação: se morrer agora, não é porque não tenha a coragem de suportar estas três semanas. Oh, teria sem dúvida encontrado as forças necessárias para isso, se tivesse querido, e teria encontrado a suficiente consolação para a deliberada ofensa que me fizeram. Não sou, porém, um poeta francês e não possuo essa espécie de consolação. Enfim, há nisto uma tentação: condenando-me a viver apenas três semanas, a natureza limitou tão rigorosamente o meu campo de ação, que o suicídio é talvez o único ato que posso tentar e concluir por minha vontade. Pois bem... porque não quero aproveitar-me da última possibilidade de agir que se me oferece? Um protesto pode algumas vezes ter o seu valor..."

A leitura da Explicação terminou aqui e Hipólito calou-se.

Nos casos extremos, um homem nervoso, exasperado e fora de si, pode colocar a franqueza no último grau do cinismo. Então, não tendo mais nada, estará pronto a provocar qualquer escândalo, ficará mesmo exaltado. Pensou correr com os assistentes, na intenção, ainda não bem definida, de se precipitar um minuto depois do alto de um campanário e de pôr termo de um só golpe a todos os embaraçados que o seu comportamento lhe teria podido acarretar, mas conteve-se. Este estado é em geral anunciado por esgotamento gradual das forças físicas. A tensão excessiva e anormal que até ali havia contido Hipólito, tinha atingido o paroxismo. O corpo deste jovem de dezoito anos, exaurido pela doença, parecia tão fraco como a folha amarelecida quando cai da árvore. Desde que porém — pela primeira vez, há uma hora — havia fixado os olhos no auditório, o seu olhar e o seu sorriso refletiram logo um desgosto, o mais altivo, o mais desdenhoso e mais ofensivo. Sentiu desejos de desafiar os assistentes. Estes, por seu lado, estavam deveras indignados. Todos se levantaram da mesa no meio do maior barulho e cólera. A fadiga, o vinho, a tensão de nervos, tornaram maior a desordem e a atmosfera deletéria, se assim nos podemos exprimir, desta reunião.

Hipólito ergueu-se de um salto da sua cadeira e tão bruscamente como se o tivessem arrancado.

— O sol já nasceu! — exclamou ele, ao ver o cimo das árvores banhado pela luz e indicando-as ao príncipe, como se fosse um milagre. — O sol já nasceu!

— Supunha talvez que não nascia? — perguntou Ferdistchenko.

— É mais um dia de calor que se anuncia! — resmungou, com uma expressão de tédio e de indolência, Gania, que, de chapéu na mão, espreguiçava-se e bocejava. — Vamos ter ainda um mês de sequidão!... Vamos ou ficamos, Ptitsine?

Hipólito ouvia estas palavras com um espanto muito vizinho do assombro. Tornou-se logo muitíssimo pálido e as pernas e os braços começaram a tremer-lhe.

— O senhor afeta mostrar uma desastrada indiferença, só com a intenção de me ofender — disse ele, de olhos fitos no rosto de Gania.

— O senhor é um patife!

— Ah, que grande sem-cerimônia — bradou Ferdistchenko. — Que a vontade fenomenal!

— E mas é um puro imbecil! — declarou Gania.

Hipólito esforçou-se por conter a sua indignação.

— Compreendo, meus senhores — começou ele, sempre a tremer e interrompendo-se a cada palavra — que tenha podido merecer o seu ressentimento pessoal e... lastimo tê-los fatigado com a leitura desta obra resultante de um delírio — e indicou o manuscrito —; no entanto, por outro lado, lastimo não os ter fatigado por completo!... — E sorriu estupidamente.

— Fui na verdade maçador, Pavlovitch? — perguntou ele, voltando-se para o interpelado. — Fui ou não? Fala.

— Está um pouco extenso, no entanto...

— Diga tudo quanto pensa! Não minta, pelo menos uma vez na sua vida! — intimou Hipólito, sem deixar de tremer.

— Oh, isso é-me em absoluto indiferente! Peço-lhe o grande favor de me deixar em paz! — objetou Pavlovitch, voltando-se, aborrecido.

— Boa-noite, príncipe! — disse Ptitsine, aproximando-se do homenageado.

— Mas se vai estourar os miolos, os senhores que pensam fazer? Reparem bem — gritou Vera, correndo para Hipólito. Esta estava deveras aterrorizada e por isso agarrou-o mesmo pelas mãos. — Disse que se suicidaria ao nascer do sol!... Que pensam fazer?

— Não se mata! — murmuraram várias vozes num tom de censura, entre elas Gania.

— Meus senhores, tomem cuidado! — gritou Kolia, que agarrara também Hipólito pelas mãos. Olhem bem para ele! Príncipe, príncipe, como pode ficar assim indiferente?

À volta de Hipólito juntaram-se Vera, Kolia, Keller e Bourdovski, tendo-se todos agarrado a ele.

— Está no seu direito, no seu direito!... — balbuciou Bourdovski, também com o ar de um homem que perdera por completo a cabeça.

— Dá-me licença, príncipe: que disposições conta tomar? — perguntou Lebedev ao seu inquilino. Estava embriagado e a sua exasperação tornava-o insolente.

— A que disposições se refere?

— Por favor, dá-me licença: eu sou o dono da casa, sem querer faltar-lhe ao respeito... Concordo que está também em sua casa; mas eu não quero tais histórias debaixo do meu teto!... Não!...

— Não se mata! Este garoto é um farsante! — gritou de repente o general Ivolguine, com tanta certeza como indignação.

— Muito bem, general! — aclamou Ferdistchenko.

— Eu sei que ele não se mata, general, meu respeitável general, mas no entanto!... Porque, enfim, eu sou aqui o dono.

Ptitsine, depois de se ter despedido do príncipe, estendeu a mão a Hipólito.

— Escute, senhor — disse ele, entretanto — no seu caderno, se não me engano, faz alusão ao seu esqueleto; o senhor deixa-o à Faculdade de Medicina? E é do seu esqueleto que se trata? São os seus ossos que o senhor deixa em testamento?

— Sim, são os meus ossos...

— Ah, bem!... É que podia haver qualquer mal-entendido. Parece que já se deu um caso semelhante!

— Por que está a contrariá-lo? — interveio bruscamente o príncipe.

— Por que é que o faz chorar? — acrescentou Ferdistchenko.

Todavia o Hipólito não estava a chorar. Fez um esforço para fugir, mas os quatro que o seguravam impediram-no de tal. Ouviram-se gargalhadas de todos os lados.

— Já contava que lhe prenderiam as mãos; foi por isso mesmo que ele nos leu o seu caderno! — observou Rogojine. — Adeus, príncipe. Esteve muito tempo sentado e os ossos fizeram-lhe mal!...

— No seu lugar e no caso de ter tido na verdade a intenção de se suicidar, Hipólito — disse, rindo, Pavlovitch — abster-me-ia de executar o meu projeto, depois de uns tais cumprimentos e, quando mais não fosse, só para os vexar.

— Têm um desejo terrível de ver como eu me suicidarei! — replicou Hipólito, com o ar da maior amargura. — Estão aborrecidos por não verem um tal espetáculo.

— Então acredita que eles não assistirão?

— Não disse isto com a intenção de o incitar; pelo contrário, suponho-o muito capaz de estourar os miolos. Peço-lhe porém que não se zangue... — respondeu Pavlovitch com um ar lânguido e protetor.

— Reconheço agora que cometi uma grande asneira, lendo-lhes o meu caderno! — murmurou o Hipólito, olhando o Pavlovitch com uma súbita expressão de confiança, que parecia querer pedir um conselho a um amigo.

— A sua situação é ridícula, mas... Com franqueza, não sei que conselho deva dar-lhe! — replicou Pavlovitch com um sorriso.

Hipólito, sem nada dizer, fitou-o com um olhar de zangado e obstinado.

Dir-se-ia que perdia por instantes a consciência do que se passava.

— Ah, não!... Os senhores não vão permitir uma tal maneira de agir! — interveio Lebedev. — Ele declarou que estouraria os miolos no parque, para não incomodar ninguém. Então supõem que não incomodará ninguém, se se matar no jardim, a três passos daqui?

— Meus senhores... — começou o príncipe.

— Não consinta, meu respeitável príncipe — interrompeu Lebedev exasperado. — O senhor mesmo está vendo que isto não é uma brincadeira. Metade, pelo menos, dos seus convidados compartilham desta mesma convicção, depois do que acabaram de ouvir, visto que é agora um caso de honra para ele, o suicidar-se. Por conseguinte, como dono da casa e na presença de testemunhas, exijo o seu auxílio.

— Que é preciso fazer, então, Lebedev? Estou pronto a ajudá-lo.

— Ora, é assim mesmo!... Para já é preciso que nos entregue a pistola que disse trazer com ele e as respectivas munições. Se ele concordar, preferia que passasse aqui a noite, dado o seu estado de saúde, porém com a condição de que fica sujeito à minha vigilância. Amanhã poderá ir-se embora para onde muito bem lhe apetecer. O príncipe, desculpe-me!... porém recusando-se a entregar-me a pistola, agarro-o por um braço e o general pelo outro, e mando a toda a pressa chamar a polícia para tomar conta do caso. A título de prevenção, o senhor Ferdistchenko irá avisar o posto policial próximo.

Responderam-lhe com uma grande algazarra; Lebedev encolerizou-se e perdeu todo o bom senso; Ferdistchenko preparou-se para ir à polícia; Gania repetiu com insistência que não haveria nenhuma tentativa de suicídio; e Pavlovitch foi o único a manter-se calado.

— Príncipe, pensou alguma vez atirar-se do alto de uma torre? — perguntou em voz baixa Hipólito.

— Por Deus, nunca! — respondeu ele, nervosamente.

— Supõe porventura que não tinha previsto toda esta agitação? — murmurou de novo o Hipólito, cujos olhos cintilavam, ao mesmo tempo que o fitavam com o ar de quem espera de fato uma resposta. — Sentem-se! — gritou ele em seguida, dirigindo-se a toda a assistência. — A culpa é minha, é minha e de mais ninguém! Lebedev, aqui tem a chave. — Tirou do bolso a pequena bolsa de dinheiro e de dentro desta uma argola, em aço, tendo presas três ou quatro pequenas chaves. — Tome lá isto, antes de mais nada... O Kolia lhe mostrará... Kolia! Onde está o Kolia? — exclamou ele, procurando-o com os olhos por todos os lados, sem o ver. — Ah, sim, muito bem! Ele lhe mostrará tudo, pois foi quem me ajudou a encher o meu saco. Vá com ele, Kolia; no gabinete do príncipe, em cima da mesa, encontrará o meu saco... e dentro deste, no fundo, um estojo... Com esta pequena chave... abre esse estojo e encontrará a minha pistola e a caixa da pólvora. Foi o próprio Kolia que a guardou ainda há pouco. Ele lhe entregará, senhor Lebedev, porém com a condição de que, amanhã pela manhã, quando partir para S. Petersburgo, me entregará. Estamos entendidos? Não faço isto pelo senhor, mas sim pelo príncipe.

— Tanto melhor assim — disse Lebedev, pegando a chave. Com um sorriso zombeteiro correu ao quarto vizinho. Kolia parou, como se tivesse qualquer objeção a fazer, mas Lebedev arrastou-o com ele.

Hipólito olhou os assistentes, que sorriam. O príncipe observou que ele batia os dentes, como se estivesse dominado por uma febre violenta.

— Que grandes idiotas são estes cavalheiros! — murmurou ele de novo ao ouvido do príncipe num tom de desespero. Para lhe falar, dobrava-se um pouco, ao seu lado, e baixava a voz.

— Deixe-os lá. O senhor está muito fraco...

— É já... de repente... que me vou embora...

Bruscamente abraçou o príncipe.

— O senhor supõe talvez que estou parvo? — perguntou, olhando-o com um estranho sorriso.

— Não, mas o senhor...

— Não diga mais nada, cale-se... Não diga nada, espere... Pretendo olhá-lo nos olhos... Deixe-se estar como está, para que eu o possa olhar. É a um homem como o senhor que pretendo dizer adeus.

Parou e, imóvel e calado, contemplou-o durante dez segundos. Estava muito pálido, o suor aljofrava-lhe o rosto e agarrou estranhamente o príncipe, como se tivesse medo de o deixar escapar.

— Hipólito! Hipólito! Que tem? — gritou o príncipe.

— Desde já... Isto chega... Vou-me deitar. Quero beber uma taça à saúde do Sol... Quero, quero, já disse! Deixe-me!

No ponto onde estava, agarrou rapidamente numa taça, depois levantou-se e de um salto colocou-se à entrada do terraço. O príncipe ia correr para ele, mas quase parecendo uma determinação, o acaso quis que nesse momento Pavlovitch lhe estendesse a mão para se despedir. Um minuto decorreu; entretanto um clamor geral se elevou no terraço, seguido de uma extraordinária confusão.

Eis o que se havia passado.

Chegando junto da saída do terraço, Hipólito parara, tendo a taça na mão esquerda e a direita metida no bolso do casaco. Keller afirmou depois que ele tinha já a mão nesse bolso, no momento em que conversava com o príncipe, mas via-lhe apenas o ombro e o punho da mão esquerda; fora mesmo um gesto dessa mão que despertara nele, Keller, a primeira desconfiança. Fosse como fosse e movido por uma certa apreensão, Keller correu também atrás de Hipólito. Não chegara, porém, a tempo. Viu-lhe apenas um objeto brilhante na mão direita e quase ao mesmo tempo o cano de uma pequena pistola de algibeira apoiado no lado direito da cabeça. Correu a fim de lhe segurar o braço, mas ele apertou imediatamente o gatilho. Ouviu-se o estalido seco e cortante do cão, mas o tiro não partiu. Keller amparou Hipólito nos braços; este caiu, como se tivesse perdido os sentidos; talvez se supusesse morto de fato. Keller havia-lhe tirado já a pistola, e segurando-o, aproximou uma cadeira, onde o sentou, enquanto os restantes fizeram um círculo à sua volta, gritando e discutindo. Todos tinham ouvido o estalido do cão, mas o suicida continuava vivo, sem a menor beliscadela. Estava sentado, sem ter a menor noção do que se passara; olhava à sua volta, deveras espantado. Nesta altura Lebedev e Kolia voltaram, correndo.

— Falhou o tiro? — perguntaram de diversos lados.
— A pistola não estava talvez carregada? — insinuaram alguns.
— Está carregada — declarou Keller, inspeccionando a arma — mas...
— Como é que o tiro então não partiu?
— Não tinha cápsula — informou Keller.

É difícil descrever a triste cena que se seguiu. Ao pavor geral do primeiro momento sucederam-se as gargalhadas; alguns dos presentes riam-se de tal forma, que pareciam ter encontrado no sucedido uma satisfação maldosa. Hipólito soluçava e torcia os braços, como se estivesse com um ataque de nervos; lançou-se depois sobre toda a gente, até mesmo sobre Ferdistchenko, a quem apertou as mãos, jurando-lhe que se tinha esquecido de meter a cápsula, mas que esse esquecimento fora em absoluto acidental e involuntário. Acrescentou que todas as cápsulas, em número de dez, as tinha ali, no bolso do colete (e mostrou-as a todos os que o rodeavam). Não as colocara antes, com medo de que a pistola se lhe disparasse por acaso no bolso, mas contava ter sempre tempo para o fazer no momento preciso; esquecera-se, porém, na ocasião em que o devia ter feito. Dirigia-se, ora ao príncipe, ora ao Pavlovitch; suplicava a Keller para que lhe entregasse a pistola, pois pretendia provar a todos que a sua honra, sim, a sua honra... mas agora estava já desonrado para sempre.

Acabou por cair, tendo perdido os sentidos. Levaram-no para o quarto do príncipe e Lebedev, por completo desorientado, mandou imediatamente procurar um médico, ficando ele próprio à cabeceira da cama do doente, mais a filha, o filho, Bourdovski e o general. Logo que levaram o Hipólito inanimado, Keller colocou-se no meio do terraço e dirigindo-se a todos, proclamou num tom decidido, destacando e vincando cada palavra:

— Meus senhores, se algum dos que aqui estão a manifestar, uma vez que seja, em voz alta e na minha frente, a suposição de que a cápsula foi esquecida propositadamente, e que este infeliz rapaz não representou mais do que uma comédia, terá de se entender comigo!...

Ninguém lhe respondeu. Os assistentes começaram a dispersar, indo-se embora aos grupos. Ptitsine, Gania e Rogojine partiram juntos.

O príncipe ficou muito surpreendido ao ver Pavlovitch mudar de ideia e ir-se embora antes da explicação pedida.

— Não disse que queria ter uma conversa comigo depois da partida de todos? — perguntou-lhe ele.

— É verdade — respondeu Pavlovitch, sentando-se bruscamente e fazendo sentar o príncipe ao seu lado. — Para agora, porém, mudei de opinião. Reconheço que estou um tanto agitado e o senhor também. Tenho as ideias em desordem; por outro lado, a questão sobre a qual queria ter uma explicação com o senhor é muito importante, tanto para mim como para o senhor. Pretendo, príncipe, pelo menos uma vez na vida, praticar uma ação totalmente honesta, isto é, em absoluto isenta de qualquer intenção reservada. Ora suponho que para agora, neste minuto, não me sinto deveras capaz de praticar essa ação; talvez o senhor esteja no mesmo caso, de forma que... é... enfim, talvez melhor guardarmos essa explicação para mais tarde. Talvez mesmo que a questão se torne mais clara, tanto para si, como para mim, se deixarmos passar dois ou três dias; esse tempo irei passá-lo a S. Petersburgo.

Levantou-se de novo, de maneira que mal se compreendeu por que é que se havia sentado. O príncipe teve a impressão de que ele estava descontente e enfurecido, e pareceu-lhe ter notado no seu olhar uma expressão de hostilidade que não lhe descobrira antes.

— A propósito, vai agora para junto do doente?

— Vou... pois tenho os meus receios — disse o príncipe.

— Esteja sossegado; viverá bem ainda seis semanas e talvez mesmo se restabeleça, se continuar aqui. No entanto, o melhor que tem a fazer é mandá-lo embora amanhã.

— Talvez que eu próprio o tenha excitado, sem dar conta de tal... — disse, rindo. — Acreditou talvez que eu duvidava também que se quisesse matar! Que pensa a tal respeito, Pavlovitch?

— Deixe lá isso. O senhor inquieta-se demasiado com essas coisas. Ouvi dizer, sem nunca ter tido ocasião de o verificar, que um homem pode matar-se de propósito a provocar elogios ou despeitado por não os haver recebido. E sobretudo não podia nunca imaginar que tão francamente se pudesse manifestar semelhante franqueza. Apesar, porém, disso tudo, mande-o amanhã embora.

— Supõe que tentará mais uma vez suicidar-se?

— Não, não o tentará mais. Todavia ponha-se em guarda contra esse tipo russo, à Lacenaire! Volto a repetir: o crime é muitas vezes o refúgio dessas imbecis nulidades, movidas pela impaciência e pela inveja.

— Será então um Lacenaire?

— No fundo é o mesmo; talvez seja apenas a situação que difere. Reconheceria então que esse senhor era capaz de massacrar dez pessoas, quando mais não fosse para brincar um pouco, segundo a expressão de que ele próprio se serviu, quando leu a sua explicação. Por tal motivo estas palavras tirar-me-ão um tanto o sono.

— As suas apreensões são talvez exageradas!

— Parece que o príncipe se admira; não o supõe capaz de matar *agora* dez pessoas?

— Abstenho-me de lhe responder; tudo isso me parece muito estranho, mas, mas...

— Está bem, como queira! — concluiu Pavlovitch num tom de exacerbado. — E depois o senhor é um indivíduo tão fanfarrão!... Só desejo que não seja uma das dez vítimas!

— O mais provável é que ele não mate ninguém — disse o príncipe, olhando o Pavlovitch com um ar pensativo.

Este teve um sorriso malicioso.

— Adeus, já é tempo de me ir embora!... A propósito, o senhor reparou que ele deixou à Aglaé uma cópia da sua confissão?

— Sim, reparei, e isso já me deu que pensar.

— Parece que será uma das dez vítimas! — exclamou Pavlovitch, rindo-se de novo e saindo.

Uma hora depois, entre as três e as quatro horas da manhã, o príncipe desceu ao parque. Havia tentado adormecer, mas não o conseguira, devido às violentas palpitações do coração. Entretanto no resto da casa tudo havia entrado em sossego, ficando tão silenciosa quanto possível; o doente adormecera e o médico que viera vê-lo declarara que não corria nenhum perigo imediato. Lebedev, Kolia e Bourdovski deitaram-se no seu quarto e iam-no vigiando à vez; não havia nada a recear.

Todavia a inquietação do príncipe crescia minuto a minuto. Errou pelo parque, deitando à sua volta olhares distraídos, e parou, surpreendido, ao chegar à clareira que se abria em frente do *Vauxhall* e ver vazias as filas dos bancos e as cadeiras da orquestra. Impressionou-o o aspecto deste lugar, que encontrou, sem bem explicar por quê, terrivelmente feio. Voltou atrás e tomou pela rua, onde na véspera havia passado, acompanhado pelos Epantchine, quando se dirigiam para o *Vauxhall*. Chegado ao banco verde, que era o lugar indicado para o encontro, sentou-se e soltou uma brusca e sonora gargalhada, que abafou logo com a mais viva indignação. A sua má disposição mantinha-se; desejava querer ir não importa para onde... sem fim... Por sobre a sua cabeça um passarinho cantou; pôs-se a procurá-lo com os olhos por entre a folhagem. Logo em seguida o passarinho desapareceu num voo rápido; lembrou-se nessa altura do mosquito, voejando por entre um quente raio de sol, a propósito do qual o Hipólito escrevera que conhecia o seu lugar no *coro* da natureza, onde só ele, Hipólito, era um intruso. Esta frase, que já então o havia surpreendido, voltou-lhe agora de novo à lembrança. Além dessa, uma outra recordação, desde há muito adormecida no seu íntimo, voltou a avivar-se, iluminando-se de uma claridade súbita.

Encontrava-se na Suíça, durante o primeiro ano e durante mesmo os primeiros meses do seu tratamento. Consideravam no então, de fato, um idiota; não podia exprimir-se corretamente e não compreendia muitas vezes o que lhe perguntavam. Foi um dia até à montanha, dia de claro sol, e errou durante muito tempo atormentado por um pensamento torturante, mas que não chegava bem a formular-se. Descortinou diante dele um céu claro, a seus pés um lago e a toda a sua volta um horizonte luminoso e tão vasto, que parecia não ter fim. Durante muitíssimo tempo contemplou esse espetáculo com o coração opresso por um certo mal-estar. Lembrava-se agora de ter estendido os braços para esse oceano de luz e de azul e ter chorado depois. Estava torturado pela ideia de ser estranho a tudo isso. Qual era então o banquete, essa festa sem fim para a qual se sentia atraído desde há muito, desde sempre, desde a sua infância, sem nunca ter podido tomar parte nele? Todas as manhãs o sol nascia radioso; todas as manhãs a curva do céu se desenhava por cima da cascata; todas as tardes o cimo nevado da mais alta montanha dos arredores se incendiava, lá no extremo do horizonte, de um fogo de púrpura; todos os mosquitos que zumbiam à sua volta, por entre um quente raio de sol, participavam do coro da natureza, sabiam qual o seu lugar, amavam, eram felizes. Toda a haste de erva crescia e era feliz! Todo o ser tinha o seu caminho na vida e conhecia-o; chegava e partia cantando; mas ele, só ele, nada sabia, nada compreendia, nem os homens, nem as vozes da natureza, porque ele era em toda parte um estrangeiro, uma escória. Oh, nessa altura não pudera exprimir-se nestes termos, nem formular assim a sua questão; o seu sofrimento fora surdo e mudo; porém agora imaginava-se nessa época, dizendo tudo isto por estas mesmas palavras, e parecia-lhe até que o Hipólito havia cedido o seu mosquito à sua linguagem e às suas lágrimas de então. Estava convencido, sem bem saber por quê, que este pensamento lhe fazia palpitar o coração.

Sentou-se no banco, mas a agitação que o dominava continuou até no sono que o invadiu. No momento de adormecer, relembrou a suposição de que o Hipólito mataria dez pessoas e sorriu-se do absurdo dessa ideia. À sua volta reinava um evidente e majestoso silêncio; o bulir das folhas parecia ainda acentuar mais a serenidade e a solidão do ambiente. Teve numerosos sonhos, todos eles angustiosos e que o faziam estremecer momento a momento. Por fim uma mulher aproximou-se dele; conhecia-a, conhecia-a até muito bem; podia sempre nomeá-la, designá-la, mas — coisa singular! — ela tinha agora um rosto muito diferente daquele que lhe conhecera sempre e sentiu uma dolorosa repulsa ao reconhecê-la sob esses novos traços. Via-se nesse rosto uma tal expressão de contrição e de medo, que se diria que esta mulher era uma grande criminosa e que acabava de cometer um crime atroz. Uma lágrima surgiu na sua face macilenta. Chamou-o com um gesto e pôs-lhe um dedo nos lábios, como para o convidar a segui-la sem fazer barulho. O seu coração desfalecia; por nada, por nada deste mundo queria ver nela uma criminosa, mas pressentia que um terrível acontecimento ia dar-se, que influiria em toda a sua vida. Ela parecia desejar mostrar-lhe alguma coisa, não longe dali, no parque. Levantou-se para a seguir, mas um riso claro e fresco soou perto dele; a mão de alguém pousou de repente na sua; agarrou-a, apertou-a com força e acordou. Na sua frente, rindo às gargalhadas, estava Aglaé.

Capítulo 8

Ria-se, mas mostrava-se indignada ao mesmo tempo.

— Dormia!... O senhor dormia!... — exclamou ela num tom de admiração e desprezo.

— A senhora aqui! — balbuciou o príncipe, que não tinha ainda tomado consciência do que se passava e a reconheceu, surpreendido.

— Ah, sim, o nosso encontro... Deixei-me adormecer aqui.

— Vi muito bem.

— Além da senhora ninguém mais me acordou? Não esteve aqui outra pessoa? Pensei que estava aqui... uma outra mulher...

— Uma outra mulher aqui?

Só então o seu espírito se esclareceu por completo.

— Foi um sonho que tive — informou com um ar pensativo. — Porém um tal sonho, nesta altura, é estranho... Sente-se.

Agarrou-a pela mão e fê-la sentar no banco; ele, por sua vez, sentou-se ao seu lado e entregou-se às suas reflexões. Aglaé não quebrou esse mutismo e limitou-se a olhá-lo com insistência. Ele olhava-a também, mas por vezes dando a impressão de que a não via na sua frente. Ela começou a ficar vermelha.

— Ah, sim! — disse ele, estremecendo. — O Hipólito suicidou-se com um tiro de pistola.

— Quando? Em sua casa? — perguntou ela, sem parecer ficar muito surpreendida.

— Ontem à noite estava, creio eu, ainda vivo. Como pôde vir dormir para aqui, depois de um tal acontecimento? — exclamou ela, animando-se.

— Mas ele ainda não morreu, a pistola não disparou.

A pedido de Aglaé, o príncipe teve logo de contar, com os menores detalhes, tudo o que se passou durante a noite. Pedia-lhe a cada instante para falar mais devagar e interrompia-o mesmo com constantes perguntas, por vezes sem relação com a questão. Mostrou, principalmente, um vivo interesse pelo que disse o Pavlovitch e interrogou-o até por diversas vezes sobre esse ponto.

— Basta de conversa. Preciso andar depressa — objetou ela, logo que a narração terminou. — Temos apenas uma hora para estarmos aqui, pois devo estar sem falta, em casa, às oito horas, para que não saibam que vim até ao parque. Vim por causa de um assunto e tenho muitas coisas a comunicar-lhe. Porém o senhor fez-me perder o fio à conversa. Quanto ao que me diz do Hipólito, creio que a pistola não podia não falhar! Isso está em absoluto a dizer com a pessoa. Mas o senhor está convencido de que ele queria, na verdade, suicidar-se e que não queria antes representar uma comédia?

— Não, não foi uma comédia.

— É talvez o mais provável!... Então ele determinou por escrito que o senhor devia trazer-me a sua confissão? Por que não a trouxe?

— Não se esqueça de que ele ainda não morreu! Hei de pedi-la.

— Traga-me sem falta, mas não lhe diga nada. Pode ser que tal assunto não lhe seja agradável, porque ele com certeza tentou matar-se para que eu lesse logo em seguida a sua confissão. Peço-lhe para não se rir do que estou a dizer-lhe! Esta suposição é bem possível que seja a causa.

— Não rio porque eu próprio estou persuadido que também deve ser assim.

— Também o senhor? Será de crer que tivesse tido a mesma ideia? — perguntou ela com uma brusca estupefação.

Interrogava-o apressadamente e falava rápido, mas parecia por momentos perturbar-se e deixar muitas vezes a frase por concluir; a cada instante se interrompia para o prevenir disto ou daquilo; manteve-se quase sempre muito agitada, e se bem que tivesse um olhar decidido, quase provocador, estava talvez, no fundo, bastante intimidada. Sentada na extremidade do banco, vestida de uma maneira muito simples, trazendo um casaco de todos os dias, que lhe assentava muito bem. Por bastantes vezes estremeceu e corou. Havia ficado deveras admirada ao ouvir o príncipe assegurar-lhe que Hipólito tentara dar um tiro na cabeça para que ela lesse a sua confissão...

— Não tenha dúvida — explicou o príncipe — que aquilo que ele pretendia, independentemente de si, era ser elogiado por todos nós...

— Como... ser elogiado?

— Isto é... como hei de explicar-lhe isto? É muito difícil de exprimir... Desejava com certeza ver toda a gente comprimir-se à sua volta, manifestar-lhe sentimentos de afeto e de estima e suplicar-lhe para que não se matasse. É muito possível que tivesse pensado em ti, mais do que nos outros, pois que num momento como aquele, chamou pela senhora... se bem que não desse talvez conta de que estava pensando em ti.

— Não compreendo nada: pensava em mim sem se dar conta de que pensava em mim!... Parece-me, no entanto, que compreendo. Sabe que eu, quando era uma moça de treze anos, pensei talvez umas trinta vezes em me envenenar, depois de haver explicado tudo numa carta dirigida a meus pais? Via-me deitada num caixão; todos os meus choravam à minha volta e censuravam-se por terem sido tão duros comigo... Por que sorri ainda? — perguntou ela num tom mais vivo e franzindo as sobrancelhas. — Em que pensa, quando se isola, entregando-se aos seus sonhos, às suas fantasias? Supõe-se com certeza um marechal, batendo-se com Napoleão?

— Isso mesmo. Dou-lhe a minha palavra de honra que é justamente nisso que eu penso, sobretudo quando adormeço! — replicou o príncipe, rindo-se. — Somente não é o Napoleão que eu venço, mas sim os austríacos.

— Não estou disposta a divertir-me contigo, León. Irei em pessoa ver o Hipólito, do que peço para o prevenir. Quanto a si, considero muito imprópria, chegando mesmo a ser grosseira, a maneira como aprecia e julga a alma de um homem como o Hipólito. O senhor não é bondoso com ele; olhando apenas à única verdade, chega a ser injusto.

O príncipe refletiu por momentos.

— Parece-me que a senhora está sendo injusta comigo, porque não encontro nada de mau neste meu pensamento, visto que toda a gente se inclina a pensar assim; por outro lado não tinha outro desejo que não fosse esse, mas não queria que julgasse tratar-se de uma simples veleidade... Desejava encontrar-se uma última vez numa reunião de homens seus conhecidos, merecer a sua estima e o seu afeto; estes sentimentos são excelentes, somente o resultado não correspondeu; a doença e não sei que mais ainda, é que foram a causa disso tudo. Como sabe, há pessoas que são sempre bem-sucedidas e outras a quem sucede sempre o contrário...

— Foi com certeza a pensar em ti que disse isso — observou Aglaé.

— Sim! Sim! — repetiu o príncipe, sem prestar atenção à malícia contida na afirmação.

— Em todo caso, no seu lugar, não teria adormecido. Então, em qualquer lugar onde se encontre, deixasse sempre adormecer? É uma coisa muito mal feita...

— Mas não dormi durante toda a noite, pois andei sempre a passear daqui para ali, fui até à música.

— Qual música?

— Onde fomos ontem à tarde; vim depois para aqui, sentei-me e enquanto refletia, concentrado, deixei-me adormecer,

— Ah, foi assim?... Sendo dessa forma, então está desculpado... Mas por que foi até à música?

— Não sei; não tinha que ser assim.

— Bem, bem, falaremos nisso depois. Não me interrompa a cada momento. Que tenho eu que ver com a sua ida até à música? Com que mulher é que estava a sonhar?

— Tratava-se de... de... A senhora já a viu...

— Compreendo, compreendo muito bem, o senhor tem por ela muita... Como lhe apareceu ela em sonhos? Sob que aspecto? Mas não me interessa nada disso — acrescentou com um brusco mau humor. — Não me interrompa.

Parou um instante, como que para tomar alento, ou para tentar reprimir um movimento de despeito.

— Agora falemos do que pretendo e por que é que o fiz vir até aqui. Quero propor-lhe para ser meu amigo... Que é que tem para me olhar dessa forma? — acrescentou ela um tanto encolerizada.

O príncipe olhava-a, de fato, nesse momento, com muita atenção, tendo notado que ela se tornara mais corada. Em casos idênticos, quanto mais corava, mais parecia enfurecer-se com ela própria, o que se lia no reflexo dos seus olhos. Em geral, ao fim de um minuto, zangava-se com o seu interlocutor, tivesse ou não razão, altercando com ele. Tendo consciência do seu terrível caráter e sentindo vergonha, intervinha habitualmente pouco nas conversas; mais taciturna que as irmãs, pecava mesmo por excesso de mutismo. Em circunstâncias muitíssimo delicadas como esta, em que não podia deixar de falar, fazia-o com uma exagerada afetação e um certo ar de desafio. Pressentia sempre o instante em que ia corar, ou começar a corar.

— O senhor não quer talvez aceitar a minha proposta? — perguntou ela, olhando-o com arrogância.

— Oh, pelo contrário, tenho até muito gosto. Apenas, no entanto, me parece que tal não seja necessário... isto é, não posso por forma alguma imaginar que seja necessário formular uma tal proposta — objetou o príncipe um tanto confuso.

— Em que pensa, então? Por que havia nesse caso de o convidar a vir até aqui? Que imaginou? Talvez me considerasse uma tola, tal como todos pensam em minha casa, não?

— Não sabia que a tinham na conta de tola; eu... não a considero assim.

— O senhor não me considera assim? Isso denota muita inteligência da sua parte, e as suas expressões muito espírito.

— Por mim — continuou o príncipe — considero que tem momentos em que é muito inteligente. Assim, exprimiu ainda há pouco uma ideia muito sensata. Foi a propósito da minha opinião sobre o Hipólito: o senhor só vê apenas uma verdade, por isso é injusto. Lembrar-me-ei sempre desta reflexão e meditarei nela.

Aglaé corou de repente com o prazer sentido. Todas estas mudanças se operavam nela com uma rapidez extraordinária e uma completa espontaneidade. O príncipe ficou deveras encantado e riu também de satisfação ao olhá-la.

— Ouça — exclamou ela. — Esperei-o durante muito tempo para lhe contar isto. Espero-o desde o momento em que me escreveu aquela carta, e mesmo antes... Ontem à tarde ouviu já metade do que tinha a dizer-lhe; tenho-o na conta de um homem o mais honesto e o mais reto possível; e quanto a dizer-se que o senhor tem espírito... que, enfim, o senhor é por vezes um doente de espírito, é uma injustiça. Estou em absoluta convencida disto e defendo esta minha convicção, porque, se o senhor é de fato um doente de espírito (não falo de uma forma restrita; falo debaixo de um ponto de vista superior), a sua inteligência principal está, pelo contrário, mais desenvolvida do que em qualquer deles, e num grau de que eles não fazem nenhuma ideia. E falo assim porque no meu entender há duas inteligências: uma que é fundamental e outra que é secundária. Não será assim? Não será verdade?

— É talvez assim — articulou o príncipe numa voz a custo perceptível. O coração batia-lhe e palpitava-lhe com violência.

— Estou convencida de que o senhor me compreende — continuou ela num tom solene. — O príncipe Stch... e Pavlovitch não compreendem nada desta distinção entre as duas inteligências. A Alexandra ainda compreende menos. No entanto, imagine que a minha mãe compreendeu!...

— A senhora parece-se muito com a Isabel.

— Como?... Será possível? — exclamou Aglaé surpreendida.

— Afianço-lhe que é assim.

— Muito obrigada — disse ela, depois de um instante de reflexão.

— Folgo imenso em me parecer com a minha mãe. O senhor estima-a muito? — acrescentou ela, sem notar quanto era ingênua a sua pergunta.

— Muito, de fato, e sinto-me feliz em ver que a senhora o compreendeu logo.

— Sinto-me também feliz, porque tenho notado que algumas vezes... zombam dela. Mas, ouça: o essencial é que tive o tempo bastante para refletir, antes de fazer recair a minha escolha na sua pessoa. Não quero que zombem de mim lá em casa, nem quero que me tratem como uma pequena tola, nem quero ainda que me importunem. Compreendi de repente tudo isto e por isso recusei categoricamente o Eugênio Pavlovitch, como não quero também que passem os dias a pensar em querer casar-me! Quero... quero... e muito bem! Quero fugir da minha casa! Foi ao senhor que escolhi para me ajudar a fazê-lo.

— Fugir de casa! — exclamou o príncipe.

— Sim, sim e sim! Fugir da minha casa! — repetiu ela vivamente, num brusco movimento de cólera. — Não quero, não quero mais que me façam corar a cada instante. Não quero corar, nem diante deles, nem diante do príncipe Stch... nem diante do Pavlovitch, nem diante de quem quer que seja, e foi por isto que escolhi a ti. Com o senhor, quero poder falar de tudo; de tudo, mesmo das coisas mais importantes, quando tal me apetecer; por seu lado, não deve nunca ter segredos para mim. Quero ter pelo menos um homem com quem possa falar de tudo, como se falasse comigo. Todos começaram de repente a dizer que eu o esperava e que o amava. Isto, mesmo antes da sua chegada e de lhes ter mostrado a sua carta. Agora todos dizem a mesma coisa. Quero ser arrojada e não temer coisa alguma. Não quero ir aos bailes onde tentam levar-me; pretendo tornar-me uma mulher útil. Há já muito tempo que eu pretendia ir-me embora. Há vinte anos que me mantêm enclausurada e só pensam apenas em me casar. Tive, há catorze anos, apesar de tola como era, a ideia de fugir. Agora tenho tudo preparado e esperava-o, para lhe pedir que me desse alguns esclarecimentos sobre a vida no estrangeiro. Ainda não vi uma única catedral gótica; quero ir a Roma visitar os institutos científicos; pretendo estudar em Paris; preparei-me e trabalhei para isso durante todo o ano passado; li um grande número de livros e entre eles todos aqueles que estão proibidos. A Alexandra e a Adelaide podem ler tudo, pois isso é-lhes permitido; a mim, porém, é-me proibido e vigiam-me. Não quero questionar com as minhas irmãs e já há muito preveni os meus pais de que pensava mudar radicalmente a minha existência. Resolvi ocupar-me de questões de educação e conto com o senhor, porque já uma vez me disse que gostava de crianças. Julga que possamos tratar os dois de educação, se não agora, pelo menos daqui por algum tempo? Os dois faremos trabalho útil. Não quero que me chamem uma filha do general... Diga-me, o senhor é muito instruído?

— Oh, não muito!

— É pena! Julgava-o bastante culto... Não sei como se me meteu isso na cabeça!... Mas não importa; o senhor será o meu guia, pois foi para isso que eu o escolhi.

— Mas isso é um absurdo, Aglaé!

— Quero, quero fugir de casa! — gritou ela, entretanto que os olhos lhe cintilaram de novo. — Se o senhor não concordar, desposarei o Gabriel. Não quero que na minha família me considerem uma mulher indigna e que me acusem, sabe Deus de quê.

— Mas a senhora perdeu o seu bom senso!? — exclamou o príncipe, sempre aos saltos no lugar —, de que é que a acusam e quem é que a acusa?

— Todas as pessoas lá em casa; minha mãe, minhas irmãs, meu pai, o príncipe Stch... e o próprio vilão do Kolia! Não me dizem com franqueza, mas pensam-no, pelo menos. Disse-o abertamente a todos, até aos meus pais. A mãe esteve doente todo o dia de ontem e hoje. A Alexandra e o meu pai disseram-me que eu própria não compreendia as minhas divagações nem as palavras que proferia. Sem subterfúgios repliquei-lhes que agora compreendia tudo, que conhecia muito bem o sentido de todas as palavras, que não era nenhuma criança e que havia já lido, dois anos antes, dois romances de Paul de Kock, de propósito a tomar conhecimento de tudo. Ao ouvir isto a minha mãe desmaiou e ficou doente.

Uma estranha ideia atravessou, nesta altura, o espírito do príncipe. Olhou fixamente para Aglaé e sorriu. A custo acreditava que tinha diante dele aquela moça altiva que lhe lera, há pouco tempo ainda, com um provocante orgulho, a carta de Gabriel. Não chegava a compreender como, numa moça de um sentir tão arrogante e tão sonhador, se podia revelar uma outra moça que, de fato, não discernia talvez *todas as palavras* que empregava.

— Tem sempre vivido metida em casa, Aglaé? — perguntou ele. — Quero dizer: nunca frequentou uma escola, não estudou num colégio?

— Nunca andei em parte alguma; têm-me sempre mantido fechada em casa, como numa redoma, e só sairei dessa redoma para me casar. Por que mantém ainda esse sorriso irônico? Noto que o senhor tem também um ar de quem zomba de mim e toma o partido dos outros — acrescentou ela, tomando um aspecto ameaçador. — Não me irrito... não sei mesmo o que se passa dentro de mim. Estou segura de que o senhor veio aqui convencido de que eu estava apaixonada por ti e que por essa razão lhe concedia esta entrevista — continuou ela, num tom de cólera.

— Na verdade, até ontem tive medo disso — confessou ingenuamente o príncipe (estava muito comovido) — porém hoje estou persuadido que a senhora...

— Como! — exclamou Aglaé com o lábio inferior a tremer. — O senhor tem medo que eu... o senhor ousou pensar que eu... O senhor... o senhor supõe talvez que o chamei aqui para lhe armar uma cilada, para que viessem surpreender-nos e o obrigassem a desposar-me...

— Aglaé Ivanovna!... Como é que não sente vergonha? Como é que um pensamento tão baixo pode nascer no seu coração puro e inocente? Parece-me bem que a senhora não acredita numa só das palavras que acaba de proferir e até mesmo... que não compreende o sentido das suas palavras.

Aglaé ficou de cabeça baixa, inerte, como que enfurecida com o que tinha dito.

— Não tenho nenhuma vergonha — balbuciou ela. — De resto, como é que o senhor sabe que tenho um coração inocente? Como é que então, nesse caso, atreveu-se a dirigir-me uma carta de amor?

— Uma carta de amor? A minha carta é uma carta de amor!... Essa carta é a expressão do mais profundo, do mais profundo respeito; ela emanou do mais íntimo do meu coração, num dos momentos mais dolorosos da minha existência. Pensava então em ti como numa luz... eu...

— Está bem, está bem! — interrompeu ela bruscamente, num tom que denotava um profundo arrependimento e quase assombro. Inclinou-se mesmo para ele e, esforçando-se sempre por não o olhar de frente, fez o gesto de lhe tocar no ombro para o convidar, de uma maneira mais persuasiva, a não se zangar. — Está bem — repetiu ela com uma extrema confusão. — Sinto que me servi de uma estúpida expressão. Foi apenas... para o experimentar. Faça de conta que nada disse. Se o ofendi, perdoe-me. Peço-lhe para não me olhar frente a frente. Volte-se para o lado. Acabou de me dizer que foi uma ideia muito baixa; falei-lhe assim apenas para o excitar. Cheguei por vezes a ter medo de sentir vontade de leo dizer e agora tudo isto me escapou. O senhor disse que escreveu essa carta num dos momentos mais dolorosos da sua existência. Sei a que momento o senhor quer se referir — proferiu ela, baixando a voz e voltando de novo os olhos para o chão.

— Oh, como pode saber tudo isso!

— Eu sei tudo! — exclamou ela num novo acesso de comoção. — O senhor passou essa época nos seus aposentos, vivendo na companhia dessa infame mulher, da qual depois conseguiu libertar-se.

Não corou, mas sim empalideceu ao pronunciar estas palavras. Levantou-se em seguida, como que movida por uma impulsão inconsciente, mas dominou-se logo e sentou-se de novo. Durante minutos ainda o lábio continuou a tremer-lhe. Esteve um instante calada.

O príncipe estava estupefato ante esta saída inopinada e não sabia a que atribuí-la.

— Não o amo, já lhe disse! — declarou ela num tom cortante.

O príncipe nada respondeu. O silêncio reinou de novo durante um minuto.

— Eu amo o Gabriel Ardalionovitch... — continuou numa voz precipitada e a custo inteligível, baixando ainda mais a cabeça.

— Isso não é verdade! — replicou o príncipe, num tom que mais parecia um murmúrio.

— Então eu minto? É, sim, a pura verdade; dei-lhe a minha palavra anteontem, neste mesmo banco.

O príncipe teve um gesto de espanto e ficou um momento pensativo.

— Isso não é verdade! — repetiu ele num tom decidido. — A senhora inventou toda essa história.

— O senhor é delicadamente cortês. Fique sabendo que ele mudou por completo: ama-me muito mais que à sua própria vida. Queimou a mão diante de mim, unicamente para o provar.

— Queimou a mão?

— Sim, a mão. Acredite ou não, isso é-me indiferente.

De novo o príncipe se calou. A Aglaé não gracejava; estava muito exaltada.

— Repare: então trouxe para aqui uma vela para queimar a mão? Não vejo de que outra maneira ele pudesse...

— Sim... uma vela. Que tem isso de inverossímil?

— Uma vela inteira, ou um bocado de uma vela num castiçal?

— E depois? Sim... não... uma meia vela... um bocado de uma vela... uma vela inteira. De uma forma ou outra, não insista! Trouxe mesmo fósforos, se lhe interessa saber. Acendeu a vela e durante meia hora manteve o dedo no meio da chama. Isto parece-lhe impossível?

— Vi-o ainda ontem de tarde; os dedos não tinham nenhum sinal de queimadura.

Aglaé soltou uma gargalhada infantil. Depois voltou-se rapidamente para o príncipe, com um ar de pueril confiança, entretanto que um sorriso lhe pairava ainda nos lábios.

— Sabe por que lhe contei toda esta mentira? Porque notei já que, quando se conta uma mentira, a melhor maneira de tornar a sua invenção verosímil é introduzir-lhe com habilidade um detalhe que saia da banalidade, um detalhe excêntrico, excepcional, ou mesmo totalmente inédito. Já tenho observado isto. Somente este expediente malogrou-se agora porque não soube...

De repente ficou triste, como se estivesse evocando uma recordação. Prosseguiu, fitando nele um olhar grave e um pouco contristado.

— Se há dias lhe recitei a poesia do cavaleiro pobre, foi na intenção de o louvar e ao mesmo tempo de o confundir com a sua conduta e de lhe mostrar que sabia tudo.

— A senhora foi muito injusta comigo... com o desgraçado que a senhora tem tratado sempre em termos tão cruéis, Aglaé!

— Porque eu sei tudo, tudo, é que me exprimi nesses termos! Sei que o senhor lhe ofereceu a sua mão, diante de toda a gente, há seis meses. Não me interrompa; repare que eu constato, mas não comento. Foi depois disto que ela fugiu com Rogojine; em seguida o senhor foi visto com ela não sei em que aldeia ou lugarejo; depois deixou-o, para se juntar de novo ao outro. — Aglaé tornou-se muitíssimo corada. — Logo após desapareceu com Rogojine que a ama como... como um louco. Por fim o senhor, um homem igualmente muito inteligente, veio a toda a pressa para aqui, atrás dela, logo que teve conhecimento de que ela havia chegado a S. Petersburgo. Ontem de tarde correu para ela a fim de defendê-la, e há pouco ainda sonhava com ela... Como vê, sei tudo... Foi por causa dela, não é assim, por causa dela que veio aqui?

O príncipe curvou triste e pensativamente a cabeça, sem antepor a menor dúvida, tão fulgurante era o olhar que Aglaé dardejava sobre ele.

— Foi por ela — respondeu ele em voz baixa — foi por ela, mas apenas com o fim de a prender... Não creio que possa ser feliz com o Rogojine, apesar de que... em suma, não vejo em que lhe possa ser útil, mas vim até aqui...

Estremeceu e olhou para Aglaé. Esta havia-o escutado com um ar hostil.

— Se o senhor veio sem saber por quê, é porque na verdade o senhor a ama muito — articulou ela, por fim.

— Não — replicou o príncipe — não a amo. Oh, se a senhora soubesse com que horror evoco o tempo que passei junto dela!

Estas últimas palavras fizeram com que um estremecimento lhe percorresse todo o corpo.

— Conte-me tudo — ripostou Aglaé.

— Nada há que a senhora não possa ouvir. Não sei por quê, era justamente à senhora, à senhora, apenas, que eu queria contar tudo isso; talvez seja, porque de fato tenho pela senhora uma grande afeição. Essa desgraçada mulher está deveras convencida de que é a criatura mais desonesta e mais perversa que existe no mundo. Oh, não a despreze, não lhe atire com pedras! Já se encontra deveras torturada pela consciência da sua imerecida desonra! E em que é ela culpada, meu Deus. Nos seus acessos de exaltação, grita sempre que não reconhece nela nenhuma falta, que é uma vítima dos homens, a vítima de um pervertido, de um celerado. Declare, porém, seja o que for, fique sabendo que é ela a primeira a não acreditar no que diz; pelo contrário, tem a consciência de tudo, é... ela própria que se acusa. Quando tentei dissipar essas trevas, assaltaram-na tais sofrimentos, que o meu coração não esquecerá jamais a recordação desses atrozes momentos. Tive a sensação de que se me cortava o coração uma vez para sempre. Fugiu-me, sabe por quê? Unicamente para me provar a sua ignomínia. Porém, o mais espantoso é que ela mesmo ignorava talvez que o seu fim era dar-me essa prova, apenas a mim; supunha fugir para obedecer à irresistível tentação de cometer uma ação vergonhosa e que lhe permitisse poder dizer em seguida: "Mais uma ignomínia a pesar-te na consciência; tu és de fato uma infame criatura! Oh, talvez não compreenda isto, Aglaé! Sabe que, nesta constante consciência da sua ignomínia, se dissimula talvez uma voluptuosidade atroz e antinatural, a saciedade de uma espécie de vingança contra alguém? Por vezes tentava mostrar-lhe, de qualquer maneira, a razão de ser da luz ambiente. Revoltava-se logo em seguida e terminava por me acusar de querer humilhá-la com a minha superioridade (o que estava longe de meu pensamento); finalmente declarava-me, sem circunlóquios, quando lhe propunha o casamento, que não pedia a ninguém, nem piedade condescendente, nem assistência, e recusava-se a que alguém a elevasse até ele. A senhora viu-a ainda ontem; acredita que possa sentir-se feliz em tal companhia e que sejam aquelas as companhias que lhe convenham? A senhora não calcula quanto ela é culta e quanto é inteligente! Quantas vezes me não tenho admirado!

— O senhor pregava-lhe, na casa dela, sermões como aquele que me acaba de fazer?

— Oh, não! — prosseguiu o príncipe com um ar sonhador, sem reparar no tom da conversa. — Calava-me, quase sempre. Pretendia muitas vezes falar, mas, na verdade, não sabia o que lhe havia de dizer. Há muitas ocasiões que é muito melhor guardar silêncio!... Oh, eu amei-a; sim, amei-a muito; mas depois..., depois... adivinhou tudo...

— Adivinhou o quê?

— Que apenas tinha por ela piedade e que... não a amava.

— Como é que o soube? Talvez ela amasse na verdade o... o proprietário com quem fugiu?

— Não, eu sei tudo. Zomba dele a cada instante.

— E do senhor nunca zombou?

— Por Deus, parece que não! Quer dizer, algumas vezes zombou de mim, por maldade; nesses momentos descarregava sobre mim as mais furiosas injúrias, sofrendo ela própria com isso! Mas... em seguida... Oh, não me faça evocar essas recordações, não mas faça lembrar! — e escondeu o rosto entre as mãos.

— Sabe que me escrevia quase todos os dias? — disse ela.

— Então é verdade?! — exclamou o príncipe, admirado. — Disseram-me, mas não queria acreditar.

— Quem é que lhe disse? — perguntou Aglaé, inquieta.
— Foi o Rogojine que me falou ontem nisso, mas em termos vagos.
— Ontem? Ontem pela manhã? Em que altura do dia? Antes ou depois da música?
— Depois. Foi à noite, entre as onze e a meia-noite.
— Está bem! Se foi o Rogojine... Mas sabe o que ela me dizia nas suas cartas?
— Não me admiro de nada, é uma tola!
— Aqui estão — e tirou do bolso três cartas metidas ainda nos envelopes, que colocou na frente do príncipe. — Desde há uma semana que ela me suplica, me implora me intima a desposá-lo. Ela é... seja... ela é inteligente, ainda que demente, e o senhor tem razão quando diz que ela tem muito mais espírito que eu... Escreveu-me, dizendo-me que me adora, que procura todos os dias a ocasião de me ver, fazendo-o, porém, de longe. Garante-me que o senhor me ama, pois que ela o sabe, que o notou há já bastante tempo e que o senhor lhe falou de mim quando esteve na casa dela. Só pretende vê-lo feliz e está convencida de que só eu poderei fazer a sua felicidade... Escreve de uma maneira tão bizarra... tão estranha... Não mostrei, fique sabendo, as suas cartas a ninguém. Sabe o que isto significa? Não adivinhou nada?

— Isso é uma loucura. Só prova que ela perdeu o bom senso — disse o príncipe, cujos lábios se puseram a tremer.

— E o senhor não chora?
— Não, Aglaé, não choro — afirmou o príncipe, olhando-a.
— Que devo eu fazer? Que me aconselha? Não posso continuar a receber as suas cartas.
— Oh, deixe-a, eu lhe suplico! — exclamou o príncipe. — Que pode ela fazer no meio destas trevas? Esforçar-me-ei por conseguir que deixe de lhe escrever.

— Se fala assim, é porque o senhor é um homem sem coração! — exclamou Aglaé. — Não vê que não é a mim que ela ama, mas sim ao senhor? E apenas ao senhor que ela ama! Será possível que o senhor, que a estudou tão bem, não se tenha apercebido disto? Sabe o que essas cartas nos revelam claramente? O ciúme, ou mesmo mais que o ciúme! Ela... acredita que desposará na verdade o Rogojine, como diz nas suas cartas? Matar-se-á no dia seguinte ao do nosso casamento!

O príncipe estremeceu e o coração desfaleceu-lhe. Olhou para Aglaé com surpresa; experimentou uma singular impressão ao constatar que esta criança se havia tornado mulher em tão pouco tempo.

— Deus é testemunha, Aglaé, de que sacrificarei a minha vida para lhe restituir a paz de alma e a dignidade! Mas... não posso mais amá-la, e ela sabe-o.

— Muito bem! Sacrifique-se, que isso fica-lhe muito bem! O senhor é um grande filantropo. — E não me chame mais Aglaé, pois a todo o momento o senhor diz apenas Aglaé... Deve trabalhar para a sua ressurreição; o senhor é obrigado a isso, é seu dever unir-se a ela, para apaziguar e acalmar o seu coração. É justo que ela o ame.

— Não posso sacrificar-me assim, se bem que tivesse tido uma vez essa intenção... e que talvez a tenha ainda agora. Mas eu sei, *sem a menor sombra de dúvida,* que comigo seria uma mulher perdida; eis a razão por que me afastarei sempre dela. Devo vê-la hoje às sete horas; talvez lá não vá!... A sua altivez não me perdoará nunca o meu amor e por isso sucumbiremos os dois juntos. Isto não é natural, mas aqui tudo é contra a natureza.

A senhora diz que ela me ama; mas que vem a ser o amor? Um tal sentimento pode existir depois de tudo quanto sofri? Não, isso não é amor, mas sim outra coisa!

— Como o senhor está pálido! — observou Aglaé inquieta.

— Isto não é nada. Tenho dormido pouco e sinto-me fraco... Em boa verdade falamos nessa altura em ti, Aglaé...

— Então é verdade? Os senhores *falaram realmente em mim*? E... como pôde o senhor amar-me, se me viu então apenas uma vez?

— Não sei. Nas minhas trevas de então tive como que um sonho..., talvez uma nova aurora tivesse surgido ante os meus olhos. Não sei por quê, desde então tenho pensado em ti. Não lhe menti quando, ao escrever-lhe, lhe disse que ignorara como isso se tinha passado. Não foi mais que um sonho, por onde escapei aos meus terrores de então... Meti-me logo em seguida ao trabalho; a minha intenção era não voltar antes de três anos...

— Então voltou por causa dela?

Sentia-se um certo tremor na voz de Aglaé.

— Sim, por causa dela.

Dois minutos de morno silêncio se passaram. Aglaé levantou-se.

— Se o senhor diz — repetiu ela numa voz hesitante — se o senhor mesmo acredita que essa... que essa desgraçada é uma tola, as suas extravagâncias não me interessam... Peço-lhe, León, para pegar essas três cartas e devolvê-as da minha parte. E — gritou ela brutalmente — se permitir escrever-me mais uma única linha, diga-lhe que me queixarei a meu pai, que a meterá numa casa de correção...

O príncipe teve um sobressalto e considerou com espanto o furor inesperado de Aglaé; uma espécie de nuvem se estabeleceu de repente entre eles.

— A senhora não pode pensar dessa forma!... Isso não é verdade! — balbuciou ele.

— É verdade! É a pura verdade! — exclamou Aglaé quase fora de si.

— Que é que é verdade? Qual pura verdade? — inquiriu ao seu lado uma voz alarmada.

Isabel Prokofievna surgiu diante deles.

— A verdade é que estou decidida a desposar o Gabriel, que o amo e que amanhã fugirei de casa com ele! — gritou Aglaé à mãe. — Está a ouvir? A sua curiosidade está satisfeita? Isto a satisfaz?

E deitou a correr em direção a casa.

— Ah, não, meu bom amigo, o senhor não vai agora deixar-nos! — disse Isabel, agarrando o príncipe. — Dê-nos o prazer de vir até nossa casa explicar-nos tudo...

— Ah, que suplício!... e isto depois de uma noite passada em branco!...

O príncipe seguiu-a.

Capítulo 9

Chegada à casa, entrou e parou no primeiro aposento; não tendo força para ir mais longe, deixou-se cair, sem mais resistência, sobre um sofá, esquecendo-se mesmo de convidar o príncipe a sentar-se. Era uma sala bastante grande, com uma mesa redonda ao meio e uma chaminé; algumas flores se amontoavam nas jarras dispostas no vão da janela; ao fundo uma porta envidraçada dava sobre o jardim. Surgiram logo em seguida Adelaide e Alexandra, cujos olhares admirados pareciam interrogar o príncipe e a mãe.

No campo as senhoras tinham o hábito de se levantar perto das nove horas; apenas Aglaé, há dois ou três dias, levantava-se um pouco mais cedo e ia passear no jardim, não às sete horas, mas sim às oito ou um pouco mais tarde. Isabel, devido ao que se tinha passado, não tinha fechado os olhos durante a noite; estava de pé desde as oito horas, na intenção de ir ao jardim encontrar-se com Aglaé, que ela calculava já levantada; porém não a encontrou no jardim, nem no seu quarto de dormir. Deveras alarmada foi acordar as duas outras filhas. A criada declarou que Aglaé havia ido para o parque ainda antes das sete horas. As irmãs riram maliciosamente ante esta nova fantasia da sua extravagante irmã mais nova e observaram a sua mãe que Aglaé era muito capaz de se esconder, se fossem procurá-la ao parque; em sua opinião estava sentada, com um livro na mão, no banco verde, de que havia falado três dias antes e a respeito do qual esteve quase para questionar com o príncipe Stch...; este declarara, de fato, nada encontrar de notável no sítio diante do qual o banco estava colocado. Chegando em pleno encontro e surpreendendo as estranhas palavras de sua filha, Isabel sentiu um intenso terror que se justificava por muitas razões. Depois de haver arrastado o príncipe com ela é que receou as consequências da sua iniciativa, porque a Aglaé não podia ter encontrado por acaso o príncipe no parque e travado conversa com ele, sem terem antes falado na possibilidade desse encontro ou terem-no combinado.

— Não suponha, meu caro príncipe — disse ela, esforçando-se por se dominar — que o trouxe até aqui para lhe fazer um interrogatório. Meu bom amigo, depois do que se passou ontem de tarde, preferia muito mais não voltar a vê-lo durante um certo tempo... E parou de repente.

— Eu, porém, presumo que deseja muito mais saber como é que a Aglaé e eu nos encontramos hoje, não? — concluiu o príncipe.

— Sim, desejava na verdade sabê-lo! — respondeu ela com arrebatamento. — Não receio que me fale francamente; não ofende ninguém, nem desejo ofender ninguém.

— Naturalmente. Não há nada de ofensivo em querer saber como tudo se passou. A senhora é a mãe. Encontramo-nos hoje, a Aglaé e eu, perto do banco verde, mais ou menos às sete horas da manhã, devido a um aviso que ela me enviou ontem. Mandou-me ontem à tarde uma carta, onde me dizia que desejava muito estar comigo, para me falar de uma questão importante. Tivemos por isso uma entrevista em que falamos durante uma hora de assuntos que lhe diziam apenas com respeito. E foi tudo quanto se passou.

— Foi com certeza isso tudo, meu amigo; não duvido mesmo que fosse apenas isso! — afirmou num tom digno Isabel.

— Muito bem, príncipe! — interveio Aglaé, entrando bruscamente no aposento. — Agradeço-lhe de todo o coração o ter-me julgado incapaz de me rebaixar até à mentira. Está satisfeita, minha mãe, ou tem ainda a intenção de levar mais longe o seu interrogatório?

— Sabes bem que ele não veio até aqui para eu ter de corar diante de ti, nem que isso talvez te desse prazer! — replicou Isabel num tom de alguém que dá uma lição. —

Adeus, príncipe. Desculpe-me por tê-lo incomodado. Espero que fique convencido da minha invariável estima por ti.

No mesmo instante o príncipe saudou a mãe e a filha, e retirou-se sem dizer palavra. Alexandra e Adelaide trocaram entre si um sorriso e puseram-se a cochichar. Isabel fitou-as com um olhar severo.

— O que nos fez sorrir — informou, sorrindo, Adelaide — foi ver o príncipe saudá-las com um ar tão majestoso; tem em geral o ar de um malfeitor e de repente, eis que as saudou com umas maneiras... umas maneiras à Eugênio Pavlovitch.

— A delicadeza e a dignidade são qualidades que nascem naturalmente do coração e não há mestres de cerimônias capazes de as ensinar — concluiu, sentenciosa, Isabel.

E encaminhou-se para os seus aposentos sem ter sequer levantado os olhos para Aglaé.

Quando o príncipe entrou em casa, perto das nove horas, encontrou no terraço Vera Loukianovna e uma criada. Acabavam de varrer e arrumar a casa, depois da reunião tumultuosa da véspera.

— Graças a Deus que pudemos terminar os arrumos da casa antes do seu regresso! — disse alegremente a Vera.

— Bons-dias. Dói-me bastante a cabeça. Não dormi nada, por isso sinto vontade de me deitar.

— Quer o senhor descansar aqui, no terraço, como ontem? Está bem. Avisarei toda a gente para que o deixem dormir. O meu pai saiu.

A criada retirou-se e Vera fez menção de a seguir, mas voltou atrás e aproximou-se do príncipe com ar inquieto:

— Príncipe, tenha piedade desse... desgraçado; não o expulse hoje.

— Não o expulsarei por coisa nenhuma. Poderá fazer o que muito bem quiser.

— Por agora não fará nada... não seja severo com ele.

— Oh, não! Por que havia de ser severo com ele?

— E depois... não se ria dele. Isto é mesmo o essencial.

— Pode estar sossegada, nada haverá.

— Torno-me ridícula, pedindo isto a um homem como o senhor — continuou a Vera, corando. — Apesar de tão fatigado — acrescentou, rindo, e já meio voltada para a porta — tem neste momento uns olhos tão bondosos... e tão felizes!

— Parecem-lhe na verdade felizes? — perguntou o príncipe com vivacidade.

E afastou-se, soltando uma franca gargalhada.

Porém Vera, que tinha a simplicidade e o à vontade de um rapaz, ficou nesta altura muito confusa e bastante corada; riu também e saiu bruscamente.

"Que encantadora moça", pensou o príncipe, para logo se esquecer dela. Dirigiu-se para um canto do terraço, onde estava uma cama. Sentou-se nela e, encostando-se a uma mesa que estava próxima, escondeu o rosto entre as mãos e manteve-se nessa posição mais de uma dezena de minutos. De súbito, com um movimento brusco e inquieto, meteu a mão no bolso do lado e tirou três cartas.

Abriram de novo a porta e Kolia apareceu. O príncipe sentiu-se satisfeito por ter assim de guardar outra vez as cartas e adiar a sua leitura.

Kolia sentou-se também na cama.

— Aqui está um acontecimento! — exclamou ele, entrando de improviso no assunto que tinha em vista, porém com aqueles rodeios que tais assuntos pedem. — Que opinião tem o senhor agora do Hipólito? Passou a deixar de o estimar?

— Por que motivo? Mas, Kolia, sinto-me muito fatigado... e por outro lado preferia não falar mais em tal assunto... Como se encontra ele agora?

— Está a dormir e com certeza só acordará daqui a umas duas horas. Compreendo: o senhor não dormiu hoje em casa; foi até o parque, com certeza está agitado... e não é para menos!

— Como é que o senhor sabe que fui até ao parque e não dormi em casa?

Foi a Vera que me disse há pouco. Recomendou-me para não entrar; mas eu não me pude conter e queria vê-lo, nem que fosse só um minuto. Passei estas duas horas junto do doente; agora é a vez do Kostia Lebedev. Bourdovski foi embora. Bem, deite-se, príncipe. Boas... não, bons-dias! Mas, sabe, estou muito admirado!

— Sim, na verdade... tudo isto...

— Não, príncipe, não! O que me admira é a confissão, e sobretudo a passagem em que fala da Providência e da vida futura. Há nesse ponto um pensamento gigantesco!

O príncipe olhou com afetuosidade para Kolia, que tinha vindo, sem dúvida alguma, para conversar sobre o pensamento gigantesco.

— O essencial, o essencial, porém, não é tanto esse pensamento, mas sim as circunstâncias no meio das quais ele germinou. Se tivesse sido formulado por Voltaire, Rousseau, Proudhon, tê-lo-ia já lido ou notado, e então não me teria causado tanta admiração! Mas um homem que tem a certeza de não ler mais do que dez minutos para viver e se exprime assim, é um rude exemplo de altivez! É a mais alta manifestação de independência da dignidade humana; isto equivale a arrostar abertamente... Não, isto denota uma força de alma gigantesca!... E querer sustentar, depois disto, que propositadamente se esqueceu da cápsula, e baixeza, é falta de bom senso. Mas como sabe, ontem ele enganou-nos. É um espertalhão. Não fui eu que lhe arranjei o saco, nem nunca lhe vi a pistola; foi ele próprio que emalou tudo; e no entanto senti-me confundido ao ouvi-lo contar essa história! Vera disse-me que o senhor o deixa ficar aqui; juro-lhe que não há nisso nenhum perigo, pois exerceremos à sua volta uma vigilância constante.

— Qual dos senhores é que o vigiou esta noite?

— Lebedev, Bourdovski e eu. Keller esteve apenas um momento e depois foi-se deitar a casa do Lebedev, porque não tinha onde se deitar no nosso quarto. Foi lá também que o Ferdistchenko passou a noite; retirou-se eram sete horas. O general esteve sempre na casa do Lebedev; agora também saiu... Creio que o Lebedev teve a intenção de o vir procurar; pensa dizer-lhe não sei o quê, e perguntou-me por duas vezes onde o senhor estava. Deixa-se entrar ou pede-se-lhe para esperar, se o senhor estiver a descansar? Eu também vou dormir. Ah, sim, esquecia-me de uma coisa: fui testemunha ainda há pouco de uma excentricidade do general. Bourdovski acordou-me perto das seis horas, ou seriam mesmo seis horas, pois estava chegada a minha vez de ir vigiar o doente; saí por um minuto e tive a surpresa de encontrar o general tão embriagado, que não me reconheceu; perfilou-se na minha frente como um soldado e, recuperando um pouco a presença de espírito, crivou-me de perguntas: "Então como vai o doente? Venho saber notícias dele..." Disse-lhe como se encontrava. "Tudo isso está muito bem", acrescentou ele, "mas levantei-me e vim sobretudo para te prevenir; tenho razões para supor que não se pode dizer tudo na frente do Ferdistchenko e... que é preciso tomar cautela com ele". Compreende isto, príncipe?

— Isso é verdade? No entanto, para nós não tem importância.

— Sim, para nós é indiferente, não somos francos-maçons! Fiquei bastante surpreendido ao saber que o general quis ir acordá-lo esta noite de propósito para isso.

— Ferdistchenko saiu, disse o senhor?

— Às sete horas; esteve um instante junto de mim, enquanto olhava pelo doente, e depois disse-me que ia acabar a noite à casa do Vilkine (um famoso bêbado, esse Vilkine). Bem, vou-me embora! Chega agora o Loukiane Timofeievitch... O príncipe quer dormir, Loukiane... Volte para onde veio!

— É apenas um minuto, meu estimado príncipe! Trata-se de uma questão que tem para mim grande importância — proferia Lebedev com uma saudação cerimoniosa.

Exprimia-se a meia-voz, num tom de comovido, mas revelando a gravidade do que tinha a dizer. Acabava de entrar e não tendo tido tempo de ir à casa, trazia ainda o chapéu na mão. O seu rosto mostrava-se inquieto, refletindo uma expressão excepcional de gravidade. O príncipe pediu-lhe para se sentar.

— O senhor procurou-me já por duas vezes. Encontra-se talvez muito inquieto com os incidentes de ontem à tarde, não?

— O príncipe refere-se ao jovem de ontem à tarde? Oh, não!... Ontem as minhas ideias estavam em desordem... mas hoje não tenho a intenção de contrariar as suas ideias no quer que seja.

— Contra... como é que disse?

— Disse contrariar. É uma palavra estrangeira, como tantas outras, que fazem parte da língua russa. Não tem nada de especial.

— Que tem hoje, Lebedev, para estar com um aspecto tão grave e tão solene? Tem o ar de quem mede as palavras — disse o príncipe com um leve sorriso.

— Nicolau Ardalionovitch — exclamou Lebedev dirigindo-se a Kolia, num tom que mal se ouvia — tenho a comunicar ao príncipe um assunto que só a ele em especial diz respeito...

— Eu compreendo. Nada tenho com isso. Até logo, príncipe! — disse Kolia, retirando-se em seguida.

— Gosto deste rapaz porque tem uma inteligência viva — proferiu o Lebedev, seguindo-o com os olhos. — Se bem que um pouco importuno, é bastante sagaz... Aconteceu-me uma grande desgraça, meu respeitável príncipe: ontem de tarde ou esta manhã, ao romper do dia... Não posso ainda precisar o momento exato.

— Que é que se passou?

— Quatrocentos rublos que desapareceram do bolso interior do meu casaco. Meu respeitável príncipe, tenho de recuperá-los! — acrescentou Lebedev com um sorriso amargo.

— O senhor perdeu quatrocentos rublos? Isso foi uma infelicidade.

— Sobretudo para um pobre homem que vive honradamente do seu trabalho.

— Sem dúvida, sem dúvida. Como é que isso se passou?

— Foi o efeito do vinho. Dirijo-me ao senhor como se fora à Providência, meu respeitável príncipe. Esta quantia de quatrocentos rublos foi-me entregue ontem à tarde, às cinco horas, por um devedor meu. Fui para casa de carro. Trazia a carteira no bolso. Quando mudei de fato, meti-a no bolso do sobretudo. Meti o dinheiro no bolso, na intenção de guardá-lo depois. Contava mandá-lo à noite a alguém que me tivesse pedido... Esperava a vinda do solicitador.

— A propósito, Lebedev, é verdade que o senhor anunciou nos jornais que emprestava sobre objetos de ouro e prata?

— Esse anúncio foi publicado por ordem de um homem de negócios; nem traz o meu nome, nem a minha direção. Como tenho apenas um pequeno capital e a minha família é numerosa, tem de concordar que é uma honesta remuneração...

— Sim, sim!... Trata-se apenas de uma informação. Desculpe-me tê-lo interrompido.

— O homem de negócios não veio. Trouxeram depois para aqui o desgraçado. Após o jantar, preparava-me para sair de carro. Vieram, porém, aquelas visitas; beberam... do chá e... por infelicidade fiquei mais alegre do que devia. Quando mais tarde veio o Keller, disseram-nos que era o seu aniversário e que era preciso servir champanhe; então eu, meu caro e respeitável príncipe, que tenho um coração (o senhor com certeza já o notou, porque eu bem o mereço), não direi sentimental, mas reconhecido, de que me orgulho, achei de meu dever tirar a minha velha roupa e vestir a roupa nova, para esperar o momento de o felicitar em pessoa e festejar o dia da maneira a mais solene. Assim fiz, príncipe, e deve ter reparado que não mudei de roupa durante toda a noite. Porém ao trocar de roupa esqueci a carteira no meu sobretudo... Há razão em dizer que quando Deus quer punir alguém, começa por lhe perturbar a razão. Esta manhã, às sete horas e meia, ao acordar, saltei da cama, como um tolo, para ir ver o sobretudo. O bolso estava vazio! Nem sombra de carteira.

— Ah, deve ter sido desagradável!

— Isso mesmo: foi desagradável! Com o tato que o caracteriza, o senhor encontrou logo a expressão apropriada — acrescentou Lebedev, não sem malícia.

— No entanto, como... — exclamou, inquieto, o príncipe, após um instante de reflexão. — Isso é sério!

— É a palavra devida: sério... Mais uma expressão feliz a caracterizá-lo.

— Pode-me dizer, Lebedev, para que servirá escolher as palavras? Não são as palavras que interessam... Supõe que, estando bêbado, poderia ter deixado cair a carteira do bolso?

— É possível. Tudo é possível no estado de embriaguez, para empregar a expressão de que o senhor se serviu com tanta franqueza, meu respeitável príncipe. Mas repare apenas nisto: se tivesse deixado cair a carteira do bolso, ao tirar o sobretudo, deviam tê-la encontrado no chão. Mas quem é que a encontrou?

— Não a teria o senhor fechado em qualquer gaveta de alguma mesa?

— Já procurei por toda parte, de um lado ao outro. Além disso não a pus em sítio nenhum, nem abri nenhuma gaveta; recordo-me muito bem.

— Não a teria o senhor guardado no pequeno armário?

— Foi a primeira coisa que fiz esta manhã e já o espreitei várias vezes... E depois, para que havia de ir escondê-la no pequeno armário, meu respeitável príncipe?

— Confesso, Lebedev, que essa história me inquieta. Não a teria alguém encontrado no chão?

— Ou ma tiraram do bolso!... Não há outra explicação.

— Isso inquieta-me deveras, por que quem é que se atreveu a fazer isso? Esta é que é a questão principal!

— Sem dúvida que é essa à questão principal. O ilustre príncipe emprega com uma espantosa justeza as palavras, as ideias e as definições que melhor pintam a situação...

— Ah! Lebedev, basta de zombarias! Aqui...

— De zombarias! — gritou ele, levantando os braços.

— Vamos, vamos, é bom não me arreliar! A minha preocupação é muito diferente... Não gosto e temo ver acusar quaisquer pessoas. Que pensa sobre isto?

— A questão é muito delicada e... muito complicada! Não posso suspeitar da criada, pois esteve todo o tempo metida na cozinha. Os meus filhos estão também fora de quaisquer suspeitas...

— Não faltava mais nada.

— Por consequência só podia ter sido uma das visitas.

— Será possível?

— É da mais absoluta e completa impossibilidade. No entanto, a coisa não se podia ter passado de outra forma. Quero admitir muitas vezes, e estou mesmo convencido, de que o roubo, se é que houve roubo, foi cometido, não durante a reunião, quando toda a gente estava junta, mas sim durante a noite, ou mesmo ao romper da manhã, por qualquer pessoa que não tivesse aqui passado a noite.

— Ah, meu Deus!

— Excluo, naturalmente, disto tudo, Bourdovski e Nicolau, pois nem mesmo chegaram a entrar na minha casa.

— Falaria também assim, mesmo que tivessem entrado?! Quem passou a noite em sua casa?

— Contando comigo, fomos apenas quatro que passamos a noite em dois quartos contíguos: o general, o Keller, o Ferdistchenko e eu. Por conseguinte deve ter sido um de nós os quatro.

— Ou melhor, quer dizer, um dos três... Mas qual?

— Contei a minha pessoa para ser justo e fazer as coisas com justiça; deve concordar, porém, que não me ia roubar a mim mesmo, se bem que já se tenham visto muitos desses casos...

— Ah, Lebedev, o seu palavreado enfastia! — exclamou o príncipe impacientado. — Vamos ao que interessa: por que se preocupa a dizer tais banalidades?

— Restam ainda três pessoas. Comecemos pelo Keller, homem versátil, dado às bebidas e em certos pontos suspeito de liberalismo, pelo menos no que diz respeito ao bolso dos outros; no entanto tem mais o carácter de um cavaleiro da Idade Média do que o de um liberal. Passou a primeira parte da noite no quarto do doente e só muito tarde é que se mudou para junto de nós, sob o pretexto de que não podia dormir deitado no soalho.

— Suspeita dele?

— Suspeitei. Quando perto das sete horas da manhã saltei da cama como um tolo e me feri até no rosto, fui logo acordar o general, que dormia então o sono da inocência. Tomando em consideração o estranho desaparecimento do Ferdistchenko, circunstância já de natureza a fazer nascer suspeitas, resolvemos logo os dois revistar o Keller, que estava estendido como... como... quase como uma pedra. Revistamos-lhe cuidadosamente os bolsos, sem encontrar um cêntimo; não tinha um bolso que não fosse furado. Um lenço de algodão azul, aos quadrados, em que mal se podia tocar; um bilhete amoroso escrito por qualquer criada de quarto, a qual reclamava dinheiro e formulava ameaças; várias páginas soltas do folheto que o senhor sabe; e foi tudo quanto encontramos. O general declarou então que o Keller estava inocente. Para tirar a coisa mais a claro, acordamo-lo, não sem uma certa dificuldade; a custo compreendeu do que se tratava; ficou de boca aberta, o rosto congestionado, um ar imbecil e inocente, mesmo estúpido; quase nem parecia ele!

— Isso só me deixa contente! — desabafou o príncipe com um alegre suspiro de alívio. — Temia que fosse ele!

— Temia que fosse ele? E por que tem então razões para isso? — insinuou Lebedev piscando os olhos.

— Oh, não. Disse isto sem refletir. Não estava com certeza em meu juízo quando disse que temia que fosse ele... Peço-lhe, Lebedev, para não dizer isto a ninguém.

— Príncipe! Príncipe! As suas palavras ficam guardadas no meu coração, bem no fundo do meu coração. Caíram como se fosse num túmulo! — proferiu Lebedev com solenidade e comprimindo o chapéu contra o peito.

— Bem, bem!... Então foi o Ferdistchenko? Quer dizer que supõe que tenha sido o Ferdistchenko?

— De quem poderia suspeitar, que não fosse ele? — perguntou Lebedev, baixando a voz e olhando fixamente o príncipe.

— Sim, pode ser!... Para suspeitar de quem? Mas onde estão as provas?

— As provas existem. Para já, o seu desaparecimento às sete horas, ou mesmo antes das sete horas da manhã.

— Eu sei. O Kolia contou-me que o Ferdistchenko entrou na casa dele para lhe dizer que ia acabar a noite na casa de... Esqueci-me do nome... É um dos seus amigos...

— Vilkine. Então o Nicolau já lhe falou também nisso?

— Nada me disse, porém, do roubo.

— Não sabia, porque nessa altura ainda eu não tinha dito nada a ninguém. O Ferdistchenko foi, portanto, à casa do Vilkine; não tem nada de extraordinário, segundo parece, que um bêbado vá à casa de um outro bêbado, mesmo ao nascer do dia e sem motivo plausível, não é assim? Porém uma pista se desenha; parte, dizendo para onde vai... Agora, príncipe, siga bem o meu raciocínio: por que fez ele isto? Por que entrou de propósito na casa do Nicolau, dando uma volta, para lhe dizer que ia acabar a noite à casa do Vilkine? Que interesse podia ele ter em saber que saiu e, mais ainda, que ia à casa do Vilkine? Para que semelhante comunicação? Não, isto é uma esperteza, uma esperteza de ladrão! É o mesmo que dizer: "Como veem, tive cuidado em não esconder o caminho que segui; como podem depois disto suspeitar que eu roubei? Um ladrão indica porventura o local para onde vai?" É isto um excesso de precaução para afastar as suspeitas e apagar, por assim dizer, os sinais dos seus passos sobre a areia... Está a compreender, meu respeitável príncipe?

— Compreendo, compreendo muito bem. Mas isso é uma prova muito frágil.

— Segunda prova: a pista revela-se falsa e a direção dada não é exata. Uma hora depois, isto é, às oito horas, fui bater à porta da casa do Vilkine; vive perto daqui, na quinquagésima rua; é também meu conhecido. Não estava lá o Ferdistchenko. Tive a sorte, na verdade, de saber por intermédio de uma criada, surda como uma porta, que uma hora antes alguém tinha, de fato, dado umas fortes pancadas na porta, para entrar, e havia até mesmo arrancado a campainha. Porém a criada não abriu, quer fosse para não acordar o senhor Vilkine, quer talvez porque não se sentisse com vontade de sair da cama. Isto parece que chega.

— E são só essas todas as suas provas? É pouco.

— Príncipe, mas de quem devo então suspeitar? Pense bem! — concluiu Lebedev num tom de lacrimosa obsequiosidade, mas com um sorriso um tanto traiçoeiro.

— Deve fazer uma nova busca nos quartos e nas gavetas — aconselhou o príncipe com um ar preocupado e depois de um instante de reflexão.

— Isso já eu fiz! — suspirou Lebedev, com uma expressão ainda mais enternecedora.

— Hum!... Mas por que é, por que é que o senhor tirou o sobretudo? — gritou o príncipe, batendo, num gesto de cólera, com o punho na mesa.

— Faz-se essa mesma pergunta numa velha comédia. Porém, excelente príncipe, o senhor está tomando muito a peito o meu infortúnio! Não mereço tanto. Quer dizer, por mim, apenas, não mereço isso. Todavia o senhor toma também a peito o infortúnio do culpado, desse ser insignificante que é o senhor Ferdistchenko?!

— Sim, de fato!... A sua situação inquieta-me — interrompeu o príncipe com um ar distraído e descontente. — Em suma, que conta fazer, se está na verdade convencido da culpabilidade do Ferdistchenko?

— Príncipe, meu respeitável príncipe, quem seria, então? — perguntou Lebedev fazendo contorções e tomando um tom cada vez mais patético.

— Não se pode pensar em nenhum outro, dada a absoluta impossibilidade de suspeitar de alguém, além do senhor Ferdistchenko, pois há contra ele, por assim dizer, uma prova mais esmagadora: é a terceira prova. Por que, repito, quem poderia ser senão ele? Posso por acaso suspeitar do senhor Bourdovski? Ah! Ah!...

— Credo, que absurdo!

— Ou então do general?... Ah! ah!...

— Isso ainda pior! — disse o príncipe, quase encolerizado e voltando-se com impaciência sobre a cama.

— Era na verdade uma tolice!... Ah! Ah! Ah. Que original que é o general e quanto me fez rir! Fomos os dois procurar o Ferdistchenko à casa do Vilkine... Preciso dizer-lhe que ele ficou ainda mais surpreendido do que eu quando o acordei, depois de ter verificado que estava roubado. Chegou ao ponto de mudar de figura: corou, empalideceu, e por fim manifestou um nobre acesso de indignação, cuja violência me surpreendeu. É um nobre caráter. É certo que mente a cada momento, por fraqueza, mas no restante é dotado de sentimentos os mais elevados; devido a isso, é tão ingênuo que a sua inocência me inspira a mais inteira confiança. Tenho dito já, meu respeitável príncipe, que sinto por ele, não só um certo fraco, mas afeição até. Parou bruscamente em plena rua, entreabriu o casaco e mostrou-me o peito: "Reviste-me!", exclamou ele. "Se revistou o Keller, por que não me revista a mim? A justiça assim o exige!" Os braços e as pernas tremiam-lhe tanto e tinha o rosto tão pálido que causava até medo olhar para ele. Pus-me a rir e disse-lhe: "Escute, general, se qualquer outro me tivesse dito isso, cortava-lhe imediatamente a cabeça por minhas mãos, colocava-a depois num grande prato e mostrava-a a todos aqueles que tivessem suspeitas: '*Veem esta cabeça?*', dir-lhe-ia eu. *Respondo sobre ela, pela sua probidade. E não só dou a minha cabeça em penhor, como a meterei mesmo no fogo por ele*". "Era assim", acrescentei eu, "como responderia por ti!" Então lançou-se nos meus braços, sempre no meio da rua, e chorando algumas lágrimas e tremendo, apertou-me tanto contra o peito, que tive um princípio de ataque de tosse. "Tu és", disse-me ele, "o único amigo que me resta do meu infortúnio! É um homem muito sensível". Como é natural aproveitou a ocasião para contar, enquanto prosseguíamos o nosso caminho, uma história, a propósito: haviam também suspeitado dele, uma vez, na sua juventude, de ter roubado quinhentos mil rublos; no dia seguinte, porém, entrou por uma casa em chamas para salvar o conde que havia suspeitado dele, assim como a Nina Alexandrovna, então uma jovem moça. O conde abraçou-o, e foi em seguida a este acontecimento que desposou a Nina. No dia seguinte descobriram nos escombros uma caixa de ferro que continha o dinheiro desaparecido. De fabricação inglesa, com uma fechadura de segredo, essa caixa esteve caída, não se sabe como, no soalho, de sorte que até se dar o incêndio ninguém a havia encontrado. Esta história foi inventada em todos os seus detalhes, mas começou a lacrimejar logo que falou na Nina. Esta senhora é muito digna, apesar de que tem contra mim uma certa má vontade.

— O senhor tem relações com ela?

— Pouco, mas desejava bem conhecê-la melhor, apenas para me justificar a seus olhos. Quer-me mal porque supõe que fui eu que lhe arrastei o marido para o vício da embriaguez. Ora, não fui eu que o viciei, muito pelo contrário, fui eu talvez que lhe evitei certas frequências mais perigosas. Por outro lado é para mim um amigo e eu confesso que daqui para o futuro não mais o abandonarei; irei até ao ponto de ir onde ele for, porque só por boas palavras o podemos convencer. Agora deixou por completo de frequentar a sua *capitaine,* se bem que no íntimo só pense em ir vê-la e algumas vezes mesmo suspire muito por ela, sobretudo pela manhã, quando se levanta e calça as botas; não sei bem dizer por que se lembra mais dela nesse momento; o pior é que não tem um centavo e não pode ir à casa dela sem levar dinheiro. Ainda não lhe pediu dinheiro, meu respeitável príncipe?

— Não, ainda não me pediu.

— Tem vergonha. Vontade não lhe falta. Já me confessou mesmo a sua intenção de importuná-lo a tal respeito, mas ainda não se atreveu, porque pensou que lhe recusaria, visto o senhor ter emprestado recentemente a alguém. Confiou-me isto como a um amigo...

— E o senhor não lhe deu dinheiro?

— Príncipe, meu respeitável príncipe!... Não só lhe daria dinheiro, como até mesmo, por assim dizer, lhe daria a minha vida... Quando digo a minha vida, exagero; sem dar a minha vida, estava pronto, no entanto, a suportar uma febre, ou um abcesso, ou uma constipação, no caso de absoluta necessidade, bem entendido; tenho-o na conta de um grande homem, mas deslocado da sua posição social. E nisto se resume tudo. A mais forte razão, quando se trata de dinheiro...

— Então o senhor lhe deu!

— Nada disso; não lhe dei dinheiro, como sabe também que não lhe darei, mas apenas em seu benefício, para o moderar e corrigir. Agora a sua ideia fixa é voltar comigo para S. Petersburgo, onde pretendo seguir a pista do senhor Ferdistchenko, porque estou convencido de que se encontra lá. O general está entusiasmado e ansioso por ir, mas prevejo que logo que chegue a S. Petersburgo me deixará, para ir ter com a sua *capitaine*. Suponho que o deixarei satisfazer o seu desejo, pois combinamos separar-nos logo à chegada, para tentarmos conseguir, por vias diferentes, agarrar o senhor Ferdistchenko. Deixá-lo-ei ir, então, atrás do outro, para de repente cair sobre ele, de improviso e surpreendê-lo na casa da *capitaine*; a minha intensão, sobretudo, é envergonhá-lo, lembrando-lhe os seus deveres de pai de família e da sua dignidade de homem, em geral.

— Porém não faça escândalo, Lebedev; por amor de Deus nada de escândalo! — disse a meia-voz o príncipe, dominado por uma viva inquietação.

— Oh, não! Isto é apenas para confundi-lo, para ver a cara que ele faz, porque a fisionomia pode revelar muitas coisas, meu respeitável príncipe, em especial num homem como ele! Ah, príncipe, por maior que seja a minha desgraça, não posso, mesmo neste momento, deixar de pensar nele e na sua correção. Tenho um grande pedido a fazer-lhe, meu respeitável príncipe: é mesmo, confesso-o, o principal motivo da minha visita. O senhor conhece a família do general, pois esteve hospedado em sua casa; se concorda, meu excelente príncipe, em me ajudar nesta tarefa, no interesse exclusivo do general e para seu benefício...

Lebedev juntou as mãos numa atitude implorante.

— De que se trata? Em que posso ajudá-lo? Pode estar certo de que o meu maior desejo é ajudá-lo, Lebedev.

— Foi levado por essa convicção que me dirigi ao senhor. Podia agir, servindo-me da Nina Alexandrovna, de maneira a estabelecer uma certa vigilância e, de alguma forma, uma rede constante junto de sua Excelência, no seio da sua própria família. Infelizmente não tenho relações... Por outro lado o Nicolau, que o adora, por assim dizer, com todo o ardor da sua jovem alma, podia sem dúvida ajudar-me igualmente...

— Ah, não!... Meter a Nina nesta questão!... que Deus nos preserve de tal!... E o Kolia muito menos... Parece-me que ainda não compreendi bem o seu pensamento Lebedev.

— Não há nada a compreender! — gritou Lebedev, dando um salto na cadeira. — Nada me move que não seja um sentimento de delicadeza e solicitude para com ele! É todo o remédio que é preciso para o nosso doente. O senhor permite-me, príncipe, que o considere como um doente?

— É uma prova do seu bom coração e do seu espírito.

— Vou-me explicar com a ajuda de um exemplo, tirado da prática, para ser mais evidente. Repare no homem de quem estamos tratando: o seu único fraco, por agora, é essa *capitaine*, à qual lhe é interdito apresentar-se sem dinheiro e na casa de quem eu conto surpreendê-lo hoje, para seu bem. Admitamos mesmo que não se trata apenas dessa franqueza, mas de um verdadeiro crime ou de algum ato contrário à honestidade (ainda que seja incapaz de tal fazer); mesmo nesse caso estou convencido que poderíamos levá-lo a tudo, servindo-nos apenas de um nobre sentimento de ternura porque é um homem de uma extrema sensibilidade. Pode crer que antes de cinco dias deixaria de se poder calar; começaria a falar e confessaria tudo no meio de lágrimas; sobretudo se o tratássemos com tanta habilidade como nobreza, e se a família e o senhor exercessem uma vigilância, de qualquer forma, sobre todos os seus passos... Oh, excelente príncipe! — exclamou Lebedev sobressaltado, como sob o domínio de uma inspiração — não quero referir-me a todos os seus passos, sem dúvida... De resto, por assim dizer, estou pronto desde já a verter todo o meu sangue por ele; concordo, porém, que a confusão, a bebedeira, a *capitaine,* tudo isto reunido, pode levar muito longe.

— Pode estar certo de que estou sempre disposto a ajudá-lo nesta questão — disse o príncipe, levantando-se. — Confesso, no entanto, Lebedev, que tenho uma terrível apreensão. Vejamos: o senhor tem sempre a ideia... numa palavra, o senhor mesmo disse que suspeitava do Ferdistchenko, não é assim?

— Mas de quem suspeitar, se não dele? De quem, meu sincero príncipe? — repetiu Lebedev, sorrindo e juntando de novo as mãos com um ar de confrangido.

O príncipe entristeceu-se e levantou-se.

— Repare, Lebedev, que nessas coisas um engano é uma coisa terrível. O Ferdistchenko,.. não quero dizer mal dele... mas o Ferdistchenko... por minha fé, quem sabe? Talvez tenha sido ele!... Quero dizer que, na verdade, ele era mais capaz de fazer isso... do que qualquer outro.

Lebedev abriu muito os olhos e aprestou os ouvidos. O príncipe, cada vez mais sombrio, percorria o aposento de um lado ao outro e esforçava-se por não olhar para o seu interlocutor.

— Fique sabendo — prosseguiu ele com um embaraço cada vez maior — que me deram a entender... disseram-me mesmo que o Ferdistchenko, em qualquer coisa, é um homem ante o qual é preciso ter cuidado, quer obsedando-o, quer não nos excedendo... em palavras, compreende? Volto a dizer-lhe isto porque talvez ele seja, de fato, mais capaz do que qualquer outro... enfim, para evitar um erro, pois é neste caso o principal, como compreende?

— Mas quem lhe fez essa observação a respeito do senhor Ferdistchenko? — perguntou Lebedev com vivacidade.

— Disseram-me isto em segredo; de resto não creio em nada disto. Estou bastante aborrecido por me encontrar na obrigação de lhe contar isto; afianço-lhe que não lhe dou nenhum crédito... e que considero mesmo um absurdo... Oh, fiz uma grande asneira em lhe dizer isto.

— Os detalhes são sempre importantes, príncipe — disse Lebedev, todo trêmulo de emoção — muito importantes nesta altura, não no que diz respeito ao senhor Ferdistchenko, mas quanto à fonte por intermédio da qual veio ao nosso conhecimento. — Dizendo isto, Lebedev caminhava ao lado do príncipe e esforçava-se por regular o seu passo pelo dele. — Além disso, príncipe, devo também fazer-lhe saber o seguinte: esta manhã, quando fomos juntos à casa do Vilkine, o general, depois de me ter contado a história do incêndio, tremendo ainda, de uma indignação bem natural, começou de repente a fazer-me insinuações sobre o passado do Ferdistchenko. Fê-lo no entanto com tanta incoerência e inaptidão que não me pude conter, que não lhe fizesse algumas perguntas; as suas respostas convenceram-me de que todas essas informações não passavam de invenção de sua Excelência... Foi um simples efeito da sua expansibilidade, porque se mente, é apenas por não saber conter as expansões do seu coração. Agora julgue por si mesmo: se ele mentiu, do que estou plenamente convencido, como é que a sua mentira pôde chegar até aos seus ouvidos? Compreendo, príncipe, que inventasse tudo isto sob a inspiração do momento; mas quem pôde então comunicar-lhe? Este ponto é importante por assim dizer...

— Foi o Kolia quem me disse isto; a reflexão foi-lhe feita pelo pai, que o encontrou no vestíbulo, entre as seis e as sete horas, no momento em que saía, não sei por quê.

E o príncipe relatou tudo em detalhe.

— Muito bem! Isso é o que se pode chamar de uma pista! — disse Lebedev esfregando as mãos e rindo em surdina. — Era o que eu pensava! Isso quer dizer que, perto das seis horas da manhã, sua Excelência interrompeu de propósito o seu sono de inocente para ir acordar o filho querido e avisá-lo do perigo extraordinário que corre na companhia do senhor Ferdistchenko. Depois disto, forçoso é reconhecer que o senhor Ferdistchenko é um homem perigoso e admirar a solicitude paternal de sua Excelência... Ah! Ah!

— Escute, Lebedev — interveio o príncipe num tom de grande inquietação — escute; é preciso ir docemente. Não faça barulho! Peço-lhe, Lebedev, suplico-lhe... Com esta condição, juro-lhe que o ajudarei. Porém que ninguém saiba nada, ninguém!

— Fique certo, meu bom, sincero e muito generoso príncipe — gritou Lebedev sob o golpe de uma inspiração decisiva — fique certo de que tudo isto morrerá no meu nobre coração! Marchamos a passo de lobo e a mão na mão! A passo de lobo e a mão na mão... Darei mesmo todo o meu sangue... Meu ilustre príncipe, tenho uma alma inferior, um espírito vulgar. Porém pode pedir a um homem inferior, ou melhor ainda, a qualquer espécie de velhaco; prefere ter uma questão com um velhaco desta espécie ou com um ser da mais perfeita grandeza de alma, tal como o senhor, meu sincero príncipe? Responderá que prefere a grandeza de alma; é então que a virtude triunfa. Até depois, meu honrado príncipe. A passo de lobo, a passo de lobo e... a mão na mão!

Capítulo 10

O príncipe compreendeu, enfim, por que estava sentido um frio glacial todas as vezes que pousava a mão numa das três cartas e porque havia adiado a sua leitura até à tarde. De manhã, quando estava estendido na cama, sem ter podido decidir-se a abrir cada um dos três envelopes, dormiu um sono agitado; um mau sonho o oprimiu e durante este viu, também, essa mesma culpada avançar para ele. Olhava-o, ao passo que as lágrimas lhe brilhavam nos olhos; ela convidara-o de novo a segui-la. E, como na véspera, acordou ante a dolorosa evocação desse rosto.

Quis ir imediatamente à *casa dela,* mas não sentiu forças para tal; então, quase desesperado, acabou por abrir as cartas e pôs-se a lê-las.

Assemelhavam-se essas cartas a um sonho. Eram por vezes feitas de sonhos estranhos, impossíveis, contrários às leis da natureza; acordado, evocava-as com nitidez e apenas uma anomalia feria a sua atenção. Lembrava-se sobretudo de que a razão não o abandonara em nenhum momento do seu sonho. Recordava-se mesmo de ter agido com infinita astúcia e lógica durante bastante tempo, entretanto que alguns assassinos o rodeavam, armando-lhe ciladas, dissimulando os seus desejos e fazendo-lhe promessas amigáveis, na altura em que as suas armas se encontravam já aprestadas e aguardavam apenas um sinal para agir. Rememorava enfim a astúcia graciosa com que o tinham enganado, tudo dissimulando ante os seus olhos; mas adivinhara que haviam frustrado o seu estratagema e que fingiam somente parecer ignorar o seu esconderijo; então tivera o recurso de um novo subterfúgio e mais uma vez alcançara bom êxito com a troca. Tudo isto lhe acudia claramente à memória. Como conceber, contudo, que, nesse mesmo lapso de tempo, a sua razão tivesse podido admitir absurdos e inverossimilhanças tão manifestas como aquelas que formulara no seu sonho? Um dos seus assassinos transformara-se em mulher na sua frente, e essa mulher num pequeno anão astuto e repelente. E aceitara logo tudo isto como um fato consumado, quase sem a menor surpresa, no próprio momento em que o entendimento se libertava por um esforço vigoroso e por prodígios de energia, astúcia, penetração e lógica.

Por que, quando acordava e se reintegrava na vida real, sentia ainda, quase sempre e algumas vezes com uma extraordinária intensidade de impressão, que acabava de deixar, sob o domínio do sonho, um enigma não resolvido? Sorriu do absurdo do seu sonho e teve ao mesmo tempo o sentimento de que esse amontoado de extravagâncias encerrava uma espécie de pensamento, um pensamento real pertencente à sua vida atual, alguma coisa que existe e tem sempre existido no seu coração. Foi como se uma revelação profética, por ele esperada, tivesse surgido do seu sonho; restava-lhe do fim uma forte emoção, alegre ou dolorosa, mas que não chegava nem a compreender nem a lembrar-lhe nitidamente em que consistia.

Foi mais ou menos isto que se passou ao espírito do príncipe após a leitura das cartas. Porém, antes mesmo de as abrir, sentiu que só a sua existência, a única possibilidade dessa existência se transformava já num pesadelo. "Como se decidiu *ela* a escrever-*-lhe?*", perguntava ele, ao passear sozinho, à tarde (algumas vezes mesmo sem se lembrar onde estava). "Como pôde ela escrever sobre *tal assunto* e como pôde um sonho tão insensato ter nascido na sua cabeça?" Porém o sonho tornara-se realidade e o que lhe causava espanto, ao ler as suas cartas, é que ele próprio não tivesse deixado de crer na possibilidade e mesmo na legitimidade desse sonho. Sim, nenhuma dúvida tinha que fosse uma ilusão, um pesadelo, uma loucura; mas havia também nele qualquer coisa de dolorosamente real, de cruelmente justo, que legitimava o sonho, o pesadelo e a loucura.

Durante bastantes horas ficou num estado muito próximo do delírio, pensando no que tinha lido; relembrava a cada instante certas passagens e detinha o pensamento a analisá-las. Algumas vezes mesmo estava tentado a dizer que havia pressentido e conjecturado tudo isso; parecia-lhe ter lido, em tempos longínquos, essas cartas e ter encontrado nelas o gérmen de todas as agonias, de todos os sofrimentos e de todos os temores que sentiu depois. A primeira carta começava assim:

Quando abrir esta carta, procure logo a assinatura. Essa assinatura dir-lhe-á tudo e far-lhe-á compreender tudo; não pretendo, nem justificar-me, nem explicar-me. Se fosse ao menos um pouco igual à senhora, poderia sentir-se com o meu atrevimento; mas quem sou eu e quem é a senhora? Estamos numa posição tão oposta e estou tão fora do seu ambiente, do meio das suas relações, que me é impossível ofendê-la, mesmo que tivesse essa intenção!

Mais adiante ela escrevia:

Não veja nas minhas palavras a exaltação mórbida de um espírito desequilibrado, se lhe disser que a senhora é para mim a perfeição. Tenho-a visto e vejo-a todos os dias. Note que eu não a julgo; não é por raciocínio, mas por um simples ato de fé, que sou levada a olhá-la como um ser perfeito. Porém tenho um agravo a seu respeito: amo-a! Não é proibido amar a perfeição, ou pelo menos devemos limitar-nos a reconhecê-la como tal, não é verdade? No entanto sinto um grande amor por ti. É fora de dúvida que o amor estabelece uma igualdade entre os seres; não se inquiete, porém; mesmo nos meus mais íntimos pensamentos não a rebaixei até ao meu nível. Acabo de escrever, não se inquiete, mas em que pode sentir-se inquieta? Se isso fosse possível, beijaria os traços dos seus passos. Oh, não me considero nunca como sua igual. Veja a assinatura, veja-a depressa!

E noutra carta:

Noto que sempre a uni a ele, sem ter nunca formulado esta pergunta: amá-lo-á? Ele tem pela senhora um grande amor, apesar de só a ter visto uma única vez. Evoca-a como à luz; é esta a sua própria expressão, ouvi-a da sua boca. Contudo não tinha necessidade disto para compreender que a senhora é para ele a luz. Vivemos um mês juntos e foi então que reconheci o quanto a senhora o amava também; a senhora e ele são para mim uma só pessoa.

Que diz a isto? Ontem passei perto da senhora e pareceu-me que a senhora ficou muito corada!? Deve ser impossível e foi apenas um engano meu. Se a levasse à mais sórdida das alcovas e lhe mostrasse o vício em toda a sua nudez não saberia corar, não podia zangar-se com uma tal ofensa. Pode odiar todos os homens infames e abjetos, mas por solicitude pelos outros, por aquelas que eles ultrajam, e não por um ressentimento pessoal. Isto porque à senhora ninguém pode ofender. Tenho a impressão, creia, de que a senhora deve mesmo estimar-me. A senhora é para mim o que é para ele: um espírito de luz. Ora, um anjo não pode odiar, como não pode deixar de amar. Podem-se amar todos os homens, sem exceção, visto que todos são semelhantes? Aqui está uma pergunta que tenho formulado muitas vezes a mim mesma. Sei muito bem que não; é mesmo contranatural. O amor da humanidade é uma abstração, através da qual se não ama quem quer que seja! Se, porém, isto nos é impossível, o mesmo não sucede com a senhora; como poderia amar quem quer que fosse, se a senhora não está ao nível de toda a gente e se nenhuma ofensa, nenhum insulto, é capaz de a atingir nem ao de leve? Só pode amar sem egoísmo; só pode amar, não por si, mas por aquele que ama. Oh, quanto me seria doloroso saber que a senhora se envergonha ou se irrita por minha causa! Se assim fosse, seria em sua perda; cairia de um só salto até ao meu nível...

Ontem, depois de tê-la encontrado, entrei em minha casa e imaginei um quadro. Os artistas pintam sempre o Cristo por elementos colhidos do Evangelho; eu porém pintá-lo-ia de outra forma. Representá-lo-ia só, porque, enfim, teve momentos em que os seus discípulos o deixaram só. Teria colocado perto dele apenas uma criança. Essa criança teria brincado a seu lado; talvez lhe tivesse contado alguma coisa na sua linguagem ingênua. Cristo escutara-a, mas agora estava meditando. A mão repousava-lhe, ainda, num gesto de esquecimento involuntário, sobre os cabelos louros da criança. Olharia ao longe, para o extremo do horizonte; um pensamento, vasto como o universo, refletir-se-ia nos seus olhos e o seu rosto estaria triste. Agora a criança estaria calada; encostada aos joelhos de Cristo e a face apoiada na sua pequena mão, teria a cabeça levantada e o olhar fixo, com um ar pensativo, tal como tem por vezes todas as crianças. O sol escondia-se... Seria assim o meu quadro... A senhora é toda pureza e toda a sua perfeição está nessa sua pureza. Oh, lembre-se apenas disto: Que lhe importa a minha paixão a seu respeito? A senhora pertence-me de hoje em diante e toda a minha vida a passarei perto da senhora... Morrerei dentro em pouco.

Por fim lia-se na última carta:

Por amor de Deus não pense nada de mim. Não creia que me humilho, ao escrever-lhe assim, visto que sou daquelas pessoas que experimentam, ao humilharem-se, uma certa voluptuosidade e até mesmo um sentimento de orgulho. Não!... tenho as minhas consolações, mas isto é uma coisa que me é difícil de lhe explicar; ser-me-ia mesmo difícil de eu própria conseguir compreender, se bem que isso me atormente. Sei, no entanto, que não posso humilhar-me, mesmo por excesso de orgulho. Sou incapaz daquela humilhação que origina a pureza do coração. Então, não me humilho, nem de uma maneira nem de outra.

Por que tenho eu vontade de os unir? Pela senhora ou por mim? Por mim, naturalmente; tudo se resume nisso, e no que me diz com respeito há muito tempo que o disse... Soube que a sua irmã Adelaide declarou um dia, ao olhar o meu retrato, que com uma tal beleza podia-se revolucionar o mundo. Eu porém renunciei ao mundo. Parece-lhe ridículo ver-me escrever isto, quando me encontrou coberta de joias, ornada de diamantes, na companhia de bêbados e de pessoas sem vergonha? Não dê atenção a isto; eu não existo quase, e sei-o muito bem; só Deus sabe o lugar que em mim ocupa a minha personalidade! Vejo todos os dias o meu futuro nos olhos terríveis que me observam, sem cessar, mesmo quando não estão diante de mim. Agora esses olhos calam-se (calam-se sempre), mas eu conheço o seu segredo. A casa desse homem é sombria e de um triste aborrecimento; esconde um mistério. Estou convencida que tem, numa gaveta, uma navalha cuja lâmina está envolvida em seda, como a do assassino de Moscovo, que vivia também com a mãe e pensava estrangular alguém. Durante todo o tempo que vivi na sua casa, tive sempre a impressão de que devia ter em qualquer parte, debaixo do soalho, um cadá-

ver escondido talvez por seu pai, coberto com um pano encerado, como aquele que encontraram em Moscovo, e igualmente rodeado, de frascos de perfume de Idanov; podia mesmo mostrar-lhe o sítio onde devia estar o cadáver! Nada me disse nunca, mas sei bem que a sua paixão por mim é tal, que nunca pode transformar-se em ódio! O seu casamento e o meu terão lugar no mesmo dia; foi assim decidido com ele. Não tenho segredos para ele. Seria capaz de matá-lo por medo... Porém ele matar-me-á antes que eu me decida... Acaba de se rir ao ver-me escrever isto e pretende convencer-me de que eu divago... Já sabe que é à senhora que eu escrevo...

Tinha ainda nas suas cartas muitas outras passagens desconcertantes. Uma dessas cartas, a segunda, coberta de uma letra fina, enchia duas folhas de papel de grande formato.

O príncipe saiu por fim do parque sombrio, onde, como na véspera, havia vagueado durante muito tempo. A noite pálida e transparente pareceu-lhe mais clara que o costume: "Suponho que é ainda muito cedo", pensou ele. (Esquecera-se de pegar o relógio). Pareceu-lhe ouvir uma música ao longe: "É talvez no *Vauxhall*", disse ele ainda. Com certeza não foram lá hoje. No momento em que fazia esta reflexão, deu-se conta de que estava em frente à casa dela; já há muito estava convencido de que acabaria por se encaminhar para ela. Com o coração desfalecido subiu ao terraço.

Estava deserto; não se encontrava ali ninguém. Esperou um momento, depois abriu a porta que dava acesso à sala. "Esta porta não estava fechada!", pensou ele rapidamente. A sala estava também vazia; a escuridão era quase completa. De pé, no meio do aposento, o príncipe ficou indeciso. De repente abriram uma porta e Alexandra Ivanovna entrou, com uma vela na mão. Ao ver o príncipe, teve um movimento de surpresa e parou numa atitude interrogativa. Olhando-a, verificava-se que só pensava atravessar o aposento, de um lado ao outro, e não esperava encontrar ninguém.

— Como é que o senhor se encontra aqui? — perguntou ela, por fim.

— Eu... entrei de passagem...

— A minha mãe está adoentada e a Aglaé também. A Adelaide foi se deitar e eu vou fazer o mesmo. Estivemos sós toda a tarde, em casa. O meu pai e o príncipe Stch... foram para S. Petersburgo.

— Eu vim... vim à sua casa... agora...

— Sabe que horas são?

— Não sei...

— É meia-noite. Deitamo-nos sempre à uma hora.

— Ah, supunha que eram... nove horas e meia.

— Nada disso! — disse ela, rindo. — Por que é que o senhor não veio de tarde? Talvez estivessem à sua espera...

— Eu... pensava... — balbuciou ele, saindo.

— Até amanhã!... Todos vão rir quando eu contar isto.

Voltou para casa pelo caminho que contornava o parque. O coração batia-lhe forte, as ideias baralhavam-se-lhe e tudo tinha à sua volta a aparência de um sonho. De repente aquela mesma visão, que lhe havia aparecido já duas vezes no momento em que despertara, surgiu de novo diante dele. A mesma mulher saiu do parque e parou diante dele, como se estivesse à sua espera naquele sítio. Estremeceu e parou: ela agarrou-lhe a mão e apertou-a com força. Não, isto é uma aparição!

E eis que surgiu, frente a frente com ele, pela primeira vez, desde a sua separação. Ela falou-lhe, mas ele fitou-a, calado; o seu coração orgulhoso sentia-se mal. Não devia esquecer mais esse encontro e sentia sempre a mesma dor ao evocá-lo. Como uma tola, pôs-se de joelhos diante dele, no meio da estrada. Recuou espantado, enquanto ela procurava agarrar-lhe a mão para a beijar. E, tal como a vira no seu sonho, via-lhe agora os olhos aljofrados de lágrimas.

— Levanta-te! Levanta-te! — murmurou ele com voz inquieta, esforçando-se por erguê-la. — Levanta-te depressa!

— És feliz? És feliz? — perguntou ela. — Diz-me apenas uma palavra: és feliz agora? Hoje, neste momento? Foste à casa dela? Que te disse ela?

Continuava ajoelhada e não lhe dava ouvidos. Interrogava-o febrilmente e falava num tom apressado, como se alguém corresse atrás dela.

— Parto amanhã, tal como me ordenaste. Não voltarei a aparecer mais... É a última vez que te vejo, a última!... Será esta na verdade a última vez!...

— Acalma-te! Levanta-te! — proferiu ele num tom de desespero.

Contemplava-o avidamente, apertando-lhe as mãos.

— Adeus! — disse ela, por fim.

Levantou-se e afastou-se muito depressa, quase correndo. O príncipe viu surgir de súbito, ao lado dela, Rogojine, que a agarrou por um braço e a levou.

— Espere-me por momentos, príncipe — gritou este último. — Volto dentro de cinco minutos.

Reapareceu de fato ao fim de cinco minutos. O príncipe estava no mesmo sítio.

— Meti-a no carro — disse Rogojine. — Este esperava-a lá embaixo, ao canto da rua, desde as dez horas. Desconfiava que passaria toda a noite na casa da outra. Comuniquei-lhe exatamente o conteúdo da carta que me mandou. Não escreverá mais cartas à outra; prometeu-me. E seguindo o seu desejo, deixará amanhã Pavlovsk. Queria vê-lo pela última vez, visto ter-lhe recusado uma entrevista; foi daqui que o estivemos esperando, sentados neste banco, à margem da rua por onde devia voltar a passar.

— Foi ela que o trouxe até aqui?

— E que tem isso? — exclamou Rogojine com um sorriso. — O que vi aqui não me admirou! O senhor sempre leu as suas cartas?

— E tu, na verdade, também as leste? — perguntou o príncipe, apavorado ante esta ideia.

— Creio que sim! Foi ela própria que me mostrou. Lembra-se da alusão à navalha... Ah! Ah!

— Ela é tola! — exclamou o príncipe, torcendo as mãos.

— Quem sabe... Talvez! — murmurou Rogojine a meia-voz, como se falasse para a si mesmo.

O príncipe nada replicou.

— Então, até depois! — continuou Rogojine. — Eu também me vou amanhã. Não fique com nenhuma má impressão a meu respeito. Mas diga-me, meu amigo — acrescentou ele, dando uma brusca meia-volta — por que não respondeu à sua pergunta? É feliz ou não?

— Não, não e não! — gritou o príncipe, mostrando sentir um profundo desgosto.

— Não esperei nunca que me dissesse sim! — replicou Rogojine com um riso zombeteiro.

E afastou-se, sem se voltar.

Parte 4
Capítulo 1

Decorrera uma semana sobre a entrevista que os dois heróis do nosso romance tiveram no banco verde. Neste dia estava uma radiosa manhã. Bárbara Ardalionovna Ptitsine tinha ido visitar algumas pessoas das suas relações. Voltou para casa muito mal-humorada, perto das dez horas e meia.

Há pessoas de quem é difícil dizer qualquer coisa que as distinga do conjunto, mesmo sob o seu aspecto, o mais típico e o mais característico. São aquelas a quem se convencionou chamar as pessoas vulgares, o comum, e que constituem na verdade a imensa maioria da sociedade. Nos seus romances e nas suas novelas os escritores esforçam-se em geral por escolher os melhores tipos sociais e apresentá-los sob a forma, a mais pitoresca e a mais estética. Na vida real esses tipos encontram-se tão completos como no estado de exceção, o que não os impede de serem quase mais reais que a própria realidade. Podkoliossine, no seu gênero, é talvez exagerado, mas não é uma ficção.

Quantas pessoas de espírito, ao tomarem conhecimento de Podkoliossine, de Gogol, não encontram logo entre os seus amigos e conhecidos, dezenas, para não dizer centenas de indivíduos que se parecem com esse personagem, tal como uma gota de água se parece com outra gota? Mesmo antes de Gogol já sabiam que alguns dos seus amigos se pareciam a Podkoliossine; o que ignoravam era o nome a dar a esse gênero. Na realidade, é muito raro que os noivos se salvem, saltando pela janela, no momento de se casarem, porque, pondo todas as outras considerações de lado, é um gesto que não ocorre a toda a gente. No entanto, quantos noivos, entre as pessoas respeitadas e não desprovidas de espírito, não se terão sentido, no momento de se casarem, no mesmo estado de alma de Podkoliossine! Nem todos os casados gritam, a propósito de qualquer coisa; Assim o quiseste, George Daudin. Mas, meu Deus, quantos milhões e milhões de vezes os casados de todo o universo não terão repetido este grito, sentido logo depois da sua lua de mel, quando não é mesmo no dia seguinte ao da boda?

Assim, sem nos alargarmos sobre esta questão, limitamo-nos a constatar que na vida real os relevos característicos desses personagens se esfumam, mas todos esses George Daudin e todos esses Podkoliossine existem na verdade; agitam-se e circulam diariamente diante de nós, mas sob uns traços mais atenuados. Acrescentemos, para terminar e esgotar este assunto, que o tipo integral de George Daudin, tal como o criado por Molière, pode bem encontrar-se na vida, mas raras vezes; e terminamos por aqui esta exposição, pois começa a tornar-se em crítica literária de revista.

Entretanto uma questão pelo menos se nos apresenta sempre: que deve fazer um romancista que apresenta, aos seus leitores, tipos considerados vulgares, para os tornar, tanto quanto possível, interessantes? É absolutamente impossível excluí-los do romance porque essas pessoas vulgares constituem a cada instante, e para a maior parte, uma trama necessária aos diversos acontecimentos da vida, eliminando-os, é tirar toda a veracidade à obra. Por outro lado, povoar os romances de tipos ou simplesmente personagens estranhas e extraordinárias seria cair na inverossimilhança e até mesmo na insipidez. Na nossa opinião o autor deve esforçar-se por descobrir modalidades interessantes e sugestivas, mesmo no caso de pessoas vulgares. Porém quando, por exemplo, a própria característica dessas pessoas reside na sua constante vulgaridade, ou, melhor ainda, quando, a despeito de todos os seus esforços para sair da banalidade e da rotina em que recaem irremediavelmente, adquirem um certo valor típico, tornam-se representantes da mediocridade, de que pretendiam fugir, visando a todo o custo a originalidade e a independência, sem, no entanto, disporem de meios para tal conseguirem.

A essa categoria de pessoas vulgares ou ordinárias pertencem alguns dos personagens do nosso romance, a respeito dos quais (confesso-o) o leitor foi ainda pouco esclarecido. Estão neste número Bárbara Ardalionovna Ptitsine, seu marido, o senhor Ptitsine, e seu irmão, Gabriel Ardalionovitch.

Não há nada mais vexatório que ser, por exemplo, rico, de boa família, de aspecto agradável, razoavelmente instruído, nada tolo e um pouco bondoso, mas não ter quase nenhum talento, nenhum trato pessoal, nenhuma singularidade e não ter *mesmo* quaisquer ideias próprias; enfim, ser positivamente como toda a gente. É-se rico, mas não tanto como Rothschild: tem-se um nome honrado, mas sem nada de notório; apresenta-se bem, mas não causa nenhuma impressão; recebe-se uma educação razoável, mas não se encontra emprego algum; não se é desprovido de inteligência, mas não tem ideias suas; tem-se coração, mas nenhuma grandeza de alma; e assim, debaixo de todos os aspectos.

Há por todo o mundo uma multidão de pessoas deste teor, mais mesmo do que se calcula. Dividem-se, como todos os homens, em duas categorias principais: aqueles que são acanhados e aqueles que são mais inteligentes. Estes são os primeiros e os mais felizes. Um homem vulgar, de espírito acanhado, pode com facilidade supor-se extraordinário e original, e comprazer-se sem moderação ante esse pensamento. Basta que algumas das nossas moças cortem o cabelo, tragam óculos azuis e se digam niilistas, para se persuadirem logo que esses óculos lhe conferem convicções pessoais. Basta que certo homem descubra no seu coração um átomo de sentimento humanitário e de bondade, para assegurar, sem a menor sombra de dúvida, que ninguém possui um sentimento igual e que é, além disso, um pioneiro do progresso social. Basta que um outro assimile um pensamento que ouviu formular a alguém, ou leu num livro sem começo nem fim, para imaginar que esse pensamento é original e que germinou no seu cérebro. É um caso de espantosa imprudência, assim como ingenuidade, se se permite exprimir-se assim; por mais inverossímil que isso pareça, encontra-se a cada passo. Esta fé cândida e presunçosa de um tolo que não duvida, nem dele, nem do seu talento, foi admiravelmente retratada por Gogol, no espantoso tipo do tenente Pirogov. Pirogov não duvida que seja um gênio e até mesmo mais que um gênio; tem mesmo a certeza de que resolve qualquer questão; para ele não há até a menor questão. O grande escritor vê-se obrigado, no fim das contas, a aplicar-lhe uma correção, para dar satisfação ao sentimento moral do seu leitor. Porém constatou que o seu herói não tinha sido muito afetado e que, sacudindo-se após a correção, havia comido sem cerimônia um pequeno pastel para se restabelecer. Também ele perdeu a coragem e abandonou os leitores. Tenho sempre lastimado que Gogol haja colocado Pirogov num grau tão baixo, porque esse personagem é tão enfatuado consigo mesmo, que nada o impede de se supor, por exemplo, um grande capitão, à medida que o número de galões lhe aumenta nos ombros, segundo o tempo de serviço e as promoções. Que disse eu, supor? Ele não duvida nada: se o nomeiam general, que lhe falta para ser marechal? E quantos guerreiros desta categoria não cometem espantosas asneiras nos campos de batalha? E quantos Pirogov não existem entre os nossos escritores, os nossos sábios, os nossos propagandistas! Tenho algumas vezes dito que não há nenhum agora, mas com certeza ainda existem atualmente alguns...

Gabriel Ardalionovitch Ivolguine, que é um dos heróis do nosso romance, pertence à segunda categoria, ou seja, a dos medíocres mais inteligentes, ainda que, da cabeça aos pés, se esforcem por se tornarem originais. Já anteriormente observamos que esta segunda categoria é muito mais desgraçada que a primeira. Esta abrange apenas um homem vulgar, mas *inteligente,* mesmo que se suponha na ocasião (ou até durante toda a sua vida) dotado de gênio e de originalidade, que não deixa de sentir no seu coração o verme da dúvida, o qual o tortura até ao ponto de por vezes acabar por tirá-lo para um completo desespero. Se se resigna, fica desde logo definitivamente intoxicado pelo sentimento da vaidade recalcada.

De resto, tomamos um caso extremo: a maior parte das vezes o destino desta categoria *inteligente* de homens medíocres está longe de ser tão trágica; quando muito, chegam a sofrer um pouco do fígado ao fim de um certo número de anos; a isto se limita toda a sua desgraça. Muitas vezes, antes de se acalmarem e de tomarem o seu partido, estas pessoas são algumas vezes estúpidas durante muito tempo, desde a juventude até à adolescência, e sem outro móbil que não seja o desejo de ostentarem originalidade.

Encontram-se mesmo casos estranhos: veem-se pessoas bem comportadas, que atacadas da doença da originalidade, tornam-se por vezes capazes de uma baixeza. Temos aqui um desses desgraçados, que é um homem honesto e mesmo bondoso, que é o protetor da sua família, que sustenta e ajuda a viver com o seu trabalho, não só os seus, mas ainda os estranhos. Que lhe aconteceu? Não tem tido sossego durante toda a sua vida!... A consciência de ter cumprido bem com os seus deveres de homem não chega para o tranquilizar; pelo contrário, esse pensamento irrita-o: "Eis", disse ele, "no que tenho consumido a minha existência; eis o que me tem ligado de braços e pernas; eis o que me tem impedido de inventar a pólvora!..." Sem estas obrigações, teria talvez descoberto a pólvora ou a América; não sei bem ao certo o quê, mas tinha com certeza descoberto alguma coisa!

O mais característico nestas pessoas é que passam de fato a vida sem chegarem a saber ao certo o que devem descobrir e encontram-se sempre na véspera de fazerem a descoberta: ou a pólvora ou a América!? Porém os sofrimentos ou as decepções resultantes da angústia dessas descobertas são apenas reservadas a um Colombo ou a um Galileu.

Gabriel estava lançado nessa via, mas tinha apenas dado os primeiros passos. Tinha diante dele uma extensa perspectiva de incoerências. Quase desde a infância o seu coração havia sido torturado pelo sentimento profundo e constante da sua mediocridade, junto a um desejo irresistível de se convencer da sua plena independência. Era um jovem invejoso de apetites violentos, que parecia ter nascido com um nervosismo exacerbado. Tomava por energia o ardor dos seus impulsos. A sua exagerada ambição de se distinguir levava-o muitas vezes aos despropósitos, os mais inadvertidos, mas, no momento de dar o salto, a razão chamava-o sempre à ordem. Isto fazia-o sofrer. Talvez estivesse resolvido, na ocasião, a cometer a mais baixa das vilanias, para realizar algum dos seus sonhos; porém, como que por determinação superior, logo que chegasse ao momento decisivo, o sentimento de honestidade tomava nele o primeiro lugar e desviava-o de tal torpeza. (As pequenas vilanias, no entanto, encontravam sempre consentimento). A pobreza e a quebra de prestígio em que havia caído a sua família causavam-lhe desgosto e aversão. Mesmo com respeito a sua mãe, afetava arrogância e desprezo, reconhecendo, no entanto, muitíssimo bem que a sua reputação e o seu caráter eram para o momento o melhor encosto da sua carreira. Logo que entrara ao serviço dos Epantchine, dissera com ele: "que é preciso mostrar-me humilde, sejamo-lo até ao fim, tirando disso o melhor partido!" No entanto, quase nunca o era até ao fim. Mas por que razão se lhe meteu na cabeça que era preciso em absoluto humilhar-se? Aglaé, com a sua recusa, tinha-o apenas assustado; não renunciou por isso às suas pretensões sobre a jovem moça, revestindo-se a todo o custo de paciência: no entanto não acreditava muito seriamente que ela pudesse condescender até ao ponto de receber de bom grado as suas atenções.

Mais tarde, quando da sua história com Nastásia, convenceu-se de que o dinheiro seria o melhor meio de conseguir *tudo*. Nessa época não se passava um dia que não dissesse: "é preciso cometer uma vilania, cometamo-la!" Experimentou, ante esta linguagem, uma certa satisfação, de mistura com uma certa apreensão. "Se uma vilania é necessária, então é cometê-la completamente!", dizia ele a cada instante para acalmar o coração. "A rotina hesita em casos idênticos; mas eu, eu não hesitarei!"

Tendo sofrido um revés junto de Aglaé e sentindo-se vencido pelas circunstâncias, perdeu toda a coragem e levou ao príncipe o dinheiro que lhe havia dado uma mulher demente, depois de o ter recebido de um homem não menos demente. Em seguida arrependeu-se mil vezes desta restituição, mas sem nunca deixar de manter a sua vaidade. Chorou intimamente durante os três dias que o príncipe passou em S. Petersburgo. E foi também durante esses três dias que desapareceu o ódio que lhe tinha; não lhe perdoava, porém, a inconveniente comiseração com que o olhara no momento da entrega — a restituição de uma tal quantia! — da qual muita gente não teria tido a coragem.

Confessava nobremente que a única causa de toda a sua agonia era o despedaçar incessante da sua vaidade, e contudo esse sentimento torturava-o. Foi muito mais tarde que se deu conta e se convenceu do sincero caminho que teriam podido tomar as suas questões com uma criatura tão honesta e tão estranha como Aglaé. Então o arrependimento atormentou-o; abandonou o serviço e caiu na melancolia e no desprendimento.

Vivia agora na casa dos Ptitsine, que sustentavam também os seus pais. Fazia alarde do seu desprezo pelo dono da casa, mas escutava os seus conselhos e era quase sempre com bastante prudência que os solicitava. Uma coisa, entre outras, o desgostava: era ver que Ptitsine não gostava de se tornar em Rothschild, mas não designava onde estava o fim da sua ambição. Visto que és um usurário, continua a sê-lo até ao fim; esbulha as pessoas de tudo, apropria-te do seu dinheiro, sê um caráter, tornado rei de Israel!

Ptitsine era um homem modesto e sossegado; contentava-se em sorrir; um dia, porém, julgou necessário ter uma explicação séria com Gabriel e dela se desobrigou com uma certa dignidade. Demonstrou-lhe que não fazia nada que não fosse honesto e que não tinha nenhuma razão para o tratar como se fosse um juiz; que se o dinheiro estava agora àquele juro, até ali não rendera nada; que a sua maneira de proceder era correta e honesta; que, em suma, não passava de um corretor de tais espécies de transações e que, graças à sua pontualidade nestas questões, começava a gozar de uma excelente reputação junto de pessoas distintas, pelo que o campo de operações se ia alargando. "Não me torno Rothschild", acrescentava ele, sorrindo, "e não tenho motivos para me tornar; terei uma casa, talvez mesmo duas, na Liteinaia, e ficarei por aí". Pensava com ele: "Quem sabe? Talvez sejam três também!", mas não confessava nunca esse sonho e guardava-o bem no seu foro íntimo. O destino ama e gosta das pessoas desta espécie; gratificara Ptitsine, não com três, mas com quatro casas, precisamente porque, desde a infância, se tinha convencido de que não seria nunca um Rothschild. Por outro lado não iria com certeza além de quatro casas; isto seria o limite da fortuna do Ptitsine.

Bárbara, a irmã de Gabriel, era de um caráter muito diferente. Tinha também veementes desejos, mas mais pertinazes do que fogosos. Tinha muito bom senso para conduzir uma questão e não desistia sem que essa questão atingisse o seu fim. Pertencia também, na verdade, ao número das pessoas medíocres, que sonham ser originais; mas, em contrapartida, depressa se convenceu de que não tinha uma sombra de originalidade pessoal, pelo que não se afligiu assim muito. Quem sabe? Talvez se desse isso por efeito de um especial sentimento de orgulho. Deu, com muita decisão, os seus primeiros passos na vida prática, desposando o senhor Ptitsine. Porém nessa ocasião disse apenas: (Já que é preciso cometer baixezas, cometamo-las até o final, sempre que atinja o meu alvo. Desta forma não conseguiu exprimir-se, em caso idêntico, Gabriel. (No entanto foram quase estes os termos de que se serviu, ao dar, como irmão mais velho, a sua aprovação ao casamento). Em face disso, Bárbara havia casado, depois de se ter positivamente assegurado que o seu futuro esposo era um homem modesto, agradável, quase culto e incapaz, por nada deste mundo, de cometer uma grande vilania. Em pequenas vilanias, Bárbara não tinha pensado: "Isso são bagatelas, e quem está isento delas? Pode-se pretender o ideal?" Além de tudo, sabia que, casando-se, assegurava um abrigo a sua mãe, ao seu pai e ao seu irmão. Vendo este desgraçado, queria ir em sua ajuda, a despeito de todas as anteriores desavenças da família, Ptitsine compeliu Gabriel, amigavelmente, bem entendido, a entrar na administração. Dizia algumas vezes, num tom de gracejo: "Desprezas os generais e as esposas dos generais, mas repara bem;

eles acabarão todos por se tornarem generais, cada um por sua vez; se quiseres, também o podes ser". "Porém", exclamou sarcasticamente Gabriel, "em que se incomodam eles que eu despreze os generais e as esposas dos generais?"

Para poder ajudar o irmão, Bárbara resolvera alargar o seu campo de ação; introduzir-se na casa dos Epantchine, prevalecendo-se em especial das suas recordações de infância; ela e o irmão tinham brincado, quando eram novos, com as meninas Epantchine. Notamos aqui que, se tinha em vista qualquer sonho, ao fazer com que a recebessem na casa dos Epantchine, talvez tivesse saído da categoria a que ela própria se havia confinado; mas não era uma quimera o que ela tinha em vista; guiava-se por um cálculo bastante razoável, que se baseava sobre a maneira de ser dessa família. Havia estudado sem desânimo o caráter de Aglaé. Estava empenhada na tarefa de os aproximar, aos dois, Aglaé e o irmão, nascidos um para o outro. Talvez obtivesse algum resultado. Talvez também cometesse o erro de se enganar com respeito a Gabriel, e esperar dele o que ele não podia dar, em nenhum tempo e sob nenhuma forma. Em todo caso manobrava habilmente junto dos Epantchine: passavam-se semanas sem que pronunciasse o nome do irmão; mostrava-se sempre de uma probidade e de uma sinceridade extremas; as suas atitudes eram simples, mas dignas. Não receava perscrutar o fundo da sua consciência, porque nela nada encontrava de que se pudesse reprovar e isso constituía para ela um grande sinal de talento. Por vezes, apenas descobria nela uma certa inclinação para se encolerizar, um forte amor-próprio e talvez mesmo uma merecida vaidade; observava isto, sobretudo em certas ocasiões e muito em especial, quase todas as vezes que saía de casa dos Epantchine.

E nesta ocasião, mais uma vez ainda, sentia-se muito mal-humorada ao voltar à casa deles. Debaixo deste mau humor notava-se uma expressão de amarga zombaria. Ptitsine habitava, em Pavlovsk, uma casa de madeira, de miserável aspecto, mas espaçosa e a qual dava sobre uma estrada poeirenta. Esta casa ia dentro em breve tornar-se sua propriedade, se bem que andasse já em negociações para revender um terço. Subindo a escada, Bárbara ouviu um grande barulho no andar superior; seu pai e seu irmão discutiam em altos gritos. Entrou no aposento e avistou Gabriel, que corria de um lado ao outro da sala, pálido de cólera e prestes a arrancar os cabelos. Ao vê-lo assim, o rosto ensombrou-se-lhe e deixou-se cair, com um ar de desalentada, no sofá, sem tirar o chapéu. Sabia muito bem que se ficasse um minuto calada, se não perguntasse logo qual a causa desta agitação, seu irmão ficaria deveras zangado; apressou-se por isso a perguntar:

— É sempre a mesma história?

— Como, a mesma história! — exclamou Gabriel. — A mesma história? Não, não é a mesma história; que o diabo entenda o que se passa. O velho está prestes a ficar zangado... a mãe está a gritar!... Por Deus, Bárbara, procede como queiras, mas, ou o expulso de casa, ou então... ou então deixo-vos a todos! — acrescentou ele, sem se lembrar de que não podemos expulsar as pessoas de uma casa que não seja a nossa.

— É preciso ser indulgente — murmurou Bárbara.

— Indulgente por quê? Para quem? — repetiu Gabriel, encolerizado. — Para com as suas torpezas? Não; diz o que quiseres, mas isso é impossível, impossível, impossível, impossível!... E que maneiras! É ele ainda que tem razão e grita cada vez mais alto: "Não quero passar pela porta, pois demoli as paredes". Que tens? Tens o rosto desfigurado!?

— Não tenho nada de extraordinário — replicou Bárbara, mal-humorada.

Gabriel fitou-a com mais insistência.

— Estiveste lá? — perguntou ele de repente.

— Estive.

— Ouve, um instante... Os gritos começam de novo. Que vergonha, e numa ocasião como esta!

— Uma ocasião como esta? Parece-me que este momento não tem nada de particular.

Gabriel fitou a irmã com um olhar ainda mais penetrante.

— Soubeste de alguma coisa? — perguntou ele.

— Nada de importante, pelo menos. Soube que tudo aquilo que se supunha é verdade. O meu marido viu mais claramente que nós os dois; o que ele predisse desde o princípio é um fato consumado. Onde está ele?

— Saiu. Mas qual é o fato consumado?

— O príncipe é oficialmente o noivo. É um caso decidido. Disseram-me as irmãs mais velhas. Como a Aglaé deu o seu consentimento, deixaram-se de andar com segredinhos (até aqui tudo era rodeado de mistério). O casamento da Adelaide foi adiado a fim de que os dois casamentos possam ser celebrados no mesmo dia. Que poesia! Um verdadeiro poema! Farias melhor, compondo um epitáfio, do que correr inutilmente através do quarto. A Biélokouski irá esta tarde à casa deles. Chega mesmo a propósito. Há convidados para essa reunião. Apresentar-lhe-ão a princesa, se é que não conhece já; anuncia-se, segundo parece, que será nessa ocasião tornada pública a notícia da realização dos casamentos. Suspeitam que, ao entrar no salão onde se encontram os convidados, finja cair e quebre algum objeto, ou então é ele próprio que se estatela no chão! E é muito capaz disso!

Gabriel escutou com muita atenção, mas, com grande espanto da irmã, a notícia que devia ser tão aborrecida para ele não lhe causou, aparentemente, a menor emoção.

— Muito bem! Está claro — disse ele, depois de um momento de reflexão. — Acabou-se tudo — acrescentou, com um sorriso estranho e fitando o rosto da irmã com um ar de dúvida. Continuava a percorrer o quarto de um lado ao outro, porém agora muito menos agitado.

— És ainda feliz, aceitando estas coisas com uma certa filosofia; fico, na verdade, satisfeita com isso — disse Bárbara.

— Sim, é um alívio para ti, pelo menos.

— Creio ter te ajudado sinceramente, sem discutir, nem te importunar; nunca te perguntei que felicidade contavas encontrar junto da Aglaé.

— Mas supões que eu... procurava a felicidade junto da Aglaé?

— Vamos, peço-te, não te ponhas a filosofar! Tinha de ser assim mesmo. É um caso arrumado; desta vez ficamos logrados. Confesso-te que nunca encarei este casamento como uma coisa séria; se algum dia pensei nele, foi simplesmente por acaso e contando com o estranho caráter da Aglaé; queria sobretudo ser agradável a ti. Existiam noventa probabilidades em cem para que o projeto se não realizasse. Agora mesmo ainda não sei o que é que pretendias!

— Para já vão insistir comigo, a senhora e o seu marido, para que me resolva a trabalhar; vou ouvir os seus sermões sobre a perseverança e a força de vontade, sobre a necessidade de me contentar com pouco, e assim sucessivamente; sei isto porque o coração me diz — disse Gabriel soltando uma gargalhada.

"Tem alguma nova ideia na cabeça!", pensou Bárbara.

— E os pais como é que encaram as coisas? Estão contentes? — perguntou bruscamente Gabriel.

— Nem por isso estão muito. Por agora, podes julgá-lo por ti mesmo: se Ivan Fiodorovitch está satisfeito, a mãe tem umas certas apreensões: desde sempre lhe repugnou ver nele um noivo para a sua filha. Isto é já sabido.

— Não é isso o que me interessa; o príncipe é um noivo impossível, em que se não pode pensar, está claro!... Eu falo da situação presente: em que posição estão as coisas? A Aglaé deu o seu formal consentimento?

— Até aqui não disse que não, esta é que é a verdade! Porém com ela não se pode contar. Sabes bem até que extravagâncias a têm levado a sua timidez e o seu pudor. Na sua infância metia-se nos armários, onde se fechava durante duas ou três horas, só para não aparecer ante as pessoas estranhas. Depois cresceu como uma vara, mas o carácter manteve-se o mesmo. Sabes que tenho razões para crer que existe, na verdade, nesta questão, alguma coisa de sério, mesmo pelo seu lado. Parece que desde manhã até à noite solta grandes gargalhadas, sempre que pensa no príncipe; isto é tudo para fingir; encontra sempre ocasião e maneira para lhe dizer todos os dias, às escondidas, uma palavrinha, por isso ele parece estar no paraíso, anda radiante. Diz-se que é impagável. Foram elas que me contaram isto. Pareceu-me também que as mais velhas se riram abertamente de mim!

O rosto de Gabriel acabou por se ensombrar. Talvez Bárbara tivesse vontade de falar sobre este assunto para sondar os verdadeiros pensamentos do irmão. Porém nesta altura ouviram-se novas vociferações no andar superior.

— Vou pô-lo na rua — gritou Gabriel, como que encantado por encontrar um derivativo para o seu despeito.

— E então começará de novo a barafustar por toda parte contra nós, como fez ontem!...

— Como, ontem? Que é que disse? Ontem? Mas que fez? — perguntou Gabriel com um súbito espanto.

— Ah, meu Deus! Tu não sabes nada! — replicou Bárbara.

— Como? Então é verdade que teve a coragem de ir lá? — exclamou Gabriel, rubro de vergonha e de cólera.

— Meu Deus, então tu vens de lá? Soubeste alguma coisa? O velho foi lá? Foi ou não?

E correu para a porta. Bárbara correu atrás dele e agarrou-o pelo braço.

— Que vais fazer? Aonde vais? — disse ela. Se o pões fora de casa nesta ocasião, far-nos-á ainda pior. Irá à casa de toda a gente...

— Que fez ele por lá? Que disse ele?

— Elas não me souberam dizer bem, porque não o compreenderam. Sei apenas que as espantou a todas. Queria ver o Ivan Fiodorovitch, mas este não estava; então perguntou pela Isabel. Começou por lhe pedir para lhe arranjar um lugar, para fazer com que o admitissem na administração; depois pôs-se a falar de nós: de mim, do meu marido e de ti, sobretudo... Disse uma série de coisas.

— E pudeste saber o que ele disse? — perguntou Gabriel, sacudido por um tremor convulso.

— Isso não é fácil!... Ele próprio não devia compreender o que disse, e elas talvez também não me contassem.

Gabriel apertou a cabeça entre as mãos e correu para uma janela. Bárbara sentou-se perto de uma outra.

— É tola essa Aglaé! — observou ela à queima-roupa. — Fez-me parar, para me dizer: "Apresente as minhas sinceras homenagens a seus pais, com a minha particular estima. Terei com certeza por estes dias a honra de ver o seu pai". E proferiu isto num tom muito sério. É bastante estranho...

— Não estaria a zombar de ti? Tens a certeza?

— Não, não estava a zombar, e por isso é que é estranho.

— Ela está ao corrente da questão do velho? Que pensas?

— Ignoram essa questão na casa deles; não tenho nenhuma dúvida a tal respeito!... Porém dás-me a entender que a Aglaé pode muito bem conhecê-la!... Ela é talvez a única que está ao corrente de tudo, porque as irmãs ficaram deveras surpreendidas ao ouvirem-na encarregar-me, com tanta seriedade, de apresentar cumprimentos ao nosso pai. E por que será que foi só a ele que ela mandou os seus cumprimentos? Se conhece a questão, é porque o príncipe lhe contou...

— Não há necessidade de ser maldoso para reconhecermos que foi ele que lhe contou. Um ladrão! Não faltava mais nada!... Um ladrão na nossa família, e logo o chefe da família!

— Isso é uma infantilidade — exclamou Bárbara, num tom em que tentava ocultar a sua cólera. — Uma história de bêbados e nada mais. E quem a inventou? Lebedev, o príncipe... tão lindas pessoas como são!... As fênixes da inteligência!... Não ligo a menor importância a esse incidente.

— O velho é um ladrão e um bêbado — prosseguiu Gabriel, dando largas à sua bílis. — Eu sou um mendigo e o marido da minha irmã, um usurário. Havia na nossa casa alguma coisa que seduzia a Aglaé: uma boa família, na verdade!

— O marido da tua irmã, um usurário...

— Sustenta-me, não é verdade? Não te coíbas de falar, peço-te!...

— Por que te zangas? — inquiriu Bárbara, voltando ao assunto.

— Não compreendes nada, pareces mesmo uma criança. Supões que tudo isto te prejudicou aos olhos da Aglaé? Não conheces o seu caráter; é capaz de recusar o melhor partido, para fugir com um estudante e concordar em morrer de fome perto dele, numa água-furtada; é este o seu sonho!... Terias compreendido até que ponto te tornaste interessante, ante os seus olhos, se tivesses sido capaz de suportar a tua posição com firmeza e altivez. O príncipe seduziu-a agora, porque só agora a procurou e também porque passa, no dizer de todos, por um idiota. A perspectiva de atormentar a família, por sua causa, eis o que naquele momento o encantava!... Ah, vós, os homens, não compreendeis nada disto!

— Pois bem, vamos ver se compreendemos ou não — murmurou Gabriel com um ar enigmático. — Entretanto, faço sinceros votos que ela não conheça a questão do velho.

Suponho que o príncipe nada dirá, nada divulgará. Pediu mesmo ao Lebedev para se calar; a mim mesmo, a despeito da minha insistência, não me contou tudo...

— No entanto alguém falou, pois, como vês, a questão divulgou-se, contra sua vontade. Porém agora que pensas fazer? Que esperas? Se te resta alguma esperança, isso só contribuirá para te fazer passar ante os seus olhos com a auréola de mártir.

— Repara que, apesar de todo o seu romantismo, teria medo do escândalo! Tudo tem os seus limites e não pode ir nunca além de uma certa medida. Sois todas as mesmas!

— Medo, a Aglaé? — exclamou a Bárbara, fitando o irmão com um olhar de desprezo. — A tua alma é pequena!... Não valeis, meus caros, uns mais do que os outros. Concordo que a possam considerar como ridícula e extravagante. Todavia é, em contrapartida, mil vezes mais nobre de caráter do que todos vós.

— Está bem, está bem, não te zangues! — murmurou de novo Gabriel, num tom arrogante.

— Tenho pena somente da minha mãe — prosseguiu Bárbara.

— Oxalá que a história do meu pai não lhe chegue aos ouvidos. Tenho medo que tal suceda.

— Estou convencido que já a conhece — observou Gabriel.

Bárbara levantou-se para subir ao andar superior, aos aposentos da Nina Alexandrovna. Parou e fitou o irmão com um ar intrigado.

— Quem podia ter-lhe contado?

— O Hipólito, naturalmente. Presumo que, apenas se instalou em nossa casa, teve pressa em contar tudo à nossa mãe.

— Mas diz-me, peço-te, como pôde ele conhecer toda esta questão? O príncipe e o Lebedev estão seguros que nada disseram e o Kolia não sabe nada.

— O Hipólito? Esse soube de tudo. Não podes calcular quanto é astuto e maldizente, nem o faro que possui para descobrir todas as vilanias, tudo quando tenha o caráter de escândalo. Podes acreditar ou não, mas eu é que estou convencido de que conseguiu já alcançar um certo ascendente sobre a Aglaé. Ou se não é já assim, está para o ser. Rogojine entrou igualmente em relações com ele. Como é que o príncipe ainda se não apercebeu disso? E que vontade não tem agora esse Hipólito de se divertir à minha custa!... Tem-me na conta de uma inimiga pessoal; compreendi-o desde há muito. Pergunto, no entanto, o que quer dizer isto da parte de um moribundo! Intrometeu-se na questão, porém hão de ver que não será ele a dizer a última palavra, mas sim eu!

— Para que o fizeste então vir para aqui, se o odeias tanto? Foi apenas para teres com ele a última palavra?

— Foste tu mesmo que me aconselhaste a trazê-lo para aqui.

— Pensei que nos pudesse ser útil. Sabes já que se apaixonou pela Aglaé e que lhe escreveu? Perguntaram-me... Parece que escreveu também à Isabel Prokofievna!

— Sobre esse ponto não há perigo! — respondeu Gabriel com um sorriso malicioso.

— Para agora deve tratar-se de uma outra coisa. É possível que esteja apaixonado porque é um garoto! Mas não lhe dará para escrever cartas anônimas à velha? É uma nulidade tão venenosa e tão enfatuada!... Estou convencido, tenho quase a plena certeza, de que me descreveu como um intrigante, e que foi por esse ponto que começou a falar de mim.

Fui bastante imbecil, confesso, em lhe ter dito mais do que devia; suponho que aquilo que fez em meu favor não foi mais do que para se vingar do príncipe; é um indivíduo muito manhoso! Oh, agora sei muito bem quanto se deve esperar dele! Quanto ao roubo, foi por intermédio da mãe, a mulher do capitão, que teve conhecimento dele. Foi por ela que o velho se decidiu a fazer isto!... Sem tal se esperar, o Hipólito comunicou-me que o general prometeu quatrocentos rublos à sua mãe. Disse-me isto abertamente, sem rodeios. Então compreendi tudo. Fitou-me os olhos com uma espécie de voluptuosidade. Estou convencido que contou tudo à mãe, só pelo prazer de lhe lacerar o coração. Por que não morrerá de vez, não me dirás? Não afirmou que morreria dentro de três semanas? Depois que está aqui, já engordou! A tosse começou também a passar-lhe; hoje de tarde disse mesmo que há dois dias já que não tem escarros de sangue.

— Manda-o embora.

— Não o odeio, desprezo-o! — anotou Gabriel com um ar altivo. — E depois, sim, odeio-o também! — exclamou de súbito, num transporte de cólera. — Dir-lhe-ei cara a cara, mesmo que esteja no seu leito de morte! Se pudesses ler a sua confissão!... Meu Deus, que atrevido descaramento. É um tenente Pirogov, é um Nozdriov, o trágico, e sobretudo é um garoto! Com que prazer lhe teria batido nesse momento, quando mais não fosse para tornar maior o seu espanto!... Agora pretende vingar-se de toda a gente, por haverem desvirtuado outro dia a sua questão!... Mas que é isto? Volta a ouvir-se barulho lá em cima!... Vamos, que quer dizer tudo isto? Não posso tolerar tal coisa! — gritou ele, dirigindo-se a Ptitsine, que entrava nesta altura na sala. — Que é isto? Quando acabará tudo isto na nossa casa? É... é...

Entretanto o barulho aproximou-se rapidamente. Abriram de repente a porta e o velho Ivolguine, encolerizado, congestionado, agitado, fora dele, precipitou-se para junto do Ptitsine. Atrás dele entraram Nila Alexandrovna, Kolia e, no fim, Hipólito.

Capítulo 2

Hipólito estava instalado há já cinco dias na casa do Ptitsine. A separação havia se estabelecido muito naturalmente, sem conflitos, nem zangas, entre o príncipe e ele; não só não tinham tido qualquer discussão, mas ainda davam a impressão de se haverem separado com boas palavras. O próprio Gabriel, tão hostil para com o Hipólito na tarde que já relatamos, foi visitá-lo dois dias depois do acontecimento; obedeceu sem dúvida a qualquer pensamento reservado que inopinadamente lhe acudiu. Rogojine começou também a visitar o doente, sem saber bem por que motivo. De começo o príncipe supôs que o pobre rapaz teria uma certa vantagem em mudar de casa. Porém não ficou satisfeito quando ele mudou de aposentos e quando o Hipólito lhe fez sentir que ia instalar-se na casa do Ptitsine, que tivera a bondade de lhe oferecer abrigo; intencionalmente não proferiu uma palavra sobre Gabriel, apesar de este haver insistido para que fosse para sua casa, Gabriel notou-o e ficou tão ofendido que não mais poderia esquecer essa ofensa.

Dissera a verdade à sua irmã, quando lhe transmitiu que o doente se ia restabelecendo. De fato Hipólito sentia-se um pouco melhor que uns dias antes e essas melhoras notavam-se logo ao primeiro golpe de vista. Entrou no quarto sem se apressar, atrás de todos os outros, com um sorriso irônico e maldoso nos lábios. Nina Alexandrovna dava sinais de uma vira inquietação. (Estava muitíssimo mudada, tendo emagrecido bastante no decorrer dos últimos seis meses; desde que casara a filha, viera viver com ela, passando a mostrar um ar de quem não pretendia mais intrometer-se nas questões dos filhos). Kolia estava intrigado e como que perplexo; muitas coisas lhe escapavam nessa loucura do general, como ele dizia, porque ignorava naturalmente as verdadeiras razões da nova tempestade que reinava na casa. Porém ao ver seu pai manifestar, a cada momento e a propósito de tudo, um humor tão dado a questiúnculas, tornava-se-lhe evidente que este havia mudado bruscamente e não era, por assim dizer, o mesmo homem. O próprio fato de o velho ter deixado de beber por completo, há três dias, tornava maior a sua inquietação. Sabia que havia cortado as relações com o Lebedev e com o príncipe, e que havia mesmo discutido com eles. Acabava justamente de trazer uma meia garrafa de aguardente, comprada com o seu próprio dinheiro.

— Asseguro-lhe, minha mãe — afirmara ele a Nina, quando estavam ainda no andar superior —, asseguro-lhe que é muito melhor deixá-lo beber. Há três dias que não tem bebido nada; é essa a causa do seu mau humor. Na verdade, assim é muito melhor; eu próprio lhe levarei aguardente quando o prenderem devido às suas dívidas.

O general abrira a porta de repente e parara por momentos no limiar; tinha o aspecto de quem tremia de indignação.

— Meu caro senhor — gritou ele junto de Ptitsine, com uma voz de trovão — se na verdade está resolvido a sacrificar a esse fedelho, a esse ateu, o respeitável velho que é seu pai, ou pelo menos pai de sua mulher, e o qual tão lealmente serviu o seu soberano, fique sabendo que a partir deste momento deixarei de viver para sempre na sua casa. Escolha, senhor, escolha depressa: ou eu, ou... esse parafuso. Sim, esse parafuso. Esta palavra ocorreu-me por acaso, mas é de fato um parafuso! Trespassa a minha alma à laia de parafuso e sem nenhum respeito, tal como um parafuso!

— Não seria melhor um saca-rolhas? — interveio Hipólito.

— Nada de saca-rolhas porque não tens diante de ti uma garrafa, mas um general. Tenho condecorações, distinções honoríficas e tu não tens nada. Ou ele ou eu. Decida-se, senhor, e depressa! — gritou ele de novo a Ptitsine, num tom de desespero.

Kolia aproximou dele uma cadeira, sobre a qual se deixou cair, quase sem forças.

— Na verdade era muito melhor que o senhor se deitasse — balbuciou Ptitsine, absorto.

— Tem ainda o atrevimento de proferir ameaças! — murmurou Gabriel à irmã.

— Ir dormir! — exclamou o general. — Não estou bêbado, meu caro senhor, e está a insultar-me. — Vejo — prosseguiu ele, levantando-se de novo — que aqui está tudo e todos contra mim. Está bem!... Vou-me embora... Mas saiba, meu caro senhor, saiba...

Fizeram-no sentar sem o deixarem concluir a frase e suplicando-lhe para se acalmar. Gabriel, furioso, retirou-se para um canto. Nina tremia e soluçava.

— Mas que lhe fiz eu? De que é que se queixa? — perguntou Hipólito num tom de ironia.

— Supõe, porventura, que não lhe fez nada? — interveio, rapidamente, Nina. — O senhor, sobretudo, é que devia ter vergonha... pois é uma crueldade atormentar um velho... e em especial quando se está na sua situação.

— Para agora, minha senhora, que tem que ver com isso a minha situação? Tenho um vivo respeito pela senhora, pela senhora muito em especial, mas...

— É um parafuso! — gritou o general. — Perfura-me a alma e o coração. Quer arrastar-me para o ateísmo. Ficas desde já a saber que, ainda antes de teres nascido, já me haviam cumulado de honrarias. Não passas de um verme amargurado pela inveja, um verme partido em dois, um verme que fosse... e que morre coberto de ódio e de impiedade!... Por que é que o Gabriel te trouxe para aqui? Todos são contra mim, desde os estranhos ao meu próprio filho!

— Basta de tragédia! — exclamou Gabriel. — Se não nos tivesse desonrado ante os olhos de toda a cidade, seria muito melhor.

— Como? Eu, desonrar-te, meu fedelho, a ti? Longe de te desonrar, sou apenas motivo para te sentires honrado.

E deu um salto, como quem não podia mais conter-se; Gabriel havia também perdido a cabeça, como se podia reconhecer.

— Atreve-se a falar em honra, na minha frente?! — exclamou maliciosamente este último.

— Que disseste? — trovejou o general, encolerizado e dando um passo para ele.

— Disse que não abriria mais a boca porque... — começou bruscamente Gabriel, mas não concluiu.

Estavam os dois frente a frente, dominados por uma veemente comoção, sobretudo o filho.

— Gabriel, que fazes? — exclamou Nina, correndo a ter mão no filho.

— Só se ouvem asneiras de todos os lados — explodiu Bárbara, indignada.

— Então, minha mãe, acalme-se!

E agarrou-se à mãe.

— Se não lhe falto ao respeito é apenas em atenção à minha mãe — proferiu Gabriel num tom trágico.

— Fala! — vociferou o general, no cúmulo do desespero. Fala, sob pena de te amaldiçoar!... Fala!

— Coitado! Como se eu tivesse medo da sua maldição!... De quem é a culpa, se o senhor, desde há oito dias, anda como um tolo? Note que disse, desde há oito dias! Veja se se lembra da data!... Tome cuidado em não me arreliar, pois de outra forma direi tudo... Por que foi ontem à casa das Epantchine? E quer assim que lhe respeitem a sua velhice, os seus cabelos brancos, a sua dignidade de pai de família? É muito bonito.

— Cala-te, Gabriel! — gritou Kolia. — Cala-te, imbecil!

— Em que o ofendi eu? — insistiu de novo Hipólito, sempre num tom que estava atingindo as raias da insolência. — Por que me alcunhou de parafuso, conforme ouvi? Só o senhor é que me vem importunar; há pouco ainda veio procurar-me para me contar a história de um certo capitão Ieropiegov. Não fiz nunca parte da sua sociedade, general; o senhor próprio sabe que sempre o tenho evitado. Que me importa o capitão Ieropiegov? O senhor próprio o confirma. Não foi por causa desse capitão que me vim instalar aqui. Fui obrigado a dizer-lhe muito alto que tinha a opinião de que esse capitão Ieropiegov talvez nunca tivesse existido. Ao ouvir isto, foi como se lhe tivessem metido mostarda no nariz.

— E não há dúvida de que esse capitão nunca existiu — confirmou Gabriel com sinceridade.

O general ficou como que apalermado. Lançou à sua volta olhares de quem nada compreende. As palavras do filho haviam-no atingido em cheio, com a sua brutal certeza. Para o momento não encontrou uma só palavra de réplica. Porém a reflexão de Gabriel provocou uma gargalhada de Hipólito.

— O senhor ouviu? — observou este último. — O seu próprio filho disse que nunca existiu esse capitão Ieropiegov.

Completamente desorientando, o velho murmurou:

— Falei de Capiton Ieropiegov e não de um capitão... Capiton... tenente-coronel reformado, Ieropiegov... Capiton.

— Não existiu nenhum Capiton! — repetiu Gabriel fora de si.

— Como? Por que é que nunca existiu? — balbuciou o general, tornando-se deveras corado.

— Vamos, acalmem-se! — intervieram Ptitsine e Bárbara.

— Cala-te, Gabriel. — gritou de novo Kolia.

Estas intervenções fizeram perder, porém, o sangue frio ao general.

— Como é que ele não existiu? Por que é que não existiu? — acrescentou, num tom de ameaça, dirigindo-se ao filho.

— Porque não existiu, eis tudo. Não existiu, e daí a impossibilidade do fato!... E está tudo dito. Não insista, repito.

— E dizer que é o meu filho... o meu próprio filho, aquele que eu... Oh, meu Deus! Ousa afirmar que Ieropiegov, Ierochka Ieropiegov não existiu!

— Muito bem! Há pouco ainda era Capitochka, agora é Ierochka! — informou Hipólito.

— Falo de Capitochka, meu caro senhor, e não de Ierochka! Trata-se de Capiton, Capiton Alexeievitch, quer dizer, Capiton... tenente-coronel... reformado..., que desposou Maria... Maria Petrovna... Sou... Sou... o meu amigo e meu companheiro... Soutougov... Frequentamos juntos a escola de cadetes. Arrisquei-me por ele... protegi-o com o meu corpo... mas mataram-no. Atrevem-se a dizer que não houve Capitochka Ieropiegov, que não existiu!

O general vociferava enfurecido, mas notava-se que a sua exaltação provinha de uma outra coisa, que não a causa em litígio. Na verdade, teria tolerado com certeza, noutros tempos, uma suposição muito mais ofensiva do que aquela da não existência de Capiton Ieropiegov. Teria gritado e discutido; ter-se-ia exaltado, mas acabaria por subir ao andar superior e por se deitar. Desta vez, por um singular paradoxo do coração humano, o copo transbordou, só pelo fato de lhe terem posto em dúvida a existência do Ieropiegov, uma ofensa tão anódina. O velho tornou-se vermelho, levantou os braços ao céu e protestou:

— Basta! Tens a minha maldição! Vou sair desta casa! Nicolau, pega no saco de viagem... e vamos embora.

Correu para a rua, no paroxismo da cólera. Nina Alexandrovna, Kolia e Ptitsine correram atrás dele.

— Fizeste uma linda coisa — disse Bárbara ao irmão. — Quem sabe? É capaz de voltar para lá. Que vergonha! Que vergonha!

— Que tinha ele que roubar! — replicou Gabriel com a voz estrangulada pela raiva.

De repente o seu olhar encontrou-se com o de Hipólito; dominou-o uma espécie de tremura.

— Quanto ao senhor — exclamou ele — devia lembrar-se de que, além de tudo, está debaixo do teto dos outros... gozando da sua hospitalidade, e por isso não devia irritar um velho que na verdade está louco.

Hipólito esteve também a ponto de se exaltar, mas conteve-se.

— Não sou muito da sua opinião, quanto à pretensa loucura de seu pai — disse ele, com calma. — Tenho, pelo contrário, a impressão de que está mais sensato nestes últimos tempos. Dou-lhe a minha palavra!... Não o encontra assim também? Tornou-se mais cauteloso, mais desconfiado; tem os ouvidos bem abertos e pesa cada uma das suas palavras... Quando me falou nesse Capitochka, lá tinha algum fim em vista... Imagine que queria persuadir-me a...

— E que diabo tenho eu que saber que o queria persuadir!... Peço-lhe para não ser escarninho, nem arranjar trapalhadas comigo! — disse Gabriel num tom penetrante. — Se o senhor conhece tão bem a verdadeira razão pela qual o velho se encontra em tal estado (e o senhor espiou tão bem a minha casa durante estes cinco dias, que não pode deixar de a conhecer!) devia abster-se por completo de irritar esse... desgraçado e atormentar a minha mãe, exagerando uma questão que não vale nada; é uma simples história de bêbados, nada mais; nunca ninguém fez prova e eu nunca fiz caso nenhum... Porém o senhor deve observá-los, deve espioná-los, porque o senhor... o senhor é...

— Um parafuso! — disse, zombando, Hipólito.

— E o senhor não passa de um vilão personagem; o senhor atormentou as pessoas durante uma meia hora e procurou pô-las doidas, fazendo o gesto de que se ia matar com uma pistola que nem carregada estava. Representou uma comédia vergonhosa; o senhor simulou de suicida; é um saco de bílis apoiado em duas pernas! E fui eu que lhe dei hospitalidade; veio aqui engordar, já não tosse nada, e é desta maneira que mostra o seu reconhecimento!

— Duas palavras apenas, peço-lhe: sou hóspede da Bárbara e não do senhor. Não me concedeu nenhuma hospitalidade e suponho que o senhor mesmo é que beneficia da que lhe concede o senhor Ptitsine. Há quatro dias pedi a minha mãe para me procurar alojamento em Pavlovsk e vir ela própria aqui instalar-se, porque de fato sinto-me muito melhor nesta terra, ainda que não tenha engordado nem deixado de tossir como diz. A minha mãe fez-me saber ontem à tarde que os alojamentos estavam arranjados; por meu lado apresso-me a fazer-lhe saber, também, que vou hoje mesmo instalar-me neles, depois de agradecer a sua mãe e a sua irmã; a minha decisão está tomada desde ontem à tarde. Desculpe-me o tê-lo interrompido; o senhor tem, se não me engano, muitas coisas ainda para me dizer...

— Oh, se é assim — começou Gabriel, muito agitado.

— Se é assim, permita-me que me sente — acrescentou Hipólito, pegando tranquilamente na cadeira que o general ocupara antes — porque, enfim, sinto-me doente. Agora estou pronto a ouvi-lo, pois talvez seja esta a nossa última conversa e talvez mesmo o nosso último encontro.

Gabriel sentiu um certo mal-estar.

— Suponho bem — disse ele — que não me humilharia até ao ponto de ter uma explicação com o senhor, se...

— O senhor anda mal em subir tão alto — atalhou Hipólito. — Eu, por mim, prometi, desde o dia em que cheguei aqui, não me recusar ao prazer de lhe dizer quatro verdades quando nos separássemos. Eis justamente o momento de pôr o meu projeto em execução, quando o senhor acabar de falar, bem entendido.

— E eu por mim peço-lhe para sair deste quarto.

— É muito melhor que o senhor fale, pois de outra forma irá dizer para toda parte que não desabafou tudo quanto tinha no coração...

— Basta, Hipólito! Tudo isto é muitíssimo vergonhoso. Faz-me o favor de não dizer nada, sim? — pediu Bárbara.

Hipólito levantou-se.

— Se nada digo, é apenas por especial deferência para com uma senhora — objetou, rindo. — Como lhe dou prazer com isso, Bárbara, estou pronto a abreviar, apenas a abreviar, esta conversa, bem entendido!, porque uma explicação entre mim e seu irmão tornou-se absolutamente indispensável, e eu não me resignaria, por nada deste mundo, a partir sem ter desfeito o mal-entendido.

— Resume-se tudo numa simples palavra: o senhor é um maldizente — observou Gabriel — e por isso não se decide a partir sem desabafar os seus mexericos.

— O senhor não nota que não está senhor de si? — observou friamente Hipólito. — Digo-lhe com franqueza que se arrepende, se não diz tudo quanto tem a dizer. Uma vez mais cedo-lhe a palavra. Falarei depois com o senhor.

Gabriel nada respondeu e olhou-o com desprezo.

— O senhor não quer falar? Prefere brincar com a sua personalidade até ao fim? A sua felicidade!... Por mim serei tão breve quanto possível. Ouvi-o já hoje por duas ou três vezes criticar a hospitalidade que me concederam. Isso não é justo. Convidando-me para me instalar aqui, era sua intenção aprisionar-me nas malhas da sua rede. Supunha que me queria vingar do príncipe. Por outro lado, tinha ouvido dizer que a Aglaé me testemunhava uma certa simpatia e que havia lido a minha confissão. Teve então a ideia de que faria causa comum consigo, em defesa dos seus interesses; teve talvez a esperança de encontrar em mim um auxiliar. Sobre este ponto nada mais digo. Do seu lado não peço, também, nem uma confissão, nem uma confirmação. Basta-me deixá-lo em face da sua consciência, de saber que, nesta altura, um e outro nos compreendemos às maravilhas.

— Só Deus sabe que história o senhor irá fazer da coisa mais simples! — exclamou Bárbara.

— Que tenho eu dito!... É um maldizente e um vadio — concluiu Gabriel.

— Permita-me, Bárbara, que eu continue. Certamente não posso, nem amar, nem respeitar o príncipe. É um homem de uma real bondade, ainda que um tanto ridículo; não tenho a menor razão para o odiar. Nada deixei antever a seu irmão, enquanto ele me excitava contra o príncipe; contava com o desfecho final para ter ocasião de me rir. Sabia que o seu irmão tinha uma língua muito comprida e se colocaria na mais falsa das posições. Foi a este ponto que se chegou... Estou disposto agora a poupá-lo, mas apenas, Bárbara, em respeito à senhora. Todavia, depois de lhe ter mostrado que não é fácil armar-me qualquer cilada, quero ainda explicar-lhe porque tento colocar seu irmão numa posição ridícula, frente a frente comigo. Fique sabendo que faço isto por ódio, confesso-o sinceramente. No momento de morrer (porque eu morri, assim mesmo, se bem que tenha engordado, como a senhora pretende) no momento de morrer, disse eu, senti que iria para o paraíso com muito mais tranquilidade se conseguisse ridicularizar pelo menos um representante da inumerável categoria de pessoas que me têm perseguido durante toda a minha vida e que toda a minha vida tenho odiado. O seu estimável irmão oferece um frisante exemplar desta espécie de pessoas. Odeio-o, Gabriel, e (isto talvez os surpreenda) *unicamente* porque o senhor é o tipo, a encarnação, a personificação e a mais perfeita expressão da mediocridade a mais impudente, a mais enfatuada, a mais insulsa e a mais repugnante! O senhor é a mediocridade intumescida, aquela que não duvido de nada e se reveste de uma serenidade olímpica; o senhor é a rotina das rotinas! Nunca a sombra de uma ideia pessoal germinará no seu espírito ou no seu coração. Porém a sua inveja não conhece limites; está firmemente convencido de que é um gênio de primeira grandeza. Muitas vezes a dúvida assalta-o nos seus momentos de melancolia e experimenta então acessos de cólera e de inveja. Oh, há ainda outros pontos negros no seu horizonte; desaparecerão apenas no dia em que o senhor se torne por completo um imbecil, o que não deverá tardar. Tem no entanto na sua frente um caminho ainda comprido e variado; não pretendo que ele seja alegre e regozijo-me com isso. Para começar, profetizo-lhe que não obterá a mão de uma certa pessoa.

— Mas isto é intolerável! — gritou Bárbara. — É bom que acabe com essas coisas, seu infame insultador!

Pálido e trêmulo, Gabriel manteve-se calado. Hipólito calou-se também. Olhou-o fixamente e alegrou-se com o seu embaraço; depois desviou os olhos sobre a Bárbara, sorriu, saudou-a e saiu sem proferir mais uma palavra.

Gabriel tinha, em face de tudo isto, o direito de se lastimar do seu destino e da sua pouca sorte; Bárbara esteve alguns instantes sem se atrever a dirigir-lhe a palavra; não ousava olhar para ele, vendo-o percorrer o quarto a grandes passadas. Por fim aproximou-se de uma janela e voltou as costas à irmã. Esta lembrou-se então do provérbio russo: pau tem sempre duas pontas, ou, dizendo melhor, tratar-nos-ão como tivermos tratado os outros. O alarido recomeçou no andar superior.

— Para onde vais? — perguntou bruscamente Gabriel à sua irmã, ao vê-la levantar-se. — Espera: olha isto...

E avançando para ela, atirou-lhe, para sobre uma cadeira, um pequeno papel dobrado em forma de bilhete.

— Meu Deus! — exclamou Bárbara levantando os braços. O bilhete tinha apenas sete linhas escritas:

Gabriel Ardalionovitch:
Estando convencida dos seus bons sentimentos a meu respeito, resolvi pedir-lhe um conselho sobre uma questão muito importante para mim. Desejaria encontrar-me com o senhor, amanhã, às sete horas precisas da manhã, no banco verde. Não é longe da nossa casa. Bárbara Ardalionovna que deve, em absoluto, acompanhá-lo, conhece muito bem o sítio. A.E.

— Depois disto, vê se a compreendes — disse Bárbara, que demonstrou a sua surpresa cruzando os braços.

Por pouco disposto que estivesse a tomar uns ares conquistadores, Gabriel não pôde no entanto dissimular o seu triunfo, sobretudo depois das desoladoras predições de Hipólito. O rosto reflectiu um sincero sorriso de vaidade satisfeita; a própria Bárbara estava radiante de alegria.

— E isto no mesmo dia em que na sua casa se anunciam os esponsais!... Agora tenta saber o que ela quer?!

— Na tua opinião de que me vai ela falar amanhã? — perguntou Gabriel.

— Isso não interessa; o essencial é que, pela primeira vez, desde há seis meses, exprime o desejo de te ver. Escuta, Gabriel: qualquer que seja ou possa ser a razão desta entrevista, não esqueças nunca que é uma coisa *importante,* muito importante! Não te mostres fanfarrão desta vez; não cometas erros, nem também te mostres muito tímido; sempre alerta! Terá ela podido duvidar do desejo que me tem levado a frequentar a sua casa durante estes últimos seis meses? Imagina que não me disse hoje uma única palavra a tal respeito; não me disse absolutamente nada. É preciso dizer que entrei às escondidas; a velha não soube que eu estive lá; se não fosse isso, talvez me tivesse posto na rua... Foi apenas por tua causa que corri semelhante risco; pretendia saber, custasse o que custasse...

Os gritos e o barulho tornaram-se maiores; algumas pessoas desciam mesmo a escada.

— Por nada deste mundo se pode deixar fazer o que disse! — gritou Bárbara, quase sem fôlego, devido ao espanto. — É preciso evitar a menor sombra de um escândalo. Vai e pede-lhe perdão!

O chefe de família encontrava-se já na rua. Atrás dele, Kolia levava-lhe a mala. Nina chorava, de pé, no limiar da porta; pretendia correr atrás do marido, mas Ptitsine segurava-a.

— A sua ida serviria apenas para o excitar — dizia este. — Não vai para nenhum lado; dentro de meia hora regressará à. casa; falei já a tal respeito com o Kolia: deixe-o fazer estas loucuras.

— Para que há de fazer estas loucuras? Onde o deixam ir assim? — gritou Gabriel da janela. — O senhor não sabe para onde ele vai!?

— Volte para casa, meu pai! — exclamou Bárbara. — Os vizinhos estão a ouvir tudo.

O general parou, voltou-se, estendeu a mão e gritou com ênfase:

— Que a minha maldição caia sobre essa casa!

— Precisava ainda dizer aquilo num tom teatral!... — murmurou Gabriel, fechando a janela com estrondo.

Os vizinhos estavam na verdade a ouvir tudo. Apressadamente, Bárbara saiu do quarto.

Mal ela saiu, Gabriel pegou o bilhete de cima da mesa, levou-o aos lábios, deu um estalo com a língua e esboçou um passo de dança.

Capítulo 3

O escândalo provocado pelo general teria sido sem consequências, noutros tempos. Havia sido já o herói de incidentes extraordinários e imprevistos como este, porém poucas vezes, porque era na verdade um homem muito sossegado e dotado dos melhores sentimentos. Tentara talvez já por umas cem vezes lutar contra os hábitos de desregramento contraídos durante os últimos anos. Quando de repente se lembrava de que era pai de família, reconciliava-se com a mulher, vertendo sinceras lágrimas. Tinha por Nina Alexandrovna um respeito, que ia até à adoração, pois ela perdoava-lhe todas essas coisas sem dizer uma palavra, continuando a ter por ele uma grande veneração, a despeito da degradação e do ridículo em que por vezes caíam. Todavia esta luta magnânima contra a desordem da sua vida não durava em geral muito tempo; era também, no gênero, um homem muito fogoso, para suportar a vida de penitência e de ociosidade que levava no seio da família, pelo que terminava sempre por se revoltar. Tinha então acessos de furor, de que se arrependia talvez no próprio instante em que a eles se entregava, mas os quais não tinha a força de vontade bastante para dominar; provocava discussões com os seus, punha-se a discorrer com uma ênfase, toda de pretensões a eloquência, e exigia que tivessem por ele um respeito excessivo, inimaginável, para no fim se eclipsar, mantendo-se durante muito tempo sem voltar a aparecer em casa. Desde há cerca de dois anos não tinha mais que uma vaga ideia do que se passava em sua casa, informado apenas pelo que ouvia dizer; deixara de atender a certos pormenores, que para ele não tinham o menor interesse.

Porém desta vez o escândalo revestiu uma forma fora do normal. Dir-se-ia que ocorrera um acontecimento que todo o mundo conhecia, mas de que ninguém se atrevia a falar. O general só três dias depois regressou oficialmente ao seio da família, isto é, para junto da Nina Alexandrovna; todavia, em vez de se mostrar humilde e arrependido, como das suas anteriores reaparições, mostrou, pelo contrário, sinais de uma extraordinária irritabilidade. Estava falador e agitado; dirigia a todos os que se aproximavam dele discursos inflamados, como quem pretendia atacar a fundo os seus interlocutores; contudo falava de questões tão variadas e tão inesperadas, que era impossível descobrir a verdadeira causa da sua inquietação. À parte os momentos de satisfação que tinha, estava a maior parte das vezes absorto, sem ele próprio saber ao certo por quê. Começava uma história sobre os Epantchine, sobre o príncipe, sobre o Lebedev, mas de repente interrompia-se, ficava calado e respondia somente por um estranho e prolongado sorriso àqueles que o interrogavam sobre a sequência da história; não mostrava mesmo o ar de quem se apercebia que o interrogavam. Passara a última noite a suspirar e a gemer, extenuando Nina Alexandrovna, que por uma questão de consciência lhe colocara durante a noite uma série de cataplasmas. Perto da madrugada adormeceu de repente; quatro horas depois, ao acordar, foi dominado por um acesso violento e desordenado de hipocondria, o qual deu lugar à discussão com Hipólito e à maldição da sua casa.

Tornara-se também notado que, no decorrer desses três dias, havido caído num contínuo excesso de orgulho, que se traduzia por uma suscetibilidade anormal. Kolia afirmava com insistência, à sua mãe, que este humor melancólico era devido à abstenção de bebidas e talvez também à ausência de Lebedev, com quem o general se havia intimamente ligado nestes últimos tempos. Uma inesperada arrelia se levantou entre eles, três dias antes, o que originou no general uma grande exaltação; tivera mesmo uma espécie de cena com o príncipe. Kolia pedira a este último para lhe explicar o motivo de tudo aquilo, mas acabou por se convencer de que ele também lhe escondia qualquer coisa. Podia-se supor, como havia feito Gabriel, com muita verossimilhança, que se realizara uma conversa particular entre Hipólito e Nina; no entanto parecia bastante estranho que esse maldoso personagem, tratado abertamente de má língua por Gabriel, não se tivesse dado ao prazer de pôr também Kolia ao corrente de tudo. Podia ser muito bem que Hipólito não fosse o terrível vadio que Gabriel havia descrito, ao falar com a irmã, e que a sua malícia fosse muito diferente, se de fato tivesse feito saber alguma coisa a Nina, não o faria provavelmente só com a intenção de lhe dilacerar o coração. Não esqueçamos que os motivos das ações humanas são habitualmente muito mais complexos e variados do que se nos afigura no momento da ação; é muito raro que se revelem com nitidez. Muitas vezes o melhor, para o narrador, é limitar-se à simples exposição dos acontecimentos. E o que faremos nos esclarecimentos anteriores à catástrofe que acabava de agitar a vida do general, pois nos encontramos na obrigação absoluta, apesar de tudo, de conceder a este personagem de segundo plano um maior interesse e maior relevo que aquele que até aqui lhe tínhamos destinado na nossa narrativa.

Os acontecimentos sucederam-se pela ordem seguinte:

Após a sua ida a S. Petersburgo, em procura de Ferdistchenko, Lebedev voltou nesse mesmo dia a Pavlovsk com o general. Nada comunicou de particular ao príncipe. Se este último não tivesse sido então tão distraído e não estivesse absorvido por outras preocupações mais importantes para ele, não teria demorado a apercber-se que Lebedev não só não lhe tinha dado nenhuma explicação nos dois dias que se seguiram, mas ainda tinha o ar de querer evitar o seu encontro. Quando por último em tal reparou, lembrou-se com espanto que durante esses dois dias, nos seus encontros acidentais com Lebedev, tinha visto este radiante, bem-humorado e quase sempre em companhia do general. Os dois amigos não se separavam um instante. O príncipe ouviu algumas vezes, perto dele, as suas conversas barulhentas e animadas, entrecortadas de discussões joviais e de gargalhadas. Uma vez mesmo, a uma hora muito avançada da noite, os ecos inesperados de um estribilho militar, cantado por um bêbado, chegaram até ele. Reconheceu a voz de baixo e enrouquecida do general. A canção interrompeu-se de repente e um silêncio se seguiu. Em seguida ouviu-se uma conversa, num tom avinhado, a qual se prolongou com viva animação durante perto de uma hora. Disto pode-se concluir que os dois amigos, um pouco embriagados, abraçaram-se e que por fim um deles acabou mesmo por chorar. De súbito uma violenta questão estalou entre os dois, a qual se apaziguou logo instantes depois.

Durante todo este tempo Kolia manteve-se num estado de espírito particularmente inquieto. O príncipe não estava quase nunca em casa durante o dia e de noite só voltava muito tarde; disseram-lhe uma vez que durante todo o dia, Kolia o procurara e perguntara por ele. Quando, no entanto, o encontrou, já nada tinha de especial a comunicar-lhe, a não ser que estava francamente descontente com o general e o seu atual comportamento. "Vagueiam pelas ruas, dissera ele, embebedam-se numa taberna da vizinhança, abraçam-se em plena rua, para logo em seguida questionarem, zangam-se um com o outro, mas não podem separar-se". Tendo-lhe observado o príncipe, que aquilo não era mais do que a repetição do que se passava todos os dias, Kolia não soube na verdade responder-lhe e ficou impossibilitado de dizer qual a razão da sua atual inquietação.

No dia seguinte àquele em que tinha ouvido a canção do bêbado e a discussão, o príncipe dispunha-se a sair, perto das onze horas, quando o general surgiu bruscamente diante dele. Dominava-o uma forte emoção e quase tremia.

— Há bastante tempo que procuro ter a ocasião e a honra de o encontrar, meu estimado León Nicolaievitch. Sim, há muito tempo, muito tempo mesmo! — murmurou ele, apertando a mão do príncipe, quase até ao ponto de o magoar. — Muito, muito tempo!

O príncipe convidou-o a sentar-se.

— Não, não me sentarei para não o demorar. Ficará para outra vez. Parece-me que posso felicitá-lo... pela realização... dos desejos do seu coração...

— Quais desejos do meu coração?

O príncipe perturbou-se. Parecia-lhe, como à maior parte das pessoas colocadas no seu caso, que ninguém via, ninguém adivinhava, ninguém compreendia nada.

— Tranquilize-se. Não quero ferir os seus sentimentos, os mais delicados. Passei por lá e sei que um nariz estranho... para me exprimir assim... segundo o provérbio... não deve meter-se onde não foi chamado. É uma verdade de que tenho a confirmação todas as manhãs. Venho porém aqui por uma outra questão, uma questão importante, muito importante, príncipe!

Pedindo-lhe de novo para se sentar, o príncipe deu-lhe o exemplo.

— Seja; por um instante apenas... Passei e entrei para lhe pedir um conselho. É fora de dúvida que faltam à minha existência fins positivos, mas, pelo respeito a mim mesmo, e, de uma maneira geral, por falta de um espírito prático, de que a Rússia está tão desprovida... Desejo definir uma situação, para mim, minha mulher e meus filhos... Enfim, príncipe, procuro um conselho. O príncipe aplaudiu calorosamente esta ideia.

— Mas tudo isto não tem importância — apressou-se a acrescentar o general. — Vim aqui por uma questão muito mais grave. Estou decidido a abrir-lhe o meu coração, León, como a um homem em cuja sinceridade e generosidade tenho tanta confiança que... que... As minhas palavras não o surpreendem, príncipe?

Mesmo que não estivesse deveras surpreso, nem por isso o príncipe teria deixado de observar o seu hóspede com muita atenção e curiosidade. O velho estava um pouco pálido, notava-se-lhe um ligeiro estremecimento, de instante a instante, nos lábios e movia as mãos sem interrupção.

Sentado há poucos minutos, tinha-se levantado já bruscamente por duas vezes, para voltar a sentar-se logo, sem parecer aperceber-se da sua grande agitação. Encontravam-se alguns livros sobre a mesa; continuando sempre a falar, pegou um deles, abriu-o, passou os olhos por ele, fechou-o logo em seguida e colocou-o no seu lugar. Segundos decorridos, pegou num outro, que não abriu, mas que conservou na mão durante todo o resto do tempo que durou a conversa, brandindo-o sem cessar.

— Basta! — gritou ele de repente. — Reconheço que o tenho incomodado muito.

— Nada disso, pode crer, peço-lhe!... Escuto-o, pelo contrário, com o maior interesse e tento compreender...

— Príncipe, desejo alcançar uma posição que mereça todo o respeito... Quero merecer a minha própria estima... e ter os meus direitos.

— Um homem com um tal desejo é já digno de todo o respeito.

O príncipe pronunciou esta frase, aprendida num manual, com a firme convicção de que produziria o melhor dos efeitos. Instintivamente sentia que, proferindo, a propósito, uma frase daquele gênero, ao mesmo tempo profunda e agradável, podia de súbito subjugar e acalmar a alma de um homem como o general, sobretudo na situação em que este se encontrava. Em todo caso só podia despedir-se de um tal visitante, depois de lhe ter suavizado o coração; era este o ponto básico do problema.

A frase agradou muito ao general, pois a encontrou lisonjeira e chocante. Conteve-se um pouco, mudou de súbito de tom e lançou-se em compridas e entusiastas explicações. Todavia, a despeito dos esforços e da atenção despendida, o príncipe não conseguiu compreender uma palavra. O general discorreu durante perto de dez minutos, exprimindo-se com calor e volubilidade, tal como um homem que não chega a dispor, na sua devida ordem, o grande número de ideias que o assaltam. As lágrimas chegaram mesmo a aparecer. No entanto proferiu apenas frases sem nexo, palavras inopinadas, pensamentos atrabiliários que se comprimiam e se misturavam uns com os outros numa incoerência sem limites.

— Fiquemos por aqui. O senhor compreendeu-me e por isso fico tranquilo — concluiu bruscamente, levantando-se. — Um coração como o seu não pode deixar de compreender um homem que sofre. Príncipe, o senhor tem um nobre ideal! Que são os outros ao lado do senhor? Porém o senhor ainda é novo e eu só lhe desejo felicidades. No fim das contas vim aqui para lhe pedir que me marcasse uma hora a fim de termos uma conversa importante; é uma conversa em que reside a minha principal esperança. Procuro somente uma amizade e um bom coração, príncipe; nunca até hoje pude dominar as exigências do meu...

— Mas por que não há de ser agora? Estou pronto a ouvi-lo...

— Não, príncipe, não! — interrompeu, rapidamente, o general. — Agora, não! Agora é um sonho! A questão é muito, muito importante! Essa hora de conversa decidirá o meu futuro. Essa hora será só minha, pois não quero que num instante tão sagrado possamos ser interrompidos, seja por quem for, pelo primeiro insolente que apareça — aproximou-se do príncipe e murmurou-lhe com uma estranha expressão de mistério, quase de terror —, um impudente que não vale o calcanhar... o calcanhar do seu pé, meu príncipe, muito querido! Repare que não disse do meu pé... Repare bem que não é do meu pé que se trata, porque tenho muito respeito pela minha pessoa, para falar sem rodeios! Contudo, só o senhor é capaz de compreender que se me abstenho, num tal caso, de falar do meu calcanhar, dou talvez provas de uma altivez e de uma dignidade extraordinárias. Exceto o senhor, ninguém compreenderá isto, e ele muito menos que qualquer outra pessoa. *Ele* não compreende nada, príncipe; é de uma incapacidade de compreensão absoluta. É preciso ter coração para compreender!

O príncipe acabou por experimentar um certo mal-estar, vizinho do terror. Marcou um encontro com o general para o dia seguinte, à mesma hora. Este retirou-se reanimado, reconfortado e quase acalmado. À tarde, entre as seis e as sete horas, o príncipe mandou pedir ao Lebedev para vir um instante a casa dele.

Lebedev acorreu apressadamente; foi para ele uma honra aceder a este convite, disse, ao entrar; tinha o aspecto de não se recordar que estivera escondido do príncipe durante três dias e se havia esquivado a qualquer encontro de uma maneira ostensiva. Sentou-se na borda de uma cadeira, fazendo mesuras e sorrindo-se; os seus olhos pesquisadores tomaram uma expressão de alegria; esfregava as mãos de contente e dava a impressão de uma criatura ingênua, que se dispõe a ouvir uma novidade importante, esperada desde há muito e pressentida por toda a gente. Esta atitude teve o condão de arreliar o príncipe; adivinhava claramente que todos quantos o rodeavam, pareciam revelar que esperavam alguma coisa dele e o olhavam com a intenção de o felicitarem por um determinado acontecimento, ao qual se queriam referir as alusões, os sorrisos e o piscar de olhos. Keller tinha já passado três vezes junto dele no visível desejo de o felicitar; havia proferido de cada vez uma frase pomposa, mas incompreensível, e desaparecendo mesmo sem a acabar. (Nestes últimos dias tinha bebido cada vez mais e chegara ao ponto de provocar alarido em qualquer sala de bilhar). O próprio Kolia, apesar da sua tristeza, tinha feito já, por duas ou três vezes, umas alusões enigmáticas, ao falar com o príncipe.

Este pediu com franqueza, e não sem uma certa irritação, ao Lebedev, para que lhe dissesse o que pensava sobre o atual estado do general e de onde provinha a inquietação que este último manifestava. Contou-lhe em poucas palavras o que há pouco se passara.

— Cada um tem as suas preocupações, príncipe... sobretudo num século tão estranho e tão atormentado como o nosso, é o que é! — respondeu Lebedev num tom bastante seco. E calou-se, com o ar de um homem a quem ofenderam e deixaram deveras desapontado.

— Que filosofia! — observou o príncipe, sorrindo.

— A filosofia é necessária, muito necessária no nosso século, sob o ponto de vista prático, mas desprezam-na, entretanto! Pelo que me diz respeito, meu estimado príncipe, o senhor dispensou-me a sua confiança num caso que conhece bem, porém limitando-a a um certo grau e aos fatos ligados ao caso... Compreendo-o muito bem e não me lamento por tal.

— Parece-me, Lebedev, que está zangado com alguma coisa?

— De tudo, menos do mundo, meu muito estimado e adorado príncipe! — exclamou Lebedev com exaltação e levando a mão ao coração. — Pelo contrário, compreendi desde logo que não merecia a honra da sua alta confiança, à qual aspiro, nem pela minha posição na sociedade, nem pelo meu desenvolvimento intelectual e moral, nem pela minha fortuna, nem pelo meu passado, nem pelos meus conhecimentos! E se o posso servir, será apenas como um escravo, como um mercenário, e não de outra forma... Não estou zangado, mas apenas contristado.

— Nem tanto, Lebedev!

— E não de outra forma, repito! Até mesmo agora, no caso presente. Como o meu coração e o meu pensamento o seguem, disse comigo, ao encontrá-lo: sou indigno de uma expansão amigável, mas talvez que na qualidade de dono da casa possa receber, no momento oportuno e em data prevista, por assim dizer, uma ordem ou pelo menos um aviso, em vista de umas certas mudanças iminentes e inesperadas.

Pronunciando estas palavras, Lebedev dardejou olhares penetrantes sobre o príncipe, que o admirava, surpreendido. Não tinha perdido ainda a esperança de satisfazer a sua curiosidade.

— Decididamente não compreendi nada — exclamou o príncipe, quase num tom de cólera — e... e o senhor é o mais terrível dos intrigantes! — concluiu ele com uma franca e brusca gargalhada.

Lebedev apressou-se a rir com ele. No seu radioso olhar adivinhava-se que as suas esperanças estavam asseguradas ou mesmo aumentadas.

— Sabe o que eu queria dizer-lhe, Lebedev? Não se zangue; admiro-me da sua ingenuidade e da de algumas outras pessoas ainda!... O senhor esperava, com tanta candura, uma revelação da minha parte, neste momento preciso, neste minuto, que sinto escrúpulo e confusão em não ter nada a dizer, para satisfazê-lo. No entanto, juro-lhe que não tenho absolutamente nenhuma confidência a fazer-lhe. Pode ficar convencido disto!

E o príncipe voltou a rir.

Lebedev tomou um ar de dignidade. A sua curiosidade fazia-o por vezes pecar por excesso de ingenuidade e por indiscrição, mas nem por isso deixava de ser um homem bastante astuto, injusto e até mesmo, em certos casos, capaz de manter um silêncio maquiavélico. Com as suas contínuas repulsas, o príncipe quase se tornou um inimigo. Todavia, se este último o mandava embora, não era por desprezo, mas sim porque a curiosidade de Lebedev se comportava pouco delicadamente; alguns dias antes o príncipe considerava ainda muitos dos seus sonhos como um crime, enquanto Lebedev, não vendo na sua recusa em falar, mais do que um sinal de aversão pessoal e de injuriosa desconfiança, sentiu o coração torturado pela inveja, não só porque o Kolia e o Keller se tornaram mais merecedores da confiança do príncipe, como ainda a sua própria filha, Vera. Neste momento mesmo sentiu talvez um sincero desejo de comunicar ao príncipe uma novidade que o devia interessar em extremo, porém fechou-se num estranho mutismo e guardou as confidências consigo.

— Em que posso então ser-lhe útil, meu estimado príncipe, visto que foi o senhor que me... chamou? — perguntou ele, depois de um curto silêncio.

O príncipe ficou também pensativo durante uns momentos.

— Era para lhe falar do general e do roubo de que o senhor se lamentou...

— Qual roubo?

— Vamos, parece que o senhor não me quer compreender! Por Deus, Lebedev, deixe-mo-nos de brincadeiras! Falo-lhe do dinheiro, do dinheiro, dos quatrocentos rublos que o senhor perdeu outro dia, juntamente à carteira, de que veio falar-me no dia seguinte, pela manhã, antes de regressar a S. Petersburgo. Compreende agora o que eu quero dizer?

Lebedev respondeu-lhe numa voz monótona, como se quisesse dar a entender que só agora compreendera o que lhe haviam perguntado.

— Ah, que se referir àqueles quatrocentos rublos! Agradeço-lhe, príncipe, o sincero interesse mostrado; é deveras lisonjeiro para mim, porém encontrei-os há já bastante tempo.

— Já os encontrou? Ah, louvado seja Deus!

— Essa exclamação revela um nobre coração, porque quatrocentos rublos não são indiferentes para um desgraçado que ganha com muito trabalho a sua vida e a dos seus numerosos filhos...

— Não é disso que se trata. Sem dúvida estou satisfeito porque haja encontrado esse dinheiro — apressou-se a declarar o príncipe. Mas como é que o encontrou?

— Da maneira mais simples: debaixo da cadeira onde pousei o sobretudo. Escorregou-me do bolso, com certeza!

— Como? Debaixo da cadeira? É impossível, pois o senhor disse-me que procurara por todos os cantos! Como é que o senhor não a viu, num sítio onde devia ter procurado em primeiro lugar?

— Pois procurei-a aí, de fato! Lembro-me muito bem de ter espreitado. Pus-me de joelhos, no chão, e não confiando só nos meus olhos, afastei a cadeira e passei as mãos pelo sítio onde ela apareceu. O local estava tão limpo como a palma da mão e no entanto continuei a tateá-lo durante uns segundos. Estas hesitações surgem sempre no espírito de um homem que pretende em absoluto encontrar alguma coisa... quando o objeto perdido é de importância, ou quando o seu desaparecimento nos desgosta: tenho a certeza que não havia nada no lugar onde procurei, pois o espreitei mais de quinze vezes.

— Admitamos que assim foi; como me explica o que se passou? Não posso compreender! — murmurou o príncipe, embaraçado. — Começou por me dizer que não encontrou nada nesse sítio, e de repente é lá que a vai encontrar?!

— Sim, foi lá que, sem querer, a encontrei de fato.

O príncipe olhou-o de um modo estranho.

— E o general? — perguntou em seguida.

— O general? Que quer dizer? — observou Lebedev, afetando um ar de não compreender.

— Meu Deus! Pergunto-lhe o que disse o general quando o senhor encontrou a carteira debaixo da cadeira. Não a tinham antes procurado os dois?

— Sim, procuramos. Porém, desta vez, confesso, não lhe disse nada; preferi deixá-lo na ignorância de que a tinha encontrado, numa ocasião em que estava sozinho.

— Mas... por que fez isso? Estava o dinheiro todo?

— Verifiquei logo o conteúdo da carteira; estava tudo, não faltava um único rublo.

— Devia, pelo menos, ter vindo avisar-me — observou o príncipe com um ar pensativo.

— Receei incomodá-lo, príncipe, em virtude das suas preocupações pessoais, que talvez sejam extraordinárias, se posso exprimir-me assim. De resto, procedo como se nada tivesse encontrado. Depois de a ter aberto e ter verificado o seu conteúdo, fechei-a e voltei a colocá-la debaixo da cadeira.

— Para quê?

— Apenas para o seguinte: era curioso observar o que se iria passar depois — disse Lebedev, sorrindo bruscamente e esfregando as mãos.

— Então está há dois dias debaixo da cadeira?

— Oh, não... Esteve lá apenas vinte e quatro horas. O meu desejo era que o general a encontrasse também. Disse comigo: "se acabei por descobri-la, não há razão para que o general não encontre também um objeto colocado debaixo da cadeira, em sítio bem visível, quase a saltar aos olhos". Levantei e mudei a cadeira por diversas vezes, de forma que a carteira chamasse a atenção, mas o general nada descobriu. Isto passou-se durante vinte e quatro horas. É preciso não esquecer que anda agora muito distraído. Chego a nada compreender: fala, conta histórias, sorri ou solta grandes gargalhadas, e de repente muda de aspecto, encoleriza-se de uma maneira violenta contra mim, sem que eu saiba a razão de tal. Por último saímos os dois do quarto; porém deixei de propósito a porta aberta; hesitou um momento e pareceu querer dizer alguma coisa; com certeza estava receoso, ante a ideia de deixar ao abandono uma carteira, contendo uma tão grande quantia; mas em vez de dizer qualquer coisa, tornou-se de repente muito vermelho. Uma vez na rua, deixou-me ao fim de meia dúzia de passos e seguiu numa outra direção. Encontramo-nos apenas à noite na taberna.

— Mas afinal o senhor tirou ou não a carteira debaixo da cadeira?

— Não senhor. Desapareceu do sítio durante a noite.

— Então onde é que está?

— Está aqui — respondeu rápido o Lebedev, endireitando-se e olhando o príncipe com satisfação. Encontrei-a depois aqui, na aba do meu sobretudo.

Se quer ter a certeza, pode apalpar.

De fato, na aba esquerda do sobretudo, um pouco para a frente, um chumaço chamava a atenção; apalpando, adivinhava-se logo que era a carteira de couro, que, pelo bolso furado, havia escorregado entre a fazenda e o forro do sobretudo.

— Tirei-a, para a examinar. Estava todo o dinheiro. Voltei a metê-la no mesmo sítio, onde a trago desde ontem pela manhã, batendo-me nas pernas.

— E fingiu não a notar?

— Não notei nada... Ah, ah!... Imagine o meu estimado príncipe, se bem que não seja muito próprio prender a sua atenção com este caso, que trago sempre os bolsos em bom estado. Bastou uma noite para surgir um buraco daquele tamanho! Examinei esse buraco com curiosidade; está, como se tivessem rasgado o forro com um canivete: é quase inacreditável, não lhe parece?

— E... o general?

— Ontem e hoje tem estado bastante encolerizado: o seu descontentamento é terrível, às vezes. Por momentos, no entanto, o regozijo e o vinho tornam-no obsequioso; em seguida torna-se sentimental até às lágrimas, e agora, dou-lhe a minha palavra, comporta-se de uma maneira que me faz recear! Porque, compreende, príncipe, não sou um homem para a guerra! Ontem, enquanto estávamos juntos na taberna, o meu sobretudo ficou, por acaso, na frente dos seus olhos; notava-se nele uma certa saliência. O general, olhando-a de soslaio, ficou deveras arreliado. Há já muito tempo que deixou de me olhar de frente, salvo quando está bêbado ou sentimental; porém ontem fitou-me por duas vezes de tal forma, que senti um arrepio na espinha. De resto tenho a intenção de dar amanhã a carteira como encontrada; porém conto ainda divertir-me uma tarde com ele.

— Para que há de atormentá-lo? — exclamou o príncipe.

— Não o atormento, como julga, príncipe! Não!... — objetou com entusiasmo Lebedev. — Estimo-o sinceramente e respeito-o. Creia ou não, tenho a dizer-lhe que o estimo agora ainda muito mais, muito mais que noutros tempos.

Lebedev proferiu estas palavras com um ar tão sério e tão sincero, que o príncipe ficou indignado.

— Estima-o tanto e atormenta-o dessa forma! Ora vejamos: colocando o objeto perdido em evidência, primeiro debaixo da cadeira e depois no sobretudo, deu-lhe a prova de que não quer servir-se de ardis com o senhor e que lhe pede ingenuamente perdão. Compreenda bem: pede-lhe perdão! Isto quer dizer que conta com a delicadeza dos seus sentimentos e crê na amizade que tem por ele. E o senhor humilha dessa forma um... homem tão honesto!

— Oh, muito honesto, príncipe, muito honesto! — repetiu Lebedev com os olhos cintilando. — Só o senhor, meu caro príncipe, era capaz de proferir uma palavra tão justa! É por isso que lhe sou dedicado até à adoração, eu, que não sou mais que um poço de vícios. A minha decisão está tomada. Vou encontrar a carteira agora, neste instante, sem esperar pelo dia de amanhã. Repare: vou tirá-la do sobretudo na sua frente. Ei-la! Aqui está todo o dinheiro. Tome-o, guarde-o, meu nobre príncipe, guarde-o até amanhã. Amanhã ou depois irei pedir-lhe. Não lhe parece, príncipe, que este dinheiro passou a primeira noite em qualquer parte do meu jardim, debaixo de alguma pedra? Que me diz?

— Não vá já dizer-lhe que encontrou a carteira. Deixe-o aperceber-se, de boa mente, que já desapareceu a carteira da aba do sobretudo. E assim, compreenderá tudo...

— Será melhor assim?... ou não será melhor dizer-lhe que a encontrei, fazendo de conta que não me apercebi de quanto se passou?

— Não creio — disse o príncipe com um ar pensativo. — Agora é muito tarde para isso, é muito mais perigoso; para bem, é muito melhor não lhe dizer nada. Seja delicado com ele, mas não mostre um ar de querer esconder alguma coisa e... e... o senhor sabe...

— Eu sei, príncipe, eu sei; ou melhor, prevejo que não farei com certeza nada, porque, para agir assim, é preciso ter um coração como o seu. Agora mesmo está irritado e toma por vezes estranhas atitudes; olha-me algumas vezes de cima a baixo; tão depressa soluça, como me abraça; tão depressa me humilha bruscamente, como me trata com desprezo; num desses momentos ponho-lhe de propósito a aba do sobretudo na frente dos olhos, Ah, ah! Até depois, príncipe. Noto que estou a demorá-lo e que perturbo os seus melhores sentimentos, se assim posso dizer...

— Mas, pelo amor de Deus, nada diga sobre o que se passou!

— A passo de lobo! A passo de lobo!...

Terminada em bem esta conversa, o príncipe ficou inquieto, muito mais inquieto do que estava antes. Aguardava com impaciência a entrevista que devia ter no dia seguinte com o general.

Capítulo 4

O encontro estava marcado para as onze horas e meia, porém o príncipe chegou atrasado, por uma circunstância de todo imprevista. Ao entrar em casa encontrou já o general, que o esperava. Bastou olhá-lo para notar que estava descontente, talvez devido ao tempo que estivera à espera. Tendo-se desculpado, o príncipe apressou-se a sentar-se, porém com uma estranha sensação de timidez, como se a visita fosse de porcelana e temesse a cada instante quebrá-la. Até ali nunca se tinha sentido intimidado na frente do general, nem tal ideia o havia assaltado alguma vez. Por outro lado, não tardou a aperceber-se que tinha diante dele um homem muito diferente do da véspera: a confusão e a distração tinham dado lugar, no general, a uma extraordinária moderação; era de crer que houvesse tomado alguma irrevogável resolução. Se bem que o sangue-frio fosse mais aparente que real, a sua atitude não era menos nobre e livre, com uma tonalidade de represada dignidade. Começou mesmo por falar ao príncipe, num certo tom de condescendência, como aquele que afetam as pessoas cuja desenvoltura ou soberba se alia ao sentimento de uma ofensa imerecida. Exprimia-se num tom afável, mas com uma ponta de amargura na voz.

— Aqui tem a revista que me emprestou no outro dia — disse ele com um ar grave, indicando um volume pousado na mesa. — Muito obrigado.

— Ah, sim. O senhor leu esse artigo? Que pensa a tal respeito? É curioso, não é assim? — perguntou o príncipe, ansioso por dar princípio a uma conversa sobre um assunto tão estranho quanto possível.

— É muito curioso, mas está pessimamente escrito e é deveras absurdo.

Pode-se mesmo dizer que não passa de um amontoado de mentiras.

O general falava com autoridade, deixando tremer ligeiramente a voz.

— Sim, mas é uma narrativa muito ingênua; o autor é um velho soldado que foi testemunha da entrada dos franceses em Moscovo; certos capítulos são encantadores. As memórias de testemunhas oculares são sempre preciosas, qualquer que seja a personalidade do narrador. Não é assim?

— No lugar do diretor da revista, não teria imprimido isso. Quanto às memórias de testemunhas oculares, em geral dá-se mais crédito a um grosseiro impostor, mas humorista, do que a um homem que tem valor e mérito. Conheço certas memórias sobre o ano de 1812 que... Príncipe, tomei uma resolução: vou deixar esta casa, a casa do senhor Lebedev.

O general olhou o seu interlocutor com um ar solene.

— O senhor tem os seus aposentos em Pavlovsk, na casa... na casa da sua filha — observou o príncipe, não sabendo o que dizer. Lembrou-se neste momento que o general vinha consultá-lo sobre uma importante questão de que dependia o seu destino.

— Na casa da minha mulher, ou por outras palavras, em minha casa e na casa da minha filha.

— Desculpe-me: eu...

— Eu deixo a casa do Lebedev, meu caro príncipe, porque cortei as relações com esse homem. Cortejas ontem à tarde, lastimando não o ter feito mais cedo. Exijo respeito, príncipe, e desejo receber mesmo as visitas das pessoas a quem dedico, por assim dizer, o meu coração. Caro príncipe, dou muitas vezes o meu coração e sou quase sempre enganado. Esse homem era indigno da minha amizade.

— Ele é muitíssimo desregrado — observou discretamente o príncipe — e tem também certos defeitos... mas, apesar de tudo, tem coração; tem um espírito malicioso e algumas vezes humorista.

As expressões requintadas do príncipe e o seu tom de indiferença lisonjearam o general, se bem que refletisse ainda por vezes no olhar alguns clarões de desconfiança. O tom de voz do príncipe era, porém, tão natural e tão sincero que a dúvida não podia subsistir.

— Que ele possui também boas qualidades — replicou o general — sou o primeiro a reconhecê-lo e até ao ponto de ter sido amigo desse indivíduo. Não tenho necessidade, nem da sua casa, nem da sua hospitalidade, pois tenho a minha família. Não procuro desculpar os meus defeitos: sou um imoderado; tenho bebido às vezes vinho com ele, mas agora deploro esse procedimento. Não foi apenas a atração da bebida (desculpe, príncipe, a crueza de linguagem de um homem magoado) que me arrastou para ele. Fui, sim, seduzido pelas qualidades a que o príncipe acaba de se referir. Porém há um limite para tudo, até mesmo para as qualidades. Quando teve a imprudência de afirmar, na minha frente, que em 1812, sendo ainda criança, perdeu a perna esquerda, que foi inumada no cemitério de Vagankovo, em Moscovo, isto ultrapassa tudo quanto se possa imaginar e revela da sua parte uma falta de respeito, uma insolência...

— Talvez não passasse de uma graçola, de uma história para fazer rir.

— Compreendo. É uma fábula inocente, inventada para fazer rir, mas que, apesar de falha de senso, não fere o coração humano. Algumas vezes mesmo veem-se pessoas mentir por amizade, se assim quer, para serem agradáveis ao seu interlocutor, porém se se deixa perceber uma falta de respeito e se, por essa falta de respeito, pretende-se mostrar que há uma grande distância entre os pleiteadores, então um homem que tenha dignidade trata imediatamente de se afastar e cortar as relações a fim de colocar o ofensor no seu lugar.

Pronunciando estas palavras o general tornou-se mais vermelho.

— Mas o Lebedev não podia estar em Moscovo, em 1812; é muito novo para isso e torna-se bastante ridículo!...

— Isso é uma razão. Todavia, admitamos que fosse vivo nessa época. Como pode afirmar que um atirador francês lhe acertou com um tiro de canhão e lhe levou a perna, tal como quem se diverte aos tiros?... que apanhou a perna e a levou para casa, mandando-a depois enterrar no cemitério de Vagankovo, e que sobre a campa mandou levantar um monumento onde se lê, de um lado: "Jaz aqui a perna do secretário do colégio Lebedev"; e do outro: "Repousa, querido despojo, esperando a ressurreição?" Como pode pretender fazer acreditar que todos os anos manda rezar um *requiem* por essa perna (o que constitui um sacrilégio) e faz por essa ocasião uma viagem a Moscovo?

Convidou-me mesmo a acompanhá-lo nessa visita, para me mostrar a campa e também o canhão francês, que está no Kremlin, entre as diversas peças conquistadas ao inimigo; é, afirma ele, a décima primeira a contar da entrada, um falconete de tipo desusado.

— Isso sem ter em conta que ele tem as duas pernas! — disse, rindo, o príncipe.

— Asseguro-lhe que é uma inocente facécia; não deve zangar-se por causa disso.

— Mas permita-me que tenha também a minha opinião; o parecer que tem as duas pernas, não é que torna, na verdade, a sua história inverossímil, pois posso garantir-lhe que tem uma perna artificial fornecida por Techernosvitov.

— É verdade, e parece que se pode dançar com uma perna feita pelo Techernosvitov.

— Também sei isso, porque o Techernosvitov, quando fez a primeira perna artificial, correu muito depressa a mostrar-me. Porém esta é de fabrico mais recente... Lebedev chega a afirmar que sua falecida mulher nunca soube, durante a sua união, que tinha uma perna de pau. Fiz-lhe notar o grande número de absurdos que há nesta história. Replicou-me: "Se pretende ter sido o pajem de quarto, junto de Napoleão, em 1812, permito-me também afirmar que mandei enterrar a minha perna no cemitério de Vagankovo".

— Como é que... — começou o príncipe, deveras perturbado.

O general estava também um pouco perturbado, mas refazendo-se de repente e olhando o príncipe com altivez, onde se notava uma certa ironia, disse-lhe numa voz persuasiva:

— Termine o seu pensamento, príncipe, termine. Sou indulgente. Pode dizer tudo. Confesse que lhe parece estranho ver diante de si um homem que atingiu este grau de humilhação e... de inutilidade, e ficar a saber que este homem foi pessoalmente testemunha... de grandes acontecimentos. *Ele* ainda não fez troça... do senhor?

— Não, o Lebedev não me disse nada, se é que o senhor fala do Lebedev.

— Hum!... supunha o contrário. De fato, a nossa conversa versou sobre esse estranho artigo, aparecido nos Arquivos. Fiz-lhe notar o grande absurdo, tendo eu próprio assistido aos acontecimentos relatados. Sorri, príncipe, e parece desfigurado.

— Não, meu Deus, eu...

— Tenho um aspecto bastante jovem — continuou o general num tom muito lento — e sou um pouco mais velho do que pareço. Em 1812 tinha dez ou onze anos. Agora não sei bem ao certo qual é a minha idade; rejuvenesci durante os anos de trabalho e eu mesmo tenho tido a fraqueza de cortar alguns anos no decorrer da minha vida.

— Asseguro-lhe, general, que não vejo nada de estranho no que o senhor observou em Moscovo, em 1812, naturalmente pode ter recordações a contar... como todos aqueles que viveram nessa época. Um dos nossos autobiógrafos começa o seu livro contando que, em 1812, era ainda criança de mama e que os soldados franceses o alimentaram a pão, em Moscovo.

— Ora ainda bem — observou o general com condescendência. — O meu caso não tem nada de excepcional, nem mesmo, sobretudo, de medíocre. Sucede muitas vezes que a verdade parece inverossímil. Pajem de quarto!... Isto soa de uma maneira estranha, sem dúvida! No entanto, a aventura de uma criança de dez anos explica-se precisamente pela sua idade. Não me podia ter sucedido aos quinze anos, pela simples razão que nessa idade não teria fugido da nossa casa de madeira, rua Vieille-Basmannaia, no dia da entrada de Napoleão em Moscovo; não teria escapado à autoridade da minha mãe, que fora surpreendida com a chegada dos franceses e tremia de medo. Aos quinze anos teria compartilhado do seu terror; aos dez anos não receava coisa alguma; intrometi-me através da multidão até junto do portão do palácio, no momento em que Napoleão descia do cavalo.

— Tem na verdade toda a razão, porque é de fato aos dez anos que se mostra uma maior intrepidez... — aprovou o príncipe com timidez.

Atormentava-o a ideia de que ia talvez corar.

— Sem dúvida, e tudo se passou com a simplicidade e o natural que só na vida real se encontram. Sob a pena dum romancista, a aventura teria caído na frivolidade e na inverossimilhança.

— Oh, sem dúvida! — exclamou o príncipe. — Esse pensamento surgiu-me também, e até recentemente. Conheço uma verídica questão de homicídio, cujo motivo foi o roubo de um relógio; os jornais falaram nisso mais tarde. Se qualquer autor tivesse imaginado esse crime, as pessoas mais familiarizadas com a vida do povo, assim como os críticos, teriam logo acreditado na inverossimilhança. Lendo porém esse acontecimento nos jornais, sente-se que ele é daqueles que nos esclarecem sobre as realidades da vida russa. O senhor deve com certeza ter observado isto! — concluiu o príncipe, entusiasmado e encantado por não ter casado.

— E o senhor também o observou, não? — perguntou o general, cujos olhos brilhavam de contentamento. — Um garoto, uma criança, inconsciente do perigo, intrometeu-se através da multidão para ver o esplendor do cortejo, os uniformes e no final o grande homem de que tanto tinha ouvido falar. Há já bastantes anos que se falava nele. O mundo estava cheio do seu nome. Havia-o bebido por assim dizer com o leite da minha ama. Napoleão passou a dois passos de mim: surpreendeu, por acaso, o meu olhar. Eu trazia nessa altura uma roupa de criança rica; estava elegantemente vestido. Com aquela roupa e no meio daquela multidão, havemos de concordar...

— Tudo isso devia, na verdade, chamar-lhe a atenção e provar-lhe que nem toda a gente havia fugido, que alguns nobres mesmo haviam ficado em Moscovo com os seus filhos.

— Justamente! Era sua ideia chamar os boiardos! Quando o seu olhar de águia se fixou em mim, devia ter visto brilhar uma réplica nos meus olhos. *"Voilà un garçon bien éveillé"*, disse ele. *"Qui est ton père?"* Respondi-lhe logo numa voz quase abafada pela emoção: general morto no campo da honra, em defesa da Pátria. *"Fils d'un boyard et d'un brave Par-dessus le marché! J'aime les boyards. M'aimes-tu, petit?"* A pergunta foi rápida e a resposta não o foi menos: "O coração russo é capaz de distinguir um grande homem, mesmo num inimigo da sua Pátria!" Para dizer a verdade não me recordo se me exprimi literalmente assim... Era uma criança... Porém o sentido das minhas palavras é que foi de certeza este. Napoleão ficou impressionado; refletiu um instante e disse às pessoas que o rodeavam: "Gosto da altivez desta criança!" No entanto se todos os russos pensam assim, então... Não concluiu a frase e entrou no palácio. Misturei-me logo com o seu séquito e corri atrás dele. As pessoas que o seguiam deixaram-me passar, considerando-me como que um seu favorito. Tudo isto se passou num abrir e fechar de olhos... Lembro-me apenas que ao chegar à primeira sala, o imperador parou por momentos ante o retrato da imperatriz Catarina, contemplou-o com um ar sonhador e exclamou no fim: "Foi uma grande mulher". E seguiu adiante. Passados dois dias toda a gente me conhecia no palácio e no Kremlin e chamavam-me o *Petit boyard*. Só voltei à casa altas horas da noite; os meus estavam já em sérios cuidados. No dia seguinte o pajem de quarto, do Napoleão, barão de Bazancourt, morreu, esgotado pelas fadigas da campanha. Napoleão lembrou-se então de mim; mandou-me procurar e levaram-me sem nenhuma explicação, vestiram-me o uniforme do falecido, que era um rapaz de doze anos, e acompanharam-me até junto do imperador. Fez-me um sinal com a cabeça; comunicaram-me então que havia obtido a graça de ser nomeado pajem de quarto de sua majestade. Senti-me feliz, pois há muito tinha por ele uma viva simpatia... e depois há de concordar que não há nada melhor que um brilhante uniforme para seduzir uma criança como eu era. Compunha-se de um fraque verde-escuro, ornado de botões dourados, com abas estreitas e compridas, e mangas com adornos vermelhos; bordados a ouro recobriam as abas, as mangas e a gola, que era alta, direita e aberta. Trazia além disso umas calças brancas e justas, em pele de camurça, um colete de seda branca, meias de seda e sapatos com fivela... Quando o imperador dava um passeio a cavalo e que tinha de o acompanhar, calçava então umas botas altas, de amazona. Se bem que a situação não fosse brilhante e se previssem já importantes desastres, a etiqueta era tão rigorosa quanto era possível. Tornava-se tanto mais pontualmente observada, quanto mais se pressentia a aproximação daquelas calamidades.

— Sim, na verdade — balbuciou o príncipe com um ar quase desconcertante — as suas memórias despertariam... um interesse extraordinário.

Sem hesitações o general repetiu o que havia contado na véspera ao Lebedev; as palavras corriam-lhe em caudal. Entretanto fitou de novo o príncipe, porém neste momento com um olhar de desconfiança.

— As minhas memórias? — repetiu ele com um dobrado orgulho. — Diz-me para escrever as minhas memórias? Não me tenta, príncipe!... ou melhor, estão já escritas, mas... tenho-as fechadas à chave. Só serão publicadas quando a terra me cobrir os olhos; então serão, sem dúvida, traduzidas em várias línguas, não por causa do seu valor literário, é bem de ver! Mas devido à importância do grande número de acontecimentos de que, desde criança, tenho sido testemunha ocular. Ainda mais, foi graças à minha pouca idade que penetrei no aposento mais íntimo, por assim dizer, do grande homem! Durante a noite ouvia os suspiros desse gigante, na adversidade; não tinha motivo para esconder os seus soluços e as suas lágrimas a uma criança, se bem que eu compreendesse já que a causa do seu sofrimento era o silêncio do imperador Alexandre.

— É verdade; dizem que lhe escreveu várias cartas... a propor-lhe a paz — insinuou timidamente o príncipe.

— No fundo não sabemos que propostas continham essas cartas, mas sabemos que escrevia todos os dias, a cada hora, carta após carta!... Estava muitíssimo agitado. Uma noite em que estávamos sós, corri para ele, de lágrimas nos olhos (oh, como eu o amava!): "Peça, peça perdão ao imperador Alexandre!", supliquei-lhe eu. Como é evidente, devia talvez ter-lhe dito: "Faça a paz com o imperador Alexandre"; porém, como era uma criança, exprimia assim ingenuamente o meu pensamento. "Oh, meu rapaz!", respondeu-me ele, percorrendo o quarto de um lado ao outro. "Meu rapaz!" Tinha o aspecto de esquecer que eu tinha dez anos e revelava até prazer em falar comigo. "Oh, meu rapaz! Estou pronto a beijar os pés ao imperador Alexandre, mas, pelo contrário, voto um eterno ódio ao rei da Prússia e ao imperador da Áustria e... além de tudo... nada entendes de política!" De repente pareceu lembrar-se a quem se dirigia. Calou-se, mas os seus olhos cintilaram ainda durante algum tempo. Muito bem!... Imagine agora que relato todos estes factos, eu, que fui testemunha de acontecimentos os mais extraordinários, e que vou publicá-los: estou vendo daqui todas as críticas, todas as vaidades literárias, todas as invejas, opiniões preconcebidas e... Ah, não, obrigado!

— No que diz com respeito a opiniões preconcebidas, tem toda a razão e estou de acordo — replicou o príncipe com doçura, depois de um instante de reflexão. — Por exemplo, li ainda há pouco o livro de Charras sobre a campanha de Waterloo. É na verdade um livro sério e os especialistas afirmam que está escrito com muita competência. Porém, em cada página, nota-se a satisfação de humilhar Napoleão. O autor teria sido condecorado, segundo parece, se tivesse podido recusar a Napoleão toda a sombra de talento, mesmo nas outras campanhas. Ora este espírito preconcebido é impróprio de uma obra tão profunda. Então o senhor era muito estimado, devido ao seu serviço junto do imperador?

O general estava extasiado. A observação do príncipe, devido à sua gravidade e simplicidade, havia dissipado as suas últimas suspeitas.

— Basta! Eu também fiquei bastante indignado e estive então para lhe escrever, mas... não me lembro muito bem agora... Perguntou-me se o meu serviço era muito absorvente? Oh, não!... Nomearam-me pajem de quarto, mas já então eu não tomava isso muito a sério. Depois Napoleão perdeu toda a esperança de uma aproximação com os russos; nestas condições passaria também a esquecer-me, visto que me tinha chamado para junto dele por política, se entretanto... se entretanto não me houvesse dedicado uma certa afeição pessoal, digo-o com altivez agora. Por mim era o coração que me arrastava para ele. Não era exigente com o meu serviço; devia apenas aparecer de tempos a tempos no palácio e acompanhar o imperador nos seus passeios a cavalo. E era tudo. Montava então muito bem a cavalo. Estava habituado a dar estes passeios antes do jantar; o seu séquito era formado em geral por mim, Davout, o mameluco Roustan...

— E Constant — acrescentou o príncipe quase sem querer.

— Não, o Constant não ia; tinha ido então levar uma carta à imperatriz Josefina; o seu lugar era ocupado por dois oficiais de ordenança e alguns fulanos polacos... Ia todo o seu séquito, sem falar, bem entendido, nos generais e marechais que Napoleão levava sempre com ele, para os consultar, para estudar o terreno, para estabelecer a disposição das tropas... Se bem me lembro agora, era Davout que passava muito mais tempo junto dele; era um homem alto e corpulento, possuía um grande sangue-frio, usava lunetas e fitava-nos com um ar estranho. Era com ele que o imperador gostava mais de conversar. Apreciava muito as suas ideias. Lembro-me de que a certa altura tiveram conferências, dias seguidos; Davout visitava-o de manhã e à tarde; havia entre eles frequentes discussões; por fim Napoleão deu a impressão de que ia ceder. Estavam os dois no gabinete; eu também lá estava, mas não faziam caso da minha pessoa. Às vezes e sempre por acaso o olhar de Napoleão fixava-se em mim e um pensamento singular se reflectia nos seus olhos: "Rapaz!", disse-me ele bruscamente, "em que pensas? Se me convertesse à religião ortodoxa e libertasse os servos, os russos seguiam-me, não?" "Nunca!", gritei eu, indignado. Napoleão ficou admirado com a minha resposta. "No clarão de patriotismo que passou nos olhos deste rapaz", disse ele, "acabo de ler o sentir de todo o povo russo. Isto basta, Davout. Todo o resto não passa de fantasia! Mostre-me aquele seu outro projeto".

— No entanto, havia uma grande ideia no projeto que pôs de parte — exclamou o príncipe, deveras interessado. — O senhor acredita que esse projeto fosse obra do Davout?

— Pelo menos haviam-no planejado os dois. A ideia partiu sem dúvida de Napoleão, pois era o plano de uma águia. Porém o outro projeto encerrava também uma ideia... Era o famoso *conseil du lion,* tal como Napoleão chamava a esse projeto do Davout. Consistia em fechar-se no Kremlin com todo o exército e ali construir abarracamentos e redutos fortificados, dispor bem as baterias, matar o maior número de cavalos, para salgar, e tirar ou roubar todo o trigo possível aos habitantes a fim de ter até à primavera. Chegada esta, tentariam abrir passagem através dos russos. O plano seduziu vivamente Napoleão. Dávamos todos os dias passeios a cavalo, à volta das muralhas do Kremlin; indicava então onde era preciso destruir, onde era preciso construir, o local de um posto de observação, de uma bateria, de uma fila de fortins: mostrava golpe de vista, rapidez, decisão!... Tudo foi por fim preparado. Davout insistia por obter uma resolução definitiva. Encontravam-se a sós comigo, Napoleão voltou a percorrer o quarto, a passos largos, de braços cruzados. Não podia deixar de fitar o meu rosto; o coração batia-me forte.

"Eu vou", disse Davout. "Onde?", perguntou Napoleão. "Mandar preparar as rações dos cavalos", respondeu Davout. Napoleão tremia; estava em jogo o seu destino. "Meu rapaz", disse-me ele de súbito, "que pensas do nosso projeto?" Bem entendido, fez-me esta pergunta tal como um homem de inteligência superior que toma a sua decisão no último minuto, atirando com a moeda ao ar e perguntando: cara ou coroa? Em lugar de responder a Napoleão, voltei-me para Davout e disse-lhe, como se de repente tivesse tido uma inspiração: "Parta, general, parta depressa para o seu país!" O projeto era desastroso. Davout encolheu os ombros e saiu, murmurando: "tornou-se supersticioso!" No dia seguinte foi dada a ordem de retirada.

— Tudo isso é de um grande interesse — articulou o príncipe em voz baixa — se as coisas se passaram assim... ou antes, quero dizer... — retificou ele, rapidamente.

O general entusiasmou-se tanto com a sua narrativa, que chegou ao ponto de ficar impossibilitado de recuar ante as maiores impudências.

— Oh, príncipe — gritou ele — o senhor disse: "se as coisas se passaram assim!" Dou-lhe porém a palavra de honra de que a minha narrativa está aquém, muito aquém da realidade! Tudo quanto lhe contei não passa de incidentes políticos de um ínfimo interesse. Repito-lhe, porém, que fui testemunha das lágrimas e dos soluços desse grande homem, durante a noite. Ninguém pode dizer tanto como eu! É verdade que, para o fim, ele já não chorava! Já não tinha mais lágrimas!... Não fazia mais do que suspirar de tempos a tempos; o rosto enrugava-se-lhe cada vez mais. Diz-se que a eternidade estendia já sobre ele a sua asa sombria. Algumas vezes, à noite, passávamos horas inteiras sozinhos e calados. O mameluco Roustan ressonava no quarto ao lado; é espantoso como este homem tinha o sono pesado! "Pelo contrário, é-me fiel e à minha dinastia", dizia Napoleão ao falar dele. Um dia que eu sentia o coração amargurado, o imperador notou lágrimas nos meus olhos. Olhou-me com enternecimento. "Compadeces-te dos meus desgostos!", exclamou ele. "És o único, e talvez uma outra criança, o meu filho, *le roi de Rome,* que compartilhas das minhas penas; todos os outros me odeiam; quanto a meus irmãos, serão os primeiros a trair-me nos momentos da adversidade!" Comecei a soluçar e corri para ele; então não pôde conter-se mais; abraçamo-nos e misturamos as nossas lágrimas. "Escreva", disse-lhe eu, chorando, "escreva uma carta à imperatriz Josefina!" Napoleão estremeceu, recuou um pouco e replicou-me: "Vens recordar-me o terceiro coração que me ama! Obrigado, meu amigo!" E logo em seguida escreveu uma carta a Josefina, da qual foi portador, no dia seguinte, Constant.

— O senhor agiu muitíssimo bem — disse o príncipe. — No meio dos maus pensamentos que o assaltavam, o senhor recordou-lhe um bom sentimento.

— Justamente, príncipe! Disse muito bem, levado pelos bons impulsos do seu coração! — exclamou o general, entusiasmado, e, coisa estranha, verdadeiras lágrimas brilharam nos seus olhos. — Sim, príncipe, esse espetáculo tinha uma certa grandeza, E sabe que estive quase para o acompanhar a Paris? Nesse caso tê-lo-ia, com certeza, seguido na sua deportação para a ilha tropical; mas, ai, os nossos destinos seguiram caminhos diferentes. Separamo-nos; ele partiu para essa ilha tropical, onde talvez, num minuto de cruel desgosto, se terá lembrado das lágrimas do pobre rapaz que o abraçou e lhe perdoou em Moscovo; por mim, mandaram-me para o corpo de cadetes, onde não encontrei mais que uma rude disciplina e companheiros mal-educados... Tudo se desmoronou logo em seguida! No dia da retirada, Napoleão disse-me: "Não quero roubar-te à tua mãe, levando-te comigo. No entanto desejava fazer alguma coisa por ti". Quando estava já a cavalo, pedi-lhe: "Escreva-me uma palavra, como recordação, no álbum da minha irmã!" Disse-lhe isto timidamente, pois estava de semblante carregado e muito agitado. Voltando atrás, pediu-me uma pena e pegou no álbum. "Que idade tem a tua irmã?", perguntou ele com a pena na mão. "Três anos", respondi eu. "É uma criança ainda!", continuou ele. Depois escreveu: *Ne mentez jamais. Napoléon, votre ami sincere.* Um tal conselho, num tal momento!... deve concordar, príncipe...

— Sim, é significativo.

— Essa folha do álbum foi mandada encaixilhar numa moldura dourada; a minha irmã guardou-a toda a sua vida no salão, em lugar de honra. Desde que morreu de uma grave doença... não voltei mais a ver esse autógrafo... mas... Ah, meu Deus, são já duas horas!... Tanto tempo que lhe roubei, príncipe! É imperdoável.

— Pelo contrário — balbuciou o príncipe — estive deveras encantado e... enfim... despertou-me tanto interesse que lhe estou muito reconhecido.

O general apertou de novo, mas sem o magoar, a mão do príncipe. Fitou os seus olhos brilhantes com o ar de um homem que recupera bruscamente a presença de espírito e em cujo pensamento surgiu uma inopinada ideia.

— Príncipe — disse ele — o senhor é tão bondoso e de um espírito tão simples, que me inspira por vezes piedade. Chego a contemplá-lo com enternecimento!... Oh, que

Deus o abençoe! Só desejo que a sua vida recomece de novo e floresça... com amor. A minha está terminada. Oh, perdão, perdão!

Saiu precipitadamente, escondendo o rosto entre as mãos. O príncipe não podia pôr em dúvida a sinceridade da sua emoção. Compreendia também que o velho partia entusiasmado com o seu sucesso. Pressentia, não muito claramente, que estivera conversando com um desses fanfarrões que, deleitando-se todo com as suas mentiras, até ao ponto de ele próprio se esquecer delas, não mantém, pelo menos, no melhor do seu entusiasmo, a impressão íntima que não os acreditam, nem podem acreditá-los. Na sua momentânea disposição o velho podia ter-se arrependido com ele próprio; podia ter tido um acesso de vergonha e sentir-se magoado, ao dar a entender ao príncipe que lhe havia testemunhado uma excessiva piedade. "Não terei andado mal, deixando-o exaltar assim?", perguntava a si mesmo, com inquietação. De repente, não podendo conter-se mais; soltou uma grande gargalhada que durou perto de dez minutos. Logo em seguida foi até ao ponto de se sentir pesaroso com esta hilaridade, mas reconsiderou e compreendeu que não tinha nada de que se arrepender, visto a grande consideração que tinha pelo general.

Os seus pressentimentos efetivaram-se. Na tarde desse dia recebeu um estranho bilhete, lacônico, mas perentório. O general comunicava-lhe que não queria relações com ele; no entanto mantinha inalterável a sua estima e reconhecimento, porém, mesmo no que lhe dizia respeito, recusava aceitar os seus testemunhos de compaixão, humilhantes para a dignidade de um homem já bastante infeliz sem isso.

Quando o príncipe soube que vivia recolhido na casa de Nina Alexandrovna, deixou quase de se preocupar com ele. Mas, como tivemos já a ocasião de ver, o general ia originar um escândalo na casa de Isabel Prokofievna. Não podemos contar aqui esse incidente em todos os seus detalhes; relataremos em duas palavras qual o objeto da sua conversa. Isabel, aterrorizada com as divagações do general, foi dominada por uma forte indignação, ao ouvi-lo proferir amargas reflexões sobre Gabriel. Expulsaram-no vergonhosamente. Por essa razão passou a noite e a manhã num tal estado de sobre-excitação, que perdendo todo o domínio de si próprio, acabou por se lançar através da rua, quase como um louco.

Kolia, compreendendo apenas uma parte do que se passava, alimentou a esperança de conseguir intimidar o pai.

— Muito bem!... Para onde vamos nós, agora? Em que pensa, general? — perguntou ele. — O senhor não quer ir à casa do príncipe; está zangado com o Lebedev; o senhor não tem dinheiro e eu também não tenho nenhum; encontramo-nos no meio da rua, sem termos nada, e tal como se estivéssemos sobre um monte de favas.

— É mais agradável estar junto de algumas mulheres do que sobre um monte de favas — murmurou o general. — Este calembur valeu-me o mais vivo sucesso no círculo dos oficiais, em 44... Sim, em mil... oitocentos... e quarenta e quatro!... Não me recordo bem... Ah, nada dizes... "Onde está a minha juventude? Onde está a minha frescura?", como se dizia... Quem é que dizia isto, Kolia?

— É uma citação de Gogol, das *Almas Mortas,* meu pai — respondeu Kolia, fitando o pai com um olhar inquieto.

— As *Almas Mortas?* Ah, sim! Quando me enterrares manda inscrever na minha campa: "Aqui jaz uma alma morta!" O opróbrio seguiu-o por toda a parte! Que dizes a isto, Kolia?

— Não digo nada, meu pai.

— Ieropiegov não existiu! Ierochka Ieropiegov — exclamou ele, num tom de desesperado, no meio da rua. — E é o meu filho, o meu próprio filho que me faz este desmentido! Ieropiegov, que foi durante onze meses um verdadeiro irmão para mim e para aquele com quem me bati em duelo... Um dia o príncipe Vygoretski, nosso capitão, disse-lhe, enquanto bebíamos: "Tu, Gricha, desejas muito saber onde perdeste a cruz de Santa Ana? Foi nos campos de batalha da minha Pátria, foi aí que a perdeste!" Eu então gritei: "Bravo, Gricha! Pois bem!" Isto foi a causa de um duelo. Depois ele desposou Maria Petrovna Sou... Soutouguine e foi morto mais tarde no campo da batalha. Uma bala ricocheteou sobre a cruz que eu trazia no peito e foi feri-lo no rosto. "Não o esquecerei nunca!", exclamou ele e caiu morto. Eu... eu tenho servido com honra, Kolia; tenho servido nobremente, mas o opróbrio, opróbrio persegue-me por toda parte! A tua mãe e tu ireis ver a minha campa. Pobre Nina! Era assim que eu a chamava outrora, e isto dava-lhe prazer. Nina! Nina, que fiz eu da tua existência? Como podes amar-me, alma resignada! A tua mãe tem a alma de um anjo, Kolia... Ouviste bem? A alma de um anjo!

— Eu sei... Meu querido pai, voltemos para casa, para junto da mãe! Ela pretendeu correr atrás de nós. Por que hesita? Dir-se-ia que o senhor não compreende... Vamos, meu bom pai! Que tem, para estar a chorar?

O próprio Kolia chorava também e beijou as mãos do pai.

— Tu beijas-me as mãos, a mim!

— Ao senhor, sim! Que tem isso de extraordinário? Vamos!... Porque se põe a soluçar em plena rua, o senhor, um general, um homem de guerra! Venha comigo.

— Que Deus te abençoe, meu filho, pelo respeito que continuas a ter por este desprezível velho, que é teu pai, não obstante o opróbrio, o opróbrio que me cobre... Oxalá tenhas um filho que se pareça contigo... *Le roi de Rome!* Oh, a maldição caia sobre esta casa!

— Mas que se passa então? — exclamou Kolia, encolerizado. — Que aconteceu? Por que não quer voltar para casa? O pai perdeu a razão?

— Eu te explicarei, eu te explicarei... Dir-te-ei tudo; não grites, se queres compreender... *Le roi de Rome!*... Oh, sinto-me aborrecido e triste. *Minha ama, onde está o teu túmulo?* Que dizes a isto, Kolia?

— Não sei, não sei o que quer dizer com isso. Vamos sem demora para casa, vamos! Farei o Gabriel em pedaços, se assim for preciso... Mas onde vai ainda?

O general arrastou-se para o portão de uma casa vizinha.

— Onde vai? Essa casa não é a nossa!

O general sentou-se perto do portão e arrastou Kolia, pelos braços, para junto dele.

— Chega-te para mim! Chega-te para mim — murmurou ele. — Dir-te-ei tudo... A minha vergonha... Chega-te para mim... Aproxima os ouvidos... Dir-te-ei isto ao ouvido...

— Que tem? — gritou Kolia, espantado, mas sem deixar de aproximar o ouvido.

— *Le roi de Roma!...* — articulou o general, que parecia também todo trêmulo.

— O quê? Para que está sempre a falar do rei de Roma? Que quer isso dizer?

— Eu... eu... — balbuciou de novo o general, agarrando-se cada vez mais ao ombro do pequeno — eu... quero... eu quero tudo... Maria, Maria... Petrovna... Sou... Sou... Sou...

Kolia libertou-se dos seus braços, agarrou-o pelos ombros e fitou-o com um ar apalermado. O velho tornara-se vermelho, os lábios azularam-se-lhe e ligeiras convulsões crisparam-lhe o rosto. De repente perdeu as forças, curvou-se e caiu docemente nos braços de Kolia.

— Um ataque apoplético! — gritou Kolia, de forma tal que ecoou por toda a rua. Acabava por fim de compreender a realidade.

Capítulo 5

Para dizer a verdade, Bárbara, ao conversar com o irmão, havia exagerado um pouco a precisão das suas informações sobre o noivado do príncipe com a Aglaé. Talvez, como mulher perspicaz que era, tivesse adivinhado o que ia passar-se num futuro próximo. Ou talvez também, despeitada por ver evaporar-se um sonho (no qual nunca havia na realidade acreditado) não pudesse esquivar-se à satisfação bem humana de exagerar esta desgraça e de verter mais uma gota de fel no coração do irmão, se bem que tivesse por ele um sincero afeto e simpatia. Em todo caso não podia ter recebido das suas amigas, as meninas Epantchine, informações tão precisas; tudo se limitara a alusões, a frases inacabadas, a silêncios, a enigmas. Por outro lado, talvez também as irmãs da Aglaé tivessem arriscado intencionalmente uma indiscrição para conseguirem qualquer inconfidência da Bárbara. Enfim, e o que é mais de acreditar, é que se tivessem dado ao prazer, muito feminino, de troçar um pouco da sua amiga, apesar de ter sido uma companheira das suas brincadeiras de infância. De uma forma ou de outra não podiam deixar de ter entrevisto, ao fim de tanto tempo, alguma coisa, pelo menos, nas intenções do procedimento de Bárbara.

No que diz com respeito ao príncipe, talvez ele também estivesse em erro, devido à sua boa-fé, quando afirmava ao Lebedev que nada tinha para lhe comunicar e que nada de especial havia sobrevindo na sua vida. Na realidade, cada um deles se encontrava na presença de um singular fenômeno: nada havia acontecido, e no entanto tudo se passava, como se alguma coisa de muito importante se tivesse dado. O fato é que, movida pelo seu seguro instinto de mulher, Bárbara tinha adivinhado.

É na verdade muito difícil de expor, logicamente, como é que todos os membros da família Epantchine tiveram, no mesmo instante, o comum pensamento de que um acontecimento importante se ia dar na vida de Aglaé e portanto decidir-se o seu futuro. Porém, logo que esta ideia se assenhoreou do seu pensamento, todos convieram em que há muito tempo já tinham encarado e previsto claramente essa eventualidade, tornada evidente desde o incidente do cavaleiro pobre e até antes mesmo; apenas se recusaram então a acreditar num tal absurdo.

Era isto que afirmavam as irmãs de Aglaé. Diga-se de passagem que a Isabel havia adivinhado e compreendido tudo, muito antes dos outros; o próprio coração tudo previu com amargura. No entanto, quer essa perspicácia lhe tenha sobrevindo há muito ou pouco tempo, o príncipe não despertou no seu espírito mais do que uma ideia displicente, um pouco embaraçado pela razão. Havia nisto um ponto a resolver imediatamente; ora esse ponto, a infeliz Isabel, não só não o podia resolver, como ainda não chegava mesmo a pô-lo com nitidez. O caso era delicado: O príncipe era ou não um bom partido? O assunto em questão era bom ou mau? Se era mau (o que parecia fora de dúvida) qual era a razão? Se era bom (o que era igualmente possível) sobre que se baseavam para o julgar assim?

O chefe da família, Ivan Fiodorovitch, começou, bem entendido, por manifestar a sua admiração, confessando em seguida que, na verdade, havia também notado qualquer coisa desse gênero, nestes últimos tempos, se bem que com intermitências! Sentindo pesar sobre ele o olhar severo da esposa, calou-se; sobre este assunto falou apenas pela manhã, porque à tarde, encontrando-se frente a frente com ela, apressou-se logo a dar explicações. Proferia então, com uma certa elevação, algumas reflexões inesperadas: "no fundo, de que se trata?" (Uma pausa). "Tudo isto é sem dúvida bastante estranho, se de fato é verdade, o que eu não quero contradizer, mas..." (nova pausa). "Por um lado, e considerando as coisas como deve ser, o príncipe é um bom rapaz, não haja dúvida! E quando não, vejamos: o seu nome pertence à nossa família; tudo isto conseguirá fazer realçar, de qualquer maneira, o nosso patronímico, desconsiderado aos olhos de toda a gente, colocando-se, bem entendido, debaixo deste ponto de vista, porque... Enfim, o mundo, o mundo é o mundo. Além disso, suponho que o príncipe não tem uma grande fortuna, mas possui o bastante. Terra... e...e..."

A este respeito Ivan Fiodorovitch pôs termo à sua eloquência, parando de repente.

Esta maneira de ver de seu marido fê-la perder a calma e exaltar-se muitíssimo. Em seu entender tudo quanto se tinha passado era loucura imperdoável e até mesmo criminosa, uma fantasmagoria absurda e inepta. "Para já, o estranho príncipe é um doente, um idiota; além disso é um imbecil que não conhece o mundo nem sabe qual é o lugar que deve ocupar. A quem se pode apresentar? Onde levá-lo? É um inconveniente democrata, desprovido de todo o grau hierárquico e, depois, que diria a Bielokonski? E será este o marido que temos idealizado para a Aglaé?" Este último argumento era sem dúvida decisivo. O seu coração de mãe sangrava e tremia ante este pensamento, que lhe provocava lágrimas, se bem que neste mesmo instante uma voz, subindo-lhe do coração, dizia-lhe: Que falta ao príncipe para se tornar um partido aceitável? Eram as objeções da sua própria consciência, que davam a Isabel o maior cuidado.

As irmãs de Aglaé não viam com maus olhos o projeto do casamento com o príncipe; não lhe encontravam mesmo nada de estranho; teriam até desde logo dado o seu apoio a tal resolução, se não houvessem prometido manter-se caladas. Desde sempre se tinha notado, entre as pessoas das relações da Isabel, que quanto mais insistência e obstinação punha em combater esse projeto familiar, em discussão, mais se era levado a supor que no seu íntimo já havia concordado com tal projeto.

Alexandra Ivanovna não podia deixar de ter qualquer coisa a dizer. Desde há muito a mãe, habituada a tomá-la por conselheira, recorria a ela para ouvir a sua opinião e sobretudo os seus conselhos: "Como é que as coisas chegaram até este ponto? Como é que ninguém tinha se dado conta ainda? Por que não tinham falado ainda nisto? Que significa esse infeliz gracejo do cavaleiro pobre? Por que é que só ela, a Isabel, estava condenada a preocupar-se com todos, observando tudo, adivinhando tudo, enquanto as outras passavam a vida a olhar para o ar?" Etc., etc.

Alexandra manteve-se, neste assunto, reservada e contentou-se em notar que era da mesma opinião de seu pai, no ponto em que ele dizia que o casamento do príncipe Míchkin com uma Epantchine devia ser considerado por todos como uma grande honra. Pouco a pouco animou-se, até afirmar que o príncipe não era um imbecil, nem nunca o tinha sido; quanto à sua posição social, ninguém podia prever como seria julgado, dentro de alguns anos, o valor de um homem na Rússia, nem se esse valor dependeria dos sucessos de uma carreira oficial, ou se teria até outra base de apreciação. Sobre este ponto a mãe replicou logo, e vivamente, que Alexandra era uma livre pensadora, e tudo isso devido à maldita questão feminina. Meia hora depois saiu da sua vila e dirigiu-se a Kamenny Ostrov para ver Bielokonski, que acabava de chegar a S. Petersburgo e onde contava demorar-se poucos dias. Bielokonski era a madrinha de Aglaé.

Esta velha dama escutou todas as confidências febricitantes e desesperadas da Isabel, mas longe de ser a que mais se comoveu com as lágrimas e as angústias maternais da visitante, olhou-a antes com um ar zombeteiro. O seu caráter era singularmente despótico; não podia admitir, no mesmo pé de igualdade, as pessoas a que estava ligada, mesmo por uma amizade de longa data. Tratava pensadamente a Isabel por *protégée,* como ela tinha feito trinta e cinco anos antes, e não podia habituar-se às suas atitudes de independência e aos seus modos bruscos. Observou, entre outras coisas, que essas senhoras pareciam ter, como sempre, exagerado as coisas e feito de uma mosca um elefante; o que acabava de ouvir não era o bastante para a convencer de que um acontecimento sério havia de fato ocorrido; não seria melhor esperar e ir observando? O príncipe, no seu entender, era um homem muitíssimo sério, se bem que doente, extravagante e de uma excessiva nulidade. O pior, para ela, é que toda a gente sabia que ele tinha uma amante. Isabel compreendeu muito bem que Bielokonski estava magoada com o insucesso obtido por Pavlovitch a despeito da sua recomendação.

Regressou o Pavlovsk ainda mais irritada do que havia partido, o que revelou logo aos seus, dizendo-lhe que haviam perdido a cabeça, que ninguém conduzia as suas questões daquela maneira, que só se via aquilo na sua família. "Por que esta pressa? Que se passou? Por melhor que procure, não encontro nenhuma razão para pensar que alguma coisa na verdade se passou! Esperai pelo decorrer dos acontecimentos. Tantas coisas podem atravessar o espírito do Ivan. Será preciso fazer de uma mosca um elefante?" Etc., etc.

A conclusão a tirar é que era preciso acalmar-se, encarar friamente a situação e esperar com paciência. Porém a calma não durou mais que dez minutos. O relato do que se havia passado, enquanto tinha ido a Kamenny Ostiov, foi a causa de uma primeira falta ao prescrito sangue-frio. A visita de Isabel à princesa Bielokonski teve lugar pela manhã; foi na noite seguinte que o príncipe visitou as Epantchine à meia-noite, supondo que ainda não eram dez horas. Interrogadas febrilmente a tal respeito pela mãe, as irmãs de Aglaé contaram-lhe tudo com os menores detalhes. Começaram por lhe dizer que não se tinha passado o príncipe chegou; a Aglaé fê-lo esperar uma meia hora antes de se mostrar; logo que entrou na sala propôs-lhe para jogarem uma partida de xadrez; o príncipe não conhecia nada do jogo, por isso ganhou-lhe num abrir e fechar de olhos; sorriu de satisfação com este sucesso e tê-lo-ia envergonhado da sua ignorância, assim como se teria rido também, se não tivesse sentido piedade ao olhar para ele. Em seguida propôs-lhe para jogarem uma partida de cartas, o jogo dos tolos. Desta vez, porém, deu-se o inverso; o príncipe era tão forte neste jogo que se comportou como... como um mestre. Tinha para este jogo uma verdadeira maestria. Aglaé fez trapaça, trocou as cartas e alterou as vazas, mas perdeu em cada partida. Jogaram cinco. Ficou tão furiosa que, perdendo toda a calma, proferiu contra o príncipe palavras tão mordazes e tão impertinentes que este deixou de rir e tornou-se mesmo muito pálido, ouvindo-a dizer: "Não porei mais os pés nesta sala enquanto o senhor aqui estiver. Foi mesmo uma afronta da sua parte vir-nos visitar, e para mais à meia-noite, *depois do que se passou*". Dito isto, saiu, batendo a porta com força. O príncipe partiu também logo em seguida, com uma cara de enterro, apesar de todas as boas palavras de conforto das irmãs de Aglaé.

Um quarto de hora após a sua partida, esta desceu bruscamente do andar superior ao terraço; a sua precipitação foi tal, que não teve mesmo tempo para limpar os olhos, onde se viam ainda restos de lágrimas. Tinha vindo tão depressa, porque Kolia acabava de trazer um ouriço. Todos se puseram a admirar o pequeno animal; em resposta a uma pergunta, Kolia explicou-lhes que o animal não lhe pertencia, mas sim a um seu companheiro de colégio, Kostia Lebedev, o qual o comprara, juntamente com um machado, a um camponês que haviam encontrado. Kostia ficara na rua, porque não se atrevera a entrar com o machado. O camponês só queria vender o ouriço, pelo qual pediu cinquenta *copeques,* porém convenceram-no a desfazer-se também do machado, que podia ser-lhes útil. Tinham-no agora muito bem-acondicionado.

Aglaé suplicou logo a Kolia para lhe vender o ouriço; insistiu de tal forma, que foi até ao ponto de o chamar: "querido Kolia". Este não acedeu durante algum tempo, mas por fim, não podendo resistir, chamou Kostia Lebedev. Subiu logo, trazendo o machado na mão e mostrando um ar de amargurado. Declarou então que o ouriço não lhe pertencia, mas sim a um seu colega, Petrov, que lhe entregara uma certa importância para lhe comprar a *História,* de Schlosser. Esta história pertencia a um outro seu colega, que procurava vendê-la por baixo preço. Dirigindo-se para casa desse colega, deixaram-se tentar no caminho, comprando o ouriço, de forma que em lugar da *História,* de Schlosser, levavam a Petrov o animal e o machado. Aglaé porém insistiu com tanta obstinação que acabaram por ceder e vender-lhe o ouriço. Depois de com tanta dificuldade se ter apoderado do animalzinho, instalou-o, com a ajuda de Kolia, numa cesta de verga, cobriu-o com um guardanapo e encarregou o colegial de o levar, da sua parte e sem demora, à casa do príncipe, pedindo-lhe para aceitar este presente testemunho da sua profunda estima. Kolia encarregou-se com satisfação desta missão, prometendo levá-la a bom termo, mas apressou-se a perguntar o que queria dizer aquele presente e qual era o significado do ouriço. Respondeu-lhe que nada queria dizer. Ele por sua vez ripostou-lhe que um tal presente devia ter qualquer sentido alegórico. Ela zangou-se e disse-lhe que não passava de um atrevido, não tendo mais explicações a dar-lhe. Replicou-lhe logo, declarando-lhe que, se não tinha respeito por ela própria e se os seus princípios eram aqueles, ia mostrar-lhe dentro em breve como sabia responder a uma tal ofensa. Desobrigou-se por isso da sua missão com muito menos entusiasmo, levando, acompanhado pelo Kostia Lebedev, o ouriço a casa do príncipe. Aglaé não lhe ficou com rancor; vendo-o abanar, com força, a cesta, gritou-lhe do terraço: "bom Kolia, peço-lhe, encarecidamente, para não o deixar cair!" Kolia pareceu não se lembrar que acabavam de ter uma pequena arrelia: "Não, não o deixarei cair, Aglaé! Pode estar sossegada!" E partiu a toda a velocidade. Aglaé soltou uma gargalhada e subiu, rapidamente, para o seu quarto; estava radiante e manteve esse bom humor durante todo o dia.

Estas notícias perturbaram Isabel. Dava a impressão de nunca até aqui se ter perturbado. Porém era tal o seu estado de espírito, que lhe fazia ver as coisas de uma forma diferente. A sua inquietação atingiu um alto grau e o que a tornou ainda maior foi o ouriço. Que significava ele? Não seria um sinal convencionado? Um sinal subentendido? Mas que queria ele dizer? Seria uma espécie de telegrama? O pobre Ivan Fiodorovitch, que assistira ao interrogatório das filhas, acabou de a perturbar, por completo, com a sua resposta. Para ele, não via no presente nenhuma mensagem convencional. "O mais simples", disse ele, "é pensar que um ouriço é um ouriço e nada mais. Pode ser de fato um símbolo de amizade, o esquecimento das ofensas e a reconciliação, uma rápida facécia, sem deixar de ser inocente e trivial".

Notamos, entre parênteses, que o general estava dentro da verdade. Reentrando em casa, depois de ter sido insultado e expulso por Aglaé, o príncipe entregou-se durante uma meia hora ao mais estranho desespero; no final viu aparecer de repente Kolia com o ouriço. O céu pareceu iluminar-se de súbito ante os seus olhos; dir-se-ia que voltava de novo à vida. Interrogou Kolia, ficando suspenso dos seus lábios, ao fazer-lhe por dez vezes a mesma pergunta, rindo como uma criança, apertando, a propósito de tudo, as mãos dos dois colegiais, que riam também e o olhavam muito satisfeitos. Um ponto estava assente: Aglaé perdoava-lhe e por isso era-lhe permitido voltar à casa dela nessa mesma tarde; isto era para ele mais que o essencial, era tudo.

— Dizem que somos ainda crianças, Kolia! E... e... quanto é bom ser criança! — acabou por exclamar, no meio do seu regozijo.

— Ela está simplesmente apaixonada pelo senhor, e é tudo!... — objetou Kolia num tom autoritário e todo cheio de importância.

O príncipe corou, mas desta vez não proferiu uma palavra. Kolia começou a rir-se e a bater as mãos; ao fim de um instante o príncipe compartilhou da sua alegria e desde esse momento, até à tarde, consultou o relógio a cada cinco minutos, para ver quanto tempo havia decorrido e quanto lhe faltava ainda esperar.

Entretanto a inquietação de Isabel ia se tornando maior, se era possível; mal podendo conter-se, estava chegada ao ponto de ter uma crise de nervos. A despeito das objeções do marido e das filhas, mandou imediatamente procurar Aglaé a fim de lhe fazer uma última pergunta e obter uma resposta clara e decisiva. "É preciso acabar de uma vez para sempre com esta questão e não voltar mais a falar nela!... A não ser assim", acrescentou ela, "deixarei de viver aqui desde esta tarde!" Foi só então que compreendeu até que embrulhado ponto as coisas haviam chegado. Foi impossível obter de Aglaé uma só palavra: simulou um concentrado espírito, um acesso de indignação, depois riu-se, em sonoras gargalhadas, e zombou do príncipe como de todos aqueles que a interrogavam. Isabel meteu-se na cama e só reapareceu à hora do chá, no momento em que supunham que o príncipe chegasse. Palpitava de emoção ao aguardar a sua chegada, e quando ele se apresentou, esteve prestes a ter um outro ataque de nervos.

Quanto ao príncipe, entrou com ar tímido, como alguém que avança a medo; mostrou um sorriso estranho, olhando todas as pessoas presentes, e parecia-lhe perguntar-lhes porque é que Aglaé não estava junto deles. Ficou consternado ao notar, logo de entrada, que a moça não estava presente. Estava apenas a família; não havia nenhum estranho. O príncipe Stch... continuava em S. Petersburgo devido às questões, relativas ao falecimento do tio de Eugênio Pavlovitch. Isabel deplorou a sua ausência. Teria com certeza encontrado alguma coisa para dizer se ela ali estivesse! Ivan tinha um aspecto de profundamente inquieto. As irmãs de Aglaé estavam preocupadas e caladas, como se tivessem perdido a fala. Isabel não sabia por qual lado principiar a conversa. Bruscamente descarregou a sua indignação, falando a propósito dos caminhos de ferro e olhou o príncipe com uma expressão de desafio.

Ah, Aglaé não aparecia e o príncipe sentia-se perdido. Desconcertado e balbuciante, tentou exprimir a ideia de que havia o maior interesse e desejo em melhorar a rede ferroviária, porém Adelaide começou logo a sorrir-se, o que fez com que de novo se sentisse perturbado. Neste momento Aglaé entrou com um ar calmo e grave. Fez ao príncipe uma saudação toda cerimoniosa e foi sentar-se, com uma lentidão solene, no lugar mais em destaque à volta da mesa redonda. Fitou o príncipe com um olhar interrogador. Todos compreenderam que estava chegado o momento de dissipar os mal-entendidos.

— O senhor recebeu o meu ouriço? — perguntou ela num tom firme e quase irritado.

— Recebi, sim — respondeu ele, corando e sentindo-se desfalecer.

— Explique-nos, sem delongas, o que pensa. É indispensável, para sossego da minha mãe e de toda a nossa família.

— Então Aglaé...? — interrompeu bruscamente o general, inquieto.

— Isto ultrapassa todas as medidas! — exclamou Isabel num movimento de pavor.

— Não se trata aqui de ultrapassar todas as medidas, minha mãe — replicou ela com vivacidade. — Mas dei hoje um ouriço ao príncipe e desejo saber a sua maneira de pensar. Estou a ouvi-lo, príncipe.

— Que quer dizer com a minha maneira de pensar, Aglaé?

— Mas... a respeito do ouriço.

— Ou por outras palavras... presumo, Aglaé, que deseja saber como recebi... o ouriço... ou melhor ainda, como compreendi... a sua resolução de me mandar... um ouriço; neste caso, suponho... que uma palavra...

Não pôde continuar e calou-se.

— Muito bem!... Ainda não disse grande coisa! — concluiu Aglaé depois de uma pausa de cinco segundos. — Em virtude do que diz, concordo que deixemos de lado o ouriço. No entanto tenho vontade de conseguir pôr termo a todos os mal-entendidos que se têm vindo a acumular. Permita-me que eu própria lhe pergunte, se tem ou não a intenção de me pedir em casamento?

— Oh, meu Deus! — exclamou Isabel.

O príncipe estremeceu e teve um movimento de recuo. Ivan ficou como que petrificado. As duas irmãs de Aglaé franziram as sobrancelhas.

— Não minta, príncipe, diga a verdade! Por causa do senhor importunam-me com estranhas perguntas. Estas perguntas devem ter uma certa razão de ser, não lhe parece? Fale!...

— Não a pedi ainda em casamento, Aglaé — respondeu o príncipe, animando-se bruscamente — mas... a senhora sabe muito bem até que ponto a amo e que confiança deposito em ti... mesmo neste momento...

— Fiz-lhe uma pergunta: o senhor pensa ou não em pedir a minha mão?

— Peço-a agora — respondeu ele numa voz que mal se ouviu.

Estas palavras produziram uma profunda sensação na assistência.

— Não é assim que estas coisas se tratam, meu caro amigo — declarou Ivan, deveras emocionado... — É... é quase impossível que quisesses chegar a este ponto, Aglaé... Desculpe, príncipe, desculpe, meu caro amigo!... Isabel... — acrescentou ele, chamando por sua mulher, como quem chama por socorro. — É preciso... observar melhor...

— Não faça isso! Não faça isso! — exclamou Isabel com um gesto de repugnância.

— Permita-me, minha mãe, que intervenha também na questão; suponho que me assiste o direito de interferir em assunto deste gênero; trata-se de um ponto capital da minha vida. — Esta foi a própria expressão empregada por Aglaé. — Quero saber com quem posso contar e sinto-me feliz por os ter a todos como testemunhas... Deixe-me então perguntar-lhe, príncipe, de que forma conta assegurar a minha felicidade, se o senhor alimenta tais intenções?

— Na verdade não sei como responder-lhe, Aglaé, não sei que resposta possa dar a semelhante pergunta. E depois... será necessário?

— O senhor parece perturbado e opresso; descanse um instante e recupere as suas forças; beba um copo de água; se quer, vou já buscar-lhe uma chávena com chá?!

— Amo-a, Aglaé, amo-a muito; amo-a apenas a ti e... Não graceje, peço-lhe, pois amo-a muito.

— Mas isto é uma questão muito importante: não somos já crianças e é preciso tratar as coisas de uma forma positiva... Queira explicar-nos agora em que consiste a sua fortuna...

— Então, então, Aglaé!... Em que pensas? Isto não pode ser assim, na verdade... — balbuciou Ivan com um ar consternado.

— Que vergonha! — murmurou Isabel, em alta voz, de forma a ser ouvida.

— Está tola — acrescentou Alexandra no mesmo tom.

— A minha fortuna... quer dizer, o meu dinheiro? — perguntou o príncipe, surpreso.

— Precisamente.

— Tenho... tenho neste momento cento e trinta e cinco mil rublos — murmurou o príncipe, corando.

— Só isso? — exclamou Aglaé com franqueza e sem poder ocultar o seu desapontamento. — Mas para agora isso pouco importa; sei que o senhor é econômico... Tem a intenção de se empregar?

— Pretendo fazer exame para professor...

— Excelente ideia; é um meio certo de aumentar os nossos recursos. Pensa tornar-se um gentil-homem da corte?

— Gentil-homem da corte? Nunca pensei nisso, mas...

Desta vez as duas irmãs não puderam deixar de rir alto. Quase desde o princípio que Alexandra tinha notado umas certas contrações nervosas no rosto de Aglaé, sinais evidentes de riso, que se esforçava por conter, mas que não tardaria a ecoar de uma maneira irresistível. Aglaé quis tomar um ar ameaçador, em face da hilaridade das irmãs, mas não pôde conter-se um segundo mais e entregou-se a um acesso quase convulso de louco riso. Por fim levantou-se de um salto e saiu do quarto, correndo.

— Já sabia que tudo isto acabaria por estas gargalhadas — disse Adelaide. — Tinha previsto isto desde o primeiro momento, desde a história do ouriço...

— Não, não permito isto!... não permito isto! — vociferou Isabel num súbito acesso de cólera, correndo também atrás de Aglaé.

As filhas seguiram-na da mesma forma. Na sala ficou apenas o príncipe e o chefe da família.

— Ouça, León, o senhor tinha pensado num tal desfecho? — perguntou o general num tom brusco, mas sem parecer saber ele próprio o que ao certo queria dizer. — Não, isto não está bem, parece-me?!

— Vejo que a Aglaé quis zombar de mim — objetou o príncipe com tristeza.

— Espere, meu amigo, eu vou ver; o senhor fique aqui... porque... Explique-me, pelo menos, León, como é que tudo isto sucedeu e o que quer dizer esta questão, por assim dizer, no seu conjunto? Como sabe o meu amigo, sou o pai; pois apesar disso não compreendo nada; peço-lhe, portanto, para me explicar!

— Amo a Aglaé; ela sabe-o, segundo creio, desde há muito.

O general encolheu os ombros.

— É estranho, muito estranho!... E ama-a muito?

— Amo-a muito!

— É estranho!... tudo isto é bastante estranho. Não esperava uma tal surpresa, um tão imprevisto acontecimento!... Não é, meu caro amigo, não é a sua fortuna que me preocupa (ainda que a suponho mais avultada) mas... penso na felicidade da minha filha... enfim... é capaz, por assim dizer, de fazer a... sua felicidade? E depois... de que se trata: de uma brincadeira da sua parte, ou de uma declaração sincera? Da sua pessoa, nem falo; mas da parte dela?

Nesta altura ouviu-se atrás da porta a voz da Alexandra. A moça chamava pelo pai.

— Espere, meu amigo, espere por mim. Espere e vá refletindo. Eu volto já... — disse ele rapidamente, apressando-se por acorrer ao chamamento da filha.

Encontrou sua mulher e sua filha, chorando, nos braços uma da outra. Eram lágrimas de vergonha, de felicidade e de reconciliação. Aglaé beijava as mãos, as faces e os lábios da mãe; as duas abraçavam-se com efusão.

— Olha, Ivan, olha-a agora; é ela, ela toda inteira! — exclamava Isabel.

Aglaé levantou, até então apoiado ao peito da mãe, o rosto banhado de lágrimas, mas radiante de alegria; olhou depois o pai, soltou uma sonora gargalhada e correu para ele;

estreitando-o entre os seus braços, abraçou-o por várias vezes. Em seguida voltou de novo para junto da mãe, escondeu de novo o rosto no seu peito, de forma que ninguém a visse, e voltou a chorar. Isabel tapou-a com a ponta do seu xale.

— Antes assim!... Prega-nos cada susto, meu diabrete! Às vezes és bastante mazinha! — disse ela, mas desta vez com uma certa expressão de alegria e como se respirasse mais livremente.

— Mazinha! Sim, mazinha! — exclamou desde logo Aglaé. — Sou uma filha ma-zinha, uma moça endiabrada! Diga-o ao pai... Ah, está aqui!... O pai está aqui? Então ouviu tudo! — concluiu ela, rindo, por entre as lágrimas.

— Minha querida! Minha adorada! — disse o general, num transporte de alegria. Beijando a mão da filha, o que ela deixou fazer, perguntou:

— Então amas... esse jovem rapaz?

— Não, não e não! Não o posso suportar... a esse seu jovem rapaz!... Não o posso suportar! — vociferou de súbito, levantando a cabeça. Peço-lhe para não dizer mais uma coisa dessas, uma vez que saia!... Estou a falar-lhe seriamente, meu pai!... muito seriamente!

Falava de fato a verdade; estava muito corada e os olhos fulguravam-lhe. O pai, aterrorizado, calou-se, mas atrás de Aglaé, Isabel fazia-lhe sinais; compreendeu o que esses sinais queriam dizer: Não questiones.

— Se é assim, meu anjo, far-se-á como te agradar; faça-se a tua vontade. Está sozinho, à tua espera; não seria melhor fazer-lhe ver delicadamente que se deve ir embora?

O general fez nesta altura, com os olhos, um sinal de inteligência, a sua mulher.

— Não, não, é inútil. Esse delicadamente é demasiado. Vá indo o senhor; eu irei logo, depois. Quero pedir perdão a esse... jovem rapaz, porque o ofendi.

— Ofendeste-o mesmo gravemente — observou Ivan com um ar sério.

— Então... é melhor que fiquem todos aqui; para já irei eu só, e depois irá cada um por sua vez. É preferível fazer assim...

Estava já no limiar da porta, quando deu meia-volta.

— Parece que me vou rir!... Estourarei com vontade de rir — declarou ela tristemente.

Logo em seguida voltou-se de súbito e correu ao encontro do príncipe.

— E agora, que significa tudo isto? Que pensas disto? — perguntou rapidamente, Ivan.

— Tenho medo de o dizer — respondeu Isabel, no mesmo tom precipitado. — Mas não poderia encontrar uma coisa muito melhor?

— Que Deus a abençoe, se este tem de ser o seu destino! — observou a Isabel, benzendo-se com toda a devoção.

— É o seu destino, disseste bem — confirmou o general. — E não escapa a esse destino!

Voltaram todos ao salão, onde uma nova surpresa os esperava.

Não só Aglaé não se tinha rido, como supunha, quando se aproximou-se do príncipe, mas ainda foi com um certo ar de timidez que lhe dirigiu a palavra:

— Perdoe a uma jovem moça, tola e desmiolada, a uma estouvada — nesta altura agarrou-lhe a mão e pode crer que temos todos pelo senhor um grande respeito. Se me atrevi a zombar um pouco da sua bela... da sua boa candura, não considere isso mais do que uma brincadeira de garoto. Perdoe-me o ter insistido numa asneira que espero, sem dúvida, não tenha a menor consequência...

Aglaé sublinhou estas últimas palavras com uma especial entoação.

O pai, a mãe e as irmãs entraram nesta altura: assistindo ao final da cena e ouvindo a última frase, a qual os deixou surpresos: "uma asneira que espero, sem dúvida, não tenha a menor consequência..." Ficaram ainda mais impressionados com o tom sério com que Aglaé a proferiu. Interrogaram-se com os olhos; no entanto o príncipe não tinha o aspecto de haver compreendido e estava radiante.

— Por que fala assim? — murmurou ele. — Por que é que a senhora... me pede... perdão?

Queria mesmo acrescentar que não era digno de que lhe pedisse perdão. Quem sabe?... Talvez tivesse alcançado o sentido da frase, sobre a asneira que espero não tenha a menor consequência; porém a sua disposição de espírito era tão estranha, que talvez estas palavras o tivessem cumulado de alegria. Sem dúvida alguma havia atingido o cúmulo da felicidade ante a ideia de que poderia voltar a ver Aglaé, que lhe seria permitido falar com ela, de ficar a seu lado, de passear na sua companhia... Talvez esta perspectiva o satisfizesse por toda a sua vida... (Isabel parecia também, por instinto, duvidar deste humor acomodatício que adivinhava nele; sentia ainda bastantes outras apreensões íntimas, que não se sentia capaz de exprimir).

Seria difícil de descrever o grau de entusiasmo e de satisfação de que o príncipe deu provas essa tarde. Estava tão alegre, que a sua alegria se comunicou a todos aqueles que o rodeavam; isto o disseram depois as irmãs de Aglaé. Mostrou-se falador, o que não lhe sucedia desde há seis meses, desde aquela manhã em que travou relações com as Epantchine. Logo após a sua chegada a S. Petersburgo, tornou-se evidente que tomara o delirado propósito de se fechar no seu mutismo. Pouco tempo antes dessa reunião havia dito ao príncipe Stch... diante de toda a gente, que se sentia na obrigação de se manter calado, porque não tinha o direito de humilhar o seu pensamento com a sua maneira de se exprimir. Foi quase o único que falou durante toda a noite. Estava deveras verboso e respondia a todas as perguntas com clareza, bom humor e prolixidade. Em nenhum ponto da sua conversa deixou perceber os seus sentimentos amorosos; emitia apenas pensamentos graves, algumas vezes mesmo incompreensíveis. Expôs também alguns dos seus pontos de vista e obcecações pessoais; tudo isto teria sido bastante ridículo, se não tivesse sido expresso em termos muito escolhidos, conforme os assistentes concordaram mais tarde.

Era fora de dúvida que o general gostava muito dos temas de conversa, sérios; todavia Isabel e ele encontraram, no seu entender, os do príncipe muito ponderados, a tal ponto, que a sua fisionomia tomou no final da reunião uma expressão de desagrado.

O príncipe porém animou-se de tal forma que acabou por contar algumas anedotas bastante engraçadas, das quais era ele o primeiro a rir-se; os seus ouvintes fizeram outro tanto, não bem por causa das anedotas, mas sim devido ao seu contagioso riso.

Quanto a Aglaé, mal abriu a boca durante a noite; pelo contrário, não deixou de o escutar e contemplar cada vez com maior interesse.

— Repara como ela olha para ele, não desvia os olhos dele, parece beber cada uma das suas palavras, está como que fascinada! — disse Isabel a seu marido. — E no entanto se lhe dizem que o ama, fica toda furiosa.

— Que fazer? É o destino! — respondeu o general, encolhendo os ombros. E durante algum tempo ainda repetiu estas palavras que gostava de proferir. Acrescentaremos que, tal como um homem de negócios, via com muito maus olhos muitos dos aspectos da presente situação, a começar pela sua falta de clareza. Estava todavia resolvido a calar-se e a conformar a sua maneira de pensar com a de Isabel.

A alegria da família foi de curta duração. No dia seguinte Aglaé teve uma nova altercação com o príncipe, o mesmo sucedendo em cada um dos dias decorridos. Durante horas seguidas ridicularizou o príncipe e quase o tratou de bobo. Apesar disso passeavam algumas vezes mais de uma hora ou duas no jardim, sob o caramanchão; e é de notar que nessa altura o príncipe lia-lhe, quase durante todo o tempo, um jornal ou um livro.

— Olhe — interrompeu ela num dia em que lhe lia o jornal — tenho notado que a sua instrução deixa muito a desejar. Nada sabe, de uma maneira satisfatória; se se lhe pergunta alguma coisa, o senhor é incapaz de dizer o que faz tal personagem, a data de tal acontecimento, o objeto de tal tratado... O senhor mete piedade!

— Sempre lhe disse que tenho pouca instrução — respondeu o príncipe.

— Então que é que tem? Que estima posso eu ter pelo senhor depois disto? Continue a leitura, ou melhor, não, já leu bastante!...

Nessa mesma tarde Aglaé provocou um novo e rápido incidente, que pareceu a toda a gente muito enigmático. Tendo regressado o príncipe Stch..., mostrou-se muito afável com ele e falaram demoradamente a respeito do Eugênio Pavlovitch (o príncipe León não tinha chegado ainda). Durante a conversa o príncipe Stch... permitiu-se fazer alusão a uma nova e próxima mudança de família, lembrou uma circunstância que havia escapado a Isabel, no sentido de que era talvez muito melhor adiar o casamento de Adelaide a fim de celebrarem os dois esponsais no mesmo dia. A estas palavras Aglaé encolerizou-se, de uma maneira indescritível; classificou tudo isto de absurdas suposições e foi mesmo até ao ponto de dizer, entre outras coisas, que não tinha a intenção de substituir a amante de ninguém.

Estas palavras magoaram todos os presentes e sobretudo os pais. Isabel insistiu, durante uma conversa particular que teve com o marido, para que se pedissem ao príncipe explicações perentórias sobre Nastásia.

Ivan jurou que tudo aquilo não passava de um arrebatamento da parte de Aglaé, a que era levada por sentimento de pudor; este arrebatamento não se teria dado, se o príncipe Stch... não tivesse falado em casamento, pois ela sabia muito bem que tudo aquilo não passava de uma calúnia levantada por pessoas mal intencionadas, e que Nastásia ia desposar Rogojine. Acrescentou que o príncipe estava fora de causa neste assunto, e a ligação que lhe atribuíam não existia, nem nunca havia existido, para dizer toda a verdade.

Quanto ao príncipe, não perdeu nada do seu bom humor e continuou a gozar da sua felicidade. Notava algumas vezes, sem dúvida, que nos olhos de Aglaé se refletia uma certa expressão de tristeza e de impaciência, mas atribuía essa expressão a qualquer estranho motivo, a alguma nuvem que se furtava à sua vista. Uma vez convencido, nada mais podia abalar a sua convicção. Talvez a sua quietude fosse excessiva; era pelo menos a impressão de Hipólito, que o encontrara um dia por acaso no parque.

— Muito bem!... Então não tinha razão quando dizia que o senhor estava apaixonado? — começou ele, ao abordar o príncipe, que foi obrigado a parar.

Este estendeu-lhe a mão e felicitou-o pelo seu bom aspecto. O próprio doente parecia ter também retomado a saúde, o que sucede muitas vezes aos tuberculosos.

Falando ao príncipe, a sua intenção era sobretudo dizer-lhe alguma coisa de ofensivo a respeito do seu ar feliz; porém pôs logo de lado essa ideia e começou a falar dele próprio. Desfez-se em lamúrias intermináveis e bastante incoerentes.

— O senhor mal pode calcular — concluiu ele — até que ponto essas criaturas eram irritáveis, mesquinhas, egoístas, vaidosas, vulgares. Pode crer que me levaram para sua casa com a suprema esperança de que eu morresse o mais depressa possível; ficaram pois furiosos ao verificarem que, em lugar de entregar a alma a Deus, comecei a melhorar. Que comédia! Parece que o senhor não quer acreditar!

O príncipe absteve-se de replicar.

— Tenho às vezes, apesar disso, a ideia de voltar a instalar-me na sua casa — acrescentou com negligência Hipólito. — Então o senhor não os supõe capazes de receberem em sua casa um homem, com a condição de que terá de morrer o mais depressa possível?

— Penso que tinham outro fim em vista, ao convidarem-no a instalar-se em sua casa.

— Ah, ah! O senhor não é tão simples de espírito que sentissem prazer em lhe dizer! Não é este o momento próprio, quando não dir-lhe-ia certas coisas sobre o esperto Gabriel e as esperanças que ele alimenta. Procuram abrir-lhe uma mina debaixo dos pés, príncipe; entregam-se sem descanso a essa missão... e causa piedade ver como o senhor se deixa adormecer com tão grande serenidade!... Mas o senhor é incapaz de proceder de outra forma!...

— É por isso que o senhor me lamenta!... — observou o príncipe, rindo. — Então, no seu entender, seria mais feliz se andasse mais preocupado?

— Mais vale ser infeliz, e *sabê-lo,* do que ser feliz e... logrado. Parece não tomar a sério uma rivalidade... por aquele lado?

— As suas alusões a uma rivalidade são um pouco cínicas, Hipólito; lamento não ter o direito de lhe responder. Quanto ao Gabriel, o senhor próprio confessa que com dificuldade poderá manter a calma, depois de tudo quanto perdeu, isto a acreditarmos que o senhor tenha um conhecimento mesmo parcial, das suas questões. Parece-me que é preferível encarar as coisas debaixo deste ponto de vista. Há ainda tempo de se emendar; há muitos anos que a vida para ele tem sido rica de ensinamentos... mas de resto... de resto... — balbuciou o príncipe, que havia perdido o fio da conversa — não compreendo o que quer dizer, quando fala em me minarem... O melhor é mudarmos de conversa, Hipólito!

— Mudemos, sim, por momentos, tanto mais que o senhor não pode passar sem nos dar mostras da sua generosidade. Sim, príncipe, precisa tocar-lhe com os dedos, e mesmo assim não acredita. Ah, ah! Mas diga-me: não sente nesta altura um grande desprezo pela minha pessoa?

— Por quê? Por que o senhor parece ter sofrido e sofre mais do que nós?

— Não senhor, mas sim porque sou indigno do meu sofrimento.

— Aquele que tem sofrido mais que os outros é, por isso mesmo, digno de uma maior consideração. Quando a Aglaé leu a sua confissão, pretendeu logo vê-lo, mas...

— Vai adiando... pois lhe é impossível... eu compreendo! Eu compreendo — interrompeu Hipólito como que para desviar rapidamente a conversa.

— A propósito, dizem que o senhor lhe tem lido em alta voz todos os meus disparates; como sabe, isso foi escrito e... delineado num acesso de delírio. Não concebo como se pode ser, não digo tão cruel (isso seria humilhante para mim) mas tão mesquinho, tão vaidoso e tão vingativo para me exprobar essa confissão e servir-se dela como de uma arma contra mim! Não tenha receio, pois não é do senhor que eu falo...

— Lamento-o, porém, ao vê-lo desdizer essas folhas, Hipólito, pois nelas respira-se sinceridade. Mesmo as passagens, as mais ridículas, e elas são bastantes — Hipólito fez uma forte careta, são desculpadas pelo seu sofrimento, pois é ainda afrontar o sofrimento, o fazer essas confissões, e... talvez seja mesmo um grande ato de coragem! O pensamento a que obedeceu, inspirou-se certamente de um nobre sentimento, quaisquer que possam ser as aparências. Quanto mais medito, mais me convenço, posso afirmar-lhe. Não o critico; digo-lhe apenas a minha opinião e lamento estar então...

Hipólito corou. Teve por momentos a ideia de que o príncipe representava uma comédia e lhe armara uma ratoeira; porém observando-lhe o rosto não pôde deixar de acreditar na sua sinceridade. As suas dúvidas acalmaram.

— E dizer que desejava a minha morte! — proferia ele. Esteve a ponto de acrescentar: um homem como eu! — Não pode calcular como o seu Gabriel me horroriza: fez-me um dia a prevenção de que, entre os ouvintes da minha confissão, se encontravam talvez três ou quatro que deviam morrer primeiro do que eu!... Era uma ideia. Creia que foi um consolo para mim. Ah, ah! Até agora ainda nenhum morreu; mas mesmo que alguma dessas pessoas morresse primeiro que eu, há de concordar que isso seria para mim um triste conforto. Julga com certeza as outras pessoas por ele. Depois disso, foi ainda mais longe; insultou-me, muito simplesmente, dizendo-me que um homem que se respeita, deve em tais condições morrer em silêncio e que, em toda esta questão, não houve da minha parte mais que um grande egoísmo! É um pouco forte!... Na casa dele é que se encontra o egoísmo!... Que requinte, ou melhor, que avantajado egoísmo têm estas pessoas, sem no entanto se aperceberem!... O príncipe leu a morte de um certo Stépane Glébov no século dezoito? Foi ontem, por acaso, que li isso...

— Quem é esse Stépane Glébov?

— Um homem que foi espetado, no reinado de Pedro, o Grande.

— Ah, meu Deus, eu sei! Esteve espetado na estacada durante quinze horas, por um grande frio, tendo um casaco sobre os ombros. Morreu revelando uma extraordinária coragem. Sim, eu li isso... Mas onde quer o senhor chegar?

— Deus conceda uma igual morte a certas pessoas, que nunca a nós. O senhor supõe talvez que eu não seja capaz de morrer como o Glébov?

— Oh, não — disse o príncipe com um ar confuso. — Quero apenas dizer que o senhor... ou antes, não quero dizer que o senhor não se pareça com Glébov, mas... que o senhor... teria sido antes, nessa época...

— Eu sei: o senhor quer dizer que eu teria sido um Ostermann e não um Glébov. É isto ou não?

— Qual Ostermann? — exclamou o príncipe.

— Ostermann, o diplomata Ostermann, o contemporâneo de Pedro, o Grande — balbuciou Hipólito, razoavelmente atrapalhado.

Seguiu-se um perplexo silêncio.

— Oh, não, não era isto que eu queria dizer! — objetou o príncipe num tom monótono e após um instante de recolhimento. — Não tenho a impressão que... o senhor pudesse alguma vez ser um Ostermann.

Hipólito fez uma careta.

— De resto, quero dizer-lhe por que tive essa ideia — apressou-se a acrescentar o príncipe, na visível intenção de se desculpar. — Tive-a porque as pessoas dessa época (garanto-lhe que isto me tem chocado sempre) eram muito diferentes das dos nossos tempos; era como que uma outra raça... sim, parecia na verdade uma outra espécie humana!... Nesse tempo o homem mantinha uma linha reta; os nossos contemporâneos são mais nervosos, mais atrevidos, mais sensitivos, capazes de seguirem duas ou três ideias ao mesmo tempo... O homem moderno é de vistas mais largas. Isso o impede, posso garantir-lhe, de ser como uma só peça, como eram os homens dos séculos passados... Eu... tenho pensado muito nisso, fazendo as minhas observações, eu...

— Compreendo. O senhor tenta agora consolar-me da singeleza com que tem tentado contradizer-me... Ah, ah! O senhor é um perfeito rapaz, príncipe!... Em suma, tenho notado que o senhor me trata... como uma chávena de porcelana!... Isso não me incomoda, nem me arrelia. Em todo caso, a nossa conversa tomou um rumo bastante ridículo; o senhor é, por sua vez, um verdadeiro rapaz, príncipe!... Fiz-lhe saber, entretanto, que ambicionava ser uma outra pessoa que não fosse um Ostermann; teria pena de ressuscitar de entre os mortos para me tornar um Ostermann!... De resto, reconheço que preciso morrer o mais rapidamente possível, sem o que eu próprio... Deixe-me!... Até depois!... Antes, porém, diga-me qual a maneira de morrer que o senhor considera melhor para mim? Ouça; a mais... virtuosa... Vamos, diga!

— Passar perto de nós e perdoar-nos a nossa laicidade! — disse o príncipe numa voz terna.

— Ah! Ah! Ah! Era isso o que eu pensava! Esperava qualquer coisa nesse gênero! Portanto o senhor... portanto o senhor... Esta é muito boa!... Isto é que são pessoas eloquentes!... Até depois! Até depois!

Capítulo 6

A novidade transmitida pela Bárbara, ao irmão, era verdadeira: devia assistir a uma reunião, na casa das Epantchine, onde contava ver a princesa Bielokonski. Os convites eram precisamente para essa tarde. Ela, porém, falara nisto com um entusiasmo fora do normal. A reunião fora decidida, sem dúvida, muito às pressas e no meio de uma agitação bastante desnecessária. A razão de tudo isto é que nesta família nada se podia fazer, que não fosse dessa forma. E a sua explicação estava também na impaciência da Isabel, que não queria ficar mais na incerteza, e ainda devido às preocupações constantes que a felicidade da filha querida trazia aos pais.

Por outro lado sabia-se que a princesa Bielokonski estava prestes a partir; ora como a sua proteção tinha grande influência na sociedade e como esperavam que se interessasse pelo príncipe, os pais contavam com a alta recomendação da velha dama, para que as portas da nobre sociedade se abrissem ante os noivos. Dado que este casamento tivesse qualquer coisa de estranho, seria muitíssimo menos, debaixo da capa de uma tal protetora. O principal é que os próprios pais não fossem capazes de fazer realçar estas perguntas: casamento projetado oferecia qualquer coisa de estranho? E até que ponto? Ou não passava de um ato muito natural? A franca e amigável opinião de pessoas que tivessem autoridade e competência teria sido muito oportuna neste momento, em que, devido à atitude de Aglaé, nenhuma decisão positiva tinha sido ainda tomada.

Em todo caso era indispensável introduzir, mais cedo ou mais tarde, o príncipe na sociedade, da qual ele não fazia a menor ideia. Dizia-se, portanto, que havia em tudo isto a intenção de o mostrarem. A reunião não devia, porém, deixar de ter um caráter de simplicidade e ser formada apenas pelos amigos da casa, tal como se fosse uma pequena comissão. Além disso, contavam uns que a princesa Bielokonski viesse acompanhada pela esposa de um grande personagem e alto dignitário; outros, os mais novos, pensavam que, no caso de ele vir, devia ser Eugênio Pavlovitch.

O príncipe foi prevenido, três dias antes, da vinda dessa senhora, mas só ouviu falar da reunião na véspera do dia em que devia ter lugar. Como é natural notou uma certa inquietação no rosto de todos os da família, e algumas alusões veladas fizeram-lhe compreender que não estavam muito sossegados sobre o que se iria passar. No entanto, o instinto do primeiro ao último dos Epantchine consideravam-no como incapaz, na sua simplicidade, de dar conta das inquietações de que era causa; olhavam-no todos com um íntimo sentimento de ansiedade.

Não dava, na verdade, nenhuma importância ao acontecimento; eram outras as suas preocupações. Aglaé tornava-se hora a hora cada vez mais caprichosa e mais sombria; isto torturava-o. Quando soube que esperavam também Eugênio Pavlovitch, manifestou uma viva alegria e disse que desde há muito desejava vê-lo. Por uma razão, que não discerniu, estas palavras causaram o espanto de todos. Aglaé saiu da sala despeitada; somente às onze horas da noite, na ocasião em que o príncipe ia sair, ela voltou, aproveitando a ocasião de o acompanhar, para lhe dizer algumas palavras a sós.

— Tinha vontade que o senhor não viesse a nossa casa, amanhã, durante todo o dia, mas sim aparecesse apenas à noite, quando todos os... convidados já cá estivessem. Sabe quem vamos receber?

Pronunciou estas palavras num tom de impaciência e de dureza; era a primeira vez que fazia alusão à reunião. Para ela também a ideia desta recepção era quase insuportável, como todos haviam notado. Talvez sentisse uma desmedida vontade de procurar interpelar seus pais a tal respeito; porém um sentimento de altivez e de pudor tinham-na contido. O príncipe compreendeu logo que ela tinha igualmente uns certos receios a seu respeito, mas não queria confessar o motivo. Experimentou por isso uma sensação de terror.

— Sim, estou convidado — respondeu ele.

Ante esta resposta sentiu um visível mal-estar em ir mais longe.

— Poder-se-á falar seriamente com o senhor, uma vez, só que seja, na vida? — perguntou ela, tomada de uma súbita cólera, sem saber por quê, mas sem se poder dominar.

— A senhora pode, e eu estou a ouvi-la, bastante surpreendido — balbuciou o príncipe.

Aglaé calou-se um instante; depois decidiu-se a falar, mas com uma manifesta repugnância.

— Não tenho querido discutir com eles a tal respeito; há pontos onde se pode fazer-lhes ouvir a voz da razão! Tenho tido sempre aversão a umas certas regras de conduta social a que minha mãe se submete. Não falo no meu pai; não tenho nada a pedir-lhe. A minha mãe é, sem dúvida, uma mulher de um nobre caráter; tente propor-lhe alguma coisa menos digna e verá!... Isto não impede que se incline diante do... vil mundo. Não falo na Bielokonski: é uma velha mesquinha e uma má criatura, mas tem espírito e sabe mantê-los a todos debaixo de mão. Tem pelo menos esta habilidade!... Oh, que baixeza! Tudo isto é ridículo. Temos sempre pertencido a uma classe média, à mais média de todas; por que havemos de querer entrar à força na alta sociedade? As minhas irmãs deixam-se também arrastar e enganar; foi o príncipe Stch... que lhes transtornou a cabeça. Por que ficou tão contente quando soube que o Eugênio Pavlovitch vinha?

— Ouça, Aglaé — disse o príncipe — tenho a impressão de que a senhora tem medo que eu cometa alguma falha amanhã... nessa sociedade?

— Medo, pelo senhor? — perguntou Aglaé, corando. — Por que havia de ter medo pelo senhor? Que me importa que o senhor se cubra de vergonha? Que mal me pode isso fazer? Como pode o senhor empregar tais expressões? Que quer dizer com a palavra falha? É uma palavra um pouco baixa e trivial.

— É uma palavra aprendida na escola.

— Sim, senhor, uma palavra aprendida na escola!... É uma palavra imprópria. Parece ter a intenção de empregar termos desse gênero, amanhã, na nossa conversa? Procure ainda em casa, no seu dicionário, outras palavras do mesmo gênero; pode estar certo de que fará um grande efeito! É uma lástima que o senhor não saiba apresentar-se convenientemente num salão. Onde aprendeu tudo isso? Saberá beber decentemente uma chávena de chá, estando todos a olhar para o senhor, a verem como a toma?

— Creio que devo saber.

— Tanto pior; perderei assim uma boa ocasião de me rir à sua custa. Quebre pelo menos o vaso de louça chinesa que está no salão! Tem um certo valor e dar-me-ia um certo prazer se o quebrasse. Foi um presente. A minha mãe ficaria desorientada e começaria a chorar diante de toda a gente, tal como costuma fazer!... Faça um desses gestos que lhe são habituais: dê um murro no vaso e quebre-o... Sente-se logo perto dele.

— Pelo contrário, sentar-me-ei tão longe dele quanto possível. Obrigado por me ter prevenido.

— Logo, daqui para o futuro, o senhor passará a ter medo dos seus gestos! Parece-me que vai escolher um tema para discorrer, um assunto sério, inteligente e elevado? Isso será de muito bom gosto!

— Suponho que seria estúpido se não viesse a propósito.

— Escute, de uma vez por todas — disse ela por fim, perdendo a paciência. — Se discorrer sobre um assunto como a pena de morte, ou a situação econômica da Rússia, ou a teoria de que a beleza salvará o mundo, muito bem!... Ficarei encantada e divertir-me-ei muitíssimo, mas previno-o desde já: não olhe para mim enquanto estiver a falar! Está a ouvir: falo seriamente! Desta vez falo seriamente!

Proferiu de fato esta ameaça num tom *sério;* havia mesmo nas suas palavras e no seu olhar uma expressão fora do normal, que o príncipe nunca até aí lhe notara, e que sem dúvida parecia não ter a intenção de gracejar.

— Então, nesse caso, sinto-me dominado de tal forma, que terei com certeza um acesso de loquacidade e até... talvez mesmo... quebre o vaso. Há um momento não tinha medo de nada, agora porém temo tudo. Estou convencido de que vou na verdade falhar.

— Nesse caso, cale-se. Sente-se e fique quieto.

— É impossível; estou convencido de que o medo me fará discursar e me fará também quebrar o vaso. Estatelar-me-ei talvez no meio do salão, ou cometerei qualquer outra imprudência do mesmo gênero, porque isto já me sucedeu uma vez. Sonharei toda esta noite com isso. Por que me veio falar em tal assunto?

Aglaé olhou-o com um ar sombrio.

— Quer saber uma coisa? Gostaria muito mais de não vir amanhã!... Direi que estou doente e está tudo acabado! — informou ele num tom decidido.

Aglaé bateu com o pé no chão e empalideceu de cólera.

— Meu Deus! Já se viu uma coisa parecida! Não virá, quando é especialmente devido ao senhor que tudo isto se faz!... Oh, meu Deus, que prazer pode ter o falar com um tal... com um homem tão desproposidado como o senhor.

— Está bem, virei, virei — interrompeu rápido o príncipe — e dou-lhe a minha palavra de honra de que não proferirei uma palavra durante toda a reunião. Prometo assim fazer.

— Muito bem. O senhor disse há pouco: "Direi que estou doente". Onde vai aprender tais expressões? Será necessário que me fale nesse tom? O senhor procura irritar-me, não é assim?

— Perdão, é uma expressão também aprendida na escola: não a empregarei mais. Compreendo muito bem que a senhora... tenha receio a meu respeito... (vamos, não se zangue!) e isso dá-me um prazer enorme. Não calcula quanto receio tenho agora e quanto às suas palavras me causam alegria. Porém todo esse temor é pueril, é uma historieta, posso garantir-lhe. Deus é minha testemunha, Aglaé! Restará apenas a satisfação. Gosto muito de vê-la tão inocente, mas tão enérgica e tão boa criança!... Ah! Aglaé, como eu a considero deveras encantadora!...

Aglaé esteve quase a zangar-se, porém nesse instante um sentimento, que ela própria não esperava, invadiu-lhe de súbito a alma.

— O senhor não me censurará um dia... mais tarde, as palavras um pouco atrevidas que acabo de lhe dirigir? — perguntou ela bruscamente.

— Por que é que pensa assim? Por que volta a corar tanto? O seu olhar está se tornando sombrio! Por vezes é bastante sombrio, Aglaé. Não volte a olhar-me outra vez dessa forma. Eu sei porque...

— Cale-se, cale-se!

— Não, será muito melhor que eu fale. Há muito tempo que queria dizer-lhe; já falei nisso, mas... não foi o bastante porque não acreditou em mim. Há entre nós uma pessoa...

— Cale-se, cale-se, cale-se, cale-se! — interrompeu-o vivamente Aglaé, agarrando-o pelo braço com veemência e fitando-o, como que dominada por um grande terror.

Chamaram-na neste momento. Encantada com esta diversão, deixou-o, fugindo a toda a pressa.

O príncipe esteve febril durante toda a noite. Coisa estranha; desde há um certo tempo que tinha febre todas as noites. Nesta altura, no meio do seu semidelírio, uma ideia o assaltou: e se no dia seguinte, na frente de todos, tivesse um ataque? Não tinha tido já diversos ataques no seu estado normal? Este pensamento preocupou-o; durante toda a noite viu-se no meio de uma sociedade maravilhosa, inaudita, formada de pessoas na sua maioria desconhecidas. O fato principal, porém, é que se tinha posto a discorrer; sabia que se devia calar, e no entanto falou durante todo o tempo, esforçando-se por contradizer os seus auditores nalguns dos seus pontos. Eugênio e Hipólito faziam parte do número dos convidados e pareciam encontrar-se em boas relações.

Acordou perto das oito horas com uma grande dor de cabeça, as ideias em desordem e umas estranhas impressões. Tinha um imenso desejo, não muito razoável, de ver o Rogojine e de conversar demoradamente com ele; mas a propósito de quê? Não o sabia dizer bem. Depois, sem qualquer motivo, tomou a resolução de ir à casa do Hipólito. O seu coração estava bastante agitado, e de tal forma, que os acontecimentos dessa manhã não chegaram a absorvê-lo por completo, apesar de haverem produzido nele uma forte impressão. No número desses acontecimentos estava a visita do Lebedev.

Este veio visitá-lo em muito boa hora, ou seja, um pouco depois das nove horas; estava deveras embriagado. Se bem que o príncipe fosse nestes últimos tempos um mau observador, não deixou de lhe chamar a atenção, pois era coisa que saltava aos olhos, a má apresentação do Lebedev desde que o general Ivolguine saíra de sua casa, isto é, desde há três dias. Andava agora sujo e coberto de nódoas, com a gravata sempre mal-posta e a gola do casaco deixando ver os rasgões. Ia até ao ponto de fazer uma grande vozearia em casa, a qual se ouvia através do pátio; Vera chegara a vir um dia, toda lacrimosa, contar-lhe diversas coisas.

Uma vez em frente do príncipe começou a falar num tom bastante estranho, batendo no peito e acusando-se, não se sabe de que má ação.

— Na verdade, recebi a recompensa da minha perfídia e da minha baixeza... Recebi uma bofetada! — concluiu ele, por fim, com um acento trágico.

— Uma bofetada! De quem? E a esta hora, tão cedo?

— Tão cedo? — repetiu Lebedev com um sorriso sarcástico. — A hora não tem nada com a questão, mesmo quando se trata de um castigo físico. Mas foi um castigo moral... uma bofetada moral e não física que recebi!

Sentou-se bruscamente, sem mais cerimônias, e começou a contar a sua questão. Como a sua narrativa fosse um tanto desconexa, o príncipe franziu as sobrancelhas e fez o gesto de se ir embora. Algumas palavras mais, porém, fizeram-no parar. Ficou como que petrificado pela surpresa. Lebedev contava as coisas mais estranhas.

Falava então, segundo parecia, de uma certa carta, a propósito da qual proferiu o nome da Aglaé Ivanovna. Depois, inopinadamente, começou a acusar, em termos amargos, o próprio príncipe. A acreditar no que ele dizia, este tinha-o, a princípio, honrado com a sua confiança, a propósito de questões que diziam com respeito a um certo personagem (era Nastásia Filipovna), depois havia rompido por completo com ele e afastara-o de uma maneira ignominiosa e mesmo ultrajante, a tal ponto que, da última vez, o havia grosseiramente iludido com uma inocente questão sobre a eventualidade de uma próxima mudança de casa. Com lágrimas de bêbado, Lebedev confessou que, depois desta afronta, não podia mais tolerar tal situação, quando no entanto sabia tantas coisas a respeito de Rogojine, de Nastásia e de um amigo desta, de Bárbara... e até mesmo da própria Aglaé. Imagine que isto se passou por intermédio da Vera, da minha querida Vera, da minha única filha... oh! Sim!... se bem que não é a única, pois tenho três! Mas quem é que escreveu à Isabel, a informá-la, e isto sob o compromisso do maior segredo? Ah, ah! Quem teria levado ao seu conhecimento todos os movimentos e relações da Nastásia? Ah, ah, ah! Quem será o informador anônimo, se me permite que lhe pergunte?

— É muito possível que seja o senhor, não? — exclamou o príncipe.

— Justamente — replicou com dignidade o bêbado. — Ainda hoje, às oito horas e meia, ou seja, há meia hora, quando muito, três quartos de hora, fiz saber a essa nobre mãe que tinha uma história... interessante para lhe comunicar. Transmiti-lho por um bilhete que a criada lhe foi levar, pela porta de serviço. E sei que o recebeu!

— O senhor viu há pouco a Isabel? — perguntou o príncipe, mal acreditando no que ouvia.

— Vi-a ainda agora e recebi uma bofetada... moralmente falando. Devolveu-me a carta, atirando-me com ela à cara, sem tê-la aberto, e quase me agarrou pelos ombros e me pôs pela porta fora... moralmente, não fisicamente... apesar de que nesta altura pouco faltou para ser fisicamente!

— De quem era essa carta que lhe atirou à cara sem a ter aberto?

— Era de... Ah! Ah! Ah!... Então não lhe disse ainda de quem era? Parece-me que já lhe falei nisso!... Recebi uma pequena carta para a fazer chegar às mãos...

— Uma carta de quem? Para quem?

Certas explicações dadas por Lebedev eram bastante difíceis de compreender e a custo se conseguia descobrir-lhes o sentido. O príncipe pôde apenas discernir que a carta fora trazida de madrugada, por uma criada, para Vera a fim de que esta a fizesse chegar ao seu destino... como anteriormente... como anteriormente, a uma certa personagem e da parte de certa pessoa... (a uma dou a qualificação de pessoa e a outra a de personagem) para evidenciar a baixeza desta e a grande diferença que existe entre a muito nobre e ingênua filha de um general e... uma camélia). Quem quer que seja, a carta foi escrita por uma pessoa cujo nome começa pela letra A...

— Será possível? Escreveu a Nastásia? Isso é um absurdo! — gritou o príncipe.

— É assim mesmo; somente as cartas têm sido enviadas não à Nastásia, mas sim ao Rogojine, o que vem a dar na mesma!... Há até uma carta da pessoa cujo nome principia pela letra A, dirigida ao senhor Terentiev, para que este a fizesse chegar ao seu destino — acrescentou Lebedev com um piscar de olhos e um sorriso.

Como saltasse a cada instante de um assunto para o outro e se esquecesse do que tinha começado a dizer, o príncipe calou-se para ver se conseguia que ele confessasse tudo. Um ponto porém se mantinha ainda obscuro: as cartas passavam pelas suas mãos ou pelas de Vera? Afirmando que escrever ao Rogojine ou escrever à Nastásia era tudo a mesma coisa, deixava entender que essas cartas, se de fato elas existiam, não passavam com certeza pelas suas mãos. Era difícil de compreender por que acaso esta última tinha vindo parar às suas mãos; o mais provável é que a tivesse tirado de qualquer maneira a Vera; sub-repticiamente apoderou-se dela e levou-a à Isabel com qualquer intenção. Tal foi a hipótese a que o príncipe acabou por chegar.

— O senhor perdeu o juízo! — exclamou ele deveras exaltado e preocupado.

— Absolutamente, meu caro príncipe — afirmou Lebedev, não sem uma certa malícia. — Para dizer a verdade a minha primeira ideia foi entregá-la ao senhor, prestar-lhe esse serviço, mas pensando melhor, reconheci que esse serviço seria melhor recebido do outro lado e que era preferível levar tudo ao conhecimento da mais nobre das mães... pois já a tinha prevenido uma vez por uma carta anônima. No bilhete que lhe mandei pela manhã, pedindo-lhe para me receber às oito horas e vinte, foi também assinado: anônimo informador. Mandou-me entrar imediatamente; levaram-me com prontidão, pela escada de serviço... até junto da pobre mãe...

— E depois?

— O resto já o senhor sabe. Era muito justo que me batesse; mas faltou tão pouco para o fazer, que posso considerar-me quase como que espancado. Quanto à carta, atirou-me com ela à cara. Para dizer a verdade, hesitou um momento se devia ou não guardá-la; notei que tinha vontade de ficar com ela, mas mudou de repente de ideias; foi então que me atirou com ela, dizendo: visto que encarregaram um homem como tu, de a entregar, então entrega-a! Sentiu-se deveras ofendida. Era uma mulher altiva!

— Onde se encontra agora a carta?

— Tive-a sempre comigo. Está aqui.

E entregou ao príncipe o bilhete de Aglaé a Gabriel. Era este o bilhete que o último devia mostrar triunfalmente à irmã duas horas mais tarde.

— Essa carta não pode ficar nas suas mãos.

— Pode ficar com ela, pode ficar com ela — objetou Lebedev com entusiasmo. — Agora sou-lhe de novo dedicado, sou todo seu, de cabeça e coração; volto de novo às suas ordens, depois de uma traição passageira!... Pode ferir-me no coração, mas tenha cuidado com a minha barba, como disse Thomas More... na Inglaterra ou na Grã-Bretanha. *Mea culpa, mea culpa,* como diz o Pai de Roma... isto é, o Papa de Roma, mas que eu chamo o Pai de Roma.

— Essa carta deve ser expedida imediatamente — insistiu o príncipe.

— Eu me encarrego disso. Não valeria muito mais, meu caro príncipe, não seria preferível fazer... como isto.

Falando assim, Lebedev esboçou uma estranha e obsequiosa mímica. Agitou-se no seu lugar, como se o tivessem picado com uma agulha; piscou os olhos com um ar matreiro e indicou alguma coisa com as mãos.

— O quê? — perguntou o príncipe com voz ameaçadora.

— Não seria melhor abrir antes a carta! — murmurou Lebedev num tom insinuante e um tanto confidencial.

O príncipe estremeceu com uma tal expressão de cólera, que Lebedev esteve a ponto de fugir; aproximou-se apenas da porta e parou a ouvir o príncipe.

— Ah! Lebedev! Poder-se-á, poder-se-á chegar a tal grau de desregramento e de baixeza como o senhor chegou? — exclamou o príncipe com um acento de profunda tristeza.

O rosto de Lebedev acalmou-se.

— Sou vil! Sou vil, bem sei! — murmurou ele enquanto se aproximava. Tinha lágrimas nos olhos e batia no peito.

— Isso era uma infâmia!

— Precisamente, uma infâmia. É a palavra apropriada.

— Por que essa maneira de agir tão... singular? No fundo o senhor não passa... de um espião! Por que escreveu uma carta anônima para alarmar... uma mulher tão nobre e tão bondosa? Por que é que a Aglaé não havia de ter o direito de escrever a quem muito bem lhe apetecesse? Foi para se lamentar, que o senhor foi lá hoje? Que esperava com essa sua denúncia?

— Obedeci apenas a uma tentadora curiosidade e ao desejo de prestar um serviço a uma alma nobre! — balbuciou Lebedev. — Porém agora estou ao seu dispor, pertenço-lhe de novo, em absoluto. Pode enforcar-me se quiser!

— Foi neste estado que o senhor se apresentou na casa da Isabel? — perguntou o príncipe com uma curiosidade toda repassada de desgosto.

— Oh, não!... não estava tão bêbado... e falava mais corretamente; depois de ter recebido a humilhação em que lhe falei é que me pus... no estado em que me vê.

— Então está bem!... Deixe-me ficar sozinho...

Teve de repetir várias vezes esta ordem antes que ele se decidisse a partir. Mesmo depois de ter aberto a porta, Lebedev voltou nas pontas dos pés até ao meio do aposento e recomeçou a sua mímica sobre a maneira de abrir uma carta; não se atreveu porém ajuntar a palavra ao gesto e saiu com um sorriso calmo e afável nos lábios.

De toda esta tagarelice, difícil de entender, um fato capital, extraordinário, se destacava: Aglaé atravessava uma violenta crise de inquietação e de perplexidade; qualquer coisa a atormentava muitíssimo (a inveja, murmurava o príncipe). Uma outra constatação se impunha: é que havia de fato pessoas mal-intencionadas que a alarmavam, e o que é mais estranho é que ela depositava toda a confiança nessas pessoas. Sem dúvida alguma havia em tudo isto intenções particulares, talvez nefastas, mas que, em todo caso, não pareciam ter sido calculadas por esta pequena cabeça inexperiente, mas ardente e altiva.

Estas deduções levaram o príncipe a um extremo receio e a sua preocupação foi tal, que deixou de saber qual o partido a tomar. Sentia-se em face de uma eventualidade que era preciso impedir a todo o custo. Olhou mais uma vez a direção da carta fechada; oh, que ela era para ele, não tinha dúvida alguma, nem se sentia inquieto, pois a confiança na sua pessoa preservava-o de tal; a preocupação que lhe inspirava essa carta era de uma outra ordem: não tinha confiança em Gabriel. E por isso resolveu ir ele próprio entregar-lhe em mão; saiu de casa com essa intenção, mas uma vez na rua, mudou de ideia. Parecendo quase que uma combinação, quando estava a chegar à casa de Ptitsine, encontrou Kolia; encarregou este de entregar a carta a seu irmão, como se ela lhe tivesse sido pessoalmente entregue por Aglaé. Kolia não pôs nenhuma objeção e levou a carta, de forma que Gabriel não suspeitou que ela tivesse passado por tantas mãos.

Ao entrar em casa, o príncipe chamou Vera e contou-lhe o preciso para acalmá-la, pois até aí não fizera mais do que chorar à procura da carta. Ficou consternada ao saber que fora seu pai que lha havia tirado. (Em virtude disto disse-lhe que por várias vezes servira já, em segredo, de intermediária entre Rogojine e Aglaé; nunca lhe ocorrera que pudesse haver nisto alguma coisa contrária aos interesses do príncipe.)

Este último sentia as suas ideias deveras confusas; quando por isso lhe vieram dizer, da parte de Kolia, que o general estava doente, foi custo que compreendeu do que se tratava. A forte impressão, porém, que este acontecimento provocou no seu espírito, foi-lhe salutar. Passou quase todo o dia, até à tardinha, na casa de Nina Alexandrovna (para onde naturalmente tinham levado o doente).

Não lhe prestou quase nenhum auxílio, mas há pessoas que gostam de se manter, em certos momentos, junto daqueles que sofrem. Kolia ficou deveras inconsolável e chorou, como se tivesse tido uma crise de nervos, assim se mantendo durante todo o tempo que se seguiu: foi procurar um médico e encontrou três, correu depois a casa de um farmacêutico, assim como de um barbeiro. O general reanimou-se, mas não retomou o conhecimento; os médicos opinaram que todo o caso o seu estado era grave. Bárbara e Nina não deixaram mais o doente, Gabriel ficou deveras perturbado e abatido, mas não quis subir ao andar superior e recusou-se mesmo a ver seu pai; torcendo as mãos e numa conversa sem nexo, que teve com o príncipe, chegou a dizer que sendo sempre uma grande desgraça, o era em especial naquele momento, mais parecendo um castigo. O príncipe compreendeu a alusão contida nestas palavras.

Hipólito não estava então na casa dos Ptitsine. A noite veio Lebedev; desde a explicação da manhã até àquele momento estivera dormindo de um só sono. Estava agora um pouco melhor da embriaguez e chorava lágrimas sinceras sobre a sorte do doente, como se se tratasse de um seu irmão. Acusava-se em altos brados, sem precisar de que falta, e torturava Nina, repetindo-lhe a cada instante que era ele a causa de tudo, e mais ninguém... que havia procedido assim por uma amável curiosidade... e que o falecido (não se sabe porque teimava em designar assim o general, apesar dele estar ainda vivo) era um homem de gênio! Insistia, com especial teimosia, sobre o gênio do general, como se esta constatação tivesse nesta altura uma grande utilidade. Vendo a sinceridade das suas lágrimas, Nina acabou por lhe dizer, sem qualquer ar de reprimenda e até mesmo num tom afável: "Então! Que Deus o ouça!... Não chore, vamos!... Deus há de perdoar-lhe!" Estas palavras e o tom em que foram proferidas causaram a Lebedev uma tal impressão que durante toda a tarde não deixou mais Nina (e durante os dias que se seguiram, até à morte do general, manteve-se na casa deles quase desde pela manhã até à noite). Por duas vezes, em cada dia, Isabel mandava perguntar a Nina pelo estado de saúde do general.

À noite, perto das nove horas, quando o príncipe fez a sua aparição no salão dos Epantchine, este estava repleto de convidados — Isabel começou logo a informar-se, com interesse e em detalhe, sobre o estado do doente; respondeu por sua vez, num tom de orgulho, à princesa Bielokonski, que havia perguntado: "De que doente se trata e quem é essa Nina Alexandrovna?" Esta pergunta era em especial dirigida ao príncipe. Nas explicações que deu a Isabel, falou muito, conforme disseram mais tarde as irmãs de Aglaé; falou com modéstia, calma e dignidade, sem palavras inúteis nem demasiada gesticulação: fez uma entrada digna e a sua apresentação foi irrepreensível. Não só não se havia estatelado no meio do tapete, como fizera crer na véspera, mas sim deixou em todos uma boa impressão.

Por seu lado, depois de se haver sentado e orientado, notou logo que essa sociedade não tinha nada em comum com os fantasmas que Aglaé lhe tinha descrito na véspera, nem com os seus pesadelos da noite anterior. Era a primeira vez na sua vida que descobria um canto do que se apelidava com o nome pomposo de mundo. Havia já muito tempo que, tendo a tal respeito as suas suposições, os seus projetos e inclinações, ambicionava entrar nesse círculo encantado; no entanto sentia-se deveras intrigado sobre qual iria ser a sua primeira impressão. Ficou satisfeito, porque foi na verdade encantadora. Desde logo lhe pareceu que todas essas pessoas eram dignas de se encontrarem assim reunidas; as Epantchine não consideravam isto como uma falta e ele não tinha na sua frente convidados, mas sim apenas pessoas íntimas; ele próprio sentiu-se na posição de um homem que encontrou, depois de uma curta separação, as pessoas de quem era amigo dedicado e de quem compartilhava as ideias. O encanto e a distinção das suas maneiras, a sua simplicidade e a sua aparente sinceridade produziram nele um efeito quase de deslumbramento. Não podia então conceber que essa bonomia, essa nobreza de maneiras, esse vivo espírito, esse elevado sentimento de dignidade, tudo quanto via, em suma, não passava de uma teatralidade. Na sua maioria os convidados eram, a despeito do seu imponente aspecto exterior, pessoas bastante modestas; naquele momento, porém, a sua confiança impedia-o de observar que muitas daquelas qualidades, sendo na sua maioria inconscientes, momentâneas ou herdadas, não revelavam a existência de qualquer mérito pessoal. No encantamento da sua primeira impressão, não o assaltou a menor suspeita sobre o que via. Assim, por exemplo, tinha na sua frente um velho, um importante dignatário, que podia ser talvez seu avô, o qual interrompeu a sua conversa para ouvir um jovem inexperiente como ele. E este velho senhor, não só o escutava, como ainda parecia interessado em ouvir as suas opiniões, tanto se mostrava afável com ele, tanto a sua benevolência era sincera, muito embora fossem estranhos um ao outro e se vissem pela primeira vez. Talvez fosse essa delicadeza e esse fino trato que atuasse sobre o ardente e impressionante espírito do príncipe, ou talvez mesmo tivesse vindo num tal estado de alma, que o predispunha ao otimismo.

Os laços que ligavam todas estas pessoas aos Epantchine, como aqueles que os ligavam uns aos outros, eram no fundo muito mais frouxos que o príncipe supôs, desde que lhes fora apresentado e com eles travara relações. Encontravam-se entre eles pessoas que não teriam nunca, por preço algum, reconhecido os Epantchine como seus iguais. Havia-as mesmo que se detestavam cordialmente: a velha Bielokonski desprezara toda a sua vida a esposa do velho dignatário e esta por sua vez gostava da Isabel Prokofievna.

O dignatário, que fora o protetor dos Epantchine desde a sua juventude, e que nessa noite ocupava na casa deles o lugar de honra, tinha ante os olhos de Ivan uma importância tão grande, que na sua frente o general era incapaz de experimentar qualquer outro sentimento que não fosse o de veneração e de temor; sentiria mesmo um sincero desprezo por ele próprio, se o tivesse suposto seu igual, por um instante que fosse, e deixasse de ver nesse personagem um Júpiter Olímpico.

Encontravam-se também ali pessoas que não se viam há já alguns anos e que apenas sentiam umas pelas outras indiferença, se não inimizade; no entanto, naquele momento, aparentavam conhecer-se, como se tivessem estado ainda na véspera na mais cordial e mais agradável das companhias.

Os convivas não eram em grande número. Além da princesa Bielokonski, do velho dignatário, que era de fato um importante personagem, e sua esposa, viam-se ainda um importante general, barão ou conde, possuidor de um nome alemão; era um homem extraordinariamente taciturno, com a reputação de conhecer muito bem os assuntos do Estado e que chegava mesmo a ser considerado um sábio. Era um desses administradores olímpicos, que conhecem tudo, menos a Rússia e emitem todos os cinco anos um pensamento cuja profundeza faz sensação, e cujo assunto, tornado proverbial, chega aos ouvidos das mais altas personalidades; era um desses funcionários que, depois de uma carreira, cuja duração é quase internacional (pode dizer-se prodigiosa), morrem em geral numa bela situação e providos de uns grandes emolumentos, se bem que não tivesse uma ação notória no seu ativo e manifestasse até uma certa aversão por ações notórias. Este general era, na escala administrativa, o superior imediato de Ivan, o qual, por entusiasmo de um coração reconhecido e mesmo por um amor-próprio particular, considerava-se também como seu subordinado, ainda que o outro não se considerasse nunca como benfeitor de Ivan e sentisse por ele uma certa indiferença; aceitando de boa vontade os seus diversos serviços, pusera de lado imediatamente quaisquer considerações, mesmo de ordem secundária, e olhara apenas a oportunidade.

Havia ainda na assistência um personagem importante, de uma certa idade, que passava por parente de Isabel, se bem que o não fosse. Tinha um lugar e uma situação invejável; era um homem rico e de boa família, de ombros largos, encorpado e ótima saúde. Grande palrador, tinha a reputação de um descontente (no sentido mais lato da palavra) e também de um bilioso (qualidade que nesta altura tinha o seu encanto). As suas maneiras eram as de um aristocrata inglês; os seus gostos eram ingleses (por exemplo, gostava de um bife sanguíneo, de uma boa parelha, de um bom serviço de criados, etc.). Era da intimidade do dignatário, que se esforçava por distrair. Isabel acarinhava a ideia de que este pretensioso velho (de maneiras um pouco levianas e amador do belo sexo) pudesse ter um dia a ideia de requestar Alexandra, pedindo a sua mão.

Além destes convidados, de uma mais alta e importante posição social, havia uma outra categoria, formada por pessoas muito mais jovens, mas que se destacavam igualmente pela sua distinção. Eram, além do príncipe Stch... e de Eugênio, o encantador príncipe N., muito conhecido pelas suas aventuras femininas em toda a Europa. Tendo perto de quarenta e cinco anos, mostrava ainda um belo aspecto e possuía um surpreendente talento de narrador. Se bem que o seu patrimônio estivesse bastante diminuído, mantinha o luxo de viver, de preferência, no estrangeiro.

Por último, uma terceira categoria agrupava aquelas pessoas que não pertenciam ao círculo elegante da sociedade, mas no meio do qual se encontravam muitas vezes, tais como os próprios Epantchine. Guiados por um certo tato, que lhes servia de linha de conduta, os Epantchine gostavam de juntar, nas raras ocasiões em que recebiam visitas, a alta sociedade, com as pessoas de um grau menos elevado, mas representando o melhor da sociedade média. Sentiam vaidade nesta maneira de proceder, pois fazendo assim, tentavam manter a sua posição, mostrando ao mesmo tempo que sabiam viver. Orgulhavam-se porque, pelo menos, os julgassem desta forma.

Um dos representantes desta média sociedade era um engenheiro, com o posto de coronel, homem sério e muito ligado ao príncipe Stch..., que o havia introduzido na casa dos Epantchine; era muito sóbrio de palavras, quando se encontrava em reuniões como esta, e usava ostensivamente no indicador da mão direita um grande anel, que fora, com certeza, um presente imperial.

Havia por fim um poeta e literato, de origem alemã, mas de inspiração russa; era um homem que tinha perto de trinta e oito anos, com umas maneiras, as mais convenientes; podia-se apresentar, sem apreensões, na boa sociedade. Tinha um aspecto de vaidoso, como ainda havia nele qualquer coisa de antipático. O seu traje era impecável. Pertencia a uma família alemã das mais burguesas, mas muito considerada. Sabia aproveitar as circunstâncias para se colocar sob a proteção de altas personagens e granjear as suas simpatias. Traduzira já, do alemão, em versos russos, a obra de um grande poeta germânico, escrevendo no rosto dessa tradução uma proveitosa dedicatória. Possuía a habilidade de fazer valer as suas relações de amizade com um célebre poeta russo, já falecido. (Há em toda parte uma categoria de escritores que gostam de fazer alarde da sua intimidade com um autor ilustre, logo que este morre). Fora recentemente apresentado na casa dos Epantchine pela esposa do velho dignatário. Esta senhora passava por protetora dos cientistas e homens de letras; e, de fato, havia conseguido uma pensão para um ou dois escritores, por intermédio de pessoas altamente colocadas, sobre as quais exercia uma certa influência. Tinha, sem dúvida, no meio em que vivia, uma certa ascendência. A sua idade regulava, mais ou menos, pelos quarenta e cinco anos (muito mais nova que seu marido, o qual era um velho); havia sido bonita e amava ainda, por um contraste comum a muitas mulheres da sua idade, apresentando-se sempre vestida com afetação. De inteligência medíocre, a sua competência literária era muito discutível. Na sua casa havia a mania de proteger os homens de letras, como tinha a de se vestir sempre na última moda. Dedicavam-lhe por isso muitas obras, originais e traduções; dois ou três autores publicaram mesmo, com sua autorização, cartas que lhe dirigiram, pedindo a sua opinião sobre importantes assuntos.

Tal foi a sociedade que o príncipe encontrou, como sendo moedas da melhor lei e de um ouro do melhor quilate. De resto, todas estas pessoas se encontravam ali, como que para um fim determinado, e mostrando-se otimistas e encantadas com elas próprias. Cada uma de por si estava convencida de que a sua visita era uma honra para os Epantchine. O príncipe, contudo, não desconfiava, por coisa alguma, destas sutilezas. Não lhe ocorria, por exemplo, que os Epantchine, tendo tomado uma decisão tão grave como esta, de que dependia o futuro da sua filha, não se atreviam a deixar de apresentá-lo, a ele, príncipe León, a esse velho dignatário, protetor contratado da família. E este velho, que teria recebido com a maior calma qualquer catástrofe que houvesse atingido os Epantchine, considerar-se-ia deveras ofendido, se estes tivessem casado a filha sem o consultar e, por assim dizer, sem o seu consentimento. O príncipe N., esse encantador jovem, indiscutivelmente um homem de espírito e de coração nas mãos, estava em absoluto convencido de que a sua aparição, essa noite, no salão dos Epantchine, era um acontecimento comparável ao nascer do Sol. Julgando-se uns cem pés acima de todos os outros, era justamente devido a essa cândida e nobre ideia, que se mostrava de uma amável desenvoltura e de uma grande afabilidade para com todos. Sabia muito bem que teria de contar essa noite qualquer coisa, para distração de todos, e o que ele fazia com um certo ar de inspiração. O príncipe León, ouvindo um pouco mais tarde a sua recitação, teve a impressão de nunca ter ouvido qualquer coisa de comparável com aquela verbosidade cintilante e aquele humor, cuja ingenuidade tinha qualquer coisa de chocante na boca de um D. João como o príncipe N. Não desconhecia quanto era velha, vulgarizada e repetida essa história, que passava na casa dos crédulos Epantchine por uma novidade, por uma brilhante improvisação, espontânea e sincera, contada por um encantador e espiritual conversador, mas que, em qualquer outro salão, teria sido julgada com um soberano aborrecimento. O próprio poeta alemão, se bem que afetasse tanta amabilidade como modéstia, não estava menos inclinado a acreditar que a sua presença naquela casa era uma honra.

Todavia o príncipe não descortinava, nem o que estava por detrás nem ao de cima desta situação. Aglaé não tinha previsto tal deceção. Sonhara destacar-se, com toda a sua beleza, durante esta reunião. As três pequenas apresentaram-se com vestidos de festa, mas a sua maneira de vestir não era a mais adequada e o seu penteado era bastante estranho. Sentada ao lado de Eugênio Pavlovitch, Aglaé falava e discutia com ele num tom de extrema intimidade. Mantinha uma atitude um pouco mais grave que o normal, dada, com certeza, a importância das pessoas presentes. Conhecia-as, sem dúvida, desde há muito tempo, das outras reuniões da sociedade; se bem que ainda bastante novo, era olhado como fazendo parte desde há muito dessa sociedade. Viera essa noite, trazendo crepes no chapéu, o que lhe valeu os elogios da princesa Bielokonski; em idênticas circunstâncias, um outro homem da sociedade não teria com certeza feito tanto pela morte de um tal tio. Isabel manifestou também a sua satisfação, porém parecia dominada por qualquer outra grande preocupação.

O príncipe notou que Aglaé o olhara uma ou duas vezes com atenção e parecia estar satisfeita com ele. Pouco a pouco sentiu o coração dilatar-se-lhe com a laicidade. Os pensamentos fantásticos e as apreensões que o tinham há pouco assaltado (depois da sua conversa com o

Lebedev) apareciam-lhe agora, através de bruscas, mas intermitentes evocações, como sonhos sem ligação com a realidade, inverossímeis e mesmo ridículos! (Durante todo o dia o seu desejo mais querido, se bem que inconsciente, era demonstrar a si próprio que não havia razão para acreditar nesses sonhos). Falava, limitando-se a responder às perguntas. Por fim, calou-se por completo e ficou a ouvir os outros com o ar de um homem que está abstrato. Pouco a pouco uma espécie de inspiração se apoderou dele, prestes a trasbordar na primeira ocasião... No entanto, se retomou a palavra, foi por acaso, para responder a uma pergunta, e, segundo se pode crer, sem nenhuma intenção premeditada.

Capítulo 7

Enquanto a contemplava, com um ar de beatitude, ela prosseguia, com o príncipe N. e Eugênio Pavlovitch, uma alegre conversa, e o idoso personagem, com aspecto de anglófilo, conversava também, no outro extremo do salão, com o dignatário. No decorrer de uma frase animada pronunciou de repente o nome de Nicolau Andreievitch Pavlistchev. O príncipe voltou-se logo para o seu lado e seguiu com atenção o resto dessa conversa.

Tratavam dos novos regulamentos e de certos aborrecimentos ocorridos entre os grandes proprietários da província de Z. A conversa do anglófilo devia ter para ele qualquer coisa de divertido, porque o velho acabou por começar a rir-se, ouvindo o seu interlocutor dar largas à sua bílis. Este expunha com facilidade, no tom monótono de um homem rabugento e acentuando vagarosamente as vogais, as razões pelas quais se vira obrigado, sob o novo regime, a vender por metade do preço um esplêndido domínio que possuía nessa província, se bem que não tivesse uma especial necessidade de dinheiro. Ao mesmo tempo obrigavam-no a manter uma propriedade arruinada, que só lhe dava prejuízos, e compeliam-no numa outra a manter um processo dispendioso. Para evitar ainda um outro processo com respeito aos bens provenientes da herança do Pavlistchev, preferi desinteressar-me. Mais uma ou duas heranças como esta e eu ficaria arruinado. No entanto possuía ainda nessa província três mil *déciatines* de excelentes terras.

Ivan notara a extrema atenção que o príncipe prestara a esta conversa. Aproximando-se, entretanto, dele, disse-lhe a meia-voz:

— Ouves... Ivan Petrovitch é aparentado com o falecido Nicolau Andreíevitch Pavlistche... Procuras, suponho eu, os teus parentes?

Ivan não tinha tido até aí olhos para outro que não fosse o seu chefe, o general. No entanto não deixou de observar desde logo que o León era muitíssimo desleixado, pelo que sentiu com isso uma certa inquietação. Tentou também intrometê-lo, mais ou menos, na conversa, apresentando-o dessa forma, se assim se pode dizer, pela segunda vez, e recomendando-o à proteção daquelas personalidades.

— León Nicolaievitch foi educado por Nicolau Andreievitch Pavlistchev, depois do falecimento de seus pais — disse ele, um pouco a medo, e depois de haver encontrado o olhar de Ivan Petrovitch.

— Muito prazer — observou este último — e lembro-me muitíssimo bem do senhor. Assim que o Ivan me fez a sua apresentação, reconheci-o imediatamente, até pelo próprio rosto. Não tem feito grande mudança, se bem que tivesse apenas dez ou onze anos quando o vi pela última vez. O seu rosto mantém alguns dos traços que me ficaram gravados na memória...

— O senhor conheceu-me ainda criança? — perguntou o príncipe com uma grande admiração.

— Oh, muito bem e por bastante tempo — continuou Ivan. — Foi em Zlatoverkhovo, onde o senhor vivia, na companhia dumas minhas primas. Nesses tempos ia lá muitas vezes; o senhor não se lembra de mim? Isto não tem nada de espantar!... O senhor estava então doente, não sei de que doença, mas lembro-me de ter sido ainda chamado uma vez para o ver...

— Não me recordo de nada! — afirmou o príncipe, entusiasmado.

Ivan acrescentou, muito pausadamente, algumas palavras de explicação, que surpreenderam e comoveram o príncipe: as duas velhas senhoras, parentas do falecido Pavlistchev, que viviam na sua propriedade de Zlatoverkhovo e às quais havia confiado a educação do príncipe, tornaram-se mais tarde suas primas. Como toda a gente, Ivan não sabia bem quais tinham sido os motivos que haviam levado Pavlistchev a interessar-se daquela forma pelo jovem príncipe, seu pupilo, pensei então em me informar, disse ele. Muitas vezes mostrou que tinha uma excelente memória, pois se lembrava que a mais velha das primas, Marta Nikitichna, era muito severa com o jovem príncipe, que lhe fora confiado. "Fui até ao ponto", acrescentou ele, "de discutir uma vez com ela, a propósito do senhor, pois desaprovei o seu sistema de educação, que consistia em castigar, batendo-lhe, essa criança doente. Parece-me que... o senhor mesmo concorda... Pelo contrário, a filha segunda, Natália Nikitichna, era toda ternura para a infeliz criança..." As duas devem estar agora na província de Z., onde herdaram de Pavlistchev uma linda e pequena propriedade (serão ainda vivas? Não o sei dizer). Marta Nikitichna tinha, se não me engano, a intenção de entrar num convento; não posso afirmar isto, de positivo; posso apenas dizer que o ouvi, a propósito de uma outra pessoa. Ah, já sei!... Disseram isto ao falarem da mulher de um médico...

O príncipe escutou estas palavras, com os olhos brilhando de contentamento e enternecimento. Declarou por sua vez, com uma vivacidade extraordinária, que não perdoaria nunca a si mesmo, o ter viajado pelo interior do país durante os últimos seis meses e não ter reservado uns dias para ir ver as suas antigas educadoras. Em cada dia que passava, formava a intenção de o fazer, mas havia sido constantemente impedido por diversas circunstâncias... Desta vez, porém, estava decidido a ir, custasse o que custasse, à província de Z. Assim, o senhor conhece a Natália Nikitichna? Que admirável, que santa mulher! Marta Nikitichna também, desculpe-me, mas parece-me que o senhor se engana a tal respeito. Era severa, mas como não perder a paciência com o idiota que eu era então? (Ah! Ah!) Na verdade, nesse tempo, eu era um idiota completo, o senhor não acredita? (Ah! Ah!) Além disso... além disso o senhor não me conheceu nessa época e... Como é que, na verdade, não me recordo do senhor, pode dizer-me? De maneira que o senhor... Ah, meu Deus! será possível que o senhor seja realmente parente do Nicolau Pavlistchev?

— Posso assegurá-lo — afirmou, com um sorriso, Ivan Petrovitch, observando o príncipe.

— Oh, o que eu queria dizer era... sem dúvida... e enfim, pode-se duvidar disto? (ah! ah!)... mesmo pouco que seja? Sim, mesmo pouco que seja! (ah! ah!) Queria contudo dizer-lhe que o falecido Nicolau Pavlistchev era um homem tão admirável! ... um homem tão generoso! Dou-lhe a minha palavra de honra!

O príncipe não se sentia tão oprimido, mas, de qualquer maneira, a garganta parecia-lhe tomada pela emoção que lhe vinha do coração, segundo a frase de que se serviu a Adelaide no dia seguinte, ao falar com o seu noivo, o príncipe Stch...

— Oh, meu Deus! — observou Ivan, rindo. — Por que não posso eu ser parente de um homem tão generoso?

— Por Deus! — exclamou o príncipe, cuja confusão se traduzia por uma precipitação e uma animação cada vez maior. — Eu... disse mais uma tolice, mas... isto devia chegar, porque eu... eu... eu... a minha palavra de novo traiu o meu pensamento! Mas também, que influência pode ter a minha pessoa, podem dizer-me, ante tais interesses? E em comparação com um homem tão magnânimo? Pois Deus é testemunha que ele era o mais magnânimo dos homens, não é assim? Não acham que é assim?

O príncipe tremia todo. Donde lhe tinha resultado essa brusca comoção, por que se tornou muito branco, depois de um tal enternecimento, na aparência em desproporção com o tema da conversa, é o que para ele era dificílimo de explicar. Todavia encontrou-se nesse instante num tal estado de emotividade, que experimentou um sentimento de sincera gratidão, sem bem saber por quê, nem a respeito de quê; talvez mesmo fosse com respeito ao Ivan, talvez fosse com respeito a todas as pessoas presentes!... Rejubilava de felicidade. Ivan acabou por observá-lo com um olhar mais perscrutador. O dignatário fitou-o também com toda a atenção. A princesa Bielokonski lançou sobre ele olhares indignados e apertou os lábios. O príncipe N., Eugênio, o príncipe Stch..., as senhoras, todos os presentes, em suma, deixaram de falar e apuraram o ouvido. Aglaé mostrou sinais de pavor e Isabel ficou positivamente aflita. A mãe e as filhas pareciam enfadadas: depois de haverem deliberado e terem chegado à conclusão de que o príncipe fazia melhor, mantendo-se calado durante toda a reunião, ficaram deveras apreensivas ao verem-no completamente só num canto do salão e satisfeito com a sua sorte. Adelaide tinha já pensado em atravessar o aposento e aproximar-se dele com precaução; levá-lo-ia depois para junto do grupo onde se encontrava o príncipe N., ao lado da princesa Bielokonski. Porém na altura em que o príncipe se havia disposto a intervir na conversa, a sua inquietação redobrou.

— O senhor tem razão em dizer que era um homem admirável — observou Ivan num tom sentencioso e deixando de sorrir. — Sim, era um excelente homem. Um excelente e digno homem — acrescentou ele, depois de um curto silêncio. É digno mesmo, se assim se pode dizer, de toda a estima — encareceu em seguida, depois de uma nova pausa — e... é muito agradável constatar que por seu lado...

— Não foi com este Pavlistchev que se deu uma história esquisita com um abade, o abade... esqueci-me do nome... e que causou no seu tempo uma grande sensação? — proferiu o dignatário, esforçando-se por avivar as suas recordações.

— O abade Gouraud, um jesuíta — informou Ivan. — Sim, pertenciam ao número dos homens admiráveis e dignos de estima! E assim, Pavlistchev, devido ao seu nascimento e à sua fortuna, era camarista e... estava no ativo serviço quando de repente resolveu abandonar as suas funções oficiais e cortar com todas as suas relações, para abraçar o catolicismo e tornar-se jesuíta. Pôs nesta sua resolução todo o entusiasmo, sem mesmo procurar evitar o escândalo. Felizmente, porém, morreu a tempo, como todos o reconheceram então.

O príncipe não se pôde conter:

— Pavlistchev... Pavlistchev converteu-se ao catolicismo? É impossível! — exclamou, deveras admirado — Como, impossível? — replicou Ivan num tom sério. — É querer afirmar muito, meu caro príncipe, e o senhor há de concordar. De resto, o senhor tem o falecido numa muito alta estima e ele era de fato um homem dotado de bom coração, sendo sobretudo a essa qualidade que eu atribuo o sucesso desse intrigante do Gouraud. O senhor mal imagina quantas discussões e quantas inquietações tenho tido por causa dessa questão... e precisamente com esse mesmo Gouraud! Imagine — acrescentou ele, voltando-se para o velho — que pretendiam ter as suas pretensões à herança; tive de recorrer às medidas, as mais enérgicas para os levar ao arrependimento, porque sabem o que valem! São pessoas espantosas. Deus seja louvado! Isto passava-se em Moscovo; dirigi-me imediatamente ao conde e fizêmo-lo ouvir... a voz da razão.

— O senhor não pode calcular quanto tudo isto me tem penalizado e perturbado! — exclamou de novo o príncipe.

— Lastimo-o; no fundo, isso tudo não é tão sério como supõe e teria acabado, como sempre, em coisa nenhuma. Pelo menos estou convencido disso. O verão passado — continuou ele, dirigindo-se de novo ao velho e à condessa de K. — retirou-se também, segundo se diz, para um convento católico no estrangeiro; os nossos compatriotas não têm resistência alguma ante as promessas desses... aduladores... sobretudo no estrangeiro.

— Tudo isso, na minha maneira de ver, provém da nossa lassidão — disse o velho dignatário tomando um ar de importância — e depois essas criaturas têm uma maneira de cativar que, apesar de toda... a sua delicadeza, toda a sua personalidade, chega a causar-nos medo. A mim mesmo chegaram a amedrontar-me, posso garantir-lhe; foi em 1832, em Viena; o que sucedeu, porém, é que não me deixei dominar, pois pus-me em fuga. Ah, ah! Dou-lhe a minha palavra que fugi!

— Deixe-o dizer, meu bom amigo. Fugiu, na verdade, nessa época, de Viena para Paris, na companhia de uma linda mulher, a condessa de Lewicki; foi por causa dela, e não por causa do jesuíta, que deixou o serviço — interveio bruscamente a princesa de Bielokonski.

— Sem dúvida! Mas tudo isso sucedeu mais por causa de um jesuíta — replicou o velho, sorrindo, ante a evocação dessa agradável recordação. — O senhor parece que tem uns sentimentos muito religiosos, o que é agora muito raro entre os rapazes novos — acrescentou ele, num tom de benevolência, dirigindo-se ao príncipe León, que o escutava de boca aberta e parecendo muito aterrado.

Era evidente que o velho desejava conhecer melhor o príncipe e tinha as suas razões para se interessar vivamente por ele.

— Pavlistchev era um espírito lúcido e um cristão, um verdadeiro cristão. — declarou bruscamente o príncipe. — Como pôde ele adotar uma religião que não é cristã? O catolicismo é uma religião que não tem nada de cristã!...

Os seus olhos fulguravam, olhando à sua volta, como que pretendendo abraçar toda a assistência num só golpe de vista.

— Alto lá, isso é ir um pouco longe demais! — murmurou o velho, fitando Ivan com um olhar de surpresa.

— Então o catolicismo não é uma religião cristã? — perguntou este último, voltando-se na cadeira. — O que é, então?

— É antes de tudo uma religião que não tem nada de cristã — repetiu o príncipe com uma forte emoção e num tom deveras ríspido. Este é o primeiro ponto. O segundo é, no meu entender, que o catolicismo romano é pior que o próprio ateísmo! Sim, é esta a minha opinião!... O ateísmo limita-se a proclamar o nada, ao passo que o catolicismo vai mais longe: prega um Cristo que desfigura, calunia, vilipendia um Cristo contrário à verdade, prega o Anticristo, posso garantir-lhe! É esta a minha convicção pessoal desde há muito tempo e que me tem feito sofrer bastante... O catolicismo romano crê que a Igreja não pode manter-se sobre a Terra sem exercer um poder político universal e por isso diz: *Non possumus!* Para mim não constitui mesmo uma religião; propriamente falando é a continuação do Império romano do ocidente; tudo nele está subordinado a esta ideia, a começar pela fé. O Papado apropriou-se de um território, de uma soberania temporal e brandiu um gládio; desde então nada mudou, a não ser o gládio, substituído pela intriga, pela imposturice, pelo fanatismo, pela superstição e pela patifaria; brinca-se com os sentimentos populares, os mais sagrados, os mais puros, os mais inocentes, os mais ardentes; tudo, tudo foi trocado pelo dinheiro, por um miserável poder temporal. E não é esta a doutrina do Anticristo? Então não foi o catolicismo que engendrou o ateísmo! O ateísmo saiu do próprio catolicismo romano! Foi entre os seus adeptos que ele começou; poderão porventura crer neles próprios? Foram eles que tornaram maior a aversão que inspiravam, resultou das suas mentiras e da sua impotência moral!... O ateísmo! Entre nós a incredulidade encontra-se somente em certas cartas, entre os desenraizados, na feliz expressão de Eugênio Pavlovitch; porém, pela Europa afora, são massas enormes do povo que começam a perder a fé; noutros tempos a sua irreligião resultava da sua ignorância e da sua ilusão; hoje deriva do fanatismo e do ódio contra a Igreja e o cristianismo!

O príncipe parou ofegante. Havia falado com uma intensa volubilidade. Estava pálido e opresso. Os assistentes mostravam olhares de admiração; por fim o dignatário começou a rir abertamente. O príncipe N. pôs a luneta de cabo e observou com insistência León. O poeta alemão deixou o canto, onde estivera até aqui, e aproximou-se da mesa com um sorriso hostil nos lábios.

— O senhor exagera muito — disse Ivan, numa voz lenta, com um ar de tédio e até mesmo de mal-estar. — Essa Igreja tem também muitos representantes dignos de todo o respeito e que são pessoas virtuosas.

— Não falei ainda nos representantes da Igreja, como indivíduos. Falo do catolicismo romano na sua essência, a essência de Roma. E também a Igreja poderá desaparecer por completo? Nunca até hoje disse isso.

— De acordo. Tudo isso é conhecido e é supérfluo falar em tal; fala-se, sim... no domínio da teologia.

— Oh, não, não! Não se trata exclusivamente do domínio da teologia, posso assegurar-lhe! Isso toca-nos muito mais perto do que o senhor pensa. Todo o nosso erro está justamente nesse ponto: não podemos ainda conceber que toda essa questão não é apenas teológica! Não esqueça que o próprio socialismo é também um produto do catolicismo, e da sua essência. Como o seu irmão, o ateísmo, nasceu do desespero; representa uma reação moral contra o catolicismo, visa a apropriar-se da autoridade espiritual que a religião perdeu, a saciar a sede ardente da alma humana e a procurar a salvação, não em Cristo, mas na violência! Nesta, como no catolicismo, vemos pessoas que pretendem assegurar a liberdade pela violência, a união pelo gládio e pelo sangue! É proibido crer em Deus, é proibido possuir vontade, é proibido ter uma personalidade ou fraternidade, ou a morte pelo preço de dois milhões de cabeças. Diz-se: Os senhores conhecem as suas obras. E não creiam que toda esta sede anódina não contém em si perigos para nós. Oh, precisamos reagir e o mais depressa possível! É preciso que o nosso Cristo, que mantemos guardado e que eles propriamente não conhecem, resplandeça e alcance o Ocidente! Devemos agora levantar-nos diante deles, não para morder a isca do jesuitismo, mas para lhes infundir a nossa civilização russa!... E não nos venham dizer que sabem pregar com elegância, como alguém diz a cada momento.

— Se me permite, se me permite! — interrompeu Ivan com um ar muito inquieto, lançando olhares à sua volta e dando mesmo mostras de medo. — As suas ideias são muito louváveis e plenas de patriotismo, mas tudo isso é levado ao mais alto ponto de exagero e parece-me melhor não ir até aí.

— Não, não há nenhum exagero; isto está ainda muito abaixo da verdade, precisamente porque não pude ainda exprimir todo o meu pensamento, mas...

— Ah, permita-me!

O príncipe calou-se. Imóvel na cadeira, de cabeça erguida, dardejou sobre o Ivan um olhar encolerizado.

— Parece-me que o senhor exagerou até ao trágico a aventura do seu benfeitor — observou o velho num tom afável e sem perder a calma.

— O senhor está excitado... talvez por causa do isolamento em que vive. Se procurasse o convívio dos outros homens (e a sociedade, assim o espero, acolherá de uma maneira notável um jovem como o senhor) acalmaria todo o seu ardor e compreenderia que tudo isso é muito mais simples... Por agora esses casos são tão raros... que a minha opinião é que uns provêm da nossa saciedade e os outros do aborrecimento.

— Sim senhor, é isso mesmo! — exclamou o príncipe. — Aí está uma ideia magnífica! É o aborrecimento, é o nosso aborrecimento que é a causa, e não a saciedade! Neste ponto está enganado; longe de estarmos saciados, estamos, sim, sequiosos. Ou, para dizer melhor, estamos sendo devorados por uma sede febril! E... não suponha que isto seja um fenômeno tão insignificante, que provoque apenas o riso; desculpe-me, mas é preciso saber perscrutar! Quando os nossos compatriotas tocam ou creem ter tocado na margem, experimentam uma tal satisfação, que se deixam arrastar até aos extremos; por que sucederá isto? O caso de Pavlistchev causou-lhes admiração; supõem que enlouqueceu ou que sucumbiu por excesso de bondade; ora, não é assim. Não é somente para nós, mas para toda a Europa, que a irritação da alma russa, em tais circunstâncias, é um tema de espantar. Quando um russo se converte ao catolicismo, não se recusa a ser jesuíta e coloca-se entre os membros mais modestos da ordem. Se se torna ateu, não hesita em pedir que se extirpe pela força, isto é, também com um gládio, a crença em Deus. De onde vem este súbito fanatismo? Não se sabe? Resulta talvez de que o russo crê ter encontrado uma nova Pátria, isto porque não se apercebeu que tem uma aqui e de que essa descoberta o cumula de alegria. Encontrou a margem, a terra; precipita-se para ela e cobre-a de beijos! Não é somente por vaidade, como não é sob o domínio de um sentimento de mesquinha enfatuação que os russos são ateus ou jesuítas; é por angústia moral, por sede de alma, por nostalgia de um mundo mais elevado, de uma terra estável, de uma Pátria que substitui esta por aquela em que deixaram de crer, porque nunca a conheceram! O russo converte-se facilmente ao ateísmo, mais facilmente, sem dúvida, que qualquer outro povo do mundo. E os nossos compatriotas não se tornam apenas ateus, mas sim passam a ter *fé* no ateísmo, como se ele fosse uma nova religião; não se apercebem que é do nada que colocam a sua fé. Tanto nós temos sede de uma crença!... Aquele que não tem o solo debaixo dos pés, também nada tem de Deus. Este pensamento não é meu. Foi-me dito por um negociante, que era um velho crente e que encontrei no decorrer de uma viagem. Para dizer a verdade, ele não se exprimiu bem assim. Antes disse: "Aquele que renega a sua Pátria, renega também o seu Deus!" Não se esqueçam de que se encontram na Rússia homens de alta cultura, desejosos de entrarem na seita dos *khlystes*... No fundo sinto vontade de perguntar em que é que os *khlystes* são piores que os niilistas, os jesuítas, ou os ateus. Talvez a sua doutrina seja mais profunda. Eis ao que se confina a angústia da alma!... Mostrem aos companheiros sequiosos e exaltados de Colombo as costas do Novo Mundo; mostrem ao homem russo o mundo russo; permitam-lhe que descubra esse ouro, o tesouro que a terra dissimula ante seus olhos! Façam-lhe ver a renovação futura de toda a humanidade e a sua ressurreição, que talvez só lhe resulte do pensamento russo, do Deus russo e do Cristo russo... E os senhores verão que gigante forte e justo, sábio e terno, se levantará diante do mundo, estupefato e aterrorizado; só esperam de nós o gládio, o gládio e a violência, e julgando-se depois por eles próprios, não podem apreender o nosso poder sob outra forma que não seja a barbárie. Foi sempre assim até agora e este preconceito não fará mais do que aumentar, no futuro. E...

Neste momento, porém, produziu-se um acontecimento que obrigou o orador a interromper o seu discurso da maneira mais inesperada.

Todo este inflamado discurso, todo este fluxo de palavras apaixonadas e tumultuosas, exprimindo uma confusão de pensamentos entusiastas e desordenados que se entrechocam, eram a indicação de uma disposição mental particularmente perigosa neste jovem, cuja efervescência se havia declarado agora e sem nenhuma razão aparente. Entre as pessoas presentes, todas aquelas que conheciam o príncipe ficaram surpreendidas (e algumas mesmo envergonhadas) do seu procedimento, tão pouco em harmonia com a sua atitude habitualmente reservada e por vezes tímida, sinal, em qualquer outra circunstância, de um tato raro e de um sentimento instintivo das maiores conveniências. Não se chegou a compreender qual a causa desse despropósito, que não foi com certeza a revelação relativa ao Pavlistchev. Entre as senhoras foi considerado como que atacado de loucura, e a princesa Bielokonski confessou, desde logo, que se esta cena tivesse durado um momento mais, teria fugido dali. Por sua vez, os homens quase perderam a calma logo ao primeiro instante de espanto. Sem mudar a cadeira, o alto funcionário do general havia tomado um ar de descontentamento e severidade. O coronel manteve uma impassibilidade completa. O alemão empalideceu, mas continuou a sorrir com um ar falso, olhando à sua volta, para ver como os outros reagiriam. É fora de dúvida que este escândalo podia ter terminado da maneira a mais simples e a mais natural, talvez mesmo num minuto. Ivan, que fora deveras impressionado, mas que havia recobrado a sua presença de espírito mais depressa que os outros, tinha feito já várias tentativas para pôr termo à eloquência do príncipe; não o tendo conseguido até aqui, aproximou-se agora dele com firmeza e decisão. Um minuto mais e, se isso fosse necessário ter-se-ia talvez resolvido a fazê-lo sair amigavelmente, pretextando que ele estava doente, o que era talvez verdade nessa altura. Em todo caso, ele, Ivan, estava de fato convencido... Porém os acontecimentos tomaram um outro rumo.

Desde que entrara no salão, o príncipe havia se sentado o mais longe possível do vaso chinês, a propósito do qual Aglaé o havia aterrorizado. Coisa inacreditável; depois do que ela lhe tinha dito na véspera, uma convicção insuperável, um estranho e inverossímil pressentimento havia-o dominado de tal forma, que estava convencido de que não poderia deixar de quebrar o vaso, por maiores esforços que fizesse para evitar essa desgraça. Eis, pois, ao que chegou. No decorrer da reunião, outras impressões, tão fortes como agradáveis, haviam lhe invadido a alma; haviam já falado nisso, e essas impressões fizeram-lhe esquecer o seu pressentimento. Quando ouviu pronunciar o nome de Pavlistchev e que Ivan Fiodorovitch o chamou até junto de Ivan Petrovitch, para lhe apresentar de novo, aproximou-se da mesa e sentou-se num sofá ao lado do grande e magnífico vaso da China, colocado sobre um pedestal, quase à altura do seu cotovelo e um pouco atrás dele.

No momento em que pronunciou as últimas palavras do seu discurso, levantou-se bruscamente, fez com o braço um gesto largo e imprudente, teve um movimento involuntário de ombros e um grito geral ecoou! O vaso oscilou, parecendo ficar indeciso e prestes a cair sobre um dos velhos assistentes; depois pendeu logo para o lado oposto, onde se encontrava o alemão, o qual só teve o tempo bastante para, aterrorizado, dar um salto, e veio fazer-se em bocados sobre o chão. Ao ruído feito, responderam várias exclamações e preciosos bocados se espalharam sobre o tapete! O terror e o espanto apoderaram-se de todos os presentes. No que diz com respeito ao príncipe, é muito difícil, se não quase impossível descrever o que sentiu. Porém não podemos deixar de assinalar que a estranha impressão que o dominou até este momento se distinguiu logo de uma multidão de muitas outras, penosas e aterrorizadoras: o que o surpreendeu mais não foi a vergonha, nem o escândalo, nem o medo, nem o imprevisto do incidente, mas sim o ter-se realizado a profecia. Não conseguiu explicar a si mesmo o quanto essa constatação tinha de surpreendente; sentiu somente que ela lhe alarmou o coração e o encheu de um terror quase místico. Um momento se passou: pareceu-lhe que tudo se dilatava à sua volta e que o espanto se desvanecia ante uma sensação de luz, de alegria, de êxtase; perdeu a respiração e... Este fenômeno, porém, foi de curta duração. Graças a Deus não passou além disto!... Retomou alento e olhou à sua volta.

Durante um instante ficou como que inconsciente da alucinação que o dominou. Ou melhor, compreendia e via bem tudo quanto se passava, contudo sentia-se fora dos acontecimentos, tal como um invisível personagem de conto de fadas, observando, num aposento onde o introduziram, pessoas estranhas, mas que o interessavam. Viu apanhar os bocados, ouviu umas conversas rápidas e notou que Aglaé o fitava; estava pálida e tinha um ar estranho, muito estranho, mas sem nenhuma expressão de ódio e ainda menos de cólera; observava-o com receio, mas os seus olhos denotavam simpatia, entretanto que lançava sobre os outros, olhares cintilantes; um enternecedor sofrimento lhe invadiu de súbito o coração.

Notou, por fim, com uma certa confusão, que todos os assistentes tinham retomado os seus lugares e que riam mesmo, como se nada tivesse acontecido! Um outro minuto decorreu; a hilaridade redobrou; divertiam-se agora com a sua idiotice, mas com um ar de graça e num tom cordial. Diversas pessoas dirigiram-lhe a palavra em termos afáveis sobretudo a Isabel, que falando e rindo, disse-lhe frases de uma extrema gentileza. De repente sentiu Ivan Fiodorovitch bater-lhe amigavelmente nas costas. Ivan Petrovitch ria também muitíssimo. Porém o melhor, o mais agradável e o mais simpático foi o velho dignatário: agarrou a mão do príncipe e apertando-lha docemente e batendo-lhe ligeiramente com a palma da sua outra mão, exortou-o a acalmar-se, tal como fizera noutros tempos a um rapaz medroso, o que agradou em extremo ao príncipe; por último fê-lo sentar junto dele. Este contemplou o rosto do velho com enlevo e estava tão satisfeito, que a custo conseguiu recuperar a fala e respirar mais aliviado.

— Como? — balbuciou ele, por fim. — É verdade que os senhores me perdoam? E... a senhora também, Isabel?

As risadas redobraram e as lágrimas brotaram dos olhos do príncipe; mal podia acreditar na satisfação que o dominava.

— Não há dúvida de que este vaso era soberbo. Conheço-o há bem quinze anos... sim, quinze anos — insinuou Ivan Petrovitch.

— Foi uma grande perda, mas se o homem não é eterno, para que ficarmos desolados com o desaparecimento desse vaso de argila! — exclamou bem alto Isabel. — Será possível que isto o haja aterrado tanto, León? — acrescentou ela com uma expressão inquieta. — Vamos, meu amigo, nada de apoquentações! Na verdade, até me fez medo.

— E a senhora perdoa-me tudo? Não só o vaso, mas *tudo*? — perguntou o príncipe, Tentou em seguida levantar-se, mas o velho dignatário agarrou-o de novo pela mão. Em face disto não saiu de junto dele.

— É muito curioso e muito sério! — murmurou por sobre a mesa Ivan Petrovitch, mas tão alto, que o príncipe devia ter ouvido.

— Parece-me que não ofendi nenhum dos senhores? Mal podem calcular quanto esse pensamento me torna feliz. E pensando bem, não podia ser de outra forma: como poderia eu ofender quem quer que fosse? O supô-lo é que seria uma ofensa para todos os senhores.

— Acalme-se, meu amigo, não exagere. O senhor não tem mesmo razão para se mostrar tão reconhecido; esses sentimentos ficam-lhe bem, mas vão além do razoável.

— Não só lhes estou muito reconhecido, como ainda os admiro e me sinto feliz ao contemplá-los; talvez me exprima um pouco tolamente, mas preciso falar, preciso explicar-me... nem que seja só em respeito a mim mesmo.

Os seus movimentos eram deveras impulsivos, denotando assim a perturbação e a febre que o dominavam; com certeza as suas palavras nem sempre exprimiam o que pretendia dizer. Tinha o ar de quem quase pedia autorização para falar. O seu olhar fitou por acaso a princesa Bielokonski.

— Não te apoquentes, meu caro. Continua, continua, não desanimes! — observou ela. — O que sucedeu ainda há pouco resultou do teu desalento. Fala, porém, sem medo; estes senhores têm visto coisas muito mais estranhas do que aquilo que tu fizeste, por isso não os farás admirar. Deus sabe quanto és difícil de compreender; no entanto quebraste o vaso e assustaste toda a gente.

O príncipe ouviu-a, sorrindo.

— Não foi o senhor — perguntou ele à queima-roupa, dirigindo-se ao dignatário — que salvou de serem deportados, há três meses, o estudante Podkoumov e o empregado Chvabrine?

O velho corou um pouco e balbuciou qualquer coisa, como que a convidá-lo a acalmar-se.

— A respeito do senhor tenho ouvido dizer — continuou ele, dirigindo-se a Ivan Petrovitch — que, na província de N., deu gratuitamente madeira de construção aos camponeses que vivem nas suas terras, devastadas por um incêndio, se bem que depois da sua emancipação tivessem procedido com o senhor de uma maneira pouco elegante.

— Oh, isso é exagero! — murmurou Ivan Petrovitch, com uma orgulhosa modéstia; desta vez tinha razão em falar de exagero porque se tratava apenas de um falso boato, chegado aos ouvidos do príncipe.

— E a senhora princesa — prosseguiu o príncipe, voltando-se de repente para a princesa Bielokonski com um sorriso radioso — não me recebeu há seis meses em Moscovo, e não me tratou como seu filho, numa carta de recomendação que dirigiu à Isabel? Como seu filho, deu-me também um conselho que não esquecerei nunca. Lembra-se?

— Que mosca te mordeu? — objetou a princesa com despeito. És de fato um bom rapaz, mas ridículo; quando te dão cinco simples centavos, agradeces como se te tivessem salvado a vida. Crês que fazes bem? Para mim é simplesmente repugnante!

Parecia ter chegado de repente ao ponto de se zangar, mas, sem se esperar, começou a rir bruscamente, e desta vez com uma expressão de indulgência. O rosto de Isabel acalmou-se e Ivan mostrou-se radiante.

— Eu bem dizia que o León é um homem tão... um homem que... enfim, goza da qualidade de não sufocar ao falar, como observou a princesa... — balbuciou o general num tom de satisfação, repetindo as palavras da princesa Bielokonski, que o haviam chocado.

Apenas Aglaé parecia triste; no entanto estava ainda corada, talvez por efeito da indignação.

— É realmente muito gentil — repetiu o dignatário a Ivan Petrovitch.

O príncipe encontrava-se num estado crescente de agitação. Com uma fluência cada vez maior, anormal, exaltada, prosseguiu:

— Entrei aqui com o coração atormentado, pois... tinha medo dos senhores e medo de mim. Tinha sobretudo medo de mim. No meu regresso de S. Petersburgo havia prometido ver, custasse o que custasse, os nossos homens da alta sociedade, aqueles que descendem das famílias da velha estirpe, às quais pertenço, e de que sou um dos primeiros, pelo meu nascimento. Não me encontro agora no meio dos príncipes como eu? Queria travar conhecimento com os senhores, pois isso era-me necessário, muito necessário!... Havia sempre ouvido dizer muito mal dos senhores, muito mais mal do que bem; haviam me falado na sua pequenez de espírito, no exclusivismo dos seus interesses, na sua retrógrada mentalidade, na sua pouca instrução e nos seus hábitos ridículos; oh; diz-se e escreve-se tantas coisas a seu respeito! Dominava-me também uma grande curiosidade e agitação ao vir aqui hoje. Precisava ver por meus próprios olhos e estabelecer uma convicção pessoal sobre esta questão: é verdade que a estirpe superior da sociedade russa não vale mais; ela fez já o seu tempo, a vitalidade de antanho está esgotada e no entanto não é capaz de se deixar extinguir, teimando ainda em lutar, por mesquinha inveja, contra os homens... do futuro e em barrar-lhe a passagem, sem dar conta que ela própria está moribunda! Já anteriormente eu dava pouco crédito a essa maneira de ver, visto que não tivemos nunca uma verdadeira aristocracia, além de uma casta de cortesãos que se distinguia pelo seu uniforme ou... por acaso; porém agora essa nobreza desapareceu por completo, não é verdade?

— Então!... Nem tudo é assim — observou Ivan Petrovitch, rindo maliciosamente.

— Se continua assim, vou-me embora! — murmurou a princesa Bielokonski, perdendo a paciência.

— *Laissez-le dire!* Olhem como está todo trêmulo — cochichou o velho dignatário.

O príncipe estava de fato fora dele.

— E que vejo eu aqui? Vejo pessoas cheias de delicadeza, de franqueza e de inteligência. Vi um velho testemunhar uma afetuosa atenção a um garoto como eu e escutá-lo até o final. Vejo homens capazes de compreender e de perdoar; estes são na verdade russos e dos que pertencem à categoria dos homens bons, quase tão bons e tão cordiais como aqueles que encontrei no estrangeiro; em qualquer dos casos nunca valem menos. Imaginem qual não foi a minha agradável surpresa! Oh, deixem que livremente me possa exprimir! Tenho muitas vezes ouvido dizer, e eu próprio assim o supunha, que neste mundo tudo se reduz a boas maneiras, a um formalismo desusado, cuja seiva já ressequiu. Ora, constato agora, por mim mesmo, que tal não pode ser o caso que se passa entre nós. Pode ser que seja assim agora, mas não entre nós. Poder-se-á acreditar que os senhores sejam agora todos jesuítas e impostores? Ouço a cada instante a história do príncipe N.: não é ela de um humorismo pleno de sinceridade e de espontaneidade?

Não é sem dúvida uma verdadeira bonomia? Como é que tais palavras podem sair da boca de um homem... morto, de um homem cujo coração e talento estão ressequidos? Como é que os mortos poderiam acolher-me como os senhores me têm acolhido? Será porque não há neles um elemento... para o futuro, um elemento que justifique quaisquer esperanças? Como é que tais pessoas não podem compreender e ficam para trás?

— Peço-lhe mais uma vez para que se acalme, meu caro amigo; falaremos de tudo isso num outro dia e será com prazer que... — interveio o dignatário com um sorriso um tanto zombeteiro.

Ivan Petrovitch tossicou e voltou-se no sofá; Ivan Fiodorovitch começou também a estar inquieto; o seu superior, o general, entretido a conversar com a esposa do dignatário, deixou de prestar a menor atenção ao príncipe; porém esta senhora escutava o general com um ouvido e com o outro não deixava de escutar o príncipe.

— Não, não, é preferível que eu fale! — continuou o príncipe, como que levado por um ataque febril e dirigindo-se ao dignatário num tom de confiança e também de confidência. — A Aglaé quase me proibiu ontem de falar e indicou-me mesmo os assuntos que não devia abordar; sabe que me torno ridículo quando me meto a discuti-los. Estou dos meus vinte e sete anos e reconheço no entanto que me comporto como uma criança. Não tenho o direito de expor o meu pensamento; há muito tempo já que venho dizendo isto; foi apenas em Moscovo, com o Rogojine, que eu falei de coração aberto... Lemos Pushkin juntos, em todas as suas obras; não o conhecia, nem mesmo de nome... Receio sempre que o meu ar ridículo comprometa o meu pensamento e desacredite a *ideia principal*. Não tenho um gesto feliz. Os gestos que faço são sempre extemporâneos, por isso provocam o riso e aviltam a ideia. Falta-me também o sentimento da proporção, e isto é muito grave, é mesmo o mais grave... Sei que o melhor que posso fazer é ficar quieto e calado. Quando me mantenho sossegado e calado, pareço sempre mesmo muito razoável e tenho, por outro lado, tempo para refletir. Agora, porém, é muito preferível que eu fale. Os senhores olham-me com tanta benevolência, que me sinto encorajado; há mesmo muito encanto nas suas palavras. Ontem dei a minha palavra a Aglaé de que me manteria calado durante toda esta reunião.

— *Isso é verdade?* — perguntou o dignatário com um sorriso.

— Há no entanto momentos que chego a ter medo de raciocinar assim; a sinceridade não será digna de um gesto? Que lhes parece?

— Algumas vezes.

— Pretendo explicar-lhes tudo, tudo, tudo! Oh, sim! Os senhores consideram-me um utopista? Um ideólogo? Oh, não: juro-lhes que os meus pensamentos são todos muito simples... Os senhores não acreditam? Sorriem? Ouçam: sou algumas vezes covarde, porque perco a fé na minha pessoa; a cada instante, antes de vir aqui, eu pensava: "Como dirigir-lhes a palavra? Em que termos encetarei eu a conversa, para que me compreendam, por pouco que seja?" Dominava-me uma viva apreensão e os senhores eram o principal motivo do meu terror. E contudo, que razão tinha eu para temê-los? O meu medo não seria vergonha? Que importa que, por cada homem culto e progressivo, haja uma tal multidão de retrógrados e perversos? A minha alegria provém de que estou agora convencido de que no fundo essa multidão não existe e que encontramos apenas elementos plenos de vida. A ideia de sermos ridículos não deve perturbar-nos, não é assim? Sem dúvida, nós somos ridículos, somos frívolos, temos costumes intratáveis, aborrecemo-nos, não sabemos nem ver, nem compreender; mas somos todos assim, todos, os senhores, eu e eles também! Notem, os senhores não se melindram ao ouvirem-me dizer frente a frente que são ridículos? Se é assim, poder-se-á ver nos senhores artistas do progresso? Dir-lhes-ei mesmo que algumas vezes é muito bom, é muito melhor ser-se ridículo: tem-se uma maior inclinação para o mútuo perdão e a humildade; não nos é dado compreender tudo de um só golpe e a perfeição não se atinge de repente! Para chegar à perfeição é preciso começar por não compreender muitas coisas. Aquele que aprende depressa, com certeza aprende mal. Digo-lhes isto, aos senhores que julgam ter já compreendido tantas coisas... sem as compreenderem. Não sinto agora qualquer receio a seu respeito; os senhores ouvem, sem se encolerizarem, um garoto como eu falar-lhes neste tom, não é assim? Parece que não há dúvidas! Oh, os senhores sabem esquecer, sabem perdoar àqueles que os têm ofendido e também àqueles que não os têm ofendido, porque é muito mais difícil perdoar àqueles que não os têm ofendido, justamente porque não têm *nenhuma* questão e por consequência o seu ressentimento é destituído de fundamento. Era isto o que eu esperava de pessoas da alta sociedade, era isto que eu tinha pressa em lhes dizer ao chegar aqui, sem contudo saber em que termos o iria fazer... O senhor, Ivan Petrovitch, ri-se? O senhor supõe que sou um democrata, um apologista da igualdade, que sou aqui o *seu* advogado e que é por *eles* que eu temo? — acrescentou, com um sorriso convulso (a cada instante tinha um sorriso sofreado e extático). — Não... é pelos senhores que eu temo, pelos senhores todos e por nós todos sem exceção. Agora mesmo sou um príncipe da velha linhagem no meio de outros príncipes. Falo pelo nosso interesse comum a fim de que a nossa classe não desapareça, sem nenhum proveito, nas trevas, por não ter previsto nada, por não ter leito se não questionar e tudo ter perdido. Para que desaparecer e ceder o lugar aos outros, quando podemos manter as nossas posições na vanguarda, à frente da sociedade? Sejamos homens do progresso e seremos sempre os primeiros. Tornemo-nos prestáveis para passarmos a ser superiores.

Teve a brusca veleidade de se levantar do sofá, mas o velho dignatário segurou-o logo e fitou nele um olhar de crescente inquietação.

— Ouça. Eu sei que falar nada significa; é muito melhor dar o exemplo e meter, simplesmente, mãos à obra... Eu comecei já... e... e parece-lhes que na verdade se possa ser desgraçado? Oh, que importa a minha aflição e a minha desgraça, se sinto a vontade de ser feliz? Não compreendo, sabe, que se possa passar ao lado de uma árvore, sem experimentarmos, ao olhá-la, um sentimento de felicidade, ou falar a um homem sem que dos sintamos felizes em o estimarmos. Oh, faltam-me as palavras para bem exprimir isto... mas quantas coisas bonitas nós vemos a cada passo, de que até o homem mais desgraçado pressente logo a beleza? Olhem a criança, olhem a aurora do Criador, olhem a erva que cresce, olhem os olhos que os contemplam e que os estimam...

No decurso desta última tirada, e falando sempre, o príncipe tinha se levantado. O velho dignatário seguiu-o com olhares aterrados. Isabel agitou os braços e exclamou: "Ah, meu Deus!" Fora ela a primeira a ter a intuição do que se estava passando. Aglaé correu para o príncipe e chegou no momento preciso de o amparar nos braços; atemorizada e com o rosto alterado pelo sofrimento, a pequena ouviu muito bem o grito selvagem de: "O espírito que fizera cambalear e lançara por terra o desgraçado!" Quando este caiu sobre o tapete, houve alguém que pôde ainda colocar-lhe a tempo uma almofada debaixo da cabeça.

Ninguém esperava por este desfecho. Ao fim de um quarto de hora, o príncipe N., Eugênio Pavlovitch e o velho dignatário tentaram reanimar a reunião, mas não o conseguiram, pelo que, meia hora depois, todos os convidados se separaram, não sem exprimirem, em constrangidas palavras, o seu pesar, de mistura com os mais diversos comentários sobre o incidente. Ivan Petrovitch emitiu, entre outras, a opinião de que este rapaz era um eslavófilo ou qualquer coisa parecida, mas que não havia perigo no seu caso. O velho não proferiu uma palavra. No entanto, no dia seguinte e no outro dia, estes acontecimentos foram o assunto das conversas de todos, originando mesmo um movimento de zombarias a tal respeito. Ivan Petrovitch chegou a sentir-se ofendido, embora sem nada de maior. O superior de Ivan Fiodorovitch mostrou-se com ele, durante algum tempo, de uma certa frieza.

O alto dignatário, protetor dos Epantchine, fez também, por sua vez, algumas reflexões sentenciosas a respeito do chefe de família, acrescentando muitas vezes, em termos lisonjeiros, que se interessava muitíssimo pelo futuro de Aglaé. Era um homem dotado, de fato, de uma grande bondade; um dos motivos porém do interesse que havia testemunhado essa noite ao príncipe, era a história das anteriores relações deste último com Nastásia; o pouco que ele tinha ouvido contar havia-o intrigado bastante e sentiu vontade de fazer algumas perguntas a tal respeito.

Depois da reunião, no momento de partir, a princesa Bielokonski disse a Isabel:

— Que te direi eu? É bom e é mau; se queres a minha sincera opinião, é sempre mau. Tu própria estás vendo que gênero de homem é: um doente!

Isabel decidiu no seu íntimo que o príncipe era um noivo impossível e, durante a noite, jurou a si mesma que enquanto ela vivesse, nunca ele desposaria Aglaé. Levantou-se pela manhã com a mesma disposição. Um pouco depois do meio-dia, à hora do almoço, caiu numa singular contradição com ela própria.

A uma pergunta, embora muito discreta, das irmãs, Aglaé ripostou num tom frio, mas arrogante:

— Nunca até hoje lhe dei a minha palavra, nem nunca o considerei como o meu noivo. É-me tão indiferente como da primeira vez que o vi.

Isabel não pôde conter-se.

— Não esperava essa linguagem de tua parte — observou ela num tom de tristeza.

— Que é um partido impossível, nunca tive dúvidas, e Deus seja louvado por a questão ter terminado desta forma! Porém nunca me passou pela cabeça que te exprimisses assim!... Tinha feito de ti uma outra ideia. Por mim, teria posto de lado todos os convidados de ontem, exceto a ele!... É esta a opinião que tenho dele!

Calou-se de repente, arrependida do que acabava de dizer. Ah, se tivesse podido saber até que ponto tinha sido nesse momento injusta para com sua filha. No espírito de Aglaé encontrava-se já tudo determinado; esta esperava também a sua hora, a hora decisiva para ela, e toda a referência a este caso, toda a alusão imprudente, profundamente no coração.

Capítulo 8

Para o príncipe este dia começara também sob a influência de maus presságios. Poder-se-ia atribuí-los ao seu estado mórbido, porém acompanhava a sua tristeza uma coisa tão mal definida, que ela devia ser a causa principal do seu sofrimento. Estava sem dúvida em face de fatos concretos, de uma precisão dolorosa e enervante, no entanto a sua tristeza ultrapassava tudo quanto ele evocava ou imaginara; compreendia que, só por ele, não conseguira acalmar o seu desespero. Pouco a pouco foi se apoderando dele a convicção de que um acontecimento extraordinário e decisivo devia suceder-lhe nesse dia. O ataque que tivera na véspera fora muito benigno; de todas as perturbações ficara-lhe apenas uma certa hipocondria, um peso na cabeça e dores nos membros. Tinha as ideias relativamente lúcidas e a alma um tanto amargurada. Levantou-se bastante tarde e logo a recordação da noite anterior se tornou deveras sentida; retomou mais ou menos a consciência de que o levaram a sua casa meia hora depois do ataque.

Soube que as Epantchine tinham já mandado perguntar pela sua saúde. Às onze horas e meia-voltaram a mandar pela segunda vez; isto causou-lhe imenso prazer. Vera Lebedev foi uma das primeiras pessoas a visitá-lo e a oferecer-lhe os seus serviços. Logo que chegou perto dele começou de repente a chorar; o príncipe porém tranquilizou-a e ela então pôs-se a rir. Ficou comovido ante a extrema compaixão que a pequena lhe testemunhou; agarrou-lhe as mãos e beijou-as, o que a fez corar.

— Ah! Que fez o senhor!... Que fez o senhor! — exclamou ela surpreendida e retirando depressa a mão.

Pouco se demorou no quarto, pois sentiu uma estranha perturbação. Não deixou no entanto de lhe contar que seu pai fora logo pela manhã cedo à casa do falecido (como ele chamava ao general) a fim de se informar se tinha ou não morrido durante a noite. Acrescentou que, na opinião de todos, o doente não devia viver muito tempo.

Pouco antes do meio-dia o Lebedev foi em pessoa à casa do príncipe, demorando-se apenas um minuto e só com o fim de se informar sobre a sua preciosa saúde, etc., ou por outra, pretendia fazer uma visita ao acanhado armário. Não fez mais do que gemer e soltar exclamações, se bem que o príncipe pouco se demorasse a mandá-lo embora; isto não o impediu, contudo, de lhe fazer perguntas sobre o ataque da véspera, apesar de que sabia já, em detalhes, tudo quanto se havia passado.

Depois da saída deste, apareceu Kolia, que vinha apenas também por um minuto; estava de fato com pressa, como ainda se sentia amargurado por uma veemente e sombria inquietação. Começou por pedir francamente ao príncipe, e com insistência, para lhe contar tudo quanto lhe não queriam dizer, acrescentando que havia já quase reconstituído o que se tinha passado na véspera. A sua emoção era grande e intensa.

O príncipe pô-lo ao corrente da verdade, com toda a franqueza de que era capaz; expor-lhe os fatos com a mais perfeita exatidão foi um tremendo abalo para o pobre rapaz, que não pôde articular uma só palavra e começou a chorar silenciosamente. León sentiu que esta era uma das tais impressões que resistem a tudo e marcam na vida de um adolescente uma solução de continuidade. Apressou-se a transmitir-lhe a maneira como ele encarava o acontecimento, acrescentando que, em sua opinião, a morte do velho resultara talvez e sobretudo do terror que a má ação cometida deixara no seu coração; foi uma reação de que nem toda a gente seria capaz. Os olhos de Kolia cintilaram, quando o príncipe acabou de falar:

— Gabriel, Bárbara e Ptitsine são uns grandes patifes! Não questionei com eles, mas a partir de hoje cada um de nós seguirá o seu caminho! Ah, príncipe, desde ontem que tenho sentido em mim bem diferentes sentimentos; foi uma lição para mim! Cheguei à conclusão de que devo prover ao sustento da minha mãe; se bem que esteja na casa da Bárbara e ao abrigo de necessidades, não é o bastante...

Lembrando-se de que o esperavam, levantou-se apressadamente; perguntou em seguida, às pressas, pela saúde do príncipe e recebendo a resposta, acrescentou com vivacidade:

— Havia ainda uma outra coisa!... Ouvi dizer que ontem... (embora isto não seja a minha questão), mas se o senhor precisa, seja para o que for, de um criado fiel, tem-no na sua frente. Parece-me que nem eu nem o senhor somos felizes, não é assim? Mas eu não o interrogo, não o interrogo...

Quando saiu, o príncipe embrenhou-se ainda mais nas suas reflexões. Todos lhe profetizavam uma desgraça, todos haviam já tirado as suas conclusões, todos tinham o ar de saber uma coisa que ele ignorava. Lebedev fez-lhe perguntas insidiosas; Kolia fez alusões diretas e Vera chorou. "Acabou por esboçar um gesto de despeito. Maldita e doentia desconfiança!", exclamou ele.

O seu rosto voltou ao normal quando às duas horas viu chegar as senhoras Epantchine, para lhe fazerem uma visita, apenas por um pequeno minuto. Foi na verdade uma visita de um minuto que ali as levou. Isabel declarou logo, depois do almoço, que iriam todas juntas dar um passeio. Dissera isto num tom de intimação, num tom cortante, seco e sem explicações. Saíram todos, isto é, a mãe, as filhas e o príncipe Stch... Isabel pôs-se a caminho, tomando uma direção oposta àquela que costumavam tomar todos os dias. Compreenderam logo do que se tratava, mas mantiveram-se caladas, por temerem irritar a mãe, que caminhava à frente de todos, sem voltar uma única vez a cabeça, como que para se esquivar às críticas e às objeções. A certa altura Adelaide observou-lhe que não era necessário correr tanto para passear, e que a continuar assim, não podia acompanhá-la.

— A propósito — observou logo Isabel, dando meia-volta — vamos passar agora próximo da casa dele. Qualquer que seja o pensar da Aglaé e aconteça o que acontecer, ele não é um estranho para nós, e muito menos agora, que é um desgraçado e um doente. Por mim, pelo menos, vou fazer-lhe uma visita. Os que quiserem podem acompanhar-me, e os outros podem continuar o seu passeio.

Como é natural, entraram todos. O príncipe, cumprindo a praxe, apressou-se a apresentar uma vez mais as suas desculpas por ter quebrado o vaso e pelo escândalo sucedido.

— Isso já passou! — respondeu Isabel. — Não é a falta do vaso que me aflige, mas sim o teu estado de saúde. Ainda bem que tu próprio reconheces agora que foi um escândalo: é sempre na manhã do dia seguinte que dás conta... mas este não teve consequências, porque cada um vê agora que não és responsável. Enfim, adeus! Se te sentes com forças dá um passeio e em seguida mete-te na cama, eis o conselho que te dou. Se isso te agradar, vai até nossa casa, como noutros tempos; estou deveras convencida de que, seja qual for o resultado de tudo isto, ficarás sempre um amigo da nossa casa, ou pelo menos meu. Por mim, pelo menos, posso responder.

Ouvindo protestar assim os seus sentimentos, todos se apressaram a fazer eco. Em seguida retiraram-se. Na sua inocente pressa em dizer alguma coisa amável e reconfortante, teria sido de uma certa crueza para com a Isabel, se esta não estivesse prevenida. O convite a voltar, como noutros tempos, e a restrição, pelo menos, por mim, soaram de novo como uma advertência. O príncipe relembrou a atitude de Aglaé; era fora de dúvidas que lhe tinha dirigido, à entrada e à saída, um sorriso encantador, mas não proferira uma única palavra, mesmo quando todos os outros haviam protestado a sua amizade; por duas vezes tinha fixado nele o seu olhar. Estava muito mais pálida que o costume e parecia ter passado mal a noite. Resolveu ir vê-las, sem falta, essa tarde, tal como noutros tempos. Consultou febrilmente o relógio.

Três minutos após a partida das Epantchine, Vera entrou.

— Léon, a Aglaé acabou de me dar, muito em segredo, um recado, para lhe transmitir.

O príncipe ficou tão comovido que começou a tremer.

— Um bilhete?

— Não, é um recado de viva voz; foi tão às pressas, que mal teve tempo para me dar. Pede-lhe com toda a insistência para não sair de casa durante todo o dia, nem que seja mesmo um minuto, até às sete horas ou até às nove e meia, não posso bem precisar este ponto.

— Mas para quê? Que significa tudo isto?

— Não sei dizer-lhe; somente sei que foi ela que me intimou, se assim se pode dizer, a transmitir-lhe este recado.

— Ela empregou o termo "intimou"?

— Não, ela não se exprimiu com tanta precisão; ela mal teve tempo para me falar, sem se voltar; felizmente que me aproximei dela. Na sua fisionomia via-se que se tratava de uma ordem, imperiosa ou não. Olhou-me de uma maneira tal que o coração me desfaleceu...

O príncipe fez ainda uma ou duas perguntas e depois não a demorou por mais tempo; contra sua vontade estava cada vez mais inquieto. Ficou só e estendendo-se sobre o sofá, entregou-se às suas conjecturas: "Esperam talvez a visita de alguém antes das nove horas e ela continua a ter medo que eu cometa alguma excentricidade na frente das visitas", disse por fim, dispondo-se a esperar pela noite com uma certa impaciência e olhando a cada instante para o relógio.

A explicação do enigma teve-a antes da noite, sob a forma de uma nova visita e até mesmo de uma segunda, a qual, porém constituiu um novo enigma ainda mais angustioso que o primeiro; meia hora precisa depois da partida das Epantchine, apresentou-se-lhe Hipólito; estava tão cansado, tão extenuado, que entrou sem dizer uma palavra, caiu pesadamente num sofá, como que privado do conhecimento, e foi abalado por um violento acesso de tosse, acompanhado de escarros de sangue. Os olhos cintilaram-lhe e umas rosetas vermelhas lhe apareceram nas faces. León murmurou algumas palavras, às quais ele não respondeu, limitando-se, durante um espaço de tempo bastante longo, a fazer um gesto com a mão para que não o perturbassem. Por fim sossegou.

— Vou-me embora! — proferiu ele com esforço e numa voz rouca.

— Quer que o acompanhe? — perguntou o príncipe, levantando-se; conteve-se, porém, pois se lembrou de que estava proibido de sair.

Hipólito pôs-se a rir.

— Não é da sua casa que me vou embora — continuou ele na mesma voz fraca e sufocada. — Pelo contrário, supus ser necessário vir consultá-lo a respeito de uma questão, pois de outra forma não viria incomodá-lo. É para *além* que eu vou, e desta vez sem sombra de dúvidas, segundo creio. *Kapout!* Não digo isto para provocar a sua comiseração, posso garantir-lhe... Cheguei mesmo a meter-me na cama, esta manhã, pelas dez horas, convencido de que não me levantaria mais até *àquele momento*. Mudei, porém, de opinião e levantei-me mais uma vez para vir à sua casa e dizer-lhe o que sinto.

— Faz-me pena vê-lo assim. Faria melhor mandando-me chamar, antes de se sentir pior.

— Não tem importância. O senhor lamenta-me apenas para dar uma satisfação às exigências da delicadeza social. Ah, já me esquecia: como tem passado?

— Muito bem. Ontem não estive lá muito.

— Eu sei, segundo me disseram. Quebrou o vaso de louça chinesa. Tenho pena de lá não ter estado! Mas vamos ao assunto. Em primeiro lugar tive hoje o prazer de ver o Gabriel em um amistosa conversa com a Aglaé, perto do banco verde. Fiquei admirado de ver até que ponto um homem pode ter o ar de palerma. Chamei a atenção da própria Aglaé para isto, depois da partida do Gabriel... Pelo que vejo, parece que isto não lhe causa admiração — acrescentou ele, olhando com um ar cético o plácido rosto do seu interlocutor.

— Diz-se que aquele que não se admira com qualquer coisa, denota ser um grande espírito; no meu entender pode também ver-se nisto um índice de uma grande estupidez. De resto, desculpe-me, mas é no senhor que eu penso, ao dizer isto. Estou hoje muito infeliz na escolha das minhas expressões.

— Já soube ontem que o Gabriel... — começou o príncipe, para se calar logo em seguida, visivelmente perturbado, enquanto Hipólito estava irritado com a indiferença que parecia mostrar.

— O senhor já sabia? Aí está uma novidade. Não lhe pergunto como é que o soube. E hoje, o senhor assistiu à entrevista?

— Se lá esteve, não deve ter dúvidas a tal respeito.

— Podia estar escondido atrás de alguma árvore. Em todo caso estou contente (pelo senhor, naturalmente) pois supunha que o Gabriel o tivesse suplantado já!

— Peço-lhe para não me falar nesse assunto, Hipólito, e sobretudo nesse tom.

— É tanto mais, se o senhor já sabia tudo.

— Engana-se. Não sei quase nada e a Aglaé com certeza sabe muito bem que não estou ao corrente de tudo. Ignorava mesmo todas essas conversas... O senhor disse que tiveram uma entrevista? Tanto melhor! Mas deixemos isso!...

— Como é que se compreende isso? O senhor, ora diz que sabe, ora diz que não sabe! E no fim, acrescenta: Mas deixemos isso! Ah, não, não seja tão confiante, sobretudo se não sabe nada! E é justamente porque não sabe nada que o senhor é tão confiante. Ora, o senhor tem conhecimento dos cálculos desses dois personagens, o irmão e a irmã?... O senhor talvez duvide? Muito bem, muito bem, não falemos mais nisso — acrescentou ele, ao surpreender um gesto de impaciência do príncipe. — Vim aqui por causa de um assunto pessoal, sobre o qual quero explicar-me. O diabo me leve, mas preciso explicar-me antes de morrer! É espantoso o que tenho de explicações a dar! Quer ouvir?

— Fale, que estou a ouvir.

— Vou falar porque mudei de ideias; começarei, por isso mesmo, pelo que diz com respeito ao Gabriel. É capaz de supor que me concedeu hoje também uma entrevista e que estivemos sentados no banco verde? Já agora não quero mentir: fui eu que insisti para me conceder essa entrevista, prometendo revelar-lhe um segredo. Não sei se cheguei muito cedo (creio na verdade que antecipei a hora), mas acabava apenas de me sentar ao lado da Aglaé quando vi aparecer o Gabriel e a Bárbara de braço dado, como quem parecia andar a passear. Ficaram deveras estupefatos e até mesmo confundidos por me verem ali, pois não esperavam com tal encontro. A Aglaé corou muito, como suponho que pensa, perdeu mesmo um pouco a sua serenidade, ou fosse por causa da minha pessoa, ou por causa do Gabriel, que estava na verdade um bonito rapaz. O fato porém é que se tornou muito vermelha, sem deixar no entanto de aclarar logo a situação da maneira a mais cômica. Meia levantada, correspondeu à saudação do Gabriel e ao sorriso obsequioso da Bárbara, dizendo-lhes em seguida, num tom brusco e decidido: "Desejava apenas exprimir-lhes, em pessoa, a satisfação que me inspiram a sinceridade e a cordialidade dos seus sentimentos; suponho bem que no dia em que tiverem necessidade de mim, não faltarei..." Em seguida, saudou-os com um sinal de cabeça e eles retiraram-se, vencidos ou triunfantes, não o sei dizer. No que diz com respeito ao Gabriel, não tenho dúvida alguma de que fez uma tola suposição: não compreendeu nada e tornou-se vermelho como um camarão (a sua fisionomia tomou por vezes uma expressão de estranho espanto!). Bárbara, porém, compreendeu logo, e suponho que por isso se afastou o mais depressa possível, sem incomodar por mais tempo a Aglaé.; arrastou com ela o irmão. Sendo muito mais sensata do que ele, é por isso que estou convencido que ela há de triunfar. Quanto a mim, apareci, para me entender com a Aglaé sobre a entrevista projetada com a Nastásia.

— Com a Nastásia! — exclamou o príncipe.

— Ah, ah! Parece-me que perde a fleuma e que começa a admirar-se. Estou radiante por ver que o senhor parece querer ser um homem. Em troca vai-se rir de mim. Vai ver quanto ganhamos em nos mostrarmos prestáveis para com moças educadas; hoje recebi dela uma bofetada.

— Moral, bem entendido — atirou involuntariamente o príncipe.

— Sim, moral... nada de física. Suponho que não se atreveria a levantar a mão para um homem no meu estado; nem qualquer mulher, nem o próprio Gabriel se atreveriam a bater-me. No entanto, ontem houve um momento em que supus que ia atirar-se sobre mim. Parece-me que adivinhei o seu pensamento nesse momento? O senhor disse: Seja, não é preciso bater-lhe; pelo contrário, pode-se muito bem, ou melhor, deve-se abafar durante o sono com um travesseiro ou uma toalha molhada. Pareceu-me ter lido nessa altura esta ideia no seu rosto.

— Nunca passou por mim uma tal ideia! — protestou o príncipe com desgosto.

— Não sei... mas nessa noite sonhei que um indivíduo me abafava com uma toalha molhada... Se quer, posso dizer-lhe quem era: parece-me que era o Rogojine. Em que pensa? Pode-se abafar um homem com a ajuda de uma toalha molhada?

— Não sei.

— Já ouvi dizer que era possível. Mas deixemos isso de lado. Vejamos outra coisa: por que é que sou um bisbilhoteiro? Por que é que ela me chamou hoje bisbilhoteiro? E note que só me disse depois de me ter ouvido até à última palavra e de me ter feito mesmo algumas perguntas... São assim as mulheres! Foi por causa dela que me relacionei com o Rogojine, pessoa um pouco interessante; foi por causa dela que tive um encontro com a Nastásia. Talvez a tivesse magoado ao seu amor-próprio, quando lhe observei que queria aproveitar-se das sobras da Nastásia? Não o nego; sempre lhe disse isto, mas fazia-o no seu interesse; escrevi-lhe duas cartas sobre este assunto e hoje, na entrevista que tive com ela, falei-lhe da mesma forma... Ultimamente ainda cheguei até a dizer-lhe que isto era humilhante para ela... Além disso, esta palavra *sobras* não fui eu que a disse pela primeira vez; já a ouvi a outros, ou pelo menos na casa do Gabriel todos a empregam, como ela própria me disse. Que direito tem, portanto, para me chamar bisbilhoteiro? Estou vendo, estou vendo!... O senhor está sentindo uma grande vontade de se rir, à minha custa, e a mim parece-me que lhe são aplicáveis estes versos estúpidos:

Talvez que no meu triste declínio.

O amor brilhe com um sorriso de adeus.

— Ah, ah, ah! — exclamou ele, soltando gargalhadas convulsas, seguidas de um violento ataque de tosse. — Note — acrescentou, numa voz mais fraca — como este Gabriel é inconsequente: fala de sobras e no entanto não é ele próprio que procura aproveitar-se dessas sobras?

O príncipe calou-se durante uns momentos. Estava aterrado.

— O senhor não falou numa entrevista com a Nastásia? — balbuciou ele, por fim.

— Falei, mas será verdade que o senhor não saiba que deve haver hoje uma entrevista entre a Aglaé e a Nastásia? Graças à minha intervenção, esta última foi convidada, por intermédio do Rogojine e por iniciativa da Aglaé, a vir expressamente a S. Petersburgo; encontra-se neste momento muito perto da sua casa, na companhia do Rogojine, na casa onde viveu anteriormente, pertencente à senhora Daria Alexeievna... uma amiga dela, de reputação muito duvidosa; é aí, nessa casa equívoca, que a Aglaé se encontrará hoje, para ter uma entrevista amigável com a Nastásia e resolverem diversos problemas. Pretendem falar aritmeticamente. Não o sabia ainda? Palavra de honra?

— É inacreditável!

— Tanto melhor, se é inacreditável. Mas como é que ainda o não soube? No entanto, num buraco como este onde nós vivemos, uma mosca não pode voar sem que toda a gente seja informada!... Fica portanto prevenido, e pode agradecer-me por isso. Então, até à próxima e que bem pode ser no outro mundo!... Ainda uma palavra: se tenho agido tão vilmente para com o senhor, é porque... não tenho razão para lhe sacrificar os meus interesses. Por favor, deve concordar!... Por que sacrifiquei eu os seus? Foi a ela que dediquei a minha confissão (não o sabia ainda?). E com que solicitude ela aceitou a minha homenagem! Ah, ah! Frente a frente com ela, agi sem baixeza; não tenho nenhuma ofensa a seu respeito; foi ela que me humilhou e me colocou numa situação falsa!... Agora mesmo, que se encontra perto do senhor, não me sinto ofendido, pois me permiti, tão perto dela, fazer alusão às sobras e a outras coisas do mesmo gênero; pelo contrário, indica-lhe o dia, a hora e o lugar da entrevista, descobrindo-lhe assim todo o jogo... Se lhe desvendo tudo isto, faço-o por despeito e não por grandeza de alma. Adeus, sou um palrador como um gago ou um tuberculoso; ponha-se alerta, tome todas as precauções e o mais depressa possível, se quer ser digno de ser chamado um homem. A entrevista terá lugar, com certeza, esta tarde.

Hipólito encaminhou-se para a porta, mas, chamado pelo príncipe, parou no limiar.

— Assim, segundo diz, a Aglaé irá hoje, sem falta, à casa da Nastásia? — perguntou o príncipe. Manchas vermelhas coloriram-lhe as faces e o rosto.

— Não sei ao certo, mas é provável — respondeu o interpelado, lançando um olhar curioso sobre o príncipe. — Para agora não pode ser de outro modo. A Nastásia não vai à casa dela, com certeza? Por outro lado, a entrevista não pode levar-se a efeito na casa dos pais do Gabriel, onde está um moribundo. Que diz o senhor a respeito do general?

— Nada, mas parece-me que por essa razão é impossível! — objetou o príncipe. — Como poderá ela sair, supondo mesmo que o queira fazer? O senhor não conhece os hábitos daquela casa. Não poderá ir sozinha à casa da Nastásia!... É mesmo um absurdo!

— Aqui para nós digo-lhe isto, príncipe: ninguém salta pela janela, porém, em caso de incêndio, o cavalheiro mais correto, a senhora mais distinta, não hesitam em o fazer. Se a necessidade obrigar, forçoso será à nossa pequena passar por ela para ir à casa da Nastásia. Mas de fato, na casa delas, não deixam ir essas pequenas a parte alguma?

— Não, não é isso que eu quero dizer...

— Muito bem! Se não é esse o caso, bastar-lhe-á descer a escada e caminhar a direito, deixando que os pés a levem a tal casa. Há circunstâncias onde se tem de ir até ao fim e em que fica mesmo interdito o regresso ao lar paterno; a vida não se compõe somente de almoços, jantares e príncipes Stch...! Parece-me que o senhor considera a Aglaé como uma jovem moça, ou como uma colegial; já lhe disse, e creio que ela é da minha opinião. Espere até às sete ou oito horas. No seu lugar, mandaria para lá alguém de sentinela a fim de saber, um minuto depois, qual o momento preciso em que sai de casa. Pode talvez mandar o Kolia; fará de espião da melhor vontade, estou disso convencido, e no seu interesse, naturalmente! Tudo isto é tão relativo... Ah, ah!

Hipólito saiu. O príncipe não tinha nenhuma razão para encarregar, quem quer que fosse, de espionar por sua ordem, mesmo que fosse capaz de um tal procedimento! Compreendia agora, mais ou menos, por que é que Aglaé o havia intimado a ficar em casa; talvez tivesse a intenção de o vir procurar. Talvez também quisesse retê-lo em casa, justamente para que não fosse por lá aparecer no meio da entrevista!... Podia bem ser esta a razão! A cabeça andava-lhe à volta e por isso parecia-lhe ver todo o quarto dançar ao seu redor. Estendeu-se sobre o sofá e fechou os olhos.

De uma maneira ou de outra, a questão tomava um caminho decisivo, definitivo. Não, não considerava Aglaé como uma jovem moça ou uma colegial!... Antes dava conta agora do seguinte: há muito tempo já que sente medo e era com certeza alguma coisa parecida com isso que lhe causava apreensões. Mas por que queria ela vê-la? Um arrepio lhe percorreu todo o corpo; estava de novo num estado febril...

Não, não a considerava como uma criança! Nestes últimos tempos algumas das suas maneiras de ver, algumas das suas palavras haviam-no surpreendido. Noutras ocasiões tinha-lhe parecido que ela fazia um esforço sobre-humano para se dominar, para se conter, e ele lembrava-se de ter experimentado então um sentimento de terror. Era verdade que durante todos esses dias havia resolvido não evocar essas recordações e expulsar mesmo essas negras ideias. Mas que se escondia no fundo dessa alma? A pergunta atormentava-o desde há muito, se bem que tivesse confiança em Aglaé. E eis que tudo isso se ia resolver e esclarecer de um momento para o outro! Pensamento terrível! É de novo a mulher! Por que lhe teria sempre parecido que essa mulher não deixaria de intervir no momento decisivo, para quebrar o seu destino, como um fio podre? Se bem que meio delirante, estava prestes a jurar que esse pressentimento não o tinha deixado nunca. Se se havia esforçado por esquecê-lo, nos últimos tempos, era unicamente porque lhe tinha medo. Então? Amava-a ou odiava-a? Não foi uma só vez, durante esse dia, que ele formulou esta pergunta: neste ponto o seu coração era sincero, sabia que a amava... O que o horrorizava, não era tanto o encontro das duas mulheres, a estranheza desse encontro, a sua razão, ainda desconhecida para ele, a incerteza que experimentava quanto ao final desta aventura, mas sim a própria Nastásia. Lembrou-se alguns dias mais tarde que, nestas horas de febre, tinha quase continuamente suposto ver os seus olhos e o seu olhar, tinha ouvido a sua voz, aquela voz que proferia palavras estranhas, ainda que a memória lhe ficasse vazia, após aqueles momentos de delírio e de angústia. Tinha a vaga impressão de que Vera lhe trouxera o almoço e que o comera, porém não se lembrava se em seguida tinha dormido ou não. Sabia apenas que nessa tarde a nitidez das percepções só se havia acentuado, a partir do momento em que Aglaé aparecera de repente no terraço. Levantou-se sobressaltado do sofá e foi ao seu encontro, até ao meio do aposento. Eram sete horas e um quarto. Vinha só. Trazia um vestido simples, bem como um casaco leve, que parecia ter vestido às pressas. O rosto pálido, como da última entrevista, e os olhos cintilantes, mas de um brilho vivo e frio ao mesmo tempo; nunca ainda havia surpreendido uma tal expressão no seu olhar. Fitou-o atentamente.

— O senhor está pronto!? — exclamou ela a meia-voz e num tom que parecia calmo. — Vejo-o vestido e de chapéu de mão; concluo que o preveniram. Eu sei quem foi! Foi o Hipólito?

— Sim, ele falou-me... — balbuciou o príncipe, mais morto que vivo.

— Então vamos embora!... Deve saber que é absolutamente necessário que me acompanhe! Suponho que deve ter forças para sair!

— Parece-me que sim, mas será possível?

Calou-se bruscamente e não foi mais capaz de articular uma palavra. Foi esta apenas a única tentativa que fez para reter esta insensata; desde este momento seguiu-a como um escravo. Por maior que fosse a desordem dos seus pensamentos, não deixou de compreender que iria fazer aquela visita mesmo sem ele, e por isso se sentiu na obrigação de acompanhá-la. Adivinhou a inabalável resolução da moça e não se sentiu capaz de conter aquele tremendo impulso.

Mantiveram-se quase calados, poucas palavras trocando durante o percurso. Notou, sem dúvida, que ela conhecia muito bem o caminho; quando lhe propôs para atravessarem uma ruela, um pouco mais próxima, mas menos frequentada, ouviu-o, pareceu pesar os prós e os contras, e respondeu-lhe laconicamente: "Vai dar no mesmo!"

Ao chegarem perto da casa de Daria Alexeievna (uma grande e velha construção em madeira) viram sair uma senhora suntuosamente vestida e acompanhada de uma jovem moça; as duas tomaram lugar numa soberba carruagem que as esperava diante da porta; riam e falavam ruidosamente, não olhando para os recém-chegados, como se os não tivessem visto. Logo que a carruagem se afastou, abriram a porta de novo e apareceu Rogojine, que os esperava. Fê-los entrar, fechando logo em seguida a porta.

— Além das nossas quatro pessoas, não há neste momento mais ninguém cá em casa — informou ele em voz alta, fitando o príncipe com um estranho olhar.

Nastásia esperava-os no primeiro aposento. Estava também vestida com a maior simplicidade e toda de preto. Levantou-se para vir ao seu encontro, mas não sorriu nem estendeu a mão ao príncipe. O seu olhar inquieto fixou-se com impaciência em Aglaé. Sentaram-se à distância uma da outra: Aglaé, num sofá, a um canto do aposento, e Nastásia, perto da janela. O príncipe e Rogojine ficaram de pé; ninguém os convidou a sentar-se. O príncipe observou de novo Rogojine, com certa perplexidade, a que se misturava um sentimento de sofrimento, porém aquele mantinha nos lábios o mesmo sorriso. O silêncio prolongou-se ainda durante alguns instantes.

Finalmente uma nuvem sinistra passou pela fisionomia de Nastásia: o seu olhar, sempre fito na visitante, tomou uma expressão de cegueira, de dureza, quase de ódio. Aglaé estava visivelmente perturbada, mas não intimidada. Ao entrar, a custo deitara em golpe de vista sobre a rival; depois mantivera-se de pálpebras descidas, numa atitude de concentração, como quem parecia refletir. Por umas duas vezes apenas, e por assim dizer inadvertidamente, percorreu o aposento com o olhar; o seu rosto refletia o desgosto sentido, como se tivesse medo de se desonrar, encontrando-se naquele local. Ajustou sem querer o casaco e mudou uma vez mesmo de lugar, com o ar inquieto de quem tenta aproximar-se. Estava na dúvida de ter a consciência de todos os seus movimentos, mas, mais por instinto, estes não tinham nada de ofensivos. Por último decidiu-se a afrontar com firmeza o olhar fulgurante de Nastásia, que exprimia bem claramente todo o ódio de uma rival. A mulher compreendeu a mulher. Estremeceu por isso.

— Sabe, com certeza, qual a razão por que a convidei para esta entrevista? — proferiu ela, ao fim de um instante, mas em voz muito baixa e tomando alento por duas vezes para conseguir chegar ao fim.

— Não, não sei nada — respondeu Nastásia num tom seco e cortante.

Aglaé corou. Talvez, entretanto, lhe parecesse espantoso, inverossímil, o encontrar-se agora sentada perto dessa mulher, na casa de tal criatura, sentindo por isso um grande desejo de ouvir a resposta de Nastásia. Aos seus primeiros acentos de voz, uma espécie de tremura lhe percorreu todo o corpo. Como é natural nada disto escapou à outra.

— A senhora compreende tudo, mas toma, propositadamente, o ar de quem nada compreende — objetou quase em voz baixa Aglaé, fitando no chão um olhar melancólico.

— Por que havia de fazer isso? — replicou Nastásia com um sorriso a custo perceptível.

— A senhora abusa da minha situação, aproveitando-se do fato de que estou em sua casa — retorquiu Aglaé com uma inépcia que a tornou ridícula.

— A senhora é que é a responsável desta situação, não eu! — exclamou com vivacidade Nastásia. — Não fui eu que lhe pedi para vir aqui, mas sim foi a senhora que me convidou para esta entrevista, de que até agora ignoro qual seja o motivo.

Aglaé levantou a cabeça com um ar arrogante.

— Tenha cuidado com a língua; não vim aqui para lutar, servindo-me de uma arma, que é a sua...

— Ah, então a senhora veio aqui para lutar? Imagine que a supunha... mais espiritual...

Trocaram entre si um olhar, no qual não tentaram dissimular o seu ódio. No entanto uma destas mulheres havia escrito à outra, pouco tempo antes, cartas enternecedoras. Toda essa simpatia se desvaneceu ante este primeiro encontro, ante as primeiras palavras. Como explicar isto? Diz-se que nesse minuto nenhuma das quatro pessoas, que se encontravam naquele aposento, supunham ter de se admirar. O príncipe, que na véspera ainda não acreditava na possibilidade de uma tal cena, mesmo em sonho, assistia agora a tudo isto com o ar de quem o havia pressentido há muito. O sonho mais extravagante revestia agora a forma da realidade, a mais crua, a mais concreta. Nesta ocasião, uma das duas mulheres sentiu um tal desprezo pela sua rival e um tão vivo desejo de lhe patentear esse desprezo (talvez mesmo só tivesse vindo para esse efeito, no dizer de Rogojine no dia seguinte) que a outra não pôde encerrar-se numa atitude paciente e suasória, qualquer que fosse o capricho do seu caráter, o desregramento do seu espírito e a delicadeza da sua alma; nada podia ter resistido ao desdém bilioso e todo feminino de Aglaé. O príncipe estava convencido de que Nastásia não lhe falaria nas cartas; pelo cintilar dos seus olhos, adivinhava-se o quanto estava sofrendo por as ter escrito. Estava convencido de que daria metade da sua vida para que Aglaé não lhe falasse nelas. Esta última pareceu ter readquirido o domínio de si própria.

— A senhora não me compreendeu — observou ela. — Não vim aqui para discutir com a senhora, se bem que não lhe tenha nenhuma estima. Vim... vim aqui... para lhe falar humanamente. Ao convidá-la para esta entrevista, sabia bem do que vinha tratar e nada me levará a renunciar à minha intenção, mesmo que lhes agrade não me compreender. Isto será muito pior para a senhora do que para mim. Quero responder ao assunto das suas cartas e fazê-lo de viva voz, pois me parece muito mais agradável. Peço-lhe para ouvir, portanto, a minha resposta a todas as suas cartas. Compadeci-me do príncipe León desde o primeiro dia que o conheci e este sentimento tornou-se muito maior quando soube o que se passou na sua festa. Apiedei-me dele porque é um homem de uma tal simplicidade de espírito, que crê poder ser feliz... com uma mulher... de um tal caráter! O que eu temia nele realizou-se; a senhora não o pôde amar, fê-lo sofrer e depois abandonou-o. E a senhora não o pôde amar devido ao seu excessivo orgulho... Não, enganei-me, não era o seu orgulho que eu queria dizer, mas a sua vaidade, e não era ainda bem isto: a senhora é egoísta até... à loucura; as cartas que me escreveu comprovam-no bem. A senhora não pode amar um ser tão simples como ele; talvez mesmo no seu foro íntimo o tenha desprezado e ridicularizado; a senhora só pode amar o seu opróbrio, e foi esta ideia fixa que a levou à desonra e ao ultraje. Se a senhora fosse menos ignominiosa, ou até mesmo não o fosse nunca, a senhora não seria tão desgraçada... Aglaé pronunciou estas palavras com uma espécie de voluptuosidade; o seu falar era precipitado, mas empregava as expressões que havia premeditado, no tempo em que ainda não acreditava, mesmo em sonho, na possibilidade de uma tal entrevista; seguia com um olhar odiento o efeito das suas palavras no rosto alterado de Nastásia.

— A senhora recorda-se — continuou ela — de uma certa carta que ele me escreveu e na qual me disse que a senhora a conhecia e que a tinha até lido? Lendo essa carta, é que eu compreendi tudo e compreendi bem; ele próprio confirmou-me ultimamente, palavra por palavra, tudo o que lhe estou dizendo agora. Depois dessa carta, esperei. Calculava que a senhora seria obrigada a vir aqui porque não pode viver sem ser em S. Petersburgo: é muito jovem e bonita ainda para viver na província!... Estas palavras não as leve à conta de lisonja — acrescentou ela, ao passo que o rosto se lhe tornava vermelho; este vermelho não lhe desapareceu mais do rosto enquanto durou a conversa. — Quando voltei a ver o príncipe senti por ele uma grande compaixão e um agravo. Não ria; se se ri, torna-se indigna de compreender isto...

— Vê bem que não estou a rir — ripostou Nastásia num tom triste e severo.

— Por agora é-me indiferente; pode rir o que quiser. Quando o interroguei, disse-me que há muito tempo já que a não amava e que até mesmo a recordação da sua pessoa lhe era penosa, mas que a lastimava e sempre que pensava na senhora sentia o coração sempre amargurado. Devo acrescentar mais, que não encontrei ainda, no decorrer da minha vida, um homem que iguale na nobreza e simplicidade da sua alma e na sua confiança sem limites. Após tê-lo ouvido, reconheci logo que qualquer pessoa o pode enganar, e que aquele que o enganar pode contar sempre com o seu perdão; eis a razão por que o amei...

Aglaé parou um instante, aterrada, perguntando como tinha podido proferir aquela palavra; ao mesmo tempo brilhou no seu olhar um orgulho sem limites; parecia-lhe que tudo se lhe tinha tornado indiferente, mesmo que essa mulher começasse a rir da confissão que acabava de se lhe escapar.

— Tendo-lhe dito tudo, deve agora, com certeza, compreender o que espero da senhora?

— Talvez tenha compreendido, mas espero que seja a senhora a dizer-me — respondeu docemente Nastásia.

O rosto de Aglaé refletiu uma intensa cólera.

— Quero perguntar-lhe — articulou ela num tom firme e destacando cada uma das palavras — com que direito se intromete nos sentimentos que me dizem com respeito? Com que direito se atreveu a escrever-me aquelas cartas? Com que direito declara a cada instante, a ele e a mim, que o ama, depois de ter sido a senhora a abandoná-lo e a fugir-lhe de uma maneira tão ofensiva e tão ignóbil?

— Nunca declarei, nem à senhora, nem a ele, que o amo — replicou Nastásia com esforço — mas tem razão quando diz que eu fugi... — acrescentou numa voz quase ininteligível.

— Como!... A senhora não declarou nem a ele, nem a mim que o amava? — gritou Aglaé. — E as suas cartas? Quem lhe pediu para fazer de corretor matrimonial e tentar embair-me a desposá-lo? Não é isso uma declaração? Por que é que a senhora se interpôs entre nós? Acredito agora que aquilo que a senhora queria, ao imiscuir-se nas nossas relações, é que, criando-lhe aversão, eu rompesse com ele! Só muito mais tarde é que compreendi bem a razão do seu pensamento: a senhora imaginou apenas provocar uma ação escandalosa, pondo em prática todas estas suas maquinações... Vejamos, a senhora seria capaz de o amar, amando tanto a sua vaidade? Por que não saía daqui à boa paz, em lugar de me escrever aquelas cartas ridículas? Por que não desposa já esse honesto homem que a ama tanto e que lhe dá a honra de lhe pedir a sua mão? A razão é bastante clara: se desposasse o Rogojine, como poderia dar-se ares de mulher ultrajada? Conseguiria apenas retirar-se com um excesso de vaidade. O Eugênio diz que a senhora lê muitas poesias e que é muito instruída para a sua... posição; a senhora gosta mais de ler do que trabalhar; acrescente a isto a sua vaidade, e aí estão as suas razões...

— E a senhora também não é uma ociosa?

O diálogo tomou assim, muito depressa, um tom de crueza inesperada. Inesperada, porque Nastásia, ao falar com Rogojine, mostrara ainda ter umas ilusões; no entanto todos agouravam mal, e não bem, desta entrevista. Aglaé havia sido arrastada, como na queda de uma montanha, e não pudera resistir à horrível sedução da vingança. Nastásia ficou mesmo surpreendida por vê-la nesse estado; embaraçada desde o primeiro instante, olhava-a, sem acreditar no que via. Seria uma mulher saturada de leituras poéticas, como o supunha Eugênio Pavlovitch, ou teria simplesmente perdido a razão, como o príncipe estava convencido? O fato é que, a despeito do cinismo insolente que mostrava por vezes, era muito mais pudica, mais terna e mais confiante, do que era levado a crer. Na verdade, tinha muito de romanesca e de sonhadora, mas ao lado dos seus caprichos, era dotada também de fortes e profundos sentimentos... O príncipe notara-lhe o seguinte: uma expressão de sofrimento se refletia no seu rosto. Aglaé notara também isto e tremeu de cólera.

— Como se atreve a falar-me nesse tom? — observou ela, com uma intraduzível arrogância, em resposta à observação de Nastásia.

— A senhora com certeza ouviu mal! — replicou esta, surpreendida.

— Em que tom lhe falei?

— Se queria ser uma mulher honesta, porque não rompeu com o seu sedutor Totski, muito simplesmente, sem tomar uma atitude teatral? — gritou Aglaé sem tergiversar.

— Que sabe a senhora da minha situação, para se permitir julgar-me? — respondeu Nastásia, deveras trêmula e pálida.

— Sei que, em lugar de ir trabalhar, fugiu com o Rogojine, o homem do dinheiro, para tentar passar em seguida por anjo decaído! Admira-me que o Totski tenha ido até ao ponto de estourar os miolos por causa de tal anjo decaído!

— Basta! — replicou Nastásia num tom de desgosto e com uma expressão dolorosa.

— A senhora compreendeu-me tanto como a criada de quarto de Daria Alexeievna, que teve um dia destes um processo, no juiz de paz, com o noivo. Talvez esta me tivesse compreendido melhor!

— Suponho que é uma moça honesta, que vive do seu trabalho! Por que fala com tanto desprezo de uma criada de quarto?

— Não tenho desprezo por aqueles que trabalham, mas tenho-o pela senhora, quando me fala em trabalhar.

— Se tivesse querido ser honesta, era melhor ter-se feito lavadeira.

As duas mulheres levantaram-se, muito pálidas, medindo-se com o olhar. — Acalme-se, Aglaé! A senhora está sendo injusta! gritou o príncipe, aterrado.

Rogojine não sorria, antes ouvia de lábios cerrados e braços cruzados.

— Tento na língua, minha menina! — disse Nastásia, tremendo de raiva. — E eu que a tinha na conta de um anjo! Como é que veio aqui sem a sua governanta, Aglaé? Quer... quer que lhe diga desde já, francamente e sem fingimento, por que é que me veio ver? Veio aqui porque teve medo!

— Medo da senhora? — perguntou Aglaé, fora dela, na sua simples, mas provocante estupefação, ao ver a sua rival atrever-se a falar-lhe assim.

— Sim, medo de mim! Se se decidiu a vir aqui, é porque teve medo de mim! Não se desprezam as pessoas que se temem. Quando penso que tinha pela senhora um certo respeito, até há bem pouco tempo! E quer que lhe diga a causa das suas apreensões a meu respeito e o fim principal da sua visita? Quis certificar-se pessoalmente sobre qual de nós mais o ama, pois a senhora é terrivelmente ciumenta...

— Ele já me disse que a odiara... — balbuciou Aglaé, como num suspiro. — Tudo pode ser. É possível que não seja digna dele, mas parece-me que a senhora mente. Ele não me pode odiar e não podia ter-lhe dito isso! Entretanto estou disposta a perdoar-lhe... em respeito à sua situação... e porque tinha uma melhor opinião da sua pessoa. Supunha-a mais inteligente e mais bonita também, pode crer!... Enfim, pode levar o seu tesouro... Repare como ele a olha, sem pestanejar! Leve-o, mas com uma condição: saia imediatamente daqui! Saia já!

Deixou-se cair num sofá, chorando copiosamente. De repente brilhou-lhe nos olhos um estranho clarão; olhou para Aglaé com insistência e levantou-se.

— Queres que neste instante mesmo lhe dê uma ordem, uma ordem, estás a ouvir? Não será preciso mais para te abandonar já e ficar perto de mim, para sempre, casando comigo; quanto a ti, terás de voltar muito depressa para casa e sozinha. Queres? Queres? — gritou ela como louca e sem talvez se supor capaz de proferir tais palavras.

Aterrorizada, Aglaé correu para a porta, mas parou ao limiar, petrificada, e ouviu:

— Queres que expulse o Rogojine? Pensas que ia casar com o Rogojine para te dar prazer? Vou gritar-lhe na tua frente: "Vai-te embora, Rogojine!" E direi ao príncipe: "Recordas-te da tua promessa? Meu Deus, porque me humilhei tanto ante os seus olhos!... Tu, príncipe, não me garantiste, sucedesse o que sucedesse, que me seguirias e não me abandonarias nunca? Não me afirmaste que me amavas, que me perdoavas tudo e que me respeitavas?..." Sim, foi isto o que tu me disseste! Eu depois fugi-te, unicamente para recuperares a tua liberdade; porém agora não quero que seja assim!... Por que me tratou ela como uma desvergonhada? Pergunta ao Rogojine se sou uma desvergonhada e ele dir-te-á!... Agora que ela me cobriu de vergonha e diante de ti, sobretudo, serás capaz de te afastar de mim e ir com ela de braço dado, de braço dado? Que sejas para sempre maldito, se praticares uma tal ação, porque foste o único homem em quem tive confiança. Vai-te, Rogojine! Não tenho mais necessidade de ti! — gritou ela num movimento de demente.

Estas palavras saíram-lhe a custo do peito; tinha os traços do rosto alterados e os lábios secos; evidentemente que não acreditava numa só palavra das que acabava de proferir, num acesso de vanglória, mas pretendia prolongar as suas ilusões uns momentos mais. A crise fora tão violenta que podia bem ter-lhe causado a morte; pelo menos foi esta a impressão do príncipe.

— Olha! Olha! — gritou ela por fim a Aglaé, indicando o príncipe com um gesto. — Se não vier imediatamente para junto de mim, se não me preferir, então podes levá-lo, pois cedo-te, não o quero mais!...

As duas mulheres ficaram imóveis, como que esperando a resposta do príncipe, que olhavam com um ar de desvairadas. Porém ele parecia não ter alcançado toda a violência deste apelo. E assim era de fato. Não viu diante dele mais que o rosto onde se lia o desespero e a loucura; e ao vê-lo, tinha-lhe sempre cortado o coração, como dissera um dia a Aglaé. Não podendo suportar por mais tempo esse espetáculo e apontando Nastásia, voltou-se para Aglaé num tom de prece e de censura:

— Será possível!... Não vês como... ela é desgraçada!

Ainda não tinha acabado de proferir estas palavras e já um olhar terrível da Aglaé o fazia emudecer. Viu nesse olhar um tão forte sofrimento e ao mesmo tempo um tão grande ódio, que juntou as mãos, soltou um grito e correu para ela. Era, porém, já tarde. Não pudera suportar que ele hesitasse, um segundo que fosse; com o rosto escondido entre as mãos, correu para fora do aposento, exclamando: "Ah, meu Deus!" Rogojine apressou-se a segui-la, para lhe abrir a porta da rua.

O príncipe correu também atrás dela, mas no limiar da porta dois braços o detiveram. Com a fisionomia descomposta e agitada, Nastásia olhou-o fixamente, ao mesmo tempo que os lábios azulados murmuravam:

— Corres atrás dela? Atrás dela?

E caiu sem sentidos nos seus braços. Levantou-a ao ar e levou-a para o quarto, onde a instalou num sofá. Depois debruçou-se sobre ela, numa atitude de quem não sabe o que fazer. Sobre uma pequena mesa encontrava-se um copo com água. Rogojine, que estava de volta, deitou um pouco do seu conteúdo no rosto da desmaiada. Abriu os olhos e ficou um minuto sem compreender; recuperando por completo a razão, estremeceu e precipitou-se para o príncipe.

— És meu! Muito meu! — gritou ela. — Já partiu a orgulhosa menina! — Ah, ah, ah! — disse ela, num acesso de riso convulso. Ah, ah, ah! E eu que te tinha cedido a essa menina! Por que razão? Por quê? Estava tola!... E bem tola!... Rogojine, vai-te embora! Ah, ah, ah!

Este olhou-os com atenção, pegou o chapéu sem dizer palavra e saiu. Dez minutos depois o príncipe estava sentado ao lado de Nastásia, parecendo comê-la com os olhos, ao mesmo tempo que com as duas mãos lhe acarinhava docemente o rosto e os cabelos, como se faz a uma criança. Soltava gargalhadas quando a ouvia rir e quase se desfazia em lágrimas quando a via chorar. Não dizia nada e estava atento ao seu balbuciar exaltado e incoerente, do qual nada compreendia, mas que escutava com um doce sorriso. Logo que lhe via apontar um novo acesso de melancolia e lágrimas, de censuras e queixas, recomeçava a acariciar-lhe a cabeça e a passar-lhe ternamente a mão pelas faces, convolando-a e falando-lhe como a uma criança.

Capítulo 9

Duas semanas se tinham passado sobre o episódio relatado no capítulo anterior. A situação dos personagens desta história havia-se modificado neste intervalo de tempo, a tal ponto, que é muitíssimo difícil prosseguir sem entrarmos em pormenorizadas explicações. No entanto sentimos que é nosso dever limitarmo-nos a uma simples exposição dos fatos e abstermo-nos, tanto quanto possível, desse gênero de explicações. Isto, pela simples razão que nós próprios temos dificuldade, neste caso, em pôr os acontecimentos a claro.

Tal advertência parecerá com certeza ao nosso leitor, tão estranha quão pouco inteligível; como se pedem contar acontecimentos, dos quais não se faz uma ideia nítida, nem se tem uma opinião pessoal? Para não nos colocarmos numa posição ainda mais falsa, tentaremos esclarecer o nosso pensamento com um exemplo, na esperança de fazer compreender, ao leitor benevolente, o embaraço, ante o qual nos encontramos, com a vantagem de que o exemplo escolhido não constituirá uma digressão, mas será, pelo contrário, a sequência direta e imediata da história.

Assim, quinze dias depois, isto é, no princípio de julho (e mesmo durante essas duas semanas), a história do nosso herói, e sobretudo da sua última aventura, tomou um extraordinário vulto e tornou-se deveras cômica. É quase inacreditável, sem no entanto haver a menor dúvida, a forma como essa história se espalhou progressivamente por todas as ruas, avizinhando-se das casas dos Lebedev, dos Ptitsine da Daria Alexeievna e dos Epantchine; em breve se espalhou a toda a cidade e até mesmo aos arredores. Por todos os lados, ou quase todos — pessoas, as mais diversas, habitantes das cidades e aldeias vindos para ouvir a música — faziam circular a mesma anedota, com mil variações; dizia-se que um príncipe tinha provocado um escândalo numa casa digna e conhecida, e desprezado uma menina de boa família, da qual estava noivo, para se apaixonar por uma mulher sem vergonha. Rompendo com todas as suas relações, desprezando todas as ameaças e a indignação do público, indo contra todas as conveniências, manifestou a intenção de desposar em breve essa mulher perdida, realizando-se mesmo o casamento em Pavlovsk, à vista de toda a gente. Mostrava-se orgulhoso do seu feito e olhava bem de frente todas as pessoas.

Esta história, ampliada com grande número de detalhes escandalosos, envolvia bastantes pessoas conhecidas e consideradas; apresentavam-na sob cores fantásticas e misteriosas e, por outro lado, baseavam-na sobre fatos irrefutáveis, evidentes, se bem que a curiosidade geral que despertou e os falatórios que provocou, eram em absoluto desculpáveis.

A interpretação, a mais delicada, a mais sutil e ao mesmo tempo a mais plausível do acontecimento era posta a circular pelos enredos de certos indivíduos, sérios e prudentes, que, em cada esfera da sociedade, descobrem sempre um meio de explicar aos outros um acontecimento e encontram neste exercício não só a sua vocação, mas muitas vezes também a sua consolação.

Segundo a sua versão tratava-se de um homem ainda jovem, de boa família, de um príncipe bastante rico, mas pobre de espírito, democrata e imbuído do niilismo contemporâneo, que o senhor Tourgueniev havia descoberto. O jovem em questão, que mal sabia falar o russo, havia se enamorado da filha do general Epantchine e conseguira ser recebido na sua casa, como noivo. Enganara, porém, esta família de uma forma, que lembrava a do seminarista francês, de quem recentemente se publicara a aventura. Este último saíra do seminário, onde intencionalmente deixara que lhe conferissem o grau de sacerdote, onde se sujeitara a todos os ritos, genuflexões, cerimônias litúrgicas, etc., e renunciara a todos os seus votos; depois, no dia seguinte, numa carta pública, dirigida ao bispo, declarou que não acreditava em Deus e considerava como uma infâmia o enganar o povo e viver à sua custa; demitia-se por isso da sua recente posição e publicava a sua carta nos jornais liberais.

A exemplo deste ateu, o príncipe, dizia-se, tinha assistido a uma reunião solene, dada pelos pais da noiva, no decurso da qual havia sido apresentado a numerosas e importantes pessoas, para durante ela fazer uma estrepitosa profissão de fé, insultar os respeitáveis dignatários e repudiar a sua noiva de uma maneira pública e ultrajante. Na sua resistência aos criados encarregados de o expulsarem, quebrara um magnífico vaso da China.

Acrescentava-se-lhe um traço característico dos costumes contemporâneos: este jovem leviano amava na realidade a sua noiva, a filha do general, mas rompera com ela unicamente para fazer uma profissão de niilismo. E para tornar o escândalo muito maior, dava-se ao prazer de desposar, ante todos, uma mulher perdida a fim de demonstrar que, segundo a sua convicção, não havia nem mulheres perdidas, nem mulheres virtuosas, mas simplesmente a mulher livre. Não acreditava nas velhas classificações da sociedade, mas apenas na questão feminina. Enfim, pretendia afirmar que a mulher perdida tinha aos seus olhos ainda mais mérito do que aquelas que o não eram.

Esta explicação pareceu muito plausível e foi aceita pela maior parte das pessoas em temporada de férias, em Pavlovsk, com tanta mais facilidade, quanto encontrava a sua confirmação nos fatos sucedidos dia a dia. É verdade que muitos dos seus detalhes ficaram incompreensíveis. Contava-se que a pobre moça amava de tal forma o noivo (ninguém dizia o sedutor), que correra junto dele no dia seguinte àquele em que a abandonara, e que haviam ido juntos à casa da mulher perdida. Outros, pelo contrário, asseguravam que a havia atraído à casa dessa mulher por puro niilismo, isto é, para a cobrir de vergonha e opróbrio.

Fosse, porém, como fosse, o interesse despertado por este incidente aumentava dia a dia, pelo que nenhuma dúvida subsistia sobre a iminente realização desse escandaloso casamento.

Agora, se me pedirem mais esclarecimentos não sobre a razão niilista do acontecimento, oh, não! mas simplesmente sobre a medida em que este projetado casamento correspondia aos desejos do príncipe, sobre o verdadeiro fim dos desejos do nosso herói, sobre o seu estado de alma neste momento, e sobre outras perguntas do mesmo gênero, ficaríamos, confesso, deveras embaraçados para responder. Sabemos apenas que o casamento tinha sido de fato decidido e o príncipe encarregara Lebedev, Keller e um amigo do primeiro, que lhe fora apresentado nessa ocasião, de tomarem todas as disposições, tanto em casa, como na igreja. A ordem fora dada, sem olharem a despesas. Nastásia insistira porque a cerimônia se realizasse o mais depressa possível. A insistentes pedidos de Keller, o príncipe escolhera-o para padrinho da cerimônia. A noiva escolhera por seu lado Bourdovski, que aceitara com entusiasmo. E o casamento foi fixado para os princípios de julho.

Outras informações muito mais exatas, e de que nos deram a conhecer certos detalhes, desconcertaram-nos por completo porque estavam em contradição com o que dizemos atrás. Foi assim que fomos levados a acreditar que o príncipe, depois de ter encarregado o Lebedev e os amigos de fazerem todos os preparativos, esqueceu-se quase logo do mestre de cerimônia e dos padrinhos, e até do próprio casamento. Talvez tivesse pressa em se libertar dessas preocupações, encarregando outros, apenas com o único fim de não mais pensar nelas, apagá-las o mais depressa possível da sua memória.

Mas nesse caso em que pensava ele? De que desejaria guardar uma recordação? Quais seriam as suas intenções? É fora de dúvidas que não tinha tido nenhuma contrariedade (pelo menos da parte de Nastásia). Fora na verdade ela que apressara o casamento; fora ela, e não o príncipe, que imaginara este casamento; ele no entanto dera o seu livre consentimento, apesar de o ter feito com um ar um pouco distraído, como se se tratasse de uma coisa bastante banal.

Conhecemos um grande número de fatos tão estranhos como este, mas em nossa opinião, longe de contribuírem para esclarecer o acontecimento, só fazem, acumulando-se, com que ele se obscureça ainda mais. Citemos, no entanto, ainda um exemplo.

Sabemos, sem sombra de dúvida, que durante essas duas semanas o príncipe passou os dias e as noites com Nastásia, quer acompanhando-a em passeios, quer levando-a a ouvir música. Todos os dias saía com ela de carro; se estava uma hora sem vê-la, começava logo a inquietar-se (mostrava então todas as aparências de que a amava sinceramente). Durante longas horas ouvia-a falar, com um sorriso suave e terno, qualquer que fosse o assunto por ela tratado; ele mantinha-se quase sempre calado.

Por outro lado sabemos também que várias vezes, ou até muitas vezes, durante os últimos dias, tinha ido à casa dos Epantchine sem fazer mistério disto a Nastásia, a quem estas visitas arreliavam sobremaneira. Sabemos que os Epantchine recusaram recebê-lo, durante a sua estada em Pavlovsk, e opuseram-se sempre a que tivesse uma entrevista com Aglaé. Retirava-se sem dizer palavra e voltava no dia seguinte, como se tivesse esquecido o mau acolhimento da véspera, para receber naturalmente uma nova recusa.

Sabemos ainda que, uma hora, ou talvez menos, depois de Aglaé ter fugido da casa de Nastásia, o príncipe chegara à casa dos Epantchine, convencido de que ia encontrar a fugitiva. A sua chegada provocou naquela casa uma grande comoção e perturbação, porque Aglaé não tinha ainda voltado e porque tiveram por ele a primeira notícia da visita que acabava de fazer, em sua companhia, a Nastásia. Conta-se que Isabel, as filhas e o próprio príncipe Stch... o trataram então com muita dureza e inimizade e lhe revelaram em termos encolerizados que não o receberiam mais, nem queriam mais vê-lo, sobretudo quando Bárbara Ardalionovna veio dizer inopinadamente a Isabel que

Aglaé estava em sua casa, há mais de uma hora, num terrível estado de nervos, e que não queria, segundo dizia, voltar mais à casa.

Esta última informação, que perturbou Isabel mais que todo o resto, era absolutamente verídica. De fato, ao sair da casa de Nastásia, Aglaé teria preferido morrer logo, a ter de aparecer diante dos seus; por esta razão refugiou-se na casa de Nina Alexandrovna. Bárbara, por seu lado, é que julgou ser necessário avisar sem demora Isabel de tudo quanto se tinha passado. A mãe e as filhas correram logo à casa de Nina, e o pai, Ivan Fiodorovitch, foi-se-lhes juntar logo que soube do que se passava. O príncipe León adiantou-se às senhoras Epantchine, a despeito da expulsão e das palavras de censura que tinha recebido; porém, graças às medidas tomadas por Bárbara, impediram-no de se aproximar de Aglaé.

E a questão terminou da maneira seguinte: quando Aglaé viu a mãe e as irmãs chorarem por causa dela e não lhe fazerem qualquer censura, lançou-se logo nos seus braços e voltou, sem levantar a menor objeção, com elas para casa.

Conta-se também — mas este ponto é bastante impreciso — que Gabriel tivera mais uma vez uma má estrela: ficando só com Aglaé, enquanto Bárbara correu à casa de Isabel, pensou dever aproveitar-se da ocasião para lhe falar do seu amor. Ouvindo-o, Aglaé esqueceu o seu desgosto e as suas lágrimas, e soltou uma gargalhada; depois, à queima-roupa, fez-lhe uma singular pergunta: "estaria disposto, para provar o seu amor, a queimar um dedo na chama de uma vela?" Parece que Gabriel ficou atrapalhado e aturdido com esta proposta, o que se lhe refletiu no rosto, em geral perplexo. Aglaé, tomada por um estranho riso, fugiu para o andar superior, para o quarto de Nina, onde os pais a foram encontrar momentos depois. Este incidente foi contado, no dia seguinte, ao príncipe, por Hipólito, que não podendo mais sair da cama, o mandou chamar de propósito para lhe dizer. Ignoramos como é que ele foi informado; o caso é que o príncipe, quando o ouviu contar a história do dedo e da vela, começou a rir de tal maneira, que chegou a espantar Hipólito. No entanto um momento depois começou a tremer e a chorar.

Em geral, durante estes dias, mostrou-se dominado por uma viva inquietação, um tremor extraordinário e uma angústia mal definida. Hipólito não hesitou em afirmar que o príncipe lhe dera a impressão de um homem atacado de alienação mental; no entanto não podia dar a esta conjectura uma base positiva.

Ao expormos estes acontecimentos, que nos recusamos a explicar, não é nossa intenção justificar a conduta do nosso herói aos olhos do leitor. Longe disso: estamos prestes a compartilhar a indignação que a sua conduta está provocando entre os seus amigos. A própria Vera Lebedev mostrou-se arreliada durante todo este tempo; Kolia e Keller mostraram-se também indignados; este último só modificou a sua maneira de ver quando foi escolhido para padrinho. Quanto a Lebedev a sua indignação era tão sincera, que começou a urdir uma intrigazinha contra o príncipe, da qual falaremos mais adiante.

Em princípio concordamos, sem reserva, com algumas das vigorosas palavras, cheias de um profundo sentido psicológico, que Eugênio dirigiu sem rodeios ao príncipe, no decorrer de uma conversa familiar, seis ou sete dias depois da cena ocorrida na casa de Nastásia. Notemos, a propósito que, além dos Epantchine, todas as pessoas que tinham com eles ligações diretas ou indiretas se sentiram na obrigação de cortar as relações com o príncipe. O príncipe Stch... por exemplo, voltou-lhe a cara quando o encontrou e não correspondeu à sua saudação. Todavia Eugênio Pavlovitch não receava comprometer-se, fazendo-lhe a sua visita, ainda que continuasse a frequentar todos os dias a casa dos Epantchine, onde era recebido mesmo com uma evidente cordialidade.

Justamente no dia seguinte àquele em que deixaram Pavlovsk, foi à casa do príncipe. Estava já nessa altura ao corrente dos boatos que corriam pela cidade; talvez também tivesse contribuído, por seu lado, para a sua propagação. O príncipe ficou encantado, ao vê-lo, e começou logo a conversar com ele sobre os Epantchine. Esta entrada franca e direta numa tal matéria, fez com que Eugênio Pavlovitch soltasse a língua e permitiu-lhe ir direito ao fato em vista.

O príncipe ignorava ainda a partida dos Epantchine. Esta notícia consternou-o e fê-lo empalidecer; porém, ao fim de um minuto, abanou a cabeça com um ar perturbado e sonhador e concordou que isto tinha de suceder; depois apressou-se a perguntar onde era a sua nova morada.

Durante toda esta conversa Eugênio observou-o com atenção; ficou deveras surpreendido ante a pressa que o seu interlocutor punha em interrogá-lo; a candura das suas perguntas, da sua comoção, do seu estranho tom de sinceridade, da sua inquietação, do seu nervosismo, de tudo enfim, não deixou de lhe chamar a atenção. Entretanto, informou o príncipe com afabilidade e de uma maneira circunstanciada sobre os acontecimentos; deu-lhe conhecimento de muitas coisas, visto ser ele o primeiro informador que vinha de casa dos Epantchine. Confirmou que Aglaé ficara de fato doente e havia passado três noites com febre e insônias; agora estava melhor e livre de perigo, mas encontrava-se num estado de extrema excitação... Felizmente agora reina uma paz completa naquela casa! Evitam toda a conversa sobre o passado, não só na frente da Aglaé, mas até mesmo quando ela não está. Os pais projetam fazer uma viagem ao estrangeiro, durante o outono, logo após o casamento da Adelaide. A Aglaé não proferiu uma só palavra quando fizeram as primeiras alusões a este projeto.

Quanto a ele, Eugênio, irá talvez também ao estrangeiro. O próprio príncipe Stch... pensa ausentar-se também, por um mês ou dois, com Adelaide, se os seus afazeres lhe permitirem. Apenas o general ficará. Toda a família está agora em Kolmino, a umas vinte verstas de S. Petersburgo, numa das suas propriedades, onde possuem uma espaçosa casa de campo. A princesa Bielokonski não partiu ainda para Moscovo e parece que retardará essa partida. Isabel insistiu fortemente sobre a impossibilidade de continuarem em Pavlovsk, depois de tudo quanto se tinha passado. Eugênio relatava-lhe dia a dia o que se dizia e passava na cidade. Os Epantchine não supunham poder voltar mais à vila Elaguine.

— Com efeito — acrescentou Eugênio — há de concordar que, para o senhor mesmo, a situação era insustentável, sobretudo, porque sabia tudo quanto a cada hora se passava em sua casa, e depois as visitas diárias que fazia à casa *deles,* apesar de se terem recusado a recebê-lo...

— Sim, sim, tem razão. Desejava apenas ver a Aglaé... — respondeu o príncipe, que se pôs a abanar a cabeça.

— Ah, meu caro príncipe — exclamou bruscamente Eugênio num tom patético e contristado — como tem o senhor permitido então tudo quanto se tem passado? Com certeza estava longe de esperar por tal... Admito de boa vontade que o senhor não pôde obstar a que perdesse a cabeça... nem pôde conter essa pequena no seu acesso de demência; isto ia além das suas forças!

Contudo devia compreender quão sério e forte era o sentimento que essa pequena tinha pelo senhor. Ela não o queria repartido com uma outra, e o senhor... o senhor pôde desprezar e perder um tal tesouro!

— Sim, sim, o senhor tem razão; fui de fato o culpado — disse o príncipe, deveras angustiado. — Eu lhe digo: a Aglaé era a única, a única a estimar a Nastásia... Ninguém, além dela, a estimava assim...

— Mas, justamente, o que é exasperante é que não havia em tudo isto nada de sério! — exclamou Eugênio, irritado. — Desculpe-me, príncipe, mas... eu... já pensei um pouco nisso, já o meditei demoradamente; conheço todos os antecedentes da questão; sei tudo quanto se passou desde há seis meses, e nada do que se passou era sério. Não havia nisto mais do que um arrebatamento do espírito e da imaginação, uma quimera, uma fantasia; apenas o ciúme extremo de uma moça sem experiência pôde levar toda a questão até ao trágico!

Eugênio Pavlovitch, sentindo-se na verdade à vontade, dava livre curso à sua indignação. Em termos sensatos e claros, e repetindo-os, com uma psicologia muito penetrante, traçou ante aos olhos do príncipe um quadro das relações deste com Nastásia. Tivera sempre o dom da palavra; desta vez chegou até à eloquência.

— Descobriu no senhor, desde o princípio — continuou ele — qualquer coisa de mentiroso; ora aquilo que começa pela mentira, deve acabar também pela mentira; é uma lei natural. Não compartilho a maneira de ver daqueles que o tratam de idiota; fico mesmo indignado quando os ouço; o senhor tem muito espírito para merecer esse qualificativo; mas o senhor mesmo há de concordar que é de um tão estranho procedimento, que isto o diferencia de todos os outros homens. Cheguei a esta conclusão, porque a causa de tudo quanto se passou reside, antes de tudo, no que eu chamarei a sua inexperiência congênita (repare, príncipe, nesta expressão: congênita) e na sua anormal inocência. Acrescentarei a isto a sua fenomenal ausência de um sentimento de moderação (defeito de que o senhor mesmo se queixou algumas vezes) e enfim, um grande afluxo de ideias especulativas, que a sua extraordinária sinceridade tem tomado até aqui por autênticas convicções, naturais e imediatas! Confesse, príncipe, que as suas relações com a Nastásia têm sido fundadas desde o princípio sobre a noção de *democracia convencional* (exprimo-me assim, para abreviar) e por assim dizer sobre o encanto da questão feminina (para abreviar ainda mais). Sabe que conheço em todos os seus detalhes a estranha e escandalosa cena que se desenrolou na casa da Nastásia, quando o Rogojine lhe levou o seu dinheiro. Se assim quiser, vou analisá-lo ao senhor mesmo e mostrar-lhe a sua própria imagem, como num espelho, tanto conheço a fundo a questão e a razão pela qual ela fez desandar a sua sorte! Quando o senhor era ainda rapaz e vivia na Suíça, tinha a nostalgia da sua Pátria, da Rússia, considerando-a como um país desconhecido, como a terra prometida. Leu então muitos livros sobre a Rússia;

eram talvez excelentes obras, mas foram-lhe bastante nocivas; voltou portanto ao solo pátrio cheio de ardor e sequioso de atividade; o senhor lançou-se, por assim dizer, à obra. E eis que, logo no dia da sua chegada, lhe contam a triste e comovente história de uma criatura ultrajada, ao senhor, um brioso e honrado cavalheiro, e além disso tratando-se de uma mulher!... Viu-a nesse mesmo dia e ficou fascinado pela sua beleza, a sua fantástica e demoníaca beleza (tal como o senhor, reconheço que ela é de fato bela). Acrescente a isto o estado dos seus nervos, a sua epilepsia, a influência deprimente do degelo em S. Petersburgo; acrescente ainda a circunstância de que, durante esse primeiro dia passado na cidade desconhecida e quase fabulosa para o senhor, foi testemunha de numerosas e variadas cenas e encontrou-se com muitas e diversas pessoas; o senhor travou conhecimento, de uma maneira repentina e inesperada, com três bonitas moças, as meninas Epantchine, e entre elas a Aglaé; acrescente a isto ainda a fadiga, a vertigem dos acontecimentos, o salão da Nastásia, o ambiente que ali reinava e... Diga-me, ora diga, que podia o senhor esperar de si mesmo nesse momento?

— Sim, sim — disse o príncipe meneando a cabeça e começando a corar — sim, o senhor adivinhou quase tudo, na verdade! De fato não tinha dormido na noite anterior, na carruagem, nem na noite seguinte, e por isso me sentia deveras enervado...

— Muito bem! Era a esse ponto que eu queria chegar! — continuou Eugênio, excitando-se cada vez mais. — É claro que, levado pelo seu entusiasmo, o senhor precipitou-se, nessa ocasião, em manifestar publicamente a sua magnanimidade, declarando que era um príncipe de nascimento e um homem inocente, por isso não considerava como desonrada uma mulher perdida, não pela sua falta, mas pela de um odioso libertino da grande sociedade! Meu Deus, quanto isto é compreensível! Contudo não é esta a questão, meu caro príncipe; o que se trata de saber é se o seu sentimento era verdadeiro, sincero, natural, ou se procedia apenas como resultado de uma exaltação cerebral? Que pensa o senhor? Se a igreja perdoa a uma mulher deste gênero, não quer dizer com isto que ela tenha agido bem, nem que ela seja digna de todas as honras e de todos os respeitos! Parece-me que o seu bom senso não soube pôr as coisas neste ponto, três meses mais tarde? Admitindo que ela está inocente (é uma questão sobre a qual não quero insistir) o que é pelo menos verdade é que as suas aventuras não podem justificar nunca o seu intolerável e diabólico orgulho, a sua impudência, o seu insaciável egoísmo.

Desculpe-me, príncipe, se me deixo entusiasmar, mas...

— Sim, tudo isso é possível, e pode ser que o senhor tenha razão... — balbuciou de novo o príncipe. — Ela é de fato muito sensível e o senhor está com certeza dentro da verdade, mas...

— Quer o senhor dizer que é digna de piedade, não, meu caro príncipe? Mas teria o senhor o direito, por piedade para com ela e para a comprazer, de cobrir de vergonha uma outra moça, uma jovem distinta e inocente, humilhando-a ante *aqueles* olhos desprezadores e plenos de ódio? Ou deixa de ter piedade, depois disto? Não será tudo isto um inacreditável exagero? Quando se ama uma jovem moça, pode-se humilhá-la assim diante da sua rival, e abandoná-la por essa outra, ante os olhos desta última, depois de a ter honestamente pedido em casamento? Além disso, quando pediu a sua mão, fez essa declaração na frente dos seus pais e das suas irmãs! Depois disto, príncipe, o senhor é um homem honesto? Permita-me que lhe pergunte. E... e não enganou uma virginal moça, ao afirmar-lhe que a amava?

— Sim, sim, o senhor tem razão! Ah, sinto que sou culpado! — proferiu o príncipe num tom de indizível desgosto.

— Mas será isso o bastante? — gritou Eugênio, indignado. — Será o bastante gritar: "Ah, sou o culpado?" O senhor é o culpado, mas persiste nos seus erros. Onde está, então, o seu coração, o seu coração de cristão? Reparou naquele momento na expressão do seu rosto? Refletia menor sofrimento que o da *outra,* que o *seu,* que o daquela que os separava? Como é que ante esse espetáculo o senhor permitiu o que se passou? Como?

— Mas... eu não permiti nada... — balbuciou o infeliz príncipe.

— Como! O senhor não permitiu nada?

— Dou-lhe a minha palavra. Não compreendo ainda, apesar do tempo decorrido, como é que tudo aquilo sucedeu. Eu... corri logo para a Aglaé, mas a Nastásia caiu com uma síncope e depois não me deixaram aproximar mais dela.

— Que importa isso! Devia correr atrás da Aglaé e deixar a outra desmaiada!

— Sim... sim, devia... e ela estaria morta! Ter-se-ia matado, o senhor não a conhece, e... daria tudo no mesmo, pois contariam logo o que se passasse à Aglaé e... Parece-me, Eugênio, que o senhor tem aspecto de tudo saber. Ora, então, pode dizer-me por que não me deixaram mais aproximar da Aglaé? Explicar-lhe-ei tudo. Compreenda isto: as duas falaram então à margem, completamente à margem da questão; daí sobreveio a desgraça... Eu não consigo explicar-lhe isto claramente, mas talvez a Aglaé o consiga... Ah, meu Deus, meu Deus! O senhor vem falar-me do seu rosto nesse minuto, quando fugiu... Oh, meu Deus, recordo-me muito. Vamos, vamos!

O príncipe levantou-se de súbito e procurou arrastar Eugênio pelo braço.

— Aonde?

— Vamos à casa da Aglaé, e depressa!

— Mas já lhe disse que ela não está em Pavlovsk; e agora, que iríamos nós fazer à casa dela?

— Compreender-me-á! Compreender-me-á! — murmurou o príncipe juntando as mãos numa atitude de prece. — Compreenderá que não é *isto,* mas sim há que fazer outra coisa!

— Há que fazer outra coisa? Então o senhor não se vai casar? Ou o senhor persiste... Mas o senhor casa-se ou não?

— Oh, sim!... eu caso-me, eu caso-me!

— Então por que é que diz que não é isto?

— Não, não é isto, não é isto! Pouco importa que me case!... Isso nada quer dizer!

Como é que pode dizer que isso pouco importa, que não quer dizer nada? Parece-me que não se trata de uma coisa sem importância! O senhor vai desposar uma mulher que o ama para fazer a sua felicidade. A Aglaé viu isso e sabe-o. E o senhor acha que isto é uma coisa sem importância?

— A sua felicidade? Oh, não. Eu caso-me, muito simplesmente; é ela que o quer; e além disso, caso-me porque tudo está assim combinado; eu... Como vê, tudo isto me é indiferente! Se eu tivesse procedido de outra forma, ter-se-ia com certeza suicidado. Reconheço agora que o casamento com o Rogojine era uma loucura. Compreendo nesta altura o que até aqui não tinha compreendido. Além disso quero também dizer-lhe: quando se invetivaram uma à outra, não pude suportar a expressão do rosto da Nastásia!... O senhor não sabe, Eugênio — acrescentou ele, baixando misteriosamente a voz — pois não o disse nunca a ninguém, nunca, nem mesmo à Aglaé, mas eu não posso tolerar aquele rosto da Nastásia... Ainda há pouco o senhor descreveu muito bem a reunião na casa dela; mas houve um detalhe que lhe escapou e que ignora: é que eu tinha observado o seu rosto. Já pela manhã, ao ver o seu retrato, não pudera tolerar aquela sua expressão... Ora, repare na Vera, a filha do Lebedev, e verá como tem uns olhos muito diferentes! Eu... eu tenho medo do rosto da Nastásia! — concluiu ele, dominado por um extremo pavor.

— O senhor tem medo?

— Sim, ela está tola! — cochichou ele, ao mesmo tempo que empalidecia.

— Tem a certeza disso? — perguntou Eugênio com um ar deveras intrigado.

— Tenho, tenho a certeza disso; pude verificá-lo ainda num destes últimos dias.

— Então quer fazer a sua desgraça? — inquiriu Eugênio deveras horrorizado. — O senhor vai casar-se então, levado por um grande medo, não? Não compreendo nada... Talvez até o senhor não a ame?

— Oh, se a amo, com toda a minha alma! Não se esqueça... que ela é uma criança; está na verdade como uma autêntica criança! Oh, o senhor não sabe nada!

— E ao mesmo tempo afirma que tem um grande amor pela Aglaé?

— Oh, sim, sim!

— Como explica então tudo isso? Ou pretende também amar uma e outra?

— Oh, sim, sim!

— Vamos, príncipe, pense no que está a dizer!

— Sem a Aglaé eu... preciso em absoluto vê-la! Eu... eu morrerei logo que adormeça; creio que morrerei esta noite durante o sono. Oh, se a Aglaé soubesse, se ela soubesse tudo!... Quero dizer-lhe absolutamente tudo! Porque o essencial, aqui, é que saiba tudo! Nem sempre nos é dado saber *tudo* sobre uma outra pessoa, quando é necessário, quando essa outra está em falta... De resto, eu já nem sei o que digo, já embrulho tudo; o senhor despertou em mim uma grande comoção... Quem sabe se não terá ainda a mesma expressão de fisionomia, de quando fugiu? Oh, eu sou o culpado, sim! O mais provável é que todas as culpas sejam minhas. Não sei ainda ao certo quais são, mas só eu sou o culpado... Há nisto alguma coisa que não sei explicar-lhe, Eugênio, parece que me faltam as palavras para exprimir tudo, mas... a Aglaé compreender-me-á! Oh, sempre tenho pensado que ela me há de compreender!

— Não, príncipe, ela não compreenderá! A Aglaé ama-o humanamente, como uma mulher e não como... um puro espírito. Quer que lhe diga uma coisa, meu pobre príncipe? O mais provável é que o senhor não tenha amado nem uma, nem outra.

— Não sei... talvez, talvez; o senhor tem razão em muitos pontos; o senhor é superiormente inteligente. Ah, aí começo eu a sentir a dor de cabeça! Vamos à casa dela! Vamos lá, por amor de Deus! Por amor de Deus!

— Mas já lhe disse que não está em Pavlovsk; está em Kolmino.

— Vamos a Kolmino, vamos sem demora!
— É impossível! — respondeu Eugênio numa voz arrastada e levantando-se.
— Ouça, eu vou escrever uma carta e o senhor faz-me o favor de a levar.
— Não, príncipe, não!... Dispense-me de tais comissões, pois não posso por maneira alguma encarregar-me de tal.

E separaram-se: Eugênio levou desta visita uma estranha impressão; chegou à convicção de que o príncipe tinha o espírito um pouco desequilibrado. Que significa *aquele rosto* que teme e ama tanto ao mesmo tempo? Por outro lado, pode ser que, longe da Aglaé, morra de fato, mas dessa forma a jovem moça não saberá nunca até que ponto ele a amou. Ah, ah! E como pode ele amar duas mulheres? E cada uma delas com um amor tão diferente? Isto é deveras curioso... Pobre idiota! E o que lhe irá suceder agora?

Capítulo 10

No entanto o príncipe não morreu antes do casamento, nem acordado, nem dormindo, como predissera a Eugênio. Talvez tivesse dormido mal e tivesse maus sonhos; porém, durante o dia, nas suas relações com o seu semelhante, parecia outro e sempre satisfeito; mostrava-se algumas vezes um ar abstrato, era em geral quando estava só. Apressavam-se os preparativos do casamento, que devia ter lugar oito dias após a visita de Eugênio. Ante uma tal pressa, os amigos mais íntimos do príncipe, os que tinha ainda, tiveram de renunciar à esperança de verem os seus esforços, para salvar o pobre louco, coroados de êxito. Os boatos espalhados, após a visita de Eugênio, foram instigados, até certo ponto, pelo general Ivan e pela esposa. Se os dois, por um excesso de bondade, tiveram desejos de salvar do abismo o infeliz demente, limitaram-se a essa única e tímida tentativa, pois, nem a sua situação, nem talvez mesmo os seus sentimentos (coisa natural!), permitiam-lhes um esforço mais sério. Dissemos já que todos aqueles que viviam à volta do príncipe se afastaram dele. Vera Lebedev limitava-se a chorar quando estava só; ficava agora muitas vezes em casa, e por isso as suas visitas tornaram-se muito mais espaçadas.

Entretanto Kolia prestara as últimas homenagens a seu pai. O velho morrera de um novo ataque, sobrevindo mais ou menos oito dias depois do primeiro. O príncipe tomou uma grande parte no luto da família; passou, nos primeiros dias, horas inteiras junto da Nina Alexandrovna; assistiu às exéquias e a todas as outras cerimônias religiosas. Muitas pessoas notaram que a sua chegada à igreja e a sua partida provocara involuntários sussurros na assistência. Sucedia o mesmo na rua e no parque; quando passava, a pé ou de carro, as conversas animavam-se e apontavam-no, pronunciando a meia-voz o seu nome e o de Nastásia. Procuraram ver esta, a quando das exéquias do general, mas não apareceu. A mulher do capitão não assistiu também, pois Lebedev havia conseguido segurá-la em casa. O enterro e as outras cerimônias causaram ao príncipe uma forte e dolorosa impressão. A uma pergunta de Lebedev, respondeu em voz baixa que era a primeira vez que assistia a um enterro segundo o rito grego, além de uma cerimônia semelhante, que se recordava ter visto, ainda criança, numa igreja da cidade.

— Sim, como acreditar que o homem deitado neste caixão é o mesmo que, ainda há pouco tempo, nos deu a honra de presidir à nossa reunião; o senhor lembra-se? — perguntou em voz baixa Lebedev.

— Mas quem procura o senhor?

— Nada, pareceu-me que...

— Que era o Rogojine?

— Ele está aqui?

— Está na igreja.

— De fato, pareceu-me ter avistado os seus olhos — murmurou o príncipe um tanto agitado. — Mas pouco me importa... Por que teria vindo aqui? Quem o teria convidado?

— Não sei, nem em tal pensei. A família do falecido não o conhece. Toda a gente pode entrar numa igreja. Por que ficou tão surpreendido? Encontro-o agora muitas vezes; a semana passada vi-o aqui umas quatro vezes.

— Por mim ainda o não encontrei uma única vez... desde aquele dia — balbuciou o príncipe.

Como Nastásia nunca lhe dissera que havia encontrado o Rogojine, uma única vez, desde aquele dia, concluiu que este último tinha quaisquer razões para não se mostrar. Durante todo esse dia pareceu muito absorvido; pelo contrário Nastásia mostrou-se de uma alegria excepcional, alegria que se prolongou durante toda a noite.

Kolia, que se havia reconciliado com o príncipe antes do falecimento do pai, propôs-lhe (a questão revestia uma instante urgência) que convidasse Keller e o Bourdovski para padrinhos da cerimônia. Tomou a garantia do bom comportamento do primeiro e acrescentou mesmo que talvez pudesse ser quanto a Bourdovski, toda a recomendação era supérflua, visto ser um homem sossegado e modesto. Nina e Lebedev chamaram a atenção do príncipe para o fato de que, se o seu casamento estava na verdade decidido, podia pelo menos evitar celebrá-lo em Pavlovsk, numa altura do ano em que estava repleto de veraneantes. Para que tanta celebridade? Não seria melhor realizar a cerimônia em S. Petersburgo, numa igreja particular? O príncipe não compreendeu muito bem a preocupação que estas palavras refletiam, e por isso limitou-se a responder com laconismo e simplicidade, de que tudo isso era o desejo formal de Nastásia.

No dia seguinte Keller, informado de que estava escolhido como padrinho da cerimônia, foi a toda a pressa visitar o príncipe. Antes de entrar, parou do vão da porta; tendo avistado o príncipe, levantou a mão direita, com o indicador erguido para o ar, e gritou, no tom de um homem que profere um juramento:

— Não beberei.

Em seguida aproximou-se do príncipe, apertou-lhe as duas mãos, sacudindo-as com força, e declarou-lhe que, para falar verdade, tinha ficado um tanto despeitado quando soube o que se passava; havia mesmo manifestado essa sua opinião do decorrer de uma partida de bilhar: e esse seu despeito resultava apenas de que a sua grande amizade só podia admitir que o príncipe desposasse uma princesa de Rohan, ou pelo menos a de Chabot; no entanto agora, vistas bem as coisas, chegava à conclusão de que os pensamentos do príncipe eram, pelo menos, doze vezes mais nobres que os daqueles que o rodeavam, tomados em conjunto. Aquilo que ele procurava não era nem o esplendor, nem a riqueza, nem mesmo as honrarias, mas sim apenas a verdade. As simpatias das altas personagens são sempre as mais apreciadas; contudo o príncipe encontrava-se num tal grau, devido à sua educação, que não podia ser, de uma maneira geral, posto no mesmo pé de igualdade daquelas. Porém a canalha, a garotada, eram de opinião diferente; na cidade, nas casas particulares, nas reuniões, nas pequenas vivendas, nos concertos, nas tabernas, nas salas de bilhar, não se fala, não se murmura noutra coisa, que não seja o próximo acontecimento. Ouvi mesmo dizer que queriam organizar uma manifestação tumultuosa em frente das suas janelas e isto, segundo me parece, logo na primeira noite do casamento. Se tiver necessidade da pistola de um homem honesto, estou pronto a disparar nobremente uma meia dúzia de tiros, antes de o senhor sair, na manhã seguinte, do leito nupcial. Deu-lhe mesmo o conselho de colocar no pátio da casa uma mangueira de incêndio, como medida preventiva contra a multidão sequiosa, ao voltar da igreja; porém Lebedev opôs-se, dizendo que, se se utilizassem dessa mangueira, a sua casa seria destruída de alto a baixo.

— Asseguro-lhe, príncipe, que o Lebedev anda urdindo qualquer intriga contra o senhor. Querem estabelecer-lhe qualquer tutela; o senhor sabe o que isso é? Querem privá-lo do livre exercício da sua vontade e de dispor, como bem entender, do seu dinheiro, isto é, daquelas regalias que nos distinguem de um quadrúpede? Isto, ouvi-lho eu dizer, não tenho dúvidas nenhumas. Isto é a pura verdade!

O príncipe lembrou-se, ainda que confusamente, de ter já ouvido dizer qualquer coisa a tal respeito, mas, como é natural, não lhe tinha prestado a menor atenção. Limitou-se a soltar uma gargalhada, ante a reflexão do Keller, e não mais lhe ligou importância. O fato, no entanto, é que o Lebedev maquinava qualquer coisa desde há um certo tempo; este homem traçava imediatos planos sempre que tinha qualquer inspiração, porém, no ardor da sua execução, dispersava os seus esforços em todos os sentidos, terminando por se afastar do objetivo inicial; daí a razão por que nunca tinha feito nada na vida. Dias decorridos, quase na véspera do casamento, foi confessar-se ao príncipe (era uma mania muito sua, ir sempre exprimir o seu arrependimento junto daqueles contra quem havia intrigado, sobretudo quando as suas intrigas fracassavam). Declarou-lhe que nascera para ser um Talleyrand e no final, por qualquer motivo inexplicável, havia ficado um simples Lebedev. A este respeito descobriu toda a sua intriga, o que interessou deveras o príncipe. A acreditar-se no que disse, começou por se pôr em contato com altas personalidades, para ter um sólido apoio em caso de necessidade, tendo falado a tal respeito com o general Ivan Fiodorovitch. Este mostrou-se embaraçado, dado que estimava muito o rapaz, mas declarou-lhe que, apesar do seu grande desejo de o salvar, os preconceitos da sociedade não lhe permitiam qualquer intervenção. Isabel por sua vez não quis, nem vê-lo, nem ouvi-lo. Eugênio e o príncipe Stch… recusaram-se a tudo, com um simples gesto. Todavia ele, Lebedev, não perdeu a coragem: consultou um advogado conhecedor, um venerável ancião de quem era amigo íntimo e a quem devia obrigações; este, conhecedor das leis, concluiu que a interdição do príncipe era perfeitamente possível, com a condição de que testemunhas de respeito afirmassem que sofria de desequilíbrio mental, ou era de fato um demente; o essencial portanto era dispor de altas influências. Lebedev não esgotou a paciência e conseguiu mesmo trazer um dia um médico à casa do príncipe. Este médico era um outro velho, também respeitável, que se encontrava a veranear em Pavlovsk; tinha a condecoração da ordem de Santa Ana. Lebedev levara-o um dia com ele, sob o pretexto de lhe mostrar a sua propriedade, e apresentara-o ao príncipe, estando combinado que lhe transmitiria as suas conclusões a título amigável e não, por assim dizer, de uma maneira oficial. O príncipe lembrava-se desta visita do doutor; recordava-se que, na véspera, Lebedev havia insistido... de tal forma com ele, que estava doente, que quase chegara a convencê-lo; apesar de ter recusado categoricamente o auxílio da medicina, não evitou de se encontrar momentos depois com o doutor; acreditando no que lhe disse Lebedev, acabavam de sair os dois da casa do senhor Terentiev, que estava muito mal, tendo-lhe dito o médico que tinha, a tal respeito, uma comunicação a fazer-lhe. Concordando com Lebedev, recebeu o médico com muita afabilidade. A conversa derivou logo sobre o doente, Hipólito, e o doutor, desejando conhecer os mais amplos detalhes sobre a cena do suicídio, ficou encantado com o príncipe, ante a descrição e as explicações que lhe deu do acontecimento. Falaram depois do clima de S. Petersburgo, da doença do próprio príncipe, da Suíça, de Schneider. O príncipe interessou de tal forma o seu interlocutor, com a exposição que lhe fez do sistema terapêutico de Schneider, que a conversa se prolongou por umas duas horas. O médico fez-lhe fumar, por sua vez, excelentes cigarros e Lebedev serviu-lhes um esquisito licor trazido por Vera. Se bem que casado e pai de família, o médico mostrou tanto interesse pela moça que esta se mostrou deveras indignada. Quando se separaram, estavam amigos. Ao sair, o doutor declarou a Lebedev: "pretendem colocar sob tutela todas as pessoas que são como o príncipe, onde vão procurar os tutores precisos para isso?" Lebedev replicou-lhe num tom trágico, invocando o próximo casamento; o doutor, porém, abanou a cabeça com um ar matreiro e espertalhão, e concluiu: "É preciso deixar casar as pessoas com quem muito bem lhes parecer". Além disso, e ante o que tinha ouvido dizer, a pessoa de que se tratava, não era somente de uma incomparável beleza, motivo já por si suficiente para fazer andar à roda a cabeça de um homem rico, mas mais ainda, era possuidora de grandes capitais, que lhe tinham sido dados por Totski e Rogojine, assim como de pérolas, de diamantes, de mantilhas e de bons móveis. Somado tudo, esta escolha, longe de ser um indício de loucura ou estupidez da parte do príncipe, revelava, pelo contrário, que este adorável rapaz tinha um espírito vivo e uma inteligência de homem da sociedade, de homem que sabe calcular. O doutor era, portanto, levado a formular sobre tudo isso um diagnóstico inteiramente favorável ao príncipe.

Esta conclusão exerceu sobre Lebedev uma forte impressão, e terminou também as suas confidências, declarando ao príncipe: "Doravante terá sempre em mim um homem dedicado e pronto a verter o sangue pelo senhor; foi mesmo para lhe dizer isto que vim aqui".

Durante os últimos dias o príncipe fora também distrair Hipólito; no entanto este mandava-o chamar a cada momento. A família do doente residia não muito longe dali, numa pequena vivenda. As crianças, quer dizer, o irmão e a irmã de Hipólito gostavam muito de brincar ao ar livre; sempre que podiam escapar-se do doente iam para o jardim; entretanto a pobre esposa do oficial ficava à sua mercê e era por vezes a sua vítima. O príncipe passava o tempo a apaziguá-los, a estabelecer a paz entre eles; o doente continuava a chamá-lo o seu simplório, não podendo conter-se de lhe mostrar o seu desprezo, sempre que o via no seu papel de mediador. Estava muito zangado com Kolia, porque este deixara de vir visitá-lo, pois havia estado sempre junto do pai, nos seus últimos momentos, e agora fazia companhia à sua viúva mãe. Por fim tomou por alvo das suas zombarias o próximo casamento com Nastásia; procedeu de tal forma, que o príncipe indignado e deveras exaltado deixou também de ir vê-lo. Dois dias depois a mãe foi pela manhã à casa do príncipe, de lágrimas nos olhos, suplicar-lhe para ir vê-lo, sem o que *ele* a martirizaria ainda mais. Acrescentou que o filho desejava revelar-lhe um grande segredo. O príncipe cedeu. Hipólito exprimiu-lhe então o desejo de se reconciliar, dizendo-lhe banhado em lágrimas; porém as lágrimas desapareceram e passou a mostrar-se, contra o que era de esperar, ainda mais acerbo, e parecendo ainda por vezes não expandir toda a sua cólera. Sentia-se muito mal e tudo indicava que não tardaria em morrer. Não tinha nenhum segredo a revelar, mas desabafava em ásperas e exageradas censuras e numa emoção talvez afetada ao dizer ao príncipe que tivesse cuidado com Rogojine. É um homem que não larga o que lhe pertence; não tem sentimentos como nós, príncipe; se pretende dizer alguma coisa, nenhum escrúpulos o prendem... etc., etc. O príncipe começou a interrogá-lo um pouco mais em detalhe a fim de precisar fatos. Porém Hipólito não invocou outro argumento que não fossem as suas sensações ou impressões pessoais. No final teve a satisfação de infundir um certo terror na alma do príncipe. Este último começou a esquivar-se a certas perguntas de um caráter especial e limitava-se a sorrir quando o ouvia dar-lhe conselhos como este: "fosse ao senhor fugia para o estrangeiro; ia lá casar-me, pois em toda parte se encontram padres russos". Porém, ao fim de um momento, Hipólito concluía desta forma: "Temo, sobretudo, pela Aglaé; o Rogojine sabe quanto o senhor a ama; o senhor tomou-lhe a Nastásia; ele matará a Aglaé; se bem que ela não lhe seja nada, o senhor não deixará de se contristar bastante, não é assim? O seu fim foi atingido"; o príncipe saiu deveras apavorado.

Estas prevenções a respeito do Rogojine surgiram na véspera do casamento. Nessa noite o príncipe teve com Nastásia a última entrevista, antes da cerimônia nupcial. Ela, porém, não conseguiu acalmá-lo: nos últimos tempos nem ele próprio conseguia dominar a sua inquietação. Alguns dias antes, no decurso de uma conversa, ficara admirada com o seu ar de tristeza. Havia empregado todos os esforços para o alegrar: tinha experimentado mesmo distraí-lo, cantando. A maior parte das vezes tentava lembrar-se de tudo quanto pudesse distraí-lo. O príncipe esforçava-se quase sempre por parecer satisfeito; algumas vezes ria-se por tudo, arrastado pela vivacidade de espírito e pelo bom humor com que ela costumava contar as suas coisas, quando estava com disposição para isso, o que sucedia muitas vezes. Quando o via rir, ficava encantada e sentia-se orgulhosa da sua pessoa, ao constatar a impressão por ela produzida. Porém agora tornava-se, quase hora a hora, cada vez mais melancólica e mais inquieta. O príncipe tinha sobre ela uma opinião já formada; se assim não fosse, teria naturalmente notado que se estava tornando deveras enigmática e muito menos inteligente; não continuaria cada vez mais convencido de que ela podia ressuscitar para a vida normal. Tinha razão em dizer a Eugênio Pavlovitch que a amava com amor profundo e sincero; nesse amor havia de fato um terno entusiasmo por uma criança fraca e doente, a quem fosse difícil, se não impossível, entregar a sua própria vontade. Não desabafava com ninguém sobre os sentimentos que ela lhe inspirava e repugnava-lhe abordar esse tema, quando o decorrer da conversa não lhe permitia podê-lo evitar. Frente a frente, não falavam nunca do sentimento, como se tal houvessem jurado. Nas suas conversas, regra geral alegres e plenas de entusiasmo, todas as pessoas podiam tomar parte. Daria Alexeievna contava mais tarde que, durante os dias que estivera junto deles, se sentira sempre encantada e satisfeita. Fazia gosto admirá-los.

A opinião que o príncipe fazia do estado moral e mental de Nastásia afastava do seu espírito, até certo ponto, muitas das suas outras preocupações. Era então uma mulher muito diferente daquela que havia conhecido três meses antes. Também não lhe causava qualquer estranheza o vê-la insistir na realização do casamento, depois de se ter sempre negado a admitir a ideia dessa realização, recebendo mesmo com lágrimas, maldições e ásperas censuras aqueles que em tal lhe falavam, concluía ele, "já não tem medo, como noutros tempos, de fazer a minha desgraça, desposando-me". No entanto não lhe parecia natural esta reviravolta tão rápida, sobre a confiança que depositava nele. Essa certeza não a baseara Nastásia apenas no seu ódio a Aglaé, pois era capaz de sentimentos muito mais profundos. Também não lhe resultava do medo de compartilhar da existência de Rogojine. Estas razões, ou outras ainda, deviam ter tido, sem dúvida, o seu peso, mas para o príncipe, a razão principal dessa reviravolta era justamente aquela de que ele há muito suspeitava; a sua pobre alma doente não tinha podido suportar tal prova.

Se bem que ela tivesse posto fim às suas preocupações, pelo menos até um certo ponto, esta explicação não o deixou, todavia, durante todo este tempo, nem menos preocupado, nem mais esclarecido. Algumas vezes esforçava-se por não pensar em nada. Quanto ao casamento, era evidente que, nesta altura, o considerava apenas como uma formalidade sem importância; preocupava-o muito pouco o seu futuro, para o julgar de outra maneira. As objeções e alegações do gênero daquelas que o Eugênio lhe fizera, nada encontrava para lhe responder, sentindo-se, em absoluto, incompetente para discutir tal matéria; esquivava-se por isso também a toda a conversa sobre tal assunto.

Notou, entretanto, que Nastásia não sabia, nem compreendia muito bem o que Aglaé era para ele. Ela não falou, mas ele leu-o no seu rosto, nas vezes em que o surpreendeu (nos primeiros dias) a preparar-se para ir à casa dos Epantchine. Depois da partida destes, pareceu ficar radiante. Por mais simples observador ou pouco perspicaz que fosse, atormentava-o a ideia de que Nastásia pudesse tomar a resolução de provocar qualquer escândalo a fim de obrigar Aglaé a deixar Pavlovsk. O falatório e os rumores que corriam na cidade a respeito do casamento eram com certeza animados, em parte, por Nastásia, no desejo de exasperar a sua rival. Como fosse incomodativo para os Epantchine qualquer encontro, resolveu um dia levar o príncipe na sua carruagem e deu ordem ao cocheiro para passar debaixo das janelas da casa daqueles. Foi para o príncipe uma atroz surpresa; só se apercebeu, como sempre, quando era já tarde, depois de a carruagem ter passado em frente da casa. Não disse nada, mas depois deste incidente ficou doente durante dois dias. Nastásia absteve-se de voltar a repetir a brincadeira.

Durante os dias que antecederam o casamento, tornou-se pensativa. Acabava sempre por afastar a sua tristeza e mostrar-se alegre, mas essa alegria era mais comedida, menos expansiva, menos radiante do que em qualquer outra ocasião. O príncipe redobrava de cuidados. Estava intrigado por nunca a ouvir falar em Rogojine. Uma única vez, cinco dias antes do casamento, Daria foi chamá-lo a toda a pressa, porque Nastásia estava muito mal. Encontrou-a num estado bem próximo da demência: gritava e tremia, ao mesmo tempo que afirmava que Rogojine estava escondido no jardim da casa, pois acabava de o ver, e que se preparava para a matar essa noite... para a matar com uma faca! Durante todo o dia não conseguiu recuperar a calma habitual. Porém à noite, indo passar uns momentos a casa de Hipólito, o príncipe encontrou a esposa do oficial, que regressava de S. Petersburgo, onde tinha ido tratar dumas coisas que precisava para sua casa. Encontrara-se com Rogojine, o qual lhe pedira informações a respeito de Pavlovsk. Perguntou-lhe a que horas o havia encontrado; indicou-lhe a mesma hora a que Nastásia supusera tê-lo visto no jardim. Tinha sido, portanto, engano; não passara de uma miragem. Nastásia foi por isso à casa da esposa do oficial pedir-lhe informações, que ela lhe deu até aos mínimos detalhes.

Na véspera do casamento, o príncipe deixou a noiva deveras satisfeita e entusiasmada: acabava de receber de sua costureira de S. Petersburgo o vestido que devia levar no dia seguinte, e o véu, o chapéu, etc. O príncipe não supunha vê-la apaixonar-se tanto com os seus enfeites; ele, por sua vez, elogiava também todos os detalhes do vestuário, o que mais aumentara a felicidade da noiva. Esta não tentou sequer ocultar o motivo por que desejava tanta grandeza: ouvira dizer que os habitantes de Pavlovsk estavam indignados e que alguns libertinos preparavam uma manifestação, com acompanhamento de música e a recitação de uma peça, em verso, escrita de propósito para o momento; todos estes preparativos haviam merecido mais ou menos a aprovação do resto da sociedade. Era justamente por isso que ela queria levantar bem a cabeça e deslumbrar toda a gente com o bom gosto e a suntuosidade da sua apresentação. "Que gritem, que assobiem, se se atreverem!" A este pensamento os seus olhos cintilavam de desespero. Além disso alimentava ainda uma última esperança, que se abstinha de revelar em voz alta: supunha que Aglaé, ou alguém mandado por esta, se encontraria entre a estranha multidão, na igreja a fim de a observarem, daí portanto todos os seus preparativos.

Tais eram os pensamentos que a preocupavam às onze horas da noite, quando o príncipe a deixou. Todavia a meia-noite não tinha soado ainda quando foram chamá-la a toda a pressa, por ordem de Daria, para vir o mais rápido possível, porque ela estava muito mal. Encontrou a noiva toda lacrimosa; fechada no seu quarto, dominava-a uma grande crise de desespero, um violento ataque de nervos. Durante algum tempo nada ouviu do que ele lhe dizia através da porta fechada; por fim abriu-a, deixou apenas entrar o príncipe, fechou-a logo em seguida e pôs-se de joelhos, na sua frente (tal foi pelo menos o que mais tarde contou a Daria, que assistira a uma parte desta cena).

— Que vou eu fazer!... que vou eu fazer!... que vou eu fazer de ti! — exclamou ela, soluçando e abraçando-se-lhe às pernas.

O príncipe esteve durante toda uma hora junto dela; ignoramos, o que disseram. Daria contou que, ao fim de uma hora, separaram-se, proferindo termos afetuosos e com um ar feliz. O príncipe mandou ainda uma vez, durante a noite, saber notícias da sua noiva, mas esta havia já adormecido. Pela manhã, antes de ela acordar, dois emissários do príncipe apresentaram-se na casa de Daria, e mais tarde um terceiro, o qual lhe transmitiu o seguinte: Nastásia está rodeada neste momento por um verdadeiro exército de modistas e de cabeleireiros vindos de S. Petersburgo; está já restabelecida por completo da crise de ontem; está nesta altura ocupada com os seus enfeites, necessários a uma beleza como a dela no momento de se casar; neste preciso instante discute quais os diamantes que mais lhe convém e a maneira como os deve colocar. O príncipe ficou por isso completamente tranquilizado.

A série de acontecimentos a que o casamento deu lugar foram relatados mais tarde, como se segue, pelas pessoas que a eles assistiram e cujo testemunho parece não oferecer dúvidas.

A cerimônia nupcial devia ter lugar às oito horas. Nastásia estava pronta desde as sete. A partir das seis, grupos de ociosos começaram a vaguear à volta da casa de Lebedev e, mais ainda, à volta da casa de Daria. Perto das sete horas a igreja começou também a encher-se. Vera Lebedev e Kolia estavam deveras apreensivos com o príncipe; tinham no entanto muito que fazer em casa, pois foram os encarregados de tudo disporem nos respetivos aposentos, para a recepção e o copo de água, se bem que nenhuma reunião estava, por assim dizer, prevista, para depois da cerimônia religiosa, e além disso eram poucas as pessoas que haviam sido convidadas para assistirem à celebração do casamento. Lebedev convidara Ptitsine, Gabriel, o médico condecorado com o colar de Santa Ana e Daria Alexeievna. Quando o príncipe perguntou a razão por que o médico que ele conhecia havia sido convidado, Lebedev respondeu-lhe com o ar de um homem contente consigo mesmo: "Uma condecoração ao pescoço, um personagem considerado; é para a galeria!" Esta reflexão fez rir o príncipe.

Vestindo fraque e de luvas, Keller e Bourdovski mostravam um aspecto muito convencional; apenas Keller inspirava ainda um certo temor, ao príncipe e àqueles que o rodeavam, com o seu humor manifestamente belicoso; observava com olhares hostis os papalvos agrupados à volta da casa.

Às sete horas e meia o príncipe dirigiu-se, no seu carro, para a igreja. Notemos, a propósito, que tivera o cuidado de não esquecer nenhum dos costumes tradicionais; tudo se passou publicamente, ante os olhares de todos e da maneira que mais convinha. Na igreja atravessou a custo por entre a multidão, ouvindo repetidos sussurros e exclamações; era precedido pelo Keller, que lançava à direita e à esquerda olhares ameaçadores. Por momentos colocou-se atrás do santuário, entretanto que o *boxeur* foi buscar a noiva. Diante da casa de Daria viu uma multidão duas ou três vezes maior e talvez duas ou três vezes mais insolente que aquela que estacionava em volta da casa do príncipe. Ao abrir a porta ouviu exclamações de uma tal natureza que não se pôde conter e foi até ao ponto de dirigir à multidão uma admoestação apropriada; felizmente impediram-no de continuar. Bourdovski e Daria, que ocorreram rapidamente a fechar o portão; os dois agarraram-no e levaram-no à força para dentro de casa. O *boxeur,* muito excitado, apressou a partida. Nastásia levantou-se, deitou um último olhar para o espelho e notou com um certo rictos, conforme contou mais tarde Keller, que estava pálida como um morto; depois inclinou-se piedosamente diante do oratório e encaminhou-se para o portão. Um rumor saudou a sua aparição. Para dizer a verdade, no primeiro momento só ouviu risos, aplausos irônicos e talvez fortes assobiadelas; porém, no fim de um instante, outras exclamações ecoaram:

— Que bonita mulher!

— E que vida desregrada levou!

— O casamento apaga tudo, imbecis!

— Ainda não vi maior beleza!... Hurra! — exclamaram os que estavam mais perto.

— É uma princesa!... Era capaz de vender a minha alma por ela! — gritou um empregado de escritório. — Por uma só noite dava a minha vida!

Nastásia avançou; o rosto estava de uma palidez marmórea, mas os seus olhos pretos lançavam sobre os curiosos olhares chamejantes, como carvões ardentes. Ante tais olhares a multidão não pôde resistir; a indignação deu lugar a clamores de entusiasmo. A porta da carruagem estava aberta e Keller estendia já a mão à noiva, quando esta soltou um grito e, largando o portão, precipitou-se sobre a multidão. As pessoas que o acompanhavam ficaram paralisadas de espanto; o público afastou-se diante dela e a cinco ou seis passos do portão apareceu de repente Rogojine. Nastásia havia avistado o seu olhar entre os curiosos. Correu para ele como uma louca, de braços abertos:

— Salva-me! Leva-me... para onde tu queiras, mas já!

Rogojine levantou-a nos braços e levou-a sem custo para a carruagem. Num abrir e fechar de olhos tirou uma nota de cem rublos da carteira e deu-a ao cocheiro.

— Para a estação! Se chegares antes da partida do comboio, receberás outros cem rublos!

Saltou para a carruagem, sentou-se ao lado de Nastásia e fechou a portinhola. Sem um instante sequer de hesitação o cocheiro fustigou os cavalos. Mais tarde, Keller, ao contar o sucedido, desculpou-se da sua indecisão ante tal imprevisto e acrescentou: segundo mais e tê-los-ia agarrado; não teria sucedido nada daquilo! Bourdovski e ele tomaram logo um outro carro que estava perto e lançaram-se em perseguição dos fugitivos, mas andados uns metros mudaram de ideia, sob o pretexto de que era já muito tarde e que não podiam trazê-la à força.

— E depois, nem o príncipe consentiria! — concluiu Bourdovski bastante agitado.

Rogojine e Nastásia chegaram a tempo à estação. Após terem descido da carruagem e quase no instante de subirem para o comboio, Rogojine fez parar uma jovem moça que passava, trazendo na cabeça um lenço de seda e pelos ombros uma mantilha escura, muito velha, mas ainda apresentável.

— Queres cinquenta rublos pela tua mantilha? — perguntou ele, estendendo-lhe bruscamente o dinheiro.

Antes que tivesse acordado do seu espanto e compreendesse do que se tratava, sentiu que lhe meteram na mão os cinquenta rublos e lhe tiraram a mantilha e o lenço, colocando-os logo em seguida sobre os ombros e a cabeça de Nastásia. O vestido luxuoso desta teria despertado a atenção de toda a gente e faria sensação no vagão. Só depois disto é que a moça compreendeu a razão por que lhe tinham comprado, por um tal preço, farrapos sem valor.

O sucedido chegou à igreja com uma rapidez inacreditável. Quando Keller conseguiu aproximar-se do príncipe, grande número de pessoas que não conhecia precipitaram-se sobre ele para o interrogarem. Falavam muito alto, abanavam a cabeça, riam mesmo; ninguém queria sair da igreja; todos desejavam ver como o noivo acolheria a notícia.

Empalideceu, mas recebeu-a com calma, dizendo numa voz, a custo perceptível: Tinha medo, mas nunca supus que isto sucedesse... Depois, após um instante de silêncio, acrescentou: De resto... dado o seu estado... isto estava na ordem das coisas. Esta conclusão foi qualificada mais tarde, pelo Keller, de filosofia sem exemplo. O príncipe saiu da igreja, sem haver perdido a calma e a serenidade; pelo menos muitas pessoas notaram e comentaram logo em seguida essa atitude. Parecia ter um vivo desejo de reentrar em casa e de se isolar o mais depressa possível; no entanto não lhe concederam tal satisfação. Vários dos seus convidados acompanharam-no até ao quarto, tais como Ptitsine, Gabriel e o médico, que tinha, tanto como os outros, a intenção de se ir embora. Por outro lado toda a casa se encheu literalmente de papalvos. O príncipe ouviu uma violenta discussão entre Keller, Lebedev e diversos indivíduos desconhecidos, que tinham o ar de desempregados e queriam à viva força invadir o terraço. Aproximou-se e perguntou do que se tratava; depois, afastando delicadamente Lebedev e Keller, dirigiu-se num tom, o mais cortês possível, a um senhor corpulento, de cabelos grisalhos, que, perfilado no limiar do portão, era o chefe de um grupo de invasores; perguntou-lhe o motivo a que devia a honra da sua visita. O cavalheiro ficou confuso, mas acedeu ao convite para entrar; atrás dele entrou um segundo e depois um terceiro. Sete ou oito outros indivíduos destacaram-se da multidão e entraram igualmente, dando-se ares da maior desenvoltura; o exemplo destes não foi seguido, e ouviu-se mesmo um certo sussurro, da parte dos outros papalvos, contra estes intrusos.

Fê-los entrar, ofereceu-lhes cadeiras, conversou com eles e mandou que servissem chá; fez tudo isto com modéstia, mas muito convenientemente, o que não deixou de surpreender um pouco tais inesperados hóspedes. Fez ainda algumas tentativas para amenizar e alegrar a conversa, encaminhando-a ao mesmo tempo para o tema querido; arriscou algumas perguntas indiscretas e algumas observações maliciosas. O príncipe respondeu a todos com tanta simplicidade, bonomia e ao mesmo tempo dignidade e confiança na honestidade dos seus hóspedes, que as perguntas despropositadas deixaram de se fazer. Pouco a pouco a roda da conversa tornou-se quase séria. Um dos cavalheiros, a propósito de qualquer reflexão, afirmou logo num tom exaltado que não vendia as suas terras, acontecesse o que acontecesse; esperaria, pois o seu tempo havia de chegar; os empreendimentos valem muito mais que o dinheiro; meu caro senhor, concluiu o mesmo, nisto que consiste o meu sistema econômico, fique sabendo! Como se dirigia ao príncipe, este aprovou entusiasmado, se bem que Lebedev lhe tivesse cochichado ao ouvido que este cavalheiro não tinha tido nunca a menor propriedade.

Passada uma hora retiraram-se. Haviam acabado de tomar o chá; os visitantes fizeram questão em não se demorarem por mais tempo. O médico e o cavalheiro de cabelos grisalhos apresentaram ao príncipe as mais fervorosas despedidas. Todos por sua vez se despediram com as mais efusivas saudações. Acompanharam estas, de votos no gênero do que se segue: não tem de que ficar desolado; talvez o que se deu fosse muito melhor para o senhor, e assim sucessivamente. Houve na verdade pessoas que se atreveram a pedir champanhe, mas os visitantes mais velhos chamaram-nos à ordem.

Depois de todos haverem partido, Keller aproximou-se de Lebedev e disse-lhe:

— Se nos tinham deixado fazer, a um e a outro, o que pretendíamos, teríamos provocado uma zaragata; ter-nos-iam coberto de vergonha e entregado à polícia! Porém ele tornou-os de súbito seus novos amigos, e que amigos! Conheço-os a todos...

Lebedev, que estava um pouco alegrote, proferiu num suspiro:

— O que foi vedado aos sábios e aos espíritos fortes foi revelado às crianças. Há muito tempo que lhe tenho aplicado este provérbio, mas agora acrescentarei que a própria criança foi preservada e salva do abismo por Deus e por todos os seus santos!

Perto das dez horas e meia deixaram, enfim, o príncipe. Doía-lhe bastante a cabeça. Kolia foi o último a partir, depois de ter ajudado o noivo a despir-se. Separaram-se, apresentando um ao outro calorosos protestos de amizade. Kolia não falou mais sobre os acontecimentos do dia, mas prometeu voltar no dia seguinte a horas convenientes. Afirmou mais tarde que o príncipe não o preveniu de coisa alguma e o deixou na ignorância das suas intenções, quando se despediu dele. Depois de este sair, a não ser Vera, mais ninguém ficou em casa. Bourdovski fora para casa do Hipólito, Keller e Lebedev partiram sem se saber para onde. Vera demorou-se ainda algum tempo a fim de arrumar a casa, pondo tudo em ordem. Na altura de sair, foi ver o que o príncipe fazia. Estava sentado junto da mesa, com os dois cotovelos apoiados nela e o rosto escondido entre as mãos. Aproximou-se docemente e tocou-lhe de leve no ombro. O príncipe olhou-a, surpreendido, e ficou cerca de um minuto a ordenar as suas recordações; conseguido isto, e tendo compreendido tudo, manifestou uma brusca e veemente comoção. Acabou por lhe pedir, com uma viva insistência, para o vir acordar pela manhã, a horas de poder apanhar o comboio das sete. A pequena prometeu, como prometeu não dizer nada disto a ninguém, dada a maneira como ele lhe pediu. No momento em que, com a porta aberta, se preparava para sair, agarrou-a de súbito, beijou-lhe as mãos, e por fim abraçou-a, dizendo-lhe num tom áspero: amanhã! Tal foi pelo menos o que a Vera contou. Saiu portanto deveras apreensiva com o que se passou. No dia seguinte ficou mais tranquila, quando, um pouco depois das sete horas, conforme o combinado, lhe bateu à porta do quarto, para o prevenir que o comboio para S. Petersburgo partia daí a um quarto de hora; pareceu-lhe, de fato, ao abrir a porta, que estava com um ar de bem-disposto e até mesmo sorridente. Não tinha despido toda a roupa para passar a noite, mas apesar disso dormira bem. Disse-lhe que supunha poder voltar nesse mesmo dia. Tudo faz crer que Vera foi a única pessoa a quem julgou poder ser possível e necessário confiar a sua intenção de ir a S. Petersburgo.

Capítulo 11

Uma hora depois encontrava-se nessa cidade e, entre as nove e as dez horas, batia à porta da casa do Rogojine. Passada a entrada principal, decorreu um longo momento, antes que lhe respondessem. Por fim abriram a porta do andar da mãe do Rogojine e uma criada idosa e de um aspecto respeitável apareceu.

— Parfione Lemionovitch não está em casa — declarou ela, sem abrir por completo a porta.

— Quem procura o senhor?

— Parfione Lemionovitch.

— Não está em casa.

A criada observou o príncipe com uma estranha curiosidade.

— Pode pelo menos dizer-me se passou a noite em casa? E... entrou ontem sozinho?

A criada continuou a observá-lo e nada respondeu.

— A Nastásia Filipovna não veio com ele ontem cá para casa ontem à noite?

— Permite-me que lhe peça primeiro para me dizer quem é?

— O príncipe León Nicolalevitch Míchkin; conhecemo-nos muito bem, Parfione e eu.

— Ele não está em casa.

A criada baixou os olhos.

— E a Nastásia Filipovna?

— Não a conheço.

— Espere, ouça! Quando voltará ele?

— Não lhe sei dizer.

E fechou a porta. O príncipe resolveu voltar uma hora depois. Relanceou os olhos pelo pátio e avistou o porteiro.

— Parfione Lemionovitch estará em casa?

— Sim, senhor.

— Por que me disseram então ainda há pouco que estava ausente?

— Foi na casa dele que lhe disseram isso?

— Não, senhor; foi a criada da mãe que me disse, pois bati à porta da casa dele e ninguém me respondeu.

— Talvez já tenha saído — concluiu o porteiro — porque ele não previne quando sai. Algumas vezes leva a chave com ele e a casa fica fechada durante três dias ou mais.

— Tem a certeza de que ontem veio para casa?

— Sim, senhor. Muitas vezes passa pela escada principal e então nessas ocasiões não o vejo.

— A Nastásia Filipovna teria vindo com ele ontem?

— Não sei nada. Ela vem aqui raras vezes. Se tivesse vindo, não me teria escapado.

O príncipe saiu e vagueou algum tempo pelo passeio da rua, com um ar abstrato. As janelas da casa de Rogojine estavam fechadas e as da casa, habitada pela mãe, estavam quase todas abertas. O dia estava claro e quente.

O príncipe atravessou a rua e parou no passeio oposto, para olhar uma vez mais os vidros das janelas; não só estes estavam fechados, como tinham os transparentes quase todos corridos.

Parou um minuto mais e, coisa estranha, pareceu-lhe ver que levantavam o fundo de um dos transparentes, surgindo o rosto do Rogojine, para desaparecer logo em seguida. Esperou então um pouco mais ainda e esteve quase resolvido a subir as escadas e a bater de novo à porta; reconsiderou porém e concordou que era melhor voltar uma hora depois. Sabe? Talvez fosse uma ilusão minha...

O mais importante para ele, agora, era ir a toda a pressa ao bairro do Regimento Izmailovski, à última residência de Nastásia. Sabia que, três semanas antes, quando ele lhe pedira para deixar Pavlovsk, ela havia ido instalar-se nesse bairro, na casa de uma das suas amigas, viúva de um professor primário; era uma respeitável mãe de família que alugava um belo aposento mobiliado, de onde tirava o melhor dos seus recursos. Era levado a supor que, quando Nastásia voltou a instalar-se em Pavlovsk, tivesse deixado por sua conta esse aposento. Era portanto muitíssimo provável que ali tivesse passado a noite. Rogojine devia tê-la para ali levado na véspera. O príncipe tomou um carro. Durante o percurso foi refletindo que devia ter começado as suas investigações por este lado, visto ser pouco de crer que Nastásia tivesse ido, à noite, diretamente, para casa de Rogojine. Lembrou-se então da informação do porteiro, quando lhe disse que em tempos normais poucas vezes ia lá à casa. Se ia lá poucas vezes em tempos normais, por que devia ter ido agora logo para casa dele? Apesar de ter tentado reanimar-se com estes consoladores raciocínios, chegou mais morto que vivo ao bairro do Regimento Izmailovski.

Uma vez ali, ficou estupefato quando a viúva do professor primário lhe disse que não tinha notícias de Nastásia desde a véspera. E a sua estupefação tornou-se maior ainda quando viu acorrer toda a família, para o verem, como se ele fosse um fenômeno. Todas as moças, com idades que variavam entre os sete e os quinze anos, e formando uma escala, em que a diferença de uma para a seguinte era sempre de um ano, acorreram atrás da mãe e rodearam o príncipe, olhando-o boquiabertas. Depois delas chegou uma sua tia, magra e descorada, com um lenço preto na cabeça, e por fim a avó da família, uma senhora já idosa, que usava lunetas. A viúva convidou com tal insistência o príncipe a entrar e a sentar-se, que ele acedeu. Compreendeu logo que todas estas pessoas o conheciam de nome muito bem e sabiam que devia ter se casado na véspera; reconheceu que estavam deveras ansiosas por o interrogarem sobre o casamento e saberem por que motivo vinha inquirir delas a respeito de uma mulher que nesse momento devia encontrar-se junto dele em Pavlovsk, porém, por delicadeza, não se atreveram a interrogá-lo.

Satisfazendo a sua curiosidade, contou-lhe em poucas palavras o que se havia passado. As exclamações de surpresa foram de tal ordem, que teve de contar de novo, nas suas linhas gerais, quase tudo quanto se havia passado. Por fim, estas senhoras, fundadas nos seus conhecimentos e bastante emocionadas, aconselharam-no a que devia, custasse o que custasse e primeiro que tudo, ir de novo bater à porta da casa de Rogojine, fazer com que o recebessem e obter dele os devidos esclarecimentos. Se este estivesse de fato ausente (o que devia ser posto a claro), ou se recusasse a falar, então o príncipe devia ir ao bairro do Regimento Semionovski, à casa de uma senhora alemã, amiga de Nastásia, e que vivia com sua mãe; talvez que dominada pela sua comoção e no desejo de se esconder, tivesse ido passar a noite à casa dessas senhoras.

Quando o príncipe se levantou, estava muito abatido e, tal como estas senhoras disseram mais tarde, terrivelmente pálido; as pernas pareciam vergar-lhe debaixo do seu peso. Através da sua tagarelice, acabou por compreender que elas se propunham agir de acordo com ele e por isso lhe pediram a direção da casa onde ia instalar-se. Como não tivesse nenhuma, aconselharam-no a marcar um quarto na hospedaria. O príncipe refletiu e deu a direção daquela onde anteriormente estivera e onde há cinco semanas tivera um ataque. Combinado isto, voltou à casa de Rogojine.

Desta vez, não só não lhe abriram a porta da casa do Rogojine, como também não lhe abriram aquela onde vivia a mãe. Desceu ao pátio e começou a procurar o porteiro, que encontrou, não sem dificuldade; este, que estava azafamado, olhou para ele e respondeu-lhe a custo. Não deixou, no entanto de, categoricamente, dar-lhe a entender que Rogojine partira de madrugada para Pavlovsk e que não voltaria durante o dia.

— Esperarei por ele. Talvez venha esta noite, não?

— Ou talvez daqui a uma semana, quem sabe?

— Em todo caso, dormiu aqui a noite passada?

— Dormiu, sem dúvida...

Tudo isto era muito suspeito e confuso. O porteiro podia muito bem ter recebido, durante a sua ausência, quaisquer novas instruções. Há pouco estava ainda deveras loquaz; agora, a custo descerrava os dentes. Não deixou por isso o príncipe de decidir que voltaria uma vez mais, daí a duas horas, e se fosse mesmo necessário, colocar-se-ia de sentinela diante da casa. Para o momento restava-lhe apenas a esperança de ir informar-se junto da alemã. Encaminhou-se por isso a toda a pressa para o bairro onde ela vivia.

Uma vez ali, teve dificuldade em se fazer compreender pela bela alemã. Por algumas palavras que ela deixou escapar, conseguiu entender que estava zangada com Nastásia há já quinze dias, de sorte que nada sabia dela desde essa altura; proclamava até bem alto que tal criatura deixara de ter para ela o menor interesse, mesmo que conseguisse desposar todos os príncipes do mundo. Em face disto apressou-se a despedir-se. Entretanto assaltou-o a ideia, entre outras, de que talvez Nastásia tivesse partido, na forma do costume, para Moscovo, e que Rogojine a tivesse com certeza seguido, ou que até mesmo tivesse partido com ela. Se pelo menos encontrasse qualquer rastro da sua passagem!

No meio de toda a sua agitação lembrou-se então de que devia ir procurar um quarto na hospedaria. Correu a procurar um na rua da Fonderie, onde encontrou logo o que precisava. O criado da hospedaria perguntou-lhe se desejava comer; por distração respondeu que ficou furioso com ele próprio quando se deu conta do que havia respondido, porque a refeição fazia-lhe perder uma meia hora; só um pouco mais tarde se deu conta de que nada o obrigava a tomar a merenda servida. O ar abafado de um escuro corredor da casa deu-lhe a impressão de se sentir invadido por uma sensação estranha e angustiante, e que tendia, segundo lhe parecia, a transformar-se numa obsessão; porém essa embrionária obsessão não chegou a definir-se. Saiu da hospedaria num estado de espírito deveras confuso; a cabeça andava-lhe à volta; onde devia dirigir-se? Correu de novo à casa de Rogojine.

Este não havia voltado ainda; bateu com força à porta, mas ninguém deu sinais de vida; bateu depois à porta da casa da mãe; alguém abriu e declarou-lhe uma vez mais que Rogojine estava ausente e não voltaria talvez dentro de três dias. Experimentou um certo mal-estar, ao verificar que o olhavam sempre com uma expressão de insólita curiosidade. Não conseguiu encontrar desta vez o porteiro.

Passou então, como há pouco fizera, para o passeio oposto; por um calor escaldante começou a passear ao longo das casas, durante mais ou menos meia hora, sempre de olhos fitos nas janelas. Desta vez nada se moveu: as janelas mantiveram-se fechadas e os brancos transparentes imóveis. Ficou em absoluto convencido de que se enganara da primeira vez; certificou-se então de que os vidros estavam engordurados e não tinham sido lavados desde há muito, pelo que era muito difícil ver através deles, dado que alguém se encontrasse em casa.

Reconfortado com esta ideia, voltou ao bairro do Regimento Izmailovski, à casa da viúva do professor. Esta esperava-o já. A velha senhora tinha ido a três ou quatro sítios, e até mesmo à casa do Rogojine, mas nada conseguira. O príncipe ouviu-a em silêncio; entrou depois num quarto, sentou-se num sofá e começou a olhar à sua volta com o ar de um homem que não compreende aquilo em que lhe falam. Fenômeno singular: quanto mais a sua faculdade de observação parecia sobre-excitada, tanto mais se tornava inacreditavelmente distraído. Toda a família declarou mais tarde ter ficado espantada ante a sua tão estranha atitude; talvez fosse já uma manifestação do seu desarranjo mental. Minutos depois levantou-se e pediu para que lhe mostrassem os aposentos ocupados por Nastásia. Eram dois grandes quartos, de tetos altos e claros, e lindamente mobiliados, pelos quais devia ter pagado uma renda elevada. Estas senhoras contaram depois que o príncipe examinou com cuidado cada um dos objetos que se encontravam nos quartos; tendo descoberto sobre uma pequena mesa, um romance francês, *Madame Bovary,* pertencente a uma biblioteca pública, anotou a página onde o livro estava aberto e pediu licença para o levar. Depois, apesar de ter chamado a atenção para o fato de que o livro estava ali emprestado, meteu-o no bolso. Sentou-se em seguida perto de uma janela aberta, e vendo sobre uma mesa de jogo várias anotações a giz, perguntou quem é que tinha ali jogado. Responderam-lhe que Nastásia jogava todas as tardes uma partida de cartas com o Rogojine; jogavam de preferência *ao meunier, ao whist, ao mes atouts*; sempre rápidos em todos os jogos, haviam adquirido este hábito muito recentemente, desde que Nastásia deixara Pavlovsk, para se instalar em S. Petersburgo. Lamentou-se um dia da vida aborrecida que levava, pois o Rogojine passava noites inteiras sem dizer uma palavra, como não tinha nunca um assunto para conversar; muitas vezes chegou mesmo a chorar. Na noite seguinte Rogojine tirou de repente as cartas do bolso; Nastásia respondeu-lhe com uma sonora gargalhada e começaram a jogar. O príncipe perguntou onde estavam as cartas de que eles se serviam. Não as puderam mostrar porque Rogojine levava com ele as cartas que serviam uma noite, para trazer no dia seguinte um novo baralho.

As senhoras aconselharam o príncipe a voltar uma vez mais à casa do Rogojine e a bater com mais força à porta; porém agora devia ir à noite; talvez que então alguma coisa conseguisse saber! A viúva ofereceu-se para ir no dia seguinte a Pavlovsk, à casa de Daria Alexeievna, tentar saber também alguma coisa do que se passou. Convidaram o príncipe a voltar perto das dez horas da noite, para ver se conseguiam combinar um plano de ação para o dia seguinte.

A despeito das ternas palavras de consolação e de encorajamento, um desespero total dominava a alma do príncipe. Acabrunhado por um indescritível desgosto, dirigiu-se a pé para a hospedaria. Nesta época do ano, isto é, em pleno verão, em S. Petersburgo, sentia-se como que esmagado num torno, dada a atmosfera abafada e carregada de poeira que o envolvia. Acotovelava pelas ruas pessoas sem educação, ou bêbados, e divisava os passeantes sem bem saber como; talvez tivesse dado muitos passos e voltas inúteis; a noite caía quase, quando entrou no seu quarto. Estava resolvido a descansar um pouco, para voltar em seguida à casa de Rogojine, como o haviam aconselhado. Sentando-se então no sofá, encostou-se à mesa e embrenhou-se nas suas reflexões.

Deus sabe quanto tempo esteve nesta posição e tudo quanto lhe passou pela cabeça. Tinha medo de muitas coisas e sentia com dor e angústia os terríveis progressos desse medo. Pensou em Vera; depois perguntou a si mesmo se Lebedev teria tido conhecimento do que se passava; mesmo que ele não soubesse nada, podia informar-se mais depressa e mais facilmente do que ele. Em seguida evocou a recordação de Hipólito e lembrou-se que Rogojine iria vê-lo. Por fim lembrou-se de que próprio Rogojine tinha-o visto recentemente, a quando do enterro, mais tarde vira-o no parque, e também o vira um dia muito perto do seu quarto, no corredor, trazendo uma faca na mão e estava escondido num recanto. Lembrou-se dos seus olhos, os olhos que o fitavam então nas trevas. Estremeceu: o pensamento que se esboçava a todo o momento no seu espírito, desenhava-se agora com nitidez.

Este pensamento levou-o à seguinte conclusão: "se Rogojine está em S. Petersburgo, pode muito bem esconder-se durante um certo tempo, mas acabará, sem dúvida, por se encontrar com ele. Desconhece as suas intenções, nas provavelmente deve estar no mesmo estado de espírito que da outra vez. Por outro lado, se Rogojine julgasse necessário, por qualquer motivo, voltar a encontrá-lo, devia ser com certeza naquele mesmo corredor. Não sabendo a minha direção, é muito provável que venha procurar-me na mesma hospedaria de outros tempos; é aqui, sem dúvida, que virá saber de mim... se tiver uma grande necessidade de estar comigo. E quem sabe? Talvez essa necessidade o leve a perseguir-me?"

Assim raciocinando, a sua ideia parecia-lhe perfeitamente plausível. Se se desse ao trabalho de analisar, não teria podido explicar, por exemplo, por que se tornaria agora tão necessário a Rogojine encontrá-lo, ou porque seria impossível supor que eles não se encontrariam mais. No entanto um pensamento o torturava: "é feliz, não virá procurar-me; se for desgraçado, voltará imediatamente; ora ele é, sem dúvida, desgraçado!..."

Se tal fosse a sua convicção, podia muito bem ter esperado Rogojine na hospedaria, no seu quarto; como porém não podia admitir essa sua nova ideia levantou-se, pegou o chapéu e saiu precipitadamente do quarto. A obscuridade era já quase completa no corredor. "Se surgisse de repente daquele canto e me agarrasse na escada?", pensou ele, ao passar junto do sítio fatal. Ninguém surgiu, porém. Transpôs a porta, galgou o passeio e olhou com surpresa para o formigar da multidão através das ruas, no momento do esconder do sol (espetáculo normal em S. Petersburgo durante a época do calor), e depois encaminhou-se para a rua do *Pois*. A cinquenta passos da hospedaria, na primeira encruzilhada, alguém de entre a multidão lhe tocou no cotovelo e lhe disse a meia-voz, muito perto do ouvido:

— León Nicolaievitch, sou eu, meu amigo, o culpado...

Era Rogojine.

Caso curioso: o príncipe começou logo a contar-lhe, com uma radiante volubilidade e mal tomando tempo para concluir as palavras, como o havia esperado um instante antes no corredor da hospedaria.

— E eu estive lá — informou de repente Rogojine. — Vamos seguindo!

O príncipe ficou surpreendido com esta resposta, mas dois minutos decorreram entre o momento em que a compreendeu e aquela em que se admirou. Sentiu então medo e começou a observar Rogojine. Este ia à sua frente, um meio passo mais ou menos; olhava a direito, na sua frente, e não prestava nenhuma atenção às pessoas que por ele passavam; à sua aproximação, desviava-se maquinalmente.

— Por que não me chamaste na hospedaria... visto que estiveste lá? — perguntou minutos depois o príncipe.

Rogojine parou, olhou para ele, refletiu um instante e depois disse, como se não tivesse entendido bem a pergunta:

— Ouve, León, caminha sempre na tua frente, a direito, até minha casa... sabes onde é? Eu irei pelo outro lado da rua. Não me percas de vista, pois devemos chegar juntos.

Dito isto, atravessou a calçada e passou para o outro passeio observando sempre, a ver se o príncipe o seguia. Vendo que estava parado e o olhava com ar de espanto, indicou-lhe com a mão a direção da rua *Pois* e pôs-se a caminho; voltava-se a cada instante para vigiar o príncipe e exortá-lo a segui-lo. Ficou mais sossegado quando constatou que León o havia compreendido e não atravessara a rua para se juntar a ele. O príncipe compreendeu que Rogojine espreitava a passagem de alguém e que, temendo deixá-lo fugir, havia tomado o outro passeio. Mas por que não me disse quem era a pessoa que pretende apanhar? Deram assim uns cinquenta passos. De repente o príncipe pôs-se a tremer, sem bem saber por quê. Rogojine continuava a voltar-se para trás a fim de ver o que ele fazia, porém agora com intervalos mais espaçados. Não podendo conter-se mais, chamou-o com um gesto. Rogojine atravessou logo a rua.

— A Nastásia está na tua casa?

— Está.

— E foste tu que me espreitaste da janela, levantando o transparente?

— Fui...

— E então...

Porém o príncipe não soube como acabar a frase e esqueceu-se mesmo da pergunta que ia fazer. O seu coração começou a bater com tal violência que sentiu dificuldade em falar. Rogojine calou-se também e fitou-o com o mesmo ar que anteriormente, isto é, com uma expressão de pessoa abstrata.

— Vamos prosseguir caminho — disse ele de súbito, preparando-se para atravessar a rua. — Tu segues por aqui. É preferível... que continuemos a seguir separados... cada um de seu lado da rua... Vais ver.

Uma vez cada um em seu passeio, desembocaram pouco depois na rua do *Pois* e aproximaram-se da casa do Rogojine; o príncipe sentiu de novo que as pernas lhe tremiam, ao ponto de ter quase dificuldade em caminhar. Eram então dez horas da noite. As janelas dos aposentos habitados pela mãe do companheiro continuavam abertas; na casa deste mantinham-se fechadas, e na sombra crepuscular, os transparentes descidos pareciam de um branco muito mais cru. O príncipe parou em frente da casa, no passeio oposto; vendo o Rogojine abrir o portão e fazer-lhe um sinal, aproximou-se.

— O porteiro não sabe ainda que eu voltei. Disse-lhe, ao sair, que ia a Pavlovsk, e repeti a mesma coisa à criada da minha mãe — murmurou o Rogojine com um sorriso manhoso e quase satisfeito. — Vamos entrar sem que ninguém nos ouça.

Tinha já a chave na mão, ao dizer isto. Subindo a escada, voltou-se para o príncipe e fez-lhe sinal para fazer menos barulho. Abriu sem ruídos a porta dos seus aposentos, deixou passar o príncipe, avançou com cuidado atrás dele, fechou a porta e meteu a chave no bolso.

— Vem atrás de mim — disse ele em voz baixa.

Murmurou depois que começara a chamar o príncipe no passeio da rua Fonderie. A despeito da sua aparente calma, adivinhava-se nele uma íntima e grande preocupação. Quando entraram na sala pegada ao escritório, aproximou-se da janela e com um ar de mistério chamou o príncipe para junto dele.

— Olha, quando esta manhã bateste à minha porta, estava aqui e tive logo o pressentimento de que devias ser tu. Aproximei-me da porta nas pontas dos pés e ouvi-te falar com a Pafnoutievna. Ora, logo ao romper do dia lhe ordenara que, se batessem à minha porta, quer fosses tu, ou alguém de teu mando, ou qualquer outra pessoa, não lhe dissesse que eu estava, fosse por que pretexto fosse. Esta recomendação visava muito particularmente o caso de tu vires perguntar por mim, e para isso dei-lhe ainda o teu nome. Depois, quando saíste, lembrei-me de que ias talvez postar-te na rua, de sentinela à minha casa. Foi então que me aproximei desta janela e que levantei um pouco o transparente para te espreitar: lá estavas, parado, a observar... Foi assim que as coisas se passaram.

— Então... onde está a Nastásia? — perguntou o príncipe com uma voz estrangulada.

— Está... aqui — articulou lentamente Rogojine, depois de uma breve hesitação.

— Onde está?

Rogojine levantou os olhos para o príncipe e olhou-o com fixidez.

— Vem comigo.

Exprimia-se sempre em voz baixa, muito devagar e com o mesmo ar de estranha abstração. Mesmo ao contar como havia levantado o transparente, parecia, a despeito da sua expansão, querer falar de outra coisa.

Entraram no escritório. Tinha feito nele algumas mudanças desde a última visita do príncipe. Um reposteiro de brocado dividia o aposento em dois e separava, estabelecendo duas passagens nas extremidades, o escritório propriamente dito da alcova onde se encontrava a cama de Rogojine. O pesado reposteiro estava descido e fechava as passagens. O escritório encontrava-se já um pouco escuro; as noites brancas em S. Petersburgo estavam no seu declínio e não tinha nascido ainda a lua, pelo que mal se distinguia o que se encontrava ali, nesse aposento, cujos transparentes descidos mais aumentavam a obscuridade. A custo podiam ainda discernir-se as figuras, se bem que um pouco confusamente. Rogojine estava pálido como de costume; os olhos estavam fitos no príncipe, com um olhar cintilante, mas imóvel.

— Se acendesses uma vela? — disse o príncipe.

— Não é preciso — respondeu Rogojine, que agarrando o companheiro pela mão o obrigou a sentar-se.

Ele por sua vez sentou-se na sua frente; as cadeiras estavam tão próximas uma da outra, que quase se tocavam com os joelhos. Uma pequena mesa redonda se encontrava entre eles, um pouco de lado.

— Senta-te, descansemos um instante — disse ele num tom atraente.

Houve um momento de silêncio. Depois prosseguiu, num tom um tanto arrastado, e como que não querendo abordar a questão principal, levou a conversa para uns detalhes desnecessários:

— Sempre pensei que ias instalar-te na hospedaria; na ocasião em que entrei no corredor, disse comigo: "quem sabe se não estará nesta altura talvez à minha espera, tal como eu o espero a ele?" Foste também a casa da viúva do professor?

— Fui — articulou a custo o príncipe, cujo coração batia desordenadamente.

— Também desconfiava disso. Suponho que tal fato vai dar que falar... Depois lembrei-me de te trazer aqui, para assim passarmos a noite juntos...

— Rogojine, onde está a Nastásia? — perguntou bruscamente o príncipe, levantando-se. Continuavam a tremer-lhe as pernas.

Rogojine levantou-se também.

— Está ali — disse ele em voz baixa, apontando o reposteiro com um movimento de cabeça.

— Está a dormir? — murmurou o príncipe.

De novo Rogojine o olhou com insistência, como no princípio.

— E então, que tem isso!? Entra tu... vamos.

Levantou um pouco o reposteiro, parou e voltou-se para o príncipe.

— Entra! — disse ele, convidando-o com um gesto a avançar. O príncipe passou adiante.

— Está escuro aqui — observou ele.

— Vê-se bem! — murmurou Rogojine.

— A custo se distingue... a cama.

— Aproxima-te mais — insinuou Rogojine em voz baixa.

O príncipe deu mais uns dois passos e parou. Durante um ou dois minutos tentou ver, ao mesmo tempo que os dois haviam parado junto da cama, calados. Na calma de morte que reinava no aposento, o príncipe teve a impressão de que se ouviam as pulsações do seu coração, tanto elas eram violentas. Os seus olhos acabaram de discernir toda a cama; alguém ali dormia numa imobilidade completa; não se ouvia o menor ruído, nem o mais leve sopro de respiração. Um véu branco cobria a pessoa adormecida, da cabeça aos pés, e apenas os membros se delineavam muito vagamente; o relevo dos contornos revelava apenas a presença de um corpo humano. Sobre o fundo da cama, sobre as cadeiras e mesmo pelo chão, estavam deitados, em desordem, uns vestidos, um belo roupão de seda branca, umas flores e umas fitas. Sobre uma pequena mesa de cabeceira cintilavam os diamantes pousados negligentemente. Ao fundo da cama via-se, através de um aglomerado de rendas brancas, a extremidade de um pé nu, que parecia esculpido em mármore e mantinha uma imobilidade arrepiante. Quanto mais o príncipe olhava a cama, mais o silêncio do aposento lhe parecia profundo e mortal. De repente uma mosca surgiu, voejou à volta da cama e por cima desta, e pousou no pequeno travesseiro. O príncipe estremeceu.

— Saiamos daqui — disse Rogojine, agarrando-o pelo braço.

Deixaram a alcova e retomaram o seu lugar nas cadeiras, sempre frente a frente. O príncipe tremia cada vez mais e não desviava do rosto de Rogojine o seu olhar interrogador.

— Viste, León!? — disse por fim Rogojine. — Noto que estás a tremer, como se fosses ter um novo ataque; recordas-te como estiveste em Moscovo? Ou melhor, lembras-te do que se passou dessa vez, antes do teu ataque? Não sei que deva fazer-te agora...

O príncipe escutava-o com atenção, esforçando-se por o compreender e continuando a interrogá-lo com os olhos.

— Foste tu? — perguntou ele por fim, indicando o reposteiro com um sinal de cabeça.

— Fui eu... — murmurou Rogojine, baixando a cabeça.

Passaram-se cinco minutos sem proferirem uma palavra.

Rogojine voltou de novo à sua ideia, como se a pergunta do príncipe não o tivesse distraído.

— Compreendes, se tivesses agora um acesso da tua doença, arriscávamo-nos a que os teus gritos fossem ouvidos na rua ou no pátio e portanto ficariam a saber que está alguém aqui; viriam bater à porta e fariam por entrar... porque supõem que estou ausente. Se não tenho mesmo acendido qualquer vela, é para que não me vejam da rua ou do pátio. De fato, quando me ausento, levo comigo as chaves e ninguém entra aqui, mesmo para fazer qualquer limpeza, durante três ou quatro dias. É esta a regra estabelecida. Assim, procedamos de maneira que não saibam que passamos aqui a noite...

— Espera — interrompeu o príncipe. — Perguntei há pouco ao porteiro e à velha criada se a Nastásia não teria vindo aqui passar a noite... Por conseguinte estão já ao corrente.

— Já sei isso. Disse à Pafnoutievna que a Nastásia veio aqui ontem, mas tinha partido ao fim de dez minutos para Pavlovsk. Ninguém sabe que ela passou aqui a noite, ninguém. Entrei aqui com ela tão furtivamente como entrei hoje contigo. No caminho disse-me que não queria entrar aqui às ocultas, mas estava longe de supor isto! Falava muito baixo, caminhava nas pontas dos pés e levantava o vestido à sua volta para que não rangesse; ela própria me impôs silêncio ao subirmos a escada. Era sempre a ti que ela temia. No comboio, com os seus terrores, quase parecia louca; foi ela mesmo que me pediu para passar aqui a noite. A minha primeira ideia foi levá-la à casa da viúva, mas nada pude fazer. "O príncipe, disse-me ela, vai lá procurar-me amanhã, sem falta;

esconde-me aqui até amanhã e às primeiras horas do dia seguirei para Moscovo!" De Moscovo contava ir para o Orel. Deitou-se, repetindo sempre que iríamos para o Orel...

— Para aí!... E agora que contas fazer, Rogojine?

— Vamos, sossega! Fazes-me estar inquieto com esse teu trêmulo contínuo! Passaremos aqui a noite, juntos. Não tenho outra cama senão aquela, mas vamos fazer o seguinte: aproveitamos as almofadas dos dois sofás e fazemos para cada um de nós uma cama no chão, perto do reposteiro; dormiremos assim um perto do outro. Se alguém vier, examinará o aposento, procurará, não se demorará a descobri-la e zangar-se-á. Se me interrogarem, direi que fui eu e levar-me-ão logo. Muito bem!... Para agora repousa junto de nós, perto de ti e de mim!

— Sim, é isso! — aprovou o príncipe com entusiasmo.

— Ou então não vamos dizer nada e não a deixaremos levar.

— Por nada deste mundo! — disse resolutamente o príncipe.

— Não, não e não a deixaremos levar!

— É essa a minha intenção, meu rapaz; não deixaremos que ninguém a leve. Passaremos esta noite tranquilos. De resto, passei todo o dia perto dela, salvo uma ausência de uma hora, pela manhã, e depois à tarde, quando te fui procurar. Tenho porém um outro medo: é que com este calor abafado, o corpo comece a cheirar! Sentes alguma coisa?

— Talvez, mas não tenho bem a certeza. Porém amanhã pela manhã o cheiro deve ser maior.

— Cobri-a com uma tela encerada, uma boa tela encerada americana, e deitei-lhe o véu por cima. Coloquei à sua volta quatro frascos abertos, com perfume Idanov; ainda lá estão.

— Sim, como se faz... em Moscovo?

— Por causa do cheiro, meu caro. Se visses como tem o rosto calmo... Amanhã pela manhã, quando o dia nascer, vais vê-la... O quê? Tu não podes sequer levantar-te? — perguntou Rogojine, surpreendido e apreensivo, ao ver o príncipe tremer a tal ponto que não podia ter-se de pé.

— As pernas recusam-se a andar — murmurou o príncipe. — É o efeito do terror, eu sei! Quando este terror passar, levantar-me-ei...

— Espera, vou fazer a nossa cama e deitar-te-ás... Eu estendo-me depois ao teu lado... e escutaremos... porque, meu amigo, não sei, meu amigo, não sei ainda tudo agora, e por isso te previno a fim de que saibas de futuro...

Balbuciando estas incoerentes palavras, Rogojine começou a preparar a cama. Tornava-se evidente que, talvez, desde pela manhã, pensava na maneira de a dispor. Havia passado a noite anterior deitado no sofá; mas no sofá não havia lugar para dois e tornava-se em absoluto preciso que dormissem juntos; assim, dispôs a custo, de uma à outra extremidade do aposento, as almofadas de todas as dimensões que encontrou nos sofás a fim de arranjar uma cama em frente do reposteiro. Tendo preparado tudo o melhor possível, aproximou-se do príncipe com uma expressão de ternura e de exaltação, agarrou-o pelo braço e ajudou-o a levantar-se e a aproximar-se da cama. Apercebeu-se então que o príncipe havia recuperado já as forças precisas para poder andar sem auxílio; logo o seu terror começava a passar; no entanto continuava a tremer. Cedeu-lhe a melhor almofada, a do lado esquerdo, e ele deitou-se vestido, do lado direito, com as mãos cruzadas debaixo da nuca.

— Na verdade, meu amigo — começou ele de repente — está bastante calor e o cheiro começará a sentir-se... Receio abrir as janelas. Há na casa da minha mãe vasos com flores, com muitas flores mesmo, e de um perfume esquisito; pensei trazê-las para aqui, mas isso chamaria a atenção da Pafnoutievna e ela é muito curiosa.

— É curiosa, é! — confirmou o príncipe.

— Podia ter comprado uns ramos... e rodeá-la completamente de flores. Refleti porém, meu amigo, que torturaria o coração o vê-la assim coberta de flores!...

— Diz-me... — perguntou o príncipe um tanto atrapalhado, como um homem que procura na memória o que ia a perguntar, mas que se esqueceu do que se tratava — diz-me, com que fizeste isto? Com uma faca? Com a faca que tu sabes?

— Sim, foi com essa mesma.

— Espera um pouco... Queria também perguntar-te, Rogojine... tenho muitas perguntas a fazer-te, sobre os mais diversos pontos... mas diz-me tudo, para que eu saiba como se passaram as coisas; tiveste a intenção de a matar antes do nosso casamento, com um golpe de faca, no limiar da porta da igreja? Sim ou não?

— Não sei se queria ou não! — respondeu secamente Rogojine, surpreendido com a pergunta e mesmo com um ar de não compreender.

— Nunca levaste a faca contigo, quando ias a Pavlovsk?

— Nunca a levei. A respeito dessa faca, eis tudo quanto te posso dizer, León — acrescentou ele, depois de um minuto de silêncio —: tirei-a esta manhã de uma gaveta, onde a tinha fechado à chave, pois tudo isto ocorreu entre as três e as quatro horas. Esteve sempre na minha casa, entre as páginas de um livro... E... e... ainda uma coisa que me admirou: a faca penetrou sob o seio esquerdo, a um *verchok* e meio ou dois *verchoks* de profundidade... e foi pouco o sangue que saiu: uma meia colher de sopa, se tanto...

— Sim, é isso, eu sei! — exclamou o príncipe, dominado de repente por uma extrema emoção. — Já li isso... É o que se chama uma hemorragia interna... Há casos mesmo em que não corre uma única gota de sangue. É quando o golpe vai direito ao coração...

— Cala-te! Não ouves? — interrompeu rapidamente Rogojine, que se sentou, aterrado, na cama. — Não ouves?

— Não! — respondeu o príncipe, olhando para ele com o mesmo aspecto de repentino terror.

— A andar!... Não ouves? Na sala!...

Os dois aprestaram o ouvido.

— Agora ouço — murmurou o príncipe num tom firme.

— A andar?

— Sim, a andar.

— Será preciso fechar a porta?

— É melhor.

Correram os fechos da porta e voltaram a deitar-se.

Um longo silêncio se seguiu.

Subitamente o príncipe voltou a cochichar no mesmo tom apressado e trêmulo; afirmou que havia encontrado o fio do seu pensamento e que temia vê-lo escapar-se-lhe de novo.

— Ah, sim — murmurou sobressaltado na cama — sim... queria pedir-te... as cartas! As cartas!... Disseram-me que jogavas cartas com ela?

— É verdade — confirmou Rogojine ao fim de um momento.

— Onde estão essas cartas?

— Estão aqui — respondeu ele, depois de um prolongado silêncio. — Toma...

Tirou do bolso e deu ao príncipe um baralho de cartas, embrulhado num papel que havia já servido. O príncipe o pegou, mas sem dar mostras de que sabia o que estava a fazer. Um novo e aflitivo sentimento de tristeza lhe compungiu o coração; acabava de compreender nesse momento que desde há uns minutos a esta parte já fazia e dizia coisas muito diferentes do que deveria dizer e fazer. Essas cartas, por exemplo, que ele tinha na mão e que se sentia feliz por as possuir, não serviriam para mais nada, para mais nada. Levantou-se e juntou as mãos num gesto de angústia. Rogojine, estendido e imóvel, não pareceu notar esse movimento, mas os seus olhos imóveis e muito abertos, cintilavam na obscuridade. O príncipe sentou-se numa cadeira e olhou o companheiro com espanto. Uma meia hora se passou assim; bruscamente Rogojine, esquecendo-se de que precisava falar baixo, exclamou, soltando uma estridente gargalhada:

— O oficial, lembras-te daquele oficial?... Como ela o chicoteou durante o concerto? Ah, ah, lembras-te? E o cadete... o cadete... o cadete que deu o salto!...

O príncipe sobressaltou-se, dominado por um novo terror. Rogojine, tendo-se acalmado de repente, inclinou-se docemente para ele, sentou-se ao seu lado e pôs-se a observá-lo. O seu coração batia com força e respirava a custo. Rogojine deixou de voltar mais a cabeça para o lado onde ele estava e tinha mesmo o aspecto de o haver esquecido. Entretanto o príncipe continuava a olhá-lo com insistência e esperava. O tempo passou e a alvorada chegou. Por instantes Rogojine começou de súbito a gaguejar, numa voz penetrante, palavras incoerentes, e a soltar gritos entrecortados de gargalhadas; então o príncipe pousou-lhe a mão trêmula na cabeça, passou-a docemente pelos cabelos e acarinhou-lhe as faces... pois era tudo quanto lhe podia fazer! As tremuras voltaram-lhe e uma vez mais as pernas vergaram-se-lhe, parecendo não poder com o seu peso. Uma nova sensação, uma sensação de sofrimento lhe pungiu o coração e lhe invadiu de uma agonia infinda.

Pouco depois era já dia claro. Vencido pela fadiga e pelo desespero estendeu-se na cama e encostou o seu rosto ao de Rogojine, pálido e imóvel. Abundantes lágrimas corriam pelas faces deste, mas talvez não as sentisse brotar, nem mesmo tivesse consciência delas.

O que é certo é que, algumas horas mais tarde, quando abriram a porta, encontraram o assassino em grande delírio e privado em absoluto da razão. O príncipe estava sentado ao seu lado, sobre a cama, imóvel e calado; cada vez que o doente gritava ou delirava, apressava-se a passar-lhe a mão trêmula pelos cabelos e pelas faces, num gesto de carícia e apaziguamento. Porém já não compreendeu nenhuma das perguntas que lhe fizeram e não reconheceu mesmo as pessoas que entraram e o rodearam. Se o próprio Schneider viesse nesta altura da Suíça, para ver o seu antigo pensionista, lembrar-se-ia do estado em que o doente esteve durante o primeiro ano de tratamento naquele país, e com um gesto de desânimo diria, como então: Idiota!

Conclusão

A viúva do professor acorreu rapidamente a Pavlovsk, dirigindo-se sem demora à casa da Daria Alexeievna, que desde a véspera se encontrava deveras consternada. Contou-lhe tudo quanto sabia, o que mais veio aumentar o seu estado de agitação, já antes, quase impossível de acalmar. As duas senhoras resolveram logo conferenciar com o Lebedev, que se encontrava também agitado, na sua dupla qualidade de amigo do príncipe e de proprietário do aposento alugado por este. Vera Lebedev transmitiu-lhe tudo aquilo de que tinha conhecimento. Daria, Vera e Lebedev concordaram, seguindo os conselhos deste último, em irem logo a S. Petersburgo, para evitarem, o mais depressa possível, aquilo que podia muito bem acontecer. Foi assim que, na manhã do dia seguinte, perto das onze horas, os aposentos de Rogojine foram abertos pela polícia, na presença do Lebedev, das senhoras e do irmão de Rogojine, Semione Semionovitch, que vivia na outra ala da casa. A missão foi deveras facilitada pela exposição feita pelo porteiro, o qual declarou ter visto na véspera, à noite, o Rogojine entrar a passos largos, pelo portão, acompanhado de um outro indivíduo. Ante este testemunho não hesitaram mais em arrombar a porta de entrada, à qual haviam batido em vão.

Rogojine esteve de cama durante dois meses com uma forte febre cerebral. Uma vez restabelecido, foi instruído um processo e julgado. Deu sobre o crime esclarecimentos, os mais sinceros, os mais precisos e os mais satisfatórios, e em face dos quais o príncipe foi posto fora da questão logo desde o princípio. Durante o julgamento manteve-se taciturno. Não contradisse o hábil e eloquente advogado encarregado da sua defesa, quando este demonstrou com tanta clareza, como lógica, que o crime fora cometido em consequência de um acesso de febre cerebral, cujos princípios eram muito anteriores ao drama, no qual só se devia ver uma consequência das desgraças do culpado. Este porém nada acrescentou em apoio desta tese e, tal como durante a instrução do processo, limitou-se a evocar com lucidez e precisão os menores detalhes do acontecimento. Beneficiou de diversas circunstâncias atenuantes e foi condenado apenas a quinze anos de trabalhos forçados na Sibéria. Ouviu a sentença sem o menor estremecimento e com um ar pensativo. Salvo uma parte relativamente insignificante, dissipada nas suas estroinices dos primeiros tempos, a sua grande fortuna passou para o seu irmão. Semione Semionovitch, que ficou encantado. A sua velha mãe viveu durante todo esse tempo e muitas vezes se lembrou, se bem que de uma maneira vaga, do seu filho muito querido. Deus poupou o seu espírito e o seu coração a sentirem toda a consciência da grande desgraça que havia visitado a sua casa.

Lebedev, Keller, Gabriel, Ptitsine e muitos outros personagens do nosso romance continuaram a viver como até aqui; na sua vida não houve nenhuma alteração de maior e sobre eles não temos mais nada a dizer. Hipólito morreu numa agitação terrível, um pouco mais cedo do que se esperava, ou seja, quinze dias depois do falecimento de Nastásia. Kolia recebeu um forte abalo com todos estes acontecimentos; reconciliou-se com sua mãe de uma maneira definitiva. Nina Alexandrovna foi um pouco má para ele, apesar de o encontrar muito meditativo para a sua idade; talvez se tornasse um homem bem-comportado. Contribuiu com as suas resoluções para que fossem tomadas medidas que decidiram do futuro do príncipe. Desde há muito distinguira Eugénio Pavlovitch, entre todas as pessoas com quem havia travado conhecimento nestes últimos tempos. Foi o primeiro a ir visitá-lo e contou-lhe tudo quanto sabia dos acontecimentos e da presente situação do príncipe. Não se tinha enganado: Eugênio manifestou a maior solicitude pela sorte do desgraçado idiota, que, graças aos seus esforços e às suas diligências, foi de novo internado na casa de saúde suíça, de Schneider.

Eugênio foi também para o estrangeiro, na intenção de dar uma volta demorada pela Europa; com toda a sinceridade, qualificou-se de homem completamente inútil na Rússia. Foi ver muitas vezes, pelo menos uma vez todos os meses, durante bastante tempo, o seu amigo, à casa de saúde de Schneider, porém este mostrava-se cada vez mais descrente na cura do doente; abanava a cabeça e dava a entender que os órgãos do pensamento estavam por completo alterados e, se não julgava ainda o caso incurável, não deixava de fazer pelo menos as conjecturas mais pessimistas. Eugênio parecia muito orgulhoso, mas tinha bom coração; a prová-lo estava, o ter aceitado que Kolia lhe escrevesse e o responder mesmo a algumas das suas cartas.

Uma singularidade do seu caráter revelou-se também durante todas estas ocorrências; e como lhe é em tudo favorável, apressamo-nos a anotá-la. Depois de cada uma das suas visitas ao instituto Schneider, além de escrever a Kolia, também escrevia a uma outra pessoa, em S. Petersburgo, uma carta, dando-lhe conta, de uma maneira tão detalhada e tão simpática quanto possível, da saúde do doente. Além das expressões da mais respeitosa deferência, esta correspondência exprimia (com uma crescente liberdade) certas maneiras de ver, expostas com o coração nas mãos, certas ideias e certos sentimentos; numa palavra, era a primeira manifestação de qualquer coisa que se parecia com uma permuta de amizade e intimidade. A pessoa que se encontrava assim em correspondência (diga-se de passagem, bastante espaçada) com o Eugênio e merecia da sua parte tantas atenções e respeitos, não era outra senão Vera Lebedev. Não podemos saber ao certo qual a maneira como se estabeleceram essas relações; parece que tiveram a sua origem na desventura do príncipe, desventura que originou em Vera um tal desgosto, que esteve bastante doente; quanto às outras circunstâncias dessa ligação são para nós desconhecidas.

Se falamos desta correspondência, foi principalmente porque nela se encontravam, algumas vezes, informações sobre a família Epantchine, e em especial sobre Aglaé. Numa carta datada de Paris e um pouco confusa, Eugênio comunicou-lhe que, levada por uma grande paixão, Aglaé havia desposado um conde polaco, emigrado, isto contra a vontade de seus pais; estes acabaram por ceder para evitarem um tremendo escândalo. Depois de uns longos seis meses de silêncio, retomou a sua correspondência, escrevendo uma comprida carta, cheia de pormenores, onde dizia que encontrara na Suíça, a quando da sua última visita ao professor Schneider, toda a família Epantchine (exceto, naturalmente, Ivan Fiodrovitch, retido pelos seus afazeres em S. Petersburgo) assim como o príncipe Stch... O seu encontro foi bastante singular: todos acolheram Eugênio com grande entusiasmo; Adelaide e Alexandra exprimiram-lhe mesmo a sua grande gratidão, pela sua angélica solicitude para com o desgraçado príncipe.

Isabel, ao ter conhecimento da doença deste e das nenhumas esperanças de cura, chorou lágrimas sinceras. Evidentemente o seu rancor havia desaparecido. O príncipe Stch... emitiu nessa ocasião verdadeiros e oportunos juízos de apreciação sobre o doente. Eugênio teve a impressão de que a intimidade não era ainda completa entre Adelaide e ele; porém, com o decorrer do tempo, o caráter impetuoso daquela jovem não deixaria de obedecer, com uma afetuosa espontaneidade, ao bom senso e à experiência do príncipe Stch... Até então esta família tinha sido deveras afetada pelas lições que os acontecimentos lhe haviam infligido, sobretudo a última aventura de Aglaé com o conde polaco. Em seis meses, não só haviam passado por todos os dissabores que o procedimento de Aglaé lhes havia acarretado, como ainda outras decepções que tinham sobrevindo e em que nem mesmo haviam sonhado. Souberam que o conde polaco não era conde e que, se na verdade era um emigrado, o seu passado era bastante obscuro e suspeito. Seduzira o coração de Aglaé, pela extraordinária nobreza de alma que manifestara ante as torturas da sua Pátria, tendo-se mesmo filiado numa comissão de emigrados para a restauração da Polônia. Ela tornou-se uma assídua penitente de um padre de renome, que havia dominado o seu espírito e fizera dela uma grande fanática. Sobre a colossal fortuna do conde, Isabel e o príncipe Stch... tiveram informações seguras de que não passava de uma grande quimera. Mais ainda, seis meses, mais ou menos, depois do casamento, o conde e o seu amigo confessor tinham levado Aglaé a zangar-se por completo com a família; decorridos uns meses a jovem Aglaé deixou mesmo de ver os seus. Além disto, muitas outras coisas teriam para lhe contar, se Isabel, as duas filhas e o próprio príncipe Stch..., aterrorizados por todos estes acontecimentos, não receassem abordá-los nas suas conversas com Eugênio Pavlovitch, reconhecendo que este não tinha necessidade de tal saber, dado conhecer a história das últimas extravagâncias de Aglaé.

A pobre Isabel desejava a todo o custo voltar à Rússia; no dizer de Eugênio, ela criticava com azedume tudo quanto era estrangeiro e dizia: Não sabem cozer o pão convenientemente e de inverno gelam como os ratos numa loja; enfim, tive pelo menos a satisfação de chorar à moda russa por esse desgraçado! Assim se exprimiu, indicando com emoção o príncipe, que não a reconheceu logo.

E, despedindo-se de Eugênio, concluiu quase num tom de cólera:

— Basta de admirações. Já é tempo de tomar juízo. Tudo isto, todos os países estrangeiros, toda esta famosa Europa, não passa de uma fantasia; e nós todos, no estrangeiro, não passamos também de uma fantasia... Lembre-se do que lhe digo, e o senhor mesmo há de reconhecer isto um dia!

**CONFIRA NOSSOS
LANÇAMENTOS AQUI!**

GARNIER
DESDE 1844